用新闻语言
讲石化故事

陶建定◎编著

中国经济出版社
CHINA ECONOMIC PUBLISHING HOUSE

·北京·

图书在版编目(CIP)数据

用新闻语言讲石化故事／陶建定编著．——北京：中国经济出版社，2022.11（2023.8 重印）

ISBN 978-7-5136-7099-9

Ⅰ．①用… Ⅱ．①陶… Ⅲ．①石油化工行业-新闻工作-研究-中国 Ⅳ．①G216.3

中国版本图书馆 CIP 数据核字（2022）第 177567 号

责任编辑　牛慧珍
责任印制　马小宾
封面设计　任燕飞

出版发行	中国经济出版社
印 刷 者	北京艾普海德印刷有限公司
经 销 者	各地新华书店
开　　本	787mm×1092mm　1/16
印　　张	24.25
字　　数	500 千字
版　　次	2022 年 11 月第 1 版
印　　次	2023 年 8 月第 2 次
定　　价	88.00 元

广告经营许可证　京西工商广字第 8179 号

中国经济出版社 网址 www.economyph.com 社址 北京市东城区安定门外大街 58 号 邮编 100011
本版图书如存在印装质量问题，请与本社销售中心联系调换（联系电话：010-57512564）

版权所有　盗版必究（举报电话：010-57512600）
国家版权局反盗版举报中心（举报电话：12390）　　服务热线：010-57512564

目 录

第一章 全国性行业报的社会功能

第一节 展示发挥媒体政治方向引领作用的重要平台 / 4
　　一、高举旗帜，做好习近平总书记重要讲话精神的宣传 / 5
　　二、牢记嘱托，推出习近平总书记视察胜利油田的特刊 / 6
　　三、思想引领，刊发学习习近平总书记重要讲话精神的消息 / 7
　　四、贯穿主线，重大主题专栏、特刊、专题报道有声有色 / 8

第二节 传播做强做优做大国企实践成果的前沿阵地 / 12
　　一、做好集团公司发展战略宣传 / 13
　　二、做好端牢能源饭碗宣传 / 15
　　三、做好引领我国石化工业高质量发展宣传 / 17
　　四、做好担当国家战略科技力量宣传 / 20

第三节 畅通凝聚队伍彰显团队形象的重要渠道 / 23
　　一、典型人物弘扬正能量 / 24
　　二、典型经验对标对表 / 27
　　三、一线行接地气有温度 / 30

第四节 开启关注国际石油石化行业发展的主要窗口 / 31
　　一、发挥守望人的功能 / 33
　　二、发挥商业与教育的功能 / 41

结　语 / 50

第二章 报纸专题报道的深度分析

第一节 融媒体时代报纸发挥专题报道优势 / 53
一、增强显著性 / 53
二、提高专业性 / 58
三、凸显民生性 / 60

第二节 行业类报纸专题报道的模式探讨 / 63
一、一元一述式 / 64
二、组合陈列式 / 69
三、二元聚合式 / 74
四、三元一体式 / 78
五、多版联动式 / 81

第三节 做专题报道编辑应该具有的能力 / 87
一、采编合一能力 / 87
二、选题策划能力 / 95
三、作者队伍创建能力 / 103

第三章 工作通讯见人见事见思想

第一节 新闻角度的选择决定思想的高度 / 111
一、从时间轴上找角度 / 112
二、从空间度上找角度 / 120

第二节 工作通讯用新闻故事表达 / 127
一、单个故事贯穿全文 / 128
二、多个故事诠释主题 / 136
三、人的要素不可或缺 / 143

第三节 借鉴写作手法提升可读性 / 146
一、讲究作品的客观性与平衡性 / 147
二、用华尔街日报体讲故事 / 150
三、宏观行业主题微观化解读 / 154

第四章 人物报道的辩证思维

第一节 选择人物标准的辩证思维 / 161
　　一、先进人物与反面人物 / 161
　　二、新闻人物与冰点人物 / 163
　　三、特色人物与普通凡人 / 164

第二节 凸显人物个性的辩证思维 / 177
　　一、群体人物的个性与共性 / 178
　　二、个体人物的典型事迹与非典型事迹 / 181
　　三、个体人物处理矛盾的主要方面与次要方面 / 184
　　四、个体人物的情感互动 / 192
　　五、典型人物的正面讲述与"反面"烘托 / 199

第三节 人物表现形式的辩证思维 / 204
　　一、笔墨详略对比 / 204
　　二、节奏快慢对比 / 206
　　三、寓意头尾对比 / 211
　　四、意思前后对比 / 213

第五章 报纸周（导）刊的三大特点

第一节 行业深度报道 / 219
　　一、行业解释性报道 / 221
　　二、行业调查性报道 / 224
　　三、行业前瞻性报道 / 228

第二节 用新闻专业写新闻 / 232
　　一、大众化语言 / 232
　　二、科普性话语 / 235
　　三、文学化处理 / 244

第三节 融媒体表达更悦读 / 246
　　一、碎片化表达 / 247
　　二、立体化呈现 / 251

第六章 报端融合的初步探索

第一节 内容选择的社会性 / 265
　　一、以专业视角让行业热点出圈 / 266
　　二、以代入感寻找企业典型共情点 / 272
　　三、设置议题打造"每周一站"品牌 / 278

第二节 表现形式的通俗性 / 282
　　一、标题"说一半、留一半" / 283
　　二、气质非凡的封面图 / 288
　　三、首屏效应 / 292

第三节 传播推广的互动性 / 299
　　一、自发点评 / 300
　　二、交互设计 / 302

结　语 / 304

第七章 标题为新闻作品点睛

第一节 需把握标题间的内在逻辑关系 / 307
　　一、单一标题 / 308
　　二、引题、主题搭配 / 309
　　三、主题、副题搭配 / 310
　　四、引题、主题、副题搭配 / 311

第二节 需把握标题的概括与具体关系 / 313
　　一、专业化标题通俗化处理 / 313
　　二、抽象化标题具体化处理 / 315
　　三、一般化标题个性化处理 / 317

第三节 需追求标题的美学效应与效果 / 319
　　一、运用修辞手段拟题 / 319
　　二、巧用各类名称做题 / 328
　　三、利用员工语言制题 / 330
　　四、巧用诗词歌赋做题 / 331
　　五、套用流行词句拟题 / 334

第八章 编辑为新闻作品添彩

第一节　提炼新闻价值 / 339
　　一、作者原稿 / 339
　　二、见报稿件 / 340
　　三、修改评析 / 341

第二节　浅识中国新闻奖 / 344
　　一、中国新闻奖简介 / 344
　　二、行业报获奖文字作品主题浅析 / 346
　　三、行业报新闻作品写作浅析 / 354

第三节　编辑加强质量审核 / 362
　　一、审导向 / 362
　　二、审事实 / 363
　　三、审内容 / 364

参考文献 / 367

后记 / 377

第一章 全国性行业报的社会功能

《论党的宣传思想工作》收录的习近平总书记关于党的宣传思想工作的文稿是马克思主义新闻观中国化、时代化、大众化的典范之作，是习近平新时代中国特色社会主义思想的重要组成部分，指引我国新闻舆论事业健康发展。①

习近平总书记强调："党的新闻舆论工作是党的一项重要工作。做好党的新闻舆论工作，事关旗帜和道路，事关贯彻落实党的理论和路线方针政策，事关顺利推进党和国家各项事业，事关全党全国各族人民凝聚力和向心力，事关党和国家前途命运。"

对新时代的新闻舆论和宣传思想工作，习近平总书记先后提出"高举旗帜、引领导向，围绕中心、服务大局，团结人民、鼓舞士气，成风化人、凝心聚力，澄清谬误、明辨是非，联接中外、沟通世界"的48字职责使命和"举旗帜、聚民心、育新人、兴文化、展形象"的15字使命任务。这些要求既重点突出，又翔实具体，为做好新闻舆论工作提供了指南。

习近平总书记还强调，坚持党性原则，最根本的是坚持党对新闻舆论工作的领导。党和政府主办的媒体是党和政府的宣传阵地，必须姓党，必须抓在党的手里，必须成为党和人民的喉舌，党报党刊一定要无条件地宣传党的主张。无论时代如何发展、媒体格局如何变化，党管媒体的原则和制度不能变。

马克思指出，报刊是"通过油墨向我们的心灵说话"。报纸是以刊载新闻和时事评论为主的、定期向公众发行的印刷出版物，它以潜移默化的作用影响着人类的生产与生活方式。新闻作品最早的重要载体就是报纸。

"我们永远不可能知道，也不可能想象，报纸在多大程度上改变了个人的谈话，既使之丰富多样，又抹平其差异，使人们的谈话在空间上整合、在时间上多样化；即使不读报但和读报者交谈的人也会受到影响，也不得不追随他们借用的思想，一支笔足以启动上百万的舌头交谈。"②报纸深刻影响着人们的思想、工作和生活。

"报纸的社会作用之一是实现社会整合。报纸语言及其所承载和体现的文化价值、意识形态和道德理想趋于统一，使个人、民族、国家之间连接为一个整体。"③报纸对社会舆论和社会生活产生广泛而深刻的影响。

---

① 张首映. 提高传播力引导力影响力公信力. 新闻战线，2021(2)：5.
② 加布里埃尔·塔尔德，特里·N. 克拉克. 传播与社会影响. 何道宽译. 北京：中国人民大学出版社，2005：235.
③ 邵培仁，范红霞. 传播民主真的能够实现吗？——媒介象征性权力的转移与话语民主的幻象. 现代传播（中国传媒大学学报），2011(3)：18-22.

首先，报纸通过时间的链条，每天将世界的发展和事物的联系，以一种协调的方式组织起来、记载下来，所谓"今日之新闻，明日之历史"，成为"社会日记"长卷中的一篇、一章、一段、一句、一词。

报纸的连续出版就是一种时间分配方式，把一定时间区间内发生的事实进行集纳，然后借助版面，将时间空间化，使新闻生产的连续性转变为定时发行的间歇性累积，时间因此而被层化。①

其次，报纸具有空间的叙事方式，运用版面语言、文字、图片、图表、色彩、线条、底纹、字体、字号等，潜移默化地影响着人们的思维方式。报纸以逐字逐句逐行逐版逐页的方式展开，通过版面的布局、文字的梳理、图片的裁剪、色彩的强弱、线条的粗细、底纹的深浅、字号的大小、字体的轻重，以白纸黑字彩图形式，展示了一个严肃而有序的世界，成就了人类理性思维的逻辑构建。

最后，报纸的特质并不在于它的"纸"，它的力量来源于以权威的文字或图片等符号操作为主的"报"。即使在数字时代，报纸仍然雇用了最多的记者，并生产着最多的原创新闻内容。② 报纸坚持以内容为王，其展示出的新闻资源的可靠性、专业性、公正性、权威性，以及新闻广度、宽度、深度、厚度、温度，是其他传媒无法比拟的，更具新闻舆论的传播力、引导力、影响力、公信力。

中国石化报是中国石化集团公司主办的机关报，兼具报道石油石化行业新闻的行业类报纸③，坚持正确政治方向、价值取向、舆论导向，突出政治特色、石化特点和时代特征，努力为把中国石化打造成世界一流企业"鼓与呼"，做石油石化领域报道的"优质内容供应商"，将新闻理念落到每一个版面、每一篇报道和评论、每一帧镜头画面中。

中国石化报的社会功能，一是展示发挥媒体政治方向引领作用的重要平台，二是传播做强做优做大国企实践成果的前沿阵地，三是畅通凝聚队伍彰显团队形象的重要渠道，四是开启关注国际石油石化行业发展的主要窗口。

第一节　展示发挥媒体政治方向引领作用的重要平台

习近平总书记指出："坚持党性原则，必须自觉在思想上政治上行动上同党中央保持一致。报刊、通讯社、电台、电视台、新闻网站的所有工作，都必须体现党的意志、反映党的主张，维护党中央权威、维护党的团结，做到爱党、护党、为党。要增强看

---

① 谢静. 新闻时空的转型与"转译"——基于"上观新闻"的移动新闻客户端研究. 新闻大学，2019(8).
② 王辰瑶. 拯救报业：关键问题与可能方案——基于欧美经验的分析. 浙江传媒学院学报，2018(5).
③ 中国石化报社是中国行业报协会114家会员单位之一，该协会是全国一级新闻业协会，成员涵盖国务院下属工业交通、金融贸易、工商税务、文教卫生、农林水利、旅游能源、通信电子等60多个部门和行业，拥有新闻从业人员两万多人，报纸发行总量达1000余万份，覆盖读者对象达两亿人。

齐意识，自觉向党中央看齐，自觉向党的理论和路线方针政策看齐，自觉向党中央决策部署看齐。要增强战略定力、站稳政治立场，决不能发表同党中央不一致的声音，决不能为错误思想言论提供传播渠道。"

宣传思想工作既是政治性很强的业务工作、又是专业性很强的政治工作。媒体讲政治，就是要站稳政治立场、提高政治站位、保持政治定力，增强"四个意识"、坚定"四个自信"、做到"两个维护"，不断提高政治判断力、政治领悟力、政治执行力，筑牢理想信念之"基"，补足信仰精神之"钙"，把稳政治方向之"舵"，把旗帜鲜明讲政治贯穿工作全过程，对"国之大者"了然于胸，让党性原则始终成为确保新闻舆论工作在正确轨道上前行的"指南针"和"定位仪"。

中国石化报及时准确报道习近平总书记重大活动和重要讲话精神、报道集团公司党组传达学习习近平总书记重要讲话精神、报道中国石化干部员工学习盛况和热烈反响，让党的声音传得更开、传得更广、传得更深入，更加鲜明地把"中国石化打造践行习近平新时代中国特色社会主义思想重要阵地"的实践要求凸显出来。

一、高举旗帜，做好习近平总书记重要讲话精神的宣传

习近平新时代中国特色社会主义思想是当代中国马克思主义、21世纪马克思主义，是中华文化和中国精神的时代精华，实现了马克思主义中国化新的飞跃。习近平新时代中国特色社会主义思想立足中国实践、反映时代发展、闪烁真理光芒，是党的创新理论的集中体现，实现民族复兴伟业的思想之旗、精神之旗和行动之旗。

用心用情用力，学习好、宣传好、贯彻好习近平新时代中国特色社会主义思想，以其武装全党、教育人民、推动发展，使之成为时代最强音，让全体人民成为习近平新时代中国特色社会主义思想的坚定信仰者、忠实实践者，是宣传思想战线的头等大事和首要政治任务。

中国石化报坚持把刊发习近平总书记重大活动和重要讲话、重要指示批示报道作为首要政治责任和使命任务，把最重要的版面、最突出的位置用在习近平新时代中国特色社会主义思想与习近平总书记重大活动和重要讲话、重要指示批示的宣传报道上，推动党的正确主张转变为中国石化员工的自觉行动。

2020年中国石化报头版头条刊发习近平总书记重大活动和重要讲话、重要指示批示报道83篇，报道了习近平总书记在党的十九届五中全会、"不忘初心、牢记使命"主题教育总结大会、全国抗击新冠肺炎疫情表彰大会上的重要讲话等，占全年头版头条的1/3。

2021年中国石化报头版头条刊发习近平总书记重大活动和重要讲话、重要指示批示报道92篇，报道了习近平总书记在建党100周年庆祝大会、党史学习教育动员大会、十九届六中全会上的重要讲话等，占全年头版头条的1/3强。

习近平总书记重大活动和重要讲话、重要指示批示报道都在头版头条通栏推出，标题突出，文章醒目，并选取报道中的重要一段在报眼位置刊出。

二、牢记嘱托，推出习近平总书记视察胜利油田的特刊

2021年10月21日，习近平总书记视察中国石化胜利油田并作出重要指示，充分肯定石油战线的历史性贡献，深刻阐明事关石油石化行业长远发展的根本性、方向性、全局性问题，为中国石化在新时代新征程上继续前进提供了根本遵循、注入了强大动力。

中国石化报10月25日推出4个版彩印特刊，对这一重大新闻进行特别报道。

头版报道习近平总书记在深入推动黄河流域生态保护和高质量发展座谈会上的重要讲话消息，并配发新华社记者拍摄的习近平总书记10月20日下午在东营市黄河入海口考察的图片。

第2版头条刊发新华社记者拍摄的习近平总书记10月21日下午在位于东营市莱州湾的胜利油田莱113区块考察时，同工人们亲切交流的图片；其他的内容分别是《集团公司党组传达学习习近平总书记在胜利油田考察调研时的重要讲话和指示精神》的消息和《端稳能源饭碗　争取新的胜利——习近平总书记考察胜利油田现场回访记》的开头部分。

第3版头条刊发新华社记者拍摄的习近平总书记10月21日下午在东营市胜利油田勘探开发研究院二氧化碳气驱实验室考察自主创新情况的图片；下部是《端稳能源饭碗　争取新的胜利——习近平总书记考察胜利油田现场回访记》的后半部分内容。

第4版头条刊发新华社记者拍摄的习近平总书记10月21日下午在位于东营市莱州湾的胜利油田莱113区块考察时，登上二层钻井平台，察看钻井自动化设备的图片；其余部分刊发《习近平总书记心中的"黄河大合唱"》（文章来自10月24日新华每日电讯）、《始终牢记能源的饭碗必须端在自己手里》（文章节选自10月23日大众日报《情满黄河心系海岱——习近平总书记在山东考察回访记》）两篇文章。

10月26日，中国石化报头版头条报道集团公司党组学习贯彻习近平总书记在深入推动黄河流域生态保护和高质量发展座谈会上、中央政治局第三十四次集体学习时的重要讲话精神，再次深入学习领会习近平总书记在胜利油田考察调研时的重要指示精神；10月29日，中国石化报刊发集团公司党组印发的《关于深入学习贯彻习近平总书记视察胜利油田时的重要指示精神的通知》，要求坚定不移把总书记重要指示精神作为工作统领；11月1日，中国石化报报道中国石化学习贯彻习近平总书记视察胜利油田的重要指示精神大会在京召开的消息，其中强调要把深入学习贯彻重要指示精神作为当前和今后一个时期的首要政治任务。

11月30日，中国石化报转发中共中国石油化工集团有限公司党组于2021年11月29日在人民日报发表的《在新征程上再立新功再创佳绩》的文章：深刻领会、准确把握习近平总书记重要指示精神，在保障国家能源安全上再立新功、再创佳绩；在加快推进科技自立自强上再立新功、再创佳绩；在持续推进绿色低碳发展上再立新功、再创佳绩；在大力传承弘扬石油精神上再立新功、再创佳绩；在全面提升本质安全水平上再立新功、再创佳绩；在持续做好群众工作上再立新功、再创佳绩。

此外，10月26日，中国石化报报道了习近平总书记重要讲话和重要指示在胜利油田引起热烈反响，10月27日、28日、29日、11月1日报道了习近平总书记视察胜利油田重要指示在上游企业、炼化企业、销售企业、科技工作者中引发热烈反响。同时，中国石化报还报道了直属企业员工的反响，刊发了部分直属企业主要负责人的学习体会文章。

12月21日，就在习近平总书记视察胜利油田两个月后，中国石化报第2、3版推出《总书记的嘱托记心间》专题报道，选取习近平总书记视察过的岗位、对话过的人员，通过他们的视角，重温习近平总书记视察胜利油田的瞬间，展现他们牢记总书记嘱托、再立新功、再创佳绩的担当作为。

2022年10月14日，中国石化报头版头条报道集团公司召开贯彻落实习近平总书记视察胜利油田重要指示精神一周年座谈会消息，集团公司党组书记、董事长马永生在会上强调，要牢记嘱托、团结奋进，在新的赶考之路上为党和人民再立新功、再创佳绩。

10月15日，中国石化报推出12个版的《习近平总书记视察胜利油田一周年特别报道》。第1版，刊登中国石油化工集团公司党组发表的《牢记嘱托 再立新功 再创佳绩 以实际行动迎接党的二十大胜利召开》文章+导读；第2、3版通版，以大事记方式表达《扛牢三大核心职责 奋力书写高质量答卷》主题；第4、5、6、7、8、9版，诠释能源安全、科技创新、绿色低碳、传承石油精神弘扬石化传统、安全生产、群众工作等主题；第10、11版通版，以图片形式反映《展大国重器风采 绘美好生活画卷》主题；第12版，以诗歌、感言等方式升华《牢记嘱托再出发》主题。

三、思想引领，刊发学习习近平总书记重要讲话精神的消息

面对新使命、新任务、新要求，更需要我们以习近平新时代中国特色社会主义思想为科学指南，在学懂弄通做实上下功夫，在学深悟透践行上下功夫，在消化、深化、转化上下功夫，学思践悟、融会贯通，提高马克思主义理论水平，掌握贯穿其中的马克思主义立场观点方法，切实把马克思主义作为改造世界、促进发展的看家本领。①

集团公司党组基本上每周都会召开学习贯彻习近平总书记重要讲话精神会议，中国石化报都会在第一时间进行报道。2021年报道集团公司党组学习习近平总书记重要讲话精神消息50余篇。

中国石化报浓墨重彩、庄重热烈地推出十九届六中全会学习贯彻报道。

2021年11月12日，头版头条报道《中国共产党第十九届中央委员会第六次全体会议公报》，17日报道关于《中共中央关于党的百年奋斗重大成就和历史经验的决议》的说明、《中共中央关于党的百年奋斗重大成就和历史经验的决议》。

11月15日，报道集团公司党组传达学习十九届六中全会精神消息。11月26日，推出集团公司党组召开学习贯彻党的十九届六中全会和习近平总书记视察胜利油田重

---

① 秦强. 深刻把握"守正创新"的逻辑内涵和实践要求. 新闻战线, 2021(4): 6.

要指示精神研讨会的报道，报道提出要不断从百年党史和石油石化创业史中汲取智慧和力量，坚定不移扛稳扛好"三大核心职责"，在新时代新征程上再立新功再创佳绩。11月27日，报道集团公司举行党的十九届六中全会精神宣讲报告会，党组书记、董事长马永生宣讲，强调保持为党为国家为人民的赤子情怀，奋力谱写中国石化改革发展新篇章。12月15日，报道集团公司举办十九届六中全会精神专题辅导报告会。

中国石化报通过精心策划领导干部论坛栏目、刊发系列评论、反映基层反响等形式，对十九届六中全会进行了全方位、多角度、分层次的报道。

精心策划办好领导干部论坛栏目。12月1日，中国石化报在头版推出"深入学习贯彻党的十九届六中全会精神领导干部论坛"栏目，邀请集团公司总部部门负责人撰写学习感悟，发表了《光辉思想领航向　高举旗帜再出发》《传承石油精神弘扬石化传统　牢记嘱托再立新功再创佳绩》《大力推进油气增储上产　坚决保障国家能源安全》等10多篇文章，推动十九届六中全会精神和习近平总书记视察胜利油田重要指示精神在中国石化落实落地落细。

组织撰写重点评论。思想深刻、见解独到，能为版面"点睛"添彩，为读者提供独特的价值服务，是报纸言论的作用。11月18日开始，报社组织刊发学习贯彻党的十九届六中全会和习近平总书记视察胜利油田重要指示精神9篇评论员文章：《深刻领会六中全会的重大意义和精神实质》《坚决扛稳扛好保障国家能源安全职责》《在担当国家战略科技力量中主动作为》《坚定不移引领我国石化工业高质量发展》等，阐明学习贯彻十九届六中全会精神要与学习贯彻习近平总书记"七一"重要讲话精神结合起来，与贯彻落实习近平总书记视察胜利油田重要指示精神结合起来的深刻内涵。

充分反映基层反响。11月18日，中国石化报推出"勇毅前行　开创未来·学习贯彻党的十九届六中全会精神"栏目，报道石化干部员工认真学习党的十九届六中全会精神，刊发《高举旗帜践行初心使命　凝心聚力推动高质量发展》《学在深处　埋头苦干》《以史为鉴　勇毅前行》《知重负重　实干担当》等文章。之后，分条线报道了炼化企业、销售企业、上游企业员工学习的消息。

2022年6月10日，中国石化报刊发集团公司学习贯彻党的十九届六中全会精神暨习近平总书记视察胜利油田重要指示精神专题研讨班开班消息，党组书记、董事长马永生讲授第一课，强调：牢记嘱托学深悟透　以史为鉴开创未来　为全面建设社会主义现代化国家再立新功再创佳绩。

四、贯穿主线，重大主题专栏、特刊、专题报道有声有色

主题宣传是以特定"主题"为报道对象、报道内容和报道重点的新闻宣传活动。主题宣传可分为全国性主题宣传和地方性（行业性）主题宣传，重大主题宣传和一般性主题宣传。

重大主题宣传报道是党媒做好新闻舆论引导、践行媒体职责使命的重要载体。围绕党和政府重大决策、战略部署组织开展重大主题报道，是党媒的重要责任和优势。

作为央企的机关报,同样具有这样的政治任务和媒体职责。中国石化报努力做好政治性很强的重大主题报道这一"同题作文",力求做出自己的特色和品位,追求独特的策划创意、见解观点、事实内容、表达呈现。

2021年,中国石化报开设"奋斗百年路、启航新征程"主题栏目,多角度宣传十八大以来,在以习近平同志为核心的党中央坚强领导下,中国石化在勘探开发、优化生产、拓市增效、改革攻坚、科技创新、人才工程、从严治党等方面取得的新成绩。

特刊是实施重大主题宣传重要的手段之一。与专栏的连续性、周期性相比,特刊的优点在于主题更突出、内容更集中、形式更丰富,更能形成报道的气势、渲染主题氛围。

2021年,中国石化报社开展"红色基因·石化传承"融合采访,22名员工"揭榜挂帅"①,兵分16路,走进17个红色基地,讲述历史故事、挖掘新鲜题材。中国石化报精心策划编排32个版的建党100周年特刊,把红色历史事件与企业现实发展有机结合起来,借史道今,让红色教育更加多元化、立体化,增强现场感、现实性。

特刊选题立意高远、声势浩大、内容精当,报道文字凝练、叙述生动、情感真挚。这些正能量、有分量的报道,彰显了主流行业媒体的责任与使命。

(中国石化报2021年7月1日庆祝建党100周年特刊第1、2版)

---

① "揭榜挂帅"是包括新华社在内的许多媒体单位新近设立的机制,就是面向全社征集创作队伍,人员一旦被选中,即可跨部门、跨"兵种"组建全媒体报道团队;构建不论资质、不设门槛、选贤举能、唯求实效的管理体系,激活了编辑记者的生产能力和创新的积极性,有利于实现主题报道的突破创新,提高新闻生产内容创新的整体效能。

中国石化报社于2021年6月23日成功举办了"奋斗百年路、启航新征程·第六届感动石化"颁奖典礼。中国石化报浓墨重彩地推出了获奖人物及团队的专题报道，并特邀感动石化人物和部分工作人员等谈幕后故事，推出《台前幕后话感动》两个通版的专题报道。诸多见人见事见细节的场景化表达，让重大主题宣传既有张力、又有温情，既增强思想性、指导力，又提升贴近性、感染力。

做好重大主题宣传报道，是行业媒体履行主体责任和强化舆论导向的内在要求，也是融媒体视野下行业媒体提升影响力和公信力的重要路径。

2021年，中国石化报开设"学党史悟思想办实事开新局"等专栏，先后刊发《从历史中汲取奋进力量　在新征程上开创中国石化美好未来》等署名文章，组织《深刻认识开展党史学习教育的重大意义》等评论言论，突出"学"、强化"讲"、落实"办"、抓好"巡"、用情"宣"，通过1100余篇报道，立体式、多角度展现了中国石化把党史学习教育作为重要抓手，以办实事成效为检验标尺，从党史中汲取打造世界领先企业的智慧力量。

"我为群众办实事"栏目，聚焦党组办实事、基层支部办实事、党员办实事，突出"实""效"二字，受到基层读者普遍欢迎，是个叫好又叫座的栏目，符合"三贴近""走转改"要求，小故事、微通讯、小特写呈现效果好，为集团公司各企业开展"我为群众办实事"实践活动营造了良好舆论氛围。

有专家认为，2021年，各类媒体建党百年报道存在以下鲜明共性：突出沉浸式体验，突出科技创新成果，突出连接交互效果，突出角度选择体现新闻价值。①

2022年10月9日，中国石化报推出《中国石化这十年特刊》，以10个通版即20个单版的容量，喜迎党的二十大胜利召开，践行"每逢大事必出彩"的诺言。

《中国石化这十年特刊》着力在权威性、思想性、可读性、创新性上下功夫。

在权威性方面，以集团公司党组书记、董事长马永生提出的"在七个方面再立新功、再创佳绩"为基础，设计了"综述+7个方面再立新功、再创佳绩（其中两个合二为一）+企业文化与品牌建设+参与'一带一路'建设+感动石化人物话10年"的内容方案，全面展示中国石化这十年的亮点成就。

在思想性方面，不以集团公司各部门工作总结为基础组织文章，而是站在十年的高度俯瞰某一线条的成就，展示整个线条的亮点，整体提升各版面主打文章的思想高度。

在可读性方面，编辑努力打碎材料重新整理，记者全力吃透材料，补充采访，有点有面有逻辑有条理地全面凸显十年成就，版面设计上充分运用图片、图表、漫画、国风元素，精简文字量、提升美观度。

在创新性方面，此次特刊打破以往都是单版的传统模式，借鉴主流媒体获奖版面设计，大胆尝试全通版模式。

《中国石化这十年特刊》第1版为评论稿《大气磅礴写担当》和各版的导读。第4版

---

① 脱润萱，任鹏飞．融媒体语境下新闻媒体的守正与创新——以建党100周年报道为例．中国记者，2021(8)．

为综述稿件《十年奋进书华彩 足音铿锵向未来》和大事记,综述稿件从新闻角度阐释"建设具有强大战略支撑力、具有强大民生保障力、具有强大精神感召力的中国石化"。

(中国石化报2022年10月9日第1、4版)

《中国石化这十年特刊》其余9个通版的主题为:《能源的饭碗必须端在自己手里》《奋力引领我国石化工业高质量发展》《勇攀高峰担当国家战略科技力量》《守绿水青山绘生态画卷》《文化润心 品牌增值》《温暖社会 服务民生 为美好生活加油》《东风万里书就新丝路石化篇章》《坚持"两个一以贯之"做强做优做大国有企业》《赓续前行向未来 奋楫争先创一流——感动石化人物话十年》,讴歌奋进十年、非凡十年。

(中国石化报2022年10月9日第2、3版)

习近平总书记指出:"形成网上网下同心圆,使全体人民在理念信念、价值观念、道德观念上紧紧团结在一起,让正能量更强劲、主旋律更高昂。"

中国石化报紧紧围绕同心圆,倡导"程序报道求创新、自选动作抓特色"理念,努力把党的路线、方针、政策宣传好,发挥出凝聚人心、汇聚力量的作用,增强广大员工的凝聚力和向心力。

第二节 传播做强做优做大国企实践成果的前沿阵地

2016年10月10日,习近平总书记在全国国有企业党的建设工作会议上发表重要讲话,在国有企业发展史上具有划时代的里程碑意义。"国有企业是中国特色社会主义的重要物质基础和政治基础,是我们党执政兴国的重要支柱和依靠力量。"习近平总书记这一论述,深刻揭示了国有企业在党和国家事业发展全局中的战略地位,为新时代坚定不移做强做优做大国有企业提供了总依据,具有重大的实践意义、战略意义和理论意义。①

中国石化是中国最大的成品油和石化产品供应商、第二大油气生产商,是世界第一大炼油公司、第二大化工公司,加油站总数位居世界第二,在《财富》世界500强企业中排名稳居前5位,在支撑我国经济高质量发展中发挥"国家队"作用。

中国石化党组提出以习近平新时代中国特色社会主义思想为指导,立足新发展阶段、贯彻新发展理念、着眼新发展格局,实施世界领先发展方略,奋力打造世界领先洁净能源化工公司。

地方媒体的"区域性"不能简单地理解为一个孤立的物理空间概念,而是指新闻报道应扎根于本土空间,并将本土文化与传统放置在全国乃至世界背景下去思考其独特性——即用"在地性"的视野将本土经验与整个社会有机联系,新闻记录才能获得更深刻洞察力、才能更有张力和价值。②

同理,作为专业媒体,中国石化报的"专业性",需要扎根专业领域,并将之放置在全国乃至世界背景下去思考其独特性,才能让新闻报道更具张力和价值。

中国石化报紧盯集团公司党组工作思路,服务中心工作、重点工作,紧扣建设具有强大战略支撑力、强大民生保障力、强大精神感召力的中国石化,在端牢能源饭碗、引领我国石化工业高质量发展、担当国家战略科技力量、引领行业绿色低碳发展、完善中国特色现代企业制度、服务人民美好生活、巩固党的执政基础七个方面再立新功、再创佳绩,进行专题报道、深度解读、大力宣传,让"正能量更强劲、主旋律更高昂"。

---

① 翁杰明. 国有企业是中国特色社会主义的重要物质基础和政治基础. 学习时报,2021-11-05.
② 蔡雯. 守正中创新,逆势中进取——读刘海陵《我怎样当总编辑》一书有感. 新闻战线,2021(5).

中国石化报作为集团公司党组主管的党报,围绕中心、服务大局,凝聚人心和力量,是党报权威性和指导性的集中体现。

一、做好集团公司发展战略宣传

习近平总书记指出:"加快建设一批产品卓越、品牌卓著、创新领先、治理现代的世界一流企业,在全面建设社会主义现代化国家、实现第二个百年奋斗目标进程中实现更大发展、发挥更大作用。"

中国石化报做好集团公司发展战略的"宣传员",及时报道集团公司重大理念及工作部署,持续做好建设具有强大战略支撑力、强大民生保障力、强大精神感召力的中国石化的宣传。

新闻理论课程关于新闻价值的论述,对媒体选择新闻报道的内容给予了指导与评判。"所谓显著性指事实能引起大多数人关注的程度。显著性分为人物、事情、时间、空间的显著性。人物的显著性是指拥有较高的社会地位,或者在一定领域内具有较高的知名度,或者具备某种特殊的才能,或者拥有特殊的权威性。事情的显著性就是指某件事情具有激发和吸引人们注意力的内在力量。"①

马克思在《哲学的贫困》中提出:每个历史阶段和历史事变中的主要人物,既是历史剧的"剧作者",又是历史剧的"剧中人"。② 按唯物史观理解,由于杰出人物在知识、才能、品质等方面具有较高的素质,能够比较深刻地认识社会的发展趋势,集中群众智慧,并组织和领导广大群众为完成特定的历史任务而斗争,因而他们对历史的发展会产生较大的影响,推动了历史的进程。

中国石化重大的人事任免及重大的信息披露等,按新闻价值判断具有人物与事件的显著性特点,既是社会读者关注的热点,又是社会媒体争相报道的热点。按唯物史观理解,这些内容都值得浓墨重彩,载入石油石化行业发展史册。

新闻工作者需与人民同行、与时代同进,发挥信息的传播者、舆论的引导者、时代的讴歌者、历史的记录者的作用。随着社会的进步,随着新闻事业的日益发达,"今日的新闻"在明天的历史中占的比重会越来越大。

我国财经类媒体关于公司的报道主要涉及公司的发展战略、经营成果、内部变动等,具体包括上市、退市、并购、重组,财务报表,股权变动与管理层变动,融资,重大经营举措,公司治理、新产品等方面。③ 作为中国石化主办的行业报,中国石化报责无旁贷要报道中国石化这些方面的内容。从集团公司主要领导参与的重大活动、在重要会议上的指示、重要场合发表的谈话,对直属企业进行调研时发表讲话等的报道中,读者能读到公司的发展战略、经营举措等新闻信息。

---

① 杨保军. 新闻理论教程. 北京:中国人民大学出版社,2014:91-92.
② 马克思. 哲学的贫困(第二章)//马克思恩格斯选集(第一卷). 北京:人民出版社,1972:113.
③ 莫林虎. 财经新闻概论. 杭州:浙江大学出版社,2013:171-176.

中国石化报2022年1月14日头版整版刊发集团公司工作会议报道。

(引题) 集团公司召开工作会议暨HSE工作会议，深入学习贯彻党的十九大、十九届历次全会和中央经济工作会议精神，全面落实习近平总书记视察胜利油田重要指示精神，马永生作工作报告，要求

(主题) 牢记总书记殷切嘱托扛好职责使命

在新时代新征程上再立新功再创佳绩

(副题) 坚定不移走出一条高质量发展之路，建设具有强大战略支撑力、强大民生保障力、强大精神感召力的中国石化，以优异成绩迎接党的二十大胜利召开

（中国石化报2022年1月14日第1版）

中国石化报社深入贯彻落实集团公司工作会议精神，组织撰写《牢牢锚定"再立新功　再创佳绩"总目标》《坚定不移打造世界领先企业》《心怀"国之大者"答好时代考题》3篇评论，阐释了如何贯彻落实集团公司工作会议精神，亮观点、明态度、聚合力、鼓干劲。中国石化报第2版陆续刊发直属企业主要负责人学习贯彻集团公司工作会议精神的心得体会及企业规划部署文章。

中国石化报2022年3月1日刊发集团公司召开"牢记嘱托、再立新功、再创佳绩，喜迎二十大"主题行动启动会消息。

(主题) "牢记嘱托再立新功再创佳绩喜迎二十大"主题行动启动

(副题) 马永生强调，要坚持以习近平新时代中国特色社会主义思想为指导，扎实推动习近平总书记视察胜利油田重要指示精神落实落地，高质量完成全年目标任务，以优异成绩迎接党的二十大胜利召开

（中国石化报2022年3月1日第1版）

马永生在会上强调：要提高政治站位，增强开展主题行动的主动性和责任感。这次主题行动具有鲜明政治性、强烈实践性和深厚思想性，内涵丰富、非同寻常。要贯通学思践悟，牢牢把握主题行动的正确方向；要坚持稳中求进，推动主题行动有力有效运行；要聚焦重点领域，以关键问题突破带动整体效能提升；要加强党的领导，激励广大员工在主题行动中当好主力军；要树立长远眼光，做到既干在当下又着眼未来。

针对这一主题行动，中国石化报发表了6篇评论文章：《提高站位　担当作为》《深学细悟　细照笃行》《稳中求进　进中提质》《靶向突破　全面提升》《凝聚人心　形成合力》《干在当下　着眼未来》，上接"天线"、下连"地线"，引经据典，说事实、讲道理，对怎样开展主题行动进行了解读，汇聚理性的力量，产生思想碰撞。

2022年3月4日，中国石化报转发马永生于3月2日在学习时报发表的《在新时代新征程再立新功再创佳绩》文章，其中指出：充分发挥国有企业独特优势，努力建设一个具有强大战略支撑力的中国石化，在服务构建新发展格局、推进高质量发展上走在前作表率，为党和国家支撑托底、稳盘固局；努力建设一个具有强大民生保障力的中国石化，在满足人民美好生活需要、促进共同富裕上走在前作表率，以"党和人民好企

业"形象走进千家万户;努力建设一个具有强大精神感召力的中国石化,在弘扬伟大建党精神和优良革命传统、向社会广泛传递正能量上走在前作表率,为社会主义现代化建设注入更多精神力量。

中国石化报2022年7月28日刊发集团公司召开2022年年中工作会议报道。

(主题) 中国石化召开2022年年中工作会议

(副题) 马永生强调,要始终牢记习近平总书记殷切嘱托,更加自觉扛好职责使命,以再立新功、再创佳绩的实际成效迎接党的二十大胜利召开。赵东作生产经营报告

(中国石化报2022年7月28日第1版)

这些报道清晰地勾勒出集团公司新一届党组的战略思维、发展理念。

就传统的新闻传播而言,其价值观建基于新闻传播活动中人与新闻的关系。新闻价值是新闻对人的价值、是新闻对由人构成的社会的价值,归根结底是新闻对人作为主体的效用或意义。新闻的信息价值是新闻的第一价值。①

在这些战略思维、发展理念的指引下,中国石化报积极做好集团公司部署各项工作的报道,做到上情下达,统一思想,团结全体干部员工奋发向上,凝聚起干事创业的磅礴力量。

二、做好端牢能源饭碗宣传

习近平总书记视察胜利油田的重要指示精神深刻阐明了事关石油石化行业长远发展的一系列根本性、全局性、方向性问题,与"四个革命、一个合作"能源安全新战略、大力提升国内油气勘探开发力度重要批示精神、加快构建"双循环"新发展格局等重要论述一以贯之、一脉相承,蕴含着强烈的忧患意识和深厚的底线思维,为石油石化行业在新发展阶段推进高质量发展指明了前进方向、注入了强大动力。

中国石化报于2021年12月17日转发中国石油化工集团有限公司党组书记、董事长,中国工程院院士马永生于2021年12月13日在学习时报发表的《为端好能源饭碗作出更大贡献》的文章:深化落实七年行动计划,推动油气资源增储上产;充分发挥全产业链优势,推动能源绿色低碳转型升级;持续发力煤炭综合利用,推动筑牢能源安全底板;全力突破"卡脖子"技术,推动高水平科技自立自强。

2022年1月7日刊发年度特稿《端牢能源饭碗 实现油气增储上产》,回顾2021年中国石化国内上游取得的成就:油气勘探取得重大突破,超额完成年度油气探明储量计划;原油效益开发持续强化,产量保持稳中有升;天然气开发坚持常非并进,产量创4年来最大增幅纪录;推进"四提""五化"工程保障,支撑能力持续提升。在过去的2021年,中国石化报对这些方面取得的成就在不同时间段都进行过具体的宣传报道。

---

① 杨保军.论新闻的价值根源、构成序列和实现条件.新闻记者,2020(3).

中国石化报报道2022年2月14日集团公司国内上游2022年工作会议暨经济活动分析会议：全力推进稳油增气降本提效，确保油气储量产量销量效益箭头向上，奋力开创高质量发展新局面。

中国石化报报道3月29日中国石化在京发布2021年年度业绩。马永生强调，着力提高能源供给能力。加大油气勘探开发力度，力争页岩油气大突破、大发现，推动天然气产供储销协同发展，保持境内油气储量、产量稳中有升；积极稳妥布局氢能等新能源业务；加强国际贸易保障能力建设，提高全球资源配置能力，探索建立多能互补的能源供应体系。

油气新闻是关注人类如何寻找油气的理论与实践的报道，具有突出的科学性、理论性等特点，具有很强的专业性。中国石化报《油气周刊》（每年出版50期左右，每期4个版）从石油理论、勘探开发、石油工程、石油文化角度来全面、深度报道上游勘探开发领域的理论实践、管理理念、科技进展、企业文化等，从专业视角入手，通过专家学者及专业记者对上游行业企业复杂案例的特殊洞察，为特定读者群——油气领域从业者和普通读者抽丝剥茧、答疑解惑、开阔视野、拓展思路、升华认识。

2021年，中国石化国内上游企业大打高质量油气勘探进攻仗，取得一批重大油气勘探发现成果，新增油气探明储量超过2020年，发现成果的数量和质量均创"十三五"以来新高，实现"十四五"开门红，全方位提升了能源供给保障能力。

（中国石化报2022年1月10日、1月17日第5版）

中国石化报《油气周刊》推出一系列专题，剖析2021年度油气勘探重大发现的历程及启示。首先推出的是来自2021年油气勘探突破4个特等奖获奖项目的启发——《萌生新认识 方得大突破》专题：胜利油田页岩油、顺北地区4号断裂带新区带油气、溱潼凹陷阜二段页岩油、鄂西渝东地区二叠系吴家坪组海相页岩气等勘探获重大突破。接着，推出《侏罗纪地质公园 油气的"摇篮"》专题：2021年，勘探分公司、江汉油田在川东南复兴地区凉高山组获得页岩油气和致密油气两个重大突破；西南油气建成侏罗系复式千亿立方米大气田——中江气田。

中国石化主动担当、积极作为，奋力实现"勘探大突破、原油稳增长、天然气大发展"，预计"十四五"期间，油气勘探开发投入、新增油气探明储量较"十三五"时期分别实现较大增长。中国石化报积极做好端牢能源饭碗的宣传。

三、做好引领我国石化工业高质量发展宣传

2022年3月28日六部门联合印发的《关于"十四五"推动石化化工行业高质量发展的指导意见》提出：到2025年，石化化工行业基本形成自主创新能力强、结构布局合理、绿色安全低碳的高质量发展格局，高端产品保障能力大幅提高，核心竞争能力明显增强，高水平自立自强迈出坚实步伐。

中国石化坚持优"炼"强"化"，突出抓好"油转化""油转特"，持续推进供给侧结构性改革，努力寻求从单一化石能源向洁净多元能源供给体系转变、从单一产销联动向产业链系统提升转变、从化工原料向高端材料转变，推动炼油业务率先实现高质量发展，打造大型化、一体化、智能化世界级炼化基地。

中国石化化工和材料业务突出质量和效益，坚持"基础+高端""化工+材料"，细化"淘汰一批、提升一批、新建一批"名单目录，做强优势业务、发展高端业务、提升常规业务、退出劣势业务。

中国石化报《炼化周刊》（每年出版50期左右，每期4个版）做炼油化工生产经营和炼化工程建设领域的深度专业报道：聚焦国内炼油化工行业热点，点评新闻事件背后原因；报道炼油化工产品中长期市场走势、发展趋势；对中国石化炼化、科研、销售企业在产品研发、生产管理、开拓市场等方面的典型案例进行剖析。

中国石化报《炼化周刊》在集团公司2022年度工作会议期间，策划推出炼油转型发展主题，第5版从炼油行业面临的挑战、转型发展的方向等方面进行宏观探讨；第6、7版主要展示中国石化部分企业在"油转化""油转特"结构调整、转型发展中的成功实践；第8版以中国石化部分重点项目为例，展示项目建设对企业炼油转型发展的重要意义。

用新闻语言讲石化故事

（中国石化报2022年1月14日第5、8版）

（中国石化报2022年1月14日第6、7版）

中国石化以北京冬奥会官方合作伙伴的身份，牵头负责火炬外壳碳纤维复合材料研发及火炬量产工作，燕山石化提供的氢气作为燃料，点燃赛场主火炬。中国石化报进行了充分报道。

（中国石化报2022年2月7日第1、5版）

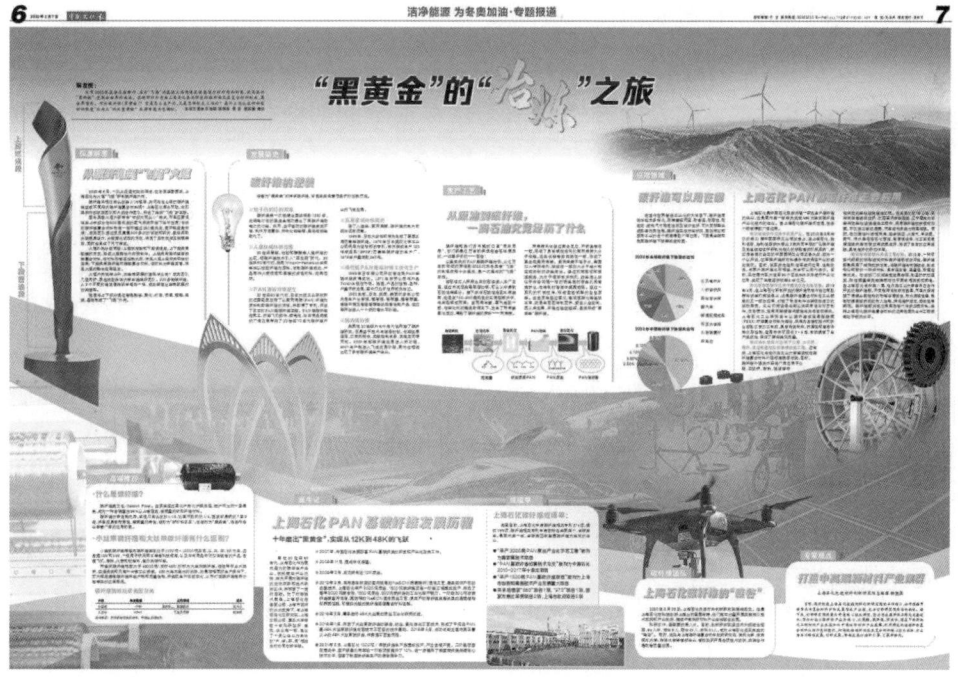

（中国石化报2022年2月7日第6、7版）

中国石化报《炼化周刊》在北京冬奥会如火如荼举行期间，推出奥运会的"中国石化元素"三个专题版的报道：名为"飞扬"的奥运火炬凭借其动感活力的外形和耐寒、抗高温的"黑科技"，受到世人关注。其绚丽的外壳由上海石化参与研发的碳纤维及其复合材料制成，属世界首创。专题回答：何为碳纤维（黑黄金）？它是怎么生产的，又是怎样制成火炬的？是什么能让这种新型材料承受这"冰与火"的双重考验？

2022年2月11日，中国记协网刊发文章《专！精！特！这几家行业类媒体冬奥报道亮眼》：全国性行业类媒体立足定位、精心策划、全媒体联动，在聚焦行业特色、服务冬奥盛会方面下足了功夫，做足了文章。该文章点名表扬中国石化报对冬奥的报道：围绕冬奥火炬外飘带、内飘带、燃烧装置等，从设计到材料再到技术实践进行了详细、专业的解读。

四、做好担当国家战略科技力量宣传

当代世界正在经历百年未有之大变局，新一轮科技革命和产业变革深入发展，生产、生活方式和社会结构重塑深度推进，全球创新版图、政治经济格局深刻调整。科技创新是"百年大变局"中的一个关键变量，已经成为大国战略博弈的焦点。①

习近平总书记指出："要推动国有企业完善创新体系、增强创新能力、激发创新活力，促进产业链创新链深度融合，提升国有企业原创技术需求牵引、源头供给、资源配置、转化应用能力，打造原创技术策源地。"

中国石化2022年科技进步工作会议提出，坚定信心、迎难而上，加快打造体现国家意志、服务国家需求、代表国家能源化工技术水平的战略科技力量，在担当国家战略科技力量上再立新功再创佳绩。

会议回顾了2021年，中国石化加快打造技术先导型公司，深化科技体制机制改革，推动国家战略科技任务攻关取得重要进展，特深层油气勘探开发及工程等关键核心技术攻关取得突破，荣获7项国家科学技术奖，成为国务院国资委首批原创技术策源地。

中国石化报在2021年11月4日头版重要位置报道了《中国石化7个项目获年度国家科学技术奖》的消息，并在第二天，以长篇通讯报道"国家科学技术进步奖一等奖中国石化百万吨级乙烯成套技术"；11月11日第3版推出中国石化牵头、提名的获科学技术进步奖二等奖的3个项目。

---

① 李平. 服务创新驱动战略，做好科技宣传工作. 新闻战线，2021（7）.

（中国石化报2021年11月5日第1版、11月11日第3版）

（中国石化报2022年4月1日、8日第3版）

中国石化报日常每周四在第3版推出《科技·发展》专刊,专题报道中国石化在科技方面的研发情况。从2021年4月1日到8月底推出"为打造技术先导型公司建言献策"栏目,邀请科技管理、科研一线等方面的高层次专业人士,包括院士、研究院院长,集团公司首席专家、高级专家,直属企业首席专家等20多位,为集团公司打造技术先导型公司出谋划策,努力实现高水平的自立自强。

中国石化报《科技·发展》专刊从2021年9月9日起推出"那些年我们获得的科技大奖"栏目,介绍中国石化近些年获得国家科技奖励的项目,展示其应用成果,为建设世界科技强国作出贡献:《缝洞单元里找油气　建成亿吨级油气田——记国家科技进步一等奖塔河奥陶系碳酸盐岩特大型油气田勘探与开发》《巴山建气田　"福气"送万家——记国家科技进步特等奖项目"特大型超深高含硫气田安全高效开发技术及工业化应用"》等10多项。该栏目获得第八届"国企好新闻"文字类三等奖。

（中国石化报2021年9月9日第3版、2022年6月7日第5版）

此外,中国石化报对每年的"十条龙"攻关项目进行深度报道。2022年3月《油气周刊》推出中国石化2021年"十条龙"出龙项目系列专题报道,用通俗的新闻语言来推荐:"威远—永川深层页岩气开发关键技术""整装油田特高含水期深度堵调技术""南川复杂构造带页岩气勘探开发关键技术"的研发。2022年6月《炼化周刊》推出"十条龙"项目报道:中科炼化环氧乙烷/乙二醇(EO/EG)装置银催化剂国产化项目采用北京化工研究院自主研发、催化剂分公司生产的 YS-9010K 银催化剂，打破了引进新装置必须采用进口催化剂和海外专家现场指导的惯例，完全依靠中国石化自有团队实现了首装、首开，且一次开车成功。

担当国家战略科技力量与端牢能源饭碗、引领我国石化工业高质量发展是相辅相成的，端牢能源饭碗、引领我国石化工业高质量需要科技力量的支持；担当国家战略科技力量的目的就是端牢能源饭碗、引领我国石化工业高质量发展。

作为负责任的央企，在倾情服务冬奥、助力乡村振兴、热心社会公益、力保安全生产、力促环保低碳等方面积极扛起重任。这些也成为中国石化报报道的重要内容。

第三节　畅通凝聚队伍彰显团队形象的重要渠道

马克思在创办无产阶级报刊之时就提出"自由出版物的人民性"和"人民报刊"的概念，强调要表达"人民日常思想和感情"，"真诚地同情人民的一切希望与忧愁、热爱与憎恨、欢乐与痛苦"，成为"人民精神的千呼万应的喉舌"。①

宣传工作本质上是群众工作。习近平总书记指出，"只有坚持党性原则，坚持以人民为中心的工作导向，才能确保新闻媒体始终为人民服务，而不是为少数人服务"。他还强调，要"多宣传报道人民群众的伟大奋斗和火热生活，多宣传报道人民群众中涌现出来的先进典型和感人事迹"。

对于中国石化报来说，始终欢乐着员工的欢乐、忧愁着员工的忧愁、感动着员工的感动，与员工共情、同理，讲好员工自己的故事，反映中国石化的企业特质和精神风貌，把实现好维护好发展好广大员工根本利益作为新闻舆论工作的出发点和落脚点，是一项重要任务。

"开门办报"源于"全党办报、群众办报"的理论与实践，是党的新闻舆论工作的优良传统。1948 年毛泽东在《对晋绥日报编辑人员的谈话》中指出，党的报纸"要靠大家来办，靠全体人民群众来办，靠全党来办，而不能只靠少数人关起门来办"。② "全党办报、群众办报"作为马克思主义新闻观中国化与毛泽东新闻思想的一个重要有机组成部分，自延安时期形成以来，逐渐成为中国新闻事业的工作原则和方针路线，成为党的新闻事业长期坚守的优良传统，指导和规范着几十年来中国新闻事业的发展方向。③

"梳理和回顾党报通讯员制度形成的历史可以发现，在这项制度的背后，与人民群众密切联系起来既是党报的初心，也是使命。党报通讯员制度是党带领和指导党报在

---

① 周树春. 以新时代高度践行马克思主义新闻观. 新闻战线，2021(5).
② 中共中央文献研究室，新华通讯社. 毛泽东新闻工作文选. 新华出版社，2014：189.
③ 朱清河，王青."全党办报、群众办报"话语的历史缘起与建构动力. 新闻春秋，2020(3).

革命战争年代坚持走群众路线，不断锤炼其群众性的成果。"①

习近平总书记强调："读者在哪里，受众在哪里，宣传报道的触角就要伸向哪里，宣传思想工作的着力点和落脚点就要放在哪里。""人在哪儿，宣传思想工作的重点就在哪儿，网络空间已经成为人们生产生活的新空间，那就也应该成为我们党凝聚共识的新空间。"

重视在新媒体环境下继承和发扬"全党办报、群众办报"的优良传统，加强与公众的交流，通过平等对话提高新闻传播的有效性和说服力；保持深入实际、深入群众、调查研究的工作作风，准确把握时代的脉搏，满足人民群众的新闻信息需求，使新闻报道为受众所喜闻乐见。②

中国石化报坚持"开门办报"，建好驻企业记者站、通联站，提供了畅通凝聚队伍彰显团队形象的重要渠道，以开放平台吸引驻站记者和通讯员，乃至普通员工，形成"党报通讯员制度"。让他们参与信息生产传播，生产更多优质信息内容，让兄弟企业、同行、上级管理部门了解本企业员工的工作、生活、思想等情况，帮助集团公司各级管理层运用报纸组织群众、宣传群众、引导群众、服务群众，密切联系干群关系。

中国石化报八九成的稿件来自企业、来自基层，是典型的"开门办报"。中国石化报努力把笔触和镜头对准基层员工，贴近员工的工作和生活；让版面和页面展示基层员工，宣传他们的岗位奋斗精神和热爱生活情怀，宣传他们的典型经验和感人事迹，用新闻语言来讲述石化故事，记录广大员工建设世界领先洁净能源化工公司的不懈奋斗，在社会舆论场上发出"中国石化为美好生活加油"的心声。

一、典型人物弘扬正能量

习近平总书记指出："一种价值观要真正发挥作用，必须融入社会生活，让人们在实践中感知它、领悟它。要注重把我们所提倡的与人们日常生活紧密联系起来，在落细、落小、落实上下功夫。"

价值观通过人们的实践得到体现，以事动人、以情感人、以理服人，通过新闻报道的方式进行传递与升华，就是典型人物报道。

人是社会生活中最活跃的因素，因此，写人的通讯总是最能吸引人、打动人、影响人的一类通讯。

人物通讯以通讯的形式报道具有新闻价值的人物，反映其行为、事迹和生活，再现其精神境界、人生轨迹和生存状态，从而达到教育启迪或监督批判、警示社会的目的。在通讯家族中，人物通讯在数量上所占比重较大。

---

① 徐杭燕. 党报通讯员制度：从何而来，如何形成. 新闻战线，2021(6).
② 蔡雯. 马克思主义新闻观对于新闻编辑的指导意义. 新闻与传播，2018(2).

全国性行业报的社会功能

典型人物报道是中国特色社会主义新闻理论的一个特定概念，它实际上是新闻理论与新闻实践的集合。从新闻理论来说，它主动为社会设置议题，为受众展示道德的楷模、职业的标杆。从新闻实践来看，它是一种关于现实人物的深度报道形态，全面深刻呈现典型人物的先进事迹与优秀品质，目的是在社会中发挥引领与提升的作用。①

中国石化报对石油石化行业涌现出的先进典型人物进行了深入挖掘：从我国炼油催化应用科学的奠基人闵恩泽到我国炼油工程技术专家陈俊武，从千锤百炼的技能大师代旭升到用精神力量创造奇迹的吴吉林……这些典型像一颗颗珍珠，点缀在中国石化各个领域、不同发展时期，闪耀着充盈正能量的光芒。

用事实说话，从细节入手，弘扬时代精神、彰显榜样力量，给人以激励、鼓舞、感染和启迪，是主流媒体发挥引领作用、强化核心竞争力的重要手段。②

（中国石化报 2021 年 7 月 1 日庆祝建党 100 周年特刊第 13、16 版）

他们是中国石化百万员工具有的脚踏实地、开拓创新、忠诚敬业、乐于奉献等精神的典型代表。他们的事迹，通过中国石化报的宣传报道，生动地展示给行业内外读者。一篇篇感人肺腑的报道传递了中国石化好声音，展示出中国石化好形象，散发出

---

① 刘明华，徐泓，张征. 新闻写作教程. 中国人民大学出版社，2002：401.
② 刘雁军，齐竞竹，闰征. 典型人物的价值挖掘与创新呈现——以短视频《无胆英雄张伯礼》为例. 新闻战线，2021(11)：36.

中国石化正能量，弘扬了社会主义核心价值观。有些典型报道还在社会主流媒体上得到传播。

最具中国特色的新闻类型是典型报道。它是根据各个时期党的路线、方针、政策或中心工作的需要，对当时产生的能够推动工作的典型人物、集体、事件、经验、问题所进行的强化报道，通常采取消息、通讯、访问记、评论等组合形式报道，持续时间较长，参与报道媒体较多。因此，它是指导某一方面工作、推动全局事业的一种新闻体裁。①

典型报道是正面宣传的最高形式，它最集中地体现了正面宣传的要求和特点。以正面宣传为主的方针不仅在现阶段存在，而且还会在相当长的时间内作为中国新闻工作的指导方针，这也就为典型报道的存在和发展提供了极为有利的前提条件。②

（中国石化报2021年11月12日、12月10日第4版）

中国石化报也同其他报纸一样，履行报道先进典型人物这项义不容辞的职责。不同时期的记者、通讯员遵循着相同的新闻理念，给行业读者树立了一批又一批可亲可敬可信可学的典型形象。2021年中国石化报配合集团公司党群部推出"奋斗百年路　启

---

① 曾庆香，杨小雨. 中国特色新闻话语体系的宣传范式. 郑州大学学报（哲学社会科学版），2021（7）.
② 本书编写组. 实践中的马克思主义新闻观——新闻报道经典案例评析. 北京：高等教育出版社，2015：89.

航新征程·100名优秀共产党员风采"特别栏目。

与此同时,中国石化报还"贴着地面行走",比如日常第4版每周推出人物写真版,将报道的触角伸向一线员工,如石油石化行业的普通钻井工、采油工、操作员、加油员等。他们在生活、工作中或敬业、或智慧、或执着、或宽容、或勇敢的点滴小事,都成为中国石化报关注的对象,让"故事里有情节、情节里有情感、情感里有情怀"。

二、典型经验对标对表

经验性报道是我国新闻媒体特有的品种,这是由我们媒体的性质和任务决定的。报道典型经验,除了采取综合消息的形式以外,工作通讯是最具有传播效果的新闻体裁。

工作通讯通过反映一个单位、一个领域、一个行业、一个地区取得的成功经验,对其他单位、领域、行业等起到启发思路、引导实践、示范标杆作用,成为党、政府、行业指导工作与引导舆论的宣传抓手。

中国石化报刊发的企业类工作通讯就是反映企业在生产经营、改革管理、科技研发、环保减排、党的建设等方面取得的成就。大多数基层读者一般关注的是自己企业的新鲜事有没有见报,其次是关注同规模兄弟企业的新鲜事有没有值得借鉴的。

"十四五"期间,做强做优做大国有资本和国有企业的标志性成果,就是建成一批世界一流企业。2021年,中国石化各部门各企业纵深推进对标世界一流管理提升行动,分专业、分层级、分步骤,优化方案指标、压实责任措施、创新方式方法,汇聚成打造世界一流企业的合力。

7月,国务院国资委公布国有重点企业管理标杆创建行动标杆企业、标杆项目和标杆模式名单,西北油田、镇海炼化、浙江石油3家企业入选标杆企业,采购供应链管理体系、以高质量发展管理指标为基础的运营评价机制两个项目入选标杆项目。

中国石化报推出系列报道,展示3家标杆企业扎实开展对标世界一流管理提升行动、全方位提升经营管理水平的创新做法。

《"西北活力"铸就央企标杆》报道西北油田不断深化管理创新、持续推进现代油公司建设,企业发展驶入快车道,成为国内最具潜力的油田之一,盈利能力、人均创效水平保持行业领先。

模式活力:着力打造油公司"西北模式""顺北模式",人均劳效高于国内上游平均水平4倍,万吨油用工仅4.6人。**运营活力**:下放25项经营自主权,做实采油气厂油藏经营责任主体地位,采油气厂由被动执行者变成主导优化者。**市场活力**:推行一体化经营性外包,打造高端高效市场、培育战略承包商,形成甲乙方风险共担、合作共赢市场格局。

《"镇海实力"领跑央企标杆》报道镇海炼化持续提升精益管理水平,深化内部改革,实施创新驱动,高质量发展不断取得新进展,多个指标跻身炼化行业前列。

内部改革添活力:明确精益管理功能定位,构建"一体管控"设计运行体系,建立"三维绩效"激励机制,为高质量发展增添动力。**简化量化增效率**:推进管理简化,向低效冗余开刀;坚持管理量化,实施标准化管理决策流程,确保制度约束能力强、执行效率高。创新驱动提价值:率先推行关键核心技术揭榜挂帅制度,"破冰"社会化人才引进机制;加速数字化转型,加快构建智能工厂3.0。

(中国石化报2021年10月21日、10月22日第1版)

《"浙江魅力"诠释央企标杆》报道浙江石油以务实争先的奋勇姿态推进改革管理和营销创新,服务浙江省共同富裕示范区建设,始终保持当地成品油销售市场主导地位,效益多年位居销售企业第一。

"绣花"式改革激活一池春水:一寸一尺优化,持续推进小站家庭承包、大站优化配置、油库大班组改革,确保人力资源得到充分利用。"点穴"式施策带动营销增量:抓住建设共同富裕示范区重要机遇,精准服务中小微企业,开展社群营销,挖掘市场增量潜力,服务当地经济发展。全方位对标打造"最强大脑":构建实时对标体系,形成"序日经营"管理模式,运用大数据分析制定营销策略,为拓市扩销增添参谋利器。

此后,中国石化报还推出"奋斗百年路 启航新征程 推进深化改革三年行动 打造世界领先洁净能源化工公司"栏目,在第1版重要位置报道12家对标提升行动标杆企业的典型做法;第3版《管理·法治版》推出"对标世界一流 提升管理水平"栏目,报道40多家标杆基层单位的典型做法。

工作通讯通过点面结合、宏观选题与微观取材方式结合,给予其他单位启示,通过典型性来发挥指导性的功能。

全国性行业报的社会功能

第一章

（中国石化报 2021 年 11 月 2 日第 1 版、12 月 10 日第 3 版）

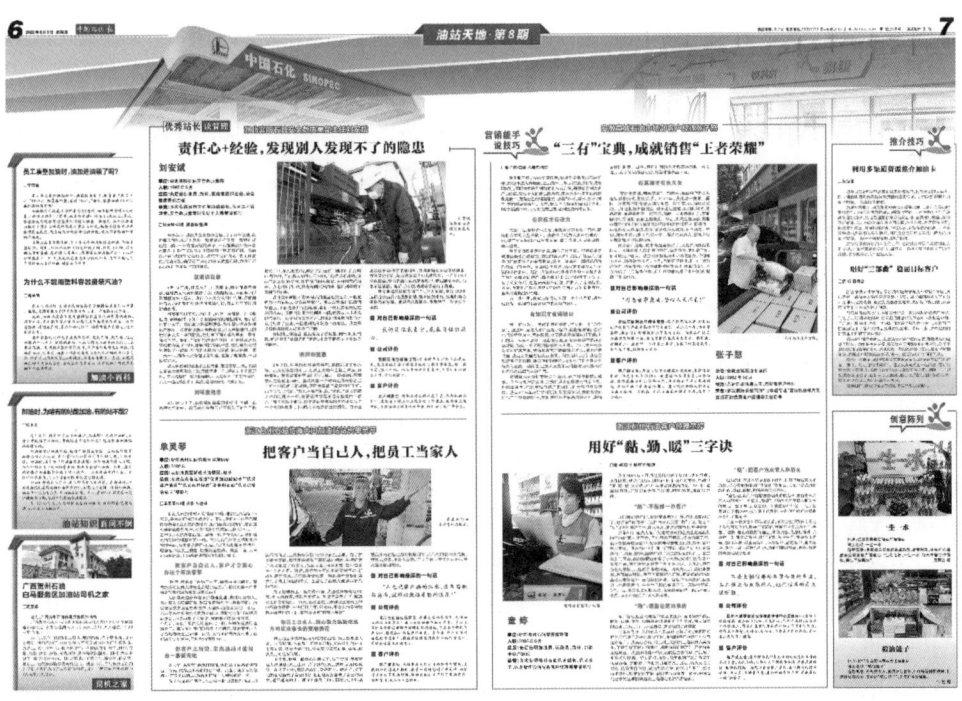

（中国石化报 2022 年 6 月 9 日第 6、7 版）

在中国石化报刊发的新闻作品中，来自基层企业的工作通讯与人物通讯文字量之和所占比重大致为70%，而工作通讯与人物通讯文字量的对比大约是7∶3。

不仅工作单位之间需要对标对表，员工之间也可以对标对表，特别是在营销领域，销售技法的学习与对标是最容易见效果的。

2022年开始，中国石化报《营销周刊》不定期推出《油站天地》（第6、7版通版），旨在通过"优秀站长谈管理""营销能手说技巧""加油小百科""创意陈列""推介技巧"等栏目，为中国石化3万多座加油站的经营与服务提供借鉴。

《油站天地》两个版的重头稿件看起来像是人物通讯，但实际上通过第一人称的方式，让人物讲述工作方法、营销技巧等，又有点像工作通讯，这也是让作品能更贴近基层员工这类读者的一种尝试。

三、一线行接地气有温度

新闻工作者要把群众当作最好的老师，俯下身、沉下心，察实情、说实话、动真情，坚持百姓情怀、人民本色，忧患着人民的忧患，欢乐着人民的欢乐，感动着人民的感动，努力推出有思想、有温度、有品质的作品。要用群众耳熟能详的语言、喜闻乐见的形式、普遍认可的道理、有目共睹的事实教育引导群众，既教育人、引导人、鼓舞人，又尊重人、理解人、关心人，达到润物细无声的工作效果。

网络时代，技术赋能大大降低了新闻媒体的生产成本，因此专业记者的"洞察力"和"新闻敏感性"就显得更加珍贵，唯有到"现场去"，到"一线去"，才能激发出更多的想象力、观察力和创造力。

只有坚持以"在路上、在基层、在现场"的姿态，深入开展"走转改"，脚下沾有泥土、心中满怀真情，才能写出"沾泥水、冒热气、带露珠"的鲜活作品，才能写出不一样的人与事、讲出不一样的理与情。中国石化报社近年来，一直在开展"新春走基层"采访活动，把文章写在装置里，把名篇树在员工口碑里。

2022年"新春走基层"期间，中国石化报社本部26名编辑、记者坚持"走"深"走"实，在春节放假期间分5路对燕山石化供氢装置、冬奥保供站、冬奥形象站、志愿者、火炬手进行一线采访，围绕冬奥会重点能源——氢能保供情况进行报道。

驻企业记者站记者在节日期间也深入井站、车间、班组、库站进行蹲点式、回访式、体验式采访，用坚守记录坚守、用专业记录专业、用责任呼唤责任、用心灵感染心灵，与一线员工同呼吸、共冷暖，找到创作的灵感、赋予创作的激情，用脚力、眼力、脑力、笔力写出接地气、冒热气、有年味、沁人心的报道。好作品是"走"出来的、"蹲"出来的、"磨"出来的。

2022年1月17日开设"新春走基层"专栏以来，共刊发图文报道71篇，电视新闻15条，微信公众号文章31篇，微视频作品9条，总阅读播放量突破42万人次。

他们用温情的文字书写奋进动人的故事，用激昂的热情讴歌一线员工的风采，感受时代发展的强劲脉动。以小切口、小故事展现大情怀、大主题，以亲切、平实的叙事方式讲述基层故事。

中国石化报2022年2月7日头版刊发《"这是利国利民的好事"》报道。除夕夜里，驻企业记者来到习近平总书记在胜利油田视察过的地方，进行回访式报道。文章描写了一线采油工人现场的工作情景，让故事接地气；又从员工办公桌上的照片切入，让她回忆起习近平总书记视察时的情景，让作品充满温度与品位。整篇报道充满着浓浓的石油年味儿，让读者看到石化员工牢记总书记的殷殷嘱托，春节期间在各自岗位奋斗与坚守的故事。

中国人民大学新闻学院教授、教育部"长江学者奖励计划"特聘教授杨保军认为，"新春走基层"，"新春"，抓住了时间节点，有文化特殊性；"走"，下沉到日常生活实际，走得"广"，体现了生活的丰富性、复杂性，情感的饱满性；"基层"，贴近实际、贴近群众、贴近生活。每到春季，"新春走基层"总是最抢眼、最具有吸引力的专栏。

除了重磅"新春走基层"活动外，报社每年还会组织其他的一线行活动，比如"天然气冬季保供"一线行、"地球物理"一线行、"油品保供"一线行等，进行行进式报道，让记者到现场去、用眼睛去看、用耳朵去听、用心去体会，走得远、看得真、想得深、写得实，让新闻作品能真正接地气、有温度。

2022年6月，"油气勘探开发"一线行系列报道推出。中国石化报社记者联合各企业记者站，通过现场走访、视频和电话采访等方式，对顺北油气田、胜利油田西部探区、涪陵页岩气田、川西气田、大牛地气田、东胜气田、威荣页岩气田进行了立体式报道，展现了中国石化增储上产的生动实践，彰显了全力端牢能源饭碗的实干担当。

同时，来自基层的许多文图本身就是基层员工即兼职通讯员从身边事例、个人视角、切身体会出发生产的新闻作品，带着体温、带着感情，犹如采摘来的新闻鲜果，散发出油气味来，天然具有吸引力、说服力和感染力。

另外，报社本部还从记者站、通联站获取一些来自基层的新闻素材、新闻选题和新闻角度，让报道聚焦基层一线，为服务受众、赢得"民心"奠定了基础。

这些正是中国石化报坚持人民性、充分反映基层群众的现实工作与生活的写照。员工的生动实践是行业类报纸的重要源头活水和肥沃土壤。

从某种意义上说，中国石化报着力创新报道思路、角度、手法、表达，用有温度、有看点、有筋骨、有品质的新闻产品，畅通了基层信息向上传递的"绿色通道"：报道典型人物、交流典型经验，以提升员工素质，陶冶员工情操，鼓舞员工士气，提升企业管理水平，从而彰显中国石化品牌形象。

第四节　开启关注国际石油石化行业发展的主要窗口

习近平总书记在2013年全国宣传思想工作会议上讲话中强调："对世界形势发展

变化，对世界上出现的新事物新情况，对各国出现的新思想新观点新知识，我们要加强宣传报道，以利于积极借鉴人类文明创造的有益成果。"这对我们行业报做好国际新闻报道起到了指导与鞭策作用。

所谓国际新闻有不同的定义，有人将其分成世界新闻型（对本国国内传播的国外新闻）、对外传播型（对国外传播的本国新闻）和全球传播型（国际性新闻媒体采自全球又向全球发送的新闻）三种形态。① 有人称，国际新闻的事实客体就包括：发生在国外的涉内新闻、发生在国内的涉外新闻和发生在国外的其他新闻事件等。②

我们认同后一种说法，中国石化报国际新闻报道实践思路正好暗合这一定义，所以本章的论述也是按这一提法展开。

中国石化报报道的国际新闻可分成新华社等媒体提供的国际石油石化行业新闻、中国石化海外企业的新闻（虽没有驻外的专职记者，但有海外企业的通讯员队伍）、发生在国内的石油石化行业涉外新闻、编译国际媒体刊发的石油石化行业新闻、专家学者撰写的关于国际石油石化行业分析稿件等。

下面再来认识大众传播的社会功能。

大众传播作为人类最重要的一种传播形式，指的是专业化的媒介组织通过一定的传播媒介，在接受国家管理下，对受众进行大规模的信息传播活动。大众传播的社会功能是指大众传播媒介在人类社会生产和生活中产生的作用。③

有专家学者总结道，西方有关新闻媒体功能的主要观点集中在以下六点：①信息（Information），②评论（Comment），③娱乐（Entertainment），④教育（Education），⑤动员、说服或者提倡（Mobilization，Persuasion or Advocating），⑥广告（Advertisement）。④

到了20世纪90年代，中国和西方的新闻功能观在理论上非常接近，基本认同上述六项功能。

作为大众传播媒介一部分的行业报国际报道同样应具有上述的六项功能。但由于它自身的特点，既不同于党报党刊的国际报道，后者涉及领域宽泛，偏重于国际政治新闻、国际经济新闻、国际文化新闻等；又不同于都市报、晚报的国际报道，后者注重娱乐功能，偏重于国际社会新闻、国际科技新闻、国际体育新闻等。作为专长经济类某一特定行业的国际报道，它的功能应着重于上述的守望人（信息）功能、教育功能和动员（商业）功能。

在理解世界、建构认知的过程中，新闻报道一直承担着传递真实的、有价值的信息的功能，在今天这样社会高速发展、人们思想观念发生巨变的时代里，这种功能尤

---

① 黄琳斌．国际新闻编辑．北京：中国广播电视出版社，2013：6.
② 江爱民，吴敏苏．国际新闻报道．北京：中国传媒大学出版社，2011：6.
③ 杭孝平．传播学概论．北京：中国书籍出版社，2012：339-344.
④ 张威．比较新闻学：方法与考评（修订版）．北京：清华大学出版社，2013：121，123.

须加强。①

中国石化报《环球周刊》努力做国内外石油石化行业新闻、石油石化公司资讯的"守望者",本着"中国石化报《环球周刊》在手,尽晓海内外石油石化大事"的办刊理念,打造一份可读性强、影响面广的经济类新闻周刊,力图在迷雾重重的信息汪洋大海中,给人们提供一座照亮海面的"灯塔"。该周刊通过真实、及时、准确地向公众传递石油石化行业信息、传播石油石化专业知识,帮助人们认识石油石化世界。

中国石化报国际报道定位在主要报道国际石油石化行业发展趋势和热点焦点问题分析,介绍国际石油石化公司发展经验,旨在为中国石油石化工业发展和中国公司参与国际市场竞争提供资讯服务,极尽媒介之能事;引导读者及时、客观、真实、全面了解石油石化行业的国际环境,开阔读者了解石油与政治、经济、外交等方面关系的眼界。

一、发挥守望人的功能

通过报道国际石油石化行业新闻,协助读者认识这些新闻的本质及行业发展趋势。

大众传播媒介的守望人功能,就如原始部落中的守望人守候在地平线上随时报告危难与机会一样。媒介负责报道环境中有什么事情发生,把消息告知社会大众,其目的在于协助人们认识复杂的环境事物,使之能充分地获得"调适"。

石油作为国际上买卖的最重要商品,自身具有重要的价值;同时它是一个国家经济的生命血脉,是整个世界经济的血液。石油价格的每次跌宕起伏,都牵动着世界的神经。

我们需要具有全球性的眼光、行业性的思辨,去探究国际石油石化的热点新闻及本质特征,认识这一复杂环境事物;需要通过新闻事件的报道,进行国际石油石化宏观经济分析、国际石油石化热点问题透视、国际石油石化行业趋势判断,运用新闻语言和版面语言进行新闻表述。

新闻业内专家就国际新闻报道指出:为了洞察隐藏在事件背后的真相,明确各种力量对比的结构与联系,就必须在保持高度的政治敏感的同时,从大局出发,掌握收集相关信息的方法,反复地进行比较与分析,借助平时对国际关系、国际政治的积累和思考,才有可能在报道国际新闻时,发掘出素材的新闻价值,进而深入剖析和解读,完成全面而客观的报道。②

《环球周刊》日常报道油气区块的招标、油气田的勘探开发、油气田发现与投产、原油天然气生产、管道建设;炼化装置的建设、石化产量增减;上中下游投资、产品贸易、资产交易;技术进步、低碳发展、安全事故、环保问题等。这些报道通过消息、通讯、图片、图表等方式进行。《环球周刊》每周一期,每期可以刊发50余条国际石油石化行业及中国石化企业"走出去"的新闻。

---

① 蔡雯. 守正中创新,逆势中进取——读刘海陵《我怎样当总编辑》一书有感. 新闻战线,2021(5).
② 本书编写组. 实践中的马克思主义新闻观——新闻报道经典案例评析. 北京:高等教育出版社,2015:303.

1. 石油石化行业大事盘点

每年年初，《环球周刊》会与相关研究机构合作策划，对上一年石油石化行业发生的重要事件进行盘点：确定入围事件、打磨文字、查找图片、制作图表，以图文并茂的形式，将一年来发生的重要的石油石化行业事件串联起来，让读者对上一年大事有一个简明扼要的回顾与认知，提供判断发展趋势的依据。

(主题) 回眸2021，全球能源行业惊心动魄

(副题) 本报评出2021年全球能源行业十大热点

1. 油价"任性"：疫情反复、经济脆弱致油价频繁大涨大落，一次次开启"过山车"模式；2. 天然气赶"油"超"煤"：天然气迎来黄金发展期，预计未来3年年均复合增长率为6%，增速远超石油和煤炭；3. 能源告急：全球性能源短缺现象大面积再现，欧洲成为市场断档的"震中"，核电地位进一步稳固；4. 坚定减排：格拉斯哥气候大会迈出重要一步，疫情和能源短缺并未阻滞全球向气候目标迈进的雄心；5. 负重前行：国际石油公司转型发展的决心和压力同在；6. 勘探"垫底"：全球常规油气勘探迎75年来最差年份，新增油气发现量只有2020年的1/3强；7. 供应链危机：风力、光伏发电业遭遇气候异常、出力下降和原料供应链成本上升多重挑战；8. 防止"运动式"减碳：中国"双碳"目标与能源转型稳步推进，煤炭清洁化利用和发展新能源齐头并进；9. 新页岩革命：中国非常规油气勘探获新突破，拉开中国页岩油气革命序幕；10. 炼化变局：北美关闭部分炼厂，欧洲和亚太地区一边关停一边加快转型，我国加大力度优化行业秩序。

（中国石化报2022年1月7日第5版）

《环球周刊》通过盘点国际国内石油石化行业事件，以及分析油气、炼油、石化行业年度特点，可以让读者清晰地了解石油石化行业处境、石油石化行业发展走向等，提示石油石化公司在低油价或高油价时期思索如何应对，如何调适自己。

2. 行业趋势判断

通过对行业趋势的判断，拓宽从业人员的全球能源视角。站在国际石油石化行业的角度，遵循国际石油石化行业发展规律，用宏观的视野审视石油石化行业，对油气、能源、炼化行业当年及一个时期内的趋势进行分析研判。

(主题) 炼油行业低碳转型发展的四大趋势

世界炼油行业面临能源转型和碳减排挑战，炼油加工原料走向低碳化和多元化，其他原料如生物质能源、废塑料等废弃化工产品也将作为炼油原料的补充；生产过程更加重视节能和使用绿色能源，比如开发并推广蒸汽裂解装置电加热解决方案，利用低碳电力加热蒸汽裂解炉来减少二氧化碳排放量；产品结构将从油品为主转向石化原料和材料为主；技术创新侧重提升效率和推动减排，主要包括分子炼油与精细分离技术，短流程技术（例如原油直接制化学品技术），降低原料成本和温室气体强度的技术（例如甲烷氧化偶联制乙烯技术），碳回收及利用技术，数字化技术。这四个趋势将共

同塑造未来炼油行业的发展路径。

炼油行业可考虑在中长期分两阶段实现低碳可持续转型：第一阶段以减油增化、节能降耗和减少生产过程的碳排放为目标；第二阶段将向着生产石化原料/材料和氢储能的综合体及能源集散中心方向发展。

（中国石化报2021年7月23日第5版）

专家的每一个趋势判断，都值得石油石化行业业界思索并制定相应战略。随着时间的推移，石油石化行业的发展也能印证这些判断是否正确。

3. 解读石油与国际政治等的相关关系

石油与各国政治、经济、外交、战争、文化等有千丝万缕的联系，我们试图通过现象，抽丝剥茧地认清其背后的因素，让读者更接近事实的真相。

（1）石油与政治关系的解读

对于石油政治，本书指的是与石油相关的各国国内政治。石油在各国地位举足轻重，很多政府在制定石油石化政策及相关税收、环保法规时，都得掂量各党派利益集团的纷争、各石油石化公司的博弈及民众的意愿与取向。

国际石油石化行业的报道应具有"政治敏感性"。任何一个国家的经济（包括石油石化行业）都离不开政治，如果没有高度关注政治，经济报道（包括石油石化行业）也就深入不下去，更无法透过现象触及本质。

（主题）壳牌退出北海油田项目起波澜

壳牌退出Cambo油田项目暴露出英国政界对北海油气未来的严重分歧。英国保守党日前警告称，Cambo等北海油气项目可以减少英国对进口能源的依赖。

一位不具名的英国政府官员表示，对壳牌的退出感到不安，强调即便英国承诺到2050年实现净零排放目标，未来几十年内仍需要石油和天然气。如果不能投资新的油气田取代那些老龄化和退役的油气田，英国对进口能源的依赖将进一步增加。

英国《金融时报》援引这位不具名官员的话称，"在能源转型还未出现实质性进展的情况下，我们就抛弃石油和天然气，只会将自己逼到悬崖边缘，立刻关闭化石燃料'龙头'的做法，让英国能源安全、制造业、工业，以及就业市场都处于危险中"。

然而，英国工党和苏格兰绿党十分欢迎壳牌的决定，英国影子内阁气候大臣、工党成员米利班德称，这是一个"重要时刻"，壳牌的举措间接给英国气候承诺带来了支撑。苏格兰绿党则表示，Cambo项目应被阻止，因为该油田无法通过任何严格的气候评估。

苏格兰绿党联合领导人哈维表示，Cambo油田开发的可能性又降低了，虽然仍存在其他投资者进入的可能，但保守党在支持化石能源开发方面越来越孤立了。

（中国石化报2022年1月11日第6版）

能源转型是世界各国当前面临的最大课题之一。一国的政治决定该国的经济（行业）如何发展，资源国的政治状况最终左右石油石化行业的未来发展方向，从哲学角度考虑，上层建筑反作用于经济基础。

(2)石油与经济关系的解读

石油是一切现代国家经济的生命血液和命脉,关系着国家的经济与社会的安全。石油产业与其相关联的上下游产业,涵盖生产、流通、分配和消费的许多部门、行业和企业,在国民经济结构中占有相当大的比重。

石油与经济的关系表现不言而喻:既表现它对产油国经济的影响,又表现它对消费国经济的影响;既表现它对主要石油出口国经济的影响,又表现它对主要石油进口国经济的影响;既表现它对各国能源消费及石化产业原材料的影响,又表现它对经济其他领域相关产业如交通、商业、金融等的影响。

(主题) 美国能源新政未能落地

一年来,国际和美国国内政治经济形势异常严峻,美国新冠肺炎疫情防控一直未有大的起色,时至今日新增病例数还在高速增长。美国政府急需解决在防控疫情中实现经济增长等棘手的现实问题。

要有效解决这些问题,就不可避免地触及能源政策的调整。美国油气勘探与开发政策近一年来渐趋宽松。近期,拜登政府以每月332份的速度批准了3091份联邦公共土地钻探许可证,比特朗普政府每月300份的速度还要快,而特朗普对化石能源开发是持支持和肯定态度的,拜登的做法显然比特朗普还要激进。

此外,美国政府近期在墨西哥湾开放了超过8000万英亩的石油和天然气钻探,政府支持油气复苏的政策意图和迫切愿望不言自明。这一政策变化倾向与拜登2021年初的"誓言"多少有些背离。

美国在疫情之下采取宽松的货币政策刺激经济,通货膨胀随之出现,拉高了油价,美国页岩油气行业面临诸多不利形势。经历了一年来全球能源市场动荡与疫情反复后,为有效降低包括石油在内的大宗商品价格,稳定国内经济,美国政府开始解禁之前的油气勘探开发禁令,为油气行业松绑。

(中国石化报2022年2月25日第7版)

从某种层面上看,发达国家的经济也是很依赖资源的。

石油美元很大程度上决定了石油与经济的关系。现在的世界贸易是一场买卖游戏,其他国家生产物品,美国生产美元来购买物品。相互关联的世界各国经济不再为了获得相对优势而进行贸易,它们争取出口商品是为了获得所需要的美元,以维持本国货币的兑换价值。"这使其他国家不受其他经济因素影响,对美元产生了依赖性需求。"[①]

从国际来看,石油美元的确立,让石油生产国出口石油必须用美元,石油进口国进口石油必须用美元。这决定了石油与经济的密不可分。

(3)石油与外交(战争)关系的解读

美国现实主义国际关系学者约翰·米尔斯海默认为,国际政治是大国的政治,大

---

① [英]瓦西利斯·福斯卡斯,比伦特·格卡伊.新美帝国主义:布什的反恐战争和以血换石油.薛颖译.北京:世界知识出版社,2006:9.

国都追求自身权力的最大化,因此不可避免地会导致大国之间的冲突。这种冲突有时表现为全面的冲突,包括政治、经济、文化等在内,而有的则表现为某一方面,这要看当时国家所处的历史条件。①

自从石油大规模开发以来,石油公司之间的竞争、国家间为石油的争夺、超级大国与国际组织间对石油的博弈充斥了石油行业发展史。

石油外交是外交、外贸和石油等部门为实现对外石油政策的目标而开展的各种博弈。通过这些外交博弈力图实现国家的能源安全,在国际石油生产、贸易、加工等领域获得最大利益。

洛克菲勒生前表示:"给我们最大帮助的,就是华盛顿的国务院。大使、公使和领事们协助我们开辟了通往新的市场的道路,这种市场一直伸展到世界上最遥远的角落。"②

(主题)美国调整中亚政策:绕不开的"能源棋"

文章首先分析美国对中亚能源外交政策调整的逻辑:能源问题在美国"中亚新战略"中的地位、能源问题与拜登政府的优先事项、能源与美国的地缘政治目标、中亚国家自身的能源禀赋、中亚五国的能源政策。接着分析拜登政府实施中亚能源外交政策的举措和机制:将能源议题纳入"C5+1"(中亚国家+美国)框架、促进中亚国家能源部门改革和节能、鼓励对中亚国家能源基础设施的投资。最后分析拜登政府中亚能源外交政策面临的挑战:美国私人资本投资中亚能源领域的意愿,中亚国家短期内难符合美国开发性金融投资的标准,美欧步调的合拍程度,阿富汗持久和平与稳定的实现与保障,中亚国家的自身财力。

(中国石化报2022年3月4日第5版)

正如英国学者评价的那样:"美国控制石油资源并不只是为了满足本国消费,同时也是为了防止其他重要工业国家,特别是欧盟、中国和日本控制石油资源。"③有了美国的控制,无论是产油国,还是消费国,为了本国的石油利益,都需要动员外交力量,甚至动用其他手段。

亨利·基辛格博士一言以蔽之:"如果你控制了石油,你就控制了所有国家;如果你控制了粮食,你就控制了所有的人;如果你控制了货币,你就控制了整个世界。"

4. 关注相关能源业对石油石化业的影响

能源不仅是油气,还有煤炭,以及太阳能、风能、生物质能等新能源。油气行业的发展对其他能源发展有重要的影响,其他能源发展对油气行业发展也会起到息息相关的作用。高油价必然刺激新能源的发展,新能源的发展必然影响油气市场的繁荣。

---

① 李彦冰. 政治合法性、意识形态与国家形象传播. 现代传播(中国传媒大学学报),2012(2):71.
② [美]彼得·柯利尔,戴维·霍罗威茨. 洛克菲勒王朝. 劳景素译. 上海译文出版社,1982:39.
③ [英]瓦西利斯·福斯卡斯,比伦特·格卡伊. 新美帝国主义:布什的反恐战争和以血换石油. 薛颖译. 北京:世界知识出版社,2006:15.

（1）化石能源的影响

化石能源除了油气资源外，还有煤炭资源，它们相互影响。

(引题) 2021年全球温室气体排放量反弹

(主题) 净零转型是否走上回头路？

2021年，随着全球经济逐步复苏，全球温室气体排放量迅速反弹。尽管各国承诺削减碳排放并向可再生能源过渡，但是碳排放量仍在增加。一些国家碳排放量增长速度甚至高于本国经济增速，而且碳排放强度不降反增。此前，受疫情影响，人们出行受阻、经济活动停滞，导致碳排放量下降，但随着疫情逐渐"解封"和经济活动复苏，交通等行业的碳排放量迅速增长。电力需求的回升导致煤炭再受"追捧"。

受2021年能源短缺影响，多个国家再次转向煤炭以弥补能源供应缺口，本应逐步淘汰的燃煤发电再次被启用。据国际能源署统计，2021年全球煤炭产量创历史新高，煤炭需求水平将在2022年达到峰值。分析机构称，全球实现净零目标的成本将高达每年9.2万亿美元。为实现可持续的净零转型，达成气候目标，全世界需要开展高度深度合作，并建立起强大的支持机制。

该专题《煤炭消费迅速反弹》一文指出：2021年全球煤炭产量创下历史新高，煤炭需求水平将在2022年达到峰值，2021年全球煤炭发电量将增长9%，达到历史最高水平；2021年煤炭消费大幅反弹的国家中，美国最具代表性，2021年美国发电用煤预计增长20%以上，是自2014年以来发电用煤的首次增长；印度煤炭需求不断攀升，短期内难达峰值，预计电力需求将推动印度煤炭需求以4%的年增长率不断增长。

（中国石化报2022年2月18日第7版）

油气资源价格高，煤炭的前景会好些；油气资源价格低，煤炭的前景自然会更黯淡。此外还有核能，比如2021年12月10日《环球周刊》刊发的文章《核能"第二春"真的来了吗？》对能源转型条件下核能地位再获国际认可进行了分析。

（2）新能源的影响

在新的国际形势下，可再生能源得到了政府政策的大力支持与民众的喜好，其发展前景值得期待。

(主题) 氢能将改变全球能源贸易的"游戏规则"

国际可再生能源署预计，到2050年，全球氢能消费量将占全球能源消费量的12%。目前，全球氢能年销售额约为1740亿美元，已超过LNG的销售额，预计到2050年氢能年销售额将达到6000亿美元。

目前，生产绿氢所需的电解槽价格过高导致绿氢的生产成本较高。而国际可再生能源署的报告预计，到2030年，许多国家的绿氢价格将与蓝氢持平，另有一些研究表示，绿氢要到2040年才具有成本竞争力。

（中国石化报2022年3月11日第7版）

在报道新能源的时候需把握新闻的客观性和平衡性，既报道其有利的一面，又报道其不利的一面，同时适时表达中国石化报的观点、意见，让读者对新能源有正确的认识与理解，增强读者对生态环境保护、节约能源、生态文明建设等的意识。

(引题) 开发商要给政府"倒贴钱"？

(主题) 欧洲海上风电正进入"负补贴"时代

根据欧盟的气候政策，到2050年，欧洲海上风电装机总量将在当前的基础上翻25倍以上。此前，德国、丹麦、荷兰等多个国家的"零补贴"海上风电项目相继落地。2021年12月，丹麦出现首个"负补贴"海上风电项目。

近日，荷兰经济与气候部在海上风电项目竞标规则中增加了"财务竞标"的条款，要求投标企业向政府支付5000万欧元以增加竞标筹码。业界普遍认为，这预示着欧洲海上风电或已进入"负补贴"的时代，开发商需要向政府"付钱"才有机会获得开发权。

（中国石化报2022年3月4日第7版）

新能源与油气资源的利用存在负相关性。美国和欧洲发达地区在能源领域的发展方向及措施，值得我国能源行业主管部门借鉴，也值得油气行业、企业深思对策。

5. 关注与石油石化行业相关的社会责任

环境污染和气候变化已成为人类共同面临的全球性问题。更加关注环境保护、气候变化、资源节约、能源转型等全球性问题，是石油石化行业面临的共同之责。

报道与气候变化相关的经济问题，通常可以分为宏观层面和微观层面。宏观层面的报道可以包括国际和国家的能源政策、新的清洁技术发展方向及能源经济的最新研究等，而微观层面的报道，则主要是各种清洁能源、节能的企业与特定技术的发展。①

通过报道，可以增强人们保护环境和改善生态的意识，倡导绿色低碳的生产生活方式，推动国家制定有利于生态和环保的政策，促进全球生态文明的进步。

（1）低碳发展

以低碳经济为主的生态文明规则将引领世界经济的未来发展，所有世界经济的参与者都不可避免地参与新的竞争。在担当社会责任中，大公司要尽大责任，国家公司要尽国家责任，跨国公司要尽国际责任。

自2020年9月我国作出"力争2030年前实现碳达峰，2060年前实现碳中和"的庄严承诺后，油气企业积极行动，为"双碳"目标如期实现作出应有贡献。2021年9月22日，中共中央、国务院印发《关于完整准确全面贯彻新发展理念做好碳达峰碳中和工作的意见》（简称《意见》），10月24日，国务院印发《2030年前碳达峰行动方案》（简称《方案》）。《意见》和《方案》是在全球煤炭、石油、电力、天然气供应紧张，国际碳中和目标实施不同程度受到影响的形势下出台的，充分体现出我国实施"双碳"目标的信心和决心。

---

① 贾鹤鹤，张志安. 全球议题的专业化报道——气候变化新闻实务读本. 广州：南方日报出版社，2011：66.

(中国石化报 2021 年 11 月 19 日第 5、8 版)

《意见》和《方案》为包括石油石化行业在内的各类企业做好碳达峰碳中和工作指明了方向、明确了目标、制定了措施、强化了政策保障。中国石化报《环球周刊》邀请业界知名专家——能源战略学者、集团公司经济技术研究院专家对两份重要文件进行解读,助力石油石化企业吃透精神,制定石油石化行业企业应对策略。

(引题) 早在 2015 年,《巴黎协定》就提出了建立全球碳市场的设想,但多年来举步维艰,《格拉斯哥气候协议》的签署又让业界看到了希望

(主题) 困局中的全球碳市场期待曙光

2021 年 11 月,《联合国气候变化框架公约》第二十六次缔约方大会(COP26)就《巴黎协定》第六条款关于国际碳市场交易合作机制的实施细则达成共识。

曙光之后,国际碳市场的未来仍道阻且长。在规则细则设计及落实的过程中,诉求不同的国家和地区必然将继续进行博弈。如何避免碳交易成为富裕国家和企业污染排放的许可证?如何在实现碳减排总体目标的同时,形成更加公平合理的全球碳排放体系?如何保证碳资产和碳交易受到有力而适当的管控?这些仍是一个有效、有益的国际碳市场必须直面的问题。

(中国石化报 2022 年 1 月 28 日第 5 版)

此类报道积极呼吁各国加入相关国际公约,共同建立低碳发展交易体系,加快生态经济发展模式的实施,推进共同保护全球生态安全的合作。发展"低碳经济",促进节能减排,实现"双碳"目标,已深入人心。

低碳发展是当前全球共同面临的重大课题，深刻影响着人类的生存与发展。学者研究表明，气候变化对公众的直接影响并不显著，而大众媒体和社会交流等传播形式在应对气候变化过程中发挥着重要的作用。①

我们还对国际上流行的碳中和油气田、碳中和原油、碳中和天然气等进行过报道，也客观地报道了"认为这些是'漂绿'"的反对意见。

（2）环境保护

环境保护不仅是石油石化企业的大事，更是政府的大事。

(主题) 谁该为美国废弃油气井封堵买单

美国持续一个多世纪的石油钻探活动遗留了极大隐患，分散多个州的数百万口废弃油气井已成为该国陆上最严峻的环保挑战。这些原本早就应该被封堵的废弃油井，因为不同原因被搁置或遗忘，多年来持续释放甲烷等温室气体，给周边环境和生态带来严重影响。一方面，如果继续忽略泄漏检测和修复封堵措施，废弃油气井极可能成为美国温室气体的另一大潜在排放源；另一方面，大部分无人承担的"孤井"封堵责任，从最开始的生产运营商，转嫁到了联邦或州政府身上，因为动用税款封井引起民众不满。

(中国石化报2021年6月18日第7版)

对于环境新闻的定义，西方业界与学界较为完整、也能够为众多人接受的是曾在爱达荷、佛蒙特与西华盛顿大学执教的教授麦克·弗洛姆先生的定义："（环境新闻）是在制定决定过程中，在调查研究的基础上，一种有目的、为公众而写的，以充分准确的材料为依托、反映（最新）环境问题的作品。"这个定义表明了环境新闻的制作过程，也突出了其不同于传统新闻的特征：它更注重科学性、调查性与批评性。②

通过报道国际石油石化行业在环保、安全、节能、能源转型等方面面临的问题、难点、挑战，引起我国石油石化业界的关注与重视，增强人们在环境保护问题上的危机感和责任感，提高人们的环保意识和环保行动能力，推动人们积极实践绿色低碳生活与生产方式。

二、发挥商业与教育的功能

中国石化报发挥行业报的商业功能，关注石油石化企业经营战略，把握石油石化科技前沿，传播石油石化市场信息，凸显前瞻性和参考性，提高国内企业参与国际竞争的商业机遇。

正如传播学者施拉姆所言，媒介的商业功能，就如原始部落中的一些贩夫，负责到相邻的其他部落去交换物品，并回到部落与族人互通有无一样。

中国石化报发挥行业报的教育功能，提供石油石化行业知识和石油石化企业发展经验，为提升我国油企经营水平提供借鉴。

---

① 鞠立新. 低碳发展传播策略研究. 新闻战线，2014(4)：89.
② 王积龙. 环境新闻研究的西方模式及其研究方向. 西南民族大学学报(人文社科版)，2007(11)：188.

正如传播学者施拉姆所言，媒介的教育功能，就如原始部落中的长者负责传授部落的历史、习俗和技术一样。媒介的作用，在于提供知识和经验，并提高社会大众的教育水准。

石油石化行业新闻是国际经济新闻的一部分。"从某种程度上，我们可以这样认为：国际经济新闻不仅仅是单纯的信息传递载体，同时，也是具有商业价值的特殊信息；它与国家利益有着千丝万缕的关联，并且日益广泛地影响着全球经济生活的各个方面。"①

石油是国际上重要的大宗商品，进口国需要在国际市场上购买石油，在哪里购买？何时购买？出什么价购买？出口国需要在国际市场上寻找买家，卖给谁？以什么样价格出售？从业者都需要分析。数千种石化产品卖到哪？是国内市场还是国际市场？市场的行情如何？什么产品具有竞争力？从业者都需要有所认知。

美国石油学会 1936 年就预言："由于石油这种原料具有独特而令人难以捉摸的特性，任何一种工业都没有像它那样面临如此复杂的形势。它在和平与战争中都尽了巨大的责任。它在行使职责方面从未失败过。"②

1. 分析石油石化市场

从 1993 年开始，我国由石油净出口国成为石油净进口国。从 1999 年开始，国内原油价格与国际原油价格开始逐步接轨，到 2000 年 7 月，国内成品油价格完全实现了与国际市场的接轨。中国石化每年加工的进口原油占总量的 3/4 强，国际原油价格的涨跌直接影响公司生产成本，直至影响公司整体经济效益。关注国际石油市场，利用好国际国内资源，统筹国际国内市场，成为我国石油石化工业发展的重要课题。

（1）油品市场分析

国际上，油价不仅是全世界人民关注的焦点，而且是石油石化行业从业人员聚焦的话题，直接关系着公司的业绩。

每年年终，我们都要回顾分析当年油价变化情况，对新的一年油价走势作出预判；遇到油价波动频繁之时，我们会邀请专业机构研究人员、行业从业人员等进行剖析；同时关注国际机构比如欧佩克的举动，国际能源署、其他金融机构等的分析。每一次重大行业会议或油价的跌宕起伏，以及涉及的与油价相关的地缘政治、经济因素等都会成为中国石化报《环球周刊》的报道主题。2021 年在不同时期《环球周刊》做了六次关于油价的专题报道。

（引题） 供应紧张继续放大看涨情绪

（主题） 国际油价创近 7 年最高水平

国庆假期过后，国际原油价格依然保持强势，美国西得克萨斯轻质原油（WTI）价

---

① 刘笑盈. 国际新闻传播. 北京：中国广播电视出版社，2013：21.
② 江红. 为石油而战——美国石油霸权的历史透视. 北京：东方出版社，2002：65.

格冲上80美元/桶关口，为2014年油价暴跌以来的首次。如此大的涨幅，体现出市场矛盾的激烈。在全球化石能源紧张、经济复苏和寒冬预期下，欧佩克+产油国依然我行我素，没有决定大幅增加产量，更引发了市场对油价继续走高的无限遐想。

当前，美国、欧洲及亚洲部分国家天然气供应偏紧、库存偏低，叠加寒冬预期，推动天然气价格大幅上涨，拉动石油替代需求增长。

(中国石化报2021年10月15日第5版)

(引题) 曾经价格低廉，如今"高攀不起"。过去一年亚洲地区天然气价格暴涨5倍，欧洲地区14个月内疯涨10倍

(主题) 天然气缘何成为"涨价王"

天然气及LNG供不应求、天然气与原油价格挂钩、能源转型和"双碳"目标倒逼需求量飙升、天然气价格与碳价"梦幻联动"

(中国石化报2021年9月17日第5版)

国际油气价格的形成十分复杂，与供需关系、地缘政治、资本炒作等密切相关，分析国际油价涨跌实际上是一个从"蝴蝶效应"去探索和发现"摩尔斯密码"的逻辑思维过程。谁都可以预测，谁都难准确预测，作为本行业的媒体，需要给读者、业内人士提供一种思路与方法。

(2) 石化市场分析

对于石化行业市场形势的报道，《环球周刊》既着重于宏观形势的判断，又适时适量报道重要产品的市场分析。

(主题) 美国产能缩减致化工产品价格飙升

(副题) 得克萨斯州近日遭遇极寒天气，暴涨的取暖需求，以及电力设备瘫痪，压垮了得克萨斯州的电力系统。据悉，极寒天气已导致美国83%的聚丙烯和65%的乙烯产能关闭，并影响其他产品的供应，供需关系的突变刺激全球化工产品价格飙升

到目前为止，《安迅思化工周刊》已报告美国有50多家化工厂和炼厂因极寒天气遭遇非计划停工。据悉，美国墨西哥湾沿岸地区的大部分石化产能现在都受到严重影响。

按产量计算，受冲击最严重的是乙烯，墨西哥湾沿岸地区共有2550万吨/年的乙烯产能停产，占美国乙烯总产能的65%。此外，还有990万吨的丙烯产能停产，占美国丙烯总产能的46%。该地区的许多炼厂也被迫减产，超过200万桶/日的美国炼油产能被关闭。

……

美国化工厂的大面积非计划停工，使本已遭受价格上涨之"痛"的全球化工市场供应吃紧。工厂非计划停工问题，加上下游的正常需求，造成了供应紧张，尤其是丙烯和聚乙烯(PE)产业链。

(中国石化报2021年3月12日第6版)

据统计，2020年，我国化工新材料产业规模约6500亿元，消费规模约9600亿元，

消费量约3770万吨，自给率约71%。其中，自给率最低的为高端聚烯烃，仅有47%；工程塑料和电子化学品自给率在62%左右；高性能合成橡胶和高性能膜材料为68%。国际石化市场的情况及趋势值得关注与判断。

2. 举荐跨国石油石化公司经营理念

放眼当今世界，经济金融全球化，国内市场国际化，国际大石油石化公司核心优势突出，市场竞争力强，凭借质量、品牌、技术、成本和服务等优势，通过各种手段和渠道，实现扩张目标。近几年，国外大公司占领了国内石化市场大量份额。

邓小平南方谈话时指出，"社会主义要赢得与资本主义相比较的优势，就必须大胆吸收和借鉴人类社会创造的一切文明成果，吸收和借鉴当今世界各国包括资本主义发达国家的一切反映现代社会化生产规律的先进经营方式、管理方法"。[1] 这就需要我们了解国际石油石化公司的经营理念、发展经验，吸收和借鉴它们的先进经营方式和管理方法。

对于公民进行知识教育可以有两种途径：一种是通过学校教育……另一种则是公民基于自身对未知事物的渴望，从他人身上或是借助传播媒介寻找自己需求的知识。国际新闻报道无疑是二者中的后者。国际新闻传递出不同文化体的思维习惯和生活方式，拉近了被地域隔绝的不同文化体之间的关联，同时改变着个体价值观以及对世界的认知。[2]

媒体同行指出，"国际经济报道的一个首要任务，是为国内的经济建设和社会发展提供有益的借鉴。因此，国际经济报道必须紧紧围绕国际经济形势发展的总趋势，贴近国内的热点问题，贴近普通百姓的生活，才能充分发挥它的影响力，才会受到政府、企业、百姓的欢迎"。[3]

根据这一特点，中国石化报特别选取那些值得学、能够学的石油石化行业知识和石油石化公司经验报道，试图缩短国有油企与跨国油企间存在的理念、管理、技术、品牌等的差距。

所谓跨国公司，就是指通过直接投资、转让技术等活动，在国外设立分支机构或与当地资本合股拥有企业的国际性公司。跨国公司改变了世界经济的格局，使各国经济之间你中有我、我中有你。一些跨国公司进军中国市场，给中国市场和企业带来巨大的冲击；同时中国的企业也在成长，走出国门，并购海外企业。

《环球周刊》特辟他山之石版，介绍国际石油石化公司的生产经营、资产重组、战略实施、技术进步等经验，试图给国内石油石化企业一些启发。

---

[1] 邓小平．邓小平文选（第三卷）．北京：人民出版社，1993：373．

[2] 刘笑盈．国际新闻传播．北京：中国广播电视出版社，2013：29-31．

[3] 陈鹤高．国际经济报道应注意的问题．中国记者（北京），2002(8)．

（1）整体战略

每隔一两年时间，我们会邀请石油石化研究机构对国际、国家石油石化公司的经营策略进行分析总结，策划相关专题报道。

近年来，由于国际能源市场的竞争不断加剧，为增强国家石油公司的竞争力，很多国家都调整了能源政策，国有油企也积极调整经营策略，为自身发展创造良好环境。

截至目前，全球已有30个国家确立碳排放目标。作为碳排放大户，全球能源行业无疑将迎来一场大考，2021年5月《环球周刊》推出国际石油公司和国家石油公司炼化业务减排的系列专题报道：《埃克森美孚："大石油"战略与低碳转型路线图》《bp：致力于成为低碳领域的领导者》《壳牌：向综合能源公司转型的"激进派"》《沙特阿美：实施能源技术做"加法"的保守减排》等。现摘取沙特阿美石油的部分做法。

(主题) 利用原油资源优势，扩大化工业务范围

沙特阿美认为，在未来相当长的时间内，油气仍是主要能源，油气产业仍有强大的生命力。为此，在炼化业务低碳发展方面主要利用原油资源优势，在全球范围内通过合资、并购等手段不断加大化工领域投资，持续扩大化工业务范围。通过自主研发原油直接制化学品等技术减少炼油过程、简化流程、降低投资，减少碳排放。

沙特阿美开发了3种原油直接制化学品技术，即完全一体化原油制化学品（COTC）、热原油制化学品（TCTC）和催化原油制化学品（CCTC）。

COTC技术可绕过主要炼油过程，将原油直接送到加氢裂化装置，先脱硫将较轻组分分离出来，然后送到传统的蒸汽裂解装置进行裂解，而较重的组分则被送到深度催化裂化装置进行烯烃最大化生产，同时大幅减少炼油过程中二氧化碳等气体的排放。2018年，沙特阿美与英国伍德集团签署合约，投资200亿美元在沙特建COTC装置。该项目可实现从原油到近50%化学品的直接转化率，能最大限度提高化学品回收率，回收副产品，优化资源并提高规模效率。该项目可处理原油40万桶/日，生产约900万吨/年的化学品和基础油，预计2025年投产，还包括两条乙烯生产线，总产能为300万吨/年。

沙特阿美正与工程和工艺技术公司麦克德莫特和雪佛龙鲁姆斯全球合作开发TCTC技术。该技术路线分两步：一是原油处理阶段，原油被送往加氢处理厂进行加氢精制和加氢裂化；二是经加氢处理的原油被送往蒸汽裂解装置生产石化产品。TCTC技术的原油制化学品转化率高达70%，可减少资本支出30%。该技术将用于建一座产能为150万吨/年乙烯的世界级规模裂解装置，每年可处理600万吨原油，减少碳排放约400万吨。

沙特阿美还与阿克森斯公司和TechnipFMC合作开发CCTC技术。该技术以沙特阿美在高苛刻度流化床催化裂化方面取得的成功为基础，在高温流化床反应器中对原油进行催化反应生产化学品。CCTC技术的原油制化学品转化率在60%~80%，同时减少30%的资本支出。CCTC技术将用于一套原油处理量为12万桶/日的装置，但产品不仅

是乙烯，而且包括其他烯烃产品。

(中国石化报2021年5月12日第8版)

沙特阿美是世界石油行业名副其实的巨无霸和最赚钱公司，其虽然是国家石油公司，但技术上的开发能力仍首屈一指。中国国有油企，是上市石油公司，需要借鉴国际石油公司的经验，又是具有国家背景的公司，需要借鉴国家石油公司的经验，做强做优做大业务。

(2)资产重组

对于国际石油公司，我们着重报道它们的应时而变，特别是实施资产战略时，它们根据自身需要进行调整，时而瘦身，时而并购，值得国内企业借鉴。

(主题)通用电气拆分：能源"单飞"聚焦转型

(副题)11月9日，该公司宣布，将按照航空、医疗和能源进行拆分，组建3家独立的上市公司

11月9日，美国老牌工业巨头通用电气(GE)宣布拆分计划。通用电气在官网发布声明称，计划按照航空、医疗和能源进行拆分，组建3家独立的上市公司。按照计划，该公司将在2023年初剥离医疗部门；此后将公司的可再生能源、电力和数字化业务重组为一体，聚焦引导能源转型，并在2024年初独立拆分。

这也成为3年前通用电气在结束与油服巨头贝克休斯短暂4个月的"联姻"后，又一次在公司业务结构上的大调整。值得注意的是，在此次拆分中，通用电气明确提出"聚焦引导能源转型"。字里行间可以看出，通用电气的能源拆分旨在吸引行业对其可再生能源业务的兴趣。

金融专家表示，通用电气将能源部门剥离为一家独立公司的计划，如果忽略传统化石燃料业务，可能吸引那些寻找可再生能源领域知名企业的投资者。通用电气首席执行官(CEO)卡尔普表示，"客户需要通用电气尽其所能、最专注地帮助他们实现能源转型"。

(中国石化报2021年11月26日第6版)

通用电气曾是一家多元化发展的翘楚企业，随着时代的发展，也不得不作出业务调整，进行资产的重组。我国石油石化企业可以借鉴，通过产业结构调整，淘汰落后产能、退出劣势业务、关闭无效装置，实现资产、人员、业务优化。当然由于我国国情不同，这条路走起来必定不会轻松。

(3)具体实招

在特殊情况下石油石化公司推出的具体措施和做法，我们会尽力细化报道，让这一做法具有可操作性，以供我国油企学习。

(主题)bp借残奥会扬公司美名

与奥运会、冬奥会相比，残奥会相对低调，但随着电视观众和网络观众人数的增加，残奥会的营销价值正逐渐提高，而bp早在2008年就注意到了这一点，其与奥运会

和残奥会的合作也始于这一年。由于2012年的奥运会在伦敦举办，bp很快与伦敦奥运会签署了合作协议，其不仅是2012年伦敦奥运会当仁不让的顶级赞助商之一，而且迅速将目光转向了残奥会。对此，bp一位高级管理人员曾承认，在公司赞助残奥会的早期阶段，并没有太多公司发现残奥会的价值，这使得公司取得了很好的先发优势，以较低成本开展了体育营销。

与此同时，bp还致力于残奥会的推广，通过各种推销活动，一方面可以塑造良好的企业形象，另一方面可以让更多消费者了解残奥会，并开始观看和关注相关赛事，这反过来又强化了bp与用户的亲密度，增加了曝光度，是极成功的案例，尤其是在石油公司广告极易招致责难的近十年，bp的体育营销可谓极其成功。

bp还将公司的价值与残奥会的精神进行了连接，认为两者的共同精髓都是勇气二字，为此，该公司还赞助了残奥会的年度勇气奖，进一步彰显了共同价值。

(中国石化报2022年2月11日第6、7版)

这些具体做法也是我国油企正在做的，比如中国石化成为北京冬奥会、冬残奥会官方油气合作伙伴，直属的上海石化被党中央、国务院授予"北京冬奥会、冬残奥会突出贡献集体"称号。

3. 跟踪国际科技前沿

科学技术的突飞猛进，给世界生产力和人类经济社会的发展带来了极大的推动力。未来的科技发展还将产生新的重大飞跃。中国必须敏锐地把握这个客观趋势，始终注意把发挥我国社会主义制度的优越性，同掌握、运用和发展先进的科学技术紧密地结合起来，大力推动科技进步和创新，提高国民经济，努力实现我国生产力发展的跨越。

中国石化提出，担当国家战略科技力量，关键在于加强原创性、引领性科技攻关，要全力攻坚关键核心技术，全力加强战略性基础研究，推动涌现更多原创性成果，进一步增强担当底气。这就需了解国际石油石化技术前沿，在高起点上才能有突出的作为。

(1)勘探开发技术推荐

对上游石油理论与石油科技方面的报道，除了具体的技术发展现状的报道外，还进行趋势的判断与分析。

(主题) 区块链技术"扎根"油气业

区块链技术在石油和天然气行业拥有巨大的应用潜力。全球市场洞察力公司(Global Market Insight Inc)2019年发布的一份报告显示，到2025年，能源行业中区块链技术的价值有望从2019年的4亿美元增为近30亿美元。

壳牌区块链负责人莎宾·布里克在一篇文章中，将区块链定义为一种信息共享的新方式："可以把区块链想象成一个分布式数字账本，从金融交易到医疗记录及财产等资产，都能通过区块链记录交易过程并存储交易信息。"

布里克指出："如果没有区块链，交易性信息通常会被存储在一个中央分类账本或数据库中。虽然区块链也是一个账本,但它以加密的形式在分布式计算机网络上进行数据存储,且没有任何一方能控制区块链,由此,区块链的安全性得到了很好的保证。当资产记录被录入时,区块链的审计追踪可显示资产出处和全部交易历史,以帮助验证交易的真实性。由于该记录在区块链的各数据块之间共享,也就无须通过跨系统协调来验证资产是否存在。"

业界认为,区块链技术可通过降低运营成本、消除运营延迟及提高行业透明度,来提高石油和天然气行业的效率。2019年2月,雪佛龙、康菲石油、埃克森美孚、挪威国油和壳牌等油气巨头成立了"OOC石油和天然气区块链联盟",旨在开发区块链在石油和天然气行业的应用方式。该联盟已在美国北达科他州巴肯页岩区进行试点,并视情况进行推广。

(中国石化报2021年11月5日第5版)

降低成本、促进绿色清洁生产是油气公司未来10年的首要任务,而技术创新正帮助其实现该目标。越来越多的油气公司走在了油气数字化革命前沿,旨在进行产业结构调整和确保以低成本实现高效生产。

(2)炼化技术工艺推荐

《环球周刊》还报道世界石化行业科技新动态,跟踪国际石化公司科技最前沿。

(主题) 除了页岩气,页岩革命还给美国带来什么

乙烷(C_2H_6)来源于油田气、天然气和炼厂气,是重要的石化原料。美国页岩气组分中,乙烷的含量很高,自2014年以来,美国乙烷出口规模不断扩大。

作为原料,乙烷被送入乙烯裂解炉分解为乙烯,乙烯被进一步加工成聚氯乙烯(PVC)和乙二醇(EG)等衍生物,但最常见的工艺是聚合生产聚乙烯(PE),聚乙烯是塑料常见的一种基本成分。

根据美国化学委员会的数据,乙烷作为最轻的原料,裂解产生的乙烯最多,约占80%,远超传统工艺中以石脑油制备乙烯的35%获得率。其他还有甲烷、氢气和丙烯等副产品。

乙烷裂解制乙烯工艺的投资低于丙烷、丁烷、石脑油、柴油原料的投资。乙烷作为原料裂解制乙烯时,成本仅是石脑油作为原料时的70%。

(中国石化报2021年7月2日第5版)

近年来,美国页岩气的繁荣带动天然气制油特别是制烯烃工业的发展,对全球石化行业的格局产生了重大影响。国内同行近两年也开始兴建天然气制烯烃装置,发展这一技术。

作为石油石化行业报的国际报道,我们希望给予国内石油石化企业更多的知识与经验,提供更多的商机,助力它们在参与国际石油石化市场竞争中能有一席之地。

行业报的国际报道是小众化,国际大报的报道是大众化,了解大众化的报道有助于提升小众化报道的水平。

20世纪80年代初，国际大众传播研究协会来自10多个国家的学者在哈洛伦教授的领导下，对29个国家的部分日报和主要电视频道在两周内的外国新闻报道进行了定量分析。该协会于1984年发表了研究报告，主要结论如下：①国际新闻报道的选择标准在全世界具有普遍性；②所有国家的媒介系统都强调区域性事件和人物；③美国和西欧始终是全球各地区的新闻制作者；④国际新闻报道的对象首先是美国和西欧，然后是所谓"热点新闻"；⑤"热点"以外的第三世界国家及社会主义国家在国际新闻报道中一直是最少报道的区域；⑥国家通讯社是国际新闻的最重要的来源，其次是几个主要的国际通讯社。①

直到现在，这些结论似乎还没有大的改变。

在美国建立全球霸权的过程中，英语扮演了关键的角色，不仅维持了美国生活方式的世界性影响，而且扮演着美国向全世界行使权力的工具。西方媒体利用英语设置"语言陷阱"可谓得心应手，对于受众而言，在接受围绕"语言陷阱"制造的信息时，也无意识地优先接受了隐含在其中的西方立场。②

20世纪60年代，美国总统肯尼迪提出一条经典的国际新闻报道原则——在报道新闻时，在符合新闻价值原则的基础之上，还要遵循和恪守另一条原则，即是否符合国家利益。③

我国新闻界也提出：国际新闻报道活动的底线首先是服从于国家利益和民族利益，即从事国际新闻报道的记者，其言行都应该以自觉维护国家利益、坚持正确舆论导向为前提，在一些关键问题上，既要善于客观理性地报道，也应与国家外交立场保持一致，为增强国与国之间的相互理解与信任、消除彼此的误解发挥作用。④

面对这样的传媒格局，我们首先需要发声，有自己的声音与观点。

第一手新闻资讯的掌控，在形成社会议程和诠释框架方面扮演着至为重要的角色，因此当我们缺失新闻来源第一手把控能力的时候，便在相当大的程度上失去了社会议程设置的能力，失去了对于事件的解释权，并且最终让我们的人民无奈地接受西方媒体影响力的格式化。因此"有新闻的地方就有我们"是实现把握世界真相、与世界有效沟通的至为关键的第一步。⑤

了解这些结论有利于行业报更好地把握行业报道的行业导向：西方媒体在对国际石油石化新闻报道方面占有绝对优势，不少石油石化行业新闻稿件还是从西方媒体那里编译过来的。

"如果我们在不了解背景的情况下，采取一种全文照录的方式来翻译美国的新闻，

---

① 孙有中. 国外学术界的国际新闻研究：方法与现状. 国际论坛，2004(3).
② 云国强. 国际传播中的话语角力：讲好中国故事与"语言陷阱". 东方学刊，2021(3).
③ 李智. 国际政治传播控制与效果. 北京：北京大学出版社，2007：47.
④ 本书编写组. 实践中的马克思主义新闻观——新闻报道经典案例评析. 北京：高等教育出版社，2015：305.
⑤ 喻国明. 让中国声音在世界有效传播——关于对外传播的若干思考. 新闻传播，2010(10)：9-11.

我们就有可能会成了美国政府的'扬声器',在不知不觉中为美国人制造了声势。'新闻是新近发生的事实的报道,而绝不是新近发布的消息的翻译'。"①

对稿件的观点取舍、内容加工等需要站在我国国家利益、我国石油石化企业利益的角度出发,要有自己的新闻价值判断标准。

结　语

美国传播政治经济学派的罗伯特·麦克切斯尼提出,报纸、杂志、广播公司和新闻学院,这些新闻事业应被视为一项非营利的活动……应服从于公共服务的核心价值。②

我国学者认为,新闻资源是新闻媒介从事新闻传播活动的社会资源,新闻资源的开发与利用是新闻媒体开展业务活动的基础,资源的充分开发与最佳配置使新闻传播的社会价值得到发挥。新闻资源包括环境资源、信息资源、媒介资源、用户资源。③

在环境资源方面,中国石化报拥有制度性政策扶持,较小的经营压力带来宽松的文化氛围,可以让媒体充分地进行创新性资源开发;在信息资源方面,中国石化报掌握权威信息,并有独家首发的资质;在用户资源方面,中国石化报在功能定位、内容选题上面向集团系统用户;在媒介资源方面,中国石化报拥有政治素养与业务能力过硬的人才队伍。

在中国共产党百年伟业的历史进程中,新闻宣传舆论工作的核心理念在不断创新发展,先后形成了宣传、新闻、党性原则、新闻宣传、舆论监督、舆论导向、以正面宣传为主、公民权利、信息公开、新闻传播规律、新闻舆论、媒体融合、现代传播体系等核心理念。④

中国石化报不断践行这些理念,每天都在发现新闻、选择新闻、呈现新闻,牢牢占据政治引导、业务引领、文化传承、服务员工的制高点,有机融合领导话语体系、专家学者话语体系和大众话语体系,以信息的准确性、言论的导向性、内容的权威性、版面的开阔性,营造良好的舆论氛围,激发中国石化全体干部员工干事创业的信心和力量,成为发展的"推进器"、民意的"晴雨表"、社会的"黏合剂"、道德的"风向标",不断提高传播力、引导力、影响力、公信力,发挥党的新闻舆论工作主力军、主渠道、主阵地作用,"为人民留下信史、为历史刻下年轮"。

---

① 丁刚. 中国媒体替谁说话. 环球时报,2004-06-11.
② [美]罗伯特·麦克切斯尼. 富媒体穷民主——不确定时代的传播政治. 谢岳译. 新华出版社,2004.
③ 蔡雯,汪惠怡. 现代化传播体系建设中的资源共享与边界重构. 传媒观察,2021(11).
④ 董天策,陈彦蓉,石钰婧. 中国共产党新闻宣传舆论工作核心理念创新的百年进程——基于观念史的视角. 当代传播,2021(6).

第二章 报纸专题报道的深度分析

在"万物皆媒""人人都有麦克风"的移动互联时代，过去的读者转变成了现在的用户。尽管技术和渠道对媒体转型起到重要作用，但无论媒体形态怎么变革、传播形式怎么变化，"内容为王"仍不过时，真正抵达受众、影响受众的新闻产品还是那些本质上有价值的产品。新闻产品是新闻传播的基石，内容质量直接影响传播效果。

融媒体时代，短平快、碎片化的阅读是快消品，但高品位的深度报道仍是必需品。一般化、同质化、时效差、"东家常西家短"、"谁写谁看"的产品只会被淹没在海量信息中。行业类报纸推出专题进行深度报道的创新，被认为是纸媒增强话语权的突破口，是纸媒的看家本领，是纸媒的自我救赎。

那么，融媒体时代行业类报纸如何发挥专题报道优势？在实践中专题报道有几种模式？做专题报道编辑需要具备哪些能力？

第一节　融媒体时代报纸发挥专题报道优势

专家判断：媒体的未来，不是新闻是否会消失的问题，而是它的经济来源能否并以何种形式支撑这个产业的问题，是它会否被信息产业或别的产业所吞没的问题，是它在信息的深色海洋中如何净化提纯的问题。[①]

"净化提纯"不仅仅在于就事论事报道新闻与信息，更需要专业的分析、专业的判断、专业的前瞻。

在网络媒体的竞争条件下，正如业内同行所言："在内容方面，报纸要放弃小而全的信息集成的传统做法，向深度报道、调查报道等社会公共事务深耕，把网络做得更好的事情让位给网络，把网络做不到的事情做强。""决定报纸市场价值的，将不再是读者数量，而是读者质量。"[②]

新闻界专家分析：在抢夺时效性方面，微博、微信等新媒体占有绝对优势，但在信息的深度挖掘与整合方面，报纸具有得天独厚的优势。2013年，各家报纸均把加强深度报道和增设深度报道版面作为改版和内容创新的重点。

对于行业类报纸来说，吸引读者更多关注的是深度报道，而专题是深度报道的载体。

一、增强显著性

专题性新闻报道策划，是指媒体在相对集中的时间和版块里，运用大视角、大容

---

① 支庭荣. 传统新闻业：前蹄犹在，但须重生. 新闻战线，2015(8)：30.
② 黄斌. 功能转型：传统媒体的出路. 新闻战线，2012(11)：10.

量、深层次、多手法的报道形式，对某一新闻事件、某一特殊人物、某一现象或某一问题进行的专门内容主题的揭示或研究报道。①

"信息的组合是实现信息增值的一种有效方法，按信息学的观点，信息累加具有放大功能，能够生成新的信息。"②

主题版或专题版又称组合报道，是深度报道、专业报道最重要的模式，也是行业类纸媒最能发挥特长的形式——能"抓住问题的主要矛盾和矛盾的主要方面"。

美国学者 M. 麦考姆斯在论著中表示："一些记者相信，媒介有责任通过积极的报道使一些社会问题成为公众关注的焦点。这些积极的新闻就被称为公众新闻。它的倡导者甚而提出定额：七分之一的议题应该由媒介来引导，而不是把责任推给其他社会机构。"③

行业报专题报道就是进行议题的设置，以相对灵活的方式处理稿件，比如让消息、通讯、综述、特写、言论、读者来信、图片、表格、地图、漫画等异彩纷呈；处理版面，比如标题、文图(表)咬合、作品间搭配、附加音频、视频二维码，不拘一格，便于编辑发挥能动作用。专题报道在规模上能集中体现同一主题内容的完整性、多样化、影响力、显著性，以及内容与版面的完美结合，易于让读者"悦读"。

正如专家所言，专版(主题版)有三要素：鲜明主题、新闻事实、言论为魂。有了这三样东西，这个版就立起来了，再配一些花絮、链接、资料等，就更好看了。专题报道是集束的，它是一枚重磅炸弹，起到引申思想、导向舆论、化解问题的作用，让解读回味、反思、咀嚼。④

石油石化行业报的新闻价值主要体现为专业分析的读者关注程度强、对行业趋势判断的程度深、对社会经济发展的作用力度大，而新闻报道策划就是对这类具有重大新闻价值的主题进行更大规模的加工、提炼、整合，整装地、规模化地集中呈现，更具立体感、纵深感、时空感，从而进一步提升新闻的价值。

习近平总书记在《积极推动我国能源生产和消费革命》的讲话中指出："能源安全是关系国家经济社会发展的全局性、战略性问题，对国家繁荣发展、人民生活改善、社会长治久安至关重要。"

新中国成立70年来，在党中央、国务院的领导下，石油石化战线员工经历几代人的艰苦奋斗、开拓创新、锐意进取，实现了我国石油石化工业从小到大、从弱到强的转变，为保障国家能源安全、满足人民生活需求作出了巨大贡献。2019年国庆前夕，中国石化报推出三期各四个版的特刊，充分展现我国油气、炼化、销售领域的发展成就。

9月27日推出主题为《壮丽70年 奋斗新时代·大力提升油气勘探开发力度》的特刊，第5、8版联动，第5版专题报道《油气工业：谱写波澜壮阔的改革奋进史》，第8

---

① 赵振宇. 新闻传播策划导论. 武汉：华中科技大学出版社，2003：125.
② 罗时进. 信息学概论. 苏州：苏州大学出版社，1998：122.
③ [美]M. 麦考姆斯. 制造舆论：新闻媒介的议题设置作用. 国际新闻界，1997(5).
④ 梁衡，来向武. 梁衡新闻200句. 北京：人民日报出版社，2012：281.

版专题报道《中国石化：为国家能源安全提供多元化保障》；第6、7版联动，专题报道《巡礼功勋井》《回首创新路》。

（中国石化报2019年9月27日第5、8版）

（中国石化报2019年9月27日第6、7版）

9月28日推出主题为《壮丽70年 奋斗新时代·高质量发展炼化工业》的特刊，第5版专题报道《从小到大，炼化工业扬帆起航》，第8版专题报道《由大到强，炼化工业高歌猛进》；第6、7版联动专题报道《炼化工业向基地化规模化一体化发展》。

(中国石化报2019年9月28日第5、8版)

(中国石化报2019年9月28日第6、7版)

9月30日推出主题为《壮丽70年 奋斗新时代·为美好生活加油》的特刊，第5版、6版、7版专题报道《我国石油流通行业那些事》，第8版专题报道《每天2000万人次走进中国石化加油站》。

（中国石化报2019年9月30日第5、8版）

（中国石化报2019年9月30日第6、7版）

这是中国石化报在国家层面规定动作下的自选项目，落实对石油、石化、石油流通行业的历史源流梳理，以整版、通版、连版方式呈现，体现了新闻性与艺术性、历史性与现实性、专业性与民生性的整合，从而整体上增强了显著性。

二、提高专业性

石油石化领域属于知识密集型板块，产业链长、涉及面广、专业性强。这在客观上增加了石油石化行业或企业新闻报道的难度，但同时却有利于在新闻同质化竞争中开辟出新的报道领域，展示其独特的价值。

以《财经》杂志为例，其目标受众群体所处的社会地位及具备的知识架构决定了他们需要并且有能力解读专业而艰深的财经新闻。从而也决定了《财经》可以也必须使用与其对接的精英式的叙事策略，在文本中则具体表现为大量使用枯燥的数据及艰深的专业术语。专业主义话语深蕴在《财经》的封面文章中，同样也浸润在其"大财经"报道领域的绘制中，更在其各种主编言论、专业分析、专栏分析中表现出来。这也导致了"办了十多年，《财经》并没有变成大众流行读物，它一直出现在各行各业决策人、分析家、学者的案头上"。[①]

正如"越是民族的，越是世界的"一样，"越是专业的，越有自己的特色，越能吸引业内的专业读者"，中国石化报正是通过挖掘专业的指导性，突出"深、专、细、透"的行业报优势，来实现自身的价值。

网页的滚动刷新、信息的无限膨胀，使纯新闻的贬值加速。鉴于此，报纸可在深度性和专业性上下功夫，多作背景开掘和信息解释。既然在"快餐"方面无法占据席位，那何不转做营养丰富的"大餐"，让受众大饱眼福呢？[②]

通过专家、学者、记者等对油气及炼化行业热点与难点、行业政策、市场发展趋势等进行解读、分析、预测、建言，中国石化报的专题报道给行业内油气及炼化企业的发展提供资讯、经验、预警、启示。

总之，专题报道国际国内石油石化行业重大事件，从专业角度剖析新闻事件和新闻现象，把握石油石化行业发展趋势，为石油石化行业发展把脉，提供预警与前瞻；专题报道通过为读者披露鲜活的行业资讯，解读新近的行业现象，讲述生动的行业和企业故事，发挥出报纸深度挖掘与整合信息这一得天独厚的优势。专业性保证了公信力，是其内在的魅力。这类内容可以吸引行业内高中层管理人士等优质读者。

国际油价自2014年断崖式下跌后，过惯盈利日子的国内油田企业骤然显现诸多问题，普遍进入几乎从未预料到的经营寒冬期，甚至面临生死考验。中国石化报《油气周刊》2016年初推出《坚冰深处春水生——对国内油田企业生存发展的粗浅思考》专题，

[①] 叶向群.《财经》新闻叙事的当代价值. 暨南学报(哲学社会科学版)，2010(3).
[②] 黄升民，管倩.2010：报业经营怎么办？. 中国报业，2010(1)：34-37.

获时任集团公司董事长批示。

专题从六个方面进行思考：打破发展惯性，告别唯"量"情结，转而关注"质"；积极推进改革，主动去落后产能，努力提高全要素生产率；以技术革命大幅降低开采成本；以管理革命大幅降低固定成本；把形势估计得再严峻也不为过，应建立不同油价下的发展策略。

记者在最后预言：收拳是为了蓄力以更好地出击，低油价下的刮骨疗伤是为了未来更好地生存发展。一年中最冷的时节是大寒。而此时，坚冰深处春水生。

（中国石化报2016年3月14日第6版）　　（中国石化报2017年7月2日第5版）

《炼化周刊》邀请业内专家，从宏观角度分析我国炼油化工行业在行业规模、产品结构、技术水平、管理能力等方面的优势与劣势，找出症结，给予建设性的意见，拓宽炼化企业管理层的眼界。专家的分析提升了文章的权威性、可信度、实用性。

对于炼油产能过剩这一行业热点、难点问题，中国石化报《炼化周刊》多次邀请专家进行分析。《炼油产能，不能承受之"重"》《成品油市场"过剩时代"来临》《我国炼油行业全面激烈竞争时代来临》等专题从不同角度分析我国成品油市场供大于求的趋势凸显情况。

（主题）我国炼化行业全面激烈竞争时代来临

（副题）未来的市场将是大项目之间的博弈，也是多元化主体之间的竞争。我国合成材料市场供需缺口较大，特别是高端市场，进口产品仍占主导，加快提质增效、转型升级是大势所趋大型炼化一体化项目的陆续上马，加剧了石化行业的竞争。未来的市场将是大项目之间的博弈，以及多元化主体间的竞争。在原油对外依存度不断攀升、炼油产能严重过剩、环保政策趋严的大环境中，我国炼化行业全面竞争时代来临。加快提质增效、转型升级是大势所趋。

(中国石化报 2017 年 7 月 2 日第 5 版)

专家学者密切关注炼化行业领域的各种变化，从复杂的行业发展中，从全球、全国、行业角度进行专业解析与专业评论，对炼化行业及企业进行提示、展开呼吁、献计献策，从而展示出行业报传播思想、引领舆论、启迪行业的功能。

三、凸显民生性

石油的影子无处不在，石油衍生品达 3600 多种，现代生活中七成物品来自石油。

据统计，一个人一生平均"吃掉"551 公斤石油，"穿掉"290 公斤石油，"行掉"3838 公斤石油，"住掉"3790 公斤石油，算起来总共有 8000 多公斤石油，有的人一生甚至消耗了万吨石油。

作为基础工业的石油工业，作为支柱产业的石化产业，在国民经济中占有重要的地位并起着重要的作用。中国石化需要"建设具有强大民生保障力"，将能源饭碗端牢，引领我国石化工业高质量发展。

石化产品大多是中间体，还需要下游企业将其加工成产品，但这些中间体与普通百姓有较密切的间接关系。对于这类报道，应该更具体、更形象、更深入地加以解读与说明：不仅在于报道"是什么"，而且要深挖"为什么""怎么样"，只有用专题形式进行立体式报道，配以社会视角、专业水准、通俗表达，才能吸引社会读者的关注，满足他们的口味。民生性体现亲近性，从而保证传播力。

中国石化报从与民生之间的关联点着手报道企业新闻。企业的新成就、新成果、新产品等正面典型报道，需要找到与社会读者之间的关注度、接近性、亲近感才能吸引他们的眼球，才能得到他们的点赞。

新闻的接近性，指的是事实本身产生的作用和影响与人们利益的关联程度。某一事实一旦与人们的某种利益紧密相关，它就极易成为人们关注的对象，极易成为新闻事实，就是说，与人们"利益距离"越小的事实越易于成为新闻事实。[①]

从新闻的接近性角度去考虑石油石化产品与百姓的关系，会引起他们的兴趣与关注。这些报道应力求以社会视角、专业水准、通俗表达来满足社会读者的口味。

1. 选择新产品与新技术带来的社会效益和社会效果

中国石化在勘探开发、炼油化工、煤化工、装备、储运等领域的科技研发能力较强，这些科研成果的应用会对社会产生积极的效益和效应，中国石化报需要从社会角度用新闻语言来报道其与百姓的关联性。在专业报道的社会化、生活化上进行创新，

---

① 杨保军. 新闻理论教程. 北京：中国人民大学出版社，2014：93.

注重平民化、贴近性,增强可读性、亲和力,从而提升报纸的影响力。

《科技让生活闪闪发"光"》专题报道"高光泽抗冲聚丙烯技术"项目。此技术在保证聚丙烯刚性和韧性等机械性能的基础上,进一步提升了制品的光泽度,使聚丙烯制品兼具耐用和美观,为下游制造业产品升级提供了有力的材料支撑。

(引题)中国石化2020年"十条龙"出龙项目之"高光泽抗冲聚丙烯应用技术开发"
(主题)科技让生活闪闪发"光"

文章第一部分是《告别黯淡 让实用与美观兼得》,一开始就从读者角度提出关心的问题:生活中总有这样的困扰:闪亮的物件大多易碎,而耐用的物品通常不够光鲜。实用和美观常常难以兼得。

接着从专业上分析问题的原因:作为广泛应用于电器、家居用品、汽车部件等领域的基础材料,抗冲聚丙烯就面临着这样的困境。它具有优良的力学性能,刚性较高不易变形,在冲击下不易被破坏,并且易于回收、可循环使用,是聚丙烯工业的代表性产品之一。但是,由于现有抗冲聚丙烯结构的固有特征,其制品表面光泽度低,普遍小于60%,难以满足下游制造业持续发展的更高要求。

最后一段破题、点题:"通常,需要经过复杂的改性,聚丙烯才能收到既耐冲击又高光泽的效果,而且或多或少都会影响产品的其他性能并产生气味,还会增加生产成本。而我们的新产品打破常规,不需要改性,因此在性能、成本和环保多方面都具有优势。"北化院青年专家、高光泽抗冲聚丙烯技术开发主要负责人张晓萌介绍,"它的特点就是光泽度指标非常优秀,能够大大提高产品的美观度,让生活闪闪发'光'。"

(中国石化报2021年3月16日第7版)

这一专题报道找准了民生性与专业性的结合点。此外运用大量篇幅由研究院首席专家解读此项高性能研发的科技含量、展示石化生产企业的生产实践视角、梳理下游用户的体念，既增加了与读者的贴近性，又通过白描写法增强了报道的可读性，还提升了科技产品报道的品位、影响力、感染力。

2. 成就类报道选择角度更具通俗化、亲民性

由美国引发的页岩开采热潮席卷全球，引起全球能源行业乃至中国普通百姓的关注：中国能否走美国之路，开发储量占世界第一的页岩资源，把"能源的饭碗端在自己手里"。恰恰中国石化在这一领域的作为一直在国内处于领先地位，将这一成果报道好，让百姓了解页岩资源对他们的生活会起到什么影响、带来什么好处，是中国石化报作为行业媒体的重要使命：选择平民化的视角，寻求专业读者与社会读者的平衡点。

2021年11月18日头版头条《胜利油田攻克核心技术页岩油"破壳"而出》，报道了首批上报预测储量4.58亿吨，济阳坳陷油气资源总量因此增长40%以上，目前正加快创建页岩油国家级开发示范区的新闻。这一重大新闻也在全国引发普遍关注。

中国石化报《油气周刊》对这一报道进行深度挖掘，做了专题版剖析。

（主题）源，妙不可言

（副题）胜利油田勘探从源外找常规油藏转向源内找页岩油藏

（新闻事实描述、专业性白描解释）在地下沉睡数千万年后，渤海湾盆地济阳坳陷页岩油终见天日，胜利油田近日首批上报页岩油预测储量4.58亿吨。

页岩是生油岩，是油气的源头。过去，按照常规石油地质理论，油气生成后运移至满足条件的储层可以成藏，地质家都是寻找这类油藏；如今，地质家的目光从源外转向源内，直接在油气的源头开采油气。

正文第三部分"为有源头活水来"进行叙述：

常规油气属于运移成藏，需要具备"生、储、盖、圈、运、保"六大地质条件，任何一个条件研究不清，打井都有可能落空；页岩油是在生油母岩里，资源丰厚，只要明确富集高产规律，就可"直接到锅里吃饭，不用等盛在碗里再吃饭了"。

专题还配上"页岩油百科"内容：

什么是页岩油

以页岩为主的页岩层系中所含的石油资源。与常规油气藏不同，页岩油的开采是直接到生油母岩中提取。油气蕴藏在层层书页一般的岩石中，就像千层酥中的黄油和糖粉。

（中国石化报2021年11月22日第5版）

文中这两句"直接到锅里吃饭，不用等盛在碗里再吃饭了""就像千层酥中的黄油和糖粉"是点睛之笔。作者不仅从生产者视角出发，而且从普通百姓关注的焦点挖掘开发气田的重要意义与人本的新闻价值所在，让普通读者读来亲切，避免专业报道"铁一般硬邦邦,水一般平淡淡,雪一般冷冰冰"。

业内人士在剖析报纸的"亲和力"时认为,"所谓亲和力,指的是报道与受众之间的紧密感、亲切感、信任感、互动性、关注度和接受度"。[①]

专题报道能更全面地增加人文视角、人文内涵、人文情怀,为读者所思所想,就会缩短与他们的距离,使石油石化专业报道生动、亲切、实在、耐读。

第二节 行业类报纸专题报道的模式探讨

社会上的杂志,比如《三联生活周刊》《新民周刊》《南风窗》等,每期报道都会围绕封面文章做专题的策划。比如作为"中国政经第一刊"的《南风窗》曾经做了一期"自贸区质变"(封面标题)的专题,围绕"自贸区,不容回头的试验"主题做了"封面报道",其形式是:综述分析文章《自贸区,一场内外兼修的改革》+上海、广东、海南典型案例+华中科技大学、中山大学相关研究院专家的访谈。

(《南风窗》2019年第17期封面及目录)

杂志的专题做法完全可以引入报纸,在"专、精、深、透"上耕作,走专业化、精细化、分众化的特色之路。从某种意义上来说,这两类纸媒在做专题的模式上是相通的、融合的,就是综述分析、典型个案、专家观点这三部分内容的选择、组装、呈现。

20世纪90年代有国内学者发现:"在采访对象的身份上,大量使用学者、专家的

---

① 古华城. 报纸增强亲和力剖析. 中华新闻报, 2003-03-12.

声音，这与以基层劳动者和基层管理者为主要采访对象的做法大相径庭。采访对象身份的转换意味着思维的转变，也意味着新闻话语对学界话语权的重视。"[①]

综述分析就是资深记者或业界专家对石油石化某一领域综合研究分析创作的作品，为便于研究，不妨设定为 A 类作品；典型个案就是记者与通讯员关于企业典型工作经验或典型先进人物的报道作品，设定为 B 类作品；专家观点就是高等院校、研究院所的教授专家或行业内资深的管理人员与专业技术人员对某一领域发表的观点与点评，或是采编人员的评论文章，设定为 C 类作品。

这里提到的专家的综述分析作品与观点点评作品是有差别的，前者用科学的态度分析石油石化行业热点问题、焦点问题，给予专业读者以客观、睿智、科学、超前的思考，强调"独创"性；后者是对某一问题的评论与点评，强调"独到"性。此外，报纸的评论（言论）向来被称作媒体的灵魂与旗帜，采编人员的评论（言论）文章是版面的"坐标系"、新闻的"点睛之作"。

按照排列组合分析：作为专题版，A 类作品可以单独成专题，也可与 B 类、C 类作品组合成专题版，即 A+B 或 A+C，或 A+B+C 类；B 类作品可单独成专题，也可与 A 类、C 类作品组合成专题版，即 A+B 或 B+C 类；单篇 C 类作品不会单独成专题，但多篇 C 类作品可组合成专题版。为便于研究，多篇作品用 n 表示，比如 nB、nC。

当然版面上还会有其他搭配的内容，包括消息、（相关内容）名词解释、链接、延伸阅读、编者按、编后、核心阅读、图片、图表、漫画等，称为辅助内容，一般根据具体情况具体分析。

一、一元一述式

围绕一个主题，一篇主打作品就是一个专题版，这种模式称为一元一述式，可分为两种类型。

1. 综述分析 A 类型（A 类）

中国石化报推出的专题版中，从内容上看，党和国家重大主题特别报道、集团公司重大主题报道、石油石化行业分析报道主要采取一元一述式中的综述分析 A 类型或二元聚合式中的综述分析+观点点评（A+C）类型（见后面分析）专题。

近几年针对集团公司工作会议，中国石化报都会推出至少 3 个专题版。2022 年 1 月 14 日第 1 版专题《牢记总书记殷切嘱托扛好职责使命 在新时代新征程上再立新功再创佳绩》，第 2、3 版专题《牢记嘱托 再立新功 再创佳绩 喜迎党的二十大——中国石油化工集团有限公司工作会议报告图解》，就是集团公司重大主题报道，属于一元一述式专题中的综述分析 A 类型。

[①] 周根红. 财经新闻报道. 武汉：武汉大学出版社，2013：18.

（中国石化报2022年1月14日第1版）

（中国石化报2022年1月14日第2、3版）

2021年1月12日第5版推出《我国炼化行业"十三五"回顾及"十四五"展望》、4月29日第5版推出《"十四五"：国内成品油消费显露达峰迹象》、7月23日第6版推出《炼油行业低碳转型发展的四大趋势》等专题。此外，2021年4月23日第5版推出《比尔·盖茨给世界以"零碳"解决方案》专题，介绍比尔·盖茨的新书《气候经济与人类未来》的主要内容。这些是对石油石化行业的分析报道，属于一元一述式专题中的综述分析 A 类型。

（中国石化报 2021 年 1 月 12 日第 5 版）　　　（中国石化报 2021 年 4 月 29 日第 5 版）

（中国石化报 2021 年 7 月 23 日第 6 版）　　　（中国石化报 2021 年 4 月 23 日第 5 版）

随着移动互联网的发展,纸媒也逐步采用新媒体表达方式呈现这一类型的内容。2021年8月20日第5版推出《全球CCUS:建设加速 潜力巨大》行业专题,以"什么是碳捕集、利用与封存(CCUS)?+中国和北美:二氧化碳封存潜力巨大+美日欧领衔全球碳封存产业+图表+示意图"形式加以展示。2021年4月26日第5版推出《储气库:天然气工业的"粮仓"》,将主题分割成"啥是储气库?+储气库有啥用?+储气能力不足成行业发展短板+创新模式建设储气库"四部分内容,碎片化表达同一主题,可以看作一篇综述分析A类作品分解,但仍是一元一述式专题中的综述分析A类型。

(中国石化报2021年8月20日第5版)　　(中国石化报2021年4月26日第5版)

2. 典型个案B类型(B类)

单个企业重大典型经验或重要典型人物的专题版报道,称为一元一述式专题中的典型个案B类型,以"文字+图片"加以呈现。

2021年7月1日《庆祝建党100周年特刊》中的第13版《催化之光泽苍生》专题,报道我国炼油催化应用科学的奠基者、石油化工技术自主创新的先行者、绿色化学的开拓者闵恩泽院士;第16版《以身许国绘金花》专题,报道我国炼油工程技术专家、催化裂化工程技术奠基人、现代煤化工工程技术专家陈俊武院士。重要典型人物的专题报道,属于一元一述式专题中的典型个案B类型。

(中国石化报2021年7月1日第13版)　　(中国石化报2021年7月1日第16版)

2021年4月12日第5版推出的《油田采出液长途变短途的省钱之旅》专题，报道胜利油田推行"地面简化优化"，缩短工艺流程、优化整合区域联合站、打造区域中心联合站；7月5日第8版推出的《石油信天游里的"红色音符"》专题，报道江汉油田坪北经理部的企业文化建设。这些重大典型经验的报道，属于一元一述式专题中的典型个案B类型。

(中国石化报2021年4月12日第5版)　　(中国石化报2021年7月5日第8版)

中国石化报日常第4版的纪实报道，用图片形式展示单个典型人物报道和单个典型经验报道，也是这一形式的作品。

为便于阅读，一些专题融入新媒体元素。2021年4月6日第5版《一滴水的"净化之旅"》分三个部分：给污水"洗澡"——去除油泥浮渣，给污水"治疗"——去除有机物氨氮，给污水"消毒"——去除细菌毒素，实际上是关于茂名石化环保方面典型经验的报道。6月15日第5版推出的《美好生活不可或缺的"绿色精灵"》，也以碎片化形式呈现，实际上是金陵石化烷基苯生产的专题报道。这些都是一元一述式专题中的典型个案B类型。

（中国石化报2021年4月6日第5版）　　（中国石化报2021年6月15日第5版）

二、组合陈列式

围绕一个主题，多篇作品组合陈列，这种模式称为组合陈列式。这是行业性报纸采用的最普遍的一种模式，可以分为三种类型。

1. 多篇典型个案B类作品的组合类型（nB类）

有代表性的报道包括中国石化报第4版人物写真版2021年关于《100名优秀共产党员风采》的专题报道，每期刊出4个典型人物的报道组合，以及《寻找"感动石化"人物》的专题报道，每期刊出3个典型人物的组合报道。

（中国石化报2021年11月12日第4版）　　（中国石化报2021年1月21日第4版）

2021年7月13日第2版推出《全国先进基层党组织风采展示》，分别用相同的篇幅报道了3个全国先进基层党组织的典型事例；6月8日第6版推出《系统管理让设备"长治久安"》专题，报道4家企业的典型案例。

（中国石化报2021年7月13日第2版）　　（中国石化报2021年6月8日第6版）

中国石化报第 4 版纪实报道也可以是多个企业多幅作品的组合。2021 年 5 月 11 日第 4 版推出的《记录不平凡的一年——2020 年度长城润滑油杯新闻摄影竞赛优秀作品选登》，就属于组合陈列式中的多篇典型个案 B 类作品的组合类型(nB 类)。

两组不同案例也可以组成一个专题报道。2021 年 2 月 10 日第 3 版推出《职工创新工作室汇聚创新动能》版面，左侧是一组故事报道，右侧是四个创新工作室简介，这也可以看作组合陈列式中的多篇典型个案 B 类作品的组合类型(nB 类)。

(中国石化报 2021 年 5 月 11 日第 4 版)　　(中国石化报 2021 年 2 月 10 日第 3 版)

当然这种模式也适用于纪实报道的两家或多家不同企业图片的组合报道专题。2021 年 7 月 28 日第 4 版纪实专题报道由两家救援队支援湖南抗洪抢险的组图组成，上半部分主题为《"来河南支援　心里一直暖暖的"》，报道的是中韩(武汉)石化应急救援队；下半部分主题为《我们，守护家乡》，报道的是中原油田应急救援中心和普光应急救援中心救援队。

依此类推，生活类小故事组合、读书类作品组合、读书心得组合等都可采取这一模式。

2021 年 6 月 7 日开始第 3 版推出的十多个专题由两组内容构成，一组是几家党支部的经验介绍，另一组是直属单位领导谈体会，虽严格意义上不属于专题，但我个人认为可以将其归于组合陈列式，属于多篇典型个案 B 类作品的组合类型(nB 类)。

（中国石化报2021年7月28日第4版） （中国石化报2021年10月13日第4版）

2. 多篇专家观点 C 类作品的组合类型（nC 类）

最典型的是中国石化报第 2 版的"领导干部的论坛"，每期刊发四位直属企业领导围绕同一个主题的言论文章。

（中国石化报2021年9月8日第2版） （中国石化报2021年3月19日第5版）

2021年3月19日第5版推出《能源转型，迈向"净零"——"剑桥能源周"会议聚焦能源发展问题》专题，刊登比尔·盖茨、约翰·克里比，壳牌、沙特阿美、雪佛龙首席执行官等的观点；3月29日第5版《一体化统筹兴物探　物探兴引领勘探兴》邀请9位集团公司首席专家、高级专家等参与讨论。这些都是组合陈列式中的多篇专家观点C类作品的组合类型（nC类）。

（中国石化报2021年3月29日第5版）

3. 多种新闻体裁作品的组合类型（N类）

还有一种专题版，报道一个主题时，往往用上消息、通讯、综述、特写、言论、读者来信、图片、图表、地图、漫画等各种题材作品，我们称之为多种新闻体裁作品的组合类型（N类）。

2021年8月10日中国石化报第3版开始推出的"抓实专项整治　筑牢安全基础·认真开展安全生产专项整治三年行动"栏目，头条一般是某企业的工作通讯作品，左侧是"安全故事大家讲"栏目，主图也与安全主题相关，右下配发"安全总监谈安全"言论文章，等等。

2021年2月22日第5版推出《地震勘探技术进入"高铁"时代》专题，报道中国石化2020年"十条龙"出龙项目之"单点高密度地震技术"，有消息、特写故事、图表、图片、获奖感言等体裁形式，也是多种新闻体裁作品的组合类型（N类）的代表。

当然随着新媒体的发展，更多的碎片化表达方式融入纸媒中，这种N类型也可归到一元一述式专题中的综述分析A类型（A类）或典型个案B类型（B类）。但我个人倾向于保留这一类型，毕竟采用这种类型表达，编辑还是需要付出更多努力的，也可以说能体现一定的编辑能力与水平。

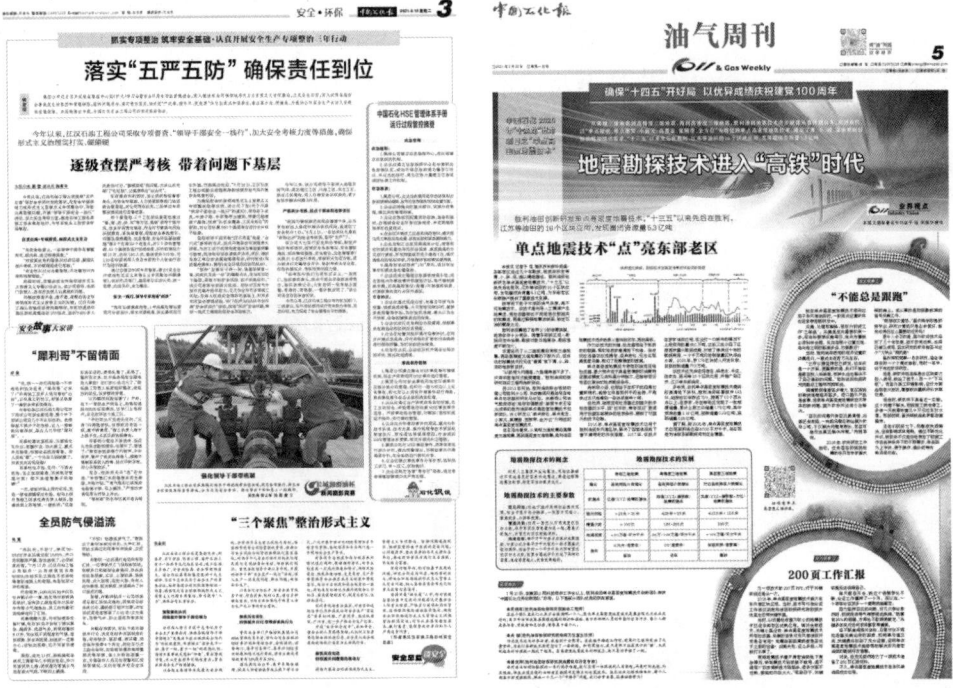

（中国石化报2021年8月10日第3版）　　（中国石化报2021年2月22日第5版）

三、二元聚合式

围绕一个主题，A、B、C作品聚合，像单体合成为分子量较大的化合物一样，具有集束作用，可以分为三种类型。

1. 综述分析A类作品+多篇典型个案B类作品的聚合类型（A+nB类）

这一形式就是，综述分析A类作品就某一行业或专业问题进行综述分析，典型个案B类作品进行补充说明，"有点有面"立体展示。

2021年5月18日第5版推出《"塑"有型生活：中国石化践行"碳中和"》专题：综述分析A类作品《解决塑料污染问题急需汇聚多方合力》+两篇典型个案B类作品《产业联合示范项目一　共享托盘及其回收利用》《产业联合示范项目二　易回收单一材料的开发及应用》；5月26日第3版推出专题，头条是A类作品《唱响劳动号子　谱写时代新篇——中国石化"十三五"劳动竞赛硕果累累、"十四五"劳动竞赛拉开序幕》，下部是4个B类作品——关于镇海基地、江汉油田、上海石化、江苏石油的典型报道。这就是典型的二元聚合式中的A+nB类型。

2021年7月6日第7版推出《EVA树脂：细分赛道　顺势而兴》专题，A类作品分解成多个部分：EVA产品主要生产工艺，EVA行业呈现差异化发展，产能图表；版面右侧搭配3家企业典型个案的B类作品。类似的，8月10日第5版推出《"塑"造未来：

让"贵族"材料落户百姓家》，综述分析包括：什么是PGA，PGA的生产工艺路线，PGA主要性能特点，PGA的应用领域；版面右侧是国内PGA项目规划。

（中国石化报2021年5月18日第5版）　　（中国石化报2021年5月26日第3版）

（中国石化报2021年7月6日第7版）　　（中国石化报2021年8月10日第5版）

2. 多篇典型个案 B 类作品+一篇或多篇专家观点 C 类作品的聚合类型（nB+C 类或 nB+nC 类）

这类作品表现为多篇典型个案 B 类作品展示同一类问题或典型经验或典型人物，加上一篇或多篇专家观点、专家访谈、采编人员的评论文章等 C 类作品。

2021 年 8 月 16 日第 2 版"新能源·新材料·新经济"栏目推出《"光伏+"稳步推进 产业链发展未来可期》专题：3 家企业的典型个案 B 类作品，配发一位专家的访谈和另一位专业人士的点评文章。类似的，2021 年 8 月 13 日第 6 版推出《五大国际油企二季度利润飘红》，报道 5 家石油公司二季度经营情况，并配发评论《美国油企 仍"如履薄冰"》。以上分别是二元聚合式中的 nB+nC 类型和 nB+C 类型。

（中国石化报 2021 年 8 月 16 日第 2 版）　　（中国石化报 2021 年 8 月 13 日第 6 版）

有些版面受新媒体的影响，呈现形式上会有变化。2021 年 7 月 13 日第 5 版推出《发挥央企独特优势"大兵团"攻关再传捷报》专题，头条位置介绍了汽车轻量化相关情况（不算综述分析 A 类作品，因表述不充分），"攻关成效"栏目介绍了典型个案 B 类作品，配发四位专家观点 C 类作品，严格意义上也是二元聚合式中的 nB+nC 类型。

中国石油报的一些专题就同一主题用两组类别的案例来组合进行报道，比如 2021 年 9 月 10 日第 4 版推出的《如何提升干部员工反违章技能》专题，头条是"圆桌讨论"栏目，类似于专家观点的集合，属 C 类作品；两组案例：一组是"经验分享"栏目的三篇文章，另一组是"技术应用"栏目的两篇短稿，都属于 B 类作品。总体而言，这属于二元聚合式中的 nB+C 类型。

（中国石化报 2021 年 7 月 13 日第 5 版）　　（中国石油报 2021 年 9 月 10 日第 4 版）

3. 综述分析 A 类作品+一篇或多篇专家观点 C 类作品的聚合类型（A+C 类或 A+nC 类）

这类作品表现为就重大主题、行业或专业问题进行综述分析，加上一篇或多篇专家观点、专家访谈、采编人员的评论文章等 C 类作品。

党和国家重大主题特别报道、集团公司重大主题报道、石油石化行业分析报道除采取一元一述式专题外，更多的是二元聚合式中的 A+C 或 A+nC 类型。

2021 年 7 月 15 日头版头条报道集团公司在京举办学习贯彻习近平总书记"七一"重要讲话精神研讨班消息，即《汲取百年党史伟力　勇立伟大时代潮头　在新的征程上开创中国石化更加美好未来》综述分析，配发评论员文章《勇立伟大时代潮头　开创更加美好未来》，这就是二元聚合式中的 A+C 类型。类似的，8 月 30 日第 5 版专题报道，头条是综述分析《中国 4.9 亿人用上了天然气》、倒头条配发专家评论文章《天然气高质量发展需处理好"十大关系"》。

2021 年 1 月 13 日第 4 版推出《"碳达峰""碳中和"，未来已来》专题，头条是《关于碳中和的四个问题》，配发《四位院士的碳达峰、碳中和之思》。1 月 29 日第 2 版推出《新材料，化工行业迈向高端的必然选择》专题，头条是"业界圆桌"栏目，邀请集团公司两位专家、直属企业 3 位业内人士访谈，作为 C 类作品；《化工新材料产业　短板与机遇并存》是记者采写的综述稿件，作为综述分析 A 类作品。这就是二元聚合式中的 A+nC 类型。

(中国石化报2021年7月15日第1版)

(中国石化报2021年8月30日第5版)

(中国石化报2021年1月13日第4版)

(中国石化报2021年1月29日第2版)

四、三元一体式

三元一体式是综述分析A类作品+多篇典型个案B类作品+一篇或多篇专家观点C类作品（A+nB+C类或A+nB+nC类）。

这一形式能立体地展示版面，但出现的比较少，主要是因为组织的难度较大。

2021年6月8日第2版"新能源·新材料·新经济"栏目推出的《合成纤维迈向高性能化高功能化》专题报道就是这一模式的典型。头条文章《着力实现高水平科技自立自强 从化纤大国向化纤强国迈进》，实质上是对化纤行业的分析，是记者的整理稿件，严格意义上说，是综述分析A类作品；版面左右两侧是两组企业案例，左边是三个新材料案例，右边是两个产销研联动案例；版面下部中间是两篇业界专家的点评文章C类作品，一位是集团公司高级专家，另一位是化工事业部专家。该专题以三元一体式中的A+nB+nC类型立体式全方位回答了：合成纤维目前的发展概况如何？中国石化合成纤维未来的发展方向是什么？如何发挥产销研用一体化优势推动合成纤维迈向价值链中高端？

（中国石化报2021年6月8日第2版） （中国石化报2022年3月22日第2版）

三元一体式是所有专题报道中要求最高的，也是报道效果最理想的模式。

类似的报道还有2022年3月22日第2版推出的《当好领跑者 建设节水型企业》专题，头条《高效节水是石化工业高质量发展必然选择》是一篇关于中国石化节水的综述分析，属于典型的A类作品，加上5位业界专家的访谈及3家企业典型案例，属A+nB+nC类型；4月13日第2版《针状焦，高端碳材料市场的黑马》专题包括：综述文章《做高质量针状焦的供应商》，3位专家从生产、研发、销售方面进行点评分析，3个案例包括金陵石化、茂名石化、炼油销售。

2021年7月23日第5版推出关于碳中和的报道，头条是B类作品《全球首个"碳中和油田"问世》，加上综述分析A类作品《油气田走向碳中和面临四大挑战》，专家观点C类作品《油企应认真谋划碳中和实施之路》。

（中国石化报2022年4月13日第2版）　　（中国石化报2021年7月23日第5版）

以上是关于行业类报纸专题报道的模式探讨。

现呈上中国石化报2021年专题版(4/5以上稿件内容归属同一主题)的统计情况（企业形象专题单列不入类，从形式上看，应当属于一元一述式中的B类）。

表2-1　中国石化报2021年专题版模式类型统计

月份	一元一述式		组合陈列式			二元聚合式			三元一体式	企业形象专题	
	A类	B类	nB类	nC类	N类	A+nB类	nB+C类或nB+nC类	A+C类或A+nC类	A+nB+C类或A+nB+nC类	中国石化	一个版	两个版
1	8	2	27	1	0	1	7	6	0			
2	5	3	30	1	2	1	3	5	0			
3	3	7	35	5	0	0	3	2	1			
4	11	12	21	0	0	0	2	1	0		1	
5	4	9	20	6	1	2	3	1	1	1	4	1
6	9	8	18	0	0	1	5	0	2	2	8	4
7	4	9	51	3	0	2	3	1	1	0	8	2
8	5	10	15	8	1	2	4	3	1	0	2	1
9	4	10	19	5	0	1	2	3	0	1	3	2
10	22	4	19	2	0	0	0	3	1	0	2	
11	14	7	28	4	1	0	1	4	0	0	6	
12	9	10	21	0	0	7	2	2	1	0	5	1
总计	96	90	304	40	5	17	35	33	10	6	39	11
	1月至12月总计								630			67

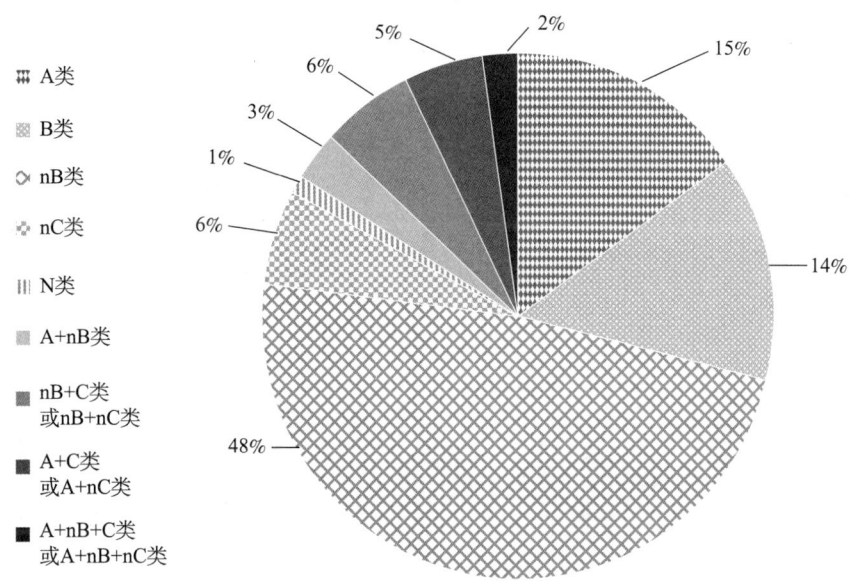

中国石化报2021年专题版模式类型占比图

在630个专题(不包括67个企业形象专题)中，A类占15%、B类占14%、nB类占48%、nC类占6%、N类占1%、A+nB类占3%、nB+C类或nB+nC类占6%、A+C类或A+nC类占5%、A+nB+C类或A+nB+nC类占2%。

从统计图来看，多篇典型个案B类作品的组合类型(nB)是最多的，几近所有专题版的一半(48%)，因为编辑操作起来较容易些。相对来说，三元一体式(A+nB+C类或A+nB+nC类)(2%)、二元聚合式中的综述分析A类作品+多篇典型个案B类作品的聚合类型(A+nB类)(3%)、组合陈列中的多种新闻体裁作品的组合类型(N类)(1%)是不常见的，尤其是三元一体式，对编辑的能力是较大考验。

专题版的呈现模式概述到此。现在讨论一种多版联动的表现形式，进行补充研究。

五、多版联动式

1. 双版联动

第一种是通版，两个版共同呈现一个主题。

2021年6月24日的《第六届感动石化获奖人物及团队》、2022年2月7日的《加油 为冬奥 一起向未来》都采用了第2、3版通版的形式。2021年11月12日的《是能源短缺，还是"能源危机"？》(第5、8版通版)、2022年3月15日的《从一滴油到EVA光伏料的傲娇之旅》(第6、7版通版)也是双版联动。

用新闻语言讲石化故事

(中国石化报2021年6月24日第2、3版)

(中国石化报2022年2月7日第2、3版)

(中国石化报2021年11月12日第5、8版)

(中国石化报2022年3月15日第6、7版)

第二种是上下期联动,把主题分为上下篇,以分主题形式呈现。

2021年4月15日、23日第2版分别推出《数字化转型为企业赋智赋能(上)》《数字化转型为企业赋智赋能(下)》专题;2021年2月19日、3月5日《环球周刊》第5版分别推出《"十四五",加速重塑的能源世界(上)》(分主题为《积水成渊,能源产业接近变革临界点》)、《"十四五"，加速重塑的能源世界(下)》(分主题为《因势而谋，能源产业以变应变育先机》)。

(中国石化报2021年4月15日第2版)

(中国石化报2021年4月23日第2版)

(中国石化报2021年2月19日第5版)

(中国石化报2021年3月5日第5版)

2. 多版联动

第一种形式一般组成三至四个版，甚至更多。

2021年4月30日《环球周刊》四个版联动：第5版《"双碳"目标促油气行业加速转型》、第6版《国际油企：经营业绩下滑　低碳转型加快》、第7版《能源世界规则因疫情改变》、第8版《我国炼油大国地位进一步提升》，聚焦国内外油气行业前景、油气公司发展动向、各国油气政策调整状况，以及世界炼油乙烯行业现状。

（中国石化报2021年4月30日第5版）

（中国石化报2021年4月30日第6版）

（中国石化报2021年4月30日第7版）

（中国石化报2021年4月30日第8版）

中国石化报2022年7月27日推出"牢记嘱托、再立新功、再创佳绩,喜迎二十大""主题进行时"7个版的专题:《能源保障组:把能源饭碗牢牢端在自己手里》《炼化销售组:发挥一体化优势全力提质增效》《科技创新组:保障产业链供应链自主安全可控》《安全环保(绿色低碳)组:坚定向本质安全环保迈进》《改革管理组:蹄疾步稳激发企业内生发展动力》《经营效益组:全力推动经营效益提质提速》《党建引领组:以高质量党建引领高质量发展》。7月28日推出地热专题4个版。

第二种形式以特刊呈现。

中国石化报2021年7月1日推出《庆祝建党100周年特刊》32个版,10月9日推出《强根铸魂勇担当——中国石化贯彻落实全国国企党建会精神》8个版,11月1日推出《中国石化十大红色教育基地》4个版。此外,我们还曾推出易派客8个版、易捷4个版等特刊报道。

3. 多期联动

围绕一个主题,每期专题版展示不同典型人物或典型经验的报道。

最典型的是中国石化报第4版人物写真版2021年关于《100名优秀共产党员风采》的报道,每期推出四个典型人物的报道。还有《寻找"感动石化"人物》的报道,每期3人,做了27期,展示了81人的风采。

中国石化报2021年第3版曾推出栏目为"中国石化打造技术先导型公司"的3期报道和主题为《博士后科研工作站:企业高质量发展"加油站"》的3期报道。第6版曾推出主题为《"十三五"高效开发油气田巡礼》的4期报道。

(中国石化报2021年11月1日第5、8版)

报纸专题报道的深度分析

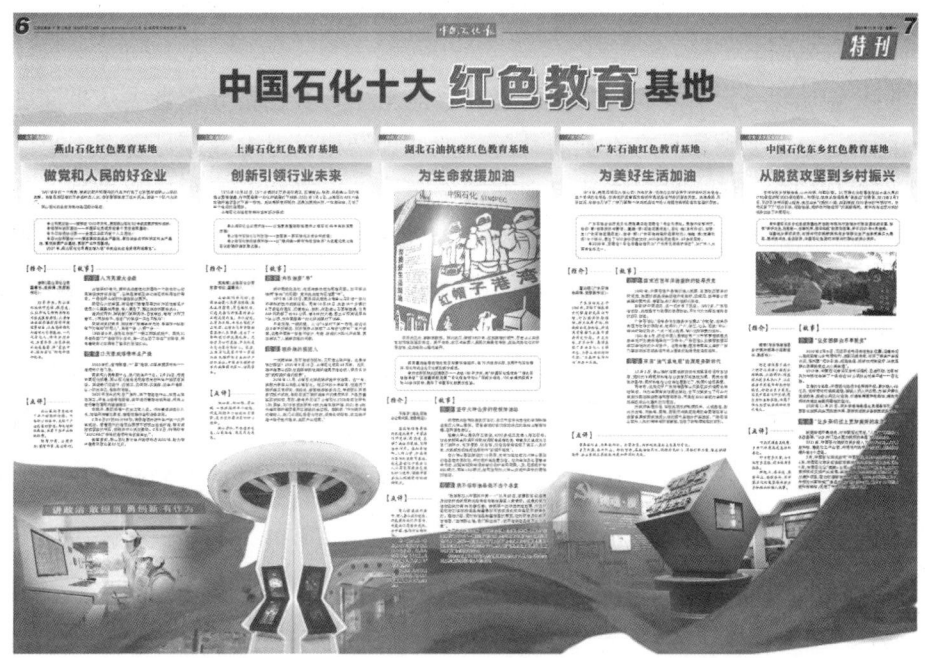

（中国石化报 2021 年 11 月 1 日第 6、7 版）

第三节 做专题报道编辑应该具有的能力

媒体竞争关键是人才竞争，媒体优势核心是人才优势。建设一支政治素质高、业务能力强的人才队伍，是每一家媒体需要面对的重大课题。业务能力体现在报纸专题版的策划能力、采编能力、作者资源开发能力等方面。

一、采编合一能力

采编合一能力主要体现在三个方面：一是编辑对行业问题的观察和分析能力，特别是采写综述分析作品的能力；二是编辑对新闻的评论能力；三是编辑对专家或业内人士采访解读的能力。

1. 编辑需要具有指导采写综述分析作品的能力

这类作品通常称为行业深度报道，是通过多角度、多侧面、多层面的采访，完整反映重大行业现象、行业问题或将企业问题行业化，追踪其前因后果、来龙去脉，揭示其本质意义和发展趋势的一种较高层次的报道形式。

深度报道需要"运用理性的逻辑、通讯的技巧、消息的简明、文学的笔调、政论的气势，多侧面、多角度、超时空、深层次，生动反映和剖析重大社会现象和社会问题，引起思辨，寻求出路"。① 对于行业类媒体来说，就是需要对行业现象、行业或企业问题进行剖析与判断。

这不是说编辑一定需要这样的采写能力，但至少具有能指导记者去从事深度报道采访的能力。这需要编辑具有石油石化等专业知识结构，对专业领域有深入思考与研究；具有强烈的新闻敏感性，能捕捉到新闻选题，进行议题设置与选题策划、分主题设问；具有强大的信息搜集、挖掘、整合、提炼和生成能力，能获取大量专业素材和背景材料；具有强大的分析问题能力，能由表及里、由简到繁、由浅入深，进行解读、分析、预测。

"新闻人不仅生产资讯，还要发现资讯、整合和解读资讯；不仅要会讲故事，还要会挖掘故事、设计故事、制作故事，更好满足受众信息需求。"②

从某种意义上看，这种综述作品是新闻述评体裁，又述又评、夹叙夹议，把新闻报道与新闻评论有机地结合起来。

2. 编辑应该具有言论写作的能力

思想深刻、见解独到、观点新颖，能为读者提供独特价值的观点作品，让有高度、有深度、有锐气、有骨感、有灵魂的评论或点评作品可品鉴、可回味、可启迪，是报纸的一大优势。

不少有识之士深有感触地说："当前媒体之间的竞争，说到底是'思想'的竞争，'观点'的竞争。""谁想在竞争中处于领先，争得主动，就必须精心打造新闻评论，扩充评论队伍，提高评论质量，优化评论生态。"

"为什么财经报道要在'出观点'上大做文章？因为每一项投资活动都会受到多重因素的影响，宏观的、微观的、国际的、国内的、政策面的、基本面的、技术面的，等等，投资人面对大量信息，由于知识结构和自身条件所限，通常很难把握众多信息背后的实质。"③

作为行业报编辑，石油石化知识的大众普及，国际石油石化新闻事件的揭示，各国石油石化政策法规的解读，石油政治、石油经济、石油外交等问题的剖析，石油石化行业发展趋势判断与预警等都是新闻评论的内容。行业议题、专业问题评论首先需要具有科学性，确保评论引述的专业论据与专业事例的正确性、专业术语的恰当性、论证分析过程的严谨性，最终才能得出观点与结论的无可辩驳性、准确性与独特性。

(1) 就某一学术或专业议题进行评论

对于石油业界的一些专业问题，"公说公有理，婆说婆有理"。要运用理性思维、逆向思维等形成论点，既有充分论据，又能自圆其说(严密的论证过程)。

---

① 廖雪琴，郑贵兰. 优秀新闻作品选读. 武汉：华中科技大学出版社，2014：216.
② 张志安. 新闻传播实务教学改革的几点思考//白净. 从一支笔到十八般武艺. 北京：光明日报出版社，2018：7.
③ 贺宛男. 财经报道概论. 上海：复旦大学出版社，2009：34.

石油究竟来自哪里,连业内专家都难以给予准确的回答。中国石化报《环球周刊》编辑采访多位专家,对这一问题进行了评论——《石油非生物成因恐不仅仅是传说》。

美国著名地缘政治学家威廉·恩道尔在他的新作《石油大棋局》中语出惊人,石油并非源自恐龙遗骸,而是地球深处的无机物质,并且远未到达峰值。

传统石油理论认为,石油是由生物体残留、恐龙遗骸或海藻化石经沉积与高压形成的。

在诸多质疑声中,一个通俗易懂的观点来自地壳变动方面:目前地球上探明的2000多亿吨石油储量,其能量相当于7000亿头恐龙转化为石油,且需要一次性集中灭绝和深度掩埋。因为动物在地表灭绝只会腐烂,不能生成石油;如此集中灭绝和深度掩埋,需要板块突发性运动,像"揉面"一样地突然将生物全部掩埋掉。这在今天看来无疑是天方夜谭。

文章最后引用业内专家观点,并得出结论:从这个角度讲,"离经叛道"的恩道尔的石油非生物成因论是有积极意义的,甚至还可能成为全球无机成因油气勘探的新起点。

(中国石化报2012年5月18日第5版)

"石油究竟会不会被采光用完",对于这个问题,专家各有各的说法。《环球周刊》刊发《石油之旅仍将继续》批驳了石油末日论观点。

第一,抛出对方的论点。

石油这颗流星是否已经完成了它的地球之旅?伴随着陡峭攀升的油价,是"石油末日论"的聒噪。这次的主角是美国普林斯顿大学地质学家肯尼思·德费耶:"石油的极限不是明年,也不是明天,而是时下,此刻。"

第二,列举类似的论点。

1919年美国地质调查局就发表了震惊白宫的预测:美国的石油将在9年内耗尽。1956年,又有一名叫金·哈伯特的地质学家预言美国石油产量将在1970年达到顶峰。

第三,用事实来反驳论点。

1970年世界石油储量的确出现了短暂停滞,但这一现象随即便被波涛般的新增石油储量淹没了。……据统计,2004年全球已探明的石油总储量为1.2万亿桶,比1984年的7620亿桶增长55.9%。

第四,抛出对方的论据。

"石油末日论"是建立在两个假设的基础上:一是人类已经完全了解地球的地质构造,且对其勘探得非常清楚,再发现未知油田的可能性几乎为零;二是石油勘探的技术已经登峰造极,人类不可能再通过技术进步而增加石油产能。

第五,用事实来驳斥对方的论据。

事实并没有给"石油末日论"增加一点底气。早期的石油产出率不过10%左右,而现代新技术的发展,使得从油层中开采出50%以上的石油早已不再是神话。

知识和技术因素可以部分地解释石油储量的生命指数，为什么在经历 100 多年的消耗之后仍在持续改善。……

第六，阐明自己的观点及论据。

石油没有到末日，相反，随着人类知识的延伸，石油的边界还将扩展，石油的家族也将会迎来更多的新成员。为人类做出巨大贡献的石油不会就此消失，石油之旅仍将继续。

（中国石化报 2006 年 7 月 4 日第 5 版）

最后一句话回应了文章的主题。

论证的方式方法除了立论，就是驳论，即以反驳某种观点为主，在反驳的过程中论证自己的观点。驳论一般有三种方法。

一是反证法。不从正面直接来论证自己的观点，而是从反面间接地论证自己的观点。

二是归谬法。假定对方论点是正确的，然后以其为前提，一步步推导下去，得出一个十分荒谬的结论，从而使对方观点不攻自破。

三是驳斥法。通过驳斥对方的论点，揭穿对方论据虚假或论据不足，分析对方论证的方法不合逻辑，进而否定其论点。

《石油非生物成因恐不仅仅是传说》一文用的是归谬法：假定"传统石油理论"的正确，由其推导出"天方夜谭"的现象，从而使其观点不攻自破。

《石油之旅仍将继续》一文用的是反证法和驳斥法：反证法运用"石油储量不断增长"的事实反证"石油之旅仍将继续"；驳斥法驳斥对方论据来证明其观点的不正确。

行业评论需要具有深刻性，必须运用丰富的石油石化专业知识、敏锐的洞察能力、强大的逻辑思维能力及文字表述能力，去揭示石油石化行业现象背后的本质，以理说事，达到论证或驳斥的目的。

（2）配合所报道的新闻主题进行点评

作为集团公司党组机关报的编辑，在对企业典型经验和典型人物进行报道时，可以对典型经验进行具有指导意义的升华，可以对典型人物具有的精神特质进行提炼，这些都会是很好的言论作品、观点作品、思想作品。

2016 年油价低迷，作为石油公司业主，为了让工程承包的乙方不仅仅是完成施工任务，更能替甲方考虑效益问题，鲁胜公司探索实行了长停井治理风险承包合作模式的新闻就是一条好新闻。

（引题）"病倒"的高产井投入 20 余万元上措施治理，产量却依然为零。类似这样的无效措施，曾让胜利油田鲁胜公司 2015 年白白浪费 500 多万元。究其原因，是服务商只按公司要求施工，很少替甲方考虑效益。鲁胜公司因此探索实行长停井治理风险承包合作模式，倒逼乙方制定最优治理方案

(主题) 让服务商"动脑子干活儿"

该通讯用新闻的手法处理得很到位，是篇不可多得的好作品，勾起了编辑写评论的欲望，于是《唯有"互惠"才能"双赢"》一气呵成。

正面提出观点。

所谓"互惠"，就是在商业经营中双方既为自己的利益考虑，又为对方的利益着想，在合作中也为对方"动脑子干活儿"，相互支持、密切协作，尽可能满足对方的需求。所谓"双赢"，就是双方在商业经营活动中得到对方的认可，实现各自的诉求，为以后的合作留下希冀与空间。只有怀有"互惠"的意愿，并能将之在合作中得到体现，甲乙双方才能实现"双赢"，才能走得更远。

反面进行驳斥。

只有一方得利，这样的生意只能是"一锤子买卖"，不可持久，生意人不能总当冤大头，做企业也不是玩"慈善"。"病倒"的高产井投入20余万元上措施治理，产量却依然为零。合作中没有得利的一方不得不长叹："油井治理失败，服务商不担责任，我们找谁说理?!"

深入论述。

穷则思变。转变商业合作模式，能不能让甲乙双方都得到认可，是一个遍布荆棘的、充满智慧的博弈过程。业主甲方提出的合作模式，乙方需要权衡，值不值得做，市场上是否还有其他收益更大、风险更小的项目？

正面论证。

凭借自己的"金刚钻"揽下的"瓷器活儿"，盈利的概率有多少？低油价下，甲方油企油井关停后成为不良资产，仍需投入资金治理长停井，但费用压缩了，要把钱花在有潜力的"躺井"上，投入要能得到合理回报；低油价下，油服市场进入"寒冬期"，乙方服务商的竞争更趋激烈，谁有本事谁就能揽更多的活儿，赚到服务费。这就为双方"各退一步"的合作留下了想象的空间。

在商业合作中，甲乙双方还要发挥自己的能力、专长，在相互合作"互惠"中，寻找最大的公约数、最佳的解决方案，来降低双方的经营风险，达到共同的目的。双方必然在合作模式上会进行更为艰难的谈判，达成双方都认可、皆能有所得的方案，让共同的利益将双方紧紧捆绑在一起。

在风险承包措施方案讨论会上，做了效益评估的服务商介绍方案时，双方进行了激烈探讨，现场完善方案。"方案必须精益求精，因为摆在他们面前的，是一堆足以让业内专家都头疼的老大难井。"

实行长停井治理风险承包合作模式，对甲方油企来说，疑难井风险承包淘汰了技术不过关、责任心不强的技术服务商，提高了资金使用效益，盘活了不良资产；对敢于拿下承包合同的乙方来说，只要技术过硬、责任心强，获得工作量和利润的胜算就很高，甚至还能获得增油的额外奖励，在"寒冬期"站稳市场，打出品牌来。

反面驳斥。

商业经营双方都获利，皆大欢喜。但商业经营存在风险，双方在合作过程中若出现失败，需要共同承担损失，这比一方担全责压力会小很多，是某种意义上的"套期保值"，减少损失也未尝不是另外一种"收益"。

该承包模式将风险分摊给双方，见不到增油效果，乙方拿不回全部风险抵押金，也不能全额结算技术服务费；对甲方而言，也搭上了人力和设备费用。对双方来说，是另一种"公平"和"双赢"。

观点总结。

经济，是以最小的成本来换取最大的收益。在市场经济中，企业的经营行为，不是以自己的最小成本来从别人那儿换取最大的收益，而是需要在相互合作中，通过"互惠"获得"双赢"，实现以双方的共同最小成本得到共同最大收益。

(中国石化报2017年2月6日第5版)

总之，行业报的评论作品不仅需要具备科学性、思辨性和深刻性，而且需要具有一般评论的特点，在文采方面需要做到通俗易懂、深入浅出、生动形象、幽默风趣、一气呵成。

"以往新闻报道与新闻评论之间的最大区别，就是前者主要报道事实，后者着重分析、议论。随着新闻报道与新闻评论边界的日益模糊，以及不同报道样式与评论样式之间的相互穿插及组合运用，以往'设言立说'式的评论越来越少。在相当多的新闻评论中，事实性信息与意见性信息既同时作为传播的内容，也同时成为传播的目的，各类媒体新闻评述的广泛运用即是其主要的运用方式。"[①]

这实际上又回到了编辑需要具备写作新闻述评类作品的能力建设上来。

3. 编辑对专家或业内人士采访解读的能力

对于专业性很强的专题，仅仅依靠记者的力量是不够的，即便是只针对某领域的记者或专家型记者，其专业背景知识与专业洞察力也很难与从事该领域研究多年的专家相比，因此必须借助专家或业内人士的力量来答疑解惑，弥补记者知识面的缺憾。

这些科技界的顶尖人物，是业界权威，准确掌握行业最新动向，了解国家政策和世界科技潮流，为科技报道起到了引航人和指路者的重要作用。和这些巨人靠近，科技报道不但能传播最新最权威的科技资讯，更能以站位高度拓宽读者的视域，呈现独特而权威的党报视角。[②]

对于国际国内石油石化行业重大热点问题，早些年，中国石化报周刊编辑运用"新闻会客厅"这一版面语言，通过与国内外从业人员、专家学者等的沟通交流，听取他们的相似观点或不同意见，在版面上立体展示，让读者全方位了解各方声音。

---

① 涂光晋. 时代之"声"——新时期中国新闻评论研究. 北京：中国人民大学出版社，2011：386.
② 郑焱. 融媒时代如何做好科技新闻传播. 新闻战线，2022(3).

"新闻会客厅"栏目,既可以通过召开某一主题的座谈会进行"对话"采访获得素材;又可以用书面的方式与专家进行交流获得稿件,节约了采访对象与编辑记者的时间,起到了事半功倍的效果。通过这一报道形式,适度增强了新闻专题的广度、深度、高度、厚度、力度。

下面的例子是"新闻会客厅"关于发展页岩气的大讨论。

2014年3月24日,中国石化宣布将在2017年建成国内首个百亿立方米页岩气田——涪陵页岩气田。该页岩气田位于重庆地区,资源量为2.1万亿立方米。

以中国石化为代表的我国国有石油公司在非常规油气领域获得一连串的油气突破和发现,是否标志着我国非常规油气开发实现重大战略性突破,提前进入规模化和商业化开发新阶段?是否意味着我国非常规开发工艺技术跻身世界先进水平?是否意味着继美国页岩气革命之后,中国也将进入页岩气新时代?

为此,中国石化报《油气周刊》邀请英国皇家化学院院士、中国海油新能源研究中心主任肖钢,中国科学院院士戴金星,中国工程院院士康玉柱,商务部国际贸易经济合作研究院跨国公司研究中心主任、经济学博士后何曼青等进行深入探讨,以"新闻会客厅"形式做了《我国页岩气勘探开发进入商业化新时代》专题。

主持人(编辑)提出两个方面的问题:一、目前我国非常规油气资源量怎样?在全球非常规油气版图中处于怎样的位置,发展前景如何?二、抢占非常规油气勘探开发制高点,需要拥有尖端的理论技术支撑。目前我国油企在非常规油气领域勘探开发理论技术处于怎样的水平?存在哪些问题?

(中国石化报2014年4月21日第5版)

对于页岩气这一行业热点,专家学者的观点既让业内人士看到了国内页岩气产业发展与国际先进水平的差距,又认识到了国内页岩气行业的前景与希望。

近年来,中国石化报在做专题时又进行了新的尝试,在"新能源·新材料·新经济"栏目系列专题报道中,推出"业界圆桌"栏目,对专家或业内人士进行访谈。

在《新材料,化工行业迈向高端的必然选择》专题中,编辑邀请集团公司高级专家李应成、张师军,中石化宁波新材料研究院副院长黄朝晖、大连石油化工研究院第六研究室副主任李澜鹏、燕山石化科研技术部副经理李国、茂名石化研究院市场室专家谭捷等访谈嘉宾进行讨论,得出如下观点与结论:

- 中国石化发展新材料具有技术、市场、资金、人才等优势
- 新材料领域面临的复杂难题难以靠单一学科解决,多学科、多技术交叉融合将成常态
- 推动科技成果转化要牵起创新的牛鼻子,从推进整个行业进步的角度进行关键技术攻关
- 针对用户需求或联合用户共同开发具有市场竞争力的产品、提供整体解决方案
- 成立专业的战略研究团队,推进产学研用协同发展,在全产业链层面整合集成

优势资源

● 成立专业化成果转化运营团队,评估、筛选出接近工业化并符合市场需要的技术

(中国石化报2021年1月29日第2版)

对专家或业内人士的访谈,编辑需要对相关问题的专业知识进行充分了解分析,在拟订提纲时可考虑通用的参考模式:成绩亮点是什么,主要困难和克服方法,下一步重点工作和方向等,再根据具体的情况提炼出有针对性、有特色、通俗化的采访问题。

当然,邀请嘉宾访谈,还可以做得更开放一些,比如围绕某一问题,发表不同观点,甚至对立的观点,供读者思索与评判,塑造媒体"公正、客观、平衡、中立"的品牌形象。通过有见地、有深度、有思辨、有碰撞的权威解读与分析,提升行业报专业报道的思想性、条理性、深刻性、多维性、纵深感。

在《是"能源短缺",还是"能源危机"?》专题中,中国石化报邀请嘉宾进行访谈,支持"能源短缺"观点的专家有:国网能源研究院副院长单葆国、一德期货有限公司总经理助理佘建跃、中国石化经济技术研究院专家侯晖、能源战略学者陆如泉。他们指出:是"能源短缺"、能源荒而非"危机";油气投资不足,极端天气、量化宽松引发供需失衡;长期内传统能源、新能源需两手抓;能源转型不引发"危机"是底线。

支持"能源危机"观点的专家有:联合石化市场战略部总经理王佩、中化能源股份有限公司首席经济学家王能全、彭博社。他们指出:能源危机的警钟已然敲响;低碳转型背景下,能源系统的脆弱性凸显;三大传统能源供需基本面仍然紧张;能源转型是一个复杂且漫长的过程。

(中国石化报2021年11月12日第5版)

与专家进行行业性问题的探讨,编辑需要具有专业知识,做"专家型编辑"。这一类型的编辑,能用相对专业的语言与不同领域的专家、业内行家进行对话,熟悉他们的工作语言与语境、工作方式与方法,最后能用新闻的语言将这些领域的专业知识翻译成大众能够接受、理解的内容。

与专家探讨的主题一般是国际国内石油石化行业的热点问题,编辑需要从读者感兴趣的角度、新闻价值的角度考虑,从行业报的专业性角度考量内容值不值得做得那么气势恢宏。

讨论的主题需要具有一定的思辨性,具有讨论的价值,可以让采访对象发出不同的声音,可以有不同的见解与理解。比如上述的《是"能源短缺",还是"能源危机"?》选题就是一例。

围绕主题提出的问题需要专业,不能泛泛而谈,针对采访对象的研究领域设计出主题的分解问题,将探讨的主题用不同专业问题分层次、分侧面、分角度进行拆解,从不同采访对象那里得到不同或类似解答。比如上述的《新材料,化工行业迈向高端的

必然选择》专题中的提问。

中国石化报的专题报道为石油石化业界的官、学、商提供了一个小载体，完成了同一行业不同领域的资源"集聚"，对具体议题的梳理、甄别与设置，问题的思索、分析与探讨实现了一定意义上的"集聚效应"，增强了行业报的深刻性、影响力和权威性。

二、选题策划能力

20世纪90年代以来，我国新闻学术界和业界对"新闻是否能够策划"进行过多次理论研讨和争鸣，未最终达成共识。① 但在各类新闻媒介中，"策划"始终是着力探索和实践的重要课题，很多媒介不仅强调"策划"的重要性和必要性，而且以具体的组织措施使"策划"制度化和规范化。

本人认同下述这一说法：所谓"新闻策划"就是新闻工作者在新闻传播过程中围绕一定的主题或目标对传播全过程进行决策和谋划，从而制订报道计划作为指导传播活动有效开展的依据的过程，它与新闻调查、新闻实施和新闻反馈一起构成现代传播全过程，目的在于把报道安排得更合理、更能影响受众。② 严格意义上来说，这里的"新闻策划"是对新闻报道、新闻业务活动的策划。类似的观点还有："我们可以给新闻策划下一个定义：'是编采人员对新闻业务活动进行有创意的谋划与设计，目的是更好地配置与运用新闻资源，办出特色，取得最佳社会效益。'"③

新闻策划不同于"制造新闻"，后者是指公共关系人员经过精心策划，有意识地安排某些具有新闻价值的事件在某个特定的时间内发生，由此制造出适于传播媒介报道的新闻事件。④ 公共关系所谓新闻的策划是指"新闻事件策划"，如《策划家——商界传奇的创造者》中的第十九章"新闻策划"，所论述的问题都是如何制造新闻和发布新闻。⑤ 值得指出的是，西方国家自"现代公关之父"艾维·李以来，公共关系即走上了职业化的道路，凡新闻工作者从事公共关系活动的时候，都辞去了记者、编辑的职务而成为专职的公关人员。⑥

"新闻事件策划"与"新闻报道策划"虽然借用的都是"新闻策划"这一词眼，但本质上有严格的区别与不同的意义。

我们所说的"新闻策划"，是新闻单位自己的策划，而不是被报道单位的策划，顶多是新闻单位指导被报道单位按新闻单位要求去实施策划中的一些项目，参与的单位或个人仅仅是以配角的身份配合出现，左右不了新闻媒体自身的策划。

新闻媒体尽量不要既做新闻事件的发起人、当事人，又当新闻事件的报道者、传

---

① 庞亮. 新闻报道策划. 北京：中国广播电视出版社，2009：12-14.
② 熊忠辉. "新闻策划"提法是正确的. 新闻知识，1997（3）.
③ 艾丰. 新闻策划是新闻改革的产物. 新闻界，1997（2）.
④ 王朝文. 当代公共关系学. 北京：中国社会科学出版社，1995：161.
⑤ 孙黎. 策划家——商界传奇的创造者. 北京：中国经济出版社，1993：226-241.
⑥ 董天策. "新闻策划"之我见. 四川大学学报（哲学社会科学版），1998（1）.

播者，以免失去公信力、权威性，甚至被人诟病为"传媒造假事件"。① 专家进一步指出，在我国的传媒报道中，有两类新闻不符合新闻职业规范，一类是由记者参与设计、促成事件发生并予以报道的"媒介策划"的新闻，另一类是由企业策划的新闻，而新闻媒介为其提供了发表的平台。②

较为宽泛的理解，新闻策划是一个多层次的系统工程，它不仅包括一篇新闻报道的微观策划，而且包括媒体的发展策划、编辑方针、组稿思想、专版专栏的设置等宏观策划。③

行业报的新闻报道策划就是通过确定行业报道的主题和目标，收集行业与企业的素材、信息和资料，设定可行的报道方案，破解、分解主题，尽可能有深度、有广度、有力度、有厚度地剖析行业或企业新闻，收到规划性、规模化传播效果。

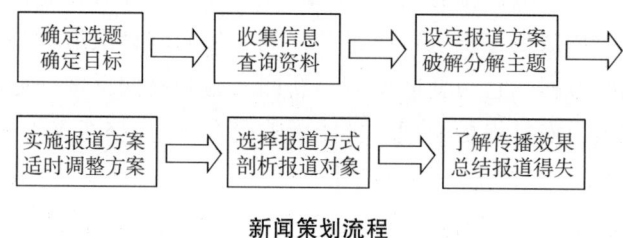

新闻策划流程

行业新闻报道选题确定的首要条件就是发现和获取行业或企业新闻线索。如何发现并获取这些新闻线索，最关键的在于策划者，取决于策划者的媒体经验、素质与水平、专业态度等，具体体现在对行业政策水平、行业发展趋势及该领域专业知识的理解度，新闻职业素养，新知认知与分析问题的能力，组织协调和管理运营能力等。

1. 寻找新闻选题的能力

策划者需要穷尽心思寻找新闻事件、人物、现象或问题，进行观察、分析、讨论，来选定报道对象，确定选题，设定议题。

（1）中国石化及各业务板块披露的信息

中国石化报围绕中国石化中心工作配合做的新闻报道，其新闻线索主要来自集团公司工作会议及各专业会议、各业务板块工作会议披露的信息，可谓机关报找到了"机关"。

集团公司每年召开年中工作会议、年度工作会议；各职能部门每年召开安全、环保、财务、科技、外事、信息化、审计等专业会议；各业务板块如油田、炼油、化工、油品销售、化工销售、石油工程、炼化工程、物资装备等每年召开工作会议。

---

① 陈力丹，周俊. 试论"传媒假事件". 北京大学学报（哲学社会科学版），2006(6)：122-128.
② 付素素，陈力丹. 传媒报道应是客观事实. 当代传播，2004(3).
③ 刘斐娅. 新闻策划的特征及意义. 学术交流，2001(1)：158.

编辑部门积极组织学习领会各种会议精神，一起探讨这些会议的工作报告、企业典型经验交流材料，按图索"绩"，选择适合各版面的新闻线索，或围绕这些主题做成专题版进行系列报道。

机关报找到"机关"，报道机关中心工作，得到机关的大力支持，也得到机关的多方好评。

（2）报社传递给编辑部门的新闻线索

报社每周召开工作例会、每天召开编前会。会上所传达的中国石化文件、领导指（批）示的精神及报社的月度宣传计划等，成为获得新闻线索的重要渠道。

报社对中国石化每月经济活动分析会进行传达，让编辑了解各企业生产经营情况：哪些企业效益好，哪些企业效益孬；哪些企业管理严，哪些企业管理次；哪些企业安全环保工作做得好，哪些企业安全环保工作出了差错；哪些企业得到好评，哪些企业受到批评……这些都有利于编辑找到新闻线索，并能较好地把握舆论导向、行业导向。

编辑部要积极落实报社的选题策划，提升执行力，获得报社更多的新闻线索或选题，实现良好循环。

（3）编辑部门在特定阶段的新闻策划

编辑部门根据一个阶段新闻报道的需求，主动策划特定选题。

集团公司年度工作会议期间，中国石化报出版的几期报纸需要上会，供与会代表（各直属企业主要领导等）阅读。报纸各版报道哪家企业，不报道哪家企业，让编辑部门颇费脑筋。我们力图用专题版、主题版整合报道相关板块的新闻，做好企业间的平衡。

对于这类策划，编辑部门一般提前一个月左右进行部署。具体到版面策划，有的由编辑主动进行，有的由编辑与部门负责人协商，有的由部门负责人提议，总之要积极发挥多方的主观能动性，集个人与集体的智慧、力量进行创新。

在2020年集团公司工作会议期间，中国石化报《炼化周刊》策划推出炼油企业发展主题报道：第5版《燃料型炼厂转型发展路在何方》专题，探讨燃料型炼厂向化工型炼厂转型必须充分研判市场情况、考虑是否具有向下游高附加值产业链延伸的优势，以及能否最大限度地降低原料端成本、提升产品端价值及生产过程效率等重要问题；第6、7版通版《让每家企业都成为效益增长点》专题，展示炼油事业部发挥统筹协调作用，组织技术及综合服务工作小组奔赴企业生产一线，为企业出点子、找路子、搭台子，充分挖掘降本潜力；第8版《鏖战50天，精准改造大乙烯》专题，报道甲乙双方精准制定施工方案，确保项目建设安全、优质、高效推进，使中韩石化乙烯产能从80万吨/年扩至110万吨/年的典型经验。

用新闻语言讲石化故事

（中国石化报2020年12月29日第5、8版）

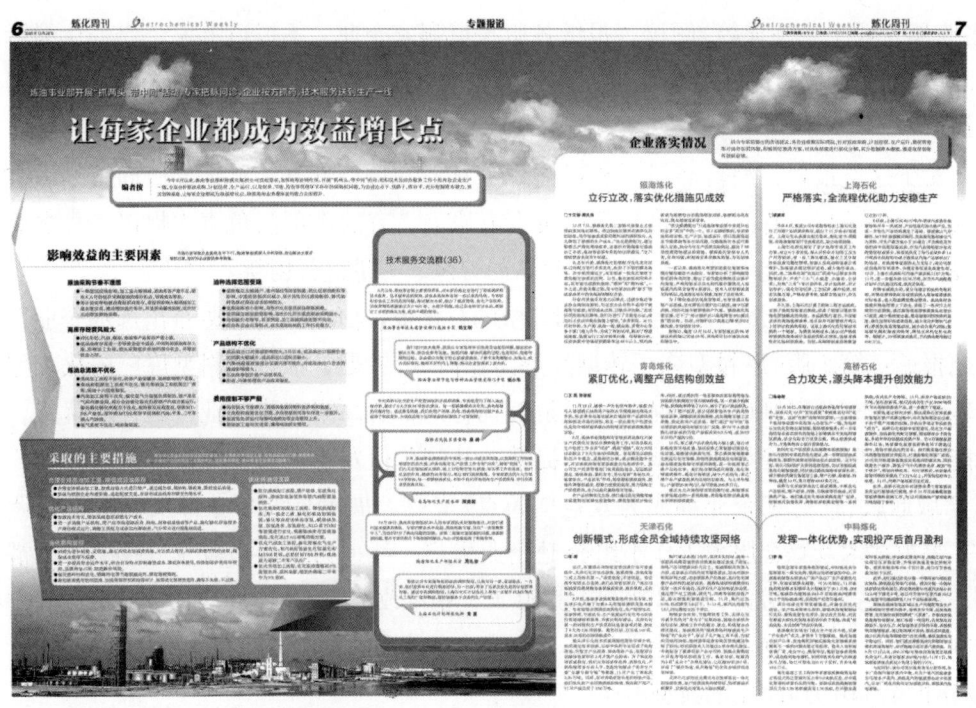

（中国石化报2020年12月29日第6、7版）

在选择什么样的主题时，需要通盘考虑：主题太大，漫无边际，记者不好把握；主题太小，琐碎，没有立体感。特别是企业类新闻专题或主题版，需要把握特色、特点。岁末年初，如果把油田、炼化、石油工程、炼化工程、油品销售等板块的选题全部都做成是前一年的工作总结、业绩回顾，就显得太泛滥，没有特色。

在选择企业报道对象这一"点"时需要兼顾"面"，比如在确定主题后联系企业记者站、通讯员时，需要从"面"上了解这些企业这项工作的整体情况，可以通过总部各事业部、专业管理部门等"第三方"来了解，同时需要掌握记者站采访力量等的具体情况。总之，选择哪些企业作为报道对象，选择哪些记者站来做，需要通盘考虑。

在新闻策划过程中，部门需要发挥良好的协调作用，多出点子，多听建议，敞开胸襟、兼收并蓄，让编辑的创新才能与想象空间得到充分发挥与释放。

美国石油地质学家普拉特撰写的《找油的哲学》中有一段话：在新油田找油，可以用老办法；在老油田找油，必须用新办法。这段话对做好新闻策划工作大有裨益：做新选题策划，可以用老办法；做旧（回顾性）选题策划，必须用新办法，才能有特点、有特色。

(4) 采编人员获得的新闻线索

报社编辑记者参与行业性、专业性会议，从会议文件、发言、交谈、活动中，发现、挖掘出读者比较关心的、有报道价值的行业、企业新闻或新闻线索，或自己采写，或根据专家材料撰写，或采访专家进行述评。

下面两个专题版就是记者参加行业性、专业性会议采访后，与编辑共同完成的。在 2021 年 5 月 22—23 日举行的第五届地质工程一体化论坛上，诸多院士专家就页岩油开发如何实现规模效益进行了深入探讨。6 月 17—18 日，以"创新支撑高质量发展，绿色引领产业转型"为主题的中国炼油技术高端论坛在京召开，专家建议炼油化工行业转型发展的路径：油增化、燃料清洁低碳化、可再生能源制氢、数字化转型、多能耦合智能低碳能源系统、生物炼制和循环化工等。

此外，采编人员从平日的阅读中，拓宽自己的阅读视野，强化自己的阅读深度，寻找报道线索，比如在石油、炼油化工、工程建设等专业期刊的阅读中寻找选题，寻找专家解读。

"包括专业期刊、行业通讯、学术刊物、智囊团和基金会报告、一级政府机构发布的信息。这些都应该在你的阅读范围之内。这样的阅读可能是令人痛苦的，很可能大量的内容都枯燥无味、没有用处。但这样的出版物不是新闻媒体的竞争者，也就是说，我们可以从它们的内容中窃取思想而不受到惩罚。不仅如此，这些出版物所发表的最新进展和原创思想，往往都要先于大众媒体。"[①]

---

① [美] 威廉·E. 布隆代尔.《华尔街日报》是如何讲故事的. 北京：华夏出版社，2006：3.

（中国石化报 2021 年 7 月 6 日第 5 版）　　（中国石化报 2021 年 7 月 6 日第 5 版）

编辑通过过滤、收集、提炼、加工，才能把大量碎片化、易被忽视的线索梳理成可操作、可执行、可设置的新闻主题。

2. 寻找新闻"第二"落点的能力

对于行业报来说，要以国际国内政治、经济、外交、军事等领域发生的大事为新闻由头，去寻找这些新闻事件背后的石油、能源、石化及相关因素，进行深度的联系、连接、解析，展示独家的视角、独到的观点、独享的主题，体现行业报的"有所作为"。

有同行把这类新闻叫新闻的第二落点，一般是指在第一时间把新闻事实公布于众之后，继续寻找、挖掘新闻蕴含的更多内涵和外延，使第二落点成为独家享有的新闻，弥补第一落点报道当中所产生的人们对信息获取的不足。①

将政治、外交及其他题材等重大社会新闻与石油石化行业进行联系，凸显行业报与党报、都市报等媒体的不同特征，展示自己的创新思维、创新能力，避免媒体间报道内容的同质化。

---

① 刘力. 第二落点的第一关注. 新闻战线，2012(7)：93.

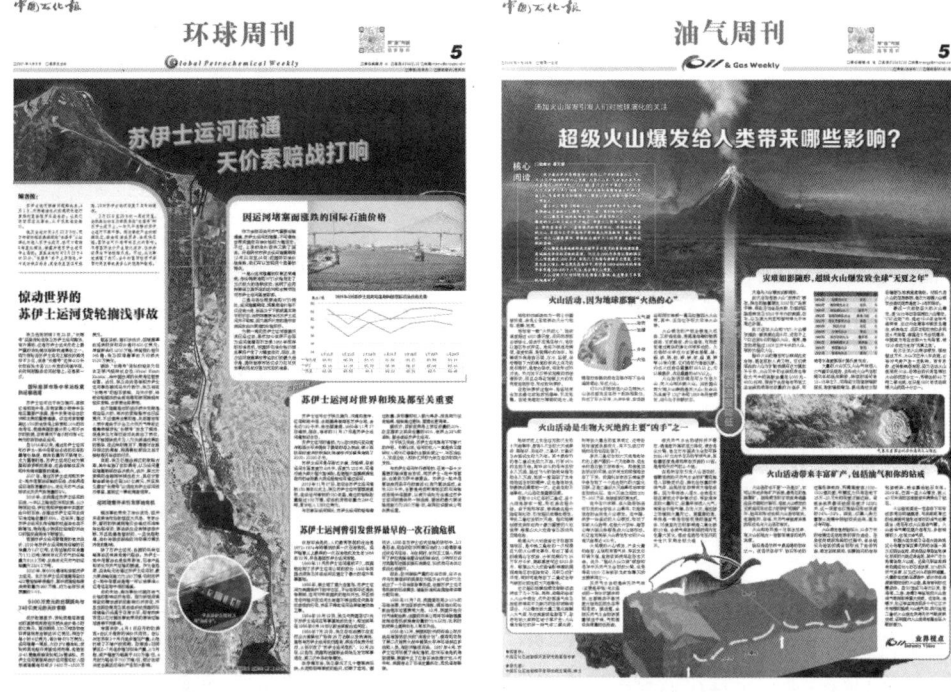

（中国石化报2021年4月9日第5版）　　（中国石化报2022年1月24日第5版）

2021年3月23日至29日的一周时间里，全球（媒体）舆论的目光都聚焦于搁浅在苏伊士运河上的"长赐号"上。作为行业媒体，要不要对此事件进行报道、如何报道、何时报道，考验着编辑的能力。

我们找到了国际新闻（搁浅事件）的第二落点（对国际油价的影响），选择了新闻由头（索赔的复杂程序启动），从新闻事件的回眸、期间国际油价的变化情况、苏伊士运河的重要性等方面进行剖析。

2022年1月14日，汤加以北约65千米的海底火山开始喷发。大量火山灰、气体与水蒸气形成直径近500千米的火山云团，直冲20千米高空，还产生巨大冲击波穿过半个地球，引发的巨浪和海啸传遍太平洋。

中国石化报邀请两名专家从地质专业角度（新闻的第二落点）来解读火山爆发的原因（地球那颗"火热的心"），火山活动的影响（生物大灭绝的主要"凶手"之一；灾难如影随形，致全球"无夏之年"；火山活动带来丰富矿产，包括油气和钻戒）。

行业媒体需要增强政治意识、把握行业导向，寻找新闻由头，从行业角度关注世界经济、政治、外交、军事涉及的行业问题，敏锐地捕捉新闻线索并进行深入策划，用专业的视角、新闻的语言来解读。

3. 二次开发信息资源的能力

开发信息资源进行新闻二次开发是获取新闻线索的捷径。

随着互联网技术的不断进步，全球已进入信息爆炸时代，信息传播速度之快、传播范围之广、传播内容之丰富，都是前所未有的。

报纸、网络、电视等新闻媒体，是新闻工作者了解社会热点、政策动向以及行业重点的重要渠道，成为新闻线索的来源之一。

针对同样的新闻事实，如何判断新闻价值，从什么样的坐标或背景出发、用什么样的角度考察新闻事件及新闻人物，以什么样的表达方式报道并呈现给读者……无不考量媒体人的判断、分析、解读能力。

在资源共享时代，报纸平日面对的是大量的同质化新闻。对同一新闻事件的报道，有无相对独特、细分的切入视角，有无更充分、深入、专业的背景穿插，有无更扎实、细致、全面的调查分析等，这些就是体现报纸功力、吸引读者的拿手本领，体现报纸的整合力、解释力、预测力。

报纸可以用较充裕的时间，发挥自己的用武之地：对热点信息、难点问题、专业领域进行集中梳理、调研、解读、透视，从而还原给读者一个较为清晰、透彻的行业剖析；对新闻事实进行"二次开发"，尽可能多侧面、多角度、多层面展示甚至全景透视，以满足读者规模化阅读、深层次了解的需求。

中国石化报在借鉴同行经验的基础上推出相似的专题，在北京冬奥会召开期间推出《体育营销当"号"准时代脉搏》专题，细数历年来通过赞助奥运盛事而"名利双收"的企业，讲述这些企业的奥运"生意经"。

（中国石化报2022年2月21日第6、7版）

以独特的观点、独特的组合、独特的角度去梳理和整合信息，是报纸的新闻表现形式。整合的效应,既可扩展和延伸信息的内涵、增强表现主题的合力,还可大大拓宽个性发挥的空间。①

针对财经类、石油石化类纸媒发表的石油石化行业或企业新闻,一方面,我们可以由浅入深、由表及里、由局部扩展到整体,去挖掘新闻背后更深价值、更高品位或更鲜为人知的东西,可以就某个值得关注的热点、难点做得更深更细更专更广;另一方面,作为石油石化行业媒体,其读者与功能的定位不同于党报,不同于财经报纸,更不同于都市报,可从不同角度、不同侧面、不同层面、不同专业进一步开发。

三、作者队伍创建能力

利用"人脉"资源是获取新闻线索的关键。

如果将报纸比作一件特殊的信息商品,那么外部组织或人员就是信息供应商,他们提供的新闻线索与稿件就是信息商品的原料或半成品。如何吸引这些供应商与我们建立良好的"供需"关系,是每位编辑要重视的事情。

这种基于媒介组织与社会的公共关系,与基于采编人员个人与他人的人际关系,能够共生与互动。② 有媒体从业者指出,新闻学的另外一个角度,就是要时刻积累人脉。

作为报人,会搞"关系",积累一定的人脉资源,是日常工作生活中一项重要的内容。只有积累足够的人脉资源,报人的视野才能开阔,新闻线索才能丰富,新闻富矿才能"随缘"打开。采编人员要像一只蜘蛛,编织出一张高度灵敏的信息网。

中国石化报运用"三环外交"策略建设了一支独特的作者队伍。

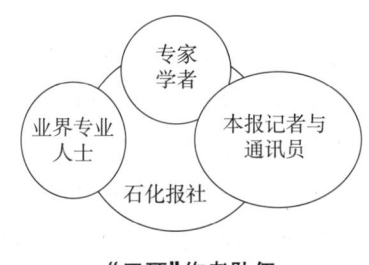

"三环"作者队伍

1. 专家学者

编辑积极参加各类行业会议、专业会议、学术会议,建立专家学者队伍:包括但不限于集团公司、直属企业研究院或信息所的石油石化专家和研究人员,以及中国石油和化学工业联合会、中国石油经济技术研究院、中国化工信息所、高等院校与各类研究院(所)能源研究中心的专家学者。

---

① 高红玲. 新闻表现形式的变化与发展. 新闻实践,2002(6):34-36.
② 蔡雯. 新闻报道策划与新闻资源开发. 北京:中国人民大学出版社,2004:103.

行业报需要主动设置行业热点、难点议题，邀请专家学者、第三方机构等，通过深入调查研究、客观理性分析，用专业的、权威的、透彻的、易懂的语言，解疑释惑，回应关切，提升舆论的把控能力，掌握话语的主动权。

针对上游专业性较强的特点，中国石化报曾邀请两院院士、上游研究院地质与油气领域专家等，就专业问题发表见解，尽可能通俗易懂地解释：从地质角度看，哪里的盆地拥有油气，需要在什么地方布井进行勘探来确定，需要运用什么技术在什么场地钻开发井来开采油气，怎样才能有效地开采出油气，油气开采如何提升采收率等。

针对读者较为关注的国家石油石化行业、煤化工、能源行业及相关安全环保的政策与法规，炼化行业、煤化工行业发展趋势，各类石油石化产品、煤化工产品市场走向等内容，中国石化报曾邀请政府官员、行业协会管理者、经济技术研究机构研究人员等分析解读，并就炼油化工、煤化工行业发展与技术进步，有机原料、合成材料市场分析及发展方向等专业问题发表各方观点和研究成果。

对政府政策与法规的解读，能让企业更好地秉承依法治企的理念，引导企业充分抓住政策利好机遇，同时有效避免不利因素影响，为企业生产经营发展提供良好的助力。对石油石化行业中长期趋势的分析与判断，能对企业制定中长期发展战略和规划起到启迪作用，引导企业在产销研用等方面进行战略推进与调整。对石油石化产品的市场分析，能对企业调整产品结构、生产工艺、营销策略、研发方向起到指导作用。

针对国际石油石化行业与政治、经济、外交等的宏观关系及跨国石油石化公司的发展动向等内容，中国石化报曾邀请国家部委及高校所属的能源研究机构人士、企业内部经济咨询及研究机构专业人士等，就这些宏观与微观新闻、重大事件、市场趋势进行解读。

行业类媒体要把一般规律与行业具体实际结合起来，找准行业转型转变中的特点和路径，深入探讨解决问题的思路和对策，充分反映推进产业转型升级、化解产能过剩、实施创新驱动战略、创新体制机制等方面的经验做法。①

2022年3月，国家《氢能产业发展中长期规划（2021—2035年）》（简称《规划》）出台，将对我国氢能产业持续健康发展起到关键引领作用。为更好地理解《规划》的意义，中国石化报《炼化周刊》联合中国氢能联盟，特邀请业界专家——中国工程院院士衣宝廉（发表《关键核心技术自主可控是必由之路》）和彭苏萍（发表《氢能多元化应用助力实现"双碳"目标》）进行解读。4月，国家印发《关于"十四五"推动石化化工行业高质量发展的指导意见》，对推进我国由石化化工大国向强国迈进具有重大意义。《炼化周刊》邀请石油和化学工业规划院、中国石油和化学工业联合会的专家进行解读。

---

① 葛玮. 行业类媒体：坚守底线，规范管理. 新闻战线，2013(12)：32.

（中国石化报2022年4月19日第5版）　　（中国石化报2022年5月10日第5版）

对于专家学者队伍的维护，本人很赞成这样的说法：一方面是媒体及媒体人自身的表达，让专家有认同感，愿意亲近；另一方面也需在具体的报道中让合适的专家来表达，如果疏于"表达"，无法对专家的最新研究动向保持关注，时日已久，所谓的"专家资源库"，可能就像微博上的"僵尸粉"一样，仅仅是一个符号。①

2. 业界专业人士

业界高层管理人员首先是某一领域、某一专业的行家里手，具有丰富的实践经验，同时作为管理者又具有政策水平、战略眼光，对一些业内问题的认识不仅专业、触类旁通，而且具有实践性、前瞻性、指导性。

油田企业记者、通讯员采访中国石化各油田所属的研究院、地质所，各油田的总地质师、总工程师、油田企业中高层管理者等，请他们谈石油理论、石油经济、石油技术、石油工程等方面的问题：如何实现油气勘探大突破、油气探明储量稳步增长；如何实现原油产量稳增长、盈亏平衡点大幅降低；如何保持天然气大发展良好势头；工程服务如何全力支撑油气勘探开发。

炼化企业的记者、通讯员采访炼化企业总经理、总会计师、总工程师等业内人士，请他们谈炼化企业的生产管理、市场开拓、技术开发、环保节能减排等方面的问题：在炼油业务上如何突出效益导向优化加工量配置，如何加快"油转化"，增产化工原料，

---

① 高明勇. 新闻的逻辑. 杭州：浙江人民出版社，2014：152.

如何加快"油转特"，提升盈利水平；在化工业务上如何优化调整负荷，保持盈利装置开满开足，如何加大新产品开发力度，推进三大合成材料高附加值产品比例；如何加快推进结构优化和加快绿色低碳发展；如何定位新产品在整个市场中的位置及应该采取什么应对措施；等等。

石油化工科学研究院党委书记李明丰撰文：

（主题）立足自身特色　走稳转型发展之路

（副题）炼厂转型发展要符合自身特点，宜烯则烯、宜芳则芳、宜油则油、宜化则化

未来炼厂将向抢占低硫船燃市场、多产化工原料方向发展，但希望通过单纯转型重走简单扩大再生产道路不可持续，必须走符合自身特点的转型发展道路。

燃料型炼厂转向多产化工原料要适度，充分研判市场情况，选择合适的产品方向，并考虑是否具有向下游高附加值产业链延伸的优势。

(中国石化报2022年1月14日第5版)

在油品销售领域的业内行家，既有油品销售事业部的管理层，又有省（区、市）石油公司管理部门的行家，还有地市石油公司的管理者，他们具有丰富的营销知识、营销实践，能将实践经验提炼成方法论：有的根据自己的从业经验对油品市场发展趋势进行分析；有的对油品与非油品经营发展提出战略思考或具体举措；有的结合企业经营实际，对成品油实施精准营销策略，采销存动态平衡，深挖品牌价值。

（主题）疫情防控常态化，消费体验咋提升？

专题报道提出三个问题，邀请北京石油总经理，黑龙江石油、河南石油、江苏石油各一位主管业务的副总经理，广东石油零售中心经理等5位管理人士来解答。

（第一个问题）今年以来，全国多地疫情防控形势严峻复杂，给油品销售带来哪些影响？企业如何应对？

从他们的回答中，编辑以内容提要的形式提炼一段，让读者一目了然（下同）。

疫情导致汽柴油市场整体消费降至低位。油品销售企业要加强防控、备足物资，推广无感支付、无接触消费方式，拓展多元服务，为顾客营造安全、便利的消费环境，打造客户信任的综合服务站。

（第二个问题）针对地域特点，销售企业如何在做好疫情防控的同时，提升客户消费体验？

当前的生产经营重点是：在做好疫情防控、助力复工复产的同时，满足人们对方便快捷及个性化服务的需求。各公司可根据所在地疫情管控情况，在战略定位、营销组织、人员摆布、增值服务等方面进行差异化安排。

（第三个问题）面对严峻的经营形势，销售企业如何持续在服务内容创新中实现企业价值增值？

优化"加油、购物、充值、开票"全环节的"零接触、安全、便捷"服务。运用数据

资产，实现对客户的清晰画像、精准营销和全域触达。在部分加油站提供核酸检测服务，升级"司机之家"和"爱心驿站"建设。针对社区群体消费特点，开展社区营销服务。

(中国石化报 2022 年 6 月 9 日第 5 版)

做好这类专题，编辑需要把握几点：一是主题的选择。需要有新闻由头，找准当前社会热点与成品油销售领域的结合点，主题不能太大，也不能太小，便于展开。二是主题的分解。需要围绕主题进行分解，既要注意问题之间的区分度，又要注意问题之间的逻辑性，同时让每个问题切中要点、简明易懂。需征求采访对象的专业意见，对采访提纲进行调整。三是内容的整理。编辑尽可能多地占有原始素材，再进行总结梳理，针对每个问题选取两三个有特色的回答内容进行归类。

此外还有相关专业如节能、环保、水务、电力、信息，以及党建、纪检等领域的业界人士，都可以成为专题版的作者或访谈对象。

一些报道的专业化程度较高，可以成为某一行业、领域的专业指导文献，起到媒体的"社会智库"的作用。

自我国提出建设中国特色新型高端智库以来，媒体智库作为社会智库的一种类型正在蓬勃发展。媒体智库，从资金来源来看，依靠政府、企业和其他社会资源；从人才队伍来看，以各种类型的研究人员及专家型记者为主要力量；从影响来看，智库产品以媒体的传播和获得领导关注的内部新闻报告作为其影响力的主要来源。

媒体智库充分利用公开信息和大数据的价值，在细分领域深入开展大数据的分析研究，形成细分行业的定制化动态发展报告、典型区域的综合性深度调查报告、特定政策的总结以及典型创新实验的案例研究报告。①

中国石化报社可以建立专家资源库，给相关领域的专家学者和业界人士发"特约撰稿人"聘书，探索报社媒体智库的建设。

3. 本报记者与通讯员

因为机关报的特点，中国石化报本部记者主要服务于中国石化总部的新闻报道，但他们也按业务板块分类负责相应板块的新闻报道。编辑需要发挥主观能动性，积极主动地给本部记者提供新闻线索，为他们的采访做好各项协调工作，并尊重记者的劳动成果。本部记者也应经常主动与编辑部联系，听取编辑的意见，不断提升写作水平。

中国石化报专题版关于企业的新闻报道，主要来自驻企业的记者和通讯员之手。编辑与他们沟通获得新闻线索并进行策划，或者与他们共同讨论新闻选题，对通讯员进行专业的新闻素养培训与指导，这是每名编辑每个工作日都需要做的功课。

此外，编辑要与媒体同行，包括新华社国际部，石油石化行业的新闻媒体如《石油商报》《国际石油经济》杂志，以及其他财经类媒体的采编人员，建立起相互供稿关系、信息沟通联系。

---

① 王辉. 媒体智库建设的发展与进路. 新闻战线，2022(2).

据介绍,《羊城晚报》国际时事部建立了新华社和北京其他新闻单位、涉外和学术单位、全国各地的业余作者等三支作者队伍,与作者保持长期良好的合作关系。正因为有了丰富和独家的稿源,《羊城晚报》的国际新闻版办得生机勃勃、富有特色。①

编辑要利用各方面积累的人脉资源,有效开拓新闻线索获取的源泉,合理利用新闻线索的来源,进行"议题设置"。只有通过大量求证、追踪、调查,将多方信息资源进行整合,融入更多背景材料、穿插更多故事细节、引入更多缜密分析、挖掘更多前瞻研判,才能发挥独家新闻报道的威力,提升新闻报道的传播力和影响力。

融媒体时代对报纸编辑做专题报道的能力要求呈几何级数增加。与以前那种仅仅刊登专刊、专版这种浅层次要求不同,报业的智库化转型更为高端,所以编辑需有足够的专业能力与资源整合能力。许多纸媒开设了智库专刊或周刊,向智库化方向发展。

编辑能力的提升,永远在路上。

---

① 刘洪潮. 怎样做国际新闻编辑. 北京:中国传媒大学出版社,2005:82-84.

第三章 工作通讯见人见事见思想

新闻是宣传最为常用的手段，一来宣传能借力于新闻告知的职能获得影响受众的机会；二来新闻客观报道的形式容易淡化宣传的目的性而产生潜移默化的效果。通过新闻报道和评述事实进行的宣传，使读者在接受具有新闻价值的事实和信息的过程中，潜移默化地接受报道者的理念、观点、主张、意图、愿望。

"新闻所以有力量是靠事实说话，用事实宣传观点、思想、政策。这是因为，人们认识世界的规律，是从具体到抽象，从个别到一般。新闻要提供大量的事实，让受众从中得出概念、结论、判断。"①

新闻作品的最高境界就是让读者自我品味到新闻的主题，而没有流露出更多的宣传、说教痕迹。如果说，报道的主题和思想是作品的灵魂和品位，新闻角度是作品的骨骼和经络，那么声情并茂、鲜活生动、跌宕起伏、娓娓道来的故事就是作品的血与肉。

本章讨论工作通讯写什么、怎么写的问题。希望记者和通讯员写出内涵深刻、真挚感人、影响广泛、理念独到的优秀工作通讯。

第一节　新闻角度的选择决定思想的高度

日常企业生产经营建设管理方面的工作通讯，要写出与众不同，并非要写出什么"超人"的新东西来，只要是发现有什么别人还没有发现的题材，或者是能从同样的题材中看出不同的意义，或者侧重于技法，或者侧重于角度，或者倚靠于形式，或者遴选于题材，写出有创新意义的作品来，这些就是与众不同的出新。从而使自己从"自我抄袭"的固化思维中走出来，从人见人厌的"八股模式"中跳出来。②

培养对新闻选题的发现力、辨别力、判断力，从不同角度选择具体案例提升工作通讯的新闻价值，是写好工作通讯、让工作通讯见思想的前提与基础，正所谓"高站位、小切口、大情怀"。

一位老报人说过：一个不善于辨别色彩的人不能成为画家，一个不懂音律的人不能成为音乐家，一个没有新闻敏感的人也不能成为新闻记者。作为新闻工作者，新闻敏感性最先表现在从什么角度看待事物，发现、判断、鉴别新闻线索，挖掘出新闻的

---

① 吴冷西. 吴冷西谈广播电视新闻. 新闻战线，1982(12).
② 陶克强. "蜜蜂困境"与路径依赖. 新闻战线，2013(2)：81.

价值来。同一主题，角度不一样，产生的效果也不一样。

"在一定意义上，新闻报道都是事实的一个'片断'，一个'剖面'，一个能够准确表现该事实新闻价值的'片断'与'剖面'。"①

有学者提出选择新闻角度的标准：切中要害，最能说明问题的角度；最能引起人们兴趣的角度；读者最易接受的角度；读者最关心的角度；时空距离读者最近的角度；最有人情味的角度。

本节讲述如何选取新闻角度来做工作通讯报道，其中会剖析新闻角度选取的种种方法。

一、从时间轴上找角度

工作通讯需要抓住新闻主题，进行层层递进分析。主题对通讯写作起着统率作用，它不仅统率全文的叙述主线，统率全文的结构和材料，甚至统率全文的基调和语言。② 从什么角度来选择主题，是对记者和通讯员专业素养与能力的考验。

1. 从旧闻中找新闻

将纪念节点作为新闻由头，从石油石化行业历史中淘洗闪光的石油石化人物事件来做选题，通过历史的回顾与思索，来挖掘那个时代显示出来的新闻价值与现实意义，紧贴那个时代的特征、契合那个年代的社会语境，找准企业理念与案例的对接点。通过文字、图片、版面穿越时空，串联今昔，让"旧瓶装新酒"。

历史题材的可塑性，仿佛强大引擎从遥远的天际传来的震响，让后人每每产生了情感的共鸣，接收了理性的昭示。厘清事实真相，手握新闻采写的金钥匙，才能开启历史殿堂，引导读者领略风云变幻、精彩纷呈的恢弘画廊。③

（主题）有一种汽笛声叫"催人奋进"

呜呜呜——

在石化机械四机公司厂区每天都会响起这样的声音，这是汽笛声，俗称"拉喂子"。这普通的喂子声响彻厂区上空整整67年，早已成为四机员工的精神食粮。

从甘肃敦煌到湖北荆州，这个老字号的石油装备企业每天都会在员工上班前10分钟提前播放1分钟的喂子声，这声音激励着他们不断前行。

一位员工深情地说："这声音是出征的号令、是前行中的鼓点。"

文章第一部分。

（小标题）"南迁，他们把喂子声也'迁'来了"

呜呜呜——

---

① 刘明华，徐泓，张征．新闻写作教程．北京：中国人民大学出版社，2002：92．
② 董广安，詹绪武．新闻写作学教程．郑州：郑州大学出版社，2014：114．
③ 叶国宝．"走"出的独家新闻．新闻战线，2012(9)：92．

1953年11月1日，祁连山下的玉门油田第一次响起悠长的喂子声。一批石油员工在喂子声中集结、出征，开启了我国石油运输史上的原油东运。

苏联专家莫谢耶夫曾对此发表感慨："玉门原油东运标志着中国的石油工业开始走上独立的道路。"

每每听到这熟悉的声音，中国石油工程第一师师长张复振的遗孀田淑真老人就会颤颤巍巍靠近窗户，甚至"呜呜呜"地跟着汽笛声发音。悠悠半个多世纪，这声音莫不是丈夫张复振在跟她"唠嗑"？

茫茫戈壁、旷野空寂。那时的员工生活艰苦、住地分散，怎样才能准时上下班？时任敦煌石油运输公司党委书记、经理张复振想到了利用锅炉房里的蒸汽发音，喂子声就这样成了他们生产、生活的"钟声"。

从玉门、敦煌到荆州，这声音每天6次在员工上下班时响起。67年的"音龄"从未断过。

2020年6月12日，追随这个声音半个多世纪、享年97岁的田淑真老人走了。

在她的追思会上，石化机械四机公司党委书记高贡林特意提到四机员工的精神"特产"——喂子声。他说："它让我们时刻牢记一种声音，它承载的音符是历史的叮嘱：准备好了吗，迟到就是掉队。"

四机公司的许多老员工尽管退休多年，但仍喜欢回到厂区转转，就为了再听一听那熟悉的喂子声。在他们的记忆中，1970年元旦，他们从石油运输公司南迁参加江汉石油会战。不管怎么搬迁，扔掉多少难舍的"坛坛罐罐"，但"喂子声"是必须带走的，就像部队带走军号一样，号角是他们的魂。

喂子声的"更新换代"也在与时俱进。

（中国石化报2020年8月3日第8版）

该专题将汽笛声（喂子声）的历史镜头回放，故事化、散文化叙事再现，用场景的特写镜头加以呈现与回味，体现出选题的新闻性、时代感。

重温过去那段难忘岁月，就是要牢记历史，通过汽笛声，唤起"铁人精神"，激励后人筚路蓝缕、砥砺奋进，可谓"汽笛声中怀玉门，铮铮铁骨石油魂。而今可有精神在？且看红衣报国恩。"（读者评语）。

从旧闻中找新闻时，我们需要努力做到：一是需要找到旧闻中的"新闻点""兴趣点""兴奋点"；二是需要有合适的新闻由头来表达。从旧闻中找新闻，就是要让旧闻蕴含新角度、新内容、新亮点，彰显新思维、新观念、时代感、传承性。

报道所选的纪念节点，往往对应的是石油石化行业发展长河中一个重要事件的发生点，是那个时代的重要新闻，通过回忆与比对，让人们感受、找回旧闻所揭示的内涵与精神。把旧闻解出新意，增添当今要素，找到与读者的共鸣点，才能重拾并刷新这一新闻主题的时代价值。

寻找和打捞当年的旧事，作为"谈资与话题"，与读者分享悲欢离合的过往，抒发他们的石油石化情愫。石油石化员工的故事，运用叙事展开、情节铺陈、细节紧扣等手法，通过人文的打捞、晾晒、沉淀和解析，不仅报道了旧闻、诠释了观点，而且让故事本身熠熠生辉。

有些文章通过口述方式，将烙印在主人公脑海里，甚至是血液里、基因里的旧事和盘托出，将个人历史与中国石化发展史乃至石油石化行业史交融在一起，具有很高的史料和阅读价值。

社会上，口述历史越来越得到读者的青睐：一是当事人生动的口述，既满足了人们的探秘性心理，又有助于人们了解历史的真相；二是口述历史注重对细节的回顾与描述，丰富性和鲜活性得到了彰显，将枯燥的历史还原成有血有肉的人物和活动事件。①

2. 新旧闻对比找角度

为了区别新闻学中的"比较新闻"，本人将新旧闻对比称为"对比新闻"，就是把两个不同或相近的事物、同一个事物的不同侧面放在一起，以历史、辩证的思维进行分析，用文字、图片、图表等新闻载体，将采访得来的"活鱼"与累积的资料素材进行对比、映衬，来说明事物所表现出来的主题，给人以强烈的比对、深刻的启示。新旧闻对比就是将事物的新旧不同内容进行对比。

（主题） 20年，再绘胜利"千里江山图"

第三部分进行对比。

（小标题） "只此青绿"

20年前的那幅画卷，不时被拿来翻阅，上边有技术人员用红蓝两色笔做出的"解释"。纸张变黄了，多处用胶带修补过。

新大剖面是对老大剖面的延续和更新。大剖面涉及14条坐标线，五横九纵，坐标位置基本和老剖面图一样，覆盖了济阳坳陷四大主力凹陷、主要构造带，既包含了勘探热点区，又兼顾了勘探空白区。

于正军说："过去20年，胜利油田处于精细勘探阶段，区块研究得多、区带研究得少，储量发现主要集中在富油凹陷。有了大剖面，就有了区带研究的资料基础。"

老的大剖面以二维地震资料为主，新的则以三维地震资料为主。新大剖面显示的内容丰富了，就像学生学习，随着认知的积累，词汇量越来越大，识别的能力自然而然越来越强，同时，新剖面因为资料品质的提高校正了老剖面的偏差。

大剖面上密密麻麻布满了黑色的点或曲线，在地质工作者眼中，这就是他们的"寻宝图"。利用三维地震资料，大剖面将济阳坳陷像"糖葫芦"般穿成一串，一条剖面线上就包含十几个工区。

拼好大剖面图，只是完成了工作量的一半，更重要的是做好图纸解释工作。刘建

---

① 蔡葩. 新闻采访与口述历史. 新闻战线，2015(9)：110.

伟说:"图纸解释是阶段性工作,我们先进行剖面解释,再进行地质解释。"

大剖面图 14 条坐标线,由 6 个研究室的上百名研究人员集体上阵做解释。胜利油田物探研究院与勘探开发研究院的研究人员几经思维碰撞的火花,终于敲定了第一套方案。

"古近系深层是一个新含油气系统""深层具有多沉积中心、多沉降中心""深层具有独立的断裂体系"……研究团队用红蓝两色笔在大剖面图上进行"涂鸦",对于地层信息进行"解释"。

有了大剖面,勘探人员犹如开启了上帝视角,既能穿透几千米的地层窥探深层,又能鸟瞰整个济阳坳陷。

原来,勘探主要集中在四大富油凹陷,主力凹陷之外的区域成了勘探空白区。通过大剖面分析研究,他们发现一些勘探空白区也是勘探潜力区,有很多小凹陷也具有勘探潜力,提升了济阳坳陷整体的勘探潜力。

(中国石化报 2022 年 3 月 7 日第 5 版)

新旧剖面图的比较,体现的是科技的进步,从"二维"到"三维",提升了新剖面资料的品质,校正了老剖面的偏差,形成了强烈的具象对比,烘托新闻主题,体现出"再绘千里江山图"的意义。

运用对比,有利于突出新闻的主题价值,增加引经据典、旁征博引的历史感、权威性、丰富性,增强新闻的表现力、说服力、差异性,在读者中起到较为深刻的启发和警示作用。

3. 号准时代脉搏找角度

马克思主义新闻观提出,以人民为中心的观念,其中之一就是在具体的新闻舆论工作中,必须始终坚持以人为本的工作理论。[①]

所谓"以人为本"的社会,是指国民成为社会主体和社会运行的根本,成为一切社会组织服务的焦点,社会观念以人为中心,把人看作是社会发展的最高目标。[②]

以人民为中心的时代,员工的安全、安宁、安稳、安定、安康是企业存在和发展的前提。为员工尽可能创造更好的工作条件和生活环境,让员工有更多、更直接、更实在的获得感、幸福感、安全感,调动员工的积极性、激发员工的创造性,赋予企业文化以新的使命和活力。

找准企业"以人民为中心"的这一具有时代气息的主题,借用讲故事方式,有细节、有悬念、有情节地表达,起到渲染效果。报道的人与事需要与众不同、"标新立异",其体现出的新闻价值需要放在时代的大背景下来衡量,放到时代的天平上来称量。

---

① 杨保军. 当前我国马克思主义新闻观的核心观念及其基本关系. 新闻大学,2017(4).
② 吕尚彬,陈薇. 我国政府与传媒的双向互动关系探析. 当代传播,2012(1):28.

（主题）让员工多几秒逃生时间

开头写一项具体的科技进步为员工生命安全做更好保障。

12月18日，中国纺织工业联合会科学技术奖颁奖仪式在人民大会堂举行。集团公司劳动防护用品检测中心凭借"新型防静电阻燃防护服的研发"项目获得二等奖。

近年来，集团公司高度重视员工生命安全与健康，这种新型防静电阻燃防护服可帮助员工在火海中多争取4~5秒的逃生时间，能极大减轻火灾伤害。

第二部分。

（小标题）"一定要让员工穿着舒适"

实验室内，18个环喷火和底喷火的喷头从四面八方对一个穿着防护服的假人持续喷出数百摄氏度高温的火焰，4秒过后，火焰熄灭，而防护服基本不受影响。

测试结果显示，穿着新型防静电阻燃防护服的假人在经过燃烧试验后烧伤面积仅有33%。经检测，防静电性能达到石油石化行业要求的B级，阻燃性能达到最高的A级。而国外公司的同类产品，阻燃性尚达不到这个标准。

中科院院士孙晋良、范维澄等专家充分肯定这一创新成果。他们认为，项目首次研发出适用于国内石油石化企业的防静电阻燃防护服，大大降低了防护服的配备成本，有利于企业推广应用，提升个体安全防护水平，确保员工的生命安全与健康；该项目还有利于加快推进国内高性能纤维产业的发展，促进国内纺织行业转型升级。

（中国石化报2017年12月28日第5版）

这是一种顾及员工的温情脉脉的视角。科技创新让员工从繁重的体力劳动中解放出来，让员工规避了操作风险，促进了人的全面发展等。基于此，科技创新要与员工价值要求结合起来，要推动员工在科技创新中实现自身的价值。

促进人的全面发展，更应顾及员工的感受、员工的利益。季羡林曾说：我不是一个坏人。我在顾及个人利益的同时，也很习惯地替他人的利益着想。我们在报道时，既要为企业着想，也要替员工着想，这应该成为一种追求和境界。

新时代，企业员工在精神上、心灵上、人际关系方面特别渴望得到组织与他人的点拨、倾听、认可，下文正是从这一时代特点来选取新闻故事进行讲述的。

（主题）你的喜怒忧乐 大家都很在意

第二部分。

（小标题）"有点事儿做，她也许能好起来"

坨五站离异单亲女工较多。站上适时组建成立"幸福家园"工作组，热心肠的丁艳担任起情感联络员。

丁艳接触到一名患抑郁症的女工。这名女工做事认真、追求完美，一天工作时突然晕倒，之后一个月没来上班。丁艳带着"幸福家园"工作组人员到家里看望时，被眼前的情景惊呆了。只见这名员工目光呆滞，坐在床上一言不发，几天时间头发竟白了一半。

为帮助她尽快恢复，丁艳提议让她继续上班，大家在单位陪她说说话，"有点事儿做，也许能好起来"。丁艳主动承担起上下班的接送任务。

通过查资料和请教老师，丁艳了解到抑郁症患者最需要的是信任和陪伴。她征得站干部同意，让这名女工跟自己坐对桌。为了让对方找到自信，丁艳常常让她帮着抄写资料。每当看到她抄得特别认真，丁艳会很高兴地鼓励几句。她还教这名女工写新闻，带她参加讲故事活动，加入"重塑心灵"成长小组。慢慢地，对方身上发生了微妙的变化。

新年联欢会上，坨五站组织时装秀表演，姐妹们在后台叽叽喳喳换衣服时，这名女工被欢乐的气氛所感染，脸上突然露出浅浅的笑容。表演开始，当她穿着汉服朝大家款款走来时，全场响起雷鸣般的掌声。

现在这名女工精神状态一天天好转，已经能够独立顶岗。一天，她拿着一个漂亮的玻璃杯送给丁艳。丁艳特别惊喜，觉得这是自己收到的最珍贵礼物。

（中国石化报2016年11月29日第3版）

《光明日报》记者窦云芳说："记者是时代的歌手，那时代主旋律中一个个深沉的音符，那汹涌浪潮中一朵朵闪光的浪花，就是记者呕心沥血地去追逐、去捕捉和去再现的目标。"[1]

以思想为笔、以激情作墨，聆听时代声音、感知时代脉动、见证时代变迁。[2]

4. 新兴领域找角度

新闻是现在进行时，重在"新"字上。企业开辟的新业务、员工经营观念的变化、公司体制机制改革等，都可以成为记者的好选题。记者还可以就某一问题进行深入思考，进行问题型、建议型报道，给企业经营提供建设性的意见与思路。

（主题）无人机勘查项目成为发展新亮点

湖北省恩施市崔家坝镇，川气东送燃气管道抢修施工现场，随着一架无人机缓缓着陆，地球物理武汉勘查公司参与的巡航观测任务圆满结束。

今年入汛以来，我国多个省份遭遇持续降雨，引发严重洪涝、山体滑坡等自然灾害，给油气管道的安全运行造成严重影响。武汉勘查公司的无人机项目，为摸清受灾情况及开展灾后重建提供了科学依据，展现出良好的市场发展前景。

在低油价的背景下，武汉勘查公司过去主营的地震采集业务持续下滑。去年以来，围绕转型发展，该公司将目光投向了广阔的测绘地理信息市场，以无人机巡线、航空摄影测量为代表的新业务成为重点发展方向。

……

"管线埋在地下，如果出现微渗透，是很难察觉的。"武汉勘查公司测绘研究所副主

---

[1] 樊凡. 中西新闻比较论. 武汉：武汉出版社，1994：27.
[2] 顾雷鸣. 以新思路新视角新技术赋能重大主题报道. 新闻战线，2021(12).

任尚洪猛介绍说，通过搭载高光谱相机，获取管道沿线光谱特性数据，"就像安装了一双透视眼"。另外，依托(热)红外传感器，可以不受光线条件的约束，实时感知管道周边红外辐射及地表温差的变化，实现管道全天候巡检。

(中国石化报2016年9月26日第7版)

地球物理武汉勘查公司从2015年10月开始探索航空摄影测量、无人机巡线、应急抢险指挥等，从地上"玩"到了天上。这篇文章把每个领域里的新实践都写明白了，是一条不错的科技新闻。新闻层次上独缺一点：勘查公司是如何与专业团队合作的？总的投入如何？这些应当是对无人机感兴趣的兄弟单位比较关心的。

新兴业务、新的观念、新的机制如同哲学中的"新事物"，它萌芽、产生于旧事物之中，是对旧事物的"扬弃"，即抛弃了旧事物中消极的、过时的、腐朽的因素，吸取了旧事物中积极的、合理的因素，并且形成了它自身的特点。新事物产生之初，总是不完善的、弱小的，需要人们的呵护，需要提出意见建议，需要帮助它尽快成长。只有不断完善发展，在形态上比旧事物高级、在结构上比旧事物合理、在功能上比旧事物强大，才能具有旧事物所不可比拟的优越性和强大的生命力。

(主题) 由传统工程承包商向智慧服务运营商转变

第一部分。

(小标题) 向先进的工装要工效：平均每个分包商降低成本100万元

"3台全位置管道自动焊机已调试完毕，下午就可进行焊接施工了。"7月30日，在十建公司承建的古雷炼化一体化项目80万吨/年乙烯装置施工现场，分包商单位负责人孟令建手持作业票高兴地奔向工艺管道施工作业区域。

在该项目中，孟令建带领的分包商队伍共有135人，承揽了1900吨钢结构安装、11万寸径工艺管道焊接及部分塔器设备内件安装等施工任务，工期紧张、施工难度大。但在孟令建看来，这些施工任务却让自己有些"吃不饱"，他想通过项目部招标程序再承接一部分钢结构和管道安装工程，让员工的收入再提高一些。

孟令建为何会有这样的底气？这是因为项目部的工效提升策略让他尝到了"甜头"。

"项目部协助我们配备了自动焊机、升降机、等离子切割机等装备，让工效比传统施工模式提升了3倍，上半年我们的人工成本降低了200多万元，不仅消除了疫情带来的不利影响，而且大幅提高了员工收入。"孟令建深有感触地说。

"目前，已有11个分包商单位完成了施工装备提升，他们负责的钢结构、工艺管道等专业施工实现了工厂化预制安装，平均每个分包商降低人工、机具成本近100万元。"十建古雷炼化乙烯项目分部副经理葛良男说。

(中国石化报2020年8月18日第8版)

这篇文章讲的是用新技术新装备提升工效，是智慧服务、注重运营的一个方面。案例生动反映了基层一线由苦干向智慧干、效益干的转变。如果此文做成《从传统到智慧，这种转变有多难？》，从写经验结果到写转变过程，写人们思想的变化、管理模式的变化、设备更新对人们学技术能动性的激发、从承包到运营这种效益为先的转变，则可能成为头版头条稿（要研究如何从报经验转变为报思想）。

记者需要具备这种辩证思维，需要钻研精神，能发现新事物中的"优"，也能找到新事物中的"劣"，能对这些"劣"给予治病的"药"，才是报道的高境界。

5. 前瞻预测找角度

记者要通过观察与分析熟悉的领域，运用采访、材料收集等方式，研究这些领域的过去、现在与未来趋势，解释清楚为什么会这样、过去怎样、将来又将如何变化，以纵向思维进行判断与分析，提供产业预警和前瞻。

"许多大型专业性展会上会举办多场论坛甚至峰会，来自行业的专家们将聚集一堂研讨行业一些专门的深层次问题。这是记者了解行业现状、发现问题、找到选题的一大捷径。"①以下是记者在参加以全球碳中和与能源变革为主题的清华五道口"碳中和经济"论坛上得来的"真知灼见"。

（主题） 颠覆性思维：碳不要烧，而是留在材料里

关于"双碳"问题，一些观点颇有想象力，给人们以启示。中国工程院院士、清华大学化学科学与技术研究院院长金涌的观点让人"颠覆性"思考。

文章第四部分。

（小标题） 煤的出路在哪里

目前，煤制油、煤制烯烃产能规模都达到千万吨级，但从"双碳"目标角度看，由于二氧化碳排放多、水耗大，利用方式不合理，已不可能再发展了，必须找到新的方式利用。

煤的出路在于火电调峰。煤如果分质利用，碳变成半焦，半焦可用来蒸汽发电，碳氢化合物可利用燃气轮机发电，燃气轮机发电是可以随时停的，这样，一来可提高能源利用效率，二来可实现调峰。到2060年，中国可能还保存一部分火电用来调峰。

碳本身也是还原剂，半焦加热到一定温度，就会把二氧化碳还原成一氧化碳，一氧化碳活泼，可用来制造很多化工产品。这样一来，半焦就变成碳汇，能够处理二氧化碳了，这就是颠覆性思维。

中国非常需要乙醇，但没有那么多富余粮食用来制乙醇，可以通过一氧化碳与厌氧梭菌反应制乙醇，国内已建成两套4.5万吨/年的装置，而且副产5000吨/年的生物蛋白饲料，把无机碳变成了有机碳。

乙醇脱水后就是乙烯，再聚合后就是丁二烯，可用来制造塑料、橡胶纤维。

金涌说，未来40年，关于煤化工如何不烧煤，而是把煤变成材料，还会有很多新的技术出现。

---

① 彭嘉陵. 如何当一个"牛"记者（下）——行业新闻采编实务. 北京：中国统计出版社，2011：337.

第六部分。

(小标题) 实现碳中和需要打开想象空间

金涌说，实现碳中和需要打开想象空间。比如全世界都认同将来不烧煤了，都使用光伏发电，但它不稳定，且储电花钱太多，怎么减少投资？

其实有个很简单的方法，欧亚大陆从白令海到伦敦12个时区，从白令海到美国东海岸8个时区，加起来20个时区，假如做一个跨洲的电网，20个小时都有太阳，这样就平衡了。

金涌说，当然这是想象，我们不妨多开动脑筋，想一些现在认为不可能的事，在40年后也许就成为可能。

(中国石化报2021年9月27日第5版)

尽管业内专家的观点有些很有参考价值，有些一时实现不了，但他们从专业研究的角度出发，似乎都能自圆其说。他们的见解深邃，有一定的前瞻性和引领性。

专家鲜明的观点、深邃的思维，开阔了读者的视野，增强了报道的思想性、厚重感、纵深感、前瞻性，引人深思，发人深省。

清代著名画家戴醇士谈作画时说："令人惊不如令人喜，令人喜不如令人思。"这句话特别适合新闻报道。选取新闻角度时出奇制胜，就能提炼出更深刻的主题、增加更具丰富内涵的哲理乃至对事物的本质进行前瞻预测，从而收到令受众沉思的效果。

二、从空间度上找角度

业内人士提出，从思维方式上看，需要记者实现六个思维转变：从印证式思维模式到整体思维的转变，从单向思维向立体思维的转变，从静态思维到动态思维的转变，从求同思维到求异思维的转变，从规范思维到实证思维的转变，从局部思维到整体思维的转变。[①]

这一论述给从空间度上找新闻报道角度提供了思维模式。

1. 以小见大找角度

由报道主题的"点"，即一个事件或者一个故事，上升到企业工作的"面"（领域或方面）上来，"窥一斑而知全豹"，用看似"小微"的故事传递出"强大"的正能量，升华成企业核心理念。通过对新闻事实的归纳、分析、概括，使新闻具有强烈的思想性、指导性。

将浅层的、表面的新闻价值提升到深层的、更有品位的新闻价值上来。把口号式的企业经营理念，运用形象的、具体的故事和细节表现出来，深入浅出、通俗易懂，深入人心。

---

① 肖鲁仁. 论经济新闻主题定位思维方法的转变. 湖南师范大学学报(社会科学版)，2007(6).

（主题）三次跨越，包装袋每次减薄 0.02 毫米

（副题）上海石化持续攻关创新，树脂产品重膜包装袋厚度从 0.18 毫米减至 0.16 毫米、0.14 毫米、0.12 毫米，达到国内领先、世界领先水平

全文第三部分报道"不仅树脂包装材料成本每年降低 1500 万元，重膜包装袋采购量也减少 1/3"，上升到绿色发展理念。

"重膜包装袋厚度从 0.18 毫米减至 0.16 毫米、0.14 毫米、0.12 毫米，每次跨越均可实现年节约包装材料成本 500 万元，总计每年可降本 1500 万元。"塑料部包装车间副主任叶源算了一笔成本账。

包装袋减薄的优势不仅在于节约材料成本，还体现在减少排放、降低能耗等方面。从 0.18 毫米减到 0.12 毫米，重膜包装袋使用量减少了 1/3。0.18 毫米时，包装袋采购量为 5300 吨，到 0.12 毫米，只需采购 3550 多吨。包装袋原料的源头是石油，减少了包装材料的消耗，也就相当于对减少碳排放量作出了积极贡献。

据了解，近年来，上海石化大力推行绿色包装，开展小包装改大包装、包装可回收、包装袋减薄等工作，最大限度节能减排，助力公司绿色低碳可持续发展。

（中国石化报 2021 年 10 月 12 日第 7 版）

这是用创新推动企业实现高质量发展的案例式报道，切口小，角度好。以小见大的优势，在于将重大的企业工作主题（绿色低碳发展）巧妙地寓于具体的事件中，让企业经营理念"看得见"、感受得到，具有亲近性、亲和力，令人回味。经过提炼，将闪光的金子般的主题进行聚集、升华。

（主题）低油价下东部老油田的求解之道

从 2014 年开始，国际油价断崖式下跌，今年前两个月更是一度跌破 30 美元/桶。

油价断崖式下跌带给油田企业的冲击前所未有，生产经营进入"寒冬期"，成为危及生存发展的最大挑战。

对东部老油田来说，更是雪上加霜，人们不禁担心：寒流来了，老油田如何度过寒冬？低油价下，如何求生存、谋发展，突破重围？

（中国石化报 2016 年 4 月 5 日第 1 版）

在国际油价断崖式下跌的大背景下，油田发生了哪些变化？行业人士或多或少会有一些直观的认识。这篇报道条分缕析地将胜利油田这个老字号的油田在"寒冬"中面临的困难、"战寒冬"的指导思想、具体措施呈现在读者面前。读罢此文，普通读者也会对这个老油田在"低油价"这个"新"背景下的生存、发展现状有一个系统的认识。

这篇报道有三处可圈可点：首先，报道结合大背景，选择企业小切面，具有新闻性、可读性；其次，读者通过这篇报道见微知著，举一反三，也能对行业发展现状窥得一二，从而提高读者认识；最后，"老油田"战寒冬的思路和办法给行业内其他企业提供了现实的参考和借鉴，对工作有实际的借鉴作用。

以微观、企业的角度切入中观、石油石化行业问题，发现新闻价值，然后以理性、

辩证的思维挖掘新闻的内涵与真谛，加以提炼、升华，从而揭示出石油石化行业的规律和本质，并预测行业运行与发展趋势。

2. 从共鸣点上找角度

从共鸣点上找角度，寻找最能打动读者的情感角度，通过挖掘故事中主人公的命运、情感，用细节刻画人物，展示人性与个性，让故事丰满、感人、真实，从情感上、意境上、心理上拨动读者的心弦，引发他们产生心灵上的共鸣。

(主题) "靠自己的劳动挣钱，不丢人"

文章写的是国际油价下跌，油服市场萎缩，员工如何转岗的故事。

第一部分。

(小标题) "学会接受，才能在代驾这个行业做下去"

入夜后，扬州四望亭路上的美食街霓虹闪烁。生产测井中心员工米岩杰也出现在这里。他不是来消费的，而是来做代驾的。

其实，小米心里也很不是滋味。他是正经的科班毕业，在中心是技术骨干。可如今，为了还房贷，他也开始打起零工。

员工要生存，可企业很困难，怎么办？测井公司及时调整政策，在不影响工作的前提下，鼓励在岗员工利用业余时间做兼职。

像小米这样兼职做代驾的员工还有很多，主要是综合车队、裸眼测井、生产测井等单位的驾驶员。

"做代驾并不容易，要面对各种顾客，有说话难听的，还有醉酒呕吐的。"小米说，"学会忍，学会接受，才能在这个行业做下去。"

(中国石化报2016年11月28日第5版)

本文是油价下跌对企业、员工冲击的真实反映。作为记者，需要留意经济生活中那些带有趋向性的社会变化，把这些"苗头""火花"及时地报道出来，给公众带来借鉴、启发与思考。故事讲述起承转合、生动形象，文字简洁有力，加上新闻人物的口述，让真实性、感染力更强，同时对故事主题进行了升华，更具启迪性。

这篇报道除了在共鸣点上找新闻角度，内容本身也具有新意，作者与主人公共情。此外，该文用文学笔法进行，前后呼应，开头引人入胜，结尾耐人寻味，让读者产生共鸣，散发满满的正能量。

3. 从全局高度找角度

从行业、社会、全球高度选择新闻线索、新闻由头、新闻故事，通过全方位、多角度、多侧面、多层次的观察和分析，来表现新闻主题。

(主题) 低油价下坚守宁亏不停产

文章借用咨询机构的分析：全球80%的原油产量出现负现金流的油价测试结果是70美元/桶。而目前的油价，已远低于这一水平。全文分析宁亏不停产的各种原因，第一部分"对油价反弹有期待"和第三部分"降本成效的希望"略，选取第二部分展示。

(小标题)"重启关停油井成本高"

当布伦特油价降至35美元/桶时，全球约有340万桶/日的产量没有经济性，出现负现金流。但是生产这些原油的油井很少停产，原因在于重启成本更高。一旦关停这些产量，油田的损失也是巨大的。

比如加拿大油砂项目，由于生产程序非常复杂，一旦停止蒸汽注入，一定会造成日后项目重启的高额投入。除非油价长期低迷，否则生产商不会轻言关停。同时，由于燃料投入是油砂分离的重要成本投入，低油价下燃料投入相对低迷一定程度上减轻了油砂生产商的压力。

再以北海地区为例，很多油田从生命周期看都已处于开发后期，关停油井的后果等于宣布它们"寿终正寝"。从技术层面看，这些油井一旦关停就不可能再重启，具有不可逆性。同时，在北海不少钻井平台与多个油田的生产有关联，卫星油田的运营对这些平台有较高的依赖性。一旦这些平台关闭，影响将是巨大的。最可怕的是，一旦做出停产决定，等于启动了设备的退役程序，损失动辄数十亿美元。所以追求降本的石油公司宁可两三年内忍受小额亏损也不愿启动设备的退役程序。

(中国石化报2016年5月27日第8版)

这是一篇兼具知识性和专业性的文章，读完此文，读者心中的困惑便能解开。文章虽然专业性很强，但是表达通俗易懂，简洁流畅，条理清楚。

4. 从不同侧面找角度

事物是多侧面的，每个侧面都显示出不同的属性。从不同侧面找角度，用发散性思维或多向思维来选择新闻报道的内容，从事物单侧面的认识走向多侧面的认识。既要报道与众相同的侧面，又要特别抓住与众不同的侧面、非同寻常的侧面，写出其不同之处，才能收到揭示深层、立意新颖的效果。

这种方法特别适用于报道企业在合作中如何实现双方共赢、多方共赢。

(主题) 你花投资建项目　我掏费用买服务

文章第一部分。

(小标题) BOO模式：信息化数据不是"免费午餐"

6台电脑加1个巨大的液晶显示屏，这里就是新建成的鲁升采油管理区生产指挥中心。

通过前端智能设备，83口油井的生产运行状况在显示屏上实时呈现。

就运行方式与效果看，鲁升采油管理区与胜利油田建成的其他信息化建设工程并无差异。

而从建设模式看，原本投资400余万元的项目，通过引入BOO（建设—拥有—运营）模式，他们没花一分钱投资。

"简而言之就是由第三方投资建设项目，拥有所用权并承担运维责任。"王东介绍，替他们"埋单"的,是豪威科工贸公司,一并负责后期运维。

豪威公司并非"冤大头"。该公司技术总监刘利军称:"钱我们是掏了,但管理区得花钱买数据服务。我们四五年便可收回投资。"

信息化建设的重要目的之一就是采集数据,便于技术人员准确掌握油井运行状况。鲁升采油管理区目前已经梳理出的数据采集点就有1049个。这些自动采集的数据不是"免费午餐"。双方商定,每个数据采集点每小时费用为0.18元。算下来,管理区每天需向豪威公司支付约4700元。

(中国石化报2016年8月8日第5版)

鲁胜公司在信息化建设中引入BOO模式,由具备资质的第三方投资建设与运维,这是选择了"开放和合作"。这是行业发展中涌现出的新情况,记者给予了精准把握并加以报道。

在立意先行之下,报道本身由具体的事例作为支撑,就更有说服力。更为重要的是,其做法具有借鉴意义,给更多的企业"转变观念,实现体制增效大升级"提供了范本。

事物的多面性决定了可以从多个不同的角度去反映它,而每一个角度各有其用意。不同角度所反映的事物特征往往不一样,所蕴含的意义也各不相同。

很多报道从第三方角度看问题、选新闻。企业发展不仅对地方经济起到拉动作用,更重要的是给当地百姓带来实惠。通过百姓"口述"他们"发财"的故事,更显示出人文情怀。企业发展需要得到当地百姓的支持,企业员工需要与当地百姓建立良好的"工农"关系,实现和谐共处、共同发展。

(主题)"这是石化人带给我们的福气"

5月1日,谈及页岩气给生活带来的变化,重庆涪陵焦石镇村民常茂林连说了3个"安逸得很"。

页岩气之风,吹绿焦石镇的一池春水。自2013年涪陵页岩气田全面建设以来,小镇人气旺了,欢笑多了,经济发展快了。不久前,该镇被评为全国能矿资源特色小镇。这个名不见经传的小镇,因为页岩气开发声名鹊起。村民开心地说:"这是石化人带给我们的福气!"

"企地关系如此亲密和谐,建设速度和合作共赢效果在全国罕见,是我国页岩气勘探开发的典范。"在国土资源部举办的油气资源勘查开采现场培训班上,地质勘查司司长王昆盛称赞道。

文章第一部分。

(小标题)"气来了,经济加速了,创业有干头"

作为焦石镇楠木村出了名的致富能手,简幸福几年前在重庆从事建筑行业。听说家乡搞页岩气大开发,他和爱人回乡创业。从去年开始,他们在楠木村承包1200多亩经济果园,又开了家休闲农庄,搞起乡村旅游,现已成为千万元户。"以前,镇上常住人口不到 3000 人，没有人气。现在镇上一下子涌入近万人，衣食住行的需求大幅增长，回乡创业有干头！"简幸福说。

楠木村村支书袁普行修建宾馆、酒楼，还流转 1000 多亩土地使用权，建设农业产业园，聘用返乡农民在农业产业园务工。刘进、谭秀玲夫妻俩就是其中的返乡农民，以前长期在外打工，家里的 6 亩地也荒废了。现在，夫妻俩不仅每年能收到固定的土地流转金，还能挣工资，一举两得。

常茂林在"页岩气大军"来后，就没去外地打工，而是在气田油基钻屑处理中心上班，每月收入不少，还能照顾家人。

据焦石镇副镇长向波介绍，2016 年，该镇返乡创业 399 人，返乡务农 2100 多人，村民收入明显增加。

(中国石化报 2017 年 5 月 3 日第 1 版)

文章从当地百姓和政府官员的角度，看待页岩气开发对当地经济发展、民生福祉、环境保护带来的好处，角度新颖，内容可信。

将这些社会和谐图景细化到某些具体行动中，通过员工、官员、百姓等的现身说法、故事引领，树立起和谐共生的美好形象，更具影响力、感染力，更利于社会读者理解与接受。

5. 用逆向思维找角度

运用逆向思维，从相反的方向去思考同一个对象、同一个问题，从最能吸引读者兴趣的角度升华工作通讯的主题。围绕着企业生产、经营、建设、管理主题，寻找难点、焦点、问题、困境等，从中切入，通过案例的圆满解决来表达，让读者在解决方案中寻找最感兴趣的内容。

(主题) 压驱注水：低渗透油藏效益开发新曙光

今年以来，胜利油田低渗透油藏老井"复苏"呈现多点开花的局面：3 月，渤南油田义 7-8 井，日产量从 1.5 吨提高到 7.8 吨；8 月，牛庄油田牛 21-斜 4 井组，单井日产能恢复至初产的 0.8 倍；9 月中旬，牛 25-斜 73 井自喷，日产油量达到 15.5 吨……

令老井"开花"的，是一种被称为"压(裂)驱(油)"的新技术，它颠覆了人们对油田注水开发的认知，打破了传统石油教科书的"铁律"。

第一部分。

(小标题) 利用新技术注水 43 天，就注进过去 11 年的水量

干涸多年的牛 21-斜 4 井组，终于"喝"饱了水。

今年 8 月，胜利油田东胜公司管辖的牛 21-斜 4 井组，在沉睡多年后地层能量得到恢复，单井日产能恢复至初产的 0.8 倍。

作为东胜公司注水开发负责人，姜东波更关注的是这个井组变化背后的原因。

牛 21-斜 4 井组所在的区块属于特低渗透油藏，空气渗透率只有 1~9 个毫达西，地下岩石致密如磨刀石。

胜利油田低渗透油藏探明储量有 7 亿吨，"注不进水"是困扰这类油藏开发的一道难题。水注不进去，地层能量就得不到补充，油就采不出来，牛 21-斜 4 井组也不例外。

就在几个月前，这个让开发人员头疼的"老大难"问题被圆满解决了。

东胜公司利用压驱注水开发技术，只用了 43 天，就让这个井组"喝"掉 6 万立方米水，相当于该井组过去 11 年的注水量。

在胜利油田河口采油厂，压驱开发试验项目组负责人、地质所党委书记孙波，也对此感到不可思议。

今年初，他们同样利用压驱技术给义 7-2 井组注水，只用 10 天时间就注入 1 万立方米水，让地层"喝"了个水饱。地层能量恢复后，油井生产呈现强劲势头，井组日产油量从 6.2 吨提高到 11 吨。

让姜东波和孙波感慨的是，在常规注水开发中，他们只能通过地下孔隙让水慢慢渗入地层，一天最多注入 20~30 立方米，补充能量的速度远远赶不上地层消耗的速度，而压驱注水，则是在磨刀石上打开缝网，把注水从"渗"变成"灌"，日注水量骤增至上千立方米，使地层能量快速恢复。

（中国石化报 2020 年 10 月 19 日第 5 版）

本文配发《期待更多"铁律"被打破》言论，列举了"近年来，越来越多的油气勘探开发铁律被打破"的事实，指出"源于思想不断解放、技术不断进步、认识不断更新"。在鼓励人们要有天马行空的思想、登高博见的视野的同时，也明确提醒"还要有缜密严谨的论证"并要有一系列对策和应急预案。勇于创新，但要尊重规律、不可蛮干，这是一种科学的思维。

类似的文章还有：《勘探辩证法："越难走的路，也许机会更多"》（2018 年 5 月 28 日第 5 版），配发言论《当前勘探仍需要"两论"指导》，在大众传播的肤浅与专业论文的艰涩之间，找出了一条专业化的传播路径，凸显了专业性与哲学思考；《高效勘探背后是慢、实、巧》（2018 年 6 月 11 日第 5 版）通过对中原油田普光气田分 3 井获得商业发现的辩证思考，提出了一个勘探领域的重要哲学命题。

（主题）油气行业互联网安全问题日益严峻

全球各行各业的数字化、智能化程度的日益提高是好事，但也面临着安全问题。

据彭博社报道，根据美国 Symantec 公司的调查数据，2015 年，以能源公司为攻击目标的网络犯罪组织仅 87 个；但到了 2018 年，这个数字快速增长到 140 个。能源公司的安全问题已到了无法回避的关头。

随着全球各行各业的数字化、智能化程度的日益提高，网络安全问题也日益严峻，尤其当一些与能源行业相关的重要基础设施遭到黑客攻击时，可能导致意想不到的严重后果，这包括油气设施、核电站等。对这些设施的袭击一旦成功，不仅可能是环境大灾难，而且会严重影响国家安全。

2012年，沙特阿美遭遇黑客入侵，3.5万台计算机受到影响，沙特阿美不得不重返传真机和打字机年代，这家供应全球10%原油的公司有数小时暴露在危险之中。虽然石油生产未受到明显影响，但所有依靠计算机辅助的业务全部"宕机"。2016年，沙特再次成为黑客攻击目标，只是这次对准的不是石油，而是其航空管理局。

被黑客"关注"的绝不仅是中东产油国家。2014年8月，挪威石油行业也遭遇了网络攻击。挪威国家安全局称，当时有50家石油公司网络瘫痪，250家石油公司接到检查系统的警告，其攻击规模也是挪威史上最大的一次。据悉，黑客此次的主要攻击对象是Equinor(挪威国家石油公司)。

全球保险和风险管理集团Marsh 2016年的一份调研报告也发现，一年内，有1/4的能源公司遭到网络攻击，76%的公司对此感到忧虑，有意增加在网络安全管理上的投入。

德勤2017年发布的一份报告称，2016年，能源行业是全球第二大易受网络犯罪攻击的行业，美国几乎有3/4的油气公司2016年都有至少一次被网络攻击的经历。但在这些公司的年报里，几乎没有一家公司将这个苗头当作值得关注的事件提出。其还称，如果网络黑客控制了一个海上开发井的水泥浆数据，通过关闭海上钻井的实时监控或仅是推迟防喷数据的传递，就可轻易引发一场后果难料的环境灾难。德勤在其报告中对油气行业勘探、开发和生产阶段可能发生的网络攻击进行了描述。

(中国石化报2019年8月16日第7版)

人们习惯于沿着事物发展的正方向去思考问题并寻求解决办法。当大多数记者都朝着一个固定的思维方向思考问题时，有些记者却朝相反的方向思索，通过逆向思维来思考问题，摆脱僵化、刻板的束缚，往往能出人意料，给人以耳目一新的感觉。这些文章的新意就在于换个思路报道，提出问题，甚至提供解决方法与方案。

最后引用曾任新华社社长的著名记者郭超人《在写作技巧的背后》一文的一句话做结语："什么样的人当不了记者，什么样的人能当记者，什么样的人才能当好记者？我的回答是：大多数人能想到、能做到，而你想不到、做不到，就当不了记者。大多数人能想到、能做到，而你也能想到、做到，可以当记者，但不一定是个好记者。唯有大多数人想不到、做不到，而你能想到、做到，那么你就能当一个好记者。这几句话可能不太科学，但它们概括了我从事记者工作二十多年的深切感受和经验教训。"①

第二节　工作通讯用新闻故事表达

行业类纸媒存在一定程度上的工作报道常规化、经验性报道格式化、典型报道报告化，上不接"天线"，下难接"地气"，落入俗套的"黑板报"宣传，没有故事、缺乏看

---

① 郭超人．在写作技巧的背后．中国记者，1985(12)．

点、枯燥乏味，吸引不了读者。

工作通讯与工作调查不同，工作调查一般比较抽象、比较概括，工作通讯是以工作调查等相关材料为基础，讲究理性的深度和见识的高度，更讲究形象性和可读性，特别要把一些专业性的术语和专业性问题转换成为公众容易理解的知识性语言和故事化的情节，在这个基础上对相关的工作问题和社会现象进行展现和思考。①

在清华大学初级新闻采访与写作课堂上，李希光教授总是会问一个问题："在英文写作中，'新闻'怎么说？"同学们回答："News。"

"是 Story，故事。"李希光说，"我们从小都爱听人讲故事，'讲故事'也是人类最古老的交流方式之一。记者采写，首先要掌握'讲故事'的本领。"②

密苏里新闻学院写作组看重斯大林一句根本不是谈新闻的话："一千万人死亡只是数字，一个人怎样死却可以写成悲剧。"并进一步发挥，许多人对有关 IBM 的报道不感兴趣，如果从一位正提升的年轻经理的角度撰写，有可能吸引读者；许多人对失业率 6.7%毫无感受，如果报道一位失业工人的故事，读者可能想知道。③

有新闻界行家表示，记者要善于从零碎、单薄、片断、混杂的采访素材里，组织出事件真相的大致面目。每个记者都在用他的笔墨尽其所能地对事实梳理、重构、完善、表达，真相的呈现有赖于记者的"再创"、"复原"与"重现"。

一、单个故事贯穿全文

故事，让新闻吸引眼球，撩动心魄。新闻用事实说话，事实靠故事感人。新闻作品通过故事讲述还原现场。逼真地再现要报道的人和事，使新闻传神、有形，使读者仿佛亲历其境、亲眼所见、亲耳所闻。

(**引题**)"病倒"的高产井投入 20 余万元上措施治理，产量却依然为零。类似这样的无效措施，曾让胜利油田鲁胜公司 2015 年白白浪费 500 多万元。究其原因，是服务商只按公司要求施工，很少替甲方考虑效益。鲁胜公司因此探索实行长停井治理风险承包合作模式，倒逼乙方制定最优治理方案

(**主题**)让服务商"动脑子干活儿"

文章一开头用倒序方式吸引读者。

治理滨 509-X59 井这单活儿，谷祖德他们干得是战战兢兢、如履薄冰。

用他自个儿的话说，"那叫一个心惊肉跳"——倘若油井治理失败，他们押在胜利油田鲁胜公司的那 20 多万元风险抵押金，就甭想再拿回来了。

鲁胜公司这招长停井治理风险承包，算是摁住了技术服务商的命门，同时也为疑难井请来了医术高明、尽心尽力的"老中医"。

---

① 董广安，詹绪武. 新闻写作学教程. 郑州：郑州大学出版社，2014：241.
② 李希光. 初级新闻采访写作. 北京：清华大学出版社，2013：195.
③ 密苏里新闻学院写作组. 新闻写作教程. 北京：新华出版社，1986：258-259.

第一部分。

(小标题)服务商被"吓跑了"

日产原油9吨,比躺倒前还高1吨,滨509-X59井治理后的表现抢眼。拿下这口井,谷祖德算是"敢吃螃蟹"的人了。

就在2016年初,10余家服务商收到鲁胜公司邀请,可最终达成合作意向的,只有谷祖德所在的东营市和平石油技术开发公司等4家服务商,其他的全被鲁胜公司提出的条件"吓跑了"。

吓走服务商的,就是让谷祖德干活儿时胆战心惊的风险承包模式。鲁胜公司副经理周英杰介绍,风险承包就是将单井治理打包承包给乙方,甲方提供队伍和装备,乙方提供技术服务。服务商需向甲方缴纳与预算投入等额的风险抵押金,甲方视油井治理增油效果按比例返还押金、结算技术服务费。

收到邀请函时,谷祖德也犹豫过。可研究鲁胜公司提供的51口疑难井,他们认为自己绝对有能力让部分井"起死回生"。"我们有技术、有经验,送进嘴的鸭子不能让它飞走了。"谷祖德说,低油价油企日子难过,社会服务商同样步履维艰。

再三权衡、多轮筛选,他们最终锁定目标滨509-X59井。

这口井可是鲁胜公司的"心头肉"。自2013年投产以来,滨509-X59井一直保持日产原油8吨的水平,是名副其实的高产井、效益井。

事不凑巧,这口宝贝井在2016年初掉了链子。鲁胜公司工艺室工程师孔令乐介绍,注汽队给邻井注汽时,因为汽窜,滨509-X59井在热蒸汽的剧烈冲击下,罢工停产。

作业队反馈的结果是油井套管变形及漏失,按常规措施治理无非是注水泥固井,总投入预计55万元。可这些钱鲁胜公司不肯花,同类问题井治理的经验告诉他们,常规措施成功率低、生命周期短。

和平石油公司另有高招——"整形与搭桥"。担任公司技术总监的谷祖德说,这是他们的"撒手锏"技术。套管整形技术并不罕见,提供此服务的公司拼的是设备先进性,和平石油公司的柔性整形工具在业内小有名气,是套管变形的克星。搭桥针对的则是套管漏失,他们将膨胀管技术应用于套管破损维修,比单纯注水泥固井效果更好。

手握金刚钻,揽下瓷器活儿,和平石油公司大胆签下滨509-X59井风险承包合同。两项技术不负众望,油井恢复生产后日产油量飙升至9吨,远超鲁胜公司预期。

(中国石化报2017年2月6日第5版)

第二部分"换个游戏规则"讲双方在合同签订过程中如何博弈;第三部分"逼着服务商想辙"讲甲方为什么要与乙方进行这样的合作。全文以倒序的方式,用一个典型故事来报道长停井治理风险承包合作模式。

此文打破了"捡便宜就沾沾自喜"式的功利性报道,从市场主体双方共赢的高度,讲述了一则互惠的故事:不只是讲服务商按要求施工,同时要结成利益共同体寻求共赢。这也是一堂生动的市场经济课程，客观上也告诉人们，中国石化不是利己的企业，而是深谙市场之道并且有智慧的企业。这些符合当代价值观的报道，显示了作者的市场化思维和宽广的视野。

《人民日报》记者刘衡是写工作通讯的高手，她说："工作是人做的，人与人之间的心灵是相通的。在记事的同时，如果能写出人物的活动、思想、感情，以理服人，以情感人，情况就两样了。"①

(主题)一张罚单，催生管理全线升级

闯市场难，守住市场更难。

对于外闯市场的干部员工来说，需要用技术和服务去赢得甲方的信任。各种不可预见性的问题，考验真正的实力。

这张罚单，让孤东采油厂东北油气项目部瞬间清醒。

第一部分。

(小标题)委屈

……

5月6日，201-26HF井在白天的巡井中并无异常，夜班巡井时，员工发现管线发生冻堵，按流程汇报后，巡线班和党支部支委成员迅速组成突击队，赴现场解堵。

"谁能想到，都5月份了管线还能冻堵。"员工张松廷回忆起当时的情景时这样说道。项目部员工大部分来自山东，"小看了"东北的严寒。事实上，松原地区冻土层厚达1.8米，尽管气温回升了，但冻土层还在解冻，相当于管线还埋在"冰碴子"里。

"三天两夜！"时任项目部党支部书记黄玉顺回忆。冻堵发生后，突击队迅速在管线内注入甲醇，不断冲压、泄压为管线解堵，在现场连续奋战了三天两夜。

处理完管线冻堵，大家沉浸在奋战成功后的喜悦之中，"甲方肯定会对咱们竖大拇哥！""要是不连轴转，怎么也得5天时间，咱们给甲方避免了两天的产量损失。"大家七嘴八舌，觉得受表扬是理所当然的事。

结果却让他们猝不及防。

第二天一上班，一张罚款5000元的罚单下达到项目部，原因是造成了3天两万多立方米天然气损失。

"怎么会这样，没有功劳也有苦劳吧？""不奖励不表扬也就算了，怎么还罚上了？"当时，员工们"炸了窝"，有人充满不解，有人满腹委屈。

第二部分。

(小标题)反思

这张罚单的背后，有一开始的不理解和委屈，也有对市场认知后的深刻反思，更有罚单带来的观念之变和管理升级。

---

① 王金星，杜春海. 新闻写作. 重庆：重庆大学出版社，2014：177.

当天深夜，项目部紧急召开会议。经过反思，项目部干部达成共识——这就是市场，市场是以价值为导向，委屈和眼泪创造不了效益。

作为乙方，但凡气井出问题就是工作没做到位，要考虑全面，更要主动分析预判，不仅要管好，还得提供好的方式，促进产量提升。

"论吃苦耐劳，我们有孤东精神，论技能水平，我们高级工以上技能人才占85%，只要观念到位了，不怕干不好。"一场大讨论后，委屈变成了斗志。

项目部干部员工认识到，想要站稳脚跟甚至占领市场，就必须做强。"东北油气市场不只胜利油田一家在承揽，脱颖而出靠的是硬实力。"黄玉顺给大家鼓劲儿。

第三部分报道如何提升管理水平。

(小标题) 升级

……

一张罚单，带来孤东采油厂东北油气项目部技能、标准、服务、管理的全线提升。"你说值不值？我觉得值！"黄玉顺说道。

(中国石化报2020年9月4日第3版)

这篇报道反映了外闯市场的员工思想观念上的变化。这样的案例式报道，比单纯介绍经验好看、耐读。

新闻报道事实，以叙事为主。要提高叙事性，把故事讲得入情入理，娓娓动听，将思想寓于叙事中、道理寓于陈述中，让受众围绕叙事转，吸引人、感染人。①

如果说上述两篇工作通讯有点偏事件性的报道，容易讲故事，那么下面这篇关于"油公司"体制机制改革的文章就更值得一读了。

(主题) "放管服"改革的油公司探索

(副题) 胜利油田鲁明公司机关权力"瘦身"、服务"健体"，主要管控勘探投资、产能建设等增量业务；采油管理区得到成本支配权、措施方案决策权、服务队伍选择权和人员自主优化权，可以自主优化各生产要素配置，科学匹配油井措施产量和投入，效率与效益显著提高

小切口、短段落、问题导入开始。

基层一事一请示，一事一报告，等得"直跺脚"；机关科室则按规章流程办事，层层审核哪关都少不了。

人物很自然出场。

胜利油田鲁明公司济北采油管理区经理冯春雷回忆，过去一口油井上措施，从提方案到执行，最快也要一个月，有时甚至得做好打"持久战"的准备。

而如今，不到半个月所有流程都能走完。

管理改革后的变化。

---

① 张首映. 提高传播力引导力影响力公信力. 新闻战线，2021(2)：5.

效率高是鲁明公司探索"放管服"改革的结果——公司层面抓大放小，主抓勘探投资、产能建设等增量业务；下放油藏自主经营管理权，管理区负责油气生产存量业务的管理，对油藏经营过程的投入、产出进行价值核算，把油藏经营出最好的效益。

具体成果体现。

今年前4个月，拥有更多自主权的济北采油管理区自然递减率同比下降1.53个百分点，措施有效率提高6.7个百分点，累计超产1200吨，超交利润800多万元。

第一部分讲为什么改革，以及改革后的变化。

（小标题）从博弈到自主决策

改革前存在的问题。

"管理区以前就像个'小媳妇'，被机关科室好几个'婆婆'管着。"冯春雷很纠结。

鲁明公司财务资产管理中心副主任赵伟说，过去公司实行条块分割管理，管理区各项业务都由各专业科室管控，分而治之。

例如，电费是成本大头，节能改造、洗井、加药都能降电费，但各项业务分属不同专业科室，需要一体化运作，但各科室往往"只扫门前雪"。

如油井结蜡，载荷上升，耗电增加，洗井可以降电。但生产技术科制定洗井措施就会涉及车辆调派，而频繁使用车辆又和生产运行科控制用车成本的目标相冲突。

这与长期以来的体制机制有关。过去，采油厂或油公司不仅承担长远规划部署任务，而且统管管理区的生产运行。

就拿油井措施来说，过去是科研所定方案，服务商具体执行。若服务商工作滞后，管理区欠产了，就会将责任推给服务商；但若服务商工作没问题，措施产量还是欠，那原因是管理区管理不善还是科研所方案不佳？

多年来，这种博弈屡见不鲜。

改革后的变化。

从去年开始，冯春雷掌握了主动权。鲁明公司将成本支配权、措施方案决策权、服务队伍选择权和人员自主优化权下放给管理区。管理区根据年度指标，自主优化各生产要素配置，科学匹配油井措施产量和投入。

现在，对于科研所提出的措施方案，管理区权衡效益、自主决策。

曲9-斜242井是口新井，制定投产方案时有了分歧，科研所主张补孔后充填改造，管理区则认为自然投产的作业周期和排液周期短、投入少，还有利于开发。管理区坚持己见，收到良好开发效果，目前这口井日产油4.8吨，高于预期2吨。

第二部分讲新机制下面临的压力及带来的新变化。

（小标题）新机制赋予管理区能力

从执行者变成决策者，冯春雷喜忧参半。

喜的是，干不干自己有自主权，怎么干也有了话语权；忧的是，管理区力量有限，无论在专业技术上，还是在和服务商谈判议价能力上，都无法和专业科室相提并论。

鲁明公司经理段伟刚也有这样的顾虑。长期以来，权力都集中在机关，管理区习惯于按部就班地执行。他担心权力放下去管理区难以独当一面。

"新型采油管理区建设最重要的是给管理区赋能，让管理区有做实的能力。"段伟刚说。

决策出最大的效益。一口措施井少则几十万元，多则上百万元，一旦决策失误，管理区就要背负重大损失。去年，鲁明公司从科研所抽调精兵强将充实到管理区，提升管理区的技术决策能力。

交出油井措施方案决策权，鲁明公司首席专家、科研所所长姜忠新的压力不降反升。他说，权力"瘦身"了，服务却要"健体"。

权力下放后，管理区和科研所不再是保障关系，而是按照市场化运营的甲乙方关系。

管理区从被动执行向主动解决问题转变，专业科室则集中精力做好顶层设计和监督监察，由"管的多"向"管得好"转变。倒逼服务商提高措施质量就是很好的案例。

鲁明公司从成立之初就确定走精干高效的油公司之路，服务商干活儿，他们掏钱。但多劳多得的惯性思维催生出工作量和效益成正比的导向，服务商觉得干的越多，赚的也就越多。久而久之，服务商一门心思想着多干活儿，却很少关心工作质量。2016年，鲁明公司措施有效率只有53.1%，距油田70%的平均水平有不小差距。

"公司千方百计想把施工质量提上去、把成本降下来，服务商却只想多拿工作量。"鲁明公司副经理李法军说，甲乙方竟站在了对立面。

他们因此创新建立"风险共担，效益共享"的风险承包模式，根据施工质量优劣实行台阶结算，倒逼服务商提高施工质量。

李法军说，风险承包让双方坐在一条板凳上，质量有了保证，生产时率也上去了，而且形成良好的竞争环境，服务商不再围着领导转，而是围着油井转，凭实力和业绩赢取市场。

（中国石化报2017年2月6日第5版）

第三部分标题为"放手不撒手"，讲对管理区的管理，不能因为眼前利益而损害公司长远发展的故事。

经济类报道将经济活动与人的活动联系起来，使报道更加人性化、更具人情味，增强亲和力。报道通过展示典型的细节、典型的故事、典型的情节，来突出主题。

以下是一篇关于油气勘探突破的报道，见人见事见细节。

（主题）向下"攀登"，在地下珠峰寻找大突破

（副题）——探访塔里木盆地西北油田顺北油气田

开头是新闻由头。

6月6日，大漠深处传来喜讯——顺北802X井试获油气当量1228吨/天，验证了西北油田顺北油气田8号断裂带的潜力。

句子间的对比反衬描写。

初夏，被称为"死亡之海"的塔克拉玛干沙漠气候多变，流沙千里、苍茫寂寥。世界级超深油气藏——顺北油气田就坐落在沙漠腹地，一口口千吨井的突破带来盎然生机。

2021年3月，顺北油气田钻出第一口千吨井。一年来，他们持续向下"攀登"，在地下8000米附近接连获得突破。

重要人物出场，凸显信源的可靠性。

"顺北油气田4号断裂带不到一年就成功探出8口千吨井，让人非常振奋！我把4号断裂带的地图放在办公室里，只要有人来问，就拿出来给他们看。"集团公司董事长、党组书记马永生2月11日在集团公司国内上游2022年工作会议上说，他对前线石油工人的欣喜感同身受。随后4号断裂带持续突破，目前已探得11口千吨井，加上其他断裂带，顺北油气田已经收获14口千吨井，落实了4号、8号断裂带两个亿吨级增储新区带。

一线行记者的视角呈现。

依照这份"让人非常振奋"的地图，记者前往顺北油气田实地探访这些正在迸发希望的千吨井。

从沙漠中的基地出发，在沙海里行驶1个多小时，才能抵达第一口千吨井——顺北42X井。该井完钻井深7996米，直逼珠穆朗玛峰高度。

井钻得越深，不可预见性就越大，难度呈几何级数增长。井口数据显示，实时日产原油60.6吨，天然气21.22万立方米。它的发现，标志着4号断裂带取得突破。目前，4号断裂带为顺北油气田贡献了70%以上的产量。

没有什么成功是必然的，几乎所有耀眼成绩的背后都有着曲折的故事，从无到有，步步都有迹可循。

新闻背景故事的应用。

2017年，在1号、5号断裂带取得突破的基础上，西北油田决定外甩向东探索，在早期部署的三维地震区里，寻找可能发育顺北断溶体油气藏的地方。西北油田勘探开发研究院顺北项目部地质研究团队经过反复比对资料，最终锁定一处三维区角落，打了第一口探井顺北4井。"当时我们判断如果往东走，油气富集程度会更高，对顺北4井充满了希望。"团队负责人朱秀香告诉记者。

故事跌宕起伏。

结果却出乎所有人的意料。2019年11月，顺北4井完钻井深8270米，获得的却是低产油气流。用了两年时间向下打了8000多米，耗费大量人力、物力，却没有看到成果。"4号断裂带到底有没有富集油气？"一时间，质疑声四起。

故事的第一折。

处于漩涡中心的研究团队反而冷静了下来。见到了油气显示，尽管不多，但足以让他们相信4号断裂带已经成藏。"压力很大，但我们当时很坚定，坚信这里有资源潜力。"朱秀香说。

研究团队一头扎进了机房里，深入分析原因。分析结论趋向于因为没打到断裂面未钻遇规模储层，所以测试见油气但未获高产稳产。大家认为虽然未实现勘探地质目的，但由此能认识到"断裂带还是有的，资源潜力没有问题"。他们利用新三维资料，结合塔里木盆地顺托果勒地区情况综合分析，经过上百天没日没夜的研究，认为"4号断裂带不是原本想象中的那样只有一点点，而是一条延伸比较长、强度比较大的断裂带，部署两口井应该没问题"。

接下来的井位选择必须更加谨慎。"这是我们往东甩开的第一条断裂带。如果这条断裂带不能获得很好的突破，我们以后往东还怎么干？往哪儿干？"朱秀香说。研究团队重新全面分析资料，决定在断裂带中部、南部分别部署顺北41X井、顺北42X井。

故事的第二折。

顺北41X井再次遇挫，率先打到断裂面上后，却获得了低产油气，而以往在5号断裂带上打到断裂面上就有富集油气了。研究团队顶住巨大压力，坚信"就差临门一脚"，决定加深侧钻。

果然，好消息不久后传来：2021年3月11日，顺北42X井日产天然气、原油分别为82.2万立方米、300吨，折合油气当量1122吨。这是一口千吨井！

成功的喜悦。

不到1个月，顺北41X井也迎来曙光，试获日产原油289吨、天然气111.4万立方米，折合油气当量1177吨。又是一口千吨井！

2021年8月，又一口关键井获得突破：在断裂带北部打下的顺北44X井试获日产油气当量1330吨。至此，北部顺北44X井、中部顺北41X井、南部顺北42X井全是千吨井，"整条60公里长的断裂带全都控制住了"。

从此，顺北油气田马力全开。在一年多时间里，接连打下获得高产油气流的16口井，现在有4口井正在钻探。

更让人感到兴奋的是，偌大的顺北，远不止有一条4号断裂带，未来何其广阔！

主题的升华。

在西北石油局党委书记、执行董事张煜的办公室侧面，有一间放满了"宝贝"的小会议室，里面铺设、张贴着顺北油气田的各类地图。顺北地区奥陶系一间房组断裂系统图吸引了记者。

地图有近半张桌面大小，红色粗线画出了18条主干断裂带，宛若游龙，间隔分布在顺北油气田中。主干断裂带两侧，红色细线代表的次级断裂带更是纵横交错、密密麻麻。

每一条红线，都可能蕴藏着丰富的油气资源。"我们集聚了以石油勘探开发研究院、工程技术研究院、物探技术研究院等系统内外创新资源，通过'大兵团'作战、

'中—中'合作平台联合开展科研攻关，有望早日掌握顺北近两万平方千米整体的油气资源情况，为高质量完成储量目标任务提供有力支撑。"张煜充满信心地描绘着顺北的发展前景。

自信源于实绩。过去一年，顺北油气田储量、产量大幅增长，出疆天然气量增长了230%。万里气龙横亘华夏，昔日丝绸之路如今已变能源走廊，成为国民经济发展的重要支撑。

(中国石化报2022年6月14日第1版)

类似写法的报道还有许多：

(主题) 区域资源共享的"高青样本"

(第一部分)小站来了外援

(第二部分)孤军奋战的疲惫

(第三部分)抛砖引出来的玉

(中国石化报2017年3月6日第5版)

此文是很不错的文章：主题好，契合改革、共享的时代特性，正如评论所言"打破围墙　解放资源　释放效益"；文本好，起笔"墙拆了"，言简意赅；第二自然段"初春的胜利油区笼罩在层层雾气中，远远望去一片模糊。而在山东省淄博市高青县油区，一堵墙的拆除却让几家油田单位的视野变得明朗而开阔"意境深邃。

经济新闻强调"以人为本"，目的也在于通过典型人物的言行深化经济新闻的思想内涵，给受众以深刻的启迪。通过展示人的变化，不仅能增强文章的生动性、形象性，而且能深刻地阐释经济发展的客观规律。①

二、多个故事诠释主题

行业报每天面对的是大量的工作通讯，如何将这些类似于工作总结式的作品改编成经验性报道，站在一定的高度，把握全局观念，通过观察与剖析工作中的难点问题，探讨解决的方法和方案，并进行成功经验的总结，给予读者新思想、新观念、新方法，就得靠编辑下功夫把指导性工作做在策划约稿时。

工作通讯最忌公文化，面面俱到，概括多、叙述多，过于空泛。许多文章类似于下文，重材料和数据堆砌。当然此文也有可取之处，就是能见到有人"开口"说话。

(引题) 某公司1—8月累计开发客户达79家，比去年全年的新客户开发总量高出18%

(主题) 客户经理分级制度激发企业活力

8月刚过，某公司合成树脂部新产品销售量已超过年度计划7%，1—8月累计开发客户达79家，比去年全年的新客户开发总量还要高出18%。

---

① 周皓，杭丽芳．一本书学会软新闻写作．北京：人民日报出版社，2013：198．

面对激烈的化工市场竞争，今年4月以来，该公司以合成树脂部为试点，采取分级制度，彻底打破论资排辈的薪酬分配，明确岗位工作难度，实现薪酬再分配，树立多劳多得的导向，短短4个月成效显著。

仅以第一部分为例。

（小标题）明确权责，能者多劳

客户经理直接面对客户，面对市场，是销售的窗口群体。以往客户经理的销售考核没有太多差别性的指标，尤其是在对工作难度的考核衡量上，缺乏切实可行的量化标准。像专业性较强、难度非常大的开发工作，公司都是以单独的任务委派给能力较强的客户经理执行，缺乏足够的激励措施，无法有效调动客户经理的积极性。

针对这样的情况，某合成树脂部率先提出了"分级管理"的激励机制，立足于岗位的工作内容，通过充分评估其难度系数，细化岗位类别，明确差别，激励大家充分发挥自己的能力。

他们将客户经理岗位由低到高细分为市场维护客户经理、市场开拓客户经理和新产品客户经理三个级别。在职责划分上，新产品客户经理担任的开发任务最重，市场开拓客户经理也有一定的拓市要求，市场维护客户经理则将主要精力放在维护老客户、督促完成销售计划这些例行工作上。

"分级之后，不同类别的客户经理权责明确，我们在工作安排和精力分配上有了更有效可行的侧重点，工作效率也更高了。"新产品客户经理某某说。

第二部分讲的是"二次分配，多劳多得"，第三部分讲的是"公平公正，用好考核指挥棒"，最后一段类似于第一部分，有人物的直接引语。

此文可以通过写人的具体事例来说明工作制度变化带来的新效果，例如：

文章开头，应以最新开发的典型客户或开发客户最多的经理的故事做新闻由头；第一部分，可选一位开发任务最重的新产品客户经理的典型事例来说明"明确权责，能者多劳"；第二部分，可选一位多劳多得的典型代表，来佐证"二次分配，多劳多得"；第三部分，可选一件在考核中正确处理矛盾的典型事例，来表达"公平公正，用好考核指挥棒"的主题。

一篇稿件必须得有"具体的事儿"，才能称得上是新闻，否则就不叫新闻。很多报道总是在那里讲道理、谈现象、做总结、写报告，让人看不下去。原因是多方面的，其中一条：记者没有去做真正的采访，而这一条是可以改进的。

编辑需要指导作者将从采访中提炼得来的新经验、新观念、新方法融入故事中，娓娓道来，通过具体的、活生生的细节表达出来，不能就事论事、堆砌材料、罗列总结。

工作通讯可把触感的人、事和一些场景写进案例中，穿插一些知识趣闻、设置故事情节,[1] 通过点面结合方式,由点带面,案例化地给予读者启示,给予同行启迪,有些典型做法甚至具有可操作性,可以直接借鉴。

一般工作通讯报道、典型经验报道可分成三四个部分,通过三四个故事来说明某种与主题相关的理念、成就及秘诀、精神,从故事中找到深度的观点,提炼可借鉴、可指导的丰富经验。这些事例需要具有典型、鲜活的特点,内容相互间不重复,有递进关系尤佳,从不同角度、不同方面对同一主题进行例证、分解。

(主题) "高压"下的封锁与超越

9月2日,胜利石油工程井下作业公司采用国产化带压作业技术,完成了第100口带压作业井。这个日子,在胜利石油工程公司井下作业公司经理卢云霄看来特别有纪念意义:"能走到今天不容易。"

文章第一部分"唯一的办法是靠自己",写的是设备制造的故事;第二部分"叫醒我们的是独立",写的是学习施工的故事;第三部分"领先才是目标",写的是超越别人的故事。

现节选第二部分内容。

屈辱,从谈判那一刻开始。

谈判期间,外方公司列出了苛刻的"霸王条款":中方每天支付10万元,聘请5名外方员工合作施工。停工期间,也要按时计费。井上出现问题,外方不承担任何责任……

对这些条款,谈判团队稍有辩驳,外方人员便扔下众人,拍桌而走。经过一周的艰苦谈判,卢云霄等人还是将外方薪资从每天10万元成功降到6.8万元。

封锁,从施工第一天开始。

按照协议,外方人员本应对团队开展技术培训。可第一天施工时,外方人员以存在安全隐患为由,拒绝中方员工登上操作台观摩。制定施工设计时,他们聚在自己的小屋,不让中方员工参与。

第一口井干下来,整个带压作业团队不能登上操作台,只在地面当了几天场地工。施工结束,老外打出工作量确认单,找队上结算。

"我的天,这么多零?"那是李超第一次拿到工作量确认单,一张A4纸上,密密麻麻地罗列着外方的服务事项和应得报酬,他记得只扫了一眼,心里就打起颤,"这是一天的?一天就要拿我们这么多?"焦页40-3HF井,干着干着,几名外方人员突然把井一扔,跑到井场外抽开烟。

队上问了一圈,才搞明白,原来是给外方的钱没到账,他们拒绝施工。"我们是甲方。但技术上被人卡脖子,我们这个甲方连开工权都没有。"李超郁闷地说。

封锁和屈辱,虽然制约着整个团队的发展,却前所未有地激发起整个团队的攻坚

---

[1] 廖雪琴,郑贵兰. 优秀新闻作品选读. 武汉:华中科技大学出版社,2014:149.

热情。

为了快速掌握各个岗位的流程，团队每个人都带着本子上井，记录当天学到的要领，晚上一起开会共同分享。一年下来，李超记了满满 7 个本子。

"那段时间，我们每天很早起床学技术。叫醒我们的不是闹钟，是独立。"李超说。

2016 年，经过两年刻苦攻坚，团队先后攻克了一系列核心技术。此时，与外方的合作协议也正好到期。

"没有老外，你们行不行？"2016 年 4 月，鉴于自主技术已成熟，胜利石油工程井下作业公司欲独立承担焦页 53-4HF 井带压施工。开工前，来自同行、私企的质疑声像潮水一样涌来，甲方领导也存在疑虑。

为了保险，公司请了两名外方技术人员当现场顾问。道格拉斯是其中之一。在美国，道格拉斯家族世代以带压作业为生，在当地享有盛名。看着胜利石油工程带压作业团队成员年轻的面孔，道格拉斯有些担心家族的荣誉会砸在这些 80 后手里。

施工一炮打响！4 天时间里，在没有外方人员的协助下，他们独立完成了焦页 53-4HF 井带压作业下完井管柱施工，一举填补了中国石化自主带压作业的技术空白。

"你们的技术非常成熟。"施工结束，道格拉斯跑下操作台，给李超一个大大的拥抱，"Sinopec，perfect！（中国石化，完美！）"。

（中国石化报 2021 年 11 月 9 日第 8 版）

通讯的生动性，体现在通讯对事实的描述过程中，不仅要善于运用叙述这种基本表达方法，还要善于运用描写、抒情甚至议论等手法，使读者在阅读作品的过程中，如见其人，如闻其声，如临其境，触动读者的感官，深受情感的感染和理性的熏陶。①

工作通讯的选材一般分为三类：骨干材料、细节材料和一般性材料。②

骨干材料就是最重要的、对主题起着骨干性支撑的材料，可以作为报道的分主题和纲目性小标题，能独立成一篇小通讯，作为一篇大通讯的一个组成部分。

细节材料是通讯写作中最具有特色和感染力的要素，就像电影中的特写镜头，特定的人物、场合、动作、对话等的细描。骨干材料是以细节材料为主要支点而建构起来的，细节材料故事感强、画面感强，活化和细化骨干材料。

一般性材料，是概括性、分析性材料，背景资料或具体事例向综合性叙述过渡的材料，主要为叙述材料。

（主题）"浙江魅力"诠释央企标杆

（副题）浙江石油始终保持全省成品油销售市场主导地位，效益多年位居销售企业第一，堪称当地成品油销售市场屹立多年、无法撼动的"不倒翁"。

本文分三个部分，现节选第一部分。

这是骨干材料，对全文主题起支撑作用。

---

① 董广安，詹绪武. 新闻写作学教程. 郑州：郑州大学出版社，2014：108.
② 董广安，詹绪武. 新闻写作学教程. 郑州：郑州大学出版社，2014：136-140.

(小标题) "绣花"式改革激活一池春水

一寸一尺优化,持续推进小站家庭承包、大站优化配置、油库大班组改革,确保人力资源得到充分利用

开头由故事进入,这是细节材料。

当清晨第一抹阳光洒进嘉兴石油谈桥加油站,站长汪伟丽又开始了一天的忙碌。

打扫卫生、整理陈列,时不时与加油的司机、进店的顾客攀谈几句,每天视频通话总会操心一下孩子的课业,深夜无事便与丈夫刷刷热门网剧,这就是她最为熟悉的日常——波澜不惊、些许忙碌而又无比踏实。

谈桥加油站虽然是家庭承包站,但汪伟丽一点也不含糊,把小站安排得井井有条:汪伟丽负责服务、卫生、报表、台账等工作,丈夫则负责设备养护和加油服务。在两人"妇唱夫随"下,小站经营蒸蒸日上。"承包后,小站就成了自己的责任田。经营好了,收入也会大幅增加。虽然累点,但值!"汪伟丽朴实地笑道。

接下去是一般性材料分析。

多年来,浙江石油坚持下"绣花"功夫,不断细化完善小站家庭承包、大站优化配置、油库大班组改革等改革举措,适时开展"回头看",根据实际成效和基层反馈优化调整,确保人力资源得到充分利用。

骨干材料总结。

作为销售企业率先推行小站家庭承包的公司之一,浙江石油以务实创效为原则,优先在年销量3000吨以下的国省道、乡镇加油站实施家庭承包,对经济发达地区,鼓励将实施范围适当扩大至年销量5000吨的加油站。截至目前,具备实施条件的525座小站已全部改革到位,人力资源和劳动成本得到显著优化。

(中国石化报2021年11月2日第1版)

本文通过三个典型故事从三个侧面——"绣花"式改革激活一池春水(改革)、"点穴"式施策带动营销增量(拓市)、全方位对标打造"最强大脑"(大数据管理)来表达"央企标杆"这一主题,力求实现"主题事件化、事件故事化、故事人物化、人物细节化、细节画面化"。

下文讲述的是中国石化的西北油田和中国石油的塔里木油田员工联手突破勘探禁区的传奇历险故事。

(主题) 在秋里塔格"刀片山"找油

文章分三部分,节选两部分内容。

(小标题) 秋里塔格上空的"鹰"

场景呈现,细节材料铺开。

"只有直升机能将工人带到山顶,有丰富山地工作经验的老队员都爬不上去。"飞行调度郭志江说。

"放线班6组、放线班6组注意了,安全帽戴好,检查一下装备,马上准备登机。"

郭志江向登机预备点的放线工们喊话。

伴随着直升机的轰鸣声和落地时吹起的沙土,放线班6组的4名放线工低着头、弯着腰,快速登机。

在山前直升机临时停机坪,郭志江把人员送上山后,又用手势引导另一架直升机下降。吊钩落地,在飞扬的尘土中,地勤员李继迅速把吊钩挂在吊带上。

直升机是秋里塔格上空的"鹰",它除了运送工人上下山,还能将山外的各种设备物资吊运到山里。

上下配合,地空协调,直升机一次可吊起几百公斤的重物,一天能飞几十架次,极大地提升了物资运输的效率。

李继说,用直升机辅助生产,既安全又高效。过去,10个兄弟最少要花四五天才能送上山的物资,现在10来分钟就能搞定。

2月26日,是吊装作业最繁忙的一天。郭志江的飞行计划上记录着:飞行45架次,吊运21个钻井机组的物资和人员。

骨干材料收尾。

直升机、无人机、无线仪等现代化、高端化、轻量化设备的投入,为山地勘探插上了腾飞的双翼,辅助和保障了项目生产。

2022年4月25日,项目顺利完工。

"复杂城区、高难山体,被英勇的石油石化人踩在了脚下。"集团公司油田部高级专家宋桂桥、西北油田高级专家杨子川多次深入现场指导工作,由衷地感叹。

(小标题)悬崖峭壁上的红色"黄羊"

骨干材料开头。

物探队是寻找油气的"先头部队",没有路的地方,需要"逢山开路、遇水架桥"。

在"黄羊和雄鹰到不了的地方",项目组抽调精干队员组建"飞虎队",在接近90度的悬崖峭壁上凿路。他们带着铁锤、钢钎和大绳,徒手攀岩到山顶,打下钢钎,系好大绳,开辟出一条条爬山的通道。

两千多名员工凭借"飞檐走壁"的功夫,飞跃深沟险壑,把"刀片山"踩在脚下,用双脚丈量每一处高地,用双手布下每一条测线,犹如一只只红色的"黄羊",闪耀在秋里塔格的千岭万壑之间。

细节材料呈现。

山脚下,穿戴好攀山装备的西北油田物探监督赵献立向现场监督组组长苏心华请战:"苏工,您年龄比我大,我去检查断崖上接收点的埋置质量。"苏心华摆摆手:"我是组长,你们四个跟着我。"

大家不再吭声,他们和物探队员一起上山,全过程视频录制,留下影像资料。白天检查排列、钻井、施工安全;晚上召开碰头会,汇总信息数据,部署第二天的检查计划和重点,常常忙到凌晨。

在野外地震采集生产中，西北油田勘探开发研究院的技术人员多次攀上"刀片山"，他们与施工技术人员讨论技术对策，保证技术方案落地不走样、技术标准执行不走样。

在高难山体施工，很多时候装备还要靠人拉肩扛。一台钻机重680公斤，拆开后，单件的重量也有80公斤。

"打井容易转场难。"为了解决钻机转场的难题，他们发明了用绳索在两山间运输的办法，将分拆下来的部件通过滑轮和绳子滑到对面的山头去。

"刀片山"不止攀爬一遍。测量、钻井、下药、铺设仪器、爆破、数据采集，每道工序都要在尖峰上走一趟。光数据采集的接收点，每20米就要布设一个，整个项目下来有几十万个接收点，每一个点都要靠人工布置，要确保施工质量，难度可想而知。

宁要一条过得硬，不要十条过得去。西北油田强化三级质量管理，联合召开质量分析会67次，开展联合检查21次，精准把控质量。

"这口井井深合格、下药到位，焖井时间长达8分半钟，我非常满意!"苏心华在检查钻井作业后兴奋地说。

在复杂的地质条件下施工，有许多意想不到的危险和困难。比如，在作业中，沙土、石块会顺着陡崖往下掉落，汇成一条沙石"小溪"，伴随着"哗啦啦"的响声，沟底会下起一阵"沙石雨"。

3月27日，飞虎队员张继彪在山顶布下一个节点仪，他的脚下就是百米悬崖。由于山体风化严重，一挪脚，石子带着尘土就"哗哗"滑落。

队员们三次挺进秋里塔格，攀悬崖、闯深谷，累计开辟道路3500多公里，打钢钎2万多根，铺大绳50万米，磨坏胶鞋3.4万双。

队员们与艰险相伴，在"刀尖"上穿行。2021年5月18日，项目完成采集验收，部署满叠面积343.116平方公里，通过验收的地震记录一级品率达到98.12%。

（中国石化报2022年5月30日第8版）

"记者的工作就是要把这些生活(工作)的细节精心地编织进报道中去，以使新闻报道有血有肉，富有生气和特色。"①

写作经典《风格的要素》中强调："最能唤起读者兴趣、引发读者关注的是那些明确、具体、特定的细节。"

(引题) 化销华中汉川马口服务点创新机制，促进物流服务实现快速送货，财务服务帮助客户实现资金快速周转，技术服务实现快速响应

(主题) "三快"服务让双方得实惠更融洽

第二部分。

(小标题) 客户经理的"两本账"

此前，湖北某纺织企业一直使用竞争对手的涤纶短纤，汉川马口服务点的客户经

---

① ［美］约翰·钱塞勒等. 记者生涯. 北京：世界知识出版社，1985：56-57.

理想方设法要开发这家客户,但始终未能成功。一天,几位纱线销售及印染厂的客商听说马口镇有中国石化的服务点,慕名前来交流寻找商机。当得知其中一名纱线销售商与这家企业关系非常好,长年销售这家企业的缝纫线时,童建明趁机就给他算了笔"经济账",从原料成本到生产损耗,从加工区间到成品售价,最后算到收益,指出使用仪征化纤的产品能够帮助下游产生更好的经济效益,动员纱线商共同做这家企业的工作。在上下游联手游说下,这家企业终于松口使用仪征化纤的产品,当月即采购了70吨,目前已签订年度长约,月采购量保持在100吨以上。

常年经营这片市场,客户经理们手头都有本"经济账",对纺织厂的基本情况、生产需求、原料及纱线库存都了如指掌,还了解各家的经营状况,小到万锭用工、工资水平、水电费用,大到哪家售价高效益好,哪家负债高等,细致入微,了解透彻,开展起工作来得心应手。

他们心中还有一本"关系账",因为企业相对集中,又都是乡里乡亲,所以企业股东结构相对复杂,在资本的原始积累中互相参股,"你中有我、我中有你",要想了解清楚,非得长期耳濡目染方能明辨,客户经理们因此也练成了"八卦耳"。

某集团客户有三个分厂,每月合计使用仪征化纤高附加值有光短纤近500吨,一直是优质客户,但在今年的3月初,股东之间出现矛盾,因意见不一准备散伙而分开采购原料。得知消息后,服务点的客户经理第一时间走访了解,从客户角度分析问题,帮他们算细账,当意识到股东间碍于脸面都不愿主动求和时,客户经理又主动担任"和事佬",经过一个月的调解,成功化解了股东间的矛盾,避免了客户流失,保住了销量,而且得到客户股东的好评。

(中国石化报2017年7月11日第7版)

细节一是具有极高的分辨率:是表现事物的最小单位。在展示事物变化的"如何"上,一个典型的细节,就可以分出事物的彼此,是用笔经济、功效强势的特殊信息。细节二是具有很强的包孕性:体现细节具有的信息量。好的细节包孕的信息量很大。[①]

本文有人物、事例、故事,在落细落小上下了功夫。新闻报道可以宣传典型、进行主题报道,但还是应该到现场抓活鱼,靠典型人物、事件展开,让文章可读、典型可信、经验可感,即符合新闻传播的规律。

全文通过构建客观性语境,即避免个人发声、判断、议论,寓观点于细节的描述中;通过叙事框架的构建、故事化的处理增加报道的生动性、可读性、感染力,来表现文章的主题。

三、人的要素不可或缺

工作通讯难写,是因为作者一不小心就把工作通讯写成了工作总结+事例,看上去

---

① 郭光华. 新闻写作. 北京:中国传媒大学出版社,2014:177.

像通讯作品，仔细品味又缺少新闻的味道。很多新闻报道罗列工作经验，堆砌石油石化专业词汇和概念术语；写得枯燥乏味，貌似时髦的概念也被表述得云山雾罩。

以《21世纪经济报道》与《经济观察报》等为代表的新锐财经报刊，其主要特点表现之一：摒弃以往见物不见人的报道缺点，突出财经报道的人文关怀，即站在人的视角关注经济发展，在经济生活中关注人的命运、尊严等伦理道德及其他精神层面，在传播经济信息的过程中把经济活动向人性化的层面升华。①

经济新闻如果不从以人为主体选择报道主题，不从读者关心的问题着眼选材与观察，就很难吸引和打动读者。经济新闻需要缩短与群众的距离，以人为主体写好经济新闻，提升可读性，走出"内行不愿看，外行看不懂"的怪圈。②

工作通讯中就算没有很强的故事性、细节材料，但一定要有人的活动要素。

(主题) 激活"人"这一核心要素

(副题) ——催化剂公司深化改革激发创新活力纪实

节选文章第二部分。

(小标题) "破解干多干少一个样——"就是要明确，薪酬是'挣'出来的，不是'争'出来的"

人物对话开始。

"参加工作30年了，奖金拿到负数还真是头一回，干成这样真丢人。"催化剂齐鲁分公司分子筛二车间一员工说。今年2月至4月，该车间由于产品质量波动，导致奖金倒扣。

薪酬差距拉大了，会不会产生矛盾？"以前岗位收入差10元都会闹到车间，现在同一车间里，第一名班组与第二名班组每月人均收入差距近500元，反而矛盾少了。"催化剂齐鲁分公司负责人表示。明确标准不仅没有激发矛盾，反而调动了员工积极性，分子筛二车间6月至7月某产品合格率连续实现100%，7月人均奖金大幅提升。

这并不是个例，薪酬机制改革在催化剂公司全面推进，真正实现效益升、工资升，效益降、工资降。

……

改革举措收效明显，分(子)公司2020年考核工资总额增幅相差两倍；今年7月根据上半年考核情况实施工效联动后，不同单位的同一层级人员月度收入差距超过30%。

(中国石化报2021年8月30日第1版)

有新闻写作教程指出：报道联合基金会募捐运动时，可以将重点放在从募捐中获益或没有获益的人身上，而不是着重写当地联合基金会又募捐到多少钱或募捐的组织机构。如果你住的城市街道路面条件恶劣，就可以从一个司机的角度出发，写一篇街道存在问题的报道。这种写法使记者能大大将机构、统计数字和泛泛不着边际的问题

---

① 范敏. 发展传播学视角下的经济报道. 北京：中国传媒大学出版社，2012：122.
② 岳双才. 企业报头版头条怎么写. 北京：新华出版社，2012：10.

减少，使读者能够接受和欣赏。

写经营管理案例时，作者可以从描写具体的某个人入手，通过对故事的解释和恰当的背景分析，进而显示整体、点明主题、引入结论；或者通过集中描绘整体事实中的一部分，进而说明与展示整体，最后呼应开头。

(主题) 保持大平稳赢得大效益

(副题) ——镇海乙烯精益管理报道之一

文章第一部分。

(小标题) 从工前预习要领到建立作业项目预告机制，全工种管控作业风险

"关循环水阀门要注意掌握节奏，先慢后快。前10分钟关五分之一，最后五分之一要在一分钟内马上关掉。"工艺员张泉华边比画边说，提醒外操侯建江。

这是丙烯制冷压缩机复水器管束反冲洗操作前的演练。外操口述操作步骤，工艺、机、电、仪等工种代表严抠操作细节。

为杜绝人为造成的非计划停工和生产异常，镇海炼化加强作业风险管控，重大操作前编写详细方案，让操作人员提前学习。在此基础上，烯烃部要求从严、标准从高，加入工前演练环节，并邀请相关部门专家一起来找碴儿。

镇海炼化还建立作业项目预告机制，让运行和维护团队提前知晓对方要做什么。每天下午3点半，烯烃部召开由动设备团队、静设备团队、电气、仪表、承包商、运行部专业技术员、操作人员参加的七位一体管控会。管控会提前研究次日作业安排，对每项作业进行风险识别，制定措施，强化直接作业环节安全监管。

(中国石化报2019年3月29日第1版)

其实这样的报道，很难写得好看、悦读。此文也是见人见事的写法，故事化表达，可看、耐看。

(引题) 广西南宁石油将目光聚焦市场，持续完善设备设施、服务内容

(主题) 把便利留给客户

选取文章的第一部分。

(小标题) "还是选择到你们站加油吧"

"张校长，我们公司针对驾校、物流、客运等特定营运客户推出了优惠政策，我向您介绍一下。"3月初，西明加油站站长李富国前往某驾校拜访负责人张先生。张先生在一个月前开了一所驾校，但没有固定加油点。李富国便上门向对方介绍南宁石油优惠政策，并给他算了一笔经济账，"您的驾校有40辆教练车及两辆接送学员的大巴，按每月8吨汽油的用量计算，大概可节省几千元"。"你想得真周到。虽然别的油品供应商找过我，并承诺给予加油优惠，但是我比较信赖中国石化的油品、服务质量，还是选择到你们站加油吧！"最终，西明站成了该驾校的定点加油站。

年初以来，南宁石油召集客户经理、加油站站长组成市场开拓小分队，前往机关单位、厂矿企业、物流公司宣传营销政策，持续开发客户。同时，他们开展了"充值

2021元赠90元非油券""开学季充值送现金""驾校车、网约车、小货车特享"等营销活动,吸引客户到站加油。一季度,南宁石油新增汽油客户数量、累计充值金额均居广西石油前列。

(中国石化报2021年4月15日第6版)

  类似主题的一些作品,有些只是给予感性的报道,只侧重于新闻故事,没有理性的升华;有些只是侧重于理性的经验总结,没有具体的典型与案例,更不用提细节了。本文把感性的"人的要素"与理性的经验进行很好的结合,从点上研究、分析、筛选事实,从面上进行提炼、概括和升华。

  新闻作品的细节是记者或通讯员用脚、眼、耳、手、脑得来的。据此文的通讯员介绍,她特别喜爱新闻写作,一有时间就往加油站、易捷店跑,周六周日更是待在这些地方,一旦有新闻线索、有新闻细节,就尽快记录下来,随时备写作之需。

  基层流淌着新闻的源头活水,蕴藏着最鲜活、最丰富的新闻资源。

  只有深入基层,才能更好地贴近实际、贴近生活、贴近群众;只有深入基层,才能更好地反映民生,表达民意,体现民情;只有深入基层,才能更好地把握群众脉搏,了解群众心理,学习群众语言,也才能更好地写出群众喜欢的新闻作品来。① 来自基层、植根于泥土且散发着原生态味儿的新闻作品不是变土了,而是变真了,变纯了,变靓了。②

  总之,典型工作通讯需要点面结合、粗细搭配,就是点上案例要典型,能够通过细节的描写来显示出事例的具象、生动、易读,给读者留下感性的认识;面上叙述需要进行提炼升华,通过精心概括,反映事物的广度、深度、厚度,给读者以理性的启迪。

第三节 借鉴写作手法提升可读性

  新闻语言是新闻信息的载体,读者主要通过语言符号的解读来了解媒体报道了什么,如何报道。语言符号包括语词、语法、逻辑、修辞、语音、语调、语体、语态等,它是人类创造的最基本和最完善的符号系统。③

  "西方新闻界没有我们所说的通讯,但是他们有详细的稿件或者专稿、特稿(News Feature),相当于我们的通讯。"④"西方的特写与中国的特写有所不同。在西方,特写更多的是指一种趣味性报道,旨在给读者以'精神享受'。在更广泛的意义上,西方报

---

① 郑保卫,黄全权."走基层,转作风,改文风"的实践依据与现实意义.新闻与写作,2011(10):10-14.
② 叶国宝."走"出的独家新闻.新闻战线,2012(9):92.
③ 黄琳斌.国际新闻编辑.北京:中国广播电视出版社,2013:45.
④ 程曼丽,乔云霞.新闻传播学辞典.北京:新华出版社,2012:173.

纸的特写指除了消息、广告、社会之外的所有文章,其内涵比之中国的特写要博杂得多。"①

他们运用独特的新闻手法来客观地讲述石油石化业界故事,值得学习借鉴。

在新闻写作的技巧方面,从总的来说,我们确实没有西方记者更成熟,甚至可以说有很大差距。新闻写作技巧,在业务层面是没有什么阶级性和制度性的,但在具体作品中,写作技巧和作者倾向往往是"化合"在一起的。我们在学习的时候,必须学会"分离术",着重吸取那些有用的精华部分。②

一、讲究作品的客观性与平衡性

客观和平衡相辅相成:如果新闻事实是客观的,个人的意见则是主观的,只有把矛盾双方的观点都清楚地陈列出来,才能真实地反映现实情况;平衡则是指在报道中对各种相关因素和不同立场进行仔细衡量和比较,在突出报道一种主要意见时,还要注意报道其他方面的意见,特别是相反的意见,尽可能公平地呈现整个事件或问题的全貌。③

报道中,需要完整地将各方声音、观点进行平衡,才能呈现出更加真实、客观、全面、公正、透明的新闻事实,尽可能让各方的诉求得到满足与伸张,让新闻更具穿透力、亲和力、感染力、思辨性。

(主题)壳牌遭受"逼宫"陷入拆分困境

5月26日,以气候之名,荷兰海牙地方法院裁定,壳牌对气候变化负有部分责任,并下令该公司到2030年必须使其碳排放量比2019年的水平降低45%,这比壳牌公布的时间整整提前了5年。不到半年,同样是以气候之名,壳牌大股东之一的对冲基金Third Point,呼吁壳牌拆分成多家独立公司,并且重视气候变化,改变发展策略。Third Point持有壳牌7.5亿美元的股份。

这一幕似曾相识。就在壳牌第一次遭"逼宫"的同一天,仅持有埃克森美孚0.02%股份的小股东,激进对冲基金Engine No.1,以气候之名,成功拿下两个董事会席位。至于Third Point能否像Engine No.1一样取得成功,目前还是未知。不过,摩根大通分析师马利克认为,股东可能接受拆分公司。投资者普遍反对混合、一体化公司模式,并认为壳牌寻找途径向低碳业务转型,可以让公司实现更大的价值。然而,壳牌高级管理人员认为,将公司一拆为二不实际。

事实上,在壳牌分拆纷争的背后,是一个关于石油巨头的能源转型之路如何走的问题。

摘录第一部分的若干自然段。

---

① 甘惜分. 新闻学大辞典. 郑州:河南人民出版社,1993:160.
② 艾丰. 新闻写作方法论. 北京:人民日报出版社,2019:312.
③ 林溪声,童兵. 市场与责任:西方核心新闻理念的深化及价值. 当代传播,2010(1):4-8.

(小标题)拆分与否

随着全球能源转型加速,石油巨头面临的挑战也越来越大,一方面政府部门低碳目标日益明确,另一方面投资者施压,敦促其改变发展战略。

Third Point 的创始人丹尼尔·勒布称,之所以要求壳牌将公司一分为二,主要是由于该公司股票回报率低,未达到股东预期。其次,该公司也未兑现环境、社会和治理(ESG)的承诺。

据悉,Third Point 是华尔街最多产的激进投资公司之一,管理着约 200 亿美元的资产。勒布也是美国最有影响力的对冲基金经理之一,他呼吁壳牌考虑至少分拆成两家独立的公司。一家坚持传统能源业务,如石油、炼化,提供稳定的现金流;另一家则专注于可再生能源等。Third Point 认为,这样做,壳牌可以明确发展战略,吸引和留住投资者,同时符合 ESG 政策。

勒布表示,"壳牌有太多相互竞争的利益相关者,将其推向太多不同的方向,导致了一套不连贯、相互冲突的战略,这样的战略试图满足多方利益,但却未能满足任何一方利益"。勒布认为,推行他所建议的战略可以减少二氧化碳排放并增加股东回报,"这是所有利益相关者的胜利"。

不过,壳牌高管认为,拆分业务将破坏他们利用传统油气业务为清洁能源转型提供资金的核心战略。壳牌首席执行官范伯登表示,如果没有公司目前的规模和背景,能源转型将更难。

当前对于拆分一事各方态度不一。不过,值得注意的是,年初壳牌制订了相关计划,在减少石油产量的同时,在生物燃料和电动汽车充电基础设施等领域加大投资力度,加快向低碳业务转型。另外,继荷兰海牙地方法院发布裁决要求其加快减碳步伐后,9 月壳牌以 95 亿美元的价格将其在二叠纪盆地的资产出售给康菲石油。

第二部分。

(小标题)能源转型的 3 种策略

对于不同石油公司而言,战略选择的不同决定资产分拆是否可行,决定面对变化如何重塑商业模式和投资组合。根据咨询公司埃森哲的分析,未来可能出现 3 种不同的投资组合策略。

一是油气专业公司,它们在降低碳强度的同时,将成本和运营效率提高一倍。选择这条道路的可能是国家石油公司和一些独立石油公司。

二是能源巨头,它们将重点从碳氢化合物扩展到氢能等。大型国际石油公司很可能选择这条道路。

三是低碳领导者,这类公司将全面转向碳中和未来。

无论选择何种策略,转向低碳能源都是具有挑战性的。Third Point 呼吁壳牌拆分的出发点是壳牌的新战略未能激发投资者的兴趣。但在拆分的另一面,又如范伯登所表示的,传统业务产生的现金流将会为能源转型提供资金。不同业务之间的协同,如炼油和氢能、天然气贸易和可再生电力销售，对增加公司投资回报和减少风险很有必要。

(中国石化报2021年11月19日第6版)

上文引用了法院、投行、当事公司、咨询师、股东等的发言与评论，兼顾各方的话语权，给各方都有平行发表意见的机会；同时既有肯定的言论，又有警示的话语，均衡各方的观点，准确反映各方不同的意见；运用直接引语，而非记者的述评来表明消息来源的可靠性、真实性。

对于新闻专业主义的客观性，美国还衍生出一套具体的操作规范：①记者应该寻求适当的新闻源——只提供给公众他们亲眼看到的或是有证据证明的信息以及"被可靠消息来源确认的事实"；②在报道有争议的问题时，提供各方观点应该公正、不偏不倚而又平衡；③对某个人或某机构提出指控，一定要给被指控者以回答的权利；④记者低调处理自己作为新闻故事叙述者角色的作用，尽最大努力用事实本身说话；⑤那些能够为构建事实提供清晰历史性和解释性框架的信息常需要独立标注等。①

对于这些操作规范，我们可以批判地加以借鉴，既不能照搬照抄，又不能全盘抛弃。

在中外新闻界，对于新闻的客观性、平衡性存在着不同的观点。

瓦耶纳指出："人们要报道什么事情，这本身就是思想的产物，必然会有报道者智力的介入，因而也就必然包含个人的系数在内。报道者不可避免地会把自己摆到他所描述的情景之中，不仅表现在他自己的参与上，尤其表现在他对事实事物的连续性的剪裁上和他所采用的形式上。"②此外，报纸还可能受到各方利益的牵扯等，影响了新闻的"客观性"。

但也有不同的声音进行反驳，世界上任何事物都没有绝对的，都是相对的，客观性与平衡性也是如此，否则就可能陷入不可知论的地步。

在更加根本的层面上，有研究者认为客观或者真实的概念可能不那么圆满，但作为一个理想的范型却构成了我们观察、认知和理解世界的基本框架，评判行为与事件的规范性原则和背景，没有这个东西我们几近于"瞎子"。③

对于反映和运用新闻传播基本规律的一些话语，比如真实性、客观性、公正性、全面性等，在正确领会和去除一些附加解释之后可为我所用。我们在过去一直是这样做的。④

我们需要调动职业的主观能动性，竭尽所能地按照我们理解的"客观性"与"平衡性"的标准，去最大可能地进行"客观性"与"平衡性"的报道实践。

---

① 赵月枝. 为什么今天我们对西方新闻客观性失望?. 新闻大学, 2008年春季号：11-12.
② [法]贝尔纳·瓦耶纳. 当代新闻学. 丁雪英等译. 北京：新华出版社, 1986：24.
③ 邱戈. 新闻专业主义与新闻道德探询机制考辨. 重庆社会科学, 2013(3)：55-62.
④ 童兵. 中国新闻话语的来源和批判地吸纳西方新闻话语. 新闻与传播, 2018(5).

二、用华尔街日报体讲故事

讲故事,是财经新闻(包括行业新闻)写作的一个重要法宝,即用精雕细刻、优美流畅的散文式的文字来报道抽象的财经事件。

华尔街日报体,即 DEE 结构(Description,描写;Explanation,解释;Evaluation,评价),借鉴了文学写作中的故事描绘手法,能把枯燥、干瘪、索然无味的硬新闻变得生动活泼、通俗有趣。故事性增强了新闻的趣味性、可读性。

有学者将华尔街日报体的文章,在结构上进行分解,分成四个部分落实:

第一部分,人性化的开头,即与新闻主题有关的人物故事。

第二部分,过渡,即从人物的故事叙述与新闻主题的交叉点切入,将新闻推到读者眼前。

第三部分,展开,即集中而有层次地阐述新闻主题。

第四部分,回归人物,即重新将人物引入新闻,交代此人与新闻主题的深层关系。①

试举一例分析。

(引题)胜利油田设立勘探研究成果奖和商业储量奖,评奖严格按标准按质量,不按比例,不搞模棱两可,不搞四舍五入,只为"精准奖励"为勘探做出突出贡献的人员,激发研究人员潜心研究、专注发现的热情

(主题)最大勘探"红包"背后的资源突围

第一部分,人性化的开头,从与新闻主题相关的人物故事叙述开始,吸引读者往下阅读。

大学毕业 12 年,以这种方式出名,是石泉清从来没有想到的。

2018 年 1 月 8 日,胜利油田召开勘探成果奖励大会,石泉清走上领奖台,从领导手里接过一个大红牌子,上面的数字让他一夜成名。

这一次,胜利油田共发出 2920 万元勘探"红包"!而这个史上最大勘探红包,折射出该油田破解资源困局的良苦用心。

第二部分,过渡,从人物的故事叙述与新闻主题的交叉点切入,将新闻推到读者眼前。

(小标题)史上最大勘探奖励

石泉清拿下的是研究成果类唯一的一等奖,也收获了当天的最大红包。

对于这个奖,他既有所期待,又将信将疑。

2017 年 9 月,胜利油田制定下发《勘探发现成果奖励办法》。他所在的勘探开发研究院将文件传达给每名科研人员。文件的内容,石泉清了然于心。

---

① 宋慧丽,李炯,沈芸. 时政、财经、民生新闻报道概论. 北京:北京大学出版社,2015:93.

这份酝酿半年的文件，规定设立研究成果奖和商业储量奖。研究成果奖分三个等级，一等奖50万元；商业储量奖分四个等级，特等奖400万元，一等奖200万元。

"帮助"石泉清拿到一等奖的是大古斜29井。这口井揭示了大王庄潜山南部含油气情况，控制储量290万吨。

值得注意的是，这次评奖严格按标准按质量，不按比例，不搞模棱两可，不搞四舍五入。在商业储量奖方面，特等奖出现空缺，一等奖也只有一个。

2920万元奖励，对应的是82个项目和28个发现储量规模较大的区块。

作为分管勘探的胜利油田分公司副总经理，宋明水对两口井印象深刻：大古斜29井，冷门，高产；埕北313井，打得准，找到了规模储量。

对于此次2920万元奖金总额，他按当前油价估算，大约相当于1万吨原油的价值。

第三部分，展开，集中而有层次地阐述新闻主题——最大勘探"红包"背后的资源突围。

(小标题) 不准"喝汤"

这次奖励还有个小插曲。评选结果揭晓，各类奖项名花有主，各单位按要求上报获奖人名单及获奖金额。但很快被宋明水打了回去。

第一次报上来的分配方案，让宋明水很生气。"最多才六七万元，肯定有喝汤的"。

他说的"喝汤"，是部分单位把不相关人员和关系不大的人员纳入分配名单。"按这个逻辑，司机和门卫也该有"？！

记者看到一份宋明水手写并传真到各单位的通知，要求杜绝"喝汤"现象，严格按奖励政策和细则执行。

他还在各种场合提醒大家领会奖励意图，保持勘探初心，把奖励用到有贡献的人身上，用到该奖励的人身上，创造条件让他们安心工作、用心找油。

如何奖励？哪些人该得奖？早有明文规定，即相关人员重奖、无关人员不奖，按劳分配、杜绝"大锅饭"。

此次勘探重奖是"精准奖励"，即奖励全部面向勘探部署研究人员，让真正干活儿的、有突出贡献的勘探人员拿到"真金白银"。

河口采油厂对参与奖金分配人员进行了界定，所有参与奖金分配的人员必须参与获奖项目的研究和工程配套工作，处级和享受处级待遇人员以及无关人员不得以任何形式参加本次奖金分配。

按照这一原则，石泉清作为项目主要人员，拿到了研究成果一等奖奖金50万元的一半。

(小标题) 回归勘探初心（略）

第四部分，回归人物，重新将人物引入新闻，交代此人与新闻主题的深层关系。

(小标题) 重奖之下不需要"勇夫"

早在1月8日开表彰会前，奖金其实已经打到了相关人员的账户上。

之所以还大张旗鼓地开表彰会，目的就是造势，让勘探人真切感受到勘探研究搞得越好收入就越高，激发他们潜心研究、专注发现的热情，让他们坚定"在哪儿也不如在胜利搞勘探"的信念。

表彰会上，宋明水刻意没有使用"重奖之下必有勇夫"的说法。他认为，勘探不需要"勇夫"，任何成功都不是敲锣打鼓、随随便便就能实现，重要的是解放思想和精细地质研究。

石泉清和大古斜29井就是典型案例。通过精细分析研究，他发现大王西这条南北向大断层有走滑特征，而大王北洼陷生成的油气能够沿走滑断层向潜山南部运移。他因此将目光聚焦勘探程度较低的南部地区。3个月的白与黑，让他将一等奖纳入囊中。

重奖让一线科研骨干的能力和价值得到体现，他们也成为大家羡慕的对象和学习的榜样。油田勘探开发研究院这次收获1000多万元的奖金。该院领导直言，"大家没事都搞研究找圈闭去了"。

（中国石化报2018年2月5日第6版）

本文写的是胜利油田重奖科研人员，但在写法上却超越了简单的事件新闻报道，"不允许喝汤""不允许处级以上管理人员分一杯羹"，展现的是观念的突破；不是强调"重奖之下必有勇夫"，而是希望收到"解放思想和精细地质研究"的效果，更是一种科学的态度。而且，本文还写出了"商鞅立木为信"的文化味。

华尔街日报之所以受到业内外的普遍好评，就在于它的人物报道注重细节刻画和渲染，能准确地抓住一些重要细节来显示一些人性特点，在保证真实性的前提下进行个性化和差异化的表达。①

在运用"华体"时需要注重人本意识和系统意识。所谓人本意识，即人本化的表现途径，是通过对人性的描写、对人物命运的讲述，让受众在故事中去体味人生，从而实现主题的传达与意会。所谓系统意识，不要为故事而故事，需要在采写的过程中对主体新闻采撷和挖掘，将采访中的具体事物作为一个系统来看待，并把它放在一个更大的系统中，放在与其他系统的联系中来考察。②

上文中将人物的故事放到油气勘探系统中去考察，通过对人物命运的讲述，来实现主题的切入与升华，在个性化与差异化的表达中对企业乃至行业发展趋势进行分析与前瞻，这就是财经类、行业类报道故事化的精髓。

目前很多记者与通讯员在做工作通讯典型报道时，会采用华尔街日报体的写法，以一个人物的小故事开头，比工作总结式的工作通讯报道更具可读性。

（主题）为了让他们早日过上好日子

踩过浅浅溪水里垫着的几块石板，走上开满野花的土坡上"之"字形的乡间小路。坡上就是新浒村村民胡发文的家。这里风景优美，但两三年前因为儿子的学业、女儿

---

① 周乃菱. 国际财经新闻知识与报道. 北京：清华大学出版社，2013：32.
② 赵智敏. 财经新闻报道实务教程. 郑州：郑州大学，2011：80-81.

的疾病,这一家人住在危房里,一贫如洗。

4月15日上午,胡发文在自家崭新的三间二层小楼门前,放起长串的鞭炮,鞭炮声久久响彻新浒村山谷。但这鞭炮不是为庆祝新居落成而放,而是为了欢迎远方的客人。

集团公司党组书记、董事长王玉普一行,来到中国石化定点扶贫县安徽省岳西县响肠镇新浒村,考察中国石化产业扶贫项目——新浒村标准化蔬菜大棚示范基地,走进脱贫农户胡发文和帮扶农户刘文龙家里,了解扶贫成果,调研如何落实中央要求,进一步开展精准扶贫、产业扶贫工作。

胡发文拉着王玉普来到明亮的客厅,端出新炒的瓜子。王玉普与他坐在方桌边的板凳上,兴致勃勃地聊起家常。胡发文说,自己于2013年加入合作社,负责合作社水产养殖和销售,年收入达3万元,加上妻子在服装厂务工的收入和流转土地收入,2015年家庭收入近4万元。王玉普听后,非常高兴。

由于中国石化的扶贫帮助,合作社规模不断扩大,胡发文拉着王玉普的手一个劲地表示感谢。王玉普说,你不用感谢中国石化,更不要感谢我,要感谢党,感谢党的好政策。

王玉普对随行的中国石化相关部门负责人说,让几千万农村贫困人口生活好起来,是习近平总书记心中的牵挂,党中央吹响了打赢脱贫攻坚战的号角,我们一定要抓好落实。让群众脱贫只是我们扶贫工作的第一步,中国石化要加大对扶贫点技术、资金、销售方面的支持力度,利用两万多个便利店,当好扶贫点与市场的桥梁,让脱贫群众进一步富裕起来,最终实现小康。

中国石化总部共承担着8个县的扶贫及对口支援任务,定点扶贫安徽岳西县、甘肃东乡县、新疆岳普湖县、湖南凤凰县和泸溪县、安徽颍上县;对口支援包括西藏那曲地区班戈县、青海海西州茫崖行委,仅2015年就投入1亿多元,帮助8个县43.58万贫困人口尽快脱贫。

(中国石化报2016年4月19日第1版)

文章开头很能激发读者的阅读兴趣,生动的细节展现一步步将报道推向深入。最终,一幅中国石化开展精准扶贫的画卷完整地展现在读者面前。工作通讯怎么写?答案虽各有不同,但能吸引人读下去,报道便是成功了一半。还是那句话——吸引读者的是细节,是故事,是生动活泼的语言,是能带来阅读快感的文章本身。

(主题) 逐梦元坝

(副题) ——世界首个7000余米超深高含硫生物礁大气田安稳开发运行纪实

第一部分。

(小标题) 元坝之"稳"

5年来累计产气160亿立方米,可满足1000万户家庭8年的用气量,减排二氧化碳1.2亿吨,不断为川气东送沿线70多个大中型城市、上千家企业送去清洁能源

用新闻语言讲石化故事

初冬雨后，阆中古城。

在游人如织的古街上，"老北街100号"小吃店顾客不断。在蓝色火焰上，油锅迅速升温，老板娘王大妈看准火候，抓紧制作自家的招牌小吃——炸馓子。揉面、切块、拉拽、投锅、捞起，一转眼，金黄松脆的馓子新鲜出炉、香味四溢。

"生意好的时候，我们每个月天然气得用六七百方。用气好处太多了，方便又卫生，炸出的馓子特别松脆，生火快，大火小火方便调！以后钱赚多了，就在临街再开个小卖铺！"王大妈笑开了花。

看似不起眼的天然气，承载着这个家庭对未来幸福的憧憬。这里的城镇居民用气普及率在95%以上，元坝气田充足的天然气供应功不可没。

投产5年来，元坝气田累计产气160亿立方米，保持产量逐年稳步增加，不断为川气东送沿线四川、湖北、江西、江苏、浙江、上海等省（直辖市）70多个大中型城市、上千家企业送去清洁能源，持续为长江经济带注入绿色动能。

"如果按照每户家庭日用气0.5立方米计算，可以满足1000万户家庭8年的用气量，减排二氧化碳1.2亿吨，相当于植树9.3亿棵。"甘振维为记者算了一笔账。

（中国石化报2019年12月31日第1版）

卖馓子王大妈的故事，读来生动亲切，引人入胜，笔法峰回路转，巧妙老到。从具体的人物、事件、现场入手，将重大主题融于新闻叙事之中，潜移默化地使读者从字里行间接受新闻事实。

读者是感性与理性的结合体。比如说报道灾难事故，通过讲事故中的个体故事可以让读者通过感性引起共鸣，但读者还需要理性的启示：造成这个事故的原因是什么，怎样才能避免类似事故。正如梅尔文·门彻所说的："新闻是一种信息，人们需要根据这种信息来对自己的生产做出明智的决定。"

正因为如此，经营管理案例报道，不只是为了讲故事而讲故事，而是为了通过讲故事给予读者启迪并进行主题升华，给同行借鉴。

三、宏观行业主题微观化解读

华尔街日报批评一些记者："他们认为，自己的工作就是让人们相信他们对是与非的判断，所以他们的报道中总是充满了说教和强硬的口吻。他们注重的是观点，而忽视了工作中人性的一面。……他们试图用数据、研究结果以及专家和权威的表态来征服读者的思想。"[1]这也是对从事石油石化行业或企业新闻报道的记者的一种提醒与警示。

油价是读者最为关注的，国际油价如何形成，又很难说得清楚。石油贸易、石油金融等涉及许多商业知识、金融衍生品知识，普通读者较难理解。与由点及面、由小到大，提升企业报道的行业性这一思维方式相反的是，将这些专业的行业知识融入新

---

[1] 威廉·E.布隆代尔.《华尔街日报》是如何讲故事的.北京：华夏出版社，2006：75.

闻报道中，将宏观的、抽象的术语，在具体个人、具体事物上"落细"并"故事化"，通过拉家常式的讲述，营造与读者面对面交流、娓娓道来的氛围。

美联社《揭秘美国加油站定价机制》一文通过一个加油站成品油价如何形成，来讲述油品生产过程、成品油价与国际原油价格间的复杂关系等问题，给读者不是抽象的理论与说教，而是让他们感受到生活的气息，触摸到无形的价格。

第一段开头落实到具体事项、具体人物上。

里克尔是美国印第安纳州70号州际公路旁一个加油站的老板，他说最近他的加油站里无铅汽油的价格为3.44美元/加仑，比此前一周高了4美分。美国司机的加油费用达到近两年来的新高，这着实令人头疼。

接着用第三方直接引语来提出问题，设置出议题。

开着福特车送货的快递员艾尔莫说："加油站里油价今天涨20美分，明天又跌10美分，实在很奇怪。"美国加油站的油价其实取决于很多因素，包括纽约交易市场价格以及市场竞争情况。而油价变动常常会让司机感到迷惑。目前加油站的油价水平达到一年中同期的历史最高水平，分析师预测，今后几周油价还将继续攀升。

分析成品油与人们熟悉的其他产品的不同之处。

与iPhone或牛仔裤不同，原油和汽油属于大宗商品，其价格在纽约交易市场上每秒不停变化。交易市场上的变动会影响次日开车的成本。大宗商品交易者的定价方法与加油站和炼油厂的方法类似，定价的基础不是制造成本，而是替换补货的成本。比如里克尔的加油站定价必须持续调整，以反映每天进站汽油价格的变化。

剖析成品油价涉及原油这一最大成本。

原油是影响加油站定价的最大因素，占价格的五成至七成。近期中东局势动荡，全球石油需求高企，导致油价历史上第二次突破每桶100美元关口。不过加油站的价格涨跌还涉及很多其他因素。今后几周加油站价格预计还将继续上升，因为炼油厂为应对气温较高的夏季需求会选择成本更高的油品。一家大型汽油批发企业的老板佩特罗斯基表示："我们必须按照市场价格办事，价格确实瞬息万变。"

揭示油品的同质性。

炼制汽油的原油不论是在何时何地开采的，其价格都是加油站进油之前的几小时在纽约交易市场上由买卖双方决定的。人们也无法弄清楚炼制这些汽油的原油是在哪里开采的或者是由哪家炼油厂炼制的，因为来自不同炼油厂的汽油先存储在油罐区，而后会由卡车运送到不同的加油站。

由具体案例说明成品油生产过程。

下面举一个例子来说明里克尔的加油站汽油的可能来源之一。一家石油公司从得克萨斯州或路易斯安那州油田开采原油，通过管道运输到俄克拉何马州的储油区，随后卖给原油交易商。BP从原油交易商处买到原油，再通过管道输送给印第安纳州的炼油厂，炼成汽油后通过管道输送至BP设在印第安纳波利斯的油罐区，在此添加乙醇和其他添加剂,并确定最终批发价。该批发价决定着加油站的汽油价格。

点明具体定价原则。

BP 等批发商有自己批发价决定机制。为了减小市场起伏波动影响,批发商燃料购买结合了长期合同和现货市场两种不同来源,现货市场价格取决于某一时刻纽约港汽油价等基准价。每天 17 时,BP 通知里克尔当日 18 时起开始执行的新批发价。新批发价有效期为 24 小时。里克尔雇用一名卡车司机从油罐区向加油站运汽油。因此,里克尔确定的加油站最终油价就是 BP 批发价和运输成本综合的结果。

解读美国油价市场化的状态。

对大多数加油站而言,卖一加仑汽油只能赚 2~3 美分。里克尔其实希望吸引客户多到加油站配套的便利店消费,这才是盈利大头。里克尔雇用的加油站经理每天 3 次观察并记录附近竞争对手的价格。里克尔说:"在一些国家,某些商品只要别的地方能有 1 美分的定价差额,人们就非要换个地方去消费。而在美国,只有一种商品如此,那就是汽油。"

说明零售价调整慢于国际原油价格的原因。

自 2 月中旬利比亚局势动荡以来,美国汽油批发价每加仑上涨 38 美分,涨幅达 15%。批发价上涨过快,加油站老板的盈利就要打折扣甚至要赔本经营,这也解释了为什么原油价格和汽油批发价下降时,加油站的降价会来得比较慢。有分析师指出:"如果汽油批发价下降了 10 美分,加油站会拖后慢慢降价,这样才能消化掉他们在油价上涨时承担的利润损失。"

(中国石化报 2011 年 4 月 8 日第 8 版)

中西方新闻写作模式的差异主要还是取决于不同的思维方式。中国记者比较偏重于抽象思维,而西方记者更善于形象思维。国内的新闻报道通常喜欢采用概括的手法,通过营造一定的气势,使读者对事件产生总体的认识。西方记者较少抽象地概括新闻事件,而是通过具体的感性材料给读者留下一个直观的印象。

西方新闻较少采用陈述的表达方式,而注重对新闻事实的表现。他们在写作中多采用细节描写来增强新闻的可读性,善于通过形象化的比喻使新闻富有情趣,善于通过一系列动词的运用,把新闻人物、新闻事件写活,从而塑造鲜明生动的形象。同时,大量背景材料、直接引语的使用既增强了新闻的真实性,又能给读者留下深刻印象。[①]

正如学者所说:"财经故事的好处在于能够满足不同层次读者的需求,使高层次的读者能读出财经故事背后的深层次内涵,获得大量未知的信息,而较低层次的读者则将财经故事作为一种消遣。通过讲述财经故事,使各个层次的读者各取所需,各得其所。"[②]财经故事当然包括石油石化行业的故事,希望能有更多丰富多彩的故事让普通读者品味与消遣,让专业读者读出深层次内涵。

[①] 杨保军. 新闻理论教程. 北京:中国人民大学出版社,2014:90.
[②] 魏明革. 财经新闻报道百姓化的路径. 新闻世界,2011(2).

德国《商报》集团麾下的《经济周刊》总编辑眼中"好报道"从高到低分为四个层次：第一，有意思的独家报道；第二，和别家同样的新闻事实，但有自己独特观点和角度的报道；第三，描写逼真生动，能一下子打动读者的报道；第四，必须占有、不能遗漏的新闻信息。①

对于成就展示性、工作经验性的通讯，记者需要深入采访，收集和挖掘典型事例，既有点又有面，通过点面结合，准确地、突出地、有特点地展现出企业生产、管理、科技、机制等成功经验，不求面面俱到，但求特色鲜明，以达到对兄弟企业，乃至石油石化行业及社会其他行业企业的启示和导向作用。从某种意义上说，新闻角度求"新"、经验特色求"用"、问题分析求"深"、表现形式求"活"，就能形成"好报道"。

---

① 徐立京．观察德国《商报》集团的成功运作．传媒观察，2003(6)．

第四章 人物报道的辩证思维

马克思主义新闻观告诉我们怎样运用辩证唯物主义和历史唯物主义的观点和方法去看待新闻现象，怎样去回答好、解决好新闻传播活动中遇到的问题。

辩证法既是世界观，又是方法论，将辩证法运用到人物报道这一具体的新闻实践工作中来，会收到独特的效果，提升新闻报道水平。戏剧、影视作品用各种强烈的对比手法来塑造人物，如性格的刚烈与懦弱、高低音的抑扬顿挫、命运的悲欢离合等来打动观众、听众。这些辩证对比思维方式在新闻人物的报道中同样可找寻到相应的轨迹与成效。

第一节 选择人物标准的辩证思维

教育学对"人"的理解颇有辩证意味：人具有多样性和差异性，"人作为一种存在的可能性本身就蕴含着丰富性和多样性，另外个体生命具有独特性、不可替代性及个体间的差异性"。生活中的人是一个个鲜活的生命。

"人"与新闻的关系，是新闻活动中的总关系，是新闻学的总问题，"人"是新闻的中心、灵魂。威廉·大卫·斯隆等人在编写《最佳普利策新闻奖获奖作品》时说："新闻之所以重要，主要有一个原因，那就是：人。它写人，影响人。而且通常只有当它对人有影响时，最无生气的题目才会显得重要。"

"人"字后面加上"物"字，就是"人物"，是指具有某种特点或在某方面有代表性的或具有突出才能的人。① 人物报道就是要展示这些有特点、有代表性、有才能的"人"的多样性。

"人"是任何新闻报道中最重要的因素。人的故事，特别是普通人的感人故事，往往是读者最爱看的。② 而以人为本的今日新闻界，在芸芸众生中，只要你找到他们的故事——酸甜苦辣、爱恨情仇，皆可成为报道的对象。用辩证法的思维来归纳报道的对象，有助于更好地理解这些人物。

一、先进人物与反面人物

先进人物即典型人物，是在一定时期或一定地区，其事迹或思想观念能够代表时

---

① 中国社会科学院语言研究所词典编辑室. 现代汉语词典（第6版）. 北京：商务印书馆，2014：1093.
② 李希光. 新闻学核心. 广州：南方日报出版社，2002：68.

代潮流、反映时代精神的榜样人物或人物集体。典型宣传具有两个显著特征：第一，典型宣传选择的是一定时期内最突出的人物，具有时代性、先进性。他们所表现出来的精神和思想，不仅是时代的反映，而且具有感人的力量。第二，典型宣传选择的是最具代表性的人物，对全局具有普遍意义。他们既是全局中的典型，又能影响全局，为全局工作服务。①

"宁肯少活二十年，拼命也要拿下大油田"，铁人王进喜的这一豪言壮语激励着一代又一代石油工人。在王进喜病逝1年后，1972年1月27日《人民日报》发表穆青、高洁的长篇通讯《中国工人阶级的先锋战士——铁人王进喜》(摘录)：

五月一日，天刚蒙蒙亮，王进喜在井场上指挥工人放井架"搬家"，忽然一根几百斤重的钻杆滚下来砸伤了他的腿。王进喜痛得昏了过去。等他醒过来一看，井架还没有放下，几个工人在围着抢救他。王进喜急了，对大家说："我又不是泥捏的，哪能碰一下就散了？"说完，猛地站起来，举起双手，继续指挥放井架，鲜血从他的裤腿和鞋袜里浸了出来。……

领导和工人们坚持把他送进医院。可是在这热火朝天的会战中，他怎能安心住下来呢？一天深夜，王进喜深一脚、浅一脚地从医院回到钻井队，只见他手里拿着拐棍，腿上的绷带沾满了泥。大家赶快帮助他收拾床铺，让他休息。可是，还没等安排好，王进喜已经拄着拐棍上井去了。

穆青曾说："能否高瞻远瞩地提炼出能够反映时代特征的主题，并且从这个高度来表现英雄人物的革命精神和思想风貌，就成为决定人物通讯成败、优劣的关键。"②

虽然多元时代的到来，先进人物的报道趋于走低，失去了在新闻报道中的统领地位，一度令人怀疑甚至遭到抵触，但那些经过了历史考验的、产生了巨大影响的典型人物如雷锋、焦裕禄、王进喜等，仍将长久地活在人民心中。

报道他们的人物通讯，不仅经久耐读，成为新闻经典之作，而且成为具有历史价值的时代记录。本是追求"文以载道"，却达到了"文以载美"，实现了"文以化人"，因为超越时空，成为经典。③

报道正面典型人物，媒体需站在时代的高度，以典型带动普通民众，高唱时代主旋律。但在报道的细节上应更具人性化、个性化，人物形象丰满、典型事迹充分、细节生动感人，引发与读者的共鸣，来激励人、鼓舞人。

2019年2月19日集团公司党组做出向陈俊武同志学习的决定，2月20日中国石化报连续5天在一版头条或重要位置，隆重推出陈俊武同志的先进事迹，并配发评论员

---

① 《新闻学概论》编写组. 新闻学概论. 北京：高等教育出版社，人民出版社，2013：139.
② 穆青. 谈谈人物通讯采写中的几个问题//中外记者经验谈. 北京：中国人民大学出版社，1982：159.
③ 袁达珍. 漫谈典型人物崇高美的创造. 新闻战线，2015(3)：86.

文章，从报国(《以身许国绘"金花"》)、严谨(《执着求真"炼"潜心》)、创新(《创新不止事业兴》)、淡泊(《淡看人生风清正》)、传承(《春风化雨育栋梁》)的角度，用细致入微的采访、生动感人的事例、鲜活生动的语言讲述了一位共产党员、科学家为了祖国、为了人民、为了中国的石化事业，执着奋斗、奉献一切的精彩人生，让人们进一步了解了石化人的精神境界。

批评或揭露性报道中的反面人物，包括各类法治案件中的违法犯罪分子、各类腐败案件中的党政机关与国有企业领导人员等。新闻报道要讲述他们犯罪的心路历程，揭露他们堕落、蜕变的过程，剖析其犯罪的根源，给社会以警示。

二、新闻人物与冰点人物

新闻人物是指在大大小小的新闻事件中涌现出来的显性人物、明星人物甚或有争议的人物，这类人物与新闻事件密不可分，是因为公众关注这一新闻事件，才关注与这一事件相关的人，因而媒体才有了报道的价值。

2020年初，新冠肺炎疫情突如其来，遭受这一重大危机与考验的中国以巨大的魄力、科学的举措、勇毅的付出，最早阻断疫情的传播，让这片土地成为世界上最安全、最温暖的家园。其间，不仅涌现出无数可歌可泣的英雄人物，而且将科学的中国方案推向世界，为抗疫贡献了中国智慧，张伯礼院士就是其中的代表。

天津津云新媒体集团微视专班报道团队创作的短视频《无胆英雄张伯礼》获得第三十一届中国新闻奖一等奖。新闻人物报道的目的是揭示性格风骨、抒发家国情怀、传播主流价值。在短视频成为风口的移动互联网时代，用充沛情感激发心灵共振，用真实细节凸显崇高品格，以"工匠精神"不断追求创新，是主流媒体做好人物报道，真正发挥树立标杆、弘扬正气、凝聚力量作用的必然选择。①

冰点人物因为命运和生存状态值得社会关注，具有一定的社会认知价值，才被作为报道对象。生活的苦涩、命运的不公，使他们每家都有一本难念的经。平民化人物通讯，带来了新的理念和新的技法。②

1995年1月中国青年报创办的《冰点》，"把老百姓的苦闷、磨难、希冀、奋斗，执着地作为关注的重点、报道的重点。既然这类题材被许多人所冷漠，《冰点》的名字就呼之欲出了。"

《冰点》创刊时期的栏目主编李大同表示，入选题材必须具备两个要素：一是必须超出读者已有的一般经验系统——通俗地说，就是不能让读者一看标题就觉得这个报道平白无奇；二是这个题材必须与读者的一般经验系统产生"共振"，易于使他们产生阅读兴趣、为他们所理解并产生共同感受。选题标准形成某种"风格"，即不可避免地

---

① 刘雁军，齐竞竹，闫征．典型人物的价值挖掘与创新呈现——以短视频《无胆英雄张伯礼》为例．新闻战线，2021(11)．

② 刘明华，徐泓，张征．新闻写作教程．北京：中国人民大学出版社，2002：409．

要以反映现实、引发思考、提出警告、增长见识、抨击丑恶以及弘扬社会的真善美等较为凝重的题材为主。①

《冰点》首期精彩亮相作品《北京最后的粪桶》，描写的是北京市环卫局最后一队背粪工人鲜为人知的生活与工作，描绘出他们的自卑、自尊与敬业精神，揭示了被都市的喧嚣与冷漠所遮蔽的底层人们的生存意义与情怀。

学者杰克·鲁尔提出：应在新闻的各种价值判断中"为社会正义的价值观寻找一个空间"。他从如何报道的角度给出了正义价值观的评判尺度和何谓正义的新闻报道的衡量标准：传媒要为那些默默无闻之辈和穷人伸张正义，视人如己，抱以同情和关怀；要让那些沉默者发声，允许他们用自己的话说出自己的经历，对事件的报道应关注于人，而不是关注于事件的惊奇和戏剧性；新闻应超越对痛苦和悲剧的表现描述，探寻引起这些痛苦和悲剧的社会根源。②

三、特色人物与普通凡人

上述的先进人物与反面人物、新闻人物与冰点人物，都是所谓的"有特点"的人物或人物群像。

在芸芸众生中，还有大量人物，他们没有先进人物的典型事例，没有反面人物触目惊心的案例，没有新闻人物的"轰动"一时，没有冰点人物多舛的命运、弱势的悲凄。他们平凡地生活在人们的身边：或坚毅，或自强，或敬业，或助人为乐，或扶危济困，或见义勇为，或忍辱负重，或维护公平正义。

有学者从理论角度提出：普通人成为新闻话语的主体，而不仅仅是对象。这意味着普通人的话语权力需要在新闻报道中得到足够重视，他们的声音应该被认真倾听，普通人应被视为需要平等对待和尊重的鲜活"主体"，而不是将之抽象为一个群体符号并轻易自诩为其"代言"，也不能出于其他目的放大他们的"苦难"或拔高他们的"美德"。将能产生广泛共鸣的普通人的人生经历展示出来，成为新闻中相当重要的组成部分。③

在现实中，人们需要了解身边其他人的生活和状态，以满足自己对他人"窥探"的好奇心，更需要从同类当中寻找思想和行动的榜样，乃至精神的力量，这也催生了读者对身边普通凡人的关注需求。人物报道对象由典型的单一性走向普遍的类型多样化，人物报道的视角从仰视趋向平视，新闻反映的真善美能得到更广泛、更充分、更深入、更全面的发挥。

所谓"凡人奇事，奇事凡人"，就是社会生活中出现的大量平凡的劳动者，他们的一事、一语、一情、一思、一行，符合报道的主旨，符合主流意识形态弘扬的精神。

---

① 周志春. 冰点精粹. 北京：中国人民大学出版社，1998：4, 9.
② 袁靖华. 媒介正义论：走向正义的传播理论与实践. 国际新闻界，2011(2)：25-30.
③ 王辰瑶. 浅议十八大以来新闻话语方式的变革. 新闻战线，2013(2)：83.

这类新闻小故事常有小巧、新奇、隽永的特点，人因事而异，人与事相连，有时说不清是写人还是写事。① 他们因"事"而"显著"，因"人"而"平凡"，之所以报道，是因为他们的"与人不同之处，让人可学之处，令人动情之处"，可谓"显著的小人物"。

石油石化行业的普通钻井工、采油工、操作员、加油员等在生活、工作中或敬业、或智慧、或刚毅的点点小事都是中国石化报关注的对象。记者通过自己的深入采访，以平民的视角，"贴地行走"，像与人物进行促膝谈心一样，和风细雨地去探寻采访对象的"逻辑构建、价值选择、意志运行、命运呼应"，来达到鼓舞士气、陶冶情操、涤荡心灵、弘扬正气的目的。

人类学家玛格丽特·米德说："一小群有思想并且有着献身精神的公民可以改变世界，不要怀疑这种说法，事实上，世界正是这样被改变的。"

普通员工的身边"普通事"——分内事、眼前事、棘手事，不但能吸引其他员工的注意，而且在他们中间产生了感染力和影响力，令人信服、让人思索、受人尊敬。"小人物"释放了"大能量"，在潜移默化地影响着大众，人人向前一小步，社会前进一大步。

用描写事件的方式来凸显小人物的个性，可称为小通讯（或小特写），用最节俭的笔墨、类似小小说（但不是虚构与想象）的笔法，描绘出工作中最精彩、最动人、最富有生命力的事件。其共同特点是：作品篇幅小，字数几百字、上千字不等；取材范围单一，一人一事；故事性强、情节曲折；结构相对简单，语言通俗生动；故事虽小却完整，故事因小而活泼；主题以小见大，立意高远。文风上力求"短、实、新"，切忌"假、长、空"。

1. 用矛盾的开头设置悬念

为吸引读者的眼球，文章一开始就制造矛盾，通过一系列的动词描写写出动态，营造紧张、紧迫的氛围，将读者带入充满悬念的情境中。

悬念就是在欣赏戏剧、影视剧或其他文艺作品时，观众、读者对故事情节发展和人物命运很想知道又无从推知的关切和期待心理。新闻作品也可以通过这种方式进行，依靠对叙事框架的精心设计和叙事语言的锤炼驾驭。

设置悬念就是在文章开头突出地展示有关情况不明的人、事间错综复杂的关系和矛盾，来吸引读者的注意、激发读者的疑惑、引发读者的关切、诱发读者的期待，等待着故事扣人心弦地展开。

（主题）和大家凑一堆儿心里踏实

第一段开头是人物出场的动作描写，将读者置于新闻场景中。

"咣当"一声，刚从黄桥 N13 作业井现场回来的 XJ103 班班长张云龙，将手中的管钳赌气似的扔到了地上。

---

① 刘明华，徐泓，张征. 新闻写作教程. 北京：中国人民大学出版社，2002：407.

第二段通过人物的对话、动作细节描写，让另一位人物出场。

"工具是我们吃饭的家伙，哪能这么对待啊！"正在现场带班作业的华东油气分公司油服中心江苏第一作业项目部党支部书记罗震宇，边对张云龙说边走上前捡起管钳。"来，歇会儿！云龙，你平时可不是毛躁的人，跟我说说，是不是遇上什么烦心的事了？"罗震宇一边随手抓一把棉纱细细擦拭起管钳上的油污，一边招呼张云龙到自己身边坐下。

第三、四段通过两人的对话，反映出两人的不同性格特点，与第一段形成了反差与反转。

"书记，我老婆怀的二胎，就快要生了，天天打电话催我回家！可这口井施工正在节骨眼上，我哪能这时候走呢？"这左右都放不下，愁得张云龙直上火。

"生产固然重要，可老婆生娃也是大事！今天下了班，你就赶紧收拾收拾回家去！你班长的活儿，我来顶！"罗震宇立刻批了张云龙的假，虽然他已经在一线跟职工同吃同住同劳动32天了。

（中国石化报2017年8月16日第1版）

开头用富有性格特征的语言、行为、情境描写表现不同人物的个性，班长的粗犷、烦躁与书记的热情、大度、从容形成鲜明对照。这一故事开头用矛盾吸引读者，让读者身临其境，一定想了解究竟发生了什么事：为什么班长那么气愤？书记又是如何处理的？整个事件的结局如何？文章通过悬念造就了故事的魅力。

文章中运用动词"扔""捡""擦""坐""愁"等描写人物的动作与物体的动态，情景交融，将人物的行为特征凸显出来；先抛出一个大的悬念（烦躁），在解决悬念的过程中又不时抛出各种小悬念，将紧张的现场，充满悬念、充满矛盾的场面逼真地展现出来，将读者融入故事的情境中。

记者应该尽量在写作中，追求新闻事件的故事化、人情化和戏剧化的过程，注重细节与现场描写，使新闻一开头就有声有色，能够把读者吸引住。①

当然一些作品开头还可以利用事件结局违反常理来设置悬念，然后再报道事情的原委，通过倒叙的方式进行"卖关子"。正如北宋文学家苏轼所言："文以反常合道为趣。"

新闻报道，无论是写人还是写事，都是在叙述动态的事，使用动词自动带动故事发展，让读者跟着你的文字起伏跌宕。②

2. 以生动的画面引发共鸣

人物肖像描写，包括人物的身材、容貌、神情、姿态、服饰等的描写。肖像描写要"以形传神"，以肖像之"形"，反映人物的个性、修养、气质、精神，反映报道的

---

① 李希光. 新闻学核心. 广州：南方日报出版社，2002：159.
② 李希光. 初级新闻采访写作. 北京：清华大学出版社，2013：94.

主题。①

新闻用白描的手法勾勒人物的肖像,应该与主题相关,避免过多过分的描写和叙述,应描写得恰到好处,否则适得其反。用生动、逼真的特写描写人物,可以带动读者走近他(她)。

(主题) 美丽的"大脚"

开头两句对话及一系列动作描写,展示出生动的画面,一个干脆利落的人物呼之欲出——这个女人不寻常。

"陈大姐,到货了!"

"来了,来了!"伴随着清脆的应答声,匆匆的脚步由远及近,一个高大的女子推着小板车出现在一辆货车旁。她认真地与送货员核对箱数,麻利地将一箱箱重达几十斤的宣传手册及卡片搬上小推车,力气大得让送货的小伙子也自叹不如。

接下来通过平常熟悉的场景深入描写,"平板车被她推得飞快""堆得高高的货物"栩栩如生,仿佛"陈大脚"就在读者的眼前。

她叫陈华君,是浙江宁波石油加油卡部的卡片管理员,人送外号"陈大脚"。一说起她,大伙儿的脑海里总会不约而同地浮现一个熟悉的场景:素面朝天的女子穿着一身磨得光亮的旧工服,平板车被她推得飞快,堆得高高的货物遮住了她秀丽的面容,只能看到一双比平常女子略大几分的脚。

上一段中,作者用白描手法描写人物肖像,简单素描几笔,勾勒出人物的粗线条,就像主人公一样"素面朝天",素雅干净,干练的语言让读者"如见其人、如闻其声"。接下来,通过对比场景描写,将工作场景与"特殊"场景进行对比,让读者对人物的气质、神态有了新的认识,在主题的升华中感动读者。

共事多年的同事都知道,陈华君从不穿高跟鞋,就连夏天穿裙子也是寥寥。大家都以为这是因为她不愿意将一双大脚示人。只有和她熟悉的人才知道,这个女人虽然脚大,却拥有与模特媲美的笔直双腿。几年前,在部门的迎新晚会上,穿着花裙的陈华君一出场便让一群喜欢穿短裙的年轻姑娘羡慕得不得了。"华君姐的腿这么美,为什么从不穿裙子啊?"有位姑娘疑惑地询问道。当她得知陈华君日常所做的工作时,心里便明白了几分,惋惜地叹了口气。

(中国石化报 2014 年 4 月 9 日第 8 版)

全文通过场景的"白描"特写,寥寥几笔,简单勾勒,处理得素雅干净,衬托出陈大姐"因为辛勤付出而美丽",升华了人物的思想境界与精神品质。

"肖像描写最主要的功能是以肖像之形,传人物精神、修养、个性之神,如果不能以形传神,还不如没有。"②

---

① 章玉兴. 人物新闻采访与写作. 北京:人民日报出版社,2014:126.
② 章玉兴. 人物新闻采访与写作. 北京:人民日报出版社,2014:129.

此外还有环境场景（包括工作场景）的描写。

（主题）井场有群"输液侠"

团圆的日子，总有人与团圆无缘。

2月4日，腊月三十。早晨6点半，豫东北濮阳曙色初露，寒风小刀似的掠过耳朵。采油工刘庆恩和司机徐乃功来到库房，往加水车上装了23桶油井缓蚀剂、防冻液。

……

冬日里，井口连续加药装置容易冻堵。采油工必须根据气温变化，为油井加注分量不一的防冻液。

卫95-193井场，电机轰鸣。刘庆恩先查看井口盘根，又抄录了外输管线回压数据，然后准备缓蚀剂。随后，刘庆恩盯着量桶上的刻度，缓缓添入酱油般的药剂。

徐乃功把药桶整齐地摆在储药罐跟前，刘庆恩用手机拍照。加完药，徐乃功把空桶放回原处，刘庆恩再次拍照，然后把照片传给区工程主办。

刘庆恩轻轻旋转储药罐阀门，把水流调成滴状。有些塑料滴管老化了，刘庆恩就剪一截新的换上，用铁丝绑紧。

冷风里，刘庆恩、徐乃功的额头上汗滴直淌。

刘庆恩的老家就在南面5公里外的村庄，可他一年下来陪油井的工夫要比陪家人多得多。

"油井早成我的娃了。"刘庆恩搓着手憨笑。

晌午时分，村子里的鞭炮炒豆子似炸响。刘庆恩和徐乃功顾不上吃午饭，来到卫95-105井加药。抽油机旁，停着3辆大型油罐车。刘庆恩先拍图片，接着打电话向区中心指挥室汇报现场情况。

（中国石化报2019年2月11日第1版）

"刘庆恩轻轻旋转储药罐阀门，把水流调成滴状""冷风里，刘庆恩、徐乃功的额头上汗滴直淌"等细节描述细致入微，有很强的现场感，可以看出是记者真正在实地采访中获得的一手信息，将整篇新闻写"活"了。

运用文学的手法，通过环境的描写，来衬托、渲染这种"不同"，达到以景托人、情景交融的目的，让小故事更有感染力。"就好像没有场景，就没法拍电影一样，环境描写能够烘托气氛，帮助读者理解文章中人物的性格和行事的动机，环境能在很大程度上影响人们的行为方式。一个好的环境描写包括了视觉感受、听觉感受、嗅觉感受和触角感受四个部分。"①

当然环境描写是烘托、刻画人物之用，所以不宜喧宾夺主，只能简明扼要描写。描写过长容易让故事停顿，花大量篇幅描写一个地方，就等于故事没有在发展。作为

---

① ［美］杰里·施瓦茨. 美联社新闻报道手册——如何成为顶级记者. 曹俊，王蕊译. 北京：中央编译出版社，2003：161.

记者，你没有长篇小说，甚至短篇小说作家那样的奢侈，可以在文章中嵌入大量的人物、景观描写。新闻作品的描写要快速、准确，这样才能保证读者对你的文章一直有兴趣。简短的描写意味着记者要选择与主题最相关的事实和细节。①

文章中的"豫东北濮阳曙色初露，寒风小刀似的掠过耳朵""村子里的鞭炮炒豆子似炸响"恰到好处，烘托了人物、表现了主题。

3. 用冲突的情节推进事件

人与人在打交道的过程中，一定会有矛盾，有矛盾就会有冲突。一般来说，矛盾冲突越大，遇到的困难越多，遇到的状况越复杂，越有利于表现人物的个性、先进性与感染力、震撼力。

记者需要去还原新闻事件的现场，在分析矛盾中建构冲突、演进冲突，通过描写双方冲突的一个又一个情节，一步一步将读者带入不断冲突的故事中。

(主题) 救助被挟持母女　加油员变"网红"

第一、二段交代故事发生的时间、地点及出场的人物。

2018 年 12 月 27 日 20 时 43 分，一辆白色奔驰车驶进浙江杭州石油华通加油站。

"请问您加几号油，加多少钱？"女加油员小柴与往常一样，微笑着询问车主。

第三段以悬念开始。

然而，与以往不同的是，开车的女司机与副驾驶座上的小女孩均不作答，更令小柴感到怪异的是，小女孩一直在对她眨眼睛。

第四段进行特定情境中的人物对话和动作、内心世界的描写。

"请问您加多少钱的油？"小柴又问一遍。这时，车内后座上传出一名男子的声音"加两百元"。当小柴加完油上前收钱时，她又发现小女孩伸出车窗外拿现金的手抖个不停。车内 3 个人到底是怎么回事？他们到底什么关系？

第五、六段通过描写人物心理活动及动作的变化，将故事进一步深入。

加完油，小柴特地又跑到副驾驶座位边。这时小女孩不停朝她眨眼，并作出"救救我"的口型。

虽然没有发出声音，但这 3 个字就像针扎在小柴的心里。由于加油站罩棚下不允许使用手机，她马上跑到后面排队加油的奥迪车前，与车内司机简短交流后，机灵的司机当即拍下前车车牌，并向 110 报警。

故事高潮到来。

21 时，第一辆警车赶到，紧接着又有 3 辆警车陆续赶到，4 辆警车一起将停在加油站外的奔驰车团团围住。

此时，奔驰车后座车门忽然打开，男子跳下车便向小路狂奔。半个小时不到，该男子即被警方抓获，同时还起获男子手持的短刀一把。

---

① 李希光. 初级新闻采访写作. 北京：清华大学出版社，2013：186.

升华主题。

当母女两人从被警车围住的奔驰车上下来时，小女孩一把搂住因极度恐惧而情绪失控的母亲说："妈妈没事了，我就知道，只要坚持到中国石化加油站肯定能得救！"

最后回应读者的关切，让故事有头有尾，充满悬念。

22时33分，辖区派出所来到华通加油站了解事情经过。原来，犯罪嫌疑人是在奔驰车等红绿灯时拉开车门上车挟持母女的，大人被吓慌了神，小女孩镇定地说，油快没了，要去最近的加油站加油，然后一路指挥其母亲将车开到华通加油站，最终幸运地遇到了小柴和好心的客户。

（中国石化报2020年1月3日第1版）

文章写到这儿，读者会为优秀的普通加油员临危不惧、随机应变和配合默契的客户司机的睿智而肃然起敬。

在新闻作品中，通过人物的行动来刻画人物的精神世界，尽可能用展现、勾画、描写，而不是讲述、叙述，更不能过多概括，这样才能将故事深入演进，将矛盾推向高潮。

类似的报道：

(主题) "死里逃生，你救了我们的命"

"砰！"8月5日13时，贵州息烽石油金阳加油站站长魏华峰正在上班，忽然听到外面传来一声巨响，赶紧跑出去查看。

站外大路上，一辆装满七八十吨黑石头的大货车，因刹车失灵，撞向一辆正常行驶的皮卡，推行了六七米后，两辆车卡在油站出口的花池上。

路人见状，吓得直往后退。"救人要紧！"魏华峰来不及多想，快步跑上前，先来到大货车旁，拉开车门，救出司机，随后立马转身，冲向皮卡查看，车门已严重变形，车内有两人被困。

魏华峰来回拉扯着，想尽快拽开车门，可用了很大劲儿，还是打不开门。这时，大货车已经开始倾斜，眼看就要砸下来了。

"快出来，货车要倒了，再不走就危险了！"他大声呼喊着，可皮卡内的两人因惊吓过度，加上碰撞，身体完全动不了。

魏华峰不停地高声呼喊、拽车门，用尽全身力气，终于拉开了车门，救出了皮卡内被困的两人。魏华峰搀扶着他们下车后，不到两秒，"哗"的一声，旁边的大货车轰然侧翻，直接将皮卡压扁。

"真是死里逃生，你救了我们的命！"皮卡被救人员含着泪说。

（中国石化报2021年8月11日第1版）

整个故事紧凑、生动，一气呵成，让人身临其境。

优秀的新闻作品一般熟练地运用这样一种写作技巧：把动作、语言、神态、情绪、形状、色彩、气息、场景这些有声有色、有景有情的细节突出出来、组合起来，在读者的眼前勾画出一幅幅生动的画面，将读者引入新闻事件的实际情景之中，让读者亲眼目睹、亲身感受新闻事件，让读者自己去想象、去判断新闻事件的深层内涵。①

一事写一人的成功作品，通过对人物举手投足、秉性脾气、心理活动等描写，比如一个无声无意的动作、一句淡然感人的话语、一个陡变异样的神态，让人物游走在字里行间，将故事跃然于纸上，将感情渗透出纸背。

4. 以突出的引语引导进程

人物或事件的报道需要通过直接引语（对话）来还原新闻现场，赋予新闻作品生动性。如果想用语气表现人物性格的话就应少用或不用无个性的、中性的"说"字，要多用带上人物个性的动作与神态，甚至心理活动的修饰词语。

比较以下三句话：

张三说："……"

张三无可奈何地说："……"

张三摊了摊手，一副无可奈何的样子："……"

显然后两者更具个性化、神态化。

小通讯作品让人物自己说话，读者可以通过了解人物的心理状态和情绪发展，顺着故事清晰地理解新闻事实，同时这一方式也打破了作者陈述中单调的平铺直叙的叙述逻辑，有助于文章结构的美化与优化。

引用直接引语，能为报道增添色彩，使其读来更为可信。记者通过使用直接引语，使读者和采访对象直接接触。报道中引号的出现，等于向读者宣布：请注意，下面将有些特别的东西出现。记者在报道中想改变一下步调，停下来吸一口气时，可以插几句引语，作为缓冲，几句话也可以在一大堆内容密集的叙述之后，给读者松一口气的机会。②

列夫·托尔斯泰说："我不讲述，我不解释，我只是展现，让我的角色替我说话。"美国作家、剧作家爱默尔·莱昂纳德表示："你需要的所有信息都可以在对话中找到。"

（主题）书记主任互为左右手

直接引语用"说"字表达。

"刚才老张气呼呼地找我，瞪着眼问我'受累还挨罚，这活儿让人怎么干'，你说这事该怎么办。"天津石化化工部大芳烃车间主任李保军急匆匆地走进车间党支部书记韩广洲的办公室说。

穿插新闻背景分析，引入故事冲突。

原来，当班的张师傅接到内操指令，DCS 显示塔底循环泵有压力，但流量上不去，急需到现场检查。作为车间技术骨干的张师傅，判断可能是过滤网出现堵塞，而此时，

---

① 高钢. 新闻写作精要. 北京：首都经济贸易大学出版社，2005：103.
② [美]密苏里新闻学院写作组，新闻写作教程. 范红译. 北京：新华出版社，1986：87.

已快到下一轮巡检时间，为了争取抢修时间，张师傅随手将巡检牌挂上了，没想到被厂部督察组逮了个正着。按照规定，提前挂牌要扣发绩效工资200元。本来在高温下工作就让他的衣服全湿透了，现在又被罚了钱，张师傅觉得委屈，所以专门找到李保军评理。

直接引语用"话""说"到了心坎上来表达。

"巡检规定要严格执行，网开一面这个口子不能开，但老张是生产骨干，不能挫伤他的积极性。"韩广洲的话说到了李保军的心坎上，这让号称"左手和右手"的二人犯了难。

接下来两人对话，没有任何"说"字，读者也能明白是谁的话。

"张师傅之所以觉得委屈，是因为生产遇到紧急情况他及时处理了，这是有功的表现。"二人站在对方的角度换位思考，"但提前挂牌违反操作规程，这就是过，功过不能相抵。"经过反复商榷，他们认为这里面既有员工的思想问题，也有管理的问题。

"马上召开一次班子会，对绩效考核办法进行修订，采取量化积分考核的办法，让职工的功和过都有直观的体现。"二人就此达成一致。

"我来给张师傅解开这个疙瘩吧，我俩工作接触多，有感情，他能买我这个账。"李保军主动请缨并没有让韩广洲感到意外。近两年的配合，他们已经形成默契，就像左右手，有分工更有合作，无论是党建还是行政工作，需要谁出面，谁适合出面，就由谁出面。

（中国石化报2017年8月22日第1版）

"言为心声"，人物语言最能表现人的个性、身份、学识、动机和思想境界，所以文学作品经常用人物的语言甚至是长篇对话表现人物。① 优秀的新闻作品也是如此：几句话可以如一团火焰点亮全篇，点亮人物，反映人物的性格和心境。

用普通员工、车间主任、党支部书记富有性格特征的语言表现出员工遇到问题时愤怒的心态、领导间"左右手"默契配合解决问题的过程。通过普通员工焦虑的语言、"左右手"之间解决问题的对话，让读者直接与新闻人物进行接触，随着问题解决而如释重负。

人物语言的选择与使用需要符合人物身份、性格及新闻发生时的语境，避免千人一腔，尽可能用不同身份充满生活气息的语言，表达他们的情态，让人物更加有血有肉有个性，增强故事的感染力。好语言让人物"响"起来，将人物的思想情感和个性特征通过直接引语生动形象地表现出来。

下面的故事讲述的是夫妻间利用工余时间进行的会面，用第一人称进行大量的直接对话，把两人的感情真挚地"引"出来，把"辛苦工作"巧妙地融于字里行间。

---

① 章玉兴. 人物新闻采访与写作. 北京：人民日报出版社，2014：123.

(主题)珍惜每一次相聚的机会

节选部分内容。对话中显出真情。

他看到我远远地向他走去，连忙开了门："累不累呀，有晕车吗？"第一句话，是这。

"还好啦，不是很严重。"我无所谓地说，管不得旁边还有两个值班的同事，就给了他一个大大的拥抱。

旁观者出现，反衬出情趣，同时让故事有起承转合，不至于平铺直叙，让读者也有喘息的时刻。

"得，得，你们小两口聊，我出去。"同事打趣道，准备给我们腾出私人空间。

"不用不用，我带她去后面山坡上看看。"小六子拉着我往外走，"小李，先帮我拍几张合影吧！""好啊，不嫌我碍事就行。"

井场后面有个大土丘，站在上面视野很好，风很大。同事帮我们快速地照了几张照片，就离开了。

继续两人对话打闹，巧妙增添工作话题。

"你怎么又黑了！"看他的皮肤，比上次又黑了不少，"真是白给你捂了那么久！"我打趣道。

"干活嘛，不都这样！"他解释，"是不是一会儿就走了？能不能在井上住一天？"

"哈哈，我看行，你去跟领导申请吧！"我笑道，"等下司机按喇叭叫我呢！"

打打闹闹半个小时，司机按喇叭催促我上车。

"好啦，我走啦，你在井上注意安全啊！"虽有点舍不得走，但也不能表现得太明显。

"知道了，我送你去门口吧。"我看得出他有些不开心。坐上车，跟他招了招手，我就这么走了。

(中国石化报2016年8月15日第8版)

在新闻的消息与通讯作品中，人物直接引语的作用，"闻其声，如见其人"。除表明新闻报道中不同身份、不同个性人物所说的话，具有现场感外，直接引语一般都有出处，即消息来源，有助于提高新闻的真实性，如果直接引语来自重要人物或重要机构，还有助于提高新闻的权威性。另外，记者可以利用新闻报道中的人物之口，讲出自己希望说出又不便直接出面说的话，让新闻报道更客观，更有说服力。[①]

用语言来写人物除了以上所用的"由说话看出人来"，还可以"用别人的话来表现人物"，一个人的话语可以烘托出另一个人的性格、面貌和情态。对白是推进故事进程、突出人物个性、塑造人物形象、隐喻作品主题的新闻叙事方式。

5. 用惊异的结局吊足胃口

解悬念的过程，就是推动故事发展的过程，让读者的情绪随之波动，身临其境，

---

① 刘明华，徐泓，张征. 新闻写作教程. 北京：中国人民大学出版社，2002：49.

获得强烈的现场感受。

小通讯结尾,需要解开悬念,通过冲突的缓和、矛盾的解决,揭开事情的真相与原委,从而消除读者心中的困惑,释放读者紧张的情绪,满足读者真诚的期待。

(主题)韩站长的泪水

第一段开头,人物出场一系列动作,将读者置于新闻场景中。

那个司机闯进站长室的时候,韩站长正在填写《站长日志》。韩站长感觉站长室的门仿佛是被一股怒气冲开的。

第二段通过景物描写烘托人物心境。

随着"嘭"的一声,开了的门撞到墙上又反弹回来,颤了几颤,"吱吱"叫着。

第三、四、五段通过对话反映人物双方的性格特点。

"你们这是什么加油卡?!加不出油来,还显示没钱,狗屁不如!"司机边说边把一张加油卡摔到站长桌上,那张加油卡似乎也带着主人的怨气,在桌子上气呼呼地蹦了几蹦。

韩站长赶紧站起身,笑着说:"您别着急,有事慢慢说。"

"屁话!换了你,能不着急?我昨天加完油,卡里还有100多块钱,会计下午又给我存进1000元,今天到你们这儿,加油员说没有钱,一定被你们偷划走了。"

故事的结局出乎意料。

第二天,韩站长刚到站上,那个司机已经等在站长室门前了。原来,那个司机的单位办了十一张副卡,其中有一张是备用的,没有充值。昨天他们单位会计帮他充值后,错把备用卡给了他。那个司机一见韩站长,从兜里掏出300元,对韩站长说:"是我错怪你了,我这个人是大老粗,你别和我一般见识,昨天加油的钱还给你。"

"没事,没事。"韩站长说着,想笑,可笑容没出来,泪水却又涌了出来。

(中国石化报2006年5月24日第7版)

员工与客户之间经常会发生一些摩擦、冲突,产生一些误会,最后大多能以圆满的方式得到解决,怎样以小通讯的方式写出处理这些矛盾与冲突的勇气、智慧,彰显服务行业的精气神,充盈社会正能量,给读者留下回味的余地,同样考验记者与通讯员的智慧。

这一故事的结局涟漪不断,余味无穷,耐人寻味。有学者指出结尾的写作方式是:找到适用于结尾的重要事实、精彩细节、个性引语;呼应报道的主题,让结尾能够对整个报道的主题做出提示;用事实说话,不要直接表述记者自己的观点,把冷静与理智坚持到报道的最后时刻。[①]

6. 抓住体现人物个性的特征

世界上没有两个性格完全相同的人,每个人都有自己的个性,抓住这些,才能打

---

① 高钢. 新闻采访写作. 北京:高等教育出版社,2012:178.

动人、吸引人、感染人,将活生生的人物立起来,将其带到读者面前。

通过故事来描写人物的语言、行为、细节,再现人物的性格、品行和心灵,凸显此人不同于他人的个性。作者需要捕捉人物的骨干事例、记录彰显人物品行的个性特征语言,细抠代表性的行为细节,再通过心理活动描写来表现主题。

人物个性的展现还可借助外貌特征,如眼睛、面部表情等,以及典型的手势和动作等肢体语言;人物周围的详细环境,如办公、生活与社交环境、服饰等描写来辅助完成。

人物通讯作品中的细节可分为语言细节、动作细节、肖像细节、场面细节和景物细节等。

(**主题**)"物供达人"杨占才

通过人物的表情——"嘿嘿"一笑描写出一位憨厚、敬业的平凡员工,为后面主人公的"三笑"做铺垫。

一米八的大个头,说话前先"嘿嘿"一笑,红红的脸膛透出憨厚,他就是塔河炼化员工眼中的物供达人——叉车司机杨占才。

沿着一条简易的"搓板路",来到厂区东北角,在一个用砖墙隔开的院落里,杨占才和他的"兄弟"正在装车。他们大多新老工装混穿,乍一看有点像"杂牌军"。

深入新闻现场,对工作现场环境进行描写。

只见一人扳倒近200公斤重的十六烷值改进剂,另一个人使劲推向叉车,"双排座"上的人急忙接过卸下的大铁桶,顺势调正。不知不觉,车已装满,他们利索地钻进"双排座"客厢,向着目标区域驶去。

写杨占才的第一笑。

"兄弟们很辛苦。"40来岁的杨占才跳下叉车,笑吟吟地说。他口中的"兄弟",指的就是他带领的8名劳务工,负责货物装卸和物资配送工作。

环视杨占才管理的两个库区,地方虽不大,却打理得井井有条,氢气、氮气、氩气等各种钢体气瓶,按照分类依次靠墙摆放。白色、蓝色的桶装化工三剂,被整齐地码放在简易棚架下。

巧妙运用跳笔,插入新闻背景,让读者喘口气后,再写他的第二笑。

杨占才原本是沥青车间叉车、航吊司机,2009年重质原油改质项目开工时,因"技艺"高超被借调到物资供应中心。干了一个月,杨占才想回原车间,却被该中心留下了。"同事信任、领导器重,我也没办法,只能安安心心地干下去。"提起这些,杨占才又是"嘿嘿"一笑。

……

"这里没水、没电,也没有一棵树,一口热水都喝不上,真难为我的兄弟啦。"大家小憩时,看似大大咧咧的杨占才说道,语气里竟含有几分自责。

又插入新闻背景材料,让读者喘口气,再继续。

在塔河炼化，除一台叉车、两辆"双排座"属于现代装卸工具，杨占才和他的8个兄弟，硬是靠"手扒肩扛"的原始作业方式，把每年生产所需的近千吨物资，一车一车卸下，再一车一车分配运送到各生产现场。

"'物资配送''仓储保管''安全监护'，都归他管。听起来很光鲜，其实是个苦差事。"

"前几天刚卸了100多吨物资，累得人要死。"

"在这儿干活，冬天一身冰，夏天一身汗，一年四季脏兮兮。"

走出凉棚，兄弟与他们的"老大"杨占才说起了"群口相声"。

最后通过对比，再写出他的第三笑。

"兄弟们，不要急，咱们的库房建设与350万吨/年重质原油改质配套项目一起批下来啦！用不了多久，咱们的日子就会好起来。"听了杨占才的话，他们也"嘿嘿"憨笑起来。

(中国石化报2013年5月23日第6版)

平凡人平凡事平凡言行，让读者记住他的不平凡。这篇小通讯着力于实现人物言行情境化，凸显了一名叉车司机的亲和力。

好的人物报道，一定是作者深入现场采访，细心观察，把人物放在特定的情境中去呈现，用特定的情节或细节去展现人物的工作状态，彰显出人物的个性。这篇文章是用人物的直接引语与"三笑"情态去展现人物的精神品质，而不是过多地使用评价性语言，容易为读者所接受。

作者通过巧妙地插入新闻背景、工作情境于"三笑"的阶段中，很自然地进行文章的衔接、缝合，让读者有停顿、喘息的时间去理解人物的性格特点、内心世界、思想境界，给读者以鲜明的感官冲击，如闻其声。

(主题)手脚麻利赢来量效齐升

故事化开头描写，引入主人公。

烈日下的阳光就像瀑布，倾泻在杭州石油文二西路加油站。繁忙的加油现场，进站车辆络绎不绝，一位佩戴口罩、手握加油枪的中年男子正在专注地为车辆加油，他就是文二西路站加油员孙江海。

主人公的个性特点，与其他加油员的不同之处，通过第三方的直接引语来表达。

孙江海是该站投营后招聘的首批员工之一。"加油工作很辛苦，不仅要经受风吹日晒，而且要经常倒夜班。一般能留下的都是肯吃苦的人，像老孙这样愿意干活儿、手脚麻利的员工最受欢迎。"该站站长赵赞说。今年41岁的孙江海每天负责照看3台加油机，同时给6辆车加油，忙的时候来回奔跑，日均加油量比油站同事高20%。

"多出的20%的销量都是孙江海跑出来的。"赵赞说。其他员工同时为4辆车加油，孙江海同时为6辆车加油；其他员工在等加油结束，孙江海已开始指挥排队的车辆进站。

车主一看孙江海的加油效率高,都纷纷找他加油。月底核算销量时,孙江海总是排名前列,同事纷纷向他请教经验。"我只是把加油机和加油车辆都记在心里了,哪辆车加好油了就赶紧朝哪儿赶。"孙江海谦虚地说。

(中国石化报2020年9月3日第8版)

走进基层、深入员工,从他们身边挖掘凡人典型、礼赞凡人典范,用平凡事感动人、感染人。这种通过"小事""小人物"来传递价值观、提升主题的境界与理念,是一种润物细无声式的舆论导向与观念熏陶,更能潜移默化地影响读者。

必须清楚,对于新闻来说,一个好的故事是精心撰构出来的,是运用技巧出色地讲出来的。永远不要期待一个现成的好故事给你送上门来,这样的故事严格说是没有的。要讲好一个新闻故事,除了生活经验和熟谙技巧外,还有一个很重要的条件,那就是要对人有深刻的理解。[1]

正如陈力丹教授所言:人,本来就是所有新闻的看点,"见物不见人"的报道因缺少灵气而备受批评。人总是在社会化过程中不断寻求自己的影子、自己行动和思想的榜样,每个人都在找寻自己感兴趣的"他人",暗暗地与自己比较,模仿和感觉他们。[2]

关于这类"显著的小人物"的报道,可以抓住人物肖像细节,展现人物形象;通过典型环境描写,彰显人物所处层次;通过人物动作特点描写,定位人物性格;通过人物语言细节描写,表现人物精神;通过心理细节描写,升华人物思想。运用记者或通讯员的视觉、听觉、嗅觉、味觉、触觉等感官去体验、感受人物的喜怒哀乐、酸甜苦辣之情,通过细节的抓取、画面的定格、逻辑的演进、鲜活的表述,来张扬出人物的个性。

第二节　凸显人物个性的辩证思维

人物报道讲述在特定环境中有着特定社会行为或生活方式的人的故事。"千人难一面,个性各不同",人物的多样性和复杂性决定了在人物报道中选择什么样的内容来凸显其个性,让人物"立"起来、"活"起来、"动"起来。

通过新闻故事,打探人的命运;通过新闻事件,探寻人的力量;通过新闻细节,寻找人的个性。

人物报道一般通过人物最典型的动作描绘,展示人物的性格、情感、品位;通过人物最典型的语言对白,显露人物的素养、地位、职业、身份;通过人物最典型的外貌刻画,传递人物的心境、气质、神情;通过人物最典型的心理活动描写,揭示人物的精神世界,让其鲜活地跃然于纸上。

---

[1] 王珩. 新闻故事化研究. 沈阳:辽宁大学出版社,2013:15.
[2] 陈力丹. 让人成为新闻的灵魂——《时代人物》周年寄语. 新闻知识,2005(11).

有学者概括了新时期人物报道的特点：在这些典型人物报道中，记者以平等视角关注典型，发掘普通人物的不平凡精神；由诠释作者理念转向展示人物本身，通过实录性报道真实还原人物形态，包括他们的个性、爱好甚至弱点；以真情拥抱典型，努力从人性化的角度捕捉、提炼典型细节，还原典型的本性，表现普通人的成长经历和内心世界；构建立体多维的叙事空间，追求文学性与新闻性的高度融合，文学手法的运用为新闻事实注入了强烈的情感内容，更凸显了事实和细节的张力，给人以真实而艺术的震撼。①

一、群体人物的个性与共性

报道群体人物，如果每个人物平均用力，很难给人留下深刻的印象。

用事物的普遍性和特殊性的辩证关系来处理这一问题，就能巧妙地加以解决。一般只能通过个别而存在，一般即个性，个性是共性的基础，没有个性就没有共性，即普遍性存在于特殊性中，并通过特殊性表现出来；任何个别都是一般（都具有一般的本质或属性），共性又是个性的共同本质，共性统摄个性，即特殊性也离不开普遍性，不包含普遍性的特殊性是没有的。事物的普遍性和特殊性，即共性和个性是相互联结的有机统一。

共性所能概括的个性越多，它容纳的内容往往越少；但是也还有另一个意义上的说法，共性概括得越广泛，它在理论上越是深刻。②

好的群像写作既着重个体个性特征细描又兼顾集体特征概述，通过个性的细节描写反映集体的特征，通过集体特征的叙述反映个性的特点。

（引题） 她们工作时虽然常受委屈，却永远面带微笑；工作尽管单调，却充满激情。她们是全国青年文明号获得者——上海石油客户服务中心坐席员

（主题） 每四分钟接听一个电话

18 位客服中心坐席员是一个群体，不可能所有人都写到，更不应该泛泛而谈。作者先从众多故事中选择两个最典型个体（事件）来讲述。

（小标题） 对着镜子练习微笑

个体典型报道。

当得知自己 3 月销售公司神秘顾客综合检查排名跌到第六时，坐席员周枫哭了，因为觉得拖了大家的后腿。

为此，周枫决定把每个电话当作测试电话来接。为了提高话务质量，她特地买了一面镜子放在办公桌上。每次接起电话，她对着镜子，一面微笑一面回答，让客户感受到上海石油的热情服务。

---

① 吴秀青. 典型人物报道策略与传播技巧的嬗变. 西北大学学报（哲学社会科学版），2009(3)：37.
② 艾丰. 新闻写作方法论. 北京：人民日报出版社，2019：98.

共性特征概述。

在上海石油客服中心,每位坐席员的桌面上都有一面方正的小镜子。爱照镜子是女生的天性,然而这面小镜子却是帮助她们在接听电话时练习微笑用的。嘴角上扬、眉目藏笑,抚平电话另一头的焦躁情绪。

(小标题)100句"对不起"唤回顾客

个体典型描写(节录)。

"如果我说了100句'对不起',您是否就不再投诉了?"

"对,有本事就说!"

这位80后姑娘从未受过这样的委屈,泪水在眼眶打转,握紧拳头,咬了咬嘴唇,深吸一口气,开始微笑着说"对不起,对不起……"

顾客数到第100句时,"啪"的一声挂断了电话。从那以后,这位顾客再也没有打过客服电话进行投诉,仍然在使用加油卡消费。

(小标题)8小时"钉"在岗位上

共性特征概述(节录)。

(集体)每天工作8个小时,每天接听120个电话,每小时通话15次,平均每4分钟就要接一个电话,上海客户中心坐席员常常是刚放下电话,铃声又响起,单人月话务量最高纪录达2700次。

从8时30分开始,坐席员就"钉"在岗位上,连上卫生间都争分夺秒,生怕错过一个电话,流失一个客户。坐席员中午只有1个小时休息,为了不影响工作,只能轮流吃饭,而且吃得要快。

(中国石化报2013年6月5日第8版)

该文两个部分描写个案,两个部分叙述集体状态,有点有面,读来既不啰唆,又不干巴巴;有细节有升华,有描写有概述,有助于对主题的理解;通过工作与业余时间对比,精心刻画,衬托出群体形象。

美国哥伦比亚大学新闻学教授James W. Carey给新闻下了这样一个定义:"新闻学是一门经过严格训练的叙事艺术",要求"描写!描写!再描写!"[①]在写群像人物时,需要通过典型中的典型来"以点带面",以细节描写来突出"点",从而让群体个性也能鲜明、活泼。

(主题)迷彩"老A连"的大漠故事

文章开头以描写方式进入工作现场。

11月30日,西北油田雅克拉采气厂采油气管理二区巴什托集油站门前的树上,挂起了晶莹的雾凇。在零下15摄氏度的戈壁滩上,采油班长严奎和李新有冒着严寒,为注水井BK6H测静压、刮蜡、调参数。

---

① 姜圣瑜. 采写新闻就是"采写故事". 新闻战线,2004(6).

新闻背景穿插,一句话带过。

雅克拉采气厂巴什托集油站,距离厂部700多公里,是中国石化驻扎在我国最西部的采油队伍。

集体亮相,先写群体的普遍性。

风沙、寂寞、偏远、艰苦,是巴什托的代名词。8支队伍,33名来自天南海北的员工,组成了硬骨头的迷彩"老A连",13个春夏秋冬,他们把艰辛注入大漠,将精细融入标杆,是石油精神的传承者和石化传统的践行者,用包容和汗水生动诠释了以"苦干实干""三老四严"为核心的石油精神。

接下来分三个部分进行,由不同的人物来体现同一主题。

第一部分。

(小标题) 和而不同:工作不靠喊,行动做表率

前两段是集体的概述。

"地处偏远精神不倦怠,条件艰苦工作不落伍",红色的大字挂在巴什托生活区的围墙上。油区里,石油红、保卫蓝、厨师白、消防迷彩,不同的岗位有不同的工装,大家都在自己的责任区忙碌着。

"这就是我们的迷彩'老A连',只要脊梁不肯弯,就没有扛不起的山。天大的困难,大家一起扛。"看着眼前汗湿的各色背影,党小组长李凤强既欣慰又心疼。

第三、四段是个体的描写。

51岁的雷军让是来自三环公司的生活管理员,在巴什托已13年了,他回忆起2007年第一次来到这里的时候,空旷的戈壁滩上什么也没有。

"我押了4辆卡车,带来了4间列车房和一些生活必需品,就算是我们的全部生活家当了。"如今,巴什托建起了公寓、食堂,安装了净水器,文体中心里的运动器材齐备。

接着,集体概述。

用包容促进和谐,用关怀温暖人心,巴什托班组充满了互相理解信任的人情味。在巴什托,人人手中有个小本子,有当地政府、医院的联系方式和火车、航班信息,这是李凤强专门为大家制作的爱心小贴士,方便大家遇到紧急情况随时联系。

之后,个体描写。

"工作不靠喊,行动做表率",是巴什托班组员工的工作常态。胜和1井位于人迹罕至的昆仑山北麓,是一口废弃井。为确保井控安全环保,在封井之前,巴什托油区负责这口井每季度一次的巡检工作。8月9日,张文胜和涂亮两人在烈日下,历经7个多小时徒步16公里,穿荒谷、越沙山、攀岩壁,终于赶到胜和1井,查看井况、留存资料。一路上,两人互相鼓励,共同协作,圆满完成了巡井任务。

(中国石化报2021年12月16日第3版)

第二部分"协同作战:十八般武艺,样样都精通"、第三部分"苦乐年华:艰辛伴大

漠，诗意度春秋"从不同角度用集体概述与个体描写（面、点结合）穿插进行，表达了"只要脊梁不肯弯，就没有扛不起的山"的意境。

群体人物既有具体细节描写，又有相对全面的总体描述，有群体人物中头雁人物的具体活动，更有群体形象的扎实刻画，达到群体形象的厚实丰满。①

"在某些故事中，聪明的记者也许会在他的报道中插入故事的一位主角或其他当事人的一些具体动作。他不会让他的人物只是干巴巴地跟读者说话，他得让他们做些事情，任何事情都行。他知道如果不这样，他笔下的人物只能是现实人物的石膏模型，而不是他们本身。"②

二、个体人物的典型事迹与非典型事迹

矛盾的发展具有不平衡性的特点。主要矛盾在一个矛盾体系中处于支配地位，因而对事物的发展过程起着决定作用，规定、制约着次要矛盾。所以抓住了主要矛盾，就抓住了解决问题的关键，并为解决其他矛盾创造了根本条件。

人就是一个复杂的矛盾体和多面体。典型人物的典型事迹、骨干事例就是整篇报道中的主要矛盾，就是典型人物之所以成为典型的关键所在。

记者需要抓住典型人物的主要矛盾，秉持"攻其一点，不及其余"的理念，选择"高、精、尖"的，最能反映主题、最具代表特征的典型事例与细节素材来组成骨干事例，反映、刻画人物的主要特征和个性。

（引题） 陈光文燃油宝月销量最高达1210瓶，有上百个徒弟……慕名前来的人总是好奇，一个普通加油工收入怎么比都市白领还要高

（主题） "宝"哥：用手什么都能"变"出来

（提要）要了解陈光文，必须从他的那双手开始，深深的纹路里刻满了洗不掉的黑炭，难道这就是陈光文的全部秘密？

文章第一部分。

（小标题） 燃油宝月销量最高1210瓶

（提示语）由于经常用手掏排气口，陈光文的手总是洗不干净，黑炭已植入指纹，冬天红肿，夏天起泡。

与其他加油员的不同之处之一，是卖燃油宝的方式。一系列动作、对话的描写体现出作者仔细的观察力，运用细腻笔法将人物刻画得栩栩如生，彰显出动感十足的现场感，增进了作品的亲和力、感染力。

弯腰，蹲下，半跪，摸进去……一连串熟练的动作一气呵成，陈光文坚持为每一辆车检查排气口积炭，一个班次下来至少重复100遍。

---

① 刘杰．怎样写活人物．北京：人民日报出版社，2021：177.
② 威廉·E. 布隆代尔．《华尔街日报》是如何讲故事的．北京：华夏出版社，2006：66.

跪着摸排气口是陈光文的招牌动作。一开始，有的同事嘲笑他："至于这么卑微吗？还跪着！"

陈光文严肃地说："这不是卑微，而是服务，难道你撅着屁股对着顾客吗？"

第二部分。

(小标题) 120位徒弟

与其他加油员的不同之处之二，就是带徒弟。

问其有没有"教会徒弟，饿死师傅"的担忧，陈光文笑了笑，说："我是不会饿死的，怕就怕他们学不了！"

一次，周一航推销燃油宝时，顾客破口大骂。他承受的所有精神压力在瞬间如原子弹爆炸似的爆发。

"不干了，凭什么！"周一航两只拳头紧握，对着陈光文的耳朵拼命地喊，差一点揍师傅。

"为了你妈妈，就要做好工作，不要让老人家担心！"陈光文轻轻说了一句，犹如一瓢冷水浇在烈火之上。

那一晚，周一航和陈光文喝了30瓶啤酒，陈光文将这两年遇到的形形色色的客人数了个遍，那些难缠的客户让周一航打心底佩服这位年轻的师傅。

(中国石化报2013年7月24日第8版)

文章描写陈光文最大的两个特点，也是别人难以学到的"特长"：一是手掏排气口，通过对个人动作干脆利落的描写、个人对白的叙述来体现；二是执着教授徒弟，通过大段的人物对话，以及人物内心活动的描写来体现。

有质感的细节，能够触及读者的心灵，让读者与主人公产生共鸣。在导师带徒工作中，主人公找到徒弟的脆弱处进行劝慰写得很深刻。在人物报道中，要努力找到人物性格中最脆弱的一面，就是一篇报道的特别之处。

一个好记者，就是要尽快推倒记者与采访对象之间的那堵墙，使自己的心和采访对象贴近，掌握打开人物心灵宝库的钥匙，把最能打动读者的典型事例、语言、动作、细节展示出来，让人物的个性特征圆满丰富，让读者觉得人物真实、感人。

(主题) 巡线工的最美爱情

文章开头用场景进入。

10月22日清晨6时30分，中原油田天然气产销厂普光项目部大湾服务区巡线工李运法披着薄薄的雾气归来，手上拎着刚从食堂打来的热饭菜。"老伴儿，开饭喽，快趁热吃。"李运法招呼着轮椅上身患重病的妻子卢秋娥。

给妻子喂完饭、喂完药，打扫了一下房间，接着把洗好的苹果和一杯热水放在桌边，李运法这才轻轻地带上门去上班。

室内安静下来，一抹温情在整洁的房间里默默流动，如杯子上方袅袅的热气，卢秋娥的眼眶湿了。

霜冷长河，秋去又回。35年来，那只盛满热水的杯子，每天清晨被李运法放在卢秋娥伸手可及的桌边。在这一万两千多个日日夜夜里，他用真情和坚守兑现着"执子之手，与子偕老"的生命之约。

(中国石化报2019年11月13日第8版)

作者只有把自己感受最深的、最真实的、最能打动人的、最具人物个性的、最精彩的画面呈现出来，才能引人入胜，感动自己才能感动读者。作家贾平凹表示："细节描写是生动的，就像春天树干上长出的绿芽和花朵，有了它，文章就有了生气。"新闻作品也是如此。

人物报道通讯就是以新闻报道的形式，报道具有新闻价值的人物，通过反映其语言、行为、事迹、状态，观其形、听其声、传其神，来再现其个性特征、精神境界、价值取向和人生坐标。

为什么人们乐于接受、容易接受故事？科学研究表明，比起其他形式，大多数人更善于理解叙事，叙事可以向广大读者传达清晰的信息，读者也对叙事青睐有加。……研究结果进一步证明，当我们读到的是故事，而非罗列的事实时，我们会记得更加准确。[1]

次要矛盾是在一个矛盾体系里处于从属地位的，因而对事物的发展进程不起决定作用。但次要矛盾也影响、反作用于主要矛盾，次要矛盾的解决能为主要矛盾的解决创造有利条件。

典型人物在平凡的时候做的平凡的事、过的平凡的生活，就是次要矛盾。以一件很平常的事为开端，再以一件很平常的事来收尾，能够比较好地体现典型人物报道的真实性。非典型事例，展示次要矛盾，成为一片片绿叶，衬托典型事例的整片花海。

(主题) 老班长

……

一宿未合眼的尤吾昌（老班长）回到彭镇庙俭村口井站，没顾上喝口水，接到媳妇的电话："儿子从武警部队复员回家几个月啦，为啥不管管他？你不是班长吗，叫儿子进大山跟你采油吧。"

尤吾昌哭笑不得："这事我一个小班长说了不管用。""那你还要俺娘俩干啥？反正20多年了，也没管过俺俩！""咚！"电话挂了。

尤吾昌这回真遇到难事了。他一头倒向床，工靴上的雪化成泥水，流淌在营房地板上，渐渐地被冰冷的空气凝结成冰。

门外，磕头机"嘎吱嘎吱"声，传向山谷幽深处。

(中国石化报2015年3月26日第4版)

前面写完"一向无所不能的老班长"典型事例后，用非典型事例细细地描写了这回

---

[1] 杰克·哈特. 故事技巧——叙事性非虚构文学写作指南. 北京：中国人民大学出版社，2012：4.

他遇到的"窘境",并无累赘之嫌,读来回味无穷,这样的结尾犹如"空山闻籁"。

在矛盾的次要方面,用适当笔调来叙述工作之外生活的特别之处,符合人性的回归,产生真挚感人的效果。矛盾的次要方面对矛盾总体的性质起一定的影响,让人物更全面、真实、可信。

只有把人物的事迹融进记者的血液,从记者的血管里流出来,那才算得上是这个记者的作品。

三、个体人物处理矛盾的主要方面与次要方面

一个人生活在世界上,就会遇到很多矛盾。个人与集体的矛盾、工作和生活的矛盾、家族责任与社会责任的矛盾,各种矛盾交织在一起。表现一个人物,常常要抓住关键点的事实,也就是矛盾点的事实,在两难的选择中,看这个人在众多矛盾中如何做出别人难以做出的选择。

矛盾和冲突就是故事的关键点,矛盾与冲突是人物成长过程中最具有故事的地方;矛盾和冲突更反映了人的战胜困难、接受挑战的精神境界。①

穆青的人物通讯,都十分注重在矛盾的冲突中表现人物。他把矛盾冲突分为三种:人与自然界的矛盾,人与人(社会)的矛盾,人的自我思想矛盾。

不同矛盾的发展是不平衡的,而且每一矛盾内部对立着的双方的发展也是不平衡的。矛盾的主要方面是指在矛盾双方中起主导作用、处于支配地位的方面。事物的性质主要是由取得支配地位的方面决定的。

中国石化报在处理人物报道时,努力抓住矛盾的主要方面,主要报道反映人物奉献、宽容、敬业、利他、真善美等品质的故事。之所以报道这些人物,就是矛盾的主要方面决定了他们的不同之处。

这类矛盾冲突可大可小,冲突激烈程度各异,但都需要抓住有特点的细节,才能产生与众不同的戏剧化效果。

1. 人与自然界的矛盾

人与自然是辩证统一的关系,两者相互联系、相互依存、相互渗透。人由自然脱胎而来,其本身就是自然界的一部分。当地震、火山喷发、海啸、山火、洪涝等自然现象出现在我们人类活动的区域时,灾害就出现。在自然界面前,人类是渺小的。

(主题) 抗洪铁人　石化忠魂

文章详细描述了湖北荆门石油副经理陈鹏龙为公殉职的故事(节选)。

故事第一段让人牵肠挂肚。

陈鹏龙需要从杨丰街折回,才能赶往石河加油站。但此时的杨丰街水位暴涨,陈鹏龙三人被洪水阻拦。灾情就是命令,不容迟疑,陈鹏龙与廖方敏和陈士武一起搭乘

---

① 董广安,詹绪武. 新闻写作学教程. 郑州:郑州大学出版社,2014:182.

一台车轮直径1米7左右的农用旋耕机,冲进湍急的洪水中。

第二段通过他人的描述,印证情况的紧急。

当时在二楼等待救援的手机店主陈小艳回忆说,她家一楼的手机店已经被淹,她和丈夫跑到二楼呼救,杨丰街的洪水"排山倒海",到处是漩涡和急流,她在这里开店15年从未见过这样的景象。她看到,好几辆车翻倒在水里,包括一台农用旋耕机。接着,第二辆旋耕机驶来,车上正是陈鹏龙等人。

第三段是出事的画面。

陈鹏龙三人的旋耕机行驶至杨丰医院对面,一股巨大洪流突然袭来,3吨重的旋耕机瞬间侧翻,陈鹏龙、廖方敏、陈士武落入水中。

第四段通过获救者的回忆,增加新闻事件的真实性和悲壮的现场感。

廖方敏回忆,当时离自己只有2米的陈鹏龙大喊:"注意安全!注意安全!"同时大呼:"救人!救人!远处有人。"十几秒后,廖方敏就被洪水冲出一百米开外,他拼命抱住一棵仅碗口粗的树。廖方敏再回头时,已经看不到陈鹏龙和陈士武的踪影。"陈经理落水,心里想的不是自己,而是大家的安危。"廖方敏说。

陈士武抱住一个罩棚的铁栏杆:"水流非常急,我的衣服都被冲走了,我只看到了陈经理的一个影子,然后他就消失了。"

同事得救,鹏龙永远地离开了。

15点50分,被当地搜救人员救起时,廖方敏只有口鼻还露在水面。16时左右,陈士武也被救起。

7月22日,通过武警官兵、蓝天救援队等多支力量全力搜救,在陈鹏龙被洪水冲走的下游1千米左右的地方,他的遗体被找到了。12时,在6名加油站站长的托举下,陈鹏龙遗体被缓缓抬上岸。

(中国石化报2016年8月24日第1版)

英雄远去,但忠魂永存。通过深入采访现场见证者与获救者,对细节进行描写,把一个催人泪下的故事讲述得淋漓尽致。优秀的新闻作品不仅是时代精神的凝聚,而且是真情实感的熔铸,具有打动人心的力量。

典型人物之所以成为典型,虽然都有其与众不同的个性,但力透纸背的都是时代的脉搏、时代的精神,展现出人心之美、人格之美、人性之美。①

2. 人与人(社会)的矛盾

人的本质是社会关系的总和。自然人在适应社会环境、参与社会生活、学习社会规范、履行社会角色的过程中,逐渐认识自我,并获得社会的认可。

人们通过故事感受着一个与自己休戚相关的精神世界,体验着同时代人的情感、痛苦与欢乐,矛盾、斗争与挣扎。

---

① 王博. 典型人物采写的着力点. 新闻战线,2021(4).

(1)工作与生活的矛盾

面对工作与生活的一般小冲突,大多数人都会选择牺牲生活,服务工作,但当这一冲突足够大,可能只有少数人会那样做时,这就是他们突出的特点,也就是新闻的新意。

(主题)员工、顾客都喊她"娇妈"

这是一个站长关爱员工的故事。

开头以悬念吸引人。

"娇妈,我发烧了。"刘水娇手里的蛋糕摔到了地上,蛋糕上加菲猫的脸塌了一半。

矛盾展开。

2020年4月21日晚上7点,刚刚盘点完商品的刘水娇下班去取小女儿的生日蛋糕。小女儿不到两岁,刘水娇这两个月天天守在加油站防疫抗疫、保供服务,已经很久没有和女儿吃一顿饭了。今天回家一起吃蛋糕,是她答应女儿的生日愿望。

然而就在取到蛋糕时,她接到加油站员工黄乙浩发烧的消息。"你别急,我马上过来!"黄乙浩在本地没有亲人,刘水娇不放心,捡起蛋糕就冲向黄乙浩宿舍,陪他去医院做检查。

凌晨1点多,看到黄乙浩新冠肺炎病毒检测结果为阴性,刘水娇才放心离开。

结尾呼应开头。

"这些天你在家里休息,夜班我找同事顶班,不用牵挂。"这时,刘水娇才发现,自己带在身边的生日蛋糕已全化了。忍着泪水掏出手机,刘水娇看到24个未接电话,心里一阵痛,一边默念着"对不起宝贝",一边又回到加油站,投入夜班工作。

(中国石化报2021年5月20日第8版)

典型人物必须有平民本色的还原,让典型人物既能引导他人,又能贴近群众。

从这些人物身上捕捉到普通人身上闪烁着的人性光辉和生命活力,显示了平淡中的伟大,琐碎中的崇高。

(主题)山坳"家"油站 进去不想出

文章第一部分"明知山有虎,偏向虎山行",写一家三口"进山"遇到的艰辛,妻子"无法忍受眼前的冷清"被迫离开加油站。

峪山站定编两人,但没人愿意到该站工作。姜禹只好动员妻子带上一岁多的女儿到峪山站。可到站没几天,雨雪天气让站前道路泥泞不堪,除了一些手扶拖拉机进站加油外,几乎没有车辆出入,峪山站显得异常冷清。

第一件难事。

一天深夜,女儿突发高烧。妻子邓夏将女儿用军大衣裹得严严实实的,坐上姜禹的摩托车,顺着泥泞湿滑的山路驶向卫生院。五六级的北风刮得人睁不开眼,漫天飞舞的雪花让姜禹看不清眼前的路。突然摩托车一个侧滑,一家人摔倒在路边的水沟里,衣服湿透了。女儿的哭声刺痛了姜禹夫妇的心,他们推着摩托车走了一个多小时才到达卫生院。

第二件囧事。

冬天是该站的销售淡季，每天只有一些摩托车和农用三轮车进站加油，看似加油笔数不少，但两天都售不出一吨油。邓夏在城区上班每月工资近3000元，来到峪山站后月收入不足800元，这让她怎么也待不下去了。虽然姜禹一再做她的思想工作："现在是淡季，开春后山区农民要耕地，用油量大，生意会好起来的。"但妻子还是无法忍受眼前的冷清，带着女儿回了城。

第二部分"举家进山帮扶小站"，写一家人克服各种困难，团圆在加油站。

妻子、女儿走后，姜禹成了峪山站的"光杆司令"。他一度想打退堂鼓，但转念一想，自己在祖国的最北方站岗放哨时，雪比这里更大，气温比这里更低，那时都没有叫过一声苦，眼前这点困难算得了什么？

那一夜，他翻来覆去怎么也睡不着。天亮后，他让邻居帮忙照看油站，骑上摩托车找到母亲说："妈，公司领导信得过我，把峪山站交给我经营，现在儿子遇到困难，您能不能帮我一把，和我一起去油站吧！"可母亲却说："妈加了一辈子的油，现在内退了该休息休息了。"但架不住姜禹的软磨硬泡，母亲终于坐上他的摩托车来到峪山站。

由于姜禹的父亲不会做饭，身体也不好，没过多久他也把父亲接到加油站，干些打扫卫生、打理菜园的"编外工"活儿。

2010年8月，政府投资修建襄洪公路，将峪山站门前的泥巴路修成宽阔的沥青路，成为襄阳至随州大洪山的主干道，该站日均销量提升至两吨。姜禹又将妻子和女儿接回加油站。

(中国石化报2016年12月28日第8版)

作品用简练素淡的语言，表达出真挚、细腻而浓烈深沉的感情——对家人的深情、对企业的浓情。

以前的人物通讯作品过于突出主人公的"坚守岗位、勤奋工作"的特点，好像他们没有情趣、没有关爱，不食人间烟火，动不动就写他(她)身患重病不在乎，或者父母离世妻(夫)儿生病不离岗，还接着拼命为单位工作。

有人借"以人为本"的科学发展观来批评这类报道，认为只有在亲情、友情等人情味上着墨，展示人性之美，才能增添人物的个性魅力，才能让人觉得可亲可信可爱可敬，并引用"无情未必真豪杰，怜子如何不丈夫"来论证。

本人认为凡事皆有"度"。在现实生活中，面对个人与家庭、工作与生活、家庭与社会之间的矛盾，都需要去选择。作为新闻单位，新闻报道的时效性、新闻工作的紧迫感，甚至在特殊情况、特别时期，都需要我们做出一些"牺牲"，这是天经地义的事情。

由此及彼，在生活与工作、家庭与单位间有时会存在两难选择。只要这些"自我牺牲"的报道内容真实、客观，没有让自己、他人反感，本人觉得仍然值得报道、值得提倡、值得学习。从新闻角度理解，这样的"牺牲"状态、"牺牲"行为，毕竟是少数，是非常态，是"新闻"。

（2）员工与客户的矛盾

销售领域员工与客户之间时常会发生一些矛盾，甚至冲突，员工的容忍、执着、智慧就是这类报道（矛盾）的主要方面。需要写"活"错综复杂的人际关系，写"活"人与人之间的情感碰撞。

（主题）他为外轮供油9年，客户100%满意

问题的出现。

有一次，张龙为外籍STELLA FLORA号轮船供油时遇到难题。该船轮机长在加油前并没有向张龙说明舱容情况，配送驳船一到锚地，轮机长就催促靠泊作业。

加油前，配送驳船计量油品为1200吨，但加油结束后船舶收油计量只有1170吨。

轮机长的脸色异常难看，认为是配送驳船方面扣油，拒绝签单确认，并强行开船。

问题的扩大。

张龙没有慌乱，初步判断问题出在舱容上。他要求STELLA FLORA号轮调整吃水和倾斜度，让船舶在吃水差较小的情况下重新测量。但再次测量结果显示仍缺少近26吨油品。

接下去，写矛盾的冲突及解决。

"你们耽误时间会耽误我们的航程，这个责任你们付得起吗？"轮机长显得十分焦躁。

张龙边安抚他的情绪，边再次提出自己的看法，认为船舶的舱容存在误差。

根据经验，他没有急于检测油面高度，而是先用量尺测量油舱的实际高度，发现两个油舱的实际高度和舱容表标注的存在差异。如果按油舱实际高度计算，两舱油位的收油数量基本为1200吨。

在舱容表的检测结果和收油计量报告面前，轮机长服气地签单了，并说出了自己刚接班，不太了解船舶舱容的实情。

"越是遇到突发状况，越不能慌张。要对企业的油品数质量有信心，对自己的专业水平有信心。"张龙总结说。

（中国石化报2020年10月17日第8版）

对现场矛盾发生、发展、变化、激化、落幕的细节描述，营造了矛盾冲突的紧张氛围，烘云托月地表现人物的境界。文章采用对话、描写、场景设置等，通过一个个具体描述，细致入微地展现事件中的情节和细节，对主人公行为、语言、心理活动的刻画提升了人物的境界，表现了基层员工的沉着、大度、机智。

在复杂的人性和社会现实的沼泽里，善良、理想、理性支撑着不同人持续往前走。

（3）员工与员工的矛盾

员工与员工的矛盾集中在岗位调整、绩效分配、工作与生活琐事等问题上，需要

组织进行关心、劝导、解决。有些报道有如冬日午后斜阳，充满浓浓温馨，打动了人们内心深处敏感的神经，唤起了人们的温情。

(**主题**)激将法平息考核"风波"

前两段写冲突场景。

"书记，我有意见！"运行一班党小组长刘师傅直截了当地说："我们组的排名为啥没老杨的高？"

章晓华笑着伸出大拇指："老刘，就凭你这工作较劲儿、考核争先的态度，我给你点个赞。来来，到办公室咱俩细聊！"

有理有利有节地说服。

在办公室里，章晓华给刘师傅递上一杯热茶，又取出党小组月度绩效考核台账。他和刘师傅一起翻看，当看到现场管理模块中"党员 VOC 活动"一项时，章晓华指着说："党员 VOC 巡检是支部促进 VOC 治理的重头戏，分值权重的设置自然就大。看，你们搞了 4 次，比规定多了 1 次、比标准分 2 分多得了 0.5 分，而人家多搞了 1 次，还消除了 1 处隐患，得了 3.5 分。按照多干多得、干好多得的考核原则打分，没什么问题吧？"

"啊，是这样呀！"一向争强好胜的刘师傅很快平静下来，认真地说，"书记，还有机会扳过来吗？"

解决问题后，还给予鼓励。

章晓华看着刘师傅，决定给他来个激将法："党小组是月考核、季汇总兑现，机会是有的，可老杨他们很强悍，你还真要挑战他们呀？"

经这么一激，刘师傅来了劲："东风吹战鼓擂，考核路上谁怕谁；我们宁愿苦干累弯腰，也不愿排名靠后脸发烧。"

章晓华看到自己的"小计"得逞，便说："那好，行动见分晓，祝你们夺冠。"

最后首尾呼应。

刘师傅刚走出书记办公室，就拿起对讲机发布号令："通知本组党员上午十点半开会，研究开展党员 VOC 检测活动。我就不信得不了第一！"

党小组 5 月绩效考核结果显示，刘师傅的小组排名还真占据榜首。

(中国石化报 2017 年 7 月 27 日第 1 版)

文章仅用短短的六七百字就把一个基层党支部书记写得活灵活现。此文多用短句表达，节奏感强，简要明快，有如一股气力推着读者往下阅读，读来紧凑连贯，一气呵成。

好的故事就是要把人物立起来，让人物鲜活起来，用接地气的呈现方式直抵人心。

3. 人内心的矛盾

人与人打交道时，会遇到不同的矛盾与问题，在做选择时，特别是做"趋害避利"的选择时，或者是被其他人误解误伤时，往往内心会有挣扎、呐喊。好的作品有如烹煮焦虑和苦涩，端出愉悦和芬芳。

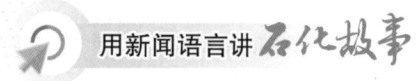

(主题)种桃种李种春风

以下是一篇长篇通讯,讲的是宋丽萍助人的故事,现节选其中一部分内容。

第一、二段写宋丽萍自学扎针帮治疗的事。

油田青年小王打小有个怪毛病,总要吸食液化气。为了安全,父母常年把他锁起来。2008年夏天,宋丽萍费尽周折找到老中医为小王针灸治疗。小王每次去针灸都让宋丽萍陪同,而且医生也不是天天有空。宋丽萍就想,要是我学会扎针,不是能更快地治好小王的病吗?

宋丽萍向老中医讨教两回,就在自己的虎口上找穴位练针。一周后,她连扎带拧,把两只手折腾得端不动碗,终于掌握了针灸技术。5个月后,小王的怪病断根了。央视记者前来采访,有关单位送给王家2000元。

第三、四段写"因钱生事",故事深入发展。

没想到,几天后小王的父亲找到宋丽萍:"小宋,连单位都给了我2000元,记者送给你的肯定更多,你把那些钱给叔分点吧!"

宋丽萍愣了:"记者不但没给我一分钱,我还管人家两顿饭,贴了300多元。"

第五段通过写内心挣扎,写出平凡人的平凡处。

无论宋丽萍咋解释,人家死活不信。宋丽萍冤枉死了,真的不想再管小王了!

第六、七段主人公又进行了反转,内心斗争后善心升华。

没过几天,小王遭受刺激,举着菜刀要砍人。父母把他锁在屋子里,赶紧跑了出来。民警赶来,准备朝小王发射麻醉弹。宋丽萍闻讯赶到,怕伤着小王,要进屋劝他。几个大爷、大婶拽着她的胳膊不放,生怕她有危险。宋丽萍说:"谢谢大伙儿,就让我进去试试吧,或许管用。"

她进了屋,轻声细语地说:"小王,只要有我在跟前,没人会把你咋样。你把刀放下,跟我走吧。"

第八段至第十一段帮助对象有了反转。

"那你得先答应我,今后我改姓宋,管你叫妈!"小王恳求。

宋丽萍点点头。

小王温顺得像只绵羊,扔下菜刀,牵着宋丽萍的手出来了。

这些年,宋丽萍获得了许多荣誉。

接下来两段是宋丽萍对别人评价的内心挣扎。

有人说宋丽萍成天作秀,她这样回答:"如果我们每个人都去帮助别人,就会改变周围的人,大家都受益。要是大家都冷淡,受害的还是咱们自己。千只手捂不住万人口,我就是有帮助别人的瘾,我要一直'作秀',直到不能动弹的那一天!"

宋丽萍不在意旁人的议论了,把流言蜚语当成"加油站""警醒剂",还由衷感谢人家:"人家说我的,就是我没有做到或没有做好的。"

(中国石化报2017年3月29日第1版)

宋丽萍对于别人的评价也有困惑，这正是人的正常之处，不回避矛盾与质疑；她的不平凡之处，就在于如何去化解自己内心的苦楚、委屈。这一片段着力于实现人物言行情境化，凸显了她的亲和力与个性，人物写作不简单化脸谱化，不搞因果报应式的投桃报李、好人好报，从而使得报道更加厚重。

在执行报道选题时，要求记者将宏大叙事同个体体验相结合，注重采访细节，将讲道理与讲故事相结合，让文本表达更轻松，以细节与故事留住读者的目光，提升深度报道传播力。①

这也是一个令读者读来内心有另外一种纠结的故事。

(主题) 乌拉尔河畔

一个80后年轻人面临工作与家庭的困境。

他叫侯荣波，是十建公司的一名电气工程师。那天，谈完工作，自然就聊到了家庭和孩子。

怎么也没想到，这个1986年出生的年轻人，不仅承担着繁重的施工任务，还承受着亲人的病痛。

一年前，他的妻子查出甲状腺癌。领导劝他："活儿再多，这个时候你也得回到她身边！"回到家后才知道，不仅妻子病了，爷爷也早已卧床不起。他一边陪在德州的妻子治病，一边抽空回老家看望爷爷。妻子的病情刚有好转，在胶州的岳母又查出血液病。跌跌撞撞的侯荣波只好又带着岳母到天津看病。就在陪岳母看病的时候，爷爷去世了。

当他连夜开车赶回老家时，爷爷的灵堂已经摆好。

说到这里，小侯哽咽了。我压抑了几天的悲伤也随着他的悲伤再次涌来。原本是我心疼这个负重前行的年轻人，后来竟变成他宽慰我。那个下午的采访，眼泪拉近了我和小侯的距离，也让我对他的妻子肃然起敬。

小侯回国70天，接二连三的家事让他崩溃，这些打击也让他在回到现场还是照顾家人之间徘徊。最终，善解人意的妻子对他说："不要想太多，该走就走吧，这些都是咱们应该承担的。"

回项目部的那天早上，他没敢和两岁的儿子告别。

(中国石化报2020年2月21日第4版)

作品描写了小侯面对人生困境的勇气与坚韧，内心的挣扎让他更有血有肉，让他真情流露，打动了读者内心深处最柔软的部分。

一位记者曾说："做人物记者心诚一些，有人会把一辈子都讲给你听。"这篇文章是作者通过体验式的采访，与主人公在一起吃住写成的，与被采访者接触越久、交流越多，对他(她)的观察了解就越多，越能找到新鲜的、触及灵魂的细节，包括语言与

---

① 张茧. 在"快新闻"时代，感受深读的美好——新媒体环境下的深度报道生产策略. 新闻战线，2021(2): 61.

行为。

四、个体人物的情感互动

人与人之间存在矛盾，更有感情。

人类是地球上最具情感的动物，人类的认知、行为以及社会组织的任何一个方面几乎都受到情感驱动。在人际互动中，情感是隐藏在对他人的社会承诺背后的力量。不仅如此，情感也是决定社会结构形成的力量。①

按照情感社会学家的划分，情感可分为正性情感如喜悦、快乐、狂欢、热爱、骄傲等，负性情感如悲哀、痛苦、愤怒、憎恨、绝望等，或者说，积极情感如振奋、紧张、热忱、勇敢等，消极情感如消沉、松懈、颓丧、灰心等。②

关注群体的喜怒哀乐，将他们深厚的亲情、真挚的友情、纯洁的爱情、手足的深情，以及真心温暖别人的真情抒发出来，就是展现人性的真善美，就是在尽媒体的社会责任。

报纸有责任积极营造一个充满关怀、信赖、温馨、爱心、互助的情感平台，通过抓取人物报道具有亲和力和接地气的细节，让读者可以体会到真诚、宽容、大度、祥和、善良、忠诚、博爱的内涵。

普利策获奖作品特别强调与人情味有关的各种因素："如事实中的冒险、冲突、悬念、悲欢离合、戏剧性情节等；人物性格中的勇敢、豪爽、忠诚、善良、助人为乐或是害羞、吝啬、嫉妒、凶残、多愁善感等；以及由上述因素引发的各种情感，如同情、怜悯、喜悦、欢乐、忧伤、愤怒、痛苦、幽默、风趣……这些情感涵盖了社会生活和人类情感的最主要方面。"③

下面的案例深入挖掘了人物的内心活动细节和生活中的点滴言行，还原了人物的真实性、平凡性，歌颂了普通人的人格美、人心美与人性美，表现了人情这一人性中最为积极、最为活跃的因素。

1. 夫妻间的爱情

著名记者郭梅尼说："记者的感情，记者的哭声，记者的泪水，读者都会感到、听到、看到，记者感动了，读者才会感动；记者流泪了，读者才会流泪。"

在这类报道中，最与众不同的是《患难夫妻坚强相守》的故事：丈夫悉心照顾患癌症的妻子，却在陪妻子迈过"5年生存期"这个坎儿后，查出自己患了胃癌。这对已过花甲之年的夫妻，在恐惧中选择了坚强，在患难中选择了相守，用真情在病魔前诠释了真爱。

---

① ［美］乔纳森·特纳. 人类情感. 北京：东方出版社，2009：7.
② 张兵娟. 互动仪式中的情感传播及其建构——以《中国好声音》为例. 新闻爱好者，2012(12)：16-18.
③ 曾建雄，毛家武. 略论美国新闻特稿的人情味特色. 新闻大学，2004.

文章写丈夫照顾妻子：

吴建中饭菜做得好，他想方设法变着花样为老伴做容易消化的食物。听人说黑鱼汤对化疗病人有好处，吴建中便隔三差五地去菜市场买黑鱼，做好后把鱼刺一根根挑出来。每次喂饭，他都像哄孩子一样不停地哄着老伴，想让她多吃点。方红梅情绪慢慢有了好转，积极配合治疗，挺过了6个疗程的化疗。

妻子照顾丈夫：

手术之后，吴建中水米不能进，整整21天全靠营养液维持。长时间不能喝水，吴建中嘴唇干裂出血。方红梅看在眼里，急在心上。她每天用纱布沾点水帮丈夫不停地擦拭。恩爱的夫妻，心灵是相通的。手术创伤让吴建中异常痛苦，但他怕妻子看到难受，强忍着不出声。

（中国石化报2014年6月12日第8版）

在征得当事人同意的前提下，本文尽可能详细地呈现了这对夫妻在得知患病时的心理变化、接受治疗的过程，以及与疾病抗争的点点滴滴。"癌症"在很多人眼中，只是个抽象的医学概念，而这篇文章把它具化在一个相濡以沫的故事中。

有学者指出："人情味是使新闻报道变得扣人心弦、引人入胜的重要因素。这是因为它具有强化剂的功能，能调动受众的思想感情，引起精神上的共鸣。"①

还有一个夫妻共同进步、默契配合的故事也体现了夫妻间的相濡以沫，让读者觉得温暖。

（主题）竞合"夫妻档"站长

第一部分写分别在不同加油站当站长的夫妻，"暗中较劲经营齐头并进"的故事。

丈夫经营的加油站落后，去妻子的加油站偷师。

"这次峄城9站在市公司加油站综合检查中排名最靠后。而殷婷婷管理的两座加油站却均排名全市前十，你要向她取取经。"9月，在片区经营管理分析会上，片区经理对郭振提出批评。

"作为一家之主，我可不能被媳妇比下去！"郭振嘴上虽然不服气，但心里却十分佩服妻子。此后，他隔三岔五就到峄城8站和6站偷师。

经过细心观察，他发现殷婷婷很重视班前会，每天都在班前会上明确当班员工的任务及注意事项，让员工做到心中有数。此外，殷婷婷一有时间就找员工谈心，员工举动异常她开导、员工思想波动她调节，而郭振却一度忽略了员工的思想工作，认为只要带大家干好工作就行，结果造成人心涣散。

丈夫对自己的站进行改革整顿。

找出问题症结后，郭振决定从硬件、软件两方面着手，让峄城9站旧貌换新颜。他详细划分卫生责任区、明确班组责任人，制定"每天一检查、每周一评比"的管理制

---

① 崔立. 浅谈新闻中的"人情味". 新闻与写作，1997(10).

度，实现站外尘土飞扬、站内窗明几净。对加油站厨房墙壁脱落、厕所管道有裂缝等问题，郭振自掏腰包购买材料整改；对站内设备设施的维护保养，他亲身示范；对员工的不理解，他主动找员工谈心，为他们解开心结……

丈夫请妻子参观自己改造后的站，引发妻子的"不淡定"。

半个月后，郭振主动邀请殷婷婷到峰城9站参观。看到该站焕然一新的站容站貌、络绎不绝的进站车辆，殷婷婷的心里有些不淡定了，开始盘算着如何赶超峰城9站。

"怎么样？有危机感了吧？"郭振看出了妻子的心思，笑着说，"我们站的改变离不开你的帮助。我已准备好油漆、涂料，免费给你们站当粉刷工！"

第二部分写"默契配合实现客户零投诉"的事件。

妻子站出现客户闹事。

"殷站长，不好了！咱们油站厕所的门被客户踹开了！"一天晚上，峰城6站员工陈姝静焦急万分地拨通了殷婷婷的电话，"踹门的司机不仅打了员工李芹，而且拨打了投诉电话。"

"你先安抚客户，我马上到！"刚回到家的殷婷婷还没来得及吃饭，就立即赶回油站。郭振不放心她一人前往，便紧随其后。

夫唱黑脸、妻唱红脸，默契配合平息事件。

到站了解情况后，殷婷婷耐心地向客户解释："师傅，当时员工刚拖完厕所地面，积水容易让人滑倒，所以才上锁。我们的员工也是为您的安全着想，您这样又打人、又投诉，让我们很难做。"

但闹事客户听后依然不依不饶，坚决不肯撤销投诉，还作势要打殷婷婷。郭振立即冲上前，将殷婷婷挡在身后，义正词严地说："大哥，您不听劝告踹坏油站厕所的门，又打了我们的员工。如果您继续寻衅滋事，我就拨打110报警电话。"

见郭振毫无惧色，闹事客户有所收敛。郭振向殷婷婷使了个眼色，殷婷婷开始柔声细语地劝解客户。最终，在推心置腹的劝说下，闹事客户当场撤销投诉，并向被打员工道歉，还留下50元钱的维修费。

(中国石化报2019年12月13日第8版)

用故事化的手法写新闻时，应努力挖掘新闻事实中具有人性、人情的因素，描述人的生存境遇，捕捉生动传神的生活细节，展现人性的真善美，把情感因素融入理性思索中。

2. 长辈与小辈的亲情

长辈对小辈的关心照顾，小辈对长辈的孝敬，无论贫穷或富有，无论健康或疾病，既是法律的底线，又是道德的制高点。

人情味倾向于表现新闻中与人性相关的内容，同普通人的思想情感紧密相连，人文意蕴较为深厚。①

人性美是一种率真而纯情的美，挖掘自然的人性美、厚重的人性美，能够让人世间充满生活情趣和人性美感。

在这类主题的报道中，最与众不同的是《守住一个大家庭》的故事：20年前，带着1个孩子的刘艳飞，与已结过两次婚并有4个孩子的长炼管焊工周杨志组建大家庭；10年前，她送走瘫痪在床5年的丈夫；如今，分属3个姓氏的5个孩子已成家，她做些缝补活养活自己。

第一部分"组建一个大家庭"，通过对话与心理活动描写来增强故事性。

媒人拉着刘艳飞的手说："去不去，都在你，想清楚了再回话吧，那边对你可真是满意。"媒人刚要转身离开，刘艳飞就说："去，我去！"媒人嘱咐："你可想清楚了，进了门可没有后悔药吃了。"

"他那样的家怎么能没有一个女人，再说了，他是三婚，我是二婚，我也没什么好挑的。"刘艳飞主意已定。就这样，刘艳飞带着自己的一个孩子从岳阳君山嫁了过来，与周杨志组建了一个大家庭。

文章第二部分"5个孩子3个姓"通过两辈人的对话描写，催人泪下。

7年前，周杨志第二任妻子的小儿子老四，找了对象准备结婚。刘艳飞把两个姓李的孩子叫到房里，拿出他们的母亲生前留下的3金2银共5件首饰。她对两个孩子说："前些年你爸把这个给了我，我一直替你们收着，老四现在要成家了，你们兄弟俩看看怎么分。"老三和老四相互推让着，最后还是把东西推向了刘艳飞："我们也不好分，还是刘姨你留着吧，我爸给了你，就是你的。"

"这我怎么能要呢，是你们的妈妈留下的，本来就是你们的，要不刘姨给你们做主，老四你全拿着，等你哥结婚时再买新的。"刘艳飞用红布把首饰包好，塞到老四手里。

(中国石化报2014年12月11日第8版)

文章用一句话结束全文："我进这个家整整20年了，有苦有难也有幸福，一大家子人走过来，知足了。"头顶花白的她笑着说。

文章戏剧化地还原事件，通过朴实的直接引语来讲述故事的前因后果、细枝末节，比记者自己陈述更有趣味、更生动，更有现场感、更有人情味。作者只选择那些能反映人物特点、升华人物境界的最有价值的最朴实的直接引语来表达。

以事写人，以言托人，通过人物语言的有声有色有情有爱的细腻描写，将一位母亲的可亲可敬公正大度的形象跃然纸上，有亲和力、有感染力，具有可信度，让人物深深留在读者的心中。

---

① 白贵，彭焕萍. 当代新闻写作. 北京：中国人民大学出版社，2013：37.

(主题) 贴心暖肺的"风铃侠"

张卫华只要得闲,就和媳妇一块去陪尚妈聊天。小两口时常塞给尚妈几十元零花钱。过节了,张卫华和媳妇拎着牛奶、大米、食油、鲜肉看望尚妈。春节到了,张卫华和媳妇先到尚妈家贴春联、糊窗花、挂彩灯,给老人换新衣。

5年后,尚妈患了骨癌。深夜,倒休在家的张卫华已入睡,老人打来电话:"华娃,我浑身憋燥难受……"张卫华一骨碌起床,打车赶到医院,给尚妈揉胳膊敲腿。

尚妈的病情更重了,她向张卫华吐露自己在老家有个男娃。原来,尚妈年轻时丈夫多病、儿子残疾,她独自到中原油田投靠亲戚。

张卫华拨通尚妈儿子的手机,可人家却不情愿来接母亲。"大哥,尚妈当年纵有千错万错,可她毕竟对你有生身大恩,你不把老人接回家,难道将来让她的骨灰孤零零地撂在外乡吗?"张卫华好说歹说,对方总算来到油田。

张卫华把尚妈抱上车,老人泪眼婆娑,拽着他的胳膊不松手:"华娃,我不想走……"半年后,老人的儿子打来电话,说"母亲咽气前还喊着'华娃'"。

有一种爱,未必回肠荡气,却贴心暖肺。

(中国石化报2019年6月25日第8版)

穆青曾说:"我们的民族是朴实的,人民的内心世界闪烁着一种本质的朴实的美。因此,报道他们我一直采用朴实的语言、朴实的笔调。"

尚妈的儿子虽内心有遭遗弃的怨恨,但受到一个陌生人竟然对自己亲生母亲大爱的影响,最后接受了老人,这就是爱的传递。人性都有弱点,新闻作品表达这些不完美,更显真实性。

宣传人性中的真善美,将平凡人的爱心善心传递,用大量身边好人的高尚,去感动社会、净化风气、提升公德,不断为温暖社会做加法。①

3. 邻里朋友情

在情感的世界里,每一个人在付出感情的同时,也得到了感情的回报,人类的感情是相互的。"如果人们越来越多地认为他人促进了自己交易需要的满足,越有可能对他人给予正性情感奖励,包括感激。如果人们越来越多地认为社团的结构和文化促进了自己交易需要的满足,越有可能对这些文化和结构产生承诺。如果人们越多地认为范畴之中的成员促进了自己交易需要的满足,越有可能对范畴之中的成员形成积极的观念。"②媒体的意义就在于促进"正性情感奖励",向世人展示一种向上向善向美的力量。

(主题) 舍不得"挪窝"的倔站长

整体描述加油站的邻里关系。

---

① 张茧,李辞,龚化. 最是情怀能动人——以几则"爆款"为例谈新闻写作中的人文情怀. 新闻战线,2022(2):11.

② [美]乔纳森·特纳. 人类情感. 北京:东方出版社,2009:110.

镇南站周边是居民区。张道辉深知，和谐的邻里关系对促进销售至关重要。平时，见别人有困难，他能帮就帮，从不含糊。

站长与邻里互帮互助的具体事件。

一天深夜，居民刘阿姨的小孙子高烧惊厥，而她的儿子、儿媳都在外地打工。听说后，张道辉立即开车将孩子送到医院，跑前跑后办手续、交住院费，一直忙到天亮，让刘阿姨十分感动。恰巧，刘阿姨的大儿子在一家变速箱厂上班，当他得知厂里每月需要 3 吨的齿轮油时，立即将张道辉介绍给厂长。经过协商，他们签订了长期供油合同，为镇南站带来 40 多吨的润滑油年销量。

站长的热心得到居民帮助的感人故事。

张道辉的真诚，街坊邻居都看在眼里。很多居民一有空就到镇南站，问问有没有需要帮忙的。一年冬天，一场大雪将镇南站站前道路冻成"溜冰场"。一辆带着防滑链的货车在镇南站加了 1250 元的柴油后，未付油款就驶离油站。加油员正在交班没有留意，等发现时货车已离开了近半个小时。邻居王大刚听说后，二话没说骑上摩托车带着张道辉追赶逃单货车。由于坡陡路滑，摩托车摔在山沟里，他们顾不上疼痛爬起来继续追，终于要回了油款。

用权威的第三人直接引语来升华邻里关系。

"我们石花镇共有 4 座加油站，其他 3 座油站的油品价格都比镇南站低，但大家都愿意到镇南站加油。除信赖中国石化油品的数质量外，我们已把镇南站当成自己家，把油站员工当成了家人。"石花镇南街居委会陈主任说。

(中国石化报 2016 年 6 月 8 日第 8 版)

远亲不如近邻。都市中，在钢筋混凝土高楼中，一扇扇防盗门将邻里之情隔离。而在石化社区、员工宿舍区，充满着浓浓的"邻里情"。

下面两个男人之间的兄弟之情，难能可贵。生活就像是一条长长的河流，时而平静，时而汹涌。在凡人善举的感人细节和闪光瞬间中，得到温暖和治愈。

(主题) 睡在我隔壁的兄弟

兄弟之情就从小细节的帮忙中开始。

赵建辉掏出钥匙，打开房门，把手里刚买的小鱼放到鱼缸旁的小盆里。鱼缸里一尾长长的金龙鱼，在缓慢地游动。他捞了几条小鱼放到鱼缸里，金龙游过去，快速吞掉一条。随后他把鱼缸清理了一下，锁好门回自己家。

交代新闻背景。

这套房子是杨立宁的家。杨立宁因为肾腹水，去北京看病还没回，赵建辉常常过来喂喂鱼。他们两个都是齐鲁石化运维中心二化机修车间气体联合班的职工。赵建辉比杨立宁大三岁，却彼此小赵、大宁地称呼，都习惯了。

帮助的故事由小见大。

这条鱼大宁养了两年多，从巴掌长，长到如人的小臂。买鱼食，清理鱼缸的事，都是小赵在做。大宁第二次换肾也快二十年了，现在身体已需要透析。小赵说，总是一个人在家，没什么活物，多寂寞啊，养别的宠物是不可能了，喂喂鱼总还行，算个精神寄托吧，再说大宁也喜欢鱼。

小赵说这话，有一份对大宁的理解。这份理解来自八年多对大宁生活的贴近和照顾。2008年，也许因为长期服药，大宁的情绪十分不稳定，经常彻夜难眠，偶尔入睡也因恐惧吓得浑身是汗地醒来，一度情绪极度低落。大宁用"一天天熬"来形容自己那时的生活。

大宁独居，小赵怕他想不开，在大宁家住了十几天。从那时起，小赵就有大宁家的钥匙。"怕他万一有事，开不了门"。晚上小赵就在客厅的沙发上睡。两人一墙之隔。大宁睡不着，两个人有一句没一句地唠唠。大宁稍微有点动静，小赵立刻翻身起来过去看看。

(中国石化报2016年7月22日第4版)

整篇文章都是照顾吃喝、帮忙排队、照管小鱼等细节，却能够彰显出情谊。这算是不着痕迹的行文技巧，文笔干净素雅，语言精练无华。

一系列的动作和心理活动描写，让人物以这种关爱的方式亮相。从某种意义上来说，心灵上的慰藉比物质的帮扶、体力的帮扶更难。只有故事中的人物有感情，读者才能读出感情来。

情感也是一种财富。"如果连哭泣都不会，那我们该如何写作呢？"R.拉德纳这样问道。诗人罗伯特·弗罗斯特也评论说："如果作者不能含着泪写作，读者就不会含着泪阅读。"情感可以帮助我们培育价值观体系，并使它保持旺盛状态。

郭景萍在《中国情感文明变迁60年——社会转型的视角》一书中指出，社会转型带来了国民情感性状的转变，最显著的特点是情感回到人本身，向人的生活、人的本性、人的个性回归。国人的情感出现多元化的发展态势，具体表现在：由"运动情感"转向"日常情感"，由"公共情感"转向"私人情感"，由"身份情感"转向"角色情感"，由"政治情感"转向"文化情感"，由"道德情感"转向"审美情感"。大量非典型人物报道正是以其浓厚的日常生活气息、本色表达及独特的个人气质，感染了受众，赢得了他们的认同。①

报道群众的感情故事不仅需要展现他们的勤劳、执着、智慧、勇敢的一面，有时也需要适当回味他们的悲伤、凄楚、苦难与无奈的一面，或许这才是人生真实的全景。

上述故事中的主人公都会给予情感的回馈、报答，比如平等、真诚、尊重、理解、信任，他们的无私、善良、执着为社会洗尽浮华、洗净浮躁，促进了社会大家庭的和谐、友爱、平和。

在民生新闻中，正是通过细节叙事，将宏大的社会主义核心价值观内涵分解、细

---

① 郭景萍. 中国情感文明变迁60年——社会转型的视角. 北京：人民出版社，2010.

化为无数与民众生活紧密相关的微小元素,通过无数打动人心的细节累积、情感融会与思想积淀,涵化、激发民众对于人物及思想蕴含的情感、精神与价值认同,凝聚社会主义核心价值观大众化的精神纽带,奠定社会主义核心价值观民间传播的精神基础。①

五、典型人物的正面讲述与"反面"烘托

普通员工因"事"而"显著",因"人"而"平凡",因"理"而"高大"。

让这些平凡人的"闪光点"闪光,使报道常态化、平民化、亲民化,从而产生较强的吸引力、亲和力、感染力。

典型人物的报道,开头一般是细节故事,正文用三个典型故事提炼主题。为什么正好是"三个"呢?两个太单薄,四个过于烦琐,三个正合宜。新闻界同行指出:"三个正好"的规律值得记者们牢记在心,这不仅可以用在收集不同信息的采访过程中,也可以用在整个故事的写作过程中,尤其是需要用证据来支持某个具体的重要观点时。记住,尽量把你的观点放在牢固的三脚架上。②

1. 典型人物的正面讲述

以往的典型报道,有人用公式来描述:"典型人物儿时聪明懂事+读书时勤奋好学+工作时爱岗敬业+婚后不顾家庭+几十年如一日带病工作"。当无数这样的"高、大、全",似乎不食人间烟火的"典型""模板"被颂扬时,读者就会出现一种疲倦心理,甚至会质疑这类人物故事的真实性,引发他们的逆反心理,进而损害媒体形象,降低报纸的公信力与美誉度。

一个典型,需要拥有扎实的群众基础,需要呈现出一般人的喜怒哀乐、酸甜苦辣,具有较高的群众认同感和社会美誉度,才可信、可亲、可学、可敬,才能站得起、立得直、信得过、叫得响、传得远。

活不出生命的长度,就活出生命的宽度。这是胜利油田劳模吴吉林的座右铭,也是他在有限的生命时光中最大的追求与向往。

(**主题**)吴吉林:活出宽度和厚度

文章开头用五句排比句深情怀念他。

吴吉林走了,办公室的床下还摆着最后一件未完成的革新器具;

吴吉林走了,站上员工的培训记录本里,2018年11月5日,他留下最后一个"阅"字;

吴吉林走了,"梦之旅·心之行"的地图上,还有9个油田没到达;

吴吉林走了,2019年的安排计划上,他给自己定的第一个目标是活下来;

---

① 李朗,欧阳宏生.民生新闻中的社会主义核心价值观表征——兼评"中国新闻奖"部分获奖作品.新闻战线,2014(7):87.

② 威廉·E.布隆代尔.《华尔街日报》是如何讲故事的.北京:华夏出版社,2006:64.

吴吉林走了，给世人留下了一片光明。

文章第一部分。

(小标题) 最大的愿望：活下来

作为癌症患者，最大的愿望是"活下来"，贴地气、感染人。

2月4日晚，除夕夜。

与大多数家庭一样，吴吉林与妻子、女儿围坐在电视机前，观看央视《春节联欢晚会》。

把握幸福，即使它多停留一秒也好。温暖的室内，看着妻女洋溢着幸福的脸庞，吴吉林悄悄起身，走进自己的书房。

坐在电脑前，他制订下2019年的计划，把最想实现的目标写在了第一项：活下来……

对大多数人来说，这或许根本称不上一个愿望，却是吴吉林最大的心愿。

33岁那年，吴吉林被确诊患有"非霍奇金氏淋巴瘤"，但他依然想做命运的主宰，"让我选择命运，而不是让命运选择我"。

生病之后，他在家自学《本草纲目》《千家妙方》，根据症状给自己开方下药；为了增强体质，他琢磨出了一套自命名为"吴氏四十九套"的拳法；听说生姜加艾灸治病效果好，他把姜片铺在身上再撒上艾灸加热治疗；单位宿舍的桌子上，摆着一个装着矿石和吸铁石的水桶，还有半桶没喝完的水。这些做法，在外人眼中有点"极端"，可他，只是想好好地活着。

文章第二部分。

(小标题) 最后的遗憾：还有9个油田没去

略。

文章第三部分。

(小标题) 最真的感动：温暖一座城

朴素的话语回答"病已这么重了，为什么还要搞创新"，升华主题。

农历除夕后的第34天，与癌症抗争了近12年的吴吉林走了，生命最终定格在3月11日17时58分。

在胜利油田东辛采油厂营二采油管理区6站，吴吉林办公室靠窗的单人床下，有他还未完成的创新项目——井口蒸汽装置。

"病已这么重了，为什么还要搞创新？"曾有记者问。吴吉林笑道："有一天我真的走了。在见阎王爷的路上遇见了小鬼，他们总会说，这家伙还干了几件好事，搞了些发明创造。"

2018年11月22日的最后一次见面，让同事们都没有想到竟是永别。"上午10点多他跟我交接工作，安排得很仔细，下午就去住院了。"站长张思胜低声说，"都以为他还能回来。"

在妻子王春梅看来，创新，成为他与病魔抗争的一味"药材"，每一次革新获得成功后，他就像变了一个人似的，仿佛病魔从未缠上他，那爽朗的笑声是从生命深处开出的花。

"人怎样活也是一辈子，与其让病魔吓倒，还不如鼓起劲来做点该做的事，做点有价值的事。活不出生命的长度，那就活出宽度和厚度。"吴吉林说。

然而，创新并不能制服病魔。吴吉林最终还是去了另一个世界。

3月12日零时，在胜利油田中心医院，按照吴吉林的遗嘱，山东省红十字会的医生小心地将他的眼角膜从遗体上取出。

与吴吉林共事多年的石尹岭是在3月12日一早知道他捐献眼角膜的。

在此之前，单位没有人知道他早已签下眼角膜捐献协议。

2016年下半年，吴吉林的病情加重。12月26日，在妻子的陪伴下，吴吉林来到市民政局填写了《山东省遗体(角膜)捐献申请登记表》。

对于父亲提出捐献眼角膜一事，女儿吴若彤没有任何犹豫就投了赞成票。"做人要懂得感恩"，这是父亲最常跟她说的话。

自从被确诊，吴吉林生命的每一天都在倒计时，他曾在日记中写道："我从死亡线上挣扎着爬进爬出过数次，老天爷对我不错，当下给我生存的机会，让我完成想完成的一切，我要有价值地活着，用我的每一天回报社会的温暖。"

吴吉林去世并捐献眼角膜的消息刷爆朋友圈，评论留言超过300条，有网友评论他是一个浑身发光的人。

吴吉林的微信昵称为"霖泽"。此时，已无法确认他起名的深意，也许"上善若水任方圆，厚德如霖泽九州"能符合他的寓意吧。

(中国石化报2019年4月1日第8版)

这篇通讯用一幅幅画面、一个个镜头、一个个字符，生动鲜活地还原了在生命的最后时期，吴吉林的思想和追求，为人们刻画出一个新时代的铁人形象。通过对他喜怒哀乐、酸甜苦辣的描写，传递出感人的力量，彰显了媒体的时代担当。

文章配发评论感言，以"吴吉林用自己的一生诠释了什么是厚重的人生，他的事迹让人感动也让人重新思考人生"为结语，使文章达到了对人生意义思考的高度。吴吉林是产业工人的一面旗帜，以追求卓越、奋斗不息的精神境界，以大写的人格，感染了许多普通人。

2. 典型人物的"反面"烘托

典型报道通过多个事件"正话反说""贬词褒用"来凸显人物个性，丰富人物形象，会收到不同寻常的效果。

典型人物特别是在企业特殊岗位如审计、采购、数质量管理、安全管理的人员，需要严格管人管事，面对现实的世界，会有这样那样的无奈，表现出弱点或不足，但这不会掩盖其折射出的当下最值得提倡的价值追求。所谓"金无足赤，人无完人"，正因为有不足、有无奈、有缺陷,典型人物才真实,才动人,才与众不同,才具有震撼心灵的感染力,才让人产生亲近感。只有对典型人物不粉饰不拔高不拼接不遮掩,让他们回归常态、常情、常理,才能真实可信可学可敬。

(引题) 有人和陈建鑫开玩笑说:"何必那么认真,自己给自己找事儿。"陈建鑫一本正经地说:"安全数质量无小事,马虎不得。"

(主题) 事前多找事　事后不出事

众所周知,"太字辈"是说姓名中有一个"太"字,但河南三门峡石油分公司安全数质量科科长陈建鑫的名字中根本看不见"太"的踪影,大家却都叫他"太字辈"的陈建鑫。

奇怪吗?听了下面的故事,您也许会伸出大拇指说一声:"真是'太字辈'!"

文章用三个部分,从不同侧面、不同事件,反映人物的个性。

(小标题) 亲眼看过才踏实(略)

在一般人看来,多一事不如少一事,可作为安全监管员的他却与众不同,就要通过多找事来保证不出事。

(小标题) 就是"死心眼儿"

陈建鑫的"倔",在三门峡石油可谓"无人不知、无人不晓"。

三门峡石油公司油库进行乙醇汽油调配中心改造施工时,陈建鑫在油罐区检查时突然发现,用于立式油罐接地体的镀锌扁铁规格偏小,达不到规定标准,于是要求施工队立即停止施工、更换材料。

施工队说图纸上就是这样设计的,材料也是经过专人检验的,一切都符合施工要求。陈建鑫却说,只要不符合设计规范,不论谁设计的、谁验收的都不行。

关键时刻,公司给了陈建鑫很大的支持。

此事引起轰动,有人笑陈建鑫"死心眼儿"。陈建鑫听了笑着说:"为企业把关就得'死心眼儿',我就是'死心眼儿',我愿意做这样的'死心眼儿'。"

人物用"我就是'死心眼儿'"来自我解嘲,深化主题。

(小标题) 对待"三违"不手软

在油库改造工地进行安全检查时,陈建鑫发现施工现场切割机旁有一盘由几段旧护套线接在一起的电线。陈建鑫立即提醒施工队不能用护套线代替电缆线,否则容易发生事故。施工队满口答应说,知道这些规定,并表示备有完好的电缆线,请陈建鑫放心到别处检查。

陈建鑫检查完油库,在回公司的路上,又想起那"接起来的护套线"。怎么没有看到他们的电缆线?他们拿护套线干什么?他们不守承诺怎么办……陈建鑫越想越觉得不对劲儿,连忙叫司机掉转车头再回油库。

到油库一看,果不其然,施工队以为陈建鑫走了,就放心大胆地接上旧护套线开始作业。陈建鑫见此情况,气得脸色发青,冲上前去,切断电源,拔下插头,把护套线挽成一团,扔到车上,然后叫来施工队队长,一阵猛批,直吼得高个子队长连连点头认错。

最后陈建鑫丢下一句话："明天早上带上保证书到公司接受处罚，否则卷铺盖滚蛋！"

（中国石化报2010年8月25日第8版）

第三部分写人物的暴脾气，暴露其性格中不足的一面，却流露出独特的个性，他身上的"不完美"——较真，蕴含着人性中难得的"大美"——认真，成就了他的震撼力、吸引力、人情味。只有让人物真正"动起来""活起来"，才能使他的形象"立起来"。

一位著名记者指出："报道一个劳动模范……应该研究这位劳模和别的劳模有什么不同，一定要找出这个'不同'来，有了这个'不同'，那些最能表现这个劳模本质的材料、事迹就站到前列来了……这样，我们虽然写他一两件事，反而更能表现出这个劳模的特点。"①

典型人物应当是有能力直面和化解现实矛盾的人物，或是在矛盾处理中彰显独特的人格魅力的人物。他们因不回避现实矛盾而璀璨、而感人，有思想、有境界，令人起敬。

一个典型人物的刻画，必先是有血有肉、感情丰沛的描写，哪怕有这样那样的不足。正所谓"宁留其缺，不要抹平"。小毛病实则流露出浓浓的人情味和独特的个性，他们身上的"不完美"蕴含着人性中难得的"大美"，这正是吸引人、打动人、感染人的地方。

只有把先进人物放到"真实的人"这个前提下，并且从这个前提出发，去凸显其非凡之处，这样的先进典型才是真实的"人的英雄"，才会被读者认可和接纳。②

当然值得注意的是，不能为了突出典型人物的不足，而去刻意贬低普通群众的共识；也不能为了突出典型人物的"高大"，而去"矮化"其他员工的言行，落入"树起一人，倒下一片"的尴尬境地。

关于人物的新闻处理，同行指出：通过鲜活的事例、具体的细节、真挚的情感、矛盾的冲突、波折的悬念，多维、立体地展现典型人物的丰富情感和感人事迹，用曲折的经历吸引人，用传神的细节感动人，用事件的结果启迪人。让人物报道从静态和模式化转向动态和立体化，也就是从呆板、沉闷走向生动、感人，让报道"动"起来。③

中国石化报通过人物报道，揭示的是普通员工的内在精神、品格、信念、理想和尊严，所弘扬的是蕴于其中的质朴、坚韧、善良、敬业、勇敢、智慧、互助等美德。

---

① 刘海贵. 中国新闻采访写作教程. 上海：复旦大学出版社，2008：284.
② 费伟伟. 人民日报记者说：好稿怎样讲故事. 北京：人民日报出版社，2021：92.
③ 唐务逊. 让典型人物报道"动"起来. 新闻战线，2014(2)：53-54.

第三节　人物表现形式的辩证思维

内容和形式是揭示事物所具有的内在要素和它们的结构及其表现方式的一对范畴。内容是事物内在要素的总和，形式是内在要素的组织和结构。事物总是具有一定的内容和形式。内容决定形式，形式服务于内容。

通讯写作创作时辩证思维的运用无处不在。节奏的张与弛、表达的骨与肉、色彩的浓与淡、风格的雅与俗、篇幅的长与短等，都要恰当地把握。①

"文似观山不喜平"，作为通讯报道重要组成部分的人物报道需要有起伏、掀波澜，起冲突、设悬念，有呼应、推高潮，形成抑扬顿挫之势、跌宕起伏之态。用什么样的语言形式？哪些地方详写？哪些地方略写？哪些环节重点写？哪些地方运用强烈对比与反差？形式运用恰当能让作品内容增色，把握写作的技巧、尺度、艺术，就能让作品打动读者、感染读者。

一、笔墨详略对比

表现主题的故事、细节、引语要运用平实直白的语言详写，与主题有一定关联的内容可略写，甚至一笔带过。用语言讲故事就像编剧一样，它可以把现实数年时间缩短为一句话匆匆带过，可以把一个片断进行细描特写，像一个场景大幅度拉长，精雕细刻、精益求精。

一个故事不可能所有地方都是高潮，平淡内容可能也是故事的一部分，他必须学会尽量紧凑、简洁地处理好故事中的平淡内容，这样才能让读者把更多的时间投入故事的精彩部分去。②

(主题) "傻"得出奇的首席红娘

开头设置悬念，进行细致描写。

60岁的朱芳，不折不扣是一爷们儿，但民间给这爷们儿戴上一系列温婉的头衔："中国第一红娘""京城首席红娘"。

天南地北未曾与其谋面的孤男寡女，由于仰慕"首席红娘"的大名，纷纷来信苦诉衷肠，求助促成美满姻缘。来信中有管他叫阿姨、大妈、大婶的，有的甚至直接称他为"亲爱的妈妈"。

"都是这'芳'字儿闹的。"朱芳乐呵呵地说。

交代身世背景，一句带过，该文选择的就是与"找对象"有关的背景材料，而不是繁杂冗余的材料。将背景进行巧妙穿插，与新闻编织浑然一体。

---

① 李从军. 如何采写通讯. 北京：中国人民大学出版社，2015：168.
② 威廉·E. 布隆代尔.《华尔街日报》是如何讲故事的. 北京：华夏出版社，2006：203.

朱芳原是北京重型电机厂的一名工人，兼当"红娘"纯属偶然。最初他看本车间几个小伙子因找不着对象闷闷不乐，就热心帮着张罗，没想到竟促成几对儿。从此，26岁的他乐此不疲，下班后满世界帮人找对象。他戏称这是"不领工资的第二职业"。

主人公的第一"特点"，做媒成功率高，一般事例与骨干事例结合，进行"叙述+描写"。

从染上这一"嗜好"到1996年退休，朱芳义务帮近300对"有情人"结成眷属。每当一对新人把喜糖剥开送到他嘴里时，这位"业余红娘"就乐得合不拢嘴："咱不就好这个嘛！"

有人觉得，朱芳的这一"好"近乎宗教：为给徐州一位叫郭婷婷的女孩找到如意郎君，他和那女孩整整通了10年信。

有个25岁的小伙子声言，非漂亮的女孩不娶，为此，8年时间，朱芳给他介绍了155个姑娘才结上连理；还有一个身高只有1.55米的女孩声称，身高不够1.8米的男人不嫁，朱芳苦苦寻觅4年，最终，这女孩从见过的80个高个子中相中了自己的"白马王子"。为这两人费这么大劲儿，朱芳却分文不取。"当红娘就得把别人的事儿当成自己的事儿，人家要什么样儿的得给找什么样的，就是麻烦点儿。"朱芳轻描淡写地说。

主人公的第二"特点"，做媒不收费，甚至贴钱。

退休后，朱芳注册了个"珠芳婚介中心"，"业余"变成了"职业"，可他仍是象征性地收个百八十块钱，"权当是电话费、场地费"。折腾了几年，不但没挣钱，反而赔了。

对比手法写背景，一笔带过。通过对比，彰显人物的境界。

眼下，一些婚介机构黑幕屡屡曝光。入会费动辄高达万元，骗钱骗财事件不绝于耳。可朱芳不为所动。他说："我帮人找对象就图个乐子，交点儿朋友。"在朱芳合作者眼里，他是好人，但没什么文化，缺乏魄力。这位合作者抱怨："他老是以'媒婆'形式出现，没跟上时代，所以做得不大。"

的确，朱芳做婚介，从不做广告。他的名声全靠一传十，十传百，再经媒体报道造出的影响。有一次，他被一家电视台请去做嘉宾，竟招来上至90岁下至17岁的上万人"登门求缘"。"没辙了，我只好安排一间屋子是年轻人，另一间屋子是老头老太太，我爱人给挤得只好去逛大街。"朱芳回忆说，"来的人不走，还得带着吃饭去。"

这种赔本赚吆喝的事他常干：开联谊会有人不买门票他买，郊游有人不掏饭钱他掏。就在几天前，朱芳带征婚者到廊坊郊游，因下雨，去的人少了许多，光租车就赔了500元钱。

"赔了也得干。"朱芳自我解嘲，"天宽地宽不如心宽。不过，我跟老伴儿说没赔。"

家庭反对，一笔带过，略写（此处略去）。

主人公的第三"特点"，培养做媒徒弟，详写。

不仅热衷做"职业红娘"，他还热衷培养"业余红娘"。他的弟子中有军人、大夫，退休的、打工的。他最得意的"弟子"是位年近80的老太太，促成60多对姻缘。

退休工程师胡琴是朱芳的大徒弟。她说:"婚介这行儿和三教九流的人打交道是最难的,但师傅这人古道热肠,30多年如一日,没人能有这毅力。谁有挫折都会挫,他不会。"

结尾与开头进行呼应。

有人问他打算什么时候歇手。"什么时候走不动了,老糊涂了,让俩女的见面去了,我琢磨着就不能再干啦。"朱芳诙谐地说。

(中国青年报2004年6月9日)

文章通过笔墨详略对比,细写主人公介绍对象的"热心"、"爱心"(不收费)、"公心"(带徒),而对他的身世经历、遇到困难挫折略写。通过成功案例的详写,与收费中介的反差、家人的反对与理解的刻画,显示了主人公乐于公益的高贵品质。

人物报道人人能写,写好最不易。其中一个最易犯的毛病就是把人物报道写成人物小传,作者生怕漏掉这个人的某一时期或某一方面。本文详略得当,尽管不知道这人长得怎么样、上过什么学、具体做什么的、得过什么荣誉,但一个"媒公"的形象活灵活现。

在表现这类"小人物"时,篇幅一般不长。本文也可以根据主人公三个方面的特点,加小标题处理。但作者很好地运用"缝制"手法,根据人物自身"性格"逻辑,运用一些背景等,天衣无缝地"串"起来,上下过渡、起承转合自然流畅,没有线头,没有瑕疵,没有疙瘩,行云流水,一气呵成。

详略得当的表述,不仅使故事紧凑、流畅、明快,不拖泥带水,而且让人物的个性、特点、精神等得到充分的张扬和集中的体现。

著名记者穆青主张:"人物通讯常常需要叙述一些有关人物的概括材料,但要善于把这种叙述同描写结合起来……结合的方法,具体来说,就是要写出一个个表现故事和情节的感人典型画面,再以这些画面为骨干,用那些叙述连缀贯穿起来。这样,就好比绿叶衬着红花,一条藤上牵着一串瓜,读起来感到疏密相间,有动静起伏,不致沉闷。"[1]

叙述用简笔,粗线条连缀;描写用工笔,细线精心描绘,两者交替使用,达到错落有致,适得其所。精巧的架构让人物"站"起来,栩栩如生。

二、节奏快慢对比

古希腊哲学家赫拉克利特曾用朴素的辩证法,概括了艺术表现的一项重要规律:相反相成,对立造成和谐。他说,音乐混合不同曲调的高音和低音、长音和短音,从而造成一个和谐的曲调。人物报道作品如同音乐艺术作品,需要把握这一辩证思维。

在叙事过程中,需要把握轻重缓急的节奏,就如同音乐作品只有高低音、强弱音

---

[1] 章玉兴. 人物新闻采访与写作. 北京: 人民日报出版社, 2014: 165.

对比，收到抑扬顿挫效果，才能令人回味，绕梁三日不绝。有张有弛、疾徐有致地控制新闻作品的叙事节奏、讲述故事的频率，让读者阅读时可以喘息、读来留有余味，突出节奏感、韵律美，成就和谐曲。

（标题）"抠门儿"谢老太

短段落、短句子开头，快速地有节奏地推进故事。

一个老太太死了。这事再平常不过了。

她刚洗过澡，没来得及穿完衣服，顺势倒在用了几十年的那个略大于洗脸盆的澡盆边。

"抠"的第一部分写一件典型事上的"抠"。

一个月前，侄孙实在看不过去，为她装了一个热水器，但她一次没舍得用。

"太浪费了，太浪费了。"她一个劲儿地唠叨。

"她抠抠搜搜了一辈子。"侄孙淌着泪说，"她苦了自己一辈子。"

插入"解说"或"旁白"，给读者喘口气，停顿留下思考。

老太太叫谢志远，一生病痛，一生未婚。退休前是武汉铁四院职工学校的图书管理员。

她走得悄无声息。

只有几个过去的同事、邻居及老人不多的几个亲属参加了遗体告别。

"抠"的第二部分详写日常生活中的"抠"，放慢节奏。

同事刘苏娜一边整理老人的遗物，一边流泪：年初她给老人送的核桃粉，快年尾了还没吃完；那件被儿子称作"罗汉衫"的外衣，仿佛风一吹就会飘散；11年前送老人的大围巾，现在已改成了裙子；所有的衣物都是10多年前的旧款式。

当然也有几件电器：电视是一台仅能收两个频道的二手货；小冰箱是120元钱从别人手里买的；甩干机的声音近似于拖拉机。虽然那个单孔煤气灶早已通了气，可知情人说："她舍不得用煤气，一直烧蜂窝煤。"

刘苏娜知道老人胃不好，有次特意给她买了几袋上海银丝面。以后老人每次见到刘苏娜总说："那面条好，下锅不起糊，嚼着筋道。"可她听说那一小袋面3.8元后就再没提起过。她长年吃0.9元钱一斤的筒子面。

插入"解说"或"旁白"，运用对比反差闪回，让读者停顿、回味。

听老太太早年的同事讲，上班那会儿，谢志远也很爱美：她会在铁道部发的带编号的工作服外翻出带蓝格子的衬衣领；她用烧红的熨斗将裤线熨得笔直。

直到去世前，她每天都读李清照。

"抠"的第三部分再进行细节详写，描写需他人照顾中的"抠"，舒缓节奏推进。

几年前，老太太中风了。吃饭从这边扒进去，从那边流出来。单位想请一个人照顾她，她谢绝了。稍稍好些，她就一步一步摸着墙根往前蹭。从她家到菜市场，常人走七八分钟，她要挪一个小时，有好几次摔倒在菜市场。

两年前，她身体更糟了。她的好友汤医生强行帮她请了个保姆。可不到20天，保姆哭着鼻子来了："汤大姐，这活儿没法干。你看看萝卜烂得入筐了，她捡出来，削了这头留那头；白菜都流水了，她还一层层剥开，好叶子掐成一条条丝儿。这都有半月了，她就给我50元钱买两个人的菜过生活。"

插入"解说"或"旁白"，与对别人的"慷慨"进行对比，让读者再喘口气回思。

小雨的妈妈对这位忘年之交最知根底："她对别人永远是慷慨大方的。相当长的一段时间，老太太不仅要负担侄孙子们每年的学费，还要帮他们订阅全年的《语文报》《小学生报》；直到他们一个个成家时，老人还为每人备一份厚礼；为感谢医生免费为自己打针，她经常会拎着活鸡、活鸭登门道谢。"

由最后生病中的"抠"，进入故事的高潮。

然而轮着自己，她连吃药都拣"最便宜的"。汤医生说："她吃的药基本是用蜡封口、里面塞棉花的老式药，大多托我去药材店批发。降压片几块钱可以买100片。"

谢志远老人去世时有70多岁，但没人知道确切的生日。她孤独地走完了自己的人生。她死后，人们在她家的电话号码的最后一页，发现了她10多年前就已立好的遗愿：将自己所有的存款及房屋变卖的款项，全部捐给"希望工程"。

结尾部分通过一个响亮有力的"豹尾"摇摆，解开悬念，将主题发挥得淋漓尽致。团省委书记的最后一句话再次升华主题，余味无穷。

没一个人会想到，她的存折上竟有5.7万元存款；更没人会想到，她那间已有30多年历史、只有40平米的陋室，竟然拍卖了13万元。

12年来，团湖北省委共接受"希望工程"累计捐款1.3亿元。团省委书记肖菊华说："没有一笔款，像这18.7万元，这样烫手、烫心。"

（中国青年报2004年6月16日）

上文四个部分写她的"抠"，中间插入三个部分的"解说"或"旁白"进行"闪回""对比""留白"，达到高潮，控制叙事的节奏，防止叙事的平淡与烦琐。如同小说的手法，各式各样的"抠"在铺垫，这些"抠"又不是简单重复啰唆，而是循序渐进（从日常生活到请人料理，再到生病去世）、螺旋式上升，最后进入故事的高潮与冲突。

全文仅1500字，读来波澜起伏，时高时低，品味出有如音乐般的节拍与韵律；叙事中的叙述与描写交替进行，既表现了详略，又控制了节奏，品评出有如音乐的强弱、节奏长短对比。主人公的精神值得敬佩，叙事快慢的控制手法值得深究。

（主题）峰嫂撒了一堆谎

故事以悬念开始，一系列对话和动作描写，吸引读者往下读。第一折：婆婆长了脑瘤。

"啊，脑瘤?!"峰嫂的头嗡地炸了。大哥打电话告诉她，经检查，婆婆脑颅里长了两个瘤。

草草处理完手头的工作，峰嫂跳上电动车，直奔婆婆家。一路上，她眼前不时闪现婆婆步履蹒跚的身影，鼻子酸得发涩，两行热泪滑下脸颊。

进了家门，峰嫂走到瘫软在沙发上的婆婆身旁，打起笑脸，笑呵呵地说："没事儿，小手术，如今都不用开颅了。"

"嗯。"婆婆耷拉着眼帘挤出一声。

大哥把峰嫂和小姑子拉到一边，压低声音说："这两天咱兄妹三家各掏15万元钱，给妈做手术。你们有困难没有？"

"没有！"峰嫂和小姑子异口同声。

"妈患脑瘤要做手术，要不要告诉二峰啊？"大哥犹豫地问峰嫂。

插入背景材料，一带而过，让读者也有停顿、喘口气的时间。

二峰是峰嫂的老公。中原油田加大"走出去"力度，二峰9年前随队伍远赴非洲的加纳闯市场。像峰嫂家这样的留守家庭，中原油田有两万多户。

接下去继续讲故事。第二折：筹钱。

"是啊，妈这手术是大事。可告诉他，他也不能立马回国，回不来，还不够着急上火的。"峰嫂心里一面掂量，一面说。

"嗯，我也犹豫……怕妈万一有啥闪失，二峰会怨我一辈子。"年近五旬的大哥声音有些颤抖。

"大哥，妈会挺过来的！"峰嫂虽心里没有底，但还是安慰道。

"好吧，咱都回家准备吧。"大哥说。

"银行卡上有3万元，可收回借款两万元，再找娘家借，找闺蜜借。"峰嫂推着电动车往外走，心里盘算能筹到的钱，并拨通了求援电话。

5万元，7万元，9万元……峰嫂脑子里的算盘停住了，一时想不到还可以从哪里筹到钱——还有6万元的缺口！拖着沉重的双腿回到家，峰嫂将钱一股脑儿汇在一张卡上，继续梳理能借钱给自己的朋友。

中间又发生了转折，让读者停顿一下，往下读。

突然，手机铃声响了。是二峰的来电。

故事第三折：隐瞒钱的用途。

"咋回事？咋又取钱了？还取3万元！"远在加纳的二峰劈头盖脸地质问。

"哦……啊……孩子补课，交补课费嘛。"峰嫂像被电击了一下，好在瞬间反应过来，回答道。原来，二峰的手机跟家里的银行卡绑定着，一取钱，二峰的手机就会有短信提示。

"不是刚交了5000元吗？咋又交？还交3万元？"二峰发射连珠炮。

"嘿，你老待在非洲，哪儿知道国内补课的行情！挣钱不都是为孩子花嘛，是吧？"峰嫂的声音甜润起来。

"取这么多钱，提前说一声啊，我还以为有啥大事。"二峰仍不满，但语气明显柔和了。

"呵呵，哪有啥大事，你净瞎操心！好好上班吧。你英语口语水平有长进没？自个儿注意安全啊。"峰嫂把话头转到二峰身上。

"嗬，我在这儿好着呢！"二峰的话透着甜美。

悬念中发生转折，让读者松一口气。

好险！峰嫂嘘了一口气。

11个小时过去了，还差4万元。峰嫂急得像热锅上的蚂蚁。借！借！借！峰嫂第一次感到张口借钱真的需要勇气。

东拼西凑，峰嫂终于把15万元转给了大哥。

故事转承到第四折：陪婆婆做手术，对女儿隐瞒。

大哥和小姑子第二天就带着婆婆到北京一家大医院办理好入院事宜。手术安排在一周后进行。

眼看婆婆做手术的日期临近，峰嫂越发焦躁。熬过两个不眠之夜，峰嫂终于鼓起勇气对女儿说："妮儿，妈妈要去北京学习，就两天，你自个儿在家能行不？"

"好啊好啊。别忘了给我带北京烤鸭哦！"女儿撒娇道。峰嫂松了一口气。她又叮嘱道："我去北京学习，不要告诉你爸爸哦，保密！你总不想看我被你爸爸训吧？"

安顿好女儿，峰嫂火急火燎地赶到医院。

"你……你咋来了？妮儿谁照顾？"大哥问。

"二嫂……"小姑子泪眼汪汪地望着风尘仆仆的峰嫂，喊了一声。

峰嫂强忍着泪水，轻轻靠近病床上的婆婆，俯下身跟婆婆耳语。

故事进入第五折：对丈夫隐瞒。

手机铃声又响起。

"喂，你干吗呢？妮儿说你到北京学习去了，孩子都高二了，你还瞎跑！"是二峰的大嗓门。

"哦……哦……"峰嫂慌忙捂住手机，走出病房。

"活到老，学到老，咱说好的一起学习进步，对吧？你现在能填英语报表了不？"峰嫂抹着眼角的泪水，语气故作轻松地说。

"没事多往咱妈家跑，老往外跑个啥？"二峰自顾咧咧。

"嗯嗯，咱妈好着呢，你放心吧。好好上班吧。"委屈的峰嫂压住心头的火，柔声应道。

"二嫂，喝杯水。"不知何时，小姑子站在了峰嫂身旁，递过来一杯水。

峰嫂接过水杯，咕咚咕咚浸润干涩的嗓子，泪珠却滑进水杯。煎熬的11天过去，婆婆终于出院了。

事情进入高潮，余音绕梁。

毫不知情的二峰"按规矩"隔三岔五给峰嫂打电话，询问孩子、老妈的情况。从峰嫂的口中，二峰获知"一切安好"。

两个月后,二峰轮休回到家。吃过午饭,峰嫂梳理一下心绪,一脸柔情地对二峰说:"老公,有件事,我得给你说……"

"啊?你咋不早说!"听完事情原委,二峰摔门而出,奔跑到老妈家。

妈妈已经午休。二峰怕吵醒妈妈,只好蹲在门边静静地等候妈妈醒来开门。少顷,一向粗犷的二峰嘤嘤地抽泣起来。

在抽泣中,只有二峰知道,峰嫂的谎言包裹了多少深爱、多少坚韧、多少宽容、多少无奈……

(中国石化报2017年2月13日第8版)

一波五折、"峰"回路转的故事,让人唏嘘不已。

短句子、短段落让版面产生疏密相间的效果,有利于读者阅报的节奏控制。就如同郑兴东教授在《试论版面语言》一文中说的:"运用适当的空白作背景,能使感受之间的差别增大,形成鲜明的感觉对比,从而更好地引起读者的注意。"[①]

新华社记者朱玉撰文指出:将话说到七分,留白给读者,这种得益于中国水墨丹青的写意笔法竟得到了相当意外的果实,《警察任长霞》的语言因为相对含蓄而显得更富于弹性和张力,长短句和短段落的组合,不但使视觉上黑白灰的组合显得更为得当,而且,有诗一样的韵味和感觉。

长篇通讯作品也是需要控制叙事节奏的。"文气是不能断的,却不是一成不变的,而是有起伏,有跌宕,始终前行、有所发展、不断深入,因此文气是游动的。它随着主题的深化、情感的回转、节奏的跌宕,不断延伸、积聚。"不同于小通讯,长篇通讯"层次与段落之间用抒情、议论衔接,并自然生发,节奏快速转换,给人浑然一体的感觉。文章虽长,但读起来气顺,不累"。[②]

三、寓意头尾对比

唐代诗人白居易在《新乐府序》中说:"首句标其目,卒章显其志。"明代诗论家谢榛在《四溟诗话》中提出:"起句当如爆竹,骤响易彻;结句当如撞钟,清音有余。"新闻叙事可以借鉴文学手法。

人物作品开头、结尾极其重要,故事开头设置悬念、矛盾吸引人,故事结尾让人回味无穷、无限遐想,这样的反差能震撼读者的心灵,牵动读者的神经。

文章讲求"凤头豹尾"。首为尾揭示,尾为首总结。首尾呼应、相互关照,是全文一体的关键。精彩的起首和点睛的结尾,出人意料,让人过目不忘。

1. 头尾呼应突出主题

开头设置寓意,结尾放作者想要强调的重要信息,相互照应,形成循环,深化

[①] 刘明华,徐泓,张征. 新闻写作教程. 北京:中国人民大学出版社,2002:113.
[②] 李从军. 如何采写通讯. 北京:中国人民大学出版社,2015:94.

主题。

（**主题**）寻找"李记"：跨越30年

开头写署名为"李记"的汇款单，引人入胜。

3月20日下午，安庆石化原建安公司退休职工许惠春老人在医院去世，享年88岁。老人没有给三个儿子留下一分钱存款。家人整理老人遗物时，在一只小木箱里发现一个泛黄的纸包，里面有几沓厚厚的汇款单。这些汇款单都是许惠春老人寄出去的，但署名均为"李记"。20元，300元，3000元，5000元，10000元……一张张汇款单讲述着好人"李记"的故事。

结尾"要将每一张汇款单珍藏好"，形成呼应。

许海鑫说，他和两个弟弟商量好，要将每一张汇款单珍藏好，这些遗物是父亲留给他们最宝贵的财富。"这些汇款单是父亲品格的写照，是无比珍贵的，我们会传承父亲的品质。"

(中国石化报2019年4月10日第1版)

运用首尾呼应方式对故事的主题再次做出阐释与强调，可使用"一些非事实性证据——象征、情感回应、观察后的评论甚至还有诗歌的片断"。① 上文的结尾正是运用了"非事实性证据——象征"的笔法寓意"父亲的品格"，呼应了开头。

开头带着悬念入题，首尾之间形成跌宕起伏、富有戏剧性的情节，让人物"动"起来，使新闻"活"起来。全文用朴素的笔法，真实还原了一个老石化人淡泊名利、帮助别人，做个对社会有用的人的向善品格，将平凡人的爱心善心传递，读之令人动容。

2. 头尾对比突出主题

在头尾呼应的基础上，结尾的寓意得以升华，通过对比突出主题。

（**主题**）一顿火锅的上下半场

开头是直接引语，围绕年夜饭主题展开。

"老爸，我们家已经连续几年没有一起吃年夜饭了。"

2月4日除夕下午，岑润波和儿子坚仔在厨房里清洗整理上午从菜市场买回来的肉和菜，坚仔的一句话触动了岑润波。

岑润波、钟铃艳是一对倒班夫妻。岑润波是广州石化2号重整装置班长，倒班30年；他的爱人钟铃艳是甲基叔丁基醚装置操作工，倒班26年；儿子坚仔正在上大学。除夕，丈夫岑润波上夜班、妻子钟铃艳上白班，除夕夜一家人又不能在一起吃团圆饭了。

结尾部分，吃了一顿上下场的年夜饭。

21时20分，完成白班当班任务的钟铃艳回到家，看到儿子正坐在冒着热气的火锅旁，心里热乎乎的。母子俩一起涮火锅、看春晚、聊家常。

---

① 威廉·E. 布隆代尔.《华尔街日报》是如何讲故事的. 北京：华夏出版社，2006：168-169.

"一顿年夜饭分成上下场,但好歹你和我爸都陪我吃年夜饭了,这说明咱家'优化运行'很有用啊!"坚仔打趣道。

(中国石化报2020年2月14日第1版)

结尾"一顿年夜饭分成上下场"相比"连续几年没有一起吃年夜饭",就是"螺旋式上升"的呼应。

(主题)我们要像石榴籽那样抱在一起

开头部分写在中原油田的帮助下做生意成功的维吾尔族夫妇慰问敬老院、以恩报恩的消息。

7月26日上午,河南濮阳市华龙区岳村乡敬老院,50位老人依依不舍地将一对维吾尔族夫妇送出院门。

维吾尔族夫妇名叫阿不都艾尼、左克拉。这天,他们给敬老院送来150公斤西瓜。

新疆伊犁维吾尔族同胞阿不都艾尼在中原油田做烧烤生意22年,靠着油田人无私帮助迈过一道道沟坎,他和妻子把对油田人的满腔感激化作民族团结的不竭力量。

截至7月底,阿不都艾尼夫妇已救助9名孤儿,慰问50多位孤寡老人,为环卫工提供免费午餐300多人次,耗资超过10万元。

最后写维吾尔族夫妇开的店里,设置传递爱心的便笺。

饭店大厅墙上经常贴着几十张"爱心便笺"——爱心人士预付15元,点一份拉面,店员用便笺写好,贴在墙上。需要帮助的人进到店里,揭下一张交给店员,一盘热腾腾的拉面就会端到面前。

(中国石化报2017年8月7日第8版)

从开头维吾尔族夫妇自己献爱心,到结尾发动爱心人士献爱心,就是一种升华,同时进一步深化了民族团结的主题。

结尾是表现主题的最后一锤,也是令全篇结构完美的重要部位,精彩的结尾可以起到深化主题、画龙点睛、激发感情、引发思考的作用,让报道最后给受众留下一个完整、深刻的印象。[①]

四、意思前后对比

如同世界上没有两片相同的树叶,现实中也没有两个个性完全相同的人,人物性格千差万别。不同的作品对同一个人的个性描写也不可能相同。

通过有关细节、特征、对比的特写,凸显并挖掘人物的个性、特质、人性,表现出"这一个"来,彰显其与他人之间的不同,让读者对这个人有深刻的认识与特殊的情感,让人物"灵"起来。

1. 段落间的反差对比

通过个人品性与工作作风间的强烈对比、工作与生活方式间的迥异对比,并在不

---

① 费伟伟.人民日报记者说:好稿怎样讲故事.北京:人民日报出版社,2021:300.

同段落间进行分配与对照,来凸显人物的个性特点。让读者通过对个人的言行等表面特征的了解,来深刻领会、读懂人物的本质。

(主题) "邓茄克"小传

第一自然段从主人公的仪态、行为方面表现邋遢随意的个性。

"邓茄克"(家科)不修边幅,皮鞋经常蒙着厚厚的尘土,身上的马甲也常年泛着油光。每次他到修理班来,大伙儿都喊他擦鞋。他总是不以为然,被连哄带吼实在过不去了,才不情愿地擦一两下。

第二自然段从他的行为、语言方面更深入细致刻画主人公的个性。

比起鞋来,他身上的"三点一线"更对不起观众。所谓"三点一线",是指"邓茄克"的衬衣总是歪歪扭扭地扎在腰间,扣子错位,腰带反方向系着。无论大家怎样笑他,他都无动于衷,依然我行我素。"邓茄克"自己说,这些算不了什么,他曾经穿过两只不同鞋子、不同袜子出门。

第三自然段从他的脾气品性方面凸显人物不拘一格的个性。

"邓茄克"很犟。经常听到他在不同场合"咆哮",不用问就知道他准是又和谁犟上了!大到美国打伊拉,小到喝牛奶吃鸡蛋是否合理,没有他不犟的。他通常鼓着腮帮,瞪着眼珠,叽里咕噜地说着谁也听不懂的聊城方言。看他实在太激动,大伙儿就把他按在椅子上:"'邓茄克',把舌头捋直了再说话。"

第四自然段通过人物的行为、语言描述反衬出工作上兢兢业业、认认真真极具"两面性"的个性。

在工作中却没人和他犟。"邓茄克"在队上主管设备。平时,常见他拿着笔和本在车场转悠,每台车的运转公里数、设备型号、出厂日期、技术参数他都了如指掌,车辆任何问题都逃不过他的眼睛。遇到棘手的问题,他顾不上换工衣就钻到车底下。他修起车来的样子也很有趣,微抬着头,眼睛还是瞪得鼓鼓的,表情严肃。一会儿他喊:"梅花起子。"于是有人递给他,过一会儿他又喊:"扭力扳手。"随即又有人递给他,那时候感觉他不是在修车,倒像正在做手术的外科大夫。

(中国石化报2007年7月3日第8版)

第四自然段通过一系列动词的描写表现邓家科在工作上的认真劲,与第一、二、三自然段关于他"懒散"的个性之间,形成了强烈的对比。

一事写一人的成功作品,就是因其短小精悍,"攻其一点,不及其余",所以以专一、凸显、强调、张扬等特点刻在读者的脑海里。人物的性格特点表现得越突出,人物的形象气质就越鲜明,给读者留下的印象就越深刻难忘。

(主题) 急脾气的庄永利

厂家的人发脾气,采购方没了脾气。

"我们没干过这样的亏本买卖,也没见过像你这样的采购人员!"5月21日,山东省沂源县的一位送货人员,捏着一沓出租车票在庄永利面前甩来甩去,大声抱怨着。而此刻原来脾气比猴急的庄永利却没了脾气："实在不好意思，要不是检修急用，也不会让你大老远打车把货送来。对不住了，请原谅。"

看着庄永利满脸歉意，站在一旁的同事暗自纳闷，向来对供货厂家说一不二的庄永利，今天这是怎么了？齐鲁石化胜利炼油厂物资中心主任于长杰向众人道出了事情原委。

采购方的人发脾气，厂家没脾气。

今年5月，齐鲁石化胜利炼油厂加氢裂化装置进行检修，施工现场需要约10公斤高温黏结剂。5月20日下午，车间打电话给庄永利，要求他21日上午把货送到检修现场。接到要货电话后，庄永利立即联系100千米外的山东沂源某生产厂家，要求他们第二天12时之前把黏结剂送到现场。

然而，第二天早晨再联系时，厂家却说货太少，根本不够路费钱，他们正在办理配货手续，两天后可以送达。一听这话，庄永利立即发脾气了："不管你有什么困难，12时之前必须把货送到！否则，今后别想再给炼油厂供货了！"慑于庄永利的威严，厂家立即派人提着10公斤黏结剂，坐出租车把货送到胜利炼油厂。

1公斤黏结剂15元，10公斤才150元，为了送货，出租车费就花去200元。听着送货人的抱怨，庄永利感觉对不住生产厂家，这才赔上笑脸。

(中国石化报2010年7月15日第6版)

人物写作通过细节描述还原状态。细节是作品的指纹，以区别你所写的人、故事与他人所写的人、故事之不同；最能唤起读者兴趣、引发读者关注的是那些明确、具体、特定的细节。①

上文标题首先点出人物的性格特征，吸引读者了解这个庄永利怎么个急脾气，而开头一个大反转，突出人物的好脾气，巨大的反差又给读者增加了探究原因的好奇感。随着事件原委的说明展开，读者对庄永利的脾气最终产生判断，并形成完整的人物形象。标题将人物的性格特点提炼出来，很好地表现了文章的主题、人物的精神境界。

从某种意义上来说，人物的精神世界、个性特征只有在矛盾冲突中、在风口浪尖上才能得到淋漓尽致的展示与表现。透过字里行间，将小人物有血有肉地立起来，他不是那么高不可攀、完美无瑕，反而让人亲切、可学。

一位人类学家说，人们的所作所为比他们所说的内容重要得多，记者通过他或她的着装、外表、姿态、手势和面部表情呈现出的第一印象，可能比记者说的任何话都要重要。

一位老记者说得好："写人物不写性格，纵能上天入地，也是行尸走肉。"通过主人公的个性描写，用对比手法进行强烈的映衬，给读者留下鲜明的、深刻的印象。

记者最好的报道方法是记下关于环境、采访对象特殊言行举止的细节，同时观察

---

① 张玲玲. 新闻写作速成：写作技巧与最新例文. 北京：中国纺织出版社，2012：98.

其与第三方的相互影响。在寻找细节的过程中，记者其实是在寻找逼真再现采访的材料。①

2. 句子间的反差对比

用句子内容前后的反差，表现人物的本质特征。

（主题） 绷着脸加油为的是贴近客户感受

第一段交代新闻地点，说明它的特殊性。

辽宁营口石油东风街加油站位于盘锦片区，与盘锦市殡仪馆仅一墙之隔。方圆两公里范围内，除了几家丧事用品店和仅有的一家小餐馆外，唯有该站。

第二段中，"微笑服务"与"绷着脸"的对比，"再见"与"不希望再见"的反差，洁白与鲜红、肃穆与喧闹的落差，让读者身临其境。

谈到微笑服务，她说："在我站不能一直微笑，因为油站的地理位置太特殊了。如果是路过的客户，我希望他们到我站加油。但除了路过，我真的不希望再一次在站里遇见他。"就这样，在洁白与鲜红、肃穆与喧闹之间，李霞和丈夫沈军努力为来往车辆加油。

……

6时许，天亮了，东风街加油站的卫生打扫完了。李霞和沈军匆忙扒两口饭，就开始忙着为车辆加油。"对我们来说，最难的就是要随时切换表情。对进站加油的过路客户，我们要微笑服务。但到我站加油的更多是表情严肃、面带忧伤的顾客，我们就要将微笑服务切换为'绷着脸'服务，这种尺度确实不好把握。"李霞深有感触地说。在这种工作环境下，李霞和沈军学会了察言观色，能够根据进站客户的不同，自由切换表情。

（中国石化报2021年1月14日第8版）

凡人善举的感人细节和闪光瞬间，能引发共鸣、产生正能量。石油石化行业涌现出的许许多多平凡的故事，足以催人奋进、催人泪下。正是这些小小的故事，来自你我身边的故事，足以成就中国石化的伟大故事，足以彰显出人格的力量、人性的光辉。

新闻人物写作与文学人物写作相通之处就在于：一样注重细节再现，细节是人物血肉最具活力的细胞；一样强调结构板块，结构是撑起人物挺立起来的骨骼；一样看重个性语言，语言是人物生动感人的肌理反映；一样需要选择巧妙的表现方式，再现人物具体活动环境；一样需要追求思想情操，让人物形象耸然立于天地之间。②

文无定法。各报刊的人物报道风格不同，但努力触及人物的灵魂却是相同的。正如中国青年报所倡导的，人物报道这种新闻作品就是通过手工作坊式生产的，而不是通过流水线生产的，就像每个人有自己的个性一样，每名记者都可以有自己的作品风格。新华社社长李从军在《如何采写通讯》一书中表示：深深打上个人的烙印，体现个人的思想和情感的新闻作品，这样的文章，即便不署名，也知道出自谁的手。

---

① [美]梅尔文·门彻. 新闻报道与写作（第11版）. 展江主译. 北京：世界图书出版公司：333.
② 刘杰. 怎样写活人物. 北京：人民日报出版社，2021：4.

第五章 报纸周(导)刊的三大特点

十一届三中全会后，党和国家的工作重点转向以经济建设为中心，全国上下都在发展经济。社会对信息的需求增大，中央部委和地方厅局纷纷创办行业报，以满足社会、行业读者的需求。按当时规定，在中央，各行业主管部委都可以办一份报纸。在地方，拥有报纸的权力下放到省（市）厅一级。全国的行业报中，中央部委的一度达150多家，省（市）行业厅局的一度达500多家。从1999年开始，国家新闻主管单位对报纸进行了整顿，大多数部委保留了一报一刊的格局。

进入21世纪，行业报纷纷进行市场化探索，对报纸内容进行扩版增容。一部分报纸仍走机关报之路，一部分报纸走市场化之路，比如中国经营报、中国计算机报。还有一部分报纸走中间道路，探索机关报与多种周刊相辅相成的"两条腿走路"，比如中国化工报、中国民航报、人民邮电报等。

大部分"两条腿走路"的报纸前四个版为传统的机关报，后四个版为相关业务的周刊。这样做既可以起到机关报作用，又可以针对行业和社会读者需求来拓宽报道内容，提升报纸的行业性和影响力。行业报功能由过去单纯的宣传教育型转变为行业指导、信息传递、知识普及、实用服务等多功能的专业服务型。

中国石化报周刊的创办正是在这样的背景下进行的。其前四个版主要是中国石化及其企业的新闻报道，后四个版为各类周刊。

从2005年1月开始，作为中国石化集团公司机关报与石油石化行业报的中国石化报为增强报纸的行业性色彩，先后创办了六个周刊（2019年3月1日起，调整为四个周刊，分别为每周一出版的《油气周刊》、每周二出版的《炼化周刊》、每周四出版的《营销周刊》、每周五出版的《环球周刊》），宗旨是：立足中国石化，围绕石油石化行业进行拓展，提升中国石化报的行业性和深度报道力度。

从2022年10月31日起，调整为三个导刊，分别为每周一出版的《能源导刊》、每周三出版的《市场导刊》、每周五出版的《环球导刊》，努力突出指导性、专业性、前瞻性、宏观性。

经过这些年的摸索，中国石化报周（导）刊发挥传统媒体的内容专业、权威报道、深度解读、言论点评等优势，努力围绕深度、专业、悦读做新闻报道。

第一节　行业深度报道

不少报社仍把深度报道作为参与市场竞争的重要武器，纸媒的救赎就在于发挥深度报道的优长：深入现场采访，拥有大量的第一手材料与细节，平衡各方观点、意见，在采访与写作过程中独立思考，努力探求事实真相。

在新媒体时代，经过调整后的报纸，将会日益小众化、深度化、去中心化。大浪淘沙后的每张报纸基本都有自己精准的受众市场，避开消息报道的短板，致力于提供观点和意见，摒弃自我中心的生产者导向理念，运用互联网思维进行内容生产，精耕细作，提供深度新闻产品，实现对舆论引导主动权的掌握。①

美国新闻学教授卡尔·林兹特诺姆认为："深度报道在一般新闻报道基础上补充下列事实：历史性的（来龙去脉和因果关系）、环境性的（左邻右舍横向联系）、简历性的（性格特征和轶闻趣事）、数据性的（统计数字和数据）、反应性的（外界反应和分析评价）等。"②

深度报道是对主体新闻的时空维度进行深度扩展的报道，它通过对主体新闻的生成背景、波及影响和发展趋势进行全面展示与剖析，从而深刻地反映客观环境的最新变动状态。③

行业深度报道，是通过多角度、多侧面、多层面的采访，完整反映重要的行业新闻、行业问题，追踪其前因后果、来龙去脉，揭示其本质意义和发展趋势的一种较高层次的报道形式。

行业深度报道肩负行业舆论引导的重任，对行业热点做深度的解读，起到解疑释惑的作用。它不满足于所看到的现象，而是要透过现象抓住本质，用辩证的思维、敏感的触角，从整体、全局的高度上揭示新闻事件的普遍性和典型性，使新闻发挥应有的积极作用、指导意义。

深度报道具有深挖新闻的深刻性、广延性、整合性的特点，在报道新闻的同时提供新闻的背景、解释、分析、预测，增强权威性、可读性、思想性、深刻性。

人民日报地方部主编孔祥武说："问题意识才是深度报道的灵魂，没有问题意识的深度报道缺乏生命力。一般而言，深度报道主要包括三类，调查性报道、解释性报道和预测性报道，无论哪一类报道，缺乏问题意识，就失去了针对性，无的放矢，传播效果可想而知。有了问题意识，报道才会有观点、有深度，起到解疑释惑、受众知情的目的。"④

学界就深度报道究竟是一种报道文体还是一种报道方式一直存有争议。⑤ 但普遍认为，深度报道一般分为三类：解释性报道、调查性报道、前瞻性报道。

---

① 刘建华. 中国新闻传媒业融合发展问题与抓手. 中国出版，2020（2）.
② 郑思礼，郑宇. 现代新闻报道：理解与表达. 昆明：云南大学出版社，2004：473-474.
③ 高钢. 新闻写作精要：新闻报道的原则与方法（第2版）. 北京：首都经济贸易大学出版社，2020：307.
④ 费伟伟. 人民日报记者说：好稿怎样讲故事. 北京：人民日报出版社，2021：104.
⑤ 郭光华. 新闻写作. 北京：中国传媒大学出版社，2013：203.

一、行业解释性报道

解释性报道是深度报道中的一种。杰克·海敦说:"解释性报道是一种作解释或者分析的报道,也就是那个被过多地滥用的词语'有深度的报道'。它是一种加背景给新闻揭示更深一层意义的报道。"①

有人也将解释性报道称为解读式或分析性报道。

我国学者刘明华教授概括说:"解释性报道是一种背景式新闻,是通过大量使用背景材料,揭示新闻事件的来龙去脉和深层意义的分析性报道。"②解释性报道是对新闻事件的生成原因、影响范围、发展趋向和深层意义进行解释的报道。

行业解释性报道是就某一行业突发事件、行业政策颁布执行,或新出现的行业现象和行业问题,进行分析和解释,阐明新闻现象的来龙去脉。

行业解释性报道具有四个特点:①以事实分析解释事实,运用事物联系的辩证法,有层次有逻辑地对行业现象、政策、问题进行解释分析与深入挖掘。②运用大量真实客观的事实背景材料,来分析行业现象与政策、问题产生的缘由、过程及对今后的影响与意义。③解释说明时可以夹叙夹议,表达作者的观点及看法,但必须有根有据,最好较多地引用权威人士的分析,增强解释的说服力。④在写作上兼顾通讯、消息、评论等方式,用故事化处理方式来讲述。

下面稿件就是一篇典型的行业解释性报道,它解释了成品油新的定价机制这一政策公布后对油商的影响,其文章标题一目了然地展示了行业新现象。

(标题) 油商沉寂:好日子到头了

文章开头报道成品油新的定价机制出台的原因,以及产生的个案及整体效果。

在开头作者并未立即写"新的成品油定价机制"是什么,而是运用华尔街日报体手法,从一个受政策影响者写起,解释了他为什么受影响,怎样影响他。

新成品油定价机制公布之后,郝强基本上没活可干了。郝强是河北沧州的一名油品贸易商,主要的业务是通过低价买入成品油,再高价卖出,赚取差价。

第二段交代政策的内容。

(2013年)3月27日,国家发改委公布了新的成品油定价机制,将"22个工作日+4%涨幅"的旧机制改成了每10个工作日调整一次,并且取消4%涨幅,油价该降就降,该升就升。

第三段引用政府官员话语解释政策的目的,增强新闻的真实性、权威性。

国家发改委人士表示,做出这个调整的初衷就是要打击油品投机和囤积居奇,防止市场出现"油荒"。

---

① [美]杰克·海敦. 怎样当好新闻记者. 北京:新华出版社,1980:211.
② 刘明华. 西方新闻采访与写作. 北京:中国人民大学出版社,1993:81.

第四段直接引入油商的观点，来反向印证政策的合理性、正确性。

对成品油贸易商来说，新机制让他们很难做出判断。"以前，22个工作日还能做出判断，在油价上调之前买入，然后在上调价格之后卖出，能挣不少钱。"郝强说。

第五、第六段从政策对个案的影响上升至对整个油品贸易行业的影响，并采用专业分析师的权威分析。

像郝强这样的贸易商在全国数不胜数。隆众石化商务网分析师冉晓睿估计，仅河南、河北两省的大小贸易商就达数千家。

多位贸易商表示，在新机制下，他们已经不敢做大单、走长线，"好日子已经到头了"。

文章第一部分运用新闻背景进行深度的解释与分析，旧成品油定价机制之下，油商的生存状态一览无余。

（小标题）观望

第一、第二段交代油商个案。

郝强从事这个行当已经近10年了。当年他从当地一家国有企业辞职后，和朋友一起开了现在这家公司做囤油的买卖。

最初，郝强和其他两个合伙人只是东一榔头西一棒子，能囤一点是一点，能挣一点是一点。生意慢慢地做大了。郝强表示，只有在经济形势很差的2008年亏本，其他时候都在挣钱。

第三段到第七段运用背景材料——分析师、油商、记者自己的见解，分析旧机制给油商创造的"商机"。

2009年5月，我国公布了"22个工作日+4%涨幅"的定价机制，即当布伦特、迪拜、辛塔三地原油现货价格连续22个工作日移动平均价格涨幅或跌幅超过4%时，可相应调整国内成品油价格。

这个定价机制对于贸易商来说实际上提供了便利，因为这个机制过于透明，只要按照国家发改委给的条件就很容易算出来。

隆众石化商务网分析师冉晓睿表示，在旧机制下，像隆众这样的咨询机构很容易计算出涨跌幅，贸易商只要根据这些预测囤货就行。

郝强也认同这个说法。他说，在旧机制下，做出判断是很容易的，因为会有很多机构帮忙计算，大概什么时候会涨，然后想办法去多囤点油。

据河南商丘的一位贸易商透露，大的贸易商拥有几万吨的油库，多的时候，一吨油能挣个七八百元，这样倒一次油就能够挣几千万元。

最后四个段落回到新机制的出台，用专家的权威观点点出新政策导致囤油成本和风险的增加。

3月27日，国内汽、柴油最高零售价格每吨分别降低310元和300元，零售价格90号汽油和0号柴油(全国平均)每升分别降低0.23元和0.26元。

与此同时，国家发改委公布了新的机制，即成品油价格每10个工作日会调整一次，该降就降，该升就升，但当汽、柴油的涨价或降价幅度低于50元/吨，折合每升调价金额不足5分钱时，暂不做调整，纳入下次调价时累加或冲抵。

厦门大学中国能源经济研究中心主任林伯强称，受新机制影响最大的肯定是油品贸易商，10个工作日的调整增加了囤油的成本和风险。

如今，和郝强一样的贸易商们均在观望。

第二部分邀请分析师、专家、油商等对政策进行解读，对未来种种趋势进行分析与预测。

（中国石化报2013年5月7日第8版）

这篇解释性报道的精彩之处，就是记者借用分析师、专家学者、业内人士等的知名度、专业性，对这一政策的原因和影响进行了充分、全面、深刻的背景分析、解释剖析，探究前因后果。文章条理清晰、逻辑严密、层次分明，行业政策通俗化解读、故事化讲述，很有立体感、动态感、可读性，让读者易读、悦读。

石油石化行业及相关政策解读对产业结构、企业发展、群众生活等将有可能产生影响。分析和解释是行业政策报道的两个重要工具。对行业内外政策的解释与分析需要具有专业性，运用专业知识进行分析，探寻到政策背后更为深刻的问题及可能的深层次影响，让读者了解国家相关政策制定的来龙去脉，让政策报道可以作为企业决策的重要依据。

比如《外资进入加油站 机遇与挑战并存》（2018年8月15日第5版）一文，报道的是商务部和国家发改委联合发布的《外商投资准入特别管理措施（负面清单）（2018年版）》，自7月28日起施行。这次负面清单取消了"同一外国投资者设立超过30家分店、销售来自多个供应商的不同种类和品牌成品油的连锁加油站建设、经营须由中方控股"的限制条款。这意味着我国成品油终端市场——加油站环节全面向外资放开。加油站行业为何选择此时放开？对进一步推动石油领域的对外开放和国内一体化石油企业经营、管理会产生哪些影响？国内成品油销售企业应如何应对？这篇报道给予了解析。

国务院批复同意了《关于支持中国（浙江）自由贸易试验区油气全产业链开放发展若干措施》后，《浙江自贸区成油气开放发展新高地》（2020年4月24日第5版）一文进行分析，认为全国自贸区中出台的第一个聚焦油气产业发展的支持措施，对推动油气贸易领域发展、制定完善油气全产业链监管规范、做大做强船用燃料油业务、助力"一带一路"建设等，均具有重要意义。每遇大事必发声，中国石化报对影响行业发展的政策、动向及时进行解读，让读者感到解渴。

行业解释性报道需要用新闻事实说话，运用新闻背景解释，深刻阐述专业知识，探究事实的因果关系，形成严密的逻辑思维，并用深入浅出的话语解构主题。

《国家出台碳达峰"路线图"对石化行业影响几何》（2021年11月16日第5版）一

文,分析国务院10月26日发布的我国首次针对"碳达峰"单独出台的纲领性政策——《2030年前碳达峰行动方案》,对石油石化行业的影响。文章的三个部分分析了"炼油一次加工能力控制在10亿吨意味着什么?炼油产能继续淘汰是总体必然趋势,而淘汰的炼油落后产能将主要集中在山东""未来油品供应的天花板已经出现了吗?汽油供应量将迎来峰值,有望修正柴油供需失衡局面,燃料油、沥青、液化石油气等产品发展将受限""石脑油供应减少将引起化工行业'巨震'?石脑油供应不足将会驱动石脑油替代品的盛行,并推动相关原料进口量持续增长,加速下游产业链中小规模、落后产能的淘汰和整合"。

2022年4月,国家出台《关于"十四五"推动石化化工行业高质量发展的指导意见》,《绿色低碳破解发展瓶颈 创新调整推动产业转型》(2022年5月10日第5版)一文进行了解释性报道:创新是实现高质量发展的动力、产业结构调整是实现高质量发展的保障、优化调整产业布局是实现高质量发展的前提、数字化转型是实现高质量发展的支撑、绿色低碳是实现高质量发展的最重要手段、安全是实现高质量发展的底线。

报道因为宏观之变而引人思考,因为措施具体而吸引眼球,但在写法上,还是需要尽量引入案例、访谈,运用数据、拆分等手法,尽量好看起来。

在解释性报道的写作中,需要注意:一些"重头"稿件,有解释之名,无解读之实,只是将各类材料进行拼接、堆砌,主题的提炼和挖掘没有深入,文字不够通俗简明,更谈不上故事化讲述,这就达不到让读者理解的目的。

二、行业调查性报道

对调查性报道而言,"世界不是一本自由、公正、开放与无偏见的书本",相反,这个复杂世界的一些至关重要的信息"被隐藏在各种隐晦的结构和系统中"。新闻记者的美德或者责任和义务,在于"不懈地坚持与猜疑",或者诗意一点儿地说,在于"依靠一颗专业的追求真理的心灵来突破一堵带有误导性和欺骗性的虚伪之墙"。[1]

有学者对"狭义的调查性报道"进行这样的表述:"调查新闻报道以显露或揭丑为核心,以社会的腐败现象、犯罪、政府成员的错误行为、内幕新闻以及被某些权势企图掩盖的事实为目标;它是新闻媒体相对独立的、精密的、深入的采访活动;它比较费时,篇幅较长,经常以连续报道的形式出现。"

"作为一种相对独立的报道样式,它有着严谨的内在规定性,而绝非泛指新闻报道中的调查,也许可以这样表述,一切调查性报道都包含调查,但有调查的报道不一定等于调查性报道。"[2]

但我国大部分学者仍然认为调查性报道的范围宽泛,并非纯粹以真相调查为主,

---

[1] 孙藜. 对美国新闻业思想遗产的两种建构——以凯瑞与舒德森的争鸣为中心. 当代传播, 2012(4): 17.
[2] 张威. 比较新闻学:方法与考评(修订版). 北京:清华大学出版社, 2013: 286, 270.

可以将总结工作经验教训、探讨事物发展规律等纳入此类性质报道。有人将调查性报道细分为政治性、社会性、经济调查；有人将其细分为经验性调查、揭露性调查、研讨性调查等。①

行业调查性报道具有四个特点：①围绕行业热点、问题、行业市场展开深入的调查研究，没有大量深入、细致与艰苦的调查研究，就不可能有调查性报道所不可或缺的丰富而关键的数据、资料。②在分解主题时需要突出分析解剖，吸纳平衡各方素材、观点，取得具有实证性意义的内容。③对行业问题、市场趋势进行理性判断、逻辑推理，得出精辟的、令人深思的调查结论。④报道语言生动，故事化处理。

问题是深度报道的灵魂。坚持问题导向，可以获得新视角、拓展新思路，让新闻价值得到提升。

深度报道通过调查现实问题，寻求事情真相、解释问题本质来唤起舆论的关注，并吸引监管部门介入，从而促进社会问题的解决。只有突出的问题意识、深刻的思想深度、深入的采写过程、周密的写作逻辑，报道才能反映历史、批判现实、揭示未来，履行媒体责任，守望时代发展。②

（主题）美国石油业遭遇"用工荒"

开头就把令人沉思的调查结论呈现在读者面前。

美国石油工业正陷入雇不到人的窘境。去年疫情发生导致油价暴跌、需求骤降，大批石油工人被迫下岗，随着今年疫情缓解带动石油需求复苏，生产商和油服公司开始重启招聘。但令人惊讶的是，去年失业的工人和雇员宁可领失业救济，也不愿重返工作岗位。业界普遍认为，美国油气行业劳动力缺口正持续扩大，人才断层现象越发严峻。

第一部分是根据不同机构提供的素材，得到的调查结论之一。

（小标题）石油工人不愿重返岗位

美国油价网指出，在油价和需求涨中维稳的背景下，美国的石油钻探活动开始回暖，目前大部分油服公司正重新启动，但是大批石油工人不打算重回该行业，甚至打算彻底退出。

美国能源咨询公司 Enverus 数据显示，美国油田维护工人的工资水平仍比疫情前低10%左右，较低的薪资和福利水平正在阻碍工人重返油田。

据悉，去年美国油气生产商和油服公司因疫情裁员11.5万人，其中约1/3的工作岗位目前已重新上线，但岗位虽然恢复了，人员却无法凑齐。

美国劳工统计局数据显示，3—7月，美国能源技术和服务工作岗位连月增长，但仍有7.67万个岗位尚未恢复，这其中很大原因是招不到人。市场警告称，去年损失的

---

① 薛国林，张晋升，陈娟. 新闻写作. 广州：暨南大学出版社，2013：318.
② 甘险峰，靳睿. 深度报道何以守望时代. 新闻战线，2021(11)：23.

一部分岗位可能永远都回不来了,这恐将拖累美油气产量增长。

美国能源信息署(EIA)此前估计,美国石油产量有望从2021年的1110万桶/日跃升至2022年的1180万桶/日。对此,美国亦思能源咨询公司分析师伊丽莎白·墨菲直言,"如果劳动力短缺现象持续存在,美国将无法实现预期中的油气产量增幅"。

第二部分是调查结果显示的原因之二。

(小标题)行业吸引力锐减

事实上,在美国石油工人看来,他们尚未从2015—2016年那轮石油市场低迷期中恢复,就赶上了2020年发生至今的疫情,对于石油行业繁荣和萧条周期带来的不稳定工作环境,以及页岩油气钻探和海上油气开发可能存在的安全隐患,他们已厌倦,因此打算另谋出路。

二叠纪盆地劳动力发展委员会调查发现,疫情有所缓解,油价也在上涨,需求逐渐复苏,上游活动又开始活跃,但就业情况并没有出现同步增长。二叠纪盆地有2.3万~2.5万人正在领取失业救济金,也就是说这些人宁可领救济金,也不愿意在油气产区工作。

相比之下,北达科他州巴肯页岩区的招工情况更惨不忍睹。北达科他州矿产资源部主管林恩·赫尔姆斯表示,截至7月底,该州只有8名水力压裂工人进行作业,而过去普遍维持在20~25名工人。

赫尔姆斯透露,"在北达科他州进行上游活动的生产商和油服公司,正竭尽全力招聘工人。但他们现在很难找到重回这个领域的成熟工人"。

二叠纪盆地劳动力发展委员会负责人威利·泰勒也表示,"当前,美国石油行业很难找到熟练的技术和非技术工人,哪怕提供奖金和其他激励措施,也没有求职者上门"。

另据二叠纪盆地石油协会执行副总裁罗伯森表示,"油服公司人手严重不足,卡车司机一如既往供不应求,可用的工作岗位与可填补这些岗位的人员之间的缺口越来越大"。

第三部分是调查发现的现状。

(小标题)石油人才成为"稀缺品"

目前,美国石油行业人才"青黄不接"的问题已十分严重。一方面,当前从业者基本都已步入中年,大规模退休浪潮即将到来。根据美国石油学会的数据,去年美国油气化工行业雇用了140万人,预计未来20年,每年至少需雇用3万名员工,才足够替换离职和退休的员工。

美国阿帕奇石油公司的信息显示,该公司1/3的员工已超过50岁,技术人员中只有一半在36岁及以下。

另一方面,美国已经成年的千禧一代,并不热衷于在肮脏、困难和危险的行业就业,虽然油气行业薪水相对较高,但并不具备吸引力,他们更热衷于更具前景、更能体现时代意义的工作，比如可再生能源、高科技公司等。为了吸引年轻人才，油气行业积极布局人工智能、大数据等新兴技术，关注能源转型、气候变化等核心议题，同时提供更灵活的工作时间表，推行精简医疗计划等福利手段，但仍难受到年轻人青睐。

美国求职网站 Vault 指出，可再生能源是美国近年来最具"钱景"的就业方向，平均年薪在 5 万~10 万美元。相较之下，美国石油工程师当前平均年薪为 12.823 万美元，油气钻井工人平均年薪为 5.956 万美元，石油管道运输系统和炼厂工人平均年薪为 5.699 万美元。

美国劳工部预测，2016—2026 年，美国增长最快的工作岗位是光伏系统安装工人，增幅将达 105%；风机技工紧随其后，增幅达 96%。

（中国石化报 2021 年 10 月 22 日第 6 版）

文章调查了咨询公司、政府信息部门、石油公司、油服公司、求职网站、行业协会，从各方求证石油公司、油服公司劳动力匮乏的现状及原因。

新闻界专家分析道：记者像采矿者一样挖掘和钻探有价值的东西。新闻报道与事实真相分为三个层次，第一层次：宣传性材料、新闻发布会、演讲、声明；第二层次：报道的进取性、验证性材料，背景、记者观察、自发性事件；第三层次：重大性、冲击力、原因、结果、分析、解释。在第二层次深入挖掘信息的记者被称为调查性报道记者。记者需要把三个层次结合起来。[①]

调查性报道的深度往往是通过事例反映出来的本质来实现的，这就要求记者在调查中挖掘深度，恰当运用分析方法，赋予行业报道以理性和思辨的特色，另外还需要记者在采访中加强对事件的故事性描述，生动而富有情节。

类似的调查性报道还有：

《雪佛龙高庚 CCS 项目未达标引争议》（2021 年 8 月 20 日第 6 版）一文讲述的是：澳大利亚政府寄希望于在高庚 LNG 项目合同生产期内，通过 CCS 技术封存 1 亿吨二氧化碳，但是该项目却因技术原因失败。

《澳大利亚油企被指借"蓝氢"虚假减排》（2021 年 9 月 24 日第 6 版）一文揭露的是：研究咨询机构澳大利亚企业责任中心（ACCR）将该国第二大独立油气生产商桑托斯（Santos）诉至法庭，指出该公司制定的 2040 年净零排放路径存在"欺骗性"，并质疑"天然气是清洁燃料"的说法。

每当油气价格发生变化时，我们都会推出类似的分析性报道，如《天然气缘何成为"涨价王"》（2021 年 9 月 17 日第 5 版）和《多因素支撑国际油价大幅上涨》（2022 年 2 月 18 日第 5 版）等。

《城市型炼厂的突围之路》（2021 年 7 月 20 日第 6 版）一文以燕山石化多年来的转型发展为例，探索"城围炼厂"之下，城市型炼厂如何选择绿色发展模式，有效破解发

---

① ［美］梅尔文·门彻. 新闻报道与写作（第 11 版）. 展江主译. 北京：世界图书出版公司：242-251.

展困局，实现与城市和谐共处的路径。该稿件还把城市型炼厂的形成原因、当下困境及未来出路等背景作为链接材料，丰富了报道内容，是一篇很有特点的企业类调查性报道。

《员工换思想"包袱"变资源》（2020年8月31日第5版）是一篇不错的调查性报道。该文不仅讲工作层面的事，还有人的故事，通过故事讲述胜利石油工程黄河钻井公司6000多名员工转变思想，以崭新的思维模式与市场对接，展现了企业让每一名员工有活干、能创效的生动场景，由此从几年前的亏损大户到2019年实现经营性盈利，画出一条漂亮的效益提升曲线，对国企改革极具启示意义。

《种桃种李种春风》（2017年3月29日第1版）对好人辈出、群星璀璨的"中原现象"进行了调查性报道：标题好，形象跳脱；提法新，把核心价值观落细、落小、落实；接地气，"选树典型不求高大全，容许有瑕疵"，细节处不回避矛盾与质疑，写尽委屈与苦涩，不简单化、脸谱化世道人情，不搞因果报应式的投桃报李、好人好报，而是强调精神文明建设的复杂性、文化道德建设的长期性艰巨性，从而使得报道更加厚重。

做强深度报道，"问题"意识尤为重要。瞄准问题、深入调查，通过还原过程、再现矛盾、梳理举措、凸显场景、冲突、悬念、高潮等，以真实抓人的事实和细节，使深度报道丝丝入扣、引人入胜，是提升说服力、强化引导力，赢得更多"点赞"，让作品"出圈"传播的有力抓手。①

高钢教授总结了调查性报道的采写原则与方法：不断地质疑，不断地求证；不要忽视任何线索和细节；借鉴侦探和律师的工作方法；在法律范围内行事；勇气、毅力、百折不挠的精神；高度的警惕和防范；用冷静客观的文笔披露不被人们所知的内幕。②

三、行业前瞻性报道

深度报道的特性，决定了其首先是一种深层次的新闻挖掘。也就是说，不仅是对某一事件或现象的记录或叙述，还必须探究这一事件的起因、结果甚至未来的趋向。

对于经济新闻报道来说，前瞻性实际上包含着三个层面的含义："第一，记者面对新闻事实时能够基于现实世界的经验以及事物之间的必然联系，对事物发生、存在可能性的一种预测。第二，新闻事件发生后，记者经过超前的分析对它的意义进行提炼，写出具有指导性的新闻，给迷惑中的人们提供一些指向。第三，从具体的新闻事件出发，揭示出新闻事件的发展变化的规律。不管是哪一个层面的前瞻性，其最终的指向都在于'辅助决策'。"③

前瞻性报道又称预测性报道，着重于根据调查情况，对新闻事实的发展变化趋势或前景进行有根有据的预测。

---

① 赵永胜. 在碎片化阅读时代，专注打造"深悦读". 新闻战线，2022（3）：55.
② 高钢. 新闻写作精要：新闻报道的原则与方法（第2版）. 北京：首都经济贸易大学出版社，2020：342.
③ 彭焕萍，张思玮，甄巍然. 经济新闻的前瞻性亟待增强. 新闻知识，2007.

行业前瞻性报道，需要根据行业调查、研究、分析的事实，以客观、理性、思辨的眼光，见微知著、由表及里，透过现象把握行业热点、难点、疑点的本质，对行业发展趋势、市场变化动向、行业问题的解决思路等进行预测、判断、引导，对行业内企业的决策给予启迪或警示、给国家的行业政策的制定或监管提供依据。在行文时，需要注意对结论、推测、观点、建议留有余地。

（主题） 美国页岩油盛宴何时散场？

（副题） 分析指出，如果美国页岩油公司继续保持产量稳定，许多公司可能未来10年或20年仍有有利可图的油井可钻；如果它们每年提高30%的产量，那么页岩油井库存将在几年内耗尽

文章开头进行预测。

美国《华尔街日报》近日消息称，对于美国页岩油生产商来说，距离页岩繁荣的结束并不遥远。在页岩革命使美国成为世界上最大的石油生产国不到3年半的时间内，得克萨斯州、新墨西哥州和北达科他州的页岩油开采商已钻了许多优质油井。

第一部分《华尔街日报》的调查分析来自咨询公司、石油公司。

（小标题） 页岩油井库存消耗过快

《华尔街日报》对美国页岩油井库存数据分析的文章称，如果美国位居前列的页岩油公司继续保持页岩油产量稳定，许多公司未来10年或20年将继续钻有利可图的油井；如果它们每年提高30%的产量，相当于二叠纪盆地在疫情前的产量增长率，那么它们的页岩油井库存将在几年内耗尽。

《华尔街日报》调查了分析公司FLOW、伯恩斯坦研究公司和挪威能源咨询公司Rystad关于钻井库存的信息。虽然这3家公司都做出了不同的假设，但都指出了类似的库存限制。

多年来，页岩油公司一直告诉投资者，它们已获得足够的区块，可以继续开采几十年。2018年，美国大陆资源公司表示，巴肯页岩区可以钻6.5万口井，产出370亿桶石油。但Rystad表示，要钻这些井，该公司必须进一步勘探该地区，并改进现有技术。Rystad估计，该地区最终石油产量只能达到280亿桶。目前，美国页岩油公司已在位于北达科他州和蒙大拿州的巴肯页岩区和Three Forks页岩区钻了1.85万口井，即使高油价可能刺激页岩油公司在该地区的进一步勘探，但在现有的钻井技术下，该地区还将剩下1.65万口井，而且只有不到3200口油井被认为是优质油井。

由于疫情期间许多石油公司寻求开采成本较低的油井，以应对油价下跌，页岩油公司的油井库存已大幅减少。近年来，页岩油公司还发现，对狭小空间能塞进多少口井的预测过于乐观。新井与旧井的距离太近，往往会影响旧井的产量，或者导致新井的表现低于预期，页岩油公司最终只能将井间距拉大。

Rystad估计，2016年底以来，美国5个主要石油产区的顶级钻井地点数量已从逾6.8万个减至不足3.5万个。

巴肯页岩区和鹰滩页岩区引发了美国页岩油开发热潮，但在疫情前，这两个油田的增长就已显著放缓。疫情前，巴肯页岩区的钻井数量较历史峰值下降了77%，鹰滩页岩区的钻井数量较历史峰值下降了70%。Rystad的分析显示，即使产量下降，巴肯页岩区的顶级油井也将在不到6年的时间内耗尽，而鹰滩页岩区的顶级油井将在不到5年的时间内耗尽。

注重细致、广度、深度，寻找和探究新闻背后真相，让受众在阅读中有收获、有启迪，是深度报道的价值所在。

第二部分：对石油公司的调查，对未来预测的结论。

(小标题)页岩油产量增速将大幅放缓

美国石油产量目前约每日1150万桶，仍低于2020年初1300万桶的最高水平。美国能源信息署(EIA)预计，到2022年底，美国石油产量将增长5.4%。

先锋自然资源公司是二叠纪盆地最大的石油生产商，在高峰期，该公司的石油产量每年增长19%~27%。现在，该公司计划每年增加5%或更低的产量。首席执行官斯科特·谢菲尔德表示，投资者的压力加上油井库存有限，意味着页岩油公司无法以过去那样的速度进行钻探。他还指出，"你不可能一直保持每年15%~20%的产量增长，因为那将很快耗尽油井库存"。

先锋自然资源公司去年收购了两家规模较小的钻井公司Parsley能源公司和DoublePoint能源公司，交易总价值约110亿美元。谢菲尔德表示，通过这些收购，如果保持产量稳定，公司的油井库存还能维持15~20年；如果产量以15%~20%的速度增长，公司的油井库存还能维持8年左右。

虽然私人控股的石油生产商过去一年增加了在二叠纪盆地的产量，但谢菲尔德警告称，如果它们保持这种状态，即使是规模最大的生产商也会迅速耗尽油井库存。谢菲尔德预计，即使油价在每桶70~100美元，美国石油产量每年也仅将增长2%~3%。

许多页岩油公司表示，它们永远无法恢复到疫情前每年高达30%的产量增长水平，部分原因是劳动力成本上升，可用资金短缺，以及需要大量新井。

《华尔街日报》发表评论称，美国5家最大的页岩油公司，EOG资源公司、德文能源公司、Diamondback能源公司、大陆资源公司和马拉松石油公司，如果按照目前的钻井速度，盈利井库存可以用10年或更长时间；如果它们每年将产量提高15%，那么盈利井库存将在6年内耗尽。

第三部分：对未来提出警示。

(小标题)勘探新热点地区已迫在眉睫

众所周知，页岩油井早期产量惊人，但产量下降很快。为保持产量稳定，美国大型页岩油公司每年不得不钻数百口新井。在这种情况下，公司现有的可钻井地点将越来越少。公司高管和投资者表示，一些页岩油公司最终将不得不开始花钱勘探新的热点地区，即使到那时，这些努力也不太可能使产量增长。而且目前很少有公司愿意花钱勘探新的热点地区。

EOG 资源公司正在勘探新的钻探区域，其是美国市值第四大的石油公司。该公司开创了从页岩层中开采石油的水力压裂和水平钻井技术。在新任首席执行官埃兹拉·雅科布的领导下，其现在是为数不多试图在美国寻找新油气开采地点的公司之一。雅科布表示，公司的勘探活动并非出于对库存耗尽的担忧，而是通过寻找最有利可图的钻井地点，不断寻求提高回报。

EOG 资源公司去年曾表示，其在美国的勘探已花费 3 亿美元，但尚未透露国内探井的位置。

FLOW 公司总裁拉格斐估计，如果 EOG 资源公司的产量基本持平，那么该公司的油井库存还能维持 12 年半；如果年产量提高 15%，则只能维持 4.4 年。EOG 资源公司不同意 FLOW 公司的评估，其称还有更多的经济井可供钻探，如果按照去年的开采速度，这些库存可供公司开采 23 年。

（中国石化报 2022 年 2 月 18 日第 5 版）

文章指出："页岩油井库存消耗过快""页岩油产量增速将大幅放缓""勘探新热点地区已迫在眉睫"是美国页岩油市场未来需要应对的状况。

行业前瞻性报道具有三个特点：①记者在深入的采访中掌握了大量的第一手事实依据，并在分析研究剖析的基础上做出预测；②一些观点来自权威的咨询机构与业内高层人士的分析判断，具有较强的可信度、真实性，同时有理有据地进行严密的逻辑推理与演绎，具有较强的权威性；③前瞻性报道经常与解释性报道、调查性报道结合，通过解释，增加预测的说服力和可信性；通过调查，增加预测的准确性和严密性。

类似的前瞻性报道还有：

《低碳转型 重塑未来》（2022 年 5 月 24 日第 5 版）一文预测：石化行业 2025 年碳减排，需要管理能力提升、能源资源高效利用、工艺优化、智能化提升的融合发展；石化行业 2030 年碳达峰，需要在 2025 年前碳减排的基础上，在生物基燃油与润滑油技术、循环经济技术革新、低碳强度基础化学品生产技术方面进行有力支撑；石化行业 2060 年碳中和，需要在绿氢保障、CCUS、电气化实施等技术方面进行升级和突破。

《汽车"氢"装上阵 炼厂机会几何》（2019 年 6 月 11 日第 5 版）一文展望：在氢能的加速发展中，石化企业从制氢、管输到加氢，具有"先天优势"：一是炼化企业转型成"制氢厂+化工厂"可实现存量资产的最大价值利用；二是原油及成品油管道资产在氢能时代可为石化企业带来竞争优势；三是石化企业拥有的数万座加油站在氢能时代将成为战略资源，能够维系在石油时代就已形成的车用燃料主要供应商地位。

前瞻性的报道的确很难做。全球金融危机之后，西方的财经媒体遭到指责，说它们未能及时发现全球金融危机，未能警告毫无戒心的民众大难将至，属于玩忽职守、心不在焉。但美国著名法学家查德·波斯纳指出，的确有一些传媒和专家预警了风险，只不过由于信噪比过低，这些信息被淹没于文章和专家的汪洋大海中。①

由此可见，前瞻性报道并非所有媒体都在行，它需要记者高超的专业知识与新闻把控能力。

对于中国石化报来说，进行深度报道难度之大不言而喻，但报社记者应该抱有"明知山有虎，偏向虎山行"的决心与信心，同时报社层面进行整体策划、立体布局、重点培育，这样才能提升采编人员的水平。

第二节 用新闻专业写新闻

油气、炼化等行业与企业新闻一般专业性、技术性强，理论深奥、概念抽象、技术晦涩，普通读者接受起来有一定的难度。记者和通讯员不能照本宣科，需要做好"形象翻译工作"，把专业性、技术性变为通俗性和大众化，用平实的语言来进行科普，讲述专业内容，避免"术语一长串，行话一大片"，让报道做到"外行人看得懂，内行人挑不出毛病"。

要把专业的油气、炼化行业新闻写得通俗易懂，需要作者有一定的专业素养及较高的文字表达能力：一是需要认真钻研专业知识，弄清各种石油石化理论与技术词汇。只有成为专家型记者、编辑，讲起"石油故事"来才能更贴切、更生动。二是注重报道方法的创新，可以运用修辞手法深入浅出地讲解专业知识，让新闻报道大众化、通俗化、文学化。

专业性保证公信力，大众性保证传播力，既不能为了大众性失去专业性，又不能为了专业性而失去大众性。

一、大众化语言

老百姓的衣食住行与石油石化行业有密切的关系。要将有难度的学术语言转化为人民群众喜闻乐见的话语形式，用老百姓通俗易懂的语言来写老百姓关注的话题，让普通百姓了解，这样可以贴近受众、感染受众。

2020年4月20日，美国西得克萨斯轻质原油(WTI)价格一路暴跌300%，到了负数，一不留神，人们都"有幸"成为这段历史的见证者。下文解读油价一度暴跌的十个热点问题，强调新闻性。

（主题）油价暴跌十个热点问题解读

国际石油价格缘何暴跌？如何看待国际油价跌至负数？我国油价缘何不跟着国际油价降降降？我国油价到底高不高？低油价对石化企业影响有多大？为啥油价太高或太低，石化企业都可能亏本？石化企业怎么应对低油价？油价这么低，是不是要买买买？低油价将如何影响我们的生活？低油价会持续多久？

---

① 马凌.风险社会语境下的新闻自由与政府责任.南京社会科学，2011(6)：37-42.

(小标题) 如何看待国际油价跌至负数？

自期货市场成立以来，油价首次出现负数。当地时间4月20日，美国原油期货价格暴跌，即WTI期货5月合约价格暴跌逾300%，收于每桶-37.63美元。这是自1983年石油期货在纽约商品交易所交易以来，首次跌入负值。

不过，多位专家表示，不用恐慌，负数只是金融现象。对外经济贸易大学国家对外开放研究院研究员、国际经贸学院教授董秀成分析，"负油价"是极端情况下多种因素叠加所致，是石油期货市场中出现的一种极端特殊现象，并不代表实物交易。产生在纽交所的"负油价"，只是美国宏观经济和市场供求关系严重失衡的反映，不能代表全球的市场供求关系。当然，这种极端现象也不能理解为实物交易过程卖方"倒贴"给买方。

(小标题) 我国油价到底高不高？

根据公开资料，国内每升汽油征收26.81%的消费税、14.53%的增值税、2.89%的城市建设税、1.75%的企业所得税、1.24%的教育附加费、0.83%的地方教育附加费。这些税加一起，一升油的税费已达48.05%，占油价的近一半，汽油成本只占价格的51.95%。

不过，即便如此，中国的油价税费并不是最高的。欧盟国家主张节约能源，抑制化学燃料的消费，鼓励清洁能源的使用，因此对成品油施以重税，税收占比高达50%以上，其中荷兰的燃油税最高，占油价的65%。日、韩原油几乎完全依赖进口，政府为了节约资源、引导消费，也对成品油实行高税政策。

从全世界范围来看，我国油价处于中等水平。中国政法大学财税法研究中心主任施正文说："政府开征成品油消费税，一方面是通过税收杠杆提高油价，从而控制消费总量，起到保护环境、节能减排的作用；另一方面是提高石油资源利用率，起到增加财政收入、保护石油这种不可再生资源的作用。"

通俗地说，就是谁消费谁付费。让开车的人多纳税，税收再二次分配，用于环保事业促进低碳发展。

（中国石化报2020年5月8日第5版）

要从新闻的接近性角度，关注石化产品的研发，提升科技产品报道的品位，丰富老百姓的生活。在语言风格上，用平实的语言拉近与读者的距离，让读者感觉到这就是发生在身边的新闻，增强报道的可读性。

(主题) 奶茶杯专用料引领市场新风尚

按材质来分，透明塑料杯材料分为PET(涤纶树脂)和PP(聚丙烯)两类。PET材料透明度和光泽度非常高，但是耐热性较差。PP材料很好兼顾了透明度和耐热性，是最常用的食品包装材料之一。按照加工工艺不同，PP杯又分为吸塑PP杯和注塑PP杯。

化销华中和客户沟通后发现，吸塑PP杯由于杯口、杯底和杯身的厚度不同，影响握感，客户反馈使用体验不太好，而注塑PP杯解决了吸塑PP杯壁厚分布不均匀的问题，杯身挺括，手感好。然而，国内市场上适合直接用于注塑 PP 奶茶杯的原料却是空白。注塑厂使用的原料配方复杂且加工难度大，迫切需要一款更适合奶茶需求且配方简单、容易加工的原料。

（中国石化报 2020 年 6 月 9 日第 5 版）

中国石化针对现制奶茶这一当下风靡全国的饮品业态，聚焦奶茶杯专用料，贴近市场、制造网红，拉近了与受众之间的距离，具有很强的传播性。

有时换一种表达方式，用第一人称来描写石化产品，会起到特别的传播效果。

（主题）美好生活不可或缺的"绿色精灵"

编者按：把衣服放进洗衣机，加上洗衣液，清洗干净后，衣服便在温暖的阳光下随风摇曳。这是寻常百姓日常生活中最普通不过的场景。然而您可能不知道，这样的"日常"离不开一种石化产品——烷基苯，能够攻克顽固污渍的"绿色精灵"。

我是烷基苯，可能你觉得就是个很陌生的化学名词，但现实生活中我却是洗涤用品中最有用的成分——烷基苯磺酸钠的原料，是任何家庭都离不开的去除污渍的"绿色精灵"。我的"魔法"是可以与物体表面的污渍产生活跃的化学反应，一手拉着油污分子，一手拉着水分子，去除表面污渍，带给人们洁净美好生活。

我的诞生过程是以煤油为原料，经过烷基苯联合装置加氢精制，分子筛脱蜡，再脱硫、脱氮、除氧，实现杂质脱除及组分分离后，通过催化脱氢、烯烃烷基化反应，最终产生"品学兼优"的我。

（中国石化报 2021 年 6 月 15 日第 5 版）

这是一个将专业报道进行大众化视角转化的典型案例，让社会人包括石化普通员工看得懂、愿意看，从而增强了传播效果。

成品油的价格与质量问题也是普通大众关心的话题。每年的 4 月 7 日是中国石化的质量日，以前的报道主要关注企业和质量管理人员如何进行质量把关。今年我们换一个角度进行科普报道，以第一人称写法，让读者跟随"一滴油"，看看从油田采出，被输送到炼油厂，经过一系列加工转化为成品油的它，是如何一路跋涉、本色不改、使命必达，顺利加进消费者油箱的。

（主题）一滴成品油的使命之旅

（副题）从炼厂到油箱，一路跋涉品质出众、承诺如初

通过对一滴油各个环节的质检描写，即第一关：入库，第二关：储存，第三关：运输，第四关：接卸，第五关：销售，让读者见证了油品质量的可靠。

我是一滴油，历经炼油炉的高温高压、穿越过穿山越岭的管道、留宿过高高耸立的钢板房、乘坐过走街串巷的油罐车、栖身过冬暖夏凉的地下罐，最后走进了千家万户的车辆油箱。我的奇妙旅程，见证了中国石化硬核的管理、强烈的担当，为城市运转注入了强劲动力，守护着千家万户的美好生活。

（中国石化报 2022 年 4 月 7 日第 5 版）

专家论文式的叙事结构和抽象的理论分析，需要编辑进行新闻化处理，去其"深"取其"特"，去其"繁"取其"精"，去其"涩"取其"实"。

中国工程院院士康玉柱希望在中国石化报发表他的一项研究成果《全球构造变形与海陆变迁》，编辑从这篇 8500 字的专业论文中提炼出了核心观点，形成一篇千字以内的主消息《康玉柱：大陆不可能漂移》，并将论文中的《地球运动有哪些动力》《地壳如何运动》《海陆变迁的证据》等单拎出来，通俗化处理做专题配稿。

（主题）康玉柱：大陆不可能漂移

本报讯　中国工程院院士康玉柱近日提出：地壳是一个整体，大陆不可能漂移，是构造运动造成地壳隆起和坳陷，导致海陆变迁。

这一学术观点与人们熟知的"大陆漂移说"相左。"大陆漂移说"由德国科学家魏格纳于上世纪初提出，认为地球上所有大陆在中生代以前曾是统一的巨大陆块，中生代开始分裂并漂移，逐渐达到现在的位置。

"大陆漂移说"认为，大陆漂移的动力来自与地球自转有关的潮汐力和离极力；大陆漂移的模式是较轻硅铝质的大陆块漂浮在较重的黏性的硅镁层之上，潮汐力和离极力的作用使泛大陆破裂并与硅镁层分离而漂移。

"地壳是一个整体，可分为海洋外地壳（大陆地壳）和海洋下地壳（海底地壳），大陆是不会漂移的。"康玉柱说，"在漫长历史中各陆块的位移变化不是因为大陆在漂移，而是因为海陆变迁。构造运动造成地壳隆起和坳陷，大陆沉降坳陷变成海洋，海洋下地壳抬升隆起变成陆地。"

康玉柱认为，地球自转旋力、天体对地球的作用、地球内部放射性物质、地壳各部位的厚度及密度不同等因素，造成了规模不等、方向不一、性质有别的各种地应力。这些复杂的地应力，导致地壳隆起和坳陷无间断且无止境地进行着。

（中国石化报 2020 年 7 月 13 日第 5 版）

编辑只有具备较强的石油石化专业理论基础、新闻专业评论知识与实践经验，才能将专家专业的论文成果脱胎出来，变成新闻作品。

专家论文式的叙事结构和抽象的理论分析，需要编辑在不影响作品语义、语境的情况下进行"意译"，将专业语言、专业术语等"硬"语言转化为新闻语言、大众语言等"软"语言；将学术语言、业内行话等"冷"语言翻译为与读者、群众相关联的"热"语言，引发读者的兴趣与共鸣。

二、科普性话语

记者与通讯员把石油石化专业性很强的素材进行消化、转换，选材和下笔的角度都尽量贴近更多的读者，语言尽可能科普化，稿件的新闻价值才能体现得更充分。

1. 以通俗语言解说石油石化专业术语

对一些油气、石化专业术语，编辑要用老百姓寻常使用的常见词，用叙事方式进行解析。

(**主题**) 挺进陆相：开辟页岩气"第二阵地"

以新闻报道的链接方式加以解读。

什么是陆相和海相？

沉积相是沉积物的生成环境、生成条件及其特征的总和。沉积相主要分海相、陆相、海陆过渡相。陆相包括河流相、湖泊相等；海陆过渡相包括潟湖相、三角洲相等；海相包括浅海相、深海相等。

什么是页岩？

页岩，用放大镜来看，就是呈书页状、似"千层饼"的薄层岩石。页岩是由粒径小于0.0625毫米（人的头发丝直径约0.08毫米，人民币100元纸币的厚度约0.1毫米）的碎屑颗粒等组成，其成分与生活中常见的泥土相差无几，与泥土和泥岩的区别是具有薄薄的片状、层状特征，也更致密、更硬。

什么是页岩气？页岩气是如何形成的？

页岩气是赋存于富有机质页岩微纳米孔隙或微裂缝内的天然气，以游离态、吸附态为主，主体为自生自储、大面积连续型天然气聚集。

页岩气的形成过程主要分三个阶段：第一阶段为天然气生成与吸附阶段，页岩气吸附在有机质和黏土颗粒表面；第二阶段为吸附气量达到饱和时，富余气体解吸或直接充注到页岩基质孔隙中；第三阶段是随着大量气体生成，页岩基质孔隙内温度、压力升高，出现岩石造缝，天然气以游离状态进入页岩裂缝中成藏。经过上述三个阶段，天然气最终以吸附气和游离气的形式富集形成页岩气藏。

(中国石化报2021年6月1日第5版)

2022年北京冬奥会受到全民关注。中国石化以北京冬奥会官方合作伙伴的身份，承担了火炬外飘带研制和整个火炬的量产任务。相比2008年北京奥运会的火炬，"飞扬"火炬外形更加飘逸。它以祥云纹样"打底"，自下而上从祥云纹样逐渐过渡到剪纸风格的雪花图案，银红交织，旋转上升，如丝带飘舞，象征着"冰火相约、激情飞扬、照亮冰雪、温暖世界"。

(**主题**) 让冬奥火炬上的黑科技"飞扬"起来

如果将冬奥火炬外飘带比作"钢筋混凝土"，那么碳纤维是"钢筋"，树脂则是"混凝土"。上海石化与中核集团核八所共同攻关，引入高性能树脂，与碳纤维一起做出了碳纤维复合材料。

往届奥运会的火炬外壳燃烧段一般采用金属制作，例如钢、铝合金等，但此次首次使用碳纤维复合材料制作的火炬外壳，不仅造型美观、手感舒适，而且与金属材质相比，重量减轻了30%左右，兼具轻、固、美的优点。

(**小标题**) 树脂"加盟"破解耐高温难题

火炬的火从内部燃烧而出，一般的复合材料都经受不住高温的考验，一到500摄氏度就烧没了。碳纤维复合材料本身强度高、热膨胀系数小，但耐温一般不超过250摄氏度，因此最大的问题在于如何做到保证火炬耐燃烧且表面不开裂、起泡。

攻关团队通过工艺调整，将火炬上半段燃烧端在1000摄氏度以上高温中进行陶瓷化，有效解决了在高温制备过程中火炬外壳起泡、开裂等难题，达到了既能够耐高温又能够耐火的要求，实现了火炬在燃烧温度高于800摄氏度的氢气燃烧环境下正常使用。

（小标题） 分段制作兼具实用美观

冬奥会火炬外飘带有"中部大两头小"特点，根据火炬外飘带耐燃烧及脱模的需求，攻关团队将火炬分为两段——上段燃烧段和下段普通段。上段采用陶瓷基复合材料，耐高温性能优异，可满足火炬在燃烧环境中使用；下段采用树脂基复合材料，力学强度高，可满足火炬的整体使用强度。上下段采用胶接的方式，形成火炬整体外飘带预制件。

为稳定控制外飘带上端尺寸，攻关团队采用了缠绕定性的方法制备出坯体，再进行数控机床加工得到火炬上端造型，最后用浸渍及陶瓷化工艺对坯体进行增密。在陶瓷化期间，他们采用三维坐标扫描测试和石墨工装定型的方法，解决了材料在成型过程中收缩变形的问题，得到了与设计尺寸一致、稳定的上端制件。

外飘带下端采用RTM工艺制备树脂基复合材料。攻关团队通过优化模具结构设计及成型工艺参数，使树脂在模腔内充分浸润，获得了表面光洁度好、尺寸精度高的外壳下端样件。

（小标题） 高温银漆喷涂满足燃烧需求

陶瓷化材料孔隙率高，不利于喷漆。攻关团队通过反复浸渍工艺，获得了高密度的预制件；通过对预制件表面精磨、采用抛及连接封孔技术等措施，获得了高质量的表面；采用薄喷高温银漆的方式，解决了燃烧过程中表面易开裂、凸起、起泡等问题，满足了高温燃烧需求。

（小标题） 三维编织让造型更为飘逸

为实现"飞扬"火炬旋转上升的造型，攻关团队几经周折，慕名找到东华大学三维编织团队。200多锭碳纤维从经向、纬向、法向3个维度像编织羊毛衫一样，成功塑造出如丝带飘舞的优美造型，而且织成的火炬外壳浑然一体，看不出丝毫接缝与孔隙。

（中国石化报2022年2月7日第5版）

石油石化科技的报道要专业，媒体不能让读者埋头于佶屈聱牙的专业术语中。报纸不同于学术刊物，对于专业理论与科技的报道，需要遵循新闻理念、方法、规律，通过类似上文有点像说明文的解说，达到准确、通俗、亲近、深入浅出的目的，让读者能理解、易接受。

2. 用形象比拟来解释专业用语

记者和通讯员在采编石油石化科技新闻的过程中，要虚心好学、耐心好问，及时向专家、业内人士请教，自己不能一知半解，以其昏昏，使人昭昭。

记者和通讯员不管平时如何注意石油石化学科知识的积累，真要进行具体的科技新闻采写时，仍需要提前做功课，重点搜集信息和学习有关知识。在采访过程中，吃不准报道内容时，需要及时请教专业人士，与他们探讨通俗化表述方式，做到既不说外行话，又能让读者易读。

在写作中，运用双关、比拟等修辞手法，将科技专业报道用通俗易懂的话语来翻译解说，可使深奥的石油理论通俗化、抽象的石油技术概念具象化。

（主题）"净化之旅"

第一部分节选。

（小标题）给污水"洗澡"——去除油泥浮渣

一滴污水，从炼油化工生产装置"溜"出来，被一台台提升水泵加压送进长长的输送管道，经过在密闭漆黑的管道"长途颠簸"，来到污水处理场又圆又大的调节储罐时，"黑不溜秋"、浑浊不堪的水流中夹杂着大量油泥、浮渣等杂质。

休息一会儿后，污水被高压水泵提升到隔油池、除油器。隔油池将污水中粒径较大的黑色油污分离出来，再进入高效除油器进一步去除细小的石油类物质。

经过两道工序，"瘦身"的污水干净了很多，"身材"消瘦苗条了，但"肤色"仍然是黑乎乎的，还需要经历"美白"净化的过程，方能变得更加清澈靓丽。

于是，它们紧接着被水泵输送至浮选单元，通过与浮选池里的絮凝剂、溶气水相混合，黑色的外衣慢慢被剥离，原来"黑不溜秋"的污水瞬间"脱胎换骨"，变得白净，从一个"黑小伙儿"变成了一个"帅小伙儿"。

（中国石化报2021年4月6日第5版）

该文用拟人的方式进行表述。有时，这些形象的说法可以引导专家、业内人士来提供，在专业领域摸爬滚打多年的他们，或许就能深入浅出地讲解。

（主题）和油气井说说心里话

当新年第一缕阳光洒向大地，西北油田采油三厂开发研究所油藏工程师程露已赶到TP272H井场。她向这口井行注目礼，道一声："新年好，2020年辛苦了！"

"每口油气井都有自己的性格，设计、管理要符合它们的脾性，才能让它们健康运行。我们在每年第一天组织技术人员到井场和油气井说说心里话，就是提醒大家搞开发要从实际出发。"开发研究所所长蒋林说。

"以前不是你不行，是我们的认识没有到位。2021年，我们在认识、理论和实践上一定更进一步，少一点'冤假错案'。"程露向TP272H井诉说新年愿望。

"你不仅每天生产几十吨原油，更重要的是，你还给我们带来地质认识上的突破，打开了新的上产空间。"冬日的塔河油区TP189X井场，棉田里结着厚厚的冰，望着寒风中不知疲倦的抽油机，任科心生感动。

（中国石化报2021年1月11日第5版）

该文将油井拟人,用对话的方式,表达研究人员内心对地质规律的尊重、对科学的尊重,也是对自己从事的事业的尊重。

(主题) 知油所在,一"网"而尽

编者按:从数千米深的地下把原油采至地面是个技术活儿——你要首先知道油在哪儿、储油的空间什么样、油有多少,然后像查干湖冬捕的渔民一样在湖面上向湖里下一张大网,把油捞上来。西部的油藏和东部的油藏不一样之处在于,西北油田的碳酸盐岩油藏储存在地下 5000 多米深的极不规则的"溶洞"中,中原油田的河道砂岩油藏则储存在地下几千米深的狭长的古河道砂体中;而两者一样的是,经过多年开采,剩余油四散分布,原来布下的网已漏洞百出。怎么办?找到的解决办法是精细研究剩余油的确切位置、储量大小,然后下一张新网,进行油田开发中后期的井网重构。井网重构,必须以地质精细研究为魂,以工程技术创新为体,油田科研人员对此做了大量的基础研究和技术创新,也收到了很好的效果。汤显祖在《牡丹亭》里感叹:"情不知所起,一往而深。"睿智的油田科研人员则可移情畅怀:知油所在,一"网"而尽。

(中国石化报 2020 年 8 月 3 日第 6 版)

该文用形象鲜活的比喻,把找油之难通俗地展示出来,把艰涩的找油活动变得趣味横生,是一种不错的表达方式,让工作报道、科技报道形象、有趣、可读。

(主题) 顺北 71X 井:"寒窗苦读"答好题

(小标题) 基础研究像是"寒窗苦读",学不明白就不能乱"答题"

顺北油气田共有 18 条主干断裂带,其级别并不相同。

如果把一条断裂带看作是一条油龙,那么已投入开发的 1 号和 5 号断裂带就是青年时期的"龙",体形庞大,是主干一级断裂带;7 号断裂带则是少年时期的"龙",已成形但不够强壮,是主干二级断裂带。

(小标题) 全程跟踪私人定制方案,为"高考"设计"专属题库"

"如果说前期的基础研究是十年苦读,那么钻井就是高考,验证前期所有'学习成果'。"西北油田勘探开发研究院总工程师李海英说。

科研人员陈俊安和岳信东是顺北 71X 井的"监护人",负责钻井跟踪和调整。陈俊安说:"精心部署的每一口井都像是我们的孩子,钻完井就是孩子要面临的大考,我们必须提前制订'考试'计划,关注'考试'进程,出现问题及时调整。"

(中国石化报 2020 年 5 月 18 日第 6 版)

该文把晦涩的理论认识、勘探方法、地质方案,用形象的比拟方式进行生动表达,更能吸引读者。

3. 运用类比方法进行解释说明

类比法是让读者深入理解专业报道的有效方法。

(引题) "产学研"联合、西北油田牵头,承建国家科技重大专项示范工程

(主题) 在地下"桂林山水"中高效采油

海相碳酸盐岩油藏非均质性强，像一个个深埋在地下5500米的桂林山水似的溶洞，国内外无经验可借鉴，勘探开发属于世界级难题。

在地震剖面上，奥陶系地下岩溶洞穴反射影像呈"串珠"状，像羊肉串一样排列，解开溶洞系统储层预测的"地下方程式"，才能为井位部署提供可靠依据。

塔河油田分布形态各异的小尺度裂缝，宛如直径几千米的"蜘蛛网"藏在五六千米深的地下。而在"蜘蛛网"下面，又有多条古暗河穿过，地下的储油溶洞呈现多层叠置、树状分布的特征。科研团队加强基础研究，寻找"溶洞"及通道里的剩余油。

通过攻关，联合团队针对风化壳形成了"趋势面残丘形态刻画+分频能量描述溶洞分布"、针对古暗河形成"量化瘦身+叠前三参数反演充填识别"的综合描述技术。

这两项技术就像"望远镜"，让科研人员可以看清5500米以下溶洞、暗河等储集体的分布，深化了风化壳岩溶区缝洞系统空间关系认识，从而实现"一井多控、一井多靶""靶间接替、带间接替"，多次动用分隔缝洞体的储量，提高采收率。

……

随着地下原油不断采出，地层能量逐渐降低，注水既可以补充地层能量，又可以把地下原油"洗"出来。为了"洗净"剩余油，联合团队综合考虑缝洞结构、井洞关系、连通部位、连通介质等多方面因素，在地下"蜘蛛网"上构建空间结构井网。

地下通道错综复杂，在多条路径面前，注入水会沿着最"通畅"的路走，导致注水快速窜进，而崎岖小路里的原油则没有被波及。联合团队分析验证注水动态，应用井网重构、调流道、调流势等技术，让注入水在地层中"洗"出更多原油。

（中国石化报2021年9月27日第6版）

记者和通讯员在理解石油理论与石油技术专业词汇的同时，可以用自己理解的通俗的语言进行描述，再求得专家的认可与纠偏，这样做既能达到表述的精确性，又能达到描述的通俗性。

（主题）望油兴"碳"

原油藏在地下数千米的地方，其"生存"状态有的像蛋糕里的夹心，有的像趣多多饼干里的巧克力豆，还有的像南瓜芝士里的南瓜块……采出"夹心""巧克力豆"和"南瓜块"，二氧化碳功不可没。

草舍油田草中阜三段是典型的低渗多层油藏，就像一块坚硬的蛋糕，看着有很多夹心，但每层都很少，用力压一压蛋糕，几乎纹丝不动，更别说挤压出里面的"夹心"了。因此，阜三段油藏采收率很低。

（中国石化报2021年5月10日第6版）

该文把二氧化碳驱油的功劳娓娓道来，在碳达峰、碳中和被热议的当下，二氧化碳在油气开发领域还是当之无愧的提高油藏采收率的利器。这样的报道，蹭了热度，也让人涨了知识。

类似的类比方式还有：

(主题) 江汉测试：锻就"神兵"伏"猛虎"

如果把油气资源比喻为沉睡在地下的"猛虎"，那么井下测试工作者就好比"驯兽师"，通过地层测试唤醒"猛虎"，摸清它的脾气，测出油气产量、液性，而测试工具就是"驯兽师"套在"猛虎"脖子上的锁链。

（中国石化报 2022 年 5 月 23 日第 5 版）

这一贴切的类比，让专业的科技内容读来不打磕巴，一气呵成，朗朗上口。

下面的文章通过人工智能应用与教小朋友识别动物的相似点与不同点对比，让读者更形象地理解"油气勘探用上人工智能"的意义，深刻认识到地球的复杂性、寻找石油的艰巨性。

(主题) 人工智能"AI"上油气勘探

"这事儿太烧脑了，比教我儿子难多了。"

3 月 10 日 21 时，刘军嘟囔着从工位上站起来，伸了一下腰，关上电脑，准备回家。

……

目前最成熟的人工智能应用，是计算机深度学习下的自然语言处理和图像识别。西北油田首个人工智能项目要获得突破，关键要破解制作标签样本、训练样本和生产实践应用三道难题。这就像教小朋友识别动物，要经过"制作一套适用的识图卡片、训练小朋友识别动物、小朋友在大自然中能认识动物"三个步骤。

文章第一部分。

(小标题) 样本标签

画出所有"动物"的各种形态

在项目攻关中，研究人员累计"画"出 2.7 万组实际数据样本集，覆盖了各种地质结构类型。

地质结构类型通常不是以一种形态存在，就像家里养的宠物狗，有时跑、有时跳、有时蹲着，有时只看到一条摇动的尾巴，如何能快速准确判断哪只狗才是自己想找的宠物？

训练数据成为人工智能识别个体的核心。研究人员用地震物理模拟合成的断裂和生产解释过的断层作为训练样本，先生成水平反射层，再做褶积、加入噪声等随机变形。就像对"狗"进行三维动态全景拍照，然后用各种参数和算法，得到"狗"不同角度、不同部位的照片，形成海量的多样性样本，覆盖所有形态和部位特征。识别时，人工智能只需要把记忆中的样子与实体或部分实体进行对比，就能够快速判断"狗"的身份。

目前，在西北油田样本标签数据库中，研究人员已累计合成张扭、压隆型等断裂训练样本 25 万个，其他样本标签的种类和数量也在不断丰富中。

第二部分。

(小标题) 训练识图

让"她"记住每一种"动物"的样子

所谓深度学习,就是通过组合低层特征,形成更加抽象的高一层表示属性的类别或特征。这类似"盲人摸象",人工智能根据海量的样本标签,分别识别"大象"的身体、牙、腿、尾巴后,系统自动组合这些特征,判断出识别的主体是"大象",而不是墙、棍子、柱子或绳子。

研究人员想到了一个"类别"学习的方法。他们发现,断裂、断溶体和断层、溶洞在地震剖面的分布是有规律可循的,就像森林里的野兽基本都有一个脑袋、四条腿、一条尾巴。他们先把不同地质构造类型中的相同值或相似的特征值提炼出来,形成共性知识供人工智能学习,训练他们区别"动物""植物""岩石"等实体。

研究人员将第一个层面的训练结果传递应用到下一个层面,训练人工智能识别各个类别中每一个体的特征值,进行个体细节区分训练。这一学习方法既能节约计算机并行计算时间,又能提高人工智能的识别精度。

(中国石化报2021年3月22日第5版)

清华大学李希光教授曾说:"优秀的科学家可以在两分钟内解释清楚他的研究工作,优秀的新闻工作者应该学会用两句话报道清楚这项科学成果。"

(引题) 江汉石油工程页岩气开采技术服务公司整合井下电视技术、多臂井径检测技术和磁定位技术,实现套损检测"视、定、量"一体化,成为行业唯一实现一趟测"可视可量"的单位

(主题) 井下"千里眼"诊断"肠胃病"

第一部分,写的是技术升级,油气井有了"肠胃镜"。

当前,国内套损检测技术门类繁多,有超声波成像、井温测井、铅模打印、流量计检测等,但出于开发成本考虑,套损检测主要采用的是铅模打印技术,即技术人员将一整块铅模缓慢下放至目标段进行打印,以掌握井下套管情况。

技术人员形象地把铅模打印的过程比喻为"拓字",即通过铅模把井下的"文字"给拓出来,技术人员再根据拓出来的"文字"判断井底套损具体产生的原因,并制定治理措施。

"铅模质地松软,下放过程要极其缓慢,不然会因外力作用变形,导致探伤不准确,这个时候就要再次下放铅模对套损情况进行重新打印。"该公司光电研究负责人孙文常说。

铅模打印可有效判断套管变形情况,但对套损检测就有心无力了,为了精准识别井底套损情况,技术人员发明了井下电视技术,即通过一根数千米长的电缆,把一个配备了LED探灯的探头下放至井底,通过影像画面寻找井下套损位置,从而分析套损情况。

"井下电视技术的诞生让套损检测技术发生了质的飞跃,以前油气井的'肠胃'生病,我们用的是'B超',现在是'肠镜',不论是井内的'息肉'还是'炎症'都清晰可见。"该公司光电技术服务队队长程继刚说。

即便发明了井下电视技术,但也并非一招鲜吃遍天。由于电缆质地柔软,只能依靠探头的自身重量带动电缆往下放,一旦遇到拐角,在缺少外力作用的情况下,探头就会堵塞在拐角处。

(中国石化报2022年5月23日第7版)

记者把一手的采访内容进行消化吸收再创造,加上用修辞手法进行的通俗表达,就能把晦涩难懂的专业内容与百姓的生活气息连接起来,很好地进行科普解读。

4. 引入人物事件进行专业分析

人物是科技新闻的主要报道对象,就是动态性的科技新闻,也要涉及科学技术的实践者。事件当然是必不可少的,它是科技新闻的核心要素。人物、事件和科技知识,在科技新闻的题材中,本身就是三位一体的,因此,一般性地将三者统一起来,并不是什么困难的事情。①

(主题) 能源转型之路缘何如此曲折

格拉斯哥气候变化大会通过了具有里程碑意义的《格拉斯哥气候协议》,也让"能源转型"一词被反复提起。然而,近期在全球范围内上演的能源危机显示出,能源转型之路并非一帆风顺,而是十分崎岖。能源咨询公司埃信华迈(IHS Markit)副主席丹尼尔·耶金近日撰文,讲述了能源转型之路"不好走"的个中缘由。

优秀的专家以人物故事来表达这一"高大上"的主题。

为了帮助理解气候行动和持续的能源需求的复杂性,让我们先来听一个故事。

这个故事始于美国得克萨斯州一家为石油和天然气行业提供技术服务的 Innovex 公司,从知名户外服装公司北面公司订购 400 件带有公司标志的夹克,但北面公司拒绝接受订单。北面公司将自己描述为一个"具有政治意识"的品牌,向油气行业的公司提供夹克将违背其"围绕可持续性和环境保护的目标和承诺",其中包括未来几年在其服装中使用越来越多的可回收和可再生材料的计划。

事实证明,北面公司的业务不仅取决于喜欢户外活动的人,而且取决于石油和天然气:其夹克中至少90%的材料来自石油和天然气衍生的石化产品。此外,它的许多夹克及其所用材料都是在美国以外的地区制造的,然后通过以石油为动力的船只运往美国。更糟糕的是,在北面拒绝这一请求前不久,该公司在丹佛机场为其公司飞机建造了一个新机库,所有飞机都使用化石燃料。为了突出这一矛盾,科罗拉多州石油和天然气协会向北面颁发了有史以来第一个客户赞赏奖,表彰其为"非凡的石油和天然气客户",但北面公司拒绝领奖。

---

① 张浩. 新编新闻写作培训教程. 北京:北京工业大学出版社,2013:257.

不同的人会从这一事件中得出不同的结论。应对气候变化的核心是从碳基燃料向可再生能源和氢气的过渡,再加上碳捕集、利用与封存技术,这一点在历史性的《联合国气候变化框架公约》缔约方会议第26次大会(COP26)上得到了强调,与会各方强调气候变化迫切需要更大的野心,多国承诺将在2050年、2060年或2070年实现碳中和目标。然而,北面公司的故事提醒人们,能源转型比目前人们认识到的可能复杂得多。

(中国石化报2021年12月17日第5版)

本文既有专业知识的叙述,又有通俗的解说。

下文把人物、事件和科技知识结合起来。

(主题)"双探底"技术横穿"煎饼"油层

在1500多米深的地下,让钻头在2米厚的超薄油层里穿行587米,吐哈油田工程技术研究院研发的"双探底"技术施工成功。

由于地层倾斜,钻头在钻进时易发生憋钻、跳钻、滑动现象。在这样的地层里钻成定向水平井,难度相当大。

让人物出场,用他的直接、间接引语来解说。

钻井队技术员杨波形象地说,就好比手持长竹竿在坑坑洼洼的戈壁滩上画直线。难上加难的是,在超过1500米的地层深处,钻头要在仅有2米厚的超薄油层里穿行而不能出界。杨波说:"在千米地层深处,这好比'刀尖上的舞蹈'。"据测算,即便是钻头倾斜只有1度,钻进30米后偏差就会超过2米,钻头将钻出油层。

如何为千米地层里的钻头精确制导?吐哈油田工程技术研究院在定向钻井技术服务中,采用无线随钻仪器,并应用地质导向系统,实时采集自然伽马和感应电阻率等近20项数据,为地下钻头提供实时精确制导。

在地层倾角测定上创新思路,利用地质导向仪器,研发出"双探底"技术,通过实测两点油层边界位置,并建立长方体油层模型,从而为定向钻井提供直观的参数。

再让人物在现场用形象的比喻进行讲解。

工程技术研究院定向技术负责人介绍,这仿佛是装上一双透视眼,让钻头在千米地下"看着"地层穿行,哪里有油就往哪里钻。

油气行业新闻报道既需要具有权威性、专业性,又需要具有贴近性和鲜活性。为避免枯燥和生涩,我们要做好解释,"解释,解释,解释,不要让读者去猜"(杰克·海敦语)。

三、文学化处理

石油石化行业有许多专业术语,在新闻作品中需要提及。如何做好这类术语的翻译,或巧妙地加以表述?答案是:利用文学化的描写会起到生动形象的解读作用。

(主题)麦克莫里堡小镇迎来黑金时代

开头描写油砂的专业开采。

加拿大艾伯塔省，2月的麦克莫里堡小镇阳光明媚，来自法国的石油巨头道达尔的员工们，在柔和的光线里启动了巨大的汽包锅炉。锅炉生成的蒸汽将被注入冻土带300英尺深的地下。如果进展顺利的话，5月份之前，一种像沥青一样的油砂混合物将在蒸汽作用下缓慢解冻、融化，最终变成可以流动的石油。

道达尔1997年就来到加拿大，然而真正的施工开采，却已经是2006年了。员工们用了很长一段时间，铲掉小镇边缘森林里的云杉和杨树，然后将黑油油的泥土装上巨大的自卸卡车运走。这些泥土用工业淘洗设备，将其中的油分与沙子分离，这个过程同样需要很长的时间。

麦克莫里堡小镇原来是以畜牧和种植小麦为主，发现油砂后，全世界的石油公司都将目光投向这里——这座人烟稀少的加拿大北部小镇，厚厚的针叶林下面居然埋藏着佛罗里达州那么大面积的油砂带。

第一部分。

(小标题)漂浮在石油上的小镇

很早以前，麦克莫里堡小镇的祖先便发现了油砂，只不过那时这种浓稠的东西被当成自然胶，与树汁混合起来用于独木舟防水。20世纪60年代曾有两家西方石油公司来此勘探，但由于当时油价低，开采成本高，便放弃了。直到轻质原油越来越少，石油巨头们才将目光转向小镇的油砂。据艾伯塔省能源和公用事业局提供的数字，小镇森林地区蕴藏着至少1740亿桶可开采油砂，这个数字相当于全世界5年的需求量。

2001年，道达尔加拿大总裁让·卢克·吉佐到小镇考察。这位在石油里"泡大"的石油专家，面对小镇的油藏还是惊得目瞪口呆："天哪！巨型起吊机的吊斗里满是含有石油的砂土，其油砂含量简直令人难以置信！"毫不夸张地说，麦克莫里堡是一座漂浮在石油上的小镇。

(中国石化报2006年4月13日第6版)

文中用文学手法描写原油开采过程，避开了注汽、开采等石油专业用词，像拉家常似的与读者交流。新闻借鉴文学，自然就会对情节和细节进行无限的追求。"文学是运用语言塑造具有审美意义的形象反映社会生活的社会意识形态。艺术形象的特点之一就是具体可感，典型形象的特点之一就是具有鲜明的个性特征。文学的生动性和审美冲击力是建筑在'具体可感'和'鲜明的个性特征'的基础上的。"[1]

新闻向文学学习：新闻要向文学学语言；新闻要向文学学表现手法；新闻要向文学学如何勾画人物和景物；新闻记者要向作家学习形象思维。[2]

读者在读新闻的同时得到文学，这样的新闻作品就有个性了。随着时间的推移，稿件中的新闻性会逐渐挥发，而艺术性却会保存下来。

普利策特稿写作奖作品的文学性归纳为：一是综合属性，即非虚构性、形象性、

---

[1] 许建平，杨小丽．特稿及其形象典型化．现代语文(文学研究版)，2007(7)．
[2] 艾丰．新闻写作方法论．北京：人民日报出版社，2019：308．

情感性、审美性。二是四大综合属性在文本内容、结构、语言、审美四个层面表现出的具体特征：内容上包含了真实的题材、生动形象的人物、动情的故事；结构上用记者+当事人的声音确保非虚构性，用多维交替的叙事语法确保形象性与审美性，用"润物细无声"的叙事话语使情感性自然流露；语言上，用低主观度语言凸显非虚构性，用动词和节奏实现形象性、情感性以及审美性；在审美上，从读者求知和求美的双重期待视野出发，确保文本中的四大属性互不冲突，使文学性与新闻性和谐发展，实现新闻审美。①

第三节　融媒体表达更悦读

在数字化浪潮席卷而来的今天，在激烈的媒体竞争面前，报纸出版商已经意识到：竞争力的提高，依赖的不仅仅是内容，报纸的形象也已经成为吸引读者购买的重要因素。快节奏的生活引导了视觉时代的来临，读者接收信息则越来越多地依赖图形化的语言。②

2020年9月9日的解放日报全国抗疫表彰大会第1、4版通版获得第三十一届中国新闻奖好版面一等奖，这是解放日报连续三年获得该奖项。

他们总结的经验是：新闻版面是特殊的媒体产品，需要整个报纸编辑部的衔接和投入。版面要有"大的样子"，编辑部不能只局限在完成纸面上的工作，还要从媒体产品生产的角度，推进跨界融合，提高质量和效率。

该版面的初评效果：该版面鲜明表达全国抗疫表彰大会这一历史时刻的媒体表情，以手绘构成的特殊版面形式呈现英雄群像形象，感情浓烈。在布局空间概念上大胆创新，既有上下左右，也有边角构想，巧妙地把武汉、上海联系起来。版面有鲜明的视觉中心与节奏感，关键词、新闻标题提炼精制。整个表彰大会主题扑面而来，传播效果强烈而高效。

版面设计，单版、通版、竖通版、连版……体量越来越大。一个版面的"大"，既体现在对版面宏大体量、扎实内容的把握上，更体现在充分调度运用有效的编辑手段，深刻表达思想、精准传达信息、引发读者共情、传递正能量上。③

现代报纸的版面语言包括文字、图片、线条、色彩等。特色鲜明、风格独特、层次突出、整体协调的版式设计，是专题版区别于其他版的重要特征。好的专题报道内容，要做到让受众一见倾心、一眼难忘，眼前一亮、为之一喜，必须先"形"夺人。

编辑需要具有版面意识，在融媒体时代，更需要具有融媒体的表达能力。

---

① 李薇. 普利策特稿写作奖作品的文学性研究. 南昌：江西人民出版社，2019：33.
② 艾青，陈琳，毕丹. 版面编排设计. 武汉：华中科技大学出版社，2014：106.
③ 倪佳. 让大新闻有"大的样子"——以解放日报"抗疫表彰大会"获奖版面为例. 新闻战线，2021(1)：46.

一、碎片化表达

所谓碎片化表达，就是以短小精悍、新颖活泼、浅显易懂的形式进行。对于行业、专业类专题，我们往往会因为线性思维定式，造成过多的文字表达、专业的文字叙述，加上沉重的多行压图题目，让读者产生窒息的感觉。

这就需要编辑对版面进行轻量化处理，将稿件进行切割，按新媒体表述的方式，进行"碎片"化，可以将主要内容分解成几个部分，每个部分的小标题文字可以表达得更充分细致些，形式上更活泼些，做些版面修饰处理；可以将主要内容中的一部分用名词解释方式进行通俗解读，配上相关图片图表加以美化；可以将主要内容中的一些相关信息作为新闻背景加以链接处理，甚至可以加上短音视频二维码，让读者可以更直观地了解。

1. 综述报道切块分解

（中国石化报 2022 年 2 月 7 日第 5 版）　　（中国石化报 2021 年 8 月 10 日第 5 版）

《让冬奥火炬上的黑科技"飞扬"起来》专题，对火炬的"黑科技"进行了报道，分拆成"外飘带""内飘带"和"燃烧装置"三部分来进行剖析，每一部分都有"科技亮点"的展示，又分别有"知识科普""新闻链接""相关技术"的配合。

《"塑"造未来：让"贵族"材料落户百姓家》专题，没有综述式的报道，版面用清新的风格，语言用易懂、准确、贴近大众的表达方式，分"核心阅读""什么是PGA？""PGA的生产工艺路线""PGA主要性能特点""PGA的应用领域""国内PGA项目规划"

6个部分进行介绍。

心理学家认为，在一个限定的范围内，人们的视觉注意力是有差异的。注意力价值最大的地方是中上部和左上部。上部让人感觉轻松和自在，也是视觉中心对比最明显的地方，下部和右侧则让人感觉到稳重和压抑，版面上部视觉力度强于下部，且左侧强于右侧。这是人们在长期的生活中形成的视觉习惯，也正是这种自然的习惯，形成了一定的视觉流动规律。①

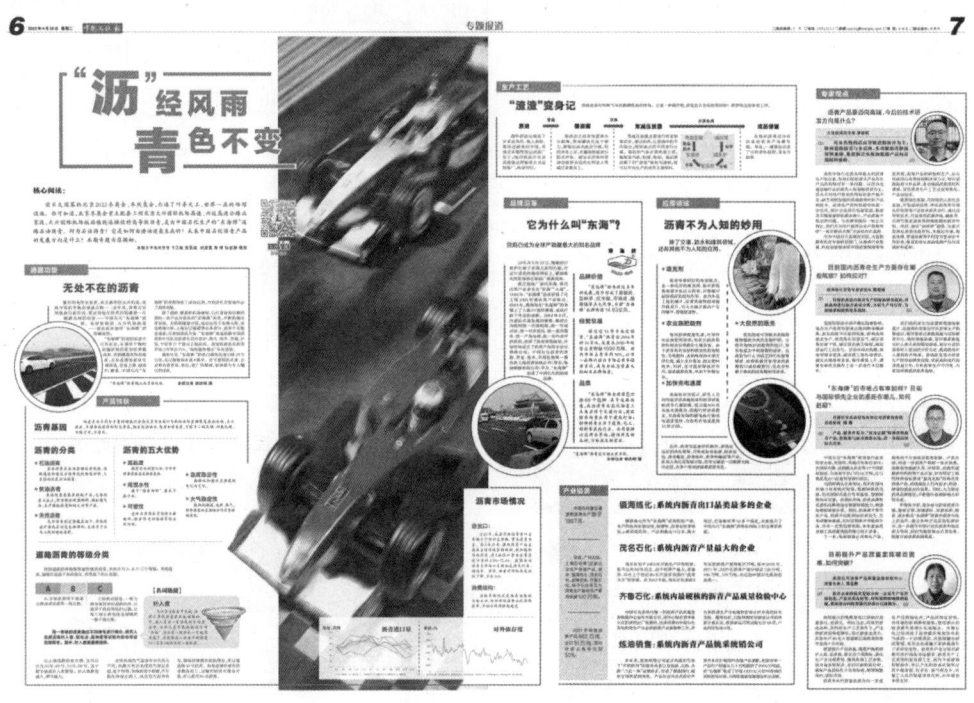

（中国石化报2022年4月26日第6、7版）

北京冬奥会重点配套工程——北京大兴国际机场高速、兴延高速公路北京段、大兴国际机场航站楼跑道铺设的高等级沥青，是由中国石化生产的"东海牌"道路石油沥青。何为石油沥青？它是如何由渣油逆袭生成的？未来中国石化沥青产品的发展方向是什么？本版专题用碎片化的报道形式，从产品性状、生产工艺、品牌沿革、应用领域、产业链条、专家观点等多方面进行报道。

为适应碎片化传播趋势，传统媒体尤其是报纸，可考虑将篇幅较长的作品进行分解，使之碎片化呈现。对报纸来说，过多刊发长篇大论并非明智之举。如确实需要，也应把比较长的文章分解开，每一段都加上小标题，使读者接受起来更容易。②

---

① 艾青，陈琳，毕丹.版面编排设计.武汉：华中科技大学出版社，2014：37.
② 张洪伟.新媒体时代受众心理特征及传统媒体的应对.新闻战线，2022(2)：95.

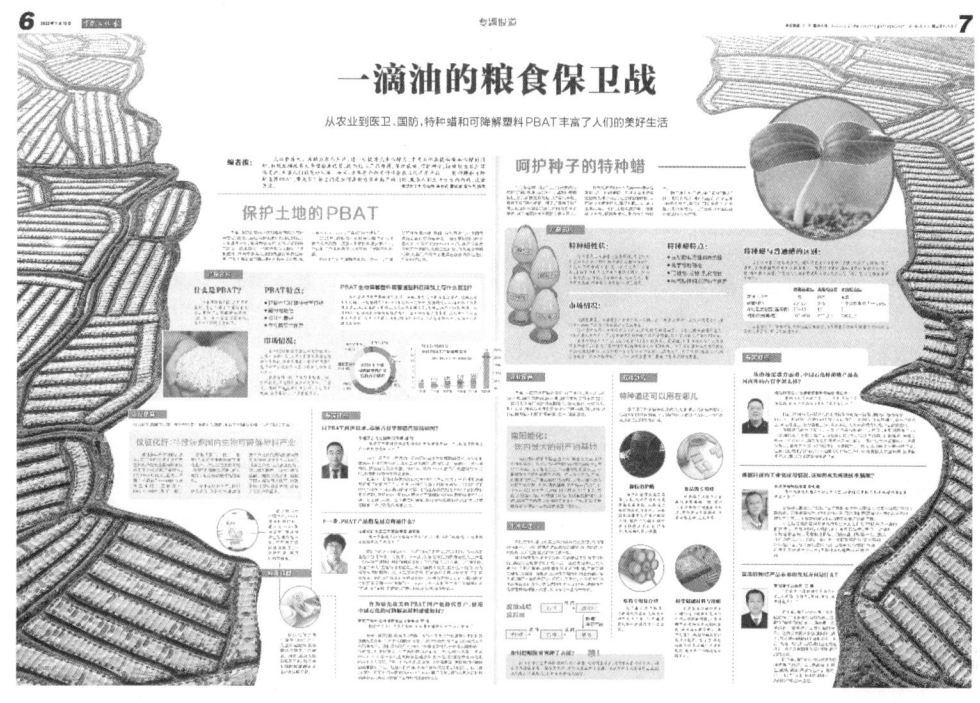

（中国石化报2022年4月26日第6、7版）

《一滴油的粮食保卫战》专题介绍两种服务农业的明星产品——特种蜡和可降解塑料PBAT，呈现它们保护农田、呵护种子，持续助力农业环保高产、丰富人们美好生活的场景。版面以"产品名片+企业足音+专家观点+应用领域"栏目，以及"图片+图表"的形式，碎片化表达主题。

2. 图文并茂地呈现

对于一些组合陈列式的专题，以往我们会用传统的黑压压的文字配一张小图来表达，现在我们可以改变表达形式，以图片为主，图片也不一定用排排坐的方式陈列，可以有主、次之分，再配以精练的、文学化的文字来表达。

《生态排放新景观　绿色炼化新名片》专题，对中国石化首批10家炼化企业生态排放景观进行展示。对比下面的两个版面，第二个版面更美观、更易读。编辑在征求作者的意见时，他们也喜欢第二个版面，尽管他们的稿件字数大大删减了。

在编排中，除使用本身具有趣味的图片外，还进行巧妙的编排和配置，从而营造出一种妙不可言的空间环境。在很多情况下，虽然图片平淡无奇，但经过巧妙的组织后，可产生神奇美妙的视觉效果。①

上述第二个版面图片大小搭配不是平均用力，该大的大，该小的小，达到了图文的和谐统一、美丽大气。

---

① 艾青，陈琳，毕丹. 版面编排设计. 武汉：华中科技大学出版社，2014：8.

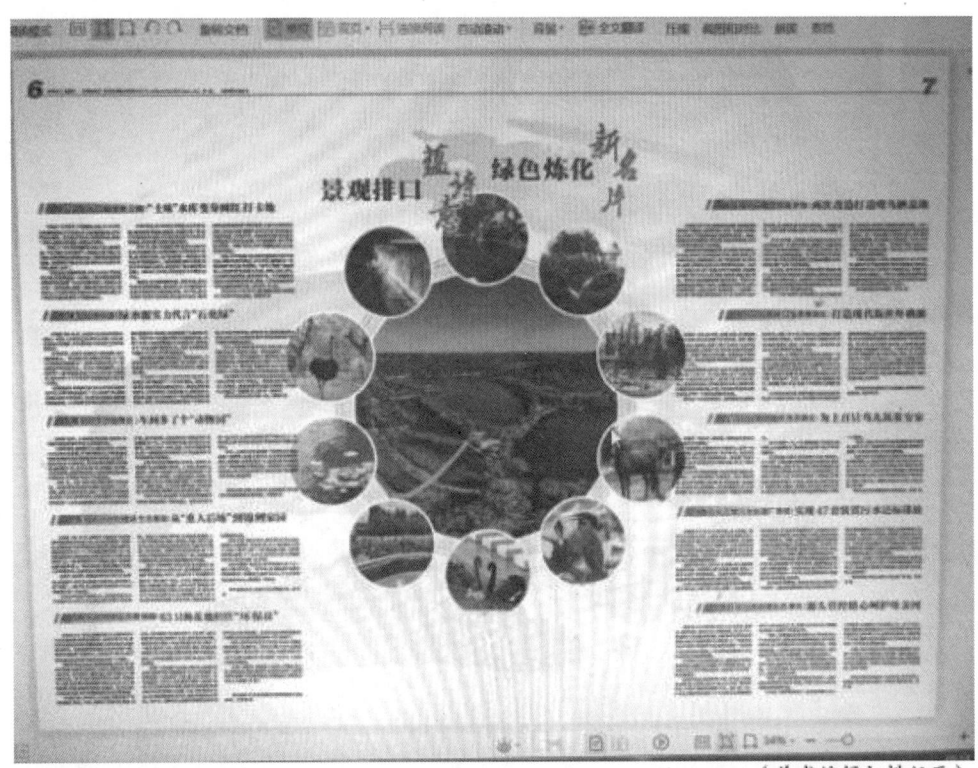

（美术编辑初排版面）

（中国石化报2021年9月7日第6、7版）

二、立体化呈现

立体化让版面图（图片、表、画）文并茂。

非语言类编辑符号是语言符号不可缺少的补充，可以实现语言符号难以表达、不便表达、表达不到位的新闻效果。以报纸为例，非语言类编辑符号，指图片图表和字体、字号、题花、边框、线条、色彩、版面组合规则等"版面语言"。[①]

每篇文章行间距的适度调整、字体颜色的搭配设置、字体大小的合理安排，能大大优化和提升读者的阅读体验。

今日美国报的创始人受到电视传达信息直观形象的启发，开了报纸以大量富含信息的照片和图表来表现新闻的先河，正式宣告了"读图时代"的到来。图片尤其是具有动态的大幅画面的图片，往往是版面的视觉中心，它比文字更真实、更有现场感，具有直观、形象及实证的力量。如今在今日美国报的带动下，图片的特殊功能越来越被人们所认识。据美国报业学者统计，美国报纸版面的图片文字之比为3∶7，在头版甚至达到1∶1。[②] 简而言之，今日美国报就是"文字+照片+示意图"的报道模式。

从某种意义来说，报刊文字的可读性、图片和版面等的可视性都可以归结为广义上的可读性。

1. 新闻图片的运用，增强现场感

有人专门做过统计：图片在版式设计中占有很大的比重，视觉冲击力比文字强85%，在视觉上可使版面立体、真实，具有强烈的视觉冲击力和导读效果。[③]

我们要坚持图片报道的新闻价值取向为主导性原则，在具有新闻价值的基础上，再追求形象价值，思考新闻图片的优劣、技法的高低、角度的平俗与新颖等附加在图片上的其他因素。图片报道在表达上的优势首先来源于其自身本质规律的要求。这主要表现在两个方面：第一是新闻时空的现场意义，第二则是新闻形象的真实感。[④]

甘肃省临夏回族自治州东乡族自治县，属于"三区三州"深度贫困地区，堪称"贫中之贫、困中之困"。中国石化认真贯彻落实习近平总书记视察东乡时"把水引来，把路修通，把新农村建设好"的重要指示，紧扣"两不愁三保障"目标，实施一系列民生项目，有效解决当地群众吃水、行路、住房、上学、就业等最紧迫的民生问题。

[①] 黄琳斌. 国际新闻编辑. 北京：中国广播电视出版社，2013：46.
[②] 孟凡彬. "第一个吃螃蟹"的《今日美国》. 传媒，2005(2)：60.
[③] 苑平. 版式设计. 北京：中国劳动社会保障出版社，2013：77.
[④] 刘源. 图片报道. 杭州：浙江大学出版社，2009：22.

2020年9月18日中国石化报推出8个版的《走向我们的小康生活——中国石化定点帮扶甘肃东乡特别报道》(此处呈现第6版)。

(中国石化报2020年9月18日第6版)

该版面的主题为《东乡妇女在家门口上班了》，共有4张图片。

左图为整个版面的主图，占半个版，表达的主题是甘肃东乡庙尔岭扶贫车间女工在学习文化知识。在东乡农村，妇女上班可是件稀罕事儿，最主要受制于没有文化。除了让妇女参加工作外，扶贫车间还专门请了老师对她们进行文化知识培训。右图为江汉油田比耐雅劳保制品公司东乡庙尔岭扶贫车间女工在熨烫石化工服。

版面上还有两张小图,左图是东乡妇女马阿英社(右)回公婆家喂孩子吃饭,右图是马阿英社骑摩托车下班回家。

这四张图片构成了新闻故事"东乡妇女在家门口上班了"这一主题,无须更多文字说明,就构成新闻闭环逻辑,印证了东乡人民脱贫致富的主题。

为了突出主要信息,可将主要图形放大,将从属的图形缩小,这样才能形成主次分明的版面布局。大面积图形通常用来表现细节,如风景、器物、人物等某个对象的局部特写等,能在瞬间迅速传达其内涵,使人与其产生亲近感。①

这四张图片分别为中远近景图、人物特写图等类别,重点突出、层次分明。

版面刊发图片一是起到纪实作用,可以再现新闻现场、记载真实瞬间;二是起到证实作用,通过提供背景材料,来进一步解释新闻事实或表达观点;三是起到直观作用,读者只需用眼睛看,而不需用大脑想象,易读易懂易理解,增加读者的认同感;四是起到美化版面作用,让版面生辉,渲染氛围。

2. 图表与地图的运用,增强直观感

图表是指表示各种情况和注明各种数字的图和表的总称,如示意图、统计表等。图表将数值视觉化,使人更容易理解。

今日美国报的创办推进了视觉设计的快速发展,也成为信息图表的开路先锋。彩色的统计图表、示意图和新闻地图在今日美国报的版面上占有重要地位,每天在四个版组首页的左下角都有一幅固定的小图表(Snapshots)。由今日美国报开创的信息图表式的彩色天气预报版至今仍被各国报纸所仿效。②

一些能源类研究报告或石油企业的生产经营运行分析涉及众多数字,为便于读者更好地阅读,要请版面编辑制作精美的图表加以展示。

静态新闻图表可分为统计图(在统计基础上用图表表示)、示意图(为了说明内容较复杂的事物的原理或具体轮廓而绘成的略图)、新闻地图(将新闻发生的准确地理方位指示给读者的简明地图)、现场模拟图、实物仿真图和复合图表六类。③

---

① 艾青,陈琳,毕丹. 版面编排设计. 武汉:华中科技大学出版社,2014:59.
② 蔡雯,许向东,方洁. 新闻编辑学. 北京:中国人民大学出版社,2014:240.
③ 甘险峰. 当代报纸编辑学. 广州:中山大学出版社,2013:195.

以下两个版面以图片+统计图的方式呈现。

（中国石化报2021年5月14日第5版）　　（中国石化报2021年5月28日第5版）

下面的左图清晰地表达了不同制氢方法的碳排放量对比及灰氢、蓝氢和绿氢的生产成本比较；右图清楚地描绘了2050年净零排放路线。

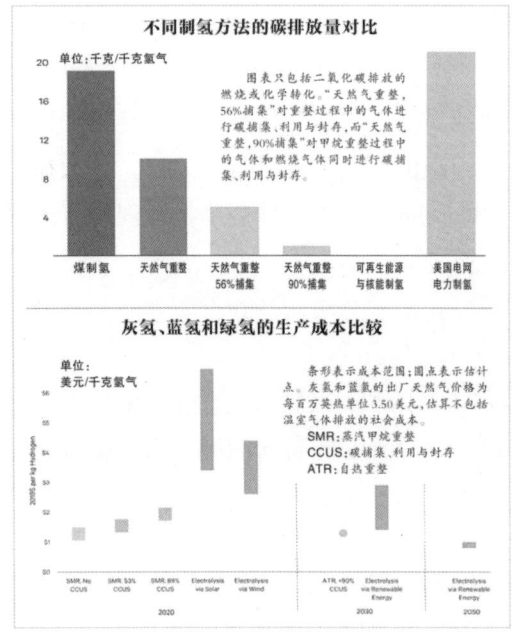

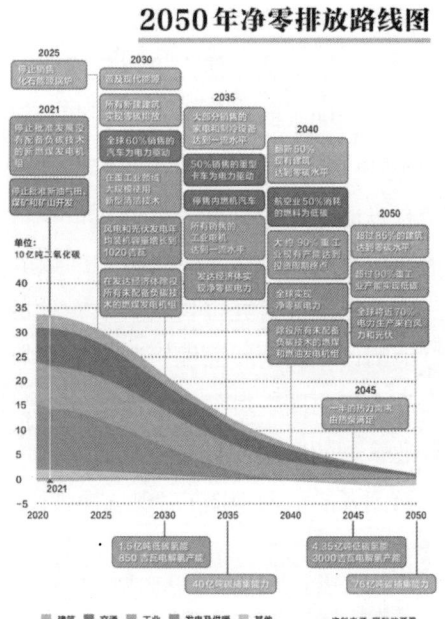

下面的版面为地图+示意图模式。

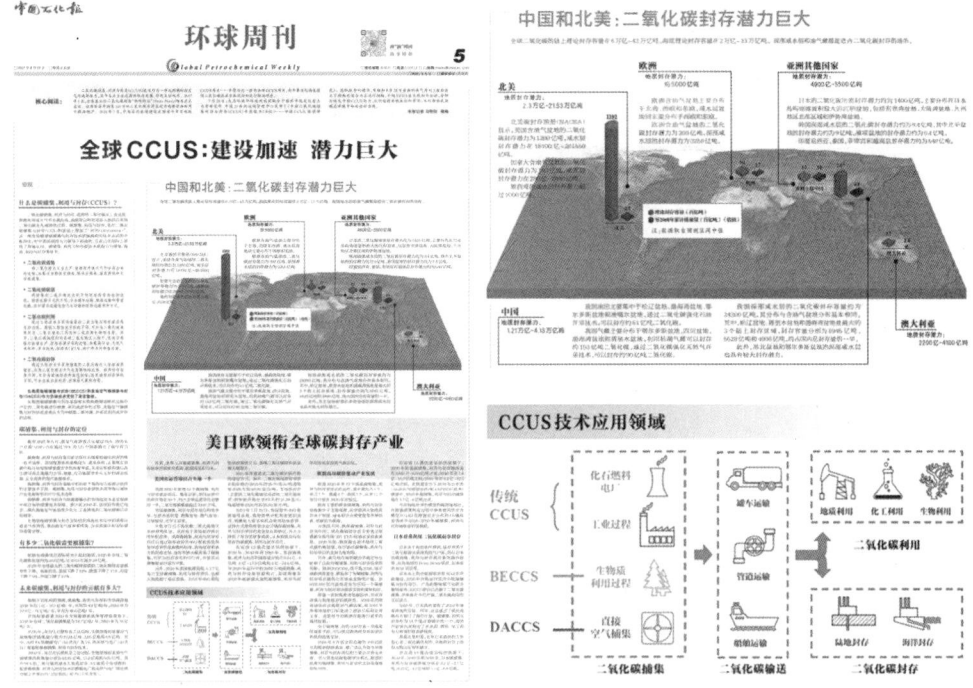

（中国石化报 2021 年 8 月 20 日第 5 版）

除应用平面图外，版面还可用立体图展示。

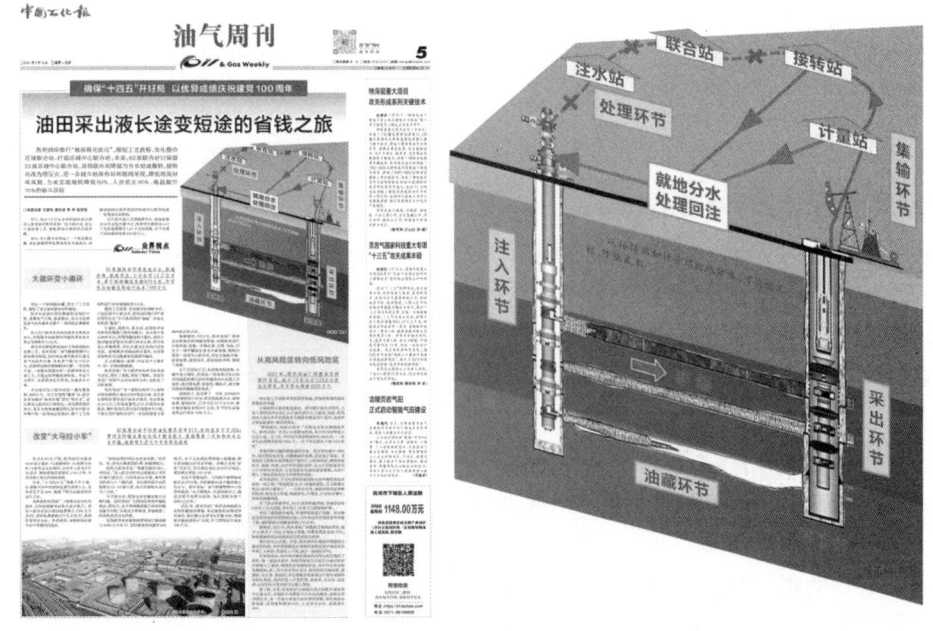

（中国石化报 2021 年 4 月 12 日第 5 版）

"(图表新闻)嫁接了电子传媒的传播手段,又集美术、摄影、线条、色块、文字、数据于一体,视觉强势凸现,信息张力扩大。"①

(中国石化报2022年8月30日第6、7版)

上面第6、7版两个版联动运用图片、图表、实物仿真图等来呈现。

这些图表起到解说作用,能够以简洁、直观、精确或对比的方式形象地描绘和传达新闻报道中的某些内容,突破新闻图片的时空限制。以版面编辑人员的智能开发,来提高内容传播的效率,便于普通读者接受和理解,是新媒体时代报纸增强可视性的方向。

3. 漫画的运用,增强形象性

新闻漫画作为一种独特的新闻视觉形式,可以通过具体的形象和巧妙的构思来"评论"新闻,好的新闻漫画能让人耳目一新,在报纸的版面上能瞬间抓住读者的眼球,或批评,或讽刺,引发读者的思考和共鸣。②

漫画作品都是针对相应的新闻事件进行创作,新闻是其根基,评论是其功能,离开了新闻本身,新闻漫画将失去生命力。新闻漫画作品应当紧随时代,聚焦热点新闻,反映社会发展,关注民生,传播正能量。③

---

① 谢良,周贤辉. 图表新闻的特征与优势. 中国记者,2004(6):36.
② 张亚文. 游走于画与评之间——浅谈新闻漫画的视觉评论性. 新闻战线,2014(10):83.
③ 郑华卫. 漫画当随时代——从第三十一届中国新闻奖获奖漫画谈起. 新闻战线,2021(11):31.

不同于社会媒体的新闻漫画,中国石化报漫画的主要功能不是批评或讽刺。《环球周刊》有些版面利用漫画形式加以渲染,既配合新闻文字稿起到深化主题的作用,又起到美化版面的作用,比图表更形象、更活泼。报社既发挥报社美术编辑的作用,又动员报社以外的专业人士参与投稿,丰富了作者队伍,扩大了报纸的影响力。

（中国石化报2014年8月15日第8版）　　（中国石化报2015年1月16日第8版）

《全球炼油工业格局大转变》专题报道：美国炼油工业好景到来,欧洲炼油工业前途黯淡,亚洲炼油工业机遇大、挑战也大。配发形象的跨栏漫画作品：全球炼油工业的田径赛场上,美国炼油工业在"页岩油气革命火箭"的推动下,强势发展；亚洲炼油工业背负着"红黑参半"的旅行包,奋力跨栏；欧洲炼油工业压力巨大,吃力地前行。

《油价暴跌下的芸芸众生相》专题报道：自2014年6月以来,国际油价暴跌,油砂、液化天然气、深海油气、老油气田等都遭遇了冲击,相关国家或企业纷纷出招。该版除了刊发图表外,还配发漫画,使读者更直观地了解低油价对LNG、深海石油、老油气田、页岩油气、油砂等的影响程度。

这些漫画一是起到解说作用,深化文字的主题思想、渲染内容的感情色彩、形象表白专业术语；二是起到装饰作用,通过活跃表达、美化版面,对读者形成视觉冲击,吸引读者眼球。

社会性媒体运用"实景照片+绘图"的手法来还原现场,也就是在现场拍摄的照片上,绘上关键人物、事物及其他场景,"复活"新闻现场和过程,还可以运用插图、简

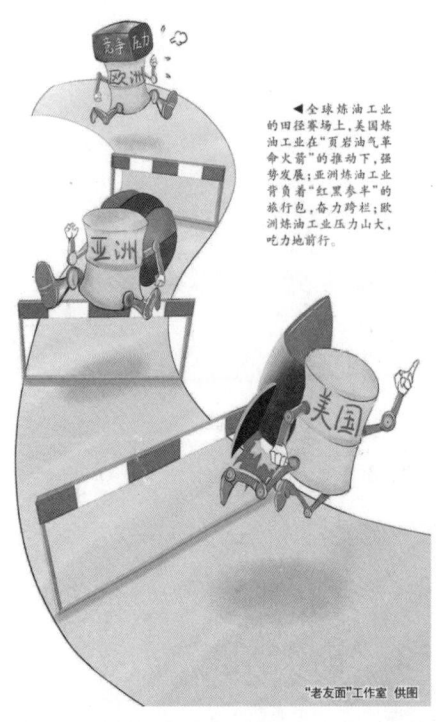
◀全球炼油工业的田径赛场上,美国炼油工业在"页岩油气革命火箭"的推动下,强势发展;亚洲炼油工业背负着"红黑参半"的旅行包,奋力跨栏;欧洲炼油工业压力山大,吃力地前行。

"老友面"工作室 供图

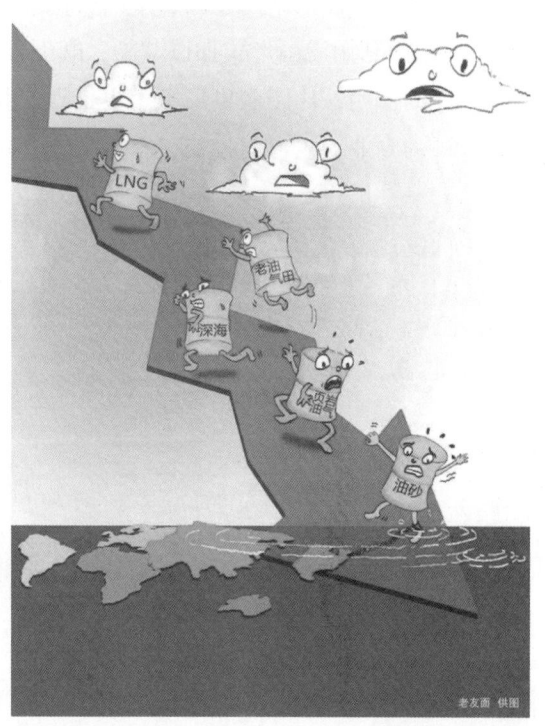
老友面 供图

笔画、图案、装饰图来调动版面的气氛,让印刷品更为精美。

专家解析,运用三维技术和各类图像处理软件可以对报纸中的数据、信息进行再设计,如将难以用文字表述的新闻现场或事件漫画化、插图化。仿真图的运用,采用立体透视方法,让读者能够通过平面介质感受立体的新闻场景,大大减少文字表述,从而提升报纸的视觉效果,读者用最小化的时间成本就能获得阅读版面价值的最大化。这也应该是我们努力的方向。

获得2020年中国新闻奖好版面二等奖之一的河北日报2020年12月28日第2、3版《开路先锋》,报道了作为雄安新区首个重大交通基础设施建设项目的这条铁路创造了多项世界之最。

河北日报的推荐参评意见是:该版面打破常规,采用通版设计。以北京西站至雄安站铁路线路示意图斜向贯穿,作为视觉中心和版面主体。铁路沿线各站分别标出地点及建筑图片,方便读者阅读。以雄安站结构剖面图为主图片,对该站结构进行了立体化展示,令人一目了然。在此基础上,该版面对京雄城际铁路主要特点进行分解,分为"绿色工程""精品工程""人文工程""智能工程"四大板块,用12张图片,对整个工程项目进行了精细化、可视化解读。

评选的初评评语是:该版面设计打破常规,以铁路线路示意图斜贯,将沿线标志性元素串联在一起,图文并茂,气势不凡,从一个侧面表达了雄安新区建设的重大主题。

中国航天报推出的《瞰"天宫"》入围第三十二届中国新闻奖新闻版面作品。

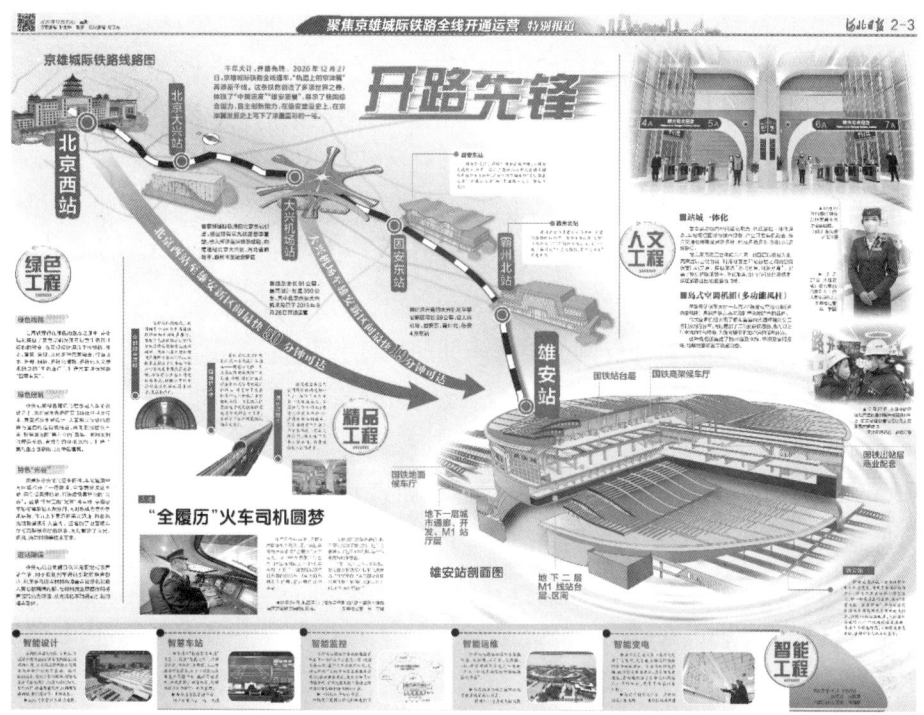

(河北日报2020年12月28日第2、3版)

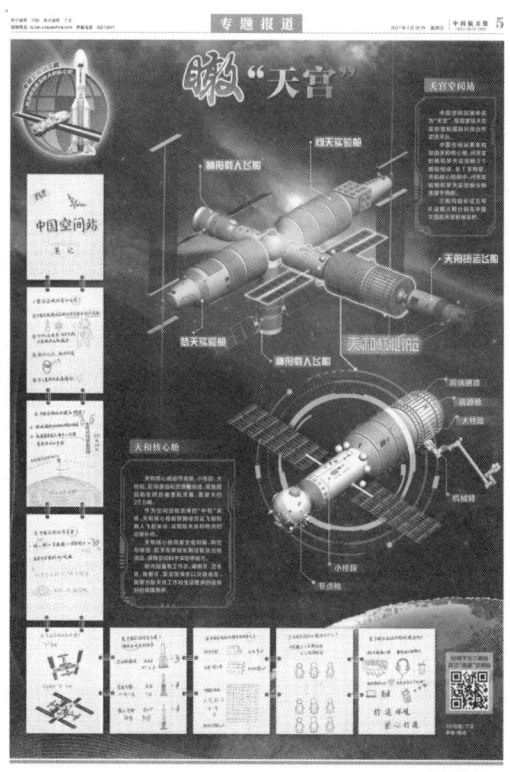

(中国航天报2021年4月30日第5版)

《中国航天报》推出12个版专题报道，全面展现中国空间站建"宫"大业正式开启的历史时刻。第5版《瞰"天宫"》采用"图解+笔记"融合展现方式，以独家绘制的天宫空间站与天和核心舱3D模拟图为主，配以"中国空间站笔记"，并添加亲手"搭建"空间站小游戏的二维码，多维度展现中国空间站的具体特点。

美国著名报人达里尔·莫恩说："报纸视觉设计是发挥报纸作为视觉媒介的潜力的一种努力，人们不是在听报，而是在看报、翻报、读报，编辑把手上各种版面元素，例如正文、花色、字体、照片、插图、图表和空白，有力而富有创意地加以应用设计，读者就会发现一张很有意义和反响的与众不同的报纸。"[1]

《人民日报》高级编辑王咏斌先生的《报纸编辑学》一书中写道，版面内容与形式达到高度的统一，"从整体布局到每一个细节，都经过精心构思，无处不透露出设计者的思想和情感。这样的版面不仅发挥了为稿件提供载体的功能，而且通过巧妙的布局，使内容得到恰如其分的展示，并得到升华。其形式不但具有美的外表，而且有思想，有情感，有摄人魂魄的力量"。

报纸深度报道专题版在模式上追求三元一体式，在内容上追求多元性，在版面上追求立体化。

专业性制作、大众化表达、全媒体传播，将枯燥、专业、复杂，不易引起大众兴趣的行业新闻做得专业又接地气。发挥专业媒体作用，努力将思想精深、内容精巧、呈现精美有机统一起来，让深度报道作品立得住、传得开、叫得响、留得下。

---

[1] [美]达里尔·莫恩. 美国报纸组版和设计. 上海：上海外语教育出版社，1989：225.

第六章 报端融合的初步探索

习近平总书记强调,全媒体不断发展,出现了全程媒体、全息媒体、全员媒体、全效媒体,信息无处不在、无所不及、无人不用,导致舆论生态、媒体格局、传播方式发生深刻变化,新闻舆论工作面临新的挑战。

中国网络意见中介者的演变可以分为三个时期:前名人博客时期、名人博客和微博时期、后微博时期。前名人博客时期的网络意见中介者:意见的分量重,特征是草根、匿名和以观点取胜;名人博客和微博时期的网络意见中介者:社会身份(明星、企业家、媒体人和学者)的"加持",特征是非人格化、跨界与公共性;后微博时期的网络意见中介者:商业和娱乐的裹挟,答主、自媒体人和"网红"成为网络意见中介者,特征是跨平台、商业化和圈层化。[1]

互联网时代,新技术、新应用、新平台不断迭代升级,内容呈现形式、话语表达方式发生了深刻变化。"扁平化、分散化、多中心"的社会权力格局正在形成,以社交媒体为代表的数字媒体异军突起,不断地从传统媒体手中"分食"新闻资源和舆论传播市场。2020年9月,中央办公厅、国务院办公厅印发了《关于加快推进媒体深度融合发展的意见》,要求把主力军放在主战场,扩大主流价值影响力。

从全国来看,媒体深度融合呈现新进展,传统媒体与现代媒体、主流媒体与新媒体、官方媒体和社交媒体,正通过深度融合走向全媒体传播时代。在融合发展中,传统主流媒体仍居于主导地位,一方面加快传播方式转换、话语方式转变,坚持新闻报道的真实平衡客观,提升公信力、影响力和引导力,特别是在重大主题报道中发挥了信息供给与舆论引导的重要作用;另一方面不断加强品牌建设与体制机制创新,丰富运营与盈利模式,逐步提升市场竞争力。[2]

近年来,中国石化报社在做好传统的报刊台网业务的基础上,在新媒体领域深耕,中国石化报公众号、石化V视、团购网、车友报公众号、周油列国公众号、《中国石化》杂志电子版、采编加油站公众号、朝阳足音公众号等新型媒体如雨后春笋般成长。在绝大多数人已经习惯于通过移动端获取资讯的时代,中国石化报社顺势而为,拥抱新媒体、迎合新趋势,形成"报、网、刊、台、端、微、屏",构建了纸媒求"深"、电视视频求"美"、客户端求"快"、网站求"全"、全媒体求"融"的传播体系。

---

[1] 韩云,范红娟. 新型主流媒体的内涵与建设路径. 新闻战线,2021(4).
[2] 唐绪军,黄楚新. 中国新媒体发展报告 No.12(2021). 北京:社会科学文献出版社,2021:12.

在报端融合联动方面，我们进行了有益的探索。报纸编辑发挥熟悉内容的优势，将纸媒重要报道内容用公众号进行推送，不是简单地原样照搬，而是进行二次编辑、再创作，按照新媒体思维，借助新媒体技术，用新媒体的表达方式进行传播，赋予作品更多的有用性、趣味性，既有意思又有意义，同时在公众号上推介报纸版面，形成"前店后厂"互动运营模式。

2020年11月，中国石化报社周刊部和报社团总支青年融媒体中心联合创办中国石化报社"周油列国工作室"。周油列国工作室推出周油列国公众号，将中国石化报《油气周刊》《炼化周刊》《营销周刊》《环球周刊》内容"掐尖"，推送给广大读者。周油列国公众号成为中国石化报社旗下的深度报道品牌，专注于国际国内石油石化行业专业化、垂直化、知识性内容生产。

融媒体工作室是一个比较好的方法，集合了文字、摄影、技术、运营等各方面的人才，在垂直化、细分化、个性化内容生产领域拥有独特优势，通过不断输出带有专属标签的专业内容产品，让用户成为粉丝，最终形成自带粉丝流量的IP。融媒体工作室可采取"三跨"+"五支持"机制："三跨"是允许记者编辑跨部门、跨媒体、跨专业自由组织成为小规模的战斗突击队；"五支持"是媒体负责提供资金、推广、技术、运营、经营等后台方面的支持。①

广电总局出台的《关于加快推进广播电视媒体深度融合发展的意见》指出"用好项目制、工作室、产品事业部等各种内容生产组织和运营方式，实行灵活运行机制"，这肯定了工作室机制的意义和价值。

周油列国工作室的成员来自采编部门、美术部门、新媒体部门，大家精心协作，追求"深度、专业、悦读"，经过近两年的实践探索，取得了一些成绩。2020年11月24日，工作室推出第一篇公众号文章《国际油价的春天，会远吗？》，此后每周刊发2~3篇推文，均为中国石化报周刊原创文章。

受限于手机屏幕的尺寸，新媒体产品只能呈现在"方寸之间"，信息很难整体呈现，而在信息阅读过程中用户的自主选择性更强，也可以随时退出信息的阅读。因此，想让用户完整阅读信息，就要有区别报纸、网站的叙事方式。另外，得益于手机终端的多元功能，用户可以通过多种方式获取信息，图片、文字、音频、视频等可以同步呈现。部分新媒体产品还可通过激发用户的主动性，通过交互设计完成信息呈现。②

中国石化报周刊是对国际国内石油石化行业的深度报道，在行业解释性报道、调查性报道、前瞻性报道方面占有得天独厚的优势，但在新媒体快餐式、碎片化阅读面前，原本的特点反而成了劣势。如何在公众号文章中表现出自己的特色是一大难题。

---

① 周劲. 2021，媒体深融的五个战术. 新闻战线，2021(2)：34.
② 李晋馥. 共情，参与：新媒体产品互动性的具体呈现. 新闻战线，2022(2)：102.

全媒体环境下的深度报道，显然不是把报纸上的长篇报道搬到网络上，而是着眼分众化、差异化传播特点，适应移动化、社交化、可视化传播趋势，加速从单一、单维、单向，向全媒、多维、互动转变。①

中国石化报周刊将纸媒做深做专做亮，将周油列国公众号做优做精做美。纸媒编辑以"有趣、有用、有情、有品"为原则，从报纸中选取石油石化行业读者感兴趣的，并适合于新媒体传播的稿件，对文字进行"二次创作""精练整合"，构建作品的逻辑和骨骼；通过表情包、网络缩略语、SVG动画、图片、图表、海报、视频、音频、H5、长图、手绘长图与长卷等表现手法，加以精致美观大气的排版、吸引眼球的封面图，将纸媒提炼的内容做得有"声"有"色"，元素更丰富，更有立体感、时代性、代入感，更好地在手机端进行呈现。

周油列国公众号努力以内容生产专业化、垂直化、细分化为原则，以选取"有趣、有用、有情、有品"作品为己任，使深度报道增加"融"看头、赋予"融"趣味、扩大"融"影响，让重点变为热点，让质量引来流量，让深度焕发热度，让好声音成为最强音。

第一节　内容选择的社会性

习近平总书记指出："内容永远是根本，融合发展必须坚持内容为王，以内容优势赢得发展优势。"

无论传播技术和业态如何发展，内容始终是媒体的灵魂。专业化、垂直性内容生产既是行业类公众号的优势所在，又是行业类公众号的劣势所附，因为我们不能像社会媒体公众号那样，在社会突发事件、重大舆情事件、时事热门话题等关切问题上，满足用户需求。

石油石化行业新闻具有较强的专业性，但读者的知识背景与认知能力千差万别。为了让读者愿意去关注公众号、愿意阅读里面的文章，公众号必须在内容的选择上尽可能社会化，从社会角度来报道石油石化行业的专业内容，用新闻语言来增强与百姓的关联性。

传播学者拉扎斯菲尔德曾提出"选择性接触假说"，认为受众在接触大众传播的信息时并非不加选择，而是更愿意选择接触那些与自己的既有立场和态度一致或接近的内容。在当前信息过载和思想多元化的时代，受众的这一心理特征表现得更为突出。②

公众号可以在满足个性化、小众化需求的垂直领域，在与老百姓相关的石油石化

---

① 张茧. 在"快新闻"时代，感受深读的美好——新媒体环境下的深度报道生产策略. 新闻战线，2021(2)：61.
② 张洪伟. 新媒体时代受众心理特征及传统媒体的应对. 新闻战线，2022(2)：95.

资讯内容、知识类内容生产上，发挥自身的竞争优势；可以在专业报道的社会化、生活化上进行创新，注重平民化、贴近性，增强可读性、亲和力，让普通读者看得明白、读得温馨，从而提升公众号的影响力。

融媒体时代，品质是公众号之本，只有高品质的内容才能赢得用户。公众号文案可以分为纯文字、图片、图文、音频、视频及以上元素相互组合的形式。

公众号文章的内容主要可归结为三类。

一、以专业视角让行业热点出圈

纸媒抽象的传播主体、固有的教化功能、严谨的话语表达、理性的文字符号、不容置疑的内在态度等，都有助于强化媒体的权威性、公信力优势，但与此同时，也带来了亲和力、感染力、吸引力明显不够等问题。①

周油列国公众号努力以亲和力、感染力、吸引力去解读石油石化行业深度内容、专业知识，增强作品的厚度、广度和高度，提升服务性、民生化。

1. 寻找新闻由头，让旧闻出新意

北京冬奥会召开期间，中国石化报营销周刊推出《冬奥会来了！体育营销为品牌添翼》（2022年2月10日第5版）专题，讲述北京2022年冬奥会官方合作伙伴中国石化如何借力体育营销实现品牌增值的故事；环球周刊推出《体育营销当"号"准时代脉搏》（2022年2月11日第6、7版）专题，细数历年来通过赞助奥运盛事而"名利双收"的企业，讲述这些企业的奥运"生意经"。

周油列国工作室将这两个专题整合成公众号文案《石油巨头"蹭"奥运，能"赚"些啥？》，让受众关注奥运会怎样赚钱、石油巨头的坎坷奥运路、中国石化在行动。有读者互动留言：从我国首个百万吨级CCUS项目全面建成到光伏发电，从万吨级光伏绿氢示范项目到北京冬奥会以氢燃料为主的"飞扬"火炬圣火，中国石化已经奏响了中国式"从0到1"的"零碳产业链"的创业版序曲。还有好几位读者留言，讲述自己所在的企业如何为北京冬奥会加油助力。

2022年1月14日，汤加海底火山喷发，被著名火山学家称为"千年一遇"，中国石化报《油气周刊》推出《超级火山爆发给人类带来哪些影响？》（2022年1月24日第5版）专题。周油列国工作室推出《超级火山爆发带来无夏之年、生物灭绝……还有油气和你的钻戒》文案，以此次火山喷发为新闻由头，介绍了：超级火山爆发致全球"无夏之年"，火山活动是生物大灭绝的主要"凶手"之一，火山活动带来丰富矿产，包括油气和你的钻戒等"旧闻"。

---

① 任志强. 报社深度融合中主持传播的价值与发展路径. 新闻战线，2021(2)：92.

(周油列国公众号 2022 年 1 月 24 日、1 月 7 日文案)

岁末年初,报纸周刊与公众号还会对上年度石油石化行业的重大热点、石油石化公司的经营情况等进行回顾(如 2022 年 1 月 7 日公众号文案)。

法国学者贝尔纳·瓦耶纳指出:"有人说记者是当代的历史学家,如果一个人能写下一切不断变化的事件的历史,这句话是很正确的。至少新闻和研究历史共用一种材料,因为现在发生的事件马上就会进入历史档案,让位于更新的事件。"[①]从某种意义上说,我们是在书写石油石化工业史。

2. 分析行业难点,探寻解决之道

做深度报道时,我们应坚持新闻专业主义,运用扎实的调查、典型的个案、丰富的背景材料等,在更宽的视野与更广的维度上,对新闻的深层意义进行挖掘,加以专业解读,以理性的思考探究新闻主题的起因、结果,并对未来进行趋势判断,启发读者思考。

随着社会经济发展和城市化进程加快,"城围炼厂"问题日益突出。目前,仅在中

---

① 贝尔纳·瓦耶纳. 当代新闻学. 丁雪英,连燕堂译. 北京:新华出版社,1986:25.

国石化、中国石油两大集团中,就有超过1/3的炼化企业成了城市型炼厂。对于处于风口浪尖上的城市型炼厂来说,是就地发展,还是异地搬迁?它们究竟该何去何从?

中国石化报《炼化周刊》推出系列专题探讨城市型炼厂的突围之路,《〈燕山石化〉用绿色绘就企业发展新画卷》(2021年7月20日第6版)、《广州石化:转型发展中实现与城市的和谐共融》(2021年8月17日第5版)、《城市中的中型炼厂,路在何方?》(2021年9月16日第5版)三个专题对大中型炼厂如何与城市和谐发展进行了探讨。

因为涉及的内容较多,周油列国工作室推出《城围炼厂!!! 城市真的容不下炼厂吗?》H5(HTML5,Hypertext Mark-up Language,超文本标记语言,特点是图表化、信息化、集纳化、容量可控)文案,读者通过扫描识别二维码可以深度阅读:什么是城市型炼厂、城市型炼厂的主要发展模式、城市型炼厂在区域经济发展中作用显著、城市型炼厂可持续发展的对策、中国石化企业案例等。

中国石化报的评报专家认为,该文案探讨了石油化工行业与城市发展的关系问题,提出石化行业是规模效益十分明显的行业,生产集中化和规模化是增强竞争力的重要途径,对企业和地方政府、城市居民有现实意义。这样的选题有其当下价值。

有读者留言:为了更高效地服务人民,他们来到城市,为了对人民负责,他们将安全环保工作做到极致!环比日本、欧洲,一路之隔就是炼厂,和谐共生是有先例的!相信只要有石化人的极致追求,与其为邻又何妨!

2021年1月1日起,史上最严"限塑令"落地实施。在此之前,中国石化报《炼化周刊》推出《顺应"限塑禁塑",把握生物可降解材料发展机遇》(2020年8月11日第5版)专题,回答塑料污染治理进展如何,将给石化企业发展生物可降解等高分子材料带来哪些机遇和挑战等问题。

周油列国工作室推出《塑料袋满天飞,烦!推广可降解塑料咋这么难?!》文案,以长图形式科普降解塑料相关知识。该文案表现手法丰富,创新性地运用图片、图表、动漫、视频等,展现出完全不同于报纸的别样气象。人形、水和细菌、太阳和棉花,设计精美、栩栩如生,与报纸的黑白灰形成鲜明对照。有读者留言:一气读完,科普帖的主要知识点已了然于胸(虽然还记不住[破涕为笑])但不明觉厉!我们需要这样的干货满满又喜闻乐见的科普帖,手握干货的Sinopec,这样的破圈帖请给我来一打!

二氧化碳捕集、利用与封存(CCUS)技术作为一种大规模的温室气体减排技术,近年来在全球范围内快速发展,这也是行业类媒体关注的热点问题。中国石化报《环球周刊》推出《雪佛龙高庚CCS项目未达标引争议》(2021年8月20日第6版)的深度调查性报道:雪佛龙澳大利亚高庚LNG项目是全球最大的商业二氧化碳捕集和封存(CCS)项目,承诺第一个5年期内将采出的每年400万吨二氧化碳的80%注入地下封存,但却遭遇了失败。

周油列国工作室根据此内容推出《CCS、CCU、CCUS傻傻分不清,更不知CCS有多难?》文案,包括"被寄予厚望的CCS项目""命运多舛的CCS项目""和政府拉锯""对

（周油列国公众号 2021 年 1 月 28 日、8 月 29 日文案）

油气行业负面影响巨大"，用简明扼要的文字、通俗易懂的语言将这一深度报道内容明白无误地告诉受众，还与读者分享了 CCS、CCU、CCUS 是什么。

周油列国公众号还关注能源转型、氢能发展、油转化等行业问题。

3. 关注行业成就，寻找民生落点

行业关注的"高质量发展之路"怎么走？"十四五"开局怎么开？新发展阶段中行业的创新、绿色、开放、改革、科技、高效、集约等现实课题成为媒体报道的重点。

公众号要注重发现行业报道内容的生活热点、公众的兴趣点，让新闻生动性、可读性增强。

中国石化报《炼化周刊》推出《"塑"造未来：让"贵族"材料落户百姓家》（2021 年 8 月 10 日第 5 版）专题，报道新型环保可降解材料聚乙醇酸（PGA）有望站上风口。周油列国工作室推出《按克卖的塑料，怀揣着早日飞入百姓家的梦想！》文案，介绍了可降解塑料的分类、什么是 PGA、如何生产 PGA、PGA 的优点及应用、国内部分 PGA 项目规划等。

PGA 在我国仍然算是新生事物，但在各方的积极推动下，其生产技术和下游应用

有望得到快速发展，成为可降解塑料产品，为解决"白色污染"问题做出贡献。

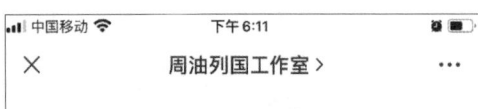

PGA（聚乙醇酸）又称聚羟基乙酸，它来源于α-羟基酸（乙醇酸），是一种单元碳数最少、具有可完全分解的酯结构、降解速度最快的脂肪族聚酯类高分子材料。PGA还具有简单规整的线性分子结构，结晶度可达80%，熔点在225摄氏度左右。

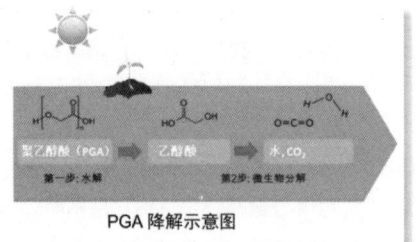

PGA降解示意图

与传统性能稳定的高分子材料，例如塑料、橡胶等不同，PGA作为材料使用到一定时间后会逐渐降解，并最终变成对人体、动植物和自然环境无害的水和二氧化碳，是目前已知的降解性能最好的高分子材料之一，也是少数几种在海洋环境中能快速降解的高分子材料。

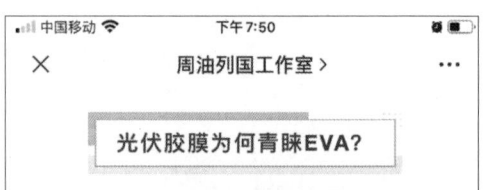

光伏胶膜为何青睐EVA？

由于单体太阳能电池不能直接做电源使用，必须将单体太阳能电池串、并联连接，并进行严密封装，形成"光伏组件"，才能实现太阳能向电能的转化。

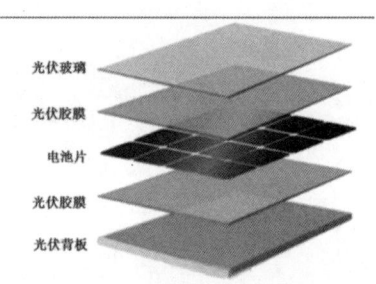

形象地说，"光伏组件"就像是一块"3+2"饼干。太阳能电池片是核心，上有钢化玻璃层作保护，下有光伏背板层作支撑。而电池片与玻璃层之间、电池片与背板层之间，则为光伏胶膜。▲

（周油列国公众号2021年9月12日、2022年3月15日文案）

中国石化报《炼化周刊》推出两个版的《从一滴油到EVA光伏料的傲娇之旅》（2022年3月15日第6、7版）专题报道："十四五"期间，中国石化以净零排放为目标，规划建设7000座分布式光伏发电站点，推进绿色发展。EVA光伏料，作为光伏电池组件不可或缺的关键材料，也越来越受到市场的追捧。EVA光伏料究竟是什么？到底在光伏发电中起着怎样的作用？又是如何从一滴原油演变来的？

周油列国工作室推出《光伏发电材料内幕——"很黑"！》文案，碎片式报道：光伏胶膜为何青睐EVA、EVA光伏料的性状、EVA光伏料的市场需求情况、一滴油的EVA之旅、EVA半个世纪的发展历程、EVA应用领域等。有读者评论：太"黑"了，一丝光亮也逃不出它的"宝葫芦"。

类似的文案还有《谁说塑料不如钢？塑料还能做汽车！》：塑料已经成为汽车的重要组成部分了，不仅不"坑"，而且大大提升了车辆的轻量化、隔音性、舒适性等综合性能；《页岩油气"侠客行"，在"江湖"，在"大海"》：陆相正成为中国页岩革命新战场；《比石脑油制乙烯成本降低30%，秘方竟是TA！》：乙烷裂解制乙烯时，成本仅是石脑油作为原料时的70%；《洗涤剂原料达到"食品级"，可以喝！你信吗？》：洗涤用品中最为有用的那个成分(烷基苯磺酸钠)的原料是烷基苯；《夏天来了，天然气都去哪儿了？》，讲述天然气储气库建设；等等。

4. 分析行业现状，预判未来趋势

专家运用石油石化行业分析方法、分析手段进行价值判断，为该行业提供事实性信息和分析性信息，发掘信息背后更深层次的隐藏价值，从而帮助行业内读者加强对信息的理解和把握。

国际油价与老百姓的日常出行有很大的关系，也成为行业媒体与百姓之间的契合点。中国石化报《环球周刊》推出《国际油价创近7年最高水平》(2021年10月15日第5版)和《凛冬将至 油价不断上涨》(2021年10月15日第6版)专题报道。周油列国工作室推出《油价升、气价飙，这个冬天很难熬》文案，关注油价飙升、气价暴涨、天然气不够石油凑等情况，分析预测四季度油价会不会涨、需求会不会增加。这一作品有4700多人阅读，创下行业类报道点击量之最。

有读者留言：飙升和略涨不同，属于一种异常。对产油方有利，对炼油方有利有弊，对消费者有压力。为美好生活加油，既要加好油，又要加实惠的油。

类似的报道还有：中国石化报《环球周刊》推出《回眸2020·国际油价低位运行》(2021年1月8日第7版)专题，这是回顾和展望式的报道，专业性强。周油列国公众号文案呈现时，标题用了《拜登就职，国际油价能翻身吗？大家一起猜》(2021年1月21日)，极大地增强了当下性。周油列国工作室充分发挥公众号需要吸睛的倒逼机制，转化中注重把长篇大论转化为好故事、好标题，从而变回顾性、话题性文章为新闻性、前瞻性报道。

中国石化报《环球周刊》推出《2021：全球能源市场"涨价"始末》(2022年1月7日第8版)专题，对2021年油价进行回顾，对2022年油价进行预测。周油列国公众号文案呈现时，标题用了《2021年我们真的"猜"到了油价！2022年我们继续……》。

中国石化报《营销周刊》推出《"十四五"：国内成品油消费显露达峰迹象》(2021年4月29日第5版)专题，其中专家分析认为，"十三五"时期我国石油表观消费量年均增速为5.4%，预计"十四五"时期将降为2%左右。

周油列国工作室推出《"十四五"往后，轿车、卡车"电气化"，汽油、柴油卖给谁？》文案：预计"十四五"石油表观消费量年均增速将降至2%左右，期末总体规模将降至7.4亿吨左右，届时净进口量将达5.4亿吨，对外依存度约为73%。读者留言：电油混合动力，在未来5年到10年会成为主流，多余的油可以用于发电。另有留言：新旧能源接替，还需要一个过程。

其他的预测性报道还有：《何为绿氢？为啥能居能源"C位"？》《油价每涨1美元，进口原油多花40亿美元，您期望的油价是多少？》《我国将成为世界第一大炼油国，是喜还是忧？》《去碳化席卷全球，中东产油国何去何从？》《"十四五"末，我国低硫船燃将

用新闻语言讲石化故事

（周油列国公众号 2022 年 1 月 16 日、6 月 20 日文案）

占全球市场的 1/5》《预言帖！接下去的 5 年，炼化行业何去何从，听专家怎么说！》《15 年后，您用的天然气 1/3 或是页岩气》《经济低迷、气价走低……"天然气欧佩克"来了？》等。

碎片化时代，专业媒体必须保持一种定力，用绣花功夫，精雕细刻，把重大新闻事件做成"满汉全席"，用融媒体手段，将深度报道立体化、圈层化传播，让读者有一种悦读深读的极致体验。①

二、以代入感寻找企业典型共情点

传统媒体在内容生产上，也存在着低端产品供给过剩、用户需要的优质产品产能不足的问题。一方面，主流媒体要减少垃圾内容的生产，一些"谁写谁看，写谁谁看"的作品，既浪费资源又赶走了用户，要多用心用情制作有品质、有格调的内容，打造群众喜爱、刷屏热传的作品；另一方面，供给也能引领需求，畅销的作品也能够"带节奏"。有共情力、有代入感的内容更能实现二次传播，通过社交驱动形成"线上线下"共

---

① 赵永胜．在碎片化阅读时代，专注打造"深悦读"．新闻战线，2022(3)：55.

振,引领新的内容需求。①

周油列国工作室剔除一些"谁写谁看,写谁谁看"的作品,探寻与读者的共鸣点,与读者共情,寻求代入感,选择一些企业典型作为报道内容,以吸引更多企业员工关注、转发、点赞、评论。

1. 关注技术与产品取得的进展

中国石化提出要在担当国家战略科技力量上再立新功、再创佳绩。中国石化报在这方面不遗余力地进行宣传。

中国石化报《油气周刊》推出《源,妙不可言——胜利油田勘探从源外找常规油藏转向源内找页岩油藏》(2021年11月22日第5版)。周油列国工作室推出《找"蛋"不如找"鸡",找到含油母矿就找到了石油!》公众号文案:现在,人们则深入生油母岩寻找页岩油气,直接找"鸡"这种非常规油气藏。非常规,是因为它成藏完全不同于常规,页岩油气是自生自储、源内聚集、大面积"连续型"分布,但只有找到最"甜"的区域开发才有效益。

读者留言:端好能源饭碗,老油田有出色的人才储备,可以在"端"上持续做功,页岩气田是下半程的战略"饭碗",二者合一,其利断金!

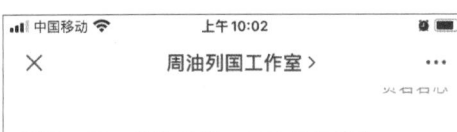
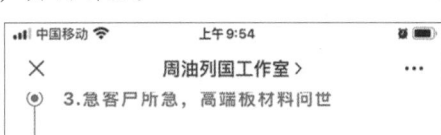

(周油列国公众号2021年12月5日、5月20日文案)

---

① 周劲. 2021,媒体深融的五个战术. 新闻战线,2021(2):31.

《炼化周刊》推出《科技让生活闪闪发"光"》（2021年3月16日第7版）专题，报道中国石化"十条龙"攻关项目"高光泽抗冲聚丙烯技术开发"。周油列国工作室推出《让你"眼前一亮"？这是中国石化"高光"时刻！》文案，一开头就吸睛：耐用的都土气？我想要兼顾美观和实用！产品外观不够"眼前一亮"？我想用靓丽的外观吸引消费者！高附加值产品哪里寻？我要产品技术！读者留言：科技改变生活，科技创造未来，我们用行动打造世界领先洁净能源化工公司。

《油气周刊》推出《人工智能"AI"上油气勘探》（2021年3月22日第5版）专题：利用人工智能识别复杂的断裂和断溶体，就像教小朋友识别动物，要经过"制作一套适用的识图卡片、训练小朋友识别动物、小朋友在大自然中能认识动物"三个步骤。周油列国工作室推出《教计算机识别地下断裂？比教娃学习难多了！》公众号文案。

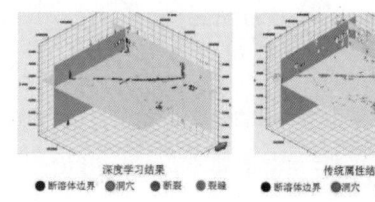

（周油列国公众号2021年5月16日文案）

此类性质的内容在企业典型报道中最多，比如《热血剧〈情系大乙烯〉，拍了38年，未完待续，激情依旧！》讲述如何靠自己的力量建好一套套乙烯装置，《石油界的青绿腰，绘制地下千里江山图》三维描述大剖面图。类似的还有：《中国第一氢能公司的氢来自何方?》《中国石化年度科幻大剧——〈逮捕二氧化碳〉》《勘探家的脑洞开多大,才能找到油气?》《我的新同事是"工作机器"》《来康康!物探人的涉水作业"神器"》等文案。

2. 诠释企业文化与社会责任

公众号要找准情感交流共鸣点、利益关系交汇点、新闻事件敏感点,将道理寓于故事中,让读者共情同理。

《油气周刊》刊发《铭刻在大漠戈壁的"驻村记忆"》(2021年2月8日第8版)专题,周油列国工作室制作《是什么叩开你的心扉?那些铭刻在大漠戈壁的"驻村记忆"》公众号文案,在内容转化中体现了互动性。开头用春节档大卖的电影《你好,李焕英》代入,可谓正当时,接入《李妈妈课堂将爱播撒在希望的田野上》,过渡自然、贴切,插入的两张当地小学生写给"驻村妈妈"的信,增强了真实感、现场感。读者留诗一首:童谣声里起春风,描出天山桃李红。放眼未来知几许,此情尽在不言中。

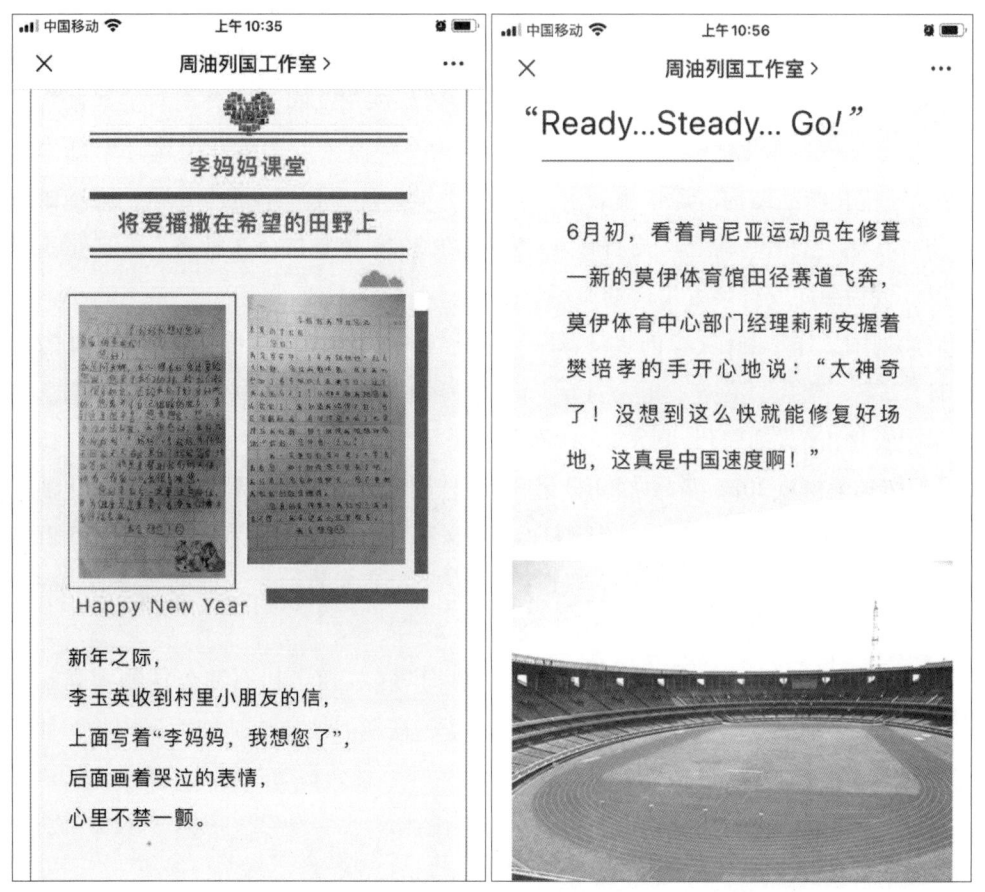

(周油列国公众号2021年2月18日、8月6日文案)

《环球周刊》刊发《助肯尼亚运动员备赛东京奥运会》（2021年7月30日第8版）文章。周油列国工作室制作《奥运会摘金夺银、打破赛会纪录！中国速度、石化力量支撑着他们！》文案，蹭东京奥运会热点。肯尼亚被称为"长跑王国"，在田径运动方面创造了多项世界纪录。就在奥运会开赛的前几个月，中国石化帮助肯尼亚修葺了莫伊体育馆田径赛道，解了奥运选手燃眉之急。周油列国工作室一直关注着东京奥运会田径赛事，当电视现场直播到肯尼亚选手在女子1500米决赛中获得金牌、打破赛会纪录时，工作室第一时间将这一作品推送出来。由于找到用户的兴奋点，得到不少读者的阅读、点赞。

此类文案还有：《一声汽笛，一种情怀》《一条路，一个人，一种精神》《我在故宫"擦"文物，你将沙丘变绿洲！》《石油工人走天涯，一封家书慰爹娘（亲友）》《石化员工多才俊　诗词大会显身手》等。

3. 凸显生产与经营管理水平

人们永远都会关心与自己相关的内容，对于企业用户来说，他们关注与自己相关的生产经营内容。

中国石化报《炼化周刊》推出《炼油产能做强做优　盈利能力全面提升》（2021年1月26日第5版）专题，报道2020年茂名石化、镇海炼化、润滑油公司、炼油销售公司等企业充分发挥一体化优势，灵活调整产品结构，狠抓重点领域和关键环节降本的做法；推出《优化产品结构　深挖增效潜力》（2021年2月2日第7版）专题，报道镇海炼化、茂名石化、上海赛科、广州石化4家企业在2020年坚持化工业务"基础+高端"模式，以效益为导向安排装置生产的典型。

周油列国工作室制作《想创效没思路？炼化"学霸"经验笔记准备好了！》（2021年2月9日）文案，整合、集纳了相关内容，汇聚一段时间的精华文章，进行推送。

中国石化报《营销周刊》刊发《中国石化油品销售企业2021年度先进企业暨"比学赶帮超"工作光荣榜》（2022年1月20日第5版），周油列国工作室制作《中国石化油品销售企业2021年度光荣榜》（2022年1月20日）文案，得到广大读者的关注，1.5万多人阅读。60多位读者留言，其中一位写道：在如此不平凡的一年，还仍然能迎难而上，争创佳绩，为销售企业点赞，为中国石化"蓝精灵"点赞。

类似的文案还有：《2021油品销售十大"热词"》《放榜了！石油公司哪家强？有没有您及同行！》《加油60秒没人理？礼物送给你！》《在新加坡加油是种什么体验？他们防疫绝对有一手》等。

（周油列国公众号 2022 年 1 月 20 日文案）

4. 交流传播员工情感与思想

一个榜样很容易带动一群人，产生"拨亮一盏灯、照亮一大片""一花开来万花开"的效果。

中国石化报《油气周刊》推出《百岁老人的"两个百年"》（2021 年 3 月 22 日第 8 版）专题，报道感动石化人物吴汉川的父亲吴志峰的事迹，老人的心愿是"活到一百岁，见证党的百年华诞"。周油列国工作室推出《老爷子百岁生日许"红"愿，感动"感动石化人物"儿子》作品。有读者留言：百岁老人的红色情怀、红色家风，再次证明我们的党为什么能战无不胜，从胜利走向胜利。伟大的党培养伟大的人，伟大的人忠诚于伟大的党！

《油气周刊》推出《100 本工作日志悠远又走心的故事》（2021 年 10 月 18 日第 8 版）通讯报道：200 多万字的工作日志，记录的是责任，写下的是担当，描述的是精细，画出的是最美的奉献轨迹。

周油列国工作室推出《小白与学霸，差的是 100 本日志》文案：为了精准地掌握数

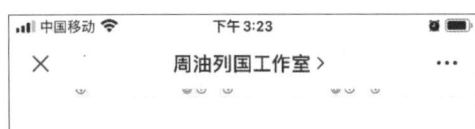

▲大家为吴志峰老人（图中）庆祝百岁生日，其子吴汉川（右一）为第二届"感动石化人物"。

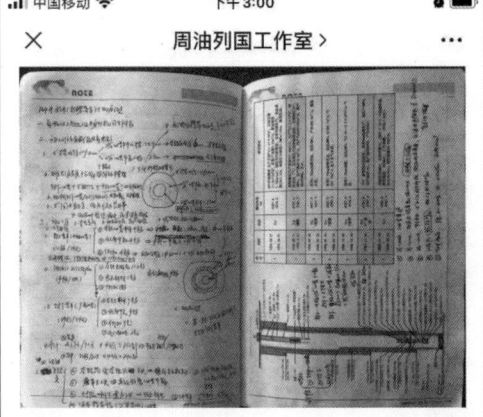

富有年代感的封面，图文并茂、精工细作；构造精准、标注清晰；简洁工整、要点突出……这些笔记就像是特殊的年轮，记录着时间，记录着西北油田开发的进程。

随便翻开一本笔记，里面有167个油藏图、188个曲线图、180个表格，还有4万字的分析、备注、标示、疑问和思考心得。

（周油列国公众号2021年3月28日、10月22日文案）

千米之深的油层数据和井下结构，他选择了拿起笔记去战斗，在千百次的经验积累和记录中不知不觉就攒下了100本日志。

读者留言：笔酣墨饱写空白，探求真理为归处，这是石化人的浪漫，这何尝不是大国工匠。还有留言：我与学霸，还差100本日记，那么现在开始写，还来得及吗？

类似的文案还有：《颜值与实力并存！昔日航母女兵，今日石油红人！》《40多年前石油学霸的笔记，你见过吗？这里有32本……》等。

三、设置议题打造"每周一站"品牌

设置议题带节奏，变"我认为你应该看的内容"为"用户想要看的内容"，带动流量运营的突破。

中国石化遍布全国的3万余座加油站、两万余家易捷便利店，365天不间断地为客户提供别样服务，用独特的设计、多样的营销、丰富的商品，扮靓客户的旅途。

销售公司零售管理部和中国石化报社周刊部从2021年1月起联合推出全新的"每周一站"栏目，带读者领略中国石化加油站的独特魅力。每期从各销售企业所报的加油

站名单中选取一座特色鲜明的加油站在中国石化报《营销周刊》进行报道,并在周油列国公众号上同步推送。

我们进行了立体化策划、可视听呈现、互动性交流,文字内容包括油站的基本情况介绍、特色亮点介绍(重点推介)、站长讲故事等,既有措施又有故事,让读者感受到油站特色在提升客户消费体验方面发挥的作用。

图片采取组图的方式,既有全景大场景图片,又有特写细节图片,让用户能多角度地感受到油站的特色。

除了图文外,还搭配短视频。编辑策划,记者、通讯员在采访时进行拍摄,在版面刊发短视频二维码、在周油列国公众号同步嵌入短视频。

2021年报纸与公众号共推出了47座特色站,并将47座站的公众号海报在报纸上集中呈现。海报是融媒体时代最具代表性的表现形式,具有形象化、便捷化的特点,信息精练、重点突出、便于阅读,具有一定视觉冲击力。

中国石化报评报专家认为,中国石化报《营销周刊》推出"每周一站"这个栏目,不是从纸媒周刊善于做专题报道这样的惯性思维去策划,而是从平台的角度去策划,通过一站一品的平台,实现了对思想的展示、对理念的展示、对价值的展示。这样的策划,它考虑的是企业的长远发展,企业对经济发展、科技进步、社会责任的贡献,不同于吃苦耐劳、送油上门、热情服务这些日常工作的报道。

(中国石化报2021年12月23日第5、8版)

(中国石化报 2021 年 12 月 23 日第 6、7 版)

1. 内核特色

从加油站内核上选择,无感加油、氢电合一、碳中和站等特色内容逐一呈现。

周油列国公众号文案《您来加油只需两步:把车开来!将车开走!就三分钟》(2021 年 1 月 31 日),形象展示了江苏石油金沙江站的黑科技在支付中的作用,图、文、视都好看。AI 无感加油,代表了未来的方向,科技感十足,不排队、不下车,自动识别车辆、自动支付。

文案《网红油站"发电"不用柴油,碳中和一波操作看过来》(2021 年 4 月 22 日)推出湖南石油雨花大道站:采取光伏发电,除了自用,余电上网,成为长沙市首座光伏发电加油站;更重要的是传递一种理念,促进碳中和,凸显了企业的社会责任。

文案《首座油氢站揭秘:加氢安全吗?方便吗?合算吗?》(2021 年 3 月 14 日)推出的首座加氢站揭秘,同样展示的是硬核新闻。"加氢安全吗?方便吗?合算吗?"代入感十足。"到加油站只能加油购物,你 out 了。"如今加油站也在与时俱进,以前来加油,现在来加氢,使得报纸和新媒体做到了同一主题相互升华。

每个加油站都有自己的内核特点:北京石油十里河站(劳模站)、浙江杭州石油秋涛路站(多样化服务站)、上海石油第一加油站(老牌站)、重庆石油唐家沱站(悬空科技站)、四川石油万源南服务区(第一气站)、辽宁盛港站(油气氢电服站)、河南石油大道站(培训站)、山东济南石油 58 号站(净零排放站)、内蒙古庆丰街站(折扣店站)。

2. 节点特色

介入新闻背景、围绕节点来介绍加油站,是这组报道的一个特色,也是"每周一站"选择上的一大特点。

3月5日全国学雷锋日,周油列国工作室推出《雷锋站里出"雷锋"》(2021年3月5日)文案,讲述雷锋站员工的学雷锋故事,这里成为"员工成长的精神驿站"。这是从内化角度看待问题,在服务社会的同时提升了自身的精神境界,正所谓"赠人玫瑰,手有余香"。

文案围绕脱贫攻坚来展开,《"第一"扶贫站:站因"扶"而建 村由"站"而兴》(2022年2月25日)讲秦巴山麓第一扶贫站变成中国石化助力脱贫攻坚的第一站、造血站。中国石化通过租赁农村土地建加油站交纳租金、农户农产品的推介、开设扶贫专柜,让空壳村变成了富裕村。第一扶贫站由扶贫而建,这个村也因站而兴,立意很高。

根据时节特点,我们还推出河北石油崇礼第三加油站(冬奥会倒计时一周年前夕)、福建石油三沙站(春游时节)、安徽石油小岗村站(全国脱贫时节)、广西石油海上供油中心(开渔)、江西长田站(春耕)、浙江温岭石油五岙油站(台风)、山西石油太原滨河站(建站35周年改造)、浙江石油乌镇站(互联网大会)、北京石油惠忠寺站(冬奥会鸟巢旁)、辽宁石油郭明义站(志愿者月)。

3. 地域特色

中国石化在祖国最东、最南、最西、最北的加油站分别是:黑龙江佳木斯石油同江银星站、新疆石油塔县壹号站、海南石油亚龙湾站、内蒙古通辽石油产业园区站。

此外,我们还要兼顾中国石化在全国的石油公司,比如云南石油迪庆巴斯巴站"高冷"站、香港石油山顶站、北京龙禹石油玉泉站、西藏石油当雄吉祥站、天津石油唐口站、吉林石油长春路站、重庆石油肖家湾站(防空洞站)、江苏石油嘉泽站(花木之乡站)、四川石油天府机场路站(螺旋桨站)。

4. 主题特色

我们围绕大事件、大主题进行策划。为庆祝中国共产党建党100周年,2021年7—8月,"每周一站"栏目报道主题站:江西石油南昌祥云大道站、贵州石油遵义沙坝站、陕西石油杨家岭站、浙江石油大路德站(嘉兴红船)、福建石油古田站、河北石油新西柏坡站、宁夏石油六盘山站等。此外,栏目还报道了湖北石油知音站(抗疫站)。

每一座站的展示都得到了各企业的大力支持,有些还邀请专业人员拍摄图片、视频;每一座站的文字版策划与编辑,不亚于一个专题版付出的精力与时间。

中国石化报评报专家认为,企业需要适应社会的进步,采取科技的手段,包括人工智能;企业需要有全球化的视野,对未来新能源、碳中和布局有所考虑。如果企业具有前瞻性、时代性、时尚感,以及为消费者负责、为员工负责这样的一种态度和精神,那么最终将是盈利者。最好的营销是一种社会价值观的营销,这应该是我们考虑的新闻策划角度。

从内容分析的角度，主题热度越高，情感集中程度越深，信息含量越丰富，对应的传播效果就越好。①

周油列国公众号内容主要来自中国石化报周刊，从生产方式上主要有两种：一种是行业内容，由报社专业生产内容（Professional Generated Content，PGC）；另一种是企业内容，由企业用户生产内容（User Generated Content，UGC）。自我表达不是自嗨，更不是独角戏，它是介于用户需求与自我的中间区域。

移动化、社交化、可视化越来越成为全媒体传播的显性特征。互联网时代，人人都有麦克风、人人都是主持人，造成信息泛滥，受众无所适从，优质内容的价值日益凸显。周油列国公众号深耕专业领域，力求在浅出上做出特点、特色，设置议题带节奏，扩大优质内容产能。

第二节　表现形式的通俗性

杨保军教授提出"全觉传收"的概念，主要指信息传播界面向"全觉化"转变，即视觉、听觉、触觉的融合。他认为，谁能在最大限度上调动受众的感官体验，让受众的视觉、听觉、触觉实现平衡，谁就可能获得更大的点击量和阅读量。

中国石化报周刊的深度报道大多是以纸媒的"大部头"连续报道呈现，或者以"集装箱"的方式一次推出。融媒体时代，深度报道的呈现方式，已经变得更多元、更丰富、更有效。通过直观可视的表达方式，增强报道的张力，拓宽报道的内涵和外延。②

在文字上，理论深奥、概念抽象、专业性强的专题报道如何更具科普特点、更易读，是将纸媒内容转为公众号内容的一大难题。做公众号时需要做好"形象翻译工作"，把专业性、技术性变为通俗性和大众化，把"书面语"变成"家常话"。在这类内容的编辑与标题制作时，运用比喻、拟人、对比、双关等修辞手法，将科技专业报道用通俗易懂的话语来进行翻译解说，可使深奥的理论通俗化、抽象的技术概念形象化。

更重要的是，除文字表达外，本着适合新媒体传播最大化的原则，周油列国工作室在主题框架的基础上加以编辑制作，每篇推文不同程度地应用表情包、网络缩略语、SVG动画弹幕、留言互动、视频、音频、动图等表现手法，加上吸引眼球的封面图、精致美观的排版，将纸媒内容更好地呈现给移动端受众。这种"全觉传收"，基本上以"通俗文字+精美图像+极简排版"的叙事方式进行可视化、碎片化处理，让行业类公众号做到专业不艰涩、深度更悦读。

以微信公众号为例，一篇推文的标题、封面图及首屏效应至关重要。标题和封面

---

① 胡程远．影响微信短视频传播效果的内容因素——以人民日报微信公众号为例．新闻战线，2022(2)：89.
② 赵永胜．在碎片化阅读时代，专注打造"深悦读"．新闻战线，2022(3)：55.

图通过文字、标点符号、图形符号构成了面向用户的第一次信息呈现,如果能短暂地与用户达成"共情",用户就会点击进入,这时首屏效应就会成为用户是否继续阅读的关键因素。[①]

一、标题"说一半、留一半"

伴随着信息化技术的不断升级迭代、新媒介形态的持续增多、新闻内容的海量呈现,用户对于注意力的选择做出了重大调整,要吸引他们的眼球,作品的标题至关重要。对于新媒体来说,这一点尤为重要,因为用户决定点不点开,只用3~8秒钟时间。标题决定了文章80%的流量。

周油列国公众号文案标题努力替用户表达,为他心之所想,注重贴近性与互动性,口语句、人情味、通俗化。起微信标题实际上是在替用户做表达,看到你的标题觉得这就是他心之所想,让用户产生一种"作者把我想说的话都说了"的感觉,大概率会忍不住转发。[②]

公众号文案标题不是概括文章内容,而是吸引用户点击。标题从内容、结构、语言、形式等方面,不断吸引、感染、影响用户。报纸标题以实为主,公众号标题需要"虚"一些,留悬念,"说一半、留一半"、"睁一只眼、闭一只眼"。如果说得太明白了,用户知道了,就不会点击阅读了;如果过于高大上,不接地气,用户照样不买账。有人总结,"好奇、悬念、独特观点、颠覆"是新媒体标题的关键词,也有人认为,好标题应具备"真实、通俗、精准、创意、情感"等要素。

1. 设置悬念式

刻意制造悬念、矛盾、反转、冲突,诱发用户的好奇心,吊足胃口,让他忍不住点击追寻内容答案。标题应具有趣味性、悬疑性和启迪性,一般戏剧性反差越大,如表面上看来不合情理、不合逻辑等,吸粉魅力越大。

《我的新同事是"工作机器"》这个标题乍一看像在表扬人的勤奋敬业,但实际上报道的是炼化企业智能化应用案例集锦,"工作机器"指的就是智能机器,进行了反转!从公众号后台数据上看,这篇文章的打开率高达81.69%。此文随后被集团公司官微"中国石化"转载,阅读量达4.7万。

《神奇小微藻,喝下"西北风",吐出高蛋白!》这个标题设置悬念,讲的是用含二氧化碳的废气养殖微藻,再利用微藻生长过程中生成的蛋白质,作为食品与饲用蛋白来源。此文的阅读量在科技作品中数一数二,文章的打开率很高。

《光伏发电材料内幕——"很黑"!》这个标题在爆料:光伏发电材料是从黑黑的原油演变来的。

[①] 李晋馥. 共情,参与:新媒体产品互动性的具体呈现. 新闻战线,2022(2):103.
[②] 刘洋. 努力做又快又好的新闻. 新闻战线,2021(4).

《比石脑油制乙烯成本降低30%，秘方竟是TA!》这个标题在揭秘：TA是来自天然气的乙烷。

《加油站卖咖啡不务正业？其实是石油巨头的新标配!》这个标题在颠覆。

《比-20℃更冷的竟然是……》借2021年1月7日北京以-19.5℃的低温迎来1966年以来最冷早晨，揭秘"不过竟有比它更冷的那就是2020年石油市场'严冬'"。

本人比较喜欢南风窗公众号，这家公众号仅用3年时间，就从30万元营收增至3000万元，粉丝数从30万增至200多万。它的标题制作很有特点。

《余华，够了》从标题字面上看，是在批评人，实际上是在说，"一个时代成就一个又一个作家，每一位捧出一部经典，也够了"。

《杰也太娜个了》，用了谐音梗，从标题字面上看，是一层意思，实际上是在评论：在张杰、谢娜夫妇这件事情上，真正击中我们的，不是好奇这个故事有没有反转，而是中介的高收费和房源垄断已经导致明星这样的有钱人都疑似跳单。房地产中介这个行业，还是一如既往的陈旧和恼人。

《这事也就刘强东干得出来》从标题字面上看，像是在批评刘强东，实际上是在肯定：连续两天，3000多员工，从全国各地被京东召唤出来，从四面八方，浩浩荡荡，集结于上海。

专业性强的周油列国公众号比不了大众类公众号，有那么多的戏剧冲突、情绪起伏、矛盾叠起等，但仍可以抓些吸睛点。

2. 巧蹭热点式

新闻时事、权威人物和机构、网络热词、热门话题、社会话题自带流量，容易形成爆点。

爆点通常有一个"三点式"聚焦法：一是泪点，聚焦情感碰撞；二是痛点，聚焦解疑释惑；三是燃点，聚焦意外惊喜。

《我在故宫"擦"文物，你将沙丘变绿洲!》公众号文案来自中国石化报《油气周刊》《大漠中的"播绿使者"》专题。在推送这篇作品前一天，北京出现了严重的沙尘暴天气。网友纷纷调侃，"沙尘一来，北京立刻变成了北宋""我在故宫擦文物"。这篇文章的标题就蹭了沙尘暴的热点。

类似蹭天气热点的标题有《大雪致"断崖式"降温！谢绝"运动式减碳"!》。我们建有"周油审读群"，旨在认真研讨题目及审校稿件。这篇纸媒稿件的标题是《"双碳"目标与能源安全，鱼和熊掌如何皆得》，制作成新媒体文案后，我们前后拟了五六个标题，都不满意。正值华北大部分地区天降大雪，所以有了这个标题。阅读量还算可以。

业内人士建议，如果想标题效果更好，别依赖于某一个人的判断来写，咱们尽量靠科学：

(1) 基于一个选题，写出10个标题(根据团队自定多少个)。

(2) 自己基于过往推文标题的经验，好好对比标题，选出5个来。

(3)将标题发到粉丝群里,并发个小红包让大家投票。

(4)根据投票结果及大家反馈,组合并优化标题,最终敲定。

不是"写出"更好的,是"筛出"更好的标题。

《超级火山爆发带来无夏之年、生物灭绝……还有油气和你的钻戒》蹭的是火山爆发的热点;《拜登就职,国际油价能翻身吗?大家一起猜》刊发于拜登宣誓就职美国总统当天;《石油巨头"蹭"奥运,能"赚"些啥?》蹭了北京冬奥会的热点,报道的是体育营销内容;《石油界的青绿腰,绘制地下千里江山图》中的"青绿腰"蹭的是2021年春晚的热词;《98号咖啡,加满;麦辣鸡腿堡,带走——来玉泉站凡尔赛》蹭的是"凡尔赛"这个热词;《您来加油只需两步:把车开来!将车开走!就三分钟》蹭的是一个小品的热词;《前有郭靖风筝攻城,今有风筝上天发电》巧借"风筝"这个共同点,蹭了"靖哥哥"的热点;《"先洗后吃",用魔法打败魔法!让油污土壤"一键还原"!》蹭的是网络流行词"用魔法打败魔法"。

南风窗公众号文案的标题《任素汐,好窒息》,用任素汐借代电视剧《亲爱的小孩》;标题《葱继续撕》《伦为笑柄》,用"王思聪""邓伦"的谐音做标题;标题《乔布斯的黑色毛衣,他只收了175美元》,内容讲的是日本设计师三宅一生。这些都是蹭热点。

周油列国公众号的专业属性决定了"蹭"社会新闻、演艺界新闻等吸引人眼球的匹配度不高,但仍然可通过匹配与内容相适应的"热度",让专业新闻接上地气、与老百姓共情。

3. 疑问反问式

我们可以从用户关心的利益点,站在他们的角度进行设问、疑问、反问,甚至明知故问,引导用户点击阅读,探索答案。用逆向思维,打破他们以往的认知和思维定式,更能激发读者的思考。

周油列国公众号运用这一手法来做标题,最得心应手。

《让你"眼前一亮"?这是中国石化"高光"时刻!》报道的是中国石化"十条龙"攻关项目"高光泽抗冲聚丙烯技术开发"。"眼前一亮",是指使用高光泽抗冲聚丙烯新牌号生产出来的家用电器产品表面更光亮;"'高光'时刻"除了这层意思之外,还有研发成功的意思。

《三问"油"坚强:为何要建?何以能强?谁来加油?》讲的是浙江温岭石油五岙加油站的故事,每当潮汐或台风经过时,该站站台就会被巨浪淹没,每年至少要经历十几次,被网友们称为"史上最坚强的加油站"。《夏天来了,天然气都去哪儿了?》报道的是天然气工业的粮仓"储气库"的建设。《不同"色"的氢,你能否分清?》巧借氢气制造方式不同而产生绿氢、蓝氢、灰氢的由头作为标题。《"十四五"往后,轿车、卡车"电气化",汽油、柴油卖给谁?》前瞻电动汽车和燃气车对油品市场的冲击,并对成品油市场趋势进行分析。

《不受待见的二氧化碳,其实并非一无是处,你造不?》报道的是除了常见的制碳酸饮料、救火、医疗、舞台效果等领域，二氧化碳还可以提高油田采收率等。《洗涤剂原料达到"食品级"，可以喝！你信吗？》介绍的是洗涤用品中最为有用的那个成分（烷基苯磺酸钠）的原料烷基苯。《塑料袋满天飞，烦！推广可降解塑料咋这么难??》讲的就是一个字——"贵"。

类似的文案标题还有：《CCS、CCU、CCUS 傻傻分不清，更不知 CCS 有多难？》《油田开发，哪行最苦最累？》《卖油还卖"游"？来广州长隆可以这么玩！》《城围炼厂！！！城市真的容不下炼厂吗？》《搂草打兔子？油气田里能够"捡大漏儿"！》《如何化解炼油产能过剩？不妨原油直接制备化学品！》《首座油氢站揭秘：加氢安全吗？方便吗？合算吗？》《炼油产能过剩，炼厂转产化工原料？此路并不好走哦！》等。

研究表明，多用"什么""为什么""凭什么""难道就""你还不知道""哪行""为何""你信吗"等字眼，可以激发读者寻找答案的欲望，总之是欲言又止，"说一句，留一句"，让用户点击阅读。

4. 有代入感式

带有"你""我""他""TA"的字眼，就像是朋友间的对话，能快速拉近与用户的距离，为用户营造场景，有代入感，"与我有关、与我有用"。

《廉颇老矣尚能饭！我今天还能吃钢板！》报道的是工人们自己打造剪板机的故事。《他们在呼和浩特打造"桃花源"！》报道的是集蒙元文化、现代科技、自然风貌于一体的秋岭公园加油站。《你都不能相信，他们是这样干销售！》报道的是中国石化化工销售团队卖 99 类 2300 多种产品。

中国石化报公众号类似的文案标题也不少：《三年！收官在即，这些改革与你我有关》报道的是中国石化认真落实国企改革三年行动方案。《没有先例，我们就开先例！》报道的是打破了引进工艺技术建成的新装置首次投产必须采用进口催化剂和海外专家现场指导的惯例。《为什么他总是不回我微信？》报道的是员工大多是因为工作需要、环境限制全身心地投入工作而不回微信。

当新闻人物是普通人时，为了突显与读者的接近性，微信文章在标题里大量出现新闻人物的姓名，普通人原本寂寂无闻，出现在新闻标题里很容易让读者不明所以。此时微信编辑要么是提炼"冰花男孩"这样简练又抓住人物特征的短语，要么是标题用人称代词"你"或者"他"取代新闻人物姓名。[①] 例如，人民日报公众号文案标题《泪目！他们的照片不用再打马赛克》《她的讣告上用的是一张彩色照片》。

标题中可以加入一些标签，包括职业、行业、兴趣、爱好等内容。

5. 抒发情感式

我们可以营造感情氛围，与用户共鸣、同理，唤起内在情感、心境、心情，满足

[①] 陈阳，周子杰. 从群众到"情感群众"：主流媒体受众观转型如何影响新闻生产——以人民日报微信公众号为例. 新闻与写作，2022(7).

用户的心理诉求或宣泄情绪。

有人认为：制作新媒体标题实行的是 AIDS 法则。A，Attention，即"引起注意"；I，Interest，即"产生兴趣"；D，Desire，即"点击欲望"；S，Share，即"分享欲望"。通过这一法则，完成对用户的吸引过程。

对于文化类等题材，深挖时下热词，通过情感抒发来引发用户的共鸣。

《一声汽笛，一种情怀》报道的是石化机械四机公司清晨又响起的"喂子"声引发的企业文化讨论。《一条路，一个人，一种精神》报道的是以已故全国劳动模范王为民命名的"服务一条街"体现出的雷锋精神。《老爷子百岁生日许"红"愿，感动"感动石化人物"儿子》抒发的是百岁老人的心愿：活到一百岁，见证党的百年华诞。《是什么叩开你的心扉？那些铭刻在大漠戈壁的"驻村记忆"》叙说的是"访惠聚"驻村工作队的情怀。《油家灯火让渔民好找"家"》讲的是油站为渔民服务的故事。《油价升、气价飙，这个冬天很难熬》从情感上与用户同理共情，替用户发声。

公众号文案还可以贴标签式地增加表达情绪的词，比如惊呆、愤怒等一些吸引眼球的词。例如，人民日报公众号文案标题《这一幕破防了！张桂梅把头靠在江姐扮演者的肩上……》，南风窗公众号文案标题《王朔的热搜，好冷》《户籍女警办理业务时状况百出？真相让人怒赞！》，周油列国公众号文案标题《塑料垃圾甚至影响生育！"限塑"你还有意见吗？》。

6. 数字标签式

与文字相比，数字简洁、直接、一目了然，专业、客观、权威、有效，可对比性强、可信度高，且方便进行总结和提炼，容易引发用户关注、接受。这些包括时间、年龄、金钱以及工作、生活中遇到的数字。

标题贴标签，就是在标题前加关键字，给文章分类或警示，快速引发读者的兴趣。

《来"天下"第一站，用"天上"掉下来的油枪加油》《中国第一氢能公司的氢来自何方？》《"第一"扶贫站：站因"扶"而建村由"站"而兴》《"第一气站"揭秘：加气有多实惠？有多安全？》《我国将成为世界第一大炼油国，是喜还是忧？》，这几个标题，都贴上第一的身份标签来引起用户的点击。

《油价每涨1美元，进口原油多花40亿美元，您期望的油价是多少？》《我国缺气43%！进口有风险，不可太"意气"！》《小白与学霸，差的是100本日志》《按克卖的塑料，怀揣着早日飞入百姓家的梦想！》《约吗？去北美抄底页岩油企，只要50亿美元！》《15年后，您用的天然气1/3或是页岩气》，这几个标题，用数字的大小或对比，制造反差效果和强烈的冲击，引发用户点击阅读。

除了数字，还有纯字母或纯符号的标题，也一样具有吸睛效果。

7. 修辞增效式

利用修辞手法可以增加标题的吸引力，也可以增加公众号作品的韵味与品位。

标题应该有利于分享，如果分享朋友圈会影响用户的社交形象，那他也不会分享。标题要利己，更要利用户。

例如南风窗公众号文案标题《张子枫也救不了奥数》，周油列国公众号文案标题《为了保暖气我们特"争气"》《"堵不起"的苏伊士运河》《教计算机识别地下断裂？比教娃学习难多了！》《页岩油气"侠客行"，在"江湖"，在"大海"》《"飞扬"，在北京冬奥会上燃起来！》《国家动员："捕"捉二氧化碳甚至"永久关押"！》，这几个标题，用双关、拟人、比喻、借代、对比等修辞手法来让用户产生兴趣。

《踏青"最美滩涂"：阳光、沙滩、海浪、加油站》《垒起悬空站，呈现酷姿容，炫上高科技，招待十六方》除了采用修辞手法外，还蹭了歌曲、戏剧的唱词，以及网络热词，增强了代入感和网感。

有专业人士提出：标题中需要有直接能刺激用户的一个或多个关键词，能快速刺激到大脑，一看就"触电"，称之为标题引爆词。做标题时可以拆解出标题里的所有关键词，然后去掉无用辅助词，接着看是否有一个或多个引爆词，能马上刺激到眼球。

当然还需要警惕自媒体的"吸睛大法"，"标题抓眼球这一算法点击推荐模式，带来了阅读的浅薄化甚至低俗化；海量的算法推荐，带来狭窄的阅读空间。算法中不融合传统的新闻专业主义，'推荐权重'不融入人文性和公共性，拥有丰富经验的编辑不参与算法程序，算法的信息病毒随时可能暴发"。①

有些标题还可以添加符号来表达，增强吸引力，比如中国石化报公众号文案标题《重点工程进度条读取中■■■□□》（报道的是中国石化重点工程项目建设在稳步推进），人民日报公众号文案标题《一等功×1！二等功×1！三等功×4！》。

相对来说，网络空间的话语表达风格更加轻松、幽默、超脱，纸媒的文字表达风格相对规矩、严谨、庄重。但与纸媒一样的是，公众号要多用动词，少用形容词和副词，让标题更有动感与张力。

二、气质非凡的封面图

除了努力用"爆款"的标题吸引用户外，还要用制作精美、气质非凡的封面图来吸引他们。

1."每周一站"的封面图

整体构图用该加油站的部分或整体形象图片，或该站所在的地域特色，再在此基础上加上其他突出元素进行展示。构图左侧写明加油站的名称，右上角标注期数。

---

① 曹林．新媒体向传统媒体学什么．新闻与写作，2018(10)．

以上两图的主图就是油站形象加上城市形象。

以上两图的主图展示了油站的整体形象与特点。

为庆祝中国共产党建党 100 周年，2021 年 7、8 月间，"每周一站"栏目推出主题站系列报道。以上两图（上页）就是封面代表作品。

以上两图以该站所在的地域特色为主。

2. 以图片为主的封面图

以图片为主的封面图一目了然，吸引用户点击。

事件类的封面图勾起用户的"窥探欲"。

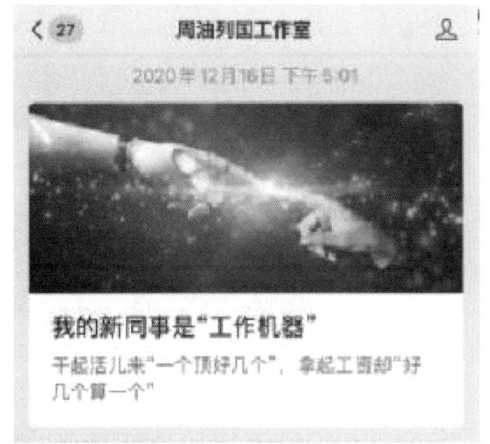
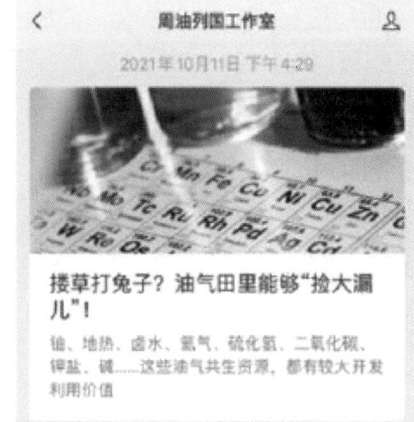

图片与其他元素的组合。

3. 图表、漫画类的封面图

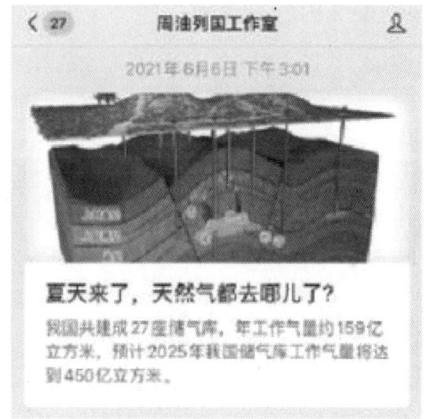

图表与仿真图的运用,增强直观感。

上图（上页）是示意图的运用。

卡通漫画的运用，增强形象性。

4. 创意设计类的封面图

根据推文内容，运用一些特定的元素，形成具有设计感的图片。

上图是独具特色的创意设计类图片。

周油列国工作室同事总结出封面图的三个作用：一是突出要素，比如"每周一站"；二是提示内容，比如封面图选用了一张带有元素周期表的图片，暗示了油气田里可能有贵金属；三是烘托气氛，比如新闻现场的图片，凸显张力。

三、首屏效应

在微信公众号上，我们需要对整篇文案的重点用最简短的语言来提炼，以激发用户对文案阅读的兴趣。如果没有填写摘要，那么系统就会默认抓取正文前 54 个字作为文案的摘要。在微信公众号文案发布后，这部分摘要会直接出现在推送文案中，有点类似于纸媒的副标题，起到吸引用户点击的作用，增加流量。

用户在移动端点击进入公众号，映入眼帘的是首屏内容，它的好坏决定他们是否继续往下浏览，这也是继标题、封面图之后的第三个关键环节。

首屏内容基本上是简练的文字加上图片、视频、音频、动态图，总之，映入眼帘的必然是图文并茂、精美陈列的画面。

1. 图片引导式

"每周一站"就是这一固定模式，投射到眼睛里的第一印象是制作精美的海报。图文编排的形式增强了文案的整体美感，延长了用户关注的停留时间，给他们以愉悦的享受，留下深刻印象。

《来"天下"第一站，用"天上"掉下来的油枪加油》开头是一段简短文字：

豫园、老城隍庙、外滩、南京路步行街……比比看，上海历史悠久的著名景点，你知道多少？

那您知道她吗？我国历史上第一座国有加油站——上海石油第一加油站。

接下去就是海报，海报后是横屏长图。

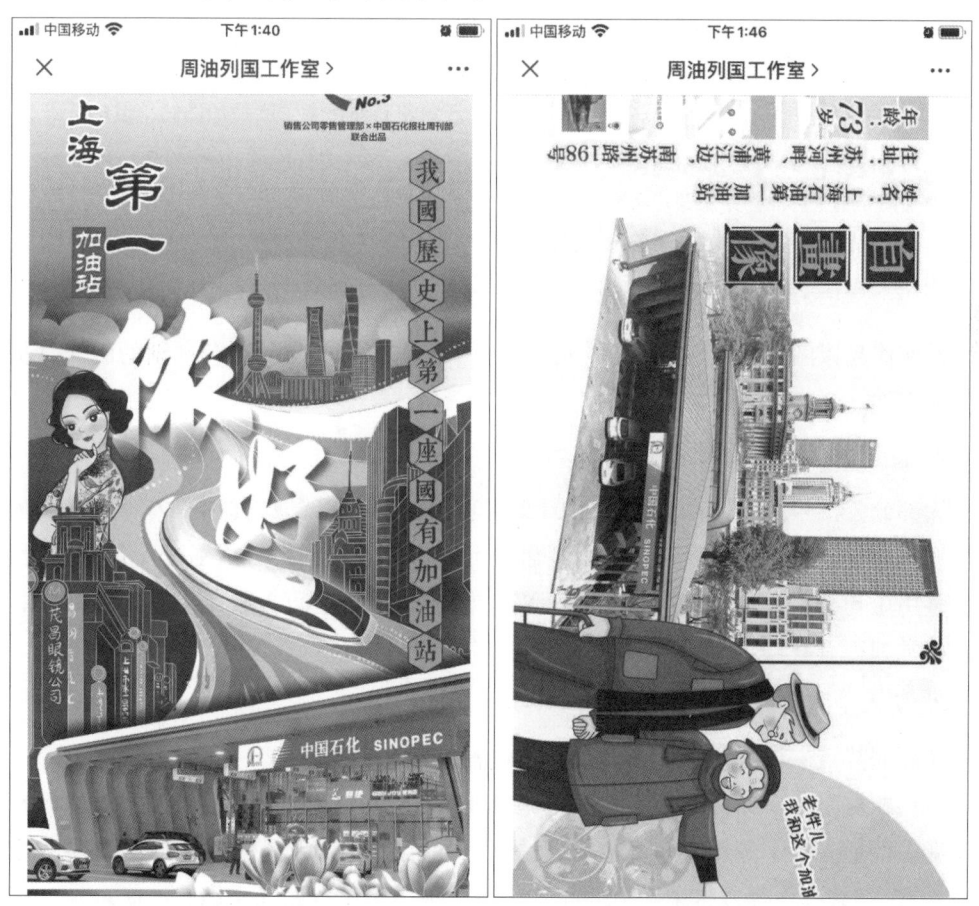

（左图为海报，右图为横长图片段截屏）

《三问"油"坚强：为何要建？何以能强？谁来加油？》开头就是海报，海报后是竖长图。

有些作品以图片或视频开头，"光影声色"俱全，更能吸引读者挑剔的眼光，提升他们的兴趣。

2. 直入主题式

大部分公众号内容，以简明扼要的文字直奔主题，把想要表达的内容精华展现出来。开头短促有力，文案以独立成段开启，可以把一长段话拆分成一个个简短的段落。行文多用短句和修辞，准确、简洁、流畅、朴实，收到生动、形象、明快的效果，让用户感觉到很有看点。

3. 切入主题式

蹭新闻热点、权威人士、公信资料等内容，切入主题。

一些题材是由新闻事件引发的，与之有必然联系，因此一般用新闻事件来开头引出主题。例如，有了冬奥会，才有《"飞扬"，在北京冬奥会上燃起来!》；有了火山喷发，才有《超级火山爆发带来无夏之年、生物灭绝……还有油气和你的钻戒》。

直入主题式

吸收工业废气就能产出高蛋白？岂不是"真·喝西北风就能饱"！

这个神奇的"小东西"就是——微藻。

科普一下

微藻是指在显微镜下才能看到的微小藻类群体，包括螺旋藻、小球藻等多种藻类，广泛存在于天然水体中，是水生态环境的重要组成部分。

它的神奇之处在于：**能利用光合作用，以极高的效率吸收环境中的无机碳（如二氧化碳）与无机氮（如氮氧化物），**

油田开发难免会产生油污土壤，怎样让被污染的土壤恢复如初？看科研人员用最新成果上演"一键还原"！

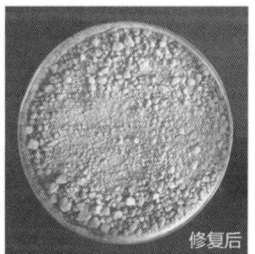

修复后

△ 图片看变化 △

近日，由中国石化石科院牵头、胜利油田参与研发的"新型淋洗-生物工艺修复采油区污染土壤研究"项目通过集团公司科技部鉴定。

切入主题式

2月4日晚
"大雪花"在鸟巢冉冉升起
**最后一棒的手持火炬
转化为北京冬奥会主火炬**
这是百年奥运史上
从未有过的"微火"
注定会成为
奥运史上的经典瞬间

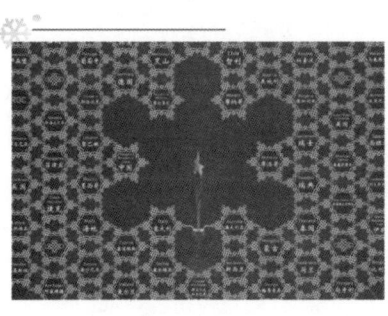

至此
中国石化圆满完成

位于南太平洋岛国汤加以北约65千米的海底火山，于1月14日开始陆续有火山喷发，直径近500千米的火山云团直冲20千米高空，产生巨大冲击波穿过半个地球，引发巨浪和海啸传遍太平洋。

火山学家称这次汤加火山爆发"千年一遇"，我们恰好赶上了。

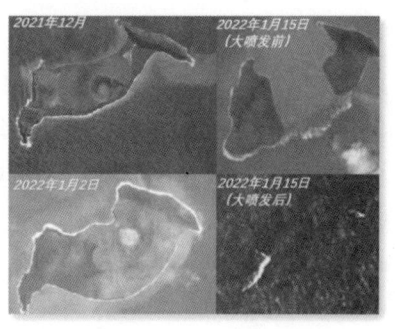

此次汤加火山爆发的VEI（火山爆发指数）

另一些题材与热度没有必然联系，但有可比性或代入感，或许能蹭热度吸引流量。

《是什么叩开你的心扉？那些铭刻在大漠戈壁的"驻村记忆"》，用春节档大卖的电影《你好，李焕英》代入，可谓正当时。

《大雪致"断崖式"降温！谢绝"运动式减碳"！》的由头是：一夜狂风大雪，全国多地"断崖式"降温，能源企业扛起保供大旗。主题是：既保证能源供应，又减少碳排放。

4. 设置悬念式

提出问题、设置悬念，能迅速集中用户的注意力，使他们产生强烈的欲望，起到扣人心弦的作用，让他们带着好奇思考问题。

中国石化报公众号文案《没有先例，我们就开先例！》《哇！老爸的"秘密武器"藏不住了》，就用提问方式，设置悬念。

5. 讲述故事式

从与正文内容相关、能表达主题的一个小故事入手,把用户拉入一个场景中,让他们有兴趣往下读,激发用户心中相关的情怀,引起共鸣。

周油列国公众号文案标题《打水井+种地,中国"基建狂魔"不务正业,非洲人民很开心!》《用8分20秒之前的光,采出百万年前的油》将用户拉入一个场景中。

6. 修辞手法式

用双关、拟人、比喻、借代、对比等修辞手法,让文案更加生动有趣,让用户产生兴趣。

周油列国公众号文案标题《飞雪连天射白鹿 刀片山巅寻宝图》、中国石化报公众号文案标题《这些"渣渣"最后都去了高大上的地方!》都使用了修辞手法。

讲述故事式

修辞手法式

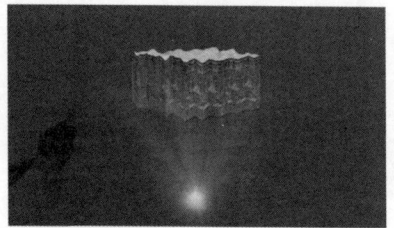

7. 引用名言式

引用紧扣主题的名人名言、经典语录、民间谚语、诗词歌赋等，可以直击人心，提升作品的内涵与品位。

此类型在专业类公众号中应用得不是特别多。

在新闻报道中，可以适当运用娱乐化形式表达严肃内容，让"硬新闻"实现"软着陆"。如2021年全国两会报道，人民日报微信公众号推送《两会，将这样影响"小明"的生活》，在讲述与群众相关的议题时，采用了场景漫画。这种新形式吸引了大量受众，阅读量很快达到10万+。①

周油列国公众号文章中还有留言互动、弹幕、网络缩略语、表情包等手法。

对新媒体来说，无论是微博、微信，还是客户端，都应注意新闻的碎片化处理。新华社在对许多不同风格类型的公众号原创文章进行分析后，尝试以"诗意文字+精良图像+极简排版"的形式，对各种不同的选题进行可视化、碎片化建构和加工，取得一定效果。

第三节 传播推广的互动性

"微信独特的互动与呈现方式，使得原本清晰区隔的生产、流通和消费各个环节可以同时展开，甚至颠倒、交错，最终使得生产、流通和消费交织融合、难以区分""打破了大众传播中线性的生产—消费模式"。②

传播学者喻国明说："传播的实践证明，情感共振、关系认同的力量有时候远大于事实与逻辑的力量。"③

周油列国工作室成员将每期公众号推文发到朋友圈和微信群，利用人际传播效应来提升阅读量，获取流量；策划提升公众号关注度的特色活动，获取更多忠实粉丝。真正树立起用户思维，把拓展用户、留住用户作为传播推广的重要手段。

互动性被认为是新媒体的根本特征，这主要是因为在传播方式上，新媒体可以是多向传播。移动互联网时代，可听、可视、可互动、可感受、可体验、可分享的内容产品丰富了新闻传播的内容形式。④

在融媒体时代，作品往往被产品所替代，产品设计、产品生产、产品运营、产品推广成了热词。在产品开发运营过程中，产品经理扮演着技术、市场、客户、运营、设计中的核心角色，要发现用户需求、找到目标用户、提炼用户画像、撰写竞品分析、

---

① 张洪伟. 新媒体时代受众心理特征及传统媒体的应对. 新闻战线，2022(2)：95.
② 谢静. 微信新闻：一个交往生成观的分析. 新闻与传播研究，2016(10).
③ 喻国明，马慧. 互联网时代的新权力范式："关系赋权"——"连接一切"场景下的社会关系的重组与权力格局的变迁. 国际新闻界，2016(10).
④ 陆小华. 5G时代，网络内容建设的原则与突破点. 中国广播，2019(8).

用思维导图梳理功能、绘制业务流程图、画出产品原型、进行项目管理、提测验收上线、不断版本迭代。①

内容生产重视移动性、场景化、服务性、体验感、互动性，让读者与我们的作品产生共享、共鸣、共情、共振，找到与他们的价值观相匹配的点位。"人同此心，心同此理"，情绪、情感是共通的，只有这样，读者才会更主动地参与公众号内容的互动，进行点赞、评论、转发，表达意见、抒发感情，自愿成为内容的传播者与推广者。

这种交互式传播，不仅是人际交互，而且是人与场景的交互，将读者思维转型升级为用户思维，改自上而下的单向灌输式传播为平等多元的双向互动式传播，努力增加用户的黏性。

一、自发点评

1. 同理心

同理心即设身处地地理解、感情移入、共感、共情。

情感传染是指人们在接触他人的情感表达后导致他们自己的情感表达变得与他人更为相似的过程，这一过程既出现在面对面的人际交流中，也出现在社交媒体的信息传播过程中。②

不同于面对面交流通过语气、语调、表情、肢体语言等激发"共情"，在网络传播中依靠的是文字、图片、音频、视频等多媒体形态，以及通过设计的交互方式。这是因为技术可供性为不同的社交媒体提供了各自独特的平台"语言"，呈现出多媒体配合下的多种话语符号。③

周油列国公众号《一声汽笛，一种情怀》文案讲述了在石化机械四机公司发展变迁中的汽笛声。从1953年11月1日玉门油田第一次响起悠长的喂子声，到现在的四机公司，喂子声有了68年的"音龄"，它用自己的方式见证企业发展，激励着员工不断前行。

文章一开始就设置喂子声的音频，读者边听喂子声边浏览文章，仿佛回到过去那些时光，引发强烈共鸣。此篇文章阅读量超过4000，30多位用户在评论区点评，发自肺腑的留言感人至深。有用户写道：汽笛声中怀玉门，铮铮铁骨石油魂。而今可有精神在？且看红衣报国恩。还有用户写道：从玉门、敦煌到荆州，时光荏苒，环境迥异，但每天7次，68年两万多个日夜，从不间断的喂子声，就像刻在生命里的烙印……。

公众号文案标题《两包方便面八个汉子分吃，还有沙漠里坚守的"房车"，缘何火了？》有20多人留言，好多留言长达100多字，感人肺腑。其中有留言：石油人给国家增添"黑色液体金子"，付出了无数的艰辛与汗水。当然，更多的是成功后的喜悦。因

---

① 周劲. 2021，媒体深融的五个战术. 新闻战线，2021(2)：31.
② 杨洸. 社交媒体网络情感传染及线索影响机制的实证分析. 深圳大学学报（人文社会科学版），2020(6).
③ 刘思雨，季峰. 共情传播与价值认同：主流媒体报道体育新闻的当下逻辑——基于《人民日报》微博东京奥运会报道的分析. 传媒观察，2021(10).

为条件的限制，我们没有温暖的沙漠公寓，没有可口的饭菜，手机信号也是个奢侈品，到处找信号也要给家人视个频，报个平安，看看许久没见过的妻儿。因为长时间的分离，聊的话题也渐渐地变少了，哪怕是看着对方，一个微笑，都是幸福。还有留诗为证：锄禾日当午，井监真辛苦；苗寨扎帐篷，风吹声似鼓；稻田喝积水，小虫在跳舞；蔬菜断了顿，辣子和饭煮；上山复下山，天天奔波苦；要想求生存，须吃苦中苦！

"大"话要"小"说，"小"指的是小人物、小故事、小细节。报道大事，从小处入手，以员工视角，说员工故事，抒员工情怀。见微知著，于细节处见真情、见真知、见真心。

通过更加灵活、亲切、真挚的表述传达信息，寻找与人们情感交流的共鸣点，建立起与用户之间的情感连接，让新闻报道更具分享性、社交性。

2. 亲近性

地方媒体的公众号，走的是一条特色鲜明的差异化路线，集中力量在本地新闻中努力深耕。"或许在外地受众眼中，其输出的内容过于'鸡毛蒜皮'，但对于当地受众而言，其内容的'贴近性'远高于许多媒体同步推送的'要闻'。""它更加重视纵向深入挖掘用户，'圈粉'的同时寻求受众在自身平台上的'沉淀'，这也为众多因新媒体平台端口竞争激烈而陷入浮躁和焦虑的同行提供了一个不一样的参考思路和全新视角。"[1]

作为行业媒体的专业公众号，未尝不是在走这样的一条路，努力做相关企业的内容，在时间、地点、心理、兴趣或利益上亲近企业员工这一特定粉丝群，依靠专业内容通俗化、民生化增强亲近感与亲和力，同时动员相关企业管理层发动员工来"点评赞"，努力"圈粉"。

《油家灯火让渔民好找"家"》赢得了近7000人阅读，10多名读者留言。

《"开往春天的地铁"旁，有座"防空洞"加油站》赢得了近3000人阅读，20多名读者留言。

报道内容需简练精准，即"长"话要"短"说，在语言风格、内容呈现等方面顺应用户喜好，生产高质量多元化融媒体产品，提炼呈现最精要、最核心的新闻要素，使用户能在较短时间内掌握主要信息。

3. 好奇心

有的媒体同行曾说，做内容，要么得"有用"，要么得"有趣"，要么得"有温度"，一些科技、产品类内容引发用户的好奇心，或许是因为对他们来说"有用""有趣"。

《我的同事是"工作机器"》讲的是机器人的应用，阅读量3200多，评论也不少，被中国石化公众号转发，阅读量达4.7万。

我们推出的《中国第一氢能公司的氢来自何方？》，被中国石化公众号转发，阅读量达3.4万。

---

[1] 王凯. 融媒体时代"内容为王"的意义探析. 新闻战线, 2022(2): 99.

要做到"接地气"、专业内容"硬"话"软"说,让新媒体形式轻松活泼,更加口语化、年轻态,易于分享与传播。

二、交互设计

以用户为中心的优质内容传播离不开对内容的交互设计。点赞、留言、分享、跟随、推荐、二次创作等用户参与性行为,是用户阅读信息的附加交互行为。而基于各类新媒体平台设计的投票、答题、抽奖、电子产品生产等新媒体产品,则是通过交互设计,引导用户进行参与。[1]

在内容制作方面注重双向交互式报道、沉浸体验式报道,用户可以通过互动来表达诉求,更好地满足他们的潜在需求,由此获得用户的认可。

沉浸式传播的形成需要传播工作者设计一套良好的交互叙事网络,这种交互叙事结构有时候并非全开放的,而是半开放的。这种半开放的结构,一方面使得交互叙事成为一种可能;另一方面,新闻工作者可以通过这种半开放的结构实现控制和引导。互动参与者们在交互叙事系统的支持下,既提供各种"信息内容",又提供着"信息的理解语境",在创作的乐趣中实现沉浸。[2]

1. 票选式

对用户特别关注的石油石化热点,比如油价等设置投票环节,吸引读者。

制作《油价每涨1美元,进口原油多花40亿美元,您期望的油价是多少?》时,增加了"您期望的油价是多少"的选票(单选),设置"还能再涨点儿、还可以再降点儿、现在就挺好、不好说"四个选项,尽管在周油列国公众号上阅读量不尽如人意,但此条被中国石化公众号转发后,阅读量达9.7万。

2. 话题式

新型主流媒体将"与用户达成共识"这一目标贯穿始终,通过"共情话语"作为媒介进行"共情传播",基于即时性、互动性和服务性构建一套完善的共情与共意话语机制。[3]

2021年10月起,周油列国工作室开设了"有奖互动"环节,在每篇推文末尾抛出一个适合大众探讨的话题,供读者留言讨论、分享观点。

2021年10月14日刊发的《中央大道上的"黄埔军校"》文案末尾提出的互动话题"您认为高学历毕业生干加油员屈才吗?"引发了热烈讨论,收到留言44条,其中不乏真情实感的阐述和对个人经历的回顾。读者"小甜甜"留言:我弱弱地说,不要拿个别

---

[1] 李晋馥. 共情,参与:新媒体产品互动性的具体呈现. 新闻战线,2022(2):104.

[2] 孔少华. 从Immersion到Flow experience:"沉浸式传播"的再认识. 首都师范大学学报(社会科学版),2019(4).

[3] 杨丽雅,宋恒蕊. 共情与共意:新型主流媒体在舆论场中的话语机制研究——以《人民日报》微信公众号新冠肺炎疫情报道为例. 新闻爱好者,2021(7).

名牌大学生去养猪、种地等以偏概全……要把高学历人才放到他们最能发挥出价值的地方，这个价值不仅仅是学历的价值，更应该是人生的价值、生活的价值、企业的价值……不喜勿喷！从点赞量来看，他的观点获得了70多位用户的认可。公众号作品获得2800多人点击。

用户参与的结果反馈分为显性反馈和隐性反馈。显性反馈表现为点赞、分享、留言、参与活动等，是可以通过数据评估的，这些数据也一定程度上反映了新媒体产品对用户的影响。新媒体产品通过调动用户参与主动性，与用户达到情感共鸣，提升用户内在的获得感、认同感、自豪感、崇敬感等正向情感，是隐性反馈。①

《油价升、气价飙，这个冬天很难熬》（2021年10月17日）获得了4700多的阅读量，设置的话题"油气价格飙升是好是坏？"，得到了不少用户的响应。

《热血剧〈情系大乙烯〉，拍了38年，未完待续，激情依旧！》作品有4500多人阅读，50多人留言。

周油列国工作室安排编辑与用户保持一定频率的交流，进行真诚的互动，将优质评论置顶，对部分留言进行回复，并评出一条最佳点评，将互动推向深入。

用户通过留言、评论、转发新闻，不断将新的事实信息、价值判断、情感代入其中，新闻的意义在这个过程中不断丰富、不断变形，而且往往成为二次传播的内容被整合进去，传播链条交叉套叠，不断形成新的"新闻包裹"，这个过程颇似"俄罗斯套娃"——层层叠套，面貌不断改变。②

3. 二维码

在周油列国公众号每篇作品结尾放置本号的二维码进行引流涨粉，以吸引更多用户关注。

很多用户是在上下班路上、用餐、睡前等碎片化时间打开公众号，所以，早上8时至9时、中午11时半至13时、晚上8时至9时为3个发送内容的黄金时段。周油列

---

① 李晋馥. 共情，参与：新媒体产品互动性的具体呈现. 新闻战线，2022(2)：104.
② 刘鹏. 用户新闻学：新传播格局下新闻学开启的另一扇门. 新闻与传播研究，2019(2).

国工作室不仅以作品"新、奇、强、优"的互动体验来增加用户的黏性,而且在推送时间上也在调适,以满足用户求新求变的需求。

此外,工作室还推出文创产品——"每周一站"扑克牌,每张牌上印有一座特色加油站,当作线下推广活动的礼品,一举多得,以后还可以借助社交类、资讯类平台进行推广。

结　语

尽管由于内容专业性强,存在影响力有限、活跃度不高的问题,但实践证明,石油石化行业兼具专业性和可读性的深度报道,通过融媒体的传播手段,也能适应全媒体业态,实现跨时空、可检索、超文本、碎片化、多元化、交互式传播,满足新媒体的呈现形式、传播要求和阅读方式。

就当前而言,无论学者还是从业者,他们的知识学养、实践磨砺、文化内涵乃至思考、分析问题的视角等差别有多大,关于媒体融合的分歧就有多大。[①] 现实的情况是,国内外尚无令人信服的媒体融合的理论成果。但是,任何一个理论或者观点对于长期从事新闻实践的人来说都有一定的启发,即使一些理论与观点在某些方面偏激或缺乏实践指导性,它也会鞭策、督促从业者在实践中作出一些新的探索、反思。[②]

传统媒体和新兴媒体不是取代关系,而是迭代关系;不是谁主谁次,而是此长彼长;不是谁强谁弱,而是优势互补。中国石化报社充分利用报纸、杂志、电视、网站、客户端、微博、微信公众号、视频号等,通过文字、图片、图表、海报、小视频、动态图、动漫、条漫、H5、视频直播、长图、信息制图、手绘制图、专题专栏、VR、AR等方式,进行即时性、全方位、立体化、交互式报道推广,在石油石化行业内外刷屏微信群、霸屏朋友圈。

新兴媒体与传统媒体将会在较长一段时期内彼此互补,相互合作。只有善于驾驭这种竞合关系的媒体,才有可能脱颖而出,让传统媒体和新兴媒体由相"加"阶段向相"融"阶段迈进,从"你是你,我是我"变成"你中有我、我中有你",进而变成"你就是我,我就是你"。

媒体深度融合,不仅是传播内容的优化、传播手段的升级、传播平台的再造,而且是媒体格局、产业结构、人员素养的质变。[③]

中国石化报社正在建立以内容生产为根本、技术引领为支撑、管理创新为保障的全媒体传播体系,努力培养一支既有专业新闻素养,又懂新媒体传播运营的复合型人才队伍。

---

① 唐宁,刘荃,高宪春. 媒体融合概论. 武汉:武汉大学出版社,2021:7.
② 唐宁,刘荃,高宪春. 媒体融合概论. 武汉:武汉大学出版社,2021:9.
③ 张东明,邹高翔,汤凯锋."弯道超车"的可能性:财经媒体深融发展前瞻. 新闻战线,2021(6).

第七章 标题为新闻作品点睛

读者常常"以貌取文",根据报纸的版面,尤其是新闻标题来选择新闻作品,喻国明教授带领的研究团队曾经使用眼动仪进行相关实验,结果证明:"与人们关于图片吸引度高于文字的惯常认识不同,实验显示,人们对大标题文字的关注率高于大图片。"

新闻作品的标题,就是用精练的文字提示新闻中最主要的内容。标题是新闻的"眼睛"和"窗口",通过这双"眼睛",能吸引读者接受信息;通过这个"窗口",能引导读者正确理解新闻的内容。[1]

纵观人类新闻传播史,标题的历史沿革经历了一个从无到有、从分类题到一文一题再到严格意义上的标题的产生和完善的过程,每一次传播者在标题上超越自我的创造,都会在新闻界引发一系列具有重大意义的新闻改革,以此做到更便利地为读者阅读和获取信息服务。[2]

标题的主要功能包括:一是提示新闻内容,所谓"标题者,新闻之缩影,事实之骨髓"[3];二是评价新闻内容,包括评价新闻的意义、挖掘新闻的价值、揭示新闻的本质,表明媒体的态度与立场;三是吸引读者阅读新闻,通过生动优美、传情达意的标题,吸引读者的眼球;四是美化报纸版面,标题为版面的"眼睛",形式多样的标题能活跃版面,让版面灵动起来。

新闻标题应该在准确、简洁、生动方面精益求精,在事实概括和阅读感受等方面下功夫,捕获读者的眼球,提升读者的阅读兴趣。对于报纸消息与特稿(通讯、特写等)的标题来说,准确是基础,简洁是根本,生动是关键。

第一节　需把握标题间的内在逻辑关系

新闻标题从类型上分为实题和虚题。新闻标题中叙述的部分,称为实题,着重表现具体的人物、动作和事件等;新闻标题中发表议论的部分,称为虚题,着眼于说理,着重说明原则、道理、愿望、评价等。实题可单独出现,虚题必须辅以实题。

新闻标题从结构上分为单一型标题和复合型标题。复合型标题由主题和辅题合成,辅题包括引题和副题两种。引题在主题之前,又叫肩题或眉题;副题在主题之后。

---

[1] 忻志伟,周骥. 报纸新闻标题制作与编排艺术. 上海:复旦大学出版社,2014:2.
[2] 蒋忠友. 谈报纸"读题时代"的到来——兼论读者对新闻标题的总体要求. 苏州铁道师范学院学报(社会科学版),2000(4):96-99.
[3] 郑兴东,陈仁风,蔡雯. 报纸编辑学教程. 中国人民大学出版社,2001:131.

主题是标题中的核心部分,用以说明新闻中最主要的事实和观点。引题引出主题,从一个侧面对主题加以说明和烘托。副题是主题的延续,用于解释和补充主题。引题与副题可统一称为辅题,相对于主题而言,辅题对主题整体或其中心词进行说明、补充、注释、铺垫、引导等,它们一般不能离开主题单独成立。

主题、引题均可运用实题、虚题;副题原则上用实题。引题、主题间或主题、副题间虚实结合尤佳。主题、引题、副题间必须存在一定的逻辑关系。

一、单一标题

单一标题最多见的是单行题。单一标题内容与意义必须完整,没有任何歧义或疑惑。

(主题) 2022年全球天然气市场四大趋势值得关注

(中国石化报2022年1月28日第6版)

(主题) 中国石化的氢,点燃了主火炬

(中国石化报2022年2月7日第1版)

(主题) 让冬奥火炬上的黑科技"飞扬"起来

(中国石化报2022年2月7日第5版)

行业性新闻、集团公司总部新闻、企业新闻的标题都可以做成单一标题,简明扼要地说明最主要的新闻事实。

简短消息或特写作品一般也采用单一标题的方式。

(主题) 最后的党费　最初的信仰

(中国石化报2021年6月18日第1版)

(主题) 快班长的"慢生活"

(中国石化报2021年5月17日第8版)

上述两个标题是特写稿件的单行题。

个别情况下单一标题有两行甚至三行题。具有完整的事实或意思表达的一句话做成标题,因文字过长可以排成两行题。

(主题) 中国石化7项管理
　　　　现代化创新成果获奖

(中国石化报2022年1月5日第1版)

也有两行中的每一行,都表示一个事实或一个意思。

(主题) 误解:油品遭投诉
　　　　误会:油箱混进水

(中国石化报2010年5月12日第6版)

总的来说,单一标题的最大特点是,标题只能是对新闻事实的概括,是实题,一般不能是评论或感慨,不能是虚题。

二、引题、主题搭配

引题引出主题，用于交代背景和原因，从某个侧面对主题加以说明和烘托，起到引导、伏笔、铺垫、说明等作用，加强主题的气氛和力量。一般情况下，引题字数多于主题，少于副题。

1. 通过引题，对主题的时空、人物、背景等状况进行铺垫与说明。

（引题） 集团公司党组学习贯彻习近平总书记在深入推动黄河流域生态保护和高质量发展座谈会上、中央政治局第三十四次集体学习时的重要讲话精神，再次深入学习领会习近平总书记在胜利油田考察调研时的重要指示精神，强调

（主题） 始终牢记嘱托永葆战斗情怀

　　　　高举旗帜再立新功再创佳绩

（中国石化报2021年10月26日第1版）

上述引题引出了新闻事件的时空、背景，主题揭示新闻事实。为便于版面处理，主题分成两行。

（引题） 中国石化2020年"十条龙"出龙项目之"中安联合煤化高盐废水零排放处理技术研究"

（主题） 黑白转换间　废水零排放

（中国石化报2021年4月6日第6版）

上述主题所表达的意思是在引题提示的背景下产生的。主题说明了新闻的主旨（将黑色煤炭转化为洁白晶莹的聚乙烯、聚丙烯粒子的同时，形成煤化工高盐废水零排放处理和"分质化"利用技术），引题增强了消息来源的权威性。

2. 通过引题，对主题的原因、目的等进行交代与分析。这是引题最为重要、最为常见的表现形式。

（引题） 中国石化国内上游坚持科技创新引领，持续加大勘探开发力度，大力落实七年行动计划，油气储量产量保持箭头向上

（主题） 端牢能源饭碗　实现油气增储上产

（中国石化报2022年1月7日第1版）

主题揭示"端牢能源饭碗　实现油气增储上产"，而造成这一结果的原因是引题提到的三方面因素："坚持科技创新引领""持续加大勘探开发力度""大力落实七年行动计划"。

类似的还有主题对引题的升华和概括：

（引题） 面对西南地区复杂气井，中原石油工程钻井工程技术研究院下套管技术服务中心匠心深耕，持续创新，成功消除下套管瓶颈，解决了下套管损伤难题

（主题） 从会下管柱到"慧"下管柱

（中国石化报2021年3月8日第7版）

主题"从会下管柱到'慧'下管柱",是引题提到的"匠心深耕,持续创新,成功消除下套管瓶颈,解决了下套管损伤难题"的结果。

引题无论是"出于"什么原因、什么目的,都与主题形成严密的逻辑关系。

3. 通过引题,提出疑问或发表议论,为主题引路、增添意境。

(引题) 特殊行业、特殊岗位是否可行?

(主题) 有活就来干,没活就回家

(副题) 上海石化仓储公司用工方式改革引起争议

(中国石化报 1998 年 7 月 3 日第 3 版)

引题引出问题,对主题进行引导并限定,"有活就来干,没活就回家"不是什么情况下都可以的,它只存在于特殊行业、特殊岗位。这种通俗的表述方式使得报纸与读者更加亲近。

此外,社会媒体还有一种引题、主题搭配的方式——引题对主题起烘托和渲染气氛的作用,这主要用在软新闻的表达上。

(引题) "同潮流"红火　"同评论"热闹

(主题) 《泰囧》:小成本喜剧成"国产片之最"

(青年参考 2013 年 1 月 2 日)①

引题中的"红火""热闹"渲染出这部电影的火爆程度,烘托了"国产片之最"的主题,引题、主题相得益彰,又不重复啰唆。

三、主题、副题搭配

副题是主题的延续,对主题起重要的补充、注释、印证作用。副题为实题,字数一般多于引题和主题,往往可以做到三五行。

1. 通过副题,对主题的概括与提炼进行具体的解释与说明。还可以补充主题内容以外的次要新闻事实。

(主题) "龙"音时至　声如鼓雷

(副题) ——十建公司参与古雷项目 80 万吨/年乙烯装置建设纪实

(中国石化报 2021 年 9 月 16 日第 8 版)

主题"'龙'音时至　声如鼓雷"是概括、浓缩,是虚题,副题是对这一主题的具体解释与说明,是例证,是实题,这是副题最重要的功能之一。这类结构的标题在 21 世纪初叶的工作通讯和人物通讯中比较常见,比如"……纪实""记……"。不过,现在对于工作通讯和人物通讯,一般通过将副题具体化来进行描述、说明。

(主题) 从"把产品卖好"到"卖更好产品"

(副题) 化销公司落实"一户一案""一企一制",引导优化生产,并加强与下游龙头

---

① 王灿发等. 报刊编辑. 北京: 中国人民大学出版社, 2013: 63.

企业合作,以开放、合作、共赢原则谋划发展,推动化工业务迈向中高端

(中国石化报2021年10月18日第1版)

这篇工作通讯,主题"从'把产品卖好'到'卖更好产品'"是概括、浓缩的虚题,副题对这一主题进行具体的解释、展开、说明,进行例证。

2. 通过副题,对主题中的结果或状态进行补充或交代。

(主题)我国首个百万吨级CCUS项目全面建成

(副题)投产后每年可减排二氧化碳100万吨,对搭建"人工碳循环"模式、提升我国碳减排能力具有重要意义

(中国石化报2022年1月30日第1版)

主题交代新闻最主要的内容——"我国首个百万吨级CCUS项目全面建成",这一事件的结果——"投产后每年可减排二氧化碳100万吨,对搭建'人工碳循环'模式、提升我国碳减排能力具有重要意义",由副题来表现。

类似的如:

(主题)镇海基地一期项目全面开车成功

(副题)标志着镇海炼化2700万吨/年炼油和220万吨/年乙烯装置全面投入运行

(中国石化报2022年1月10日第1版)

3. 通过副题,来回答主题的提问或印证主题的观点。①

(主题)加过98号汽油,喝过98号咖啡吗?

(副题)易捷咖啡飘香为顾客在加油站消费体验加分

(中国石化报2019年11月28日第5版)

主题是实题提问,引发读者的兴趣,副题对主题的问题进行肯定的回答与深化,提供论据支持与说明。

四、引题、主题、副题搭配

引题、主题、副题搭配,一是需要相互间形成严密的逻辑关系,比如因果关系、目的与手段关系;二是需要相互间形成虚实结合关系,引题、主题均可用实题、虚题,副题原则上用实题,引题、主题、副题均可用实题,且其中必须有实题。寓虚于实,以实显虚,来凸显新闻标题的意境。

1. 引题说明新闻背景,副题具体解释,引题、副题为实题,主题为虚题。

(引题)面对国家石油公司资本、技术实力日益壮大,国际化经营能力日益增强

(主题)国际石油公司能否再放异彩

(副题)五种能力至关重要:了解资源拥有者,制定具有针对性的战略,上下游整合价值链,增强开展业务本地化能力,拥有领先的技术和基础设施

(中国石化报2006年5月25日第5版)

---

① 蔡雯,许向东,方洁. 新闻编辑学. 北京:中国人民大学出版社,2014:216.

2. 引题说明新闻时空，副题具体解释，引题、主题、副题均为实题。

（引题）集团公司召开工作会议暨 HSE 工作会议，深入学习贯彻党的十九大、十九届历次全会和中央经济工作会议精神，全面落实习近平总书记视察胜利油田重要指示精神，马永生作工作报告，要求

（主题）牢记总书记殷切嘱托扛好职责使命

在新时代新征程上再立新功再创佳绩

（副题）坚定不移走出一条高质量发展之路，建设具有强大战略支撑力、强大民生保障力、强大精神感召力的中国石化，以优异成绩迎接党的二十大胜利召开

（中国石化报2022年1月14日第1版）

还有一种情况，副题起承接补充作用。

（引题）马永生到公司驻内蒙古企业调研，看望慰问一线员工，强调要深入贯彻落实习近平总书记重要指示精神，乘势而进、抢抓机遇

（主题）在推进高质量发展中再立新功再创佳绩

（副题）在内蒙古期间，马永生和内蒙古自治区主席王莉霞共同出席中国石化与内蒙古自治区战略合作协议签约仪式

（中国石化报2022年4月29日第1版）

此外，副题还起转折作用。

（引题）未来10年，电动汽车初始购买价格持续下降，2026年将具备成本竞争力

（主题）全球轻型电动汽车销量将高速增长

（副题）未来几十年，全球轻型汽车保有量仍将继续由燃油车主导

（中国石化报2022年4月1日第7版）

3. 引题对主题起引导作用，副题进行说明与解释，主题为虚题，引题、副题均为实题。

（引题）搭一座冷区脚手架到底有多难？

（主题）围着气球扎鸟笼

（副题）齐鲁石化烯烃厂工程设计负责人刘东说：一要重安全，二要重质量

（中国石化报2013年5月28日第6版）

4. 引题说明新闻的目的与意义，副题对主题进行解释与分析，引题为虚题，主题、副题为实题。

（引题）以民族工业计　以发展农业计

（主题）尽快整顿化肥市场

（副题）无序竞争已使国有化肥企业苦不堪言

（中国石化报1998年7月24日第3版）

采用引题+主题+副题结构的时候，需要注意三者间的内在逻辑，注意虚题与实题的结合，努力形成一个顺承、呼应或转折的结构严密的整体。这样，不仅让受众阅读

起来有气息连贯、酣畅淋漓之感，而且让受众从中窥见新闻的因果关联，达到吸引他们眼球的目的，引发读者阅读正文的兴趣。

第二节　需把握标题的概括与具体关系

新闻从业者都明白：在标题制作过程中，要将新闻内容中最重要、最有特点、最能表现主题的部分用最准确、最精练的语句来表述。

要做到这一点，需要在新闻标题制作过程中引入辩证法，来平衡普遍与特殊、概括与具体的关系。如果标题太具体化，有可能影响其全面性，甚至以偏概全；如果概括太强，有可能太过笼统，没有特点，甚至千篇一"题"，出现大而全、全而杂、杂而乱的问题。

把握好普遍与特殊、概括与具体的关系，可从三个方面进行尝试。

一、专业化标题通俗化处理

石油石化行业新闻报道专业性强，需要运用通俗语言、平实朴素词句来做标题，使标题更具接近性、亲近性、亲和力、感染力，让读者读来平中见奇、俗中有雅、"专"中有趣。

(主题) 运用科技"芭蕉扇"翻过钻井"火焰山"

(副题) ——西北油田工程技术管理部攻克施工难题纪实

（中国石化报2017年9月18日第7版）

西北油田油气层超深、超高压、超高温且含硫化氢，钻井难度极大，工程技术人员艰苦攻关，终于打成了这些超难井。文章中引用了该油田工程技术人员的话：只有借不来的芭蕉扇，没有过不去的火焰山。全文围绕"火焰山"（火成岩与超深、超高压、超高温）的难与打造"芭蕉扇"克难来展开，使原本晦涩的专业稿件变得通俗生动，编辑巧用"运用科技'芭蕉扇'翻过钻井'火焰山'"这一通俗化的语言制作标题，更具感染力。

对于专业性强的新闻报道，在制作标题时，可适当拿老百姓熟悉的东西进行比喻，以拉近与读者的距离。

(引题) 西北油田基于断裂、岩溶作用和断控岩溶的油藏特征研究，首创断溶体油藏概念和理论。近5年来，指导顺北特深油气田成功部署8口开发评价井，建产率100%；在塔河区块部署新井220口，生产原油402万吨；也成功指导国内其他油田的勘探开发

(主题) 断溶体理论：油气"高速路"变身超级"停车场"

（中国石化报2017年9月18日第5版）

文中提到：断溶体何以如此神奇？专家解释："在地球深层，有很多类似大峡谷的

深断裂带。传统地质理论认为，这些断裂带就像高速路，只能跑汽车，不能停大量汽车。而断溶体油藏理论认为，地层下的岩溶水沿着深断裂带运行，在高速路及两侧溶蚀出大型喀斯特溶洞，油气充入这些溶洞后，形成特殊的断溶体油藏。"

所以，标题用"高速路"形象比喻断裂带，用"停车场"形象比喻"油气充入这些溶洞后，形成特殊的断溶体油藏"。

为什么中国石化报周刊的新闻标题中引号用得多？那是因为长于专业报道的周刊需要用各种修辞手法来通俗化表达这些专业内容。

(主题) 会"思考"的抽油机

(副题) 江苏油田成功研发一种人工智能型抽油机，会自己采集生产数据、自己分析油井工况、自己下发变频指令……综合节电率达30%~40%，泵效提高20%左右，投入产出比为1∶3

（中国石化报2018年8月20日第5版）

抽油机对于普通读者不陌生，抽油机加装智能变频控制系统（集成采油举升工艺、变频技术及人工智能技术）对于专业人士不难接受，但对于普通读者，就较难理解。为了将这一内容在标题上体现得更形象通俗，编辑用"会'思考'"来拟人，让读者可以明白"智能化"的大致情况。

类似的标题还有：

(引题) 齐鲁石化紧盯市场，发挥炼化一体化优势，及时调整产品排产，转产石油混合二甲苯，增效千万元

(主题) 科学转产，卖"面粉"胜过卖"馒头"

（中国石化报2021年5月11日第7版）

文中提到：齐鲁石化实施芳烃装置综合治理和技改，针对芳烃装置规模小、工艺较为落后带来的蒸汽、燃料气等能源消耗量较大的问题，将原来生产邻二甲苯、对二甲苯的吸附分离和异构化单元停运，改为生产边际贡献较高的石油混合二甲苯。

专业人士解释："转产石油混合二甲苯，就相当于本来是用面粉做馒头卖，现在馒头不如面粉赚钱了，就改为直接卖面粉。"

用"面粉"比喻石油混合二甲苯，用"馒头"比喻邻二甲苯、对二甲苯。

(主题) "红酒开瓶器"巧解管线堵塞

（中国石化报2021年1月5日第2版）

这篇小特写写道：支部书记提议自制一个疏通器。他们准备一根螺杆，前端焊接一个钻头，然后将一个可与堵塞管线对接的法兰套在螺杆上，最后在螺杆的另一端焊接一个把手。自制疏通器类似红酒开瓶器，旋转把手就可以将堵塞物"钻"出来。标题中，将疏通器类比为"红酒开瓶器"，更具亲和力。

还有一篇新闻的原题是：

(引题) 中原油田以科技赋能修井作业，持续更新、改造作业机，提高修井自动化

水平，将作业工从"脏累险"劳动中解脱出来

（原主题）"操作自动化作业机像开飞机一样"

编辑将原主题改为：

（主题）"当了25年'黑领'，往后也算是'白领'了"

(中国石化报2022年2月28日第6版)

原主题虽然用了比喻，但还是不够形象、不够通俗化，而改后的主题用了通俗的语言，显得既生动，又有韵味。

二、抽象化标题具体化处理

在标题制作的过程中，有时出于概括提炼的需要，会用抽象化、概念化的词汇进行总结。标题一旦抽象化、概念化，就容易失去区分度，难以具体、准确地突出新闻的特点与特色。

标题的概括要严格遵循新闻特质的要求，一定是新闻事实的概括，是它的基本特征的真实而又综合的反映，是最有价值的新闻事实生动、形象、简洁的再现。概括要精当、引人深思，切忌抽象干瘪。①

每逢岁末年初，中国石化报《环球周刊》都会对上一年国际石油石化行业进行盘点，2022年也不例外。

（主题）回眸2021，全球能源行业惊心动魄

（副题）本报评出2021年全球能源行业十大热点

(中国石化报2022年1月7日第5版)

（主题）2021年石油化工行业并购案上游唱主角

（主题）2021年油气勘探量跌至75年来最低

(中国石化报2022年1月7日第6、7版)

这三个主题将2021年全球能源行业、石油化工行业并购、油气勘探等的情况具体化、特征化，更生动、更简洁，同时区别于其他年份的年度盘点。

具体化的标题修改有很多。

（原主题）戈壁上，那道彩虹……

文章讲述的是大漠深处几位年轻科技工作者参与"2021年中国创新方法大赛"的故事，但标题过于笼统。改后的见报标题：

（主题）戈壁上，那道"创新"的彩虹

(中国石化报2022年1月24日第8版)

作品有诗一般的语言，所以配以诗一般的标题恰到好处。

（引题）作为中国一号钻井队首任平台经理，袁新见证了该队在沙特市场从立足到

---

① 彭朝丞. 标题的制作理念与艺术技巧. 北京：人民日报出版社，2012：143-144.

扩张，再到成为沙特陆上最大钻井承包商之一的发展历程，以他为代表的中原石油工程员工经历了市场理念的"三级跳"。

(原主题) "老沙特"眼中的13年理念变迁路

原主题过于概括，没有说明13年前是什么样的状态，如今又变迁为什么样的状态。

该文分成三个部分。13年前初入沙特：作为国际市场的探路者，速度是第一追求目标和成功的先决条件；4年后快速扩张：树立大发展理念，关注人才和技术，立足沙特的中国1号成为各队成长的榜样；7年后进入质的发展阶段：人文、安全、环保等现代化元素凸显，拥有29支钻井队的沙特公司成为沙特陆上并列第一大钻井承包商。

读完文章，本人得知他们进入沙特原来的状态是追求速度，再经过人才与技术的进步阶段，到最后形成新的经营理念，所以将主题修改为：

(主题) 从追求速度到与同行分享理念

时任报社总编辑又将标题修改为：

(主题) 从单求速度到与同行分享理念

(中国石化报2013年12月6日第6版)

仅仅修改一个字，就将标题进行了升华，意思更加精准、贴切。追求速度没有错，现在石油工程队伍在干活过程中都是需要速度的，但"单求速度"就不符合公司现在的经营理念了。"单求速度"的提法揭示他们当时进入沙特市场的紧迫心情，将他们急于立足市场、只把速度放在第一位的心态表现得淋漓尽致。

标题制作就是需要"吟安一个字，捻断数茎须"的作诗心态，这样才能体会到"一字值千金"的高贵，才能体验到一个字带来的立意高远。标题用字一定要考究、独到、准确，达到语言的准确、精悍、规范之标准。

(引题) "病倒"的高产井投入20余万元上措施治理，产量却依然为零。类似这样的无效措施，曾让胜利油田鲁胜公司2015年白白浪费500多万元。究其原因，是服务商只按公司要求施工，很少替甲方考虑效益。鲁胜公司因此探索实行长停井治理风险承包合作模式，倒逼乙方制定最优治理方案

(原主题) 服务商不担责任，我们找谁说理？

这是一篇出色的工作通讯，文章的主要内容在引题中已经充分地展现出来。原来的主题从设问的角度出发，可能会吸引读者，但过于概括，没有说到具体事实。后来改为：

(主题) 让服务商"动脑子干活儿"

(中国石化报2017年2月6日第5版)

这一主题"把话说到点子上"，甲方的目的就是要让乙方不仅是干活，而且是"动脑子干活儿"，同时也会吸引普通读者关注。此外，引题"鲁胜公司因此探索实行长停井治理风险承包合作模式，倒逼乙方制定最优治理方案"，与"让服务商'动脑子干活

儿'"形成逻辑关系，一气呵成。

对于同质化的新闻报道，需要舍弃用"放之好多稿件皆准"的标题，尽可能从文中报道的亮点提炼标题，更形象、生动地去感染读者。

（原主题）让爱来封堵生命的缺损

（副题）——西北石油局"心暖柯坪·与爱同行"先天性心脏病儿童救治活动纪实

这是一篇西北石油局联合解放军四七四医院开展"心暖柯坪·与爱同行"先天性心脏病儿童救治活动的报道。主题有些概念化，适用所有人群、所有救治活动，而且字面上读来有些悲愁的感觉。

文中医生的一句话给本人启发："心脏修复手术很成功，这些孩子以后可以像其他孩子一样健康成长。"见报时主题改为：

（主题）让这些孩子拥有一颗"平常心"

（中国石化报2017年11月27日第8版）

相比，这一主题更具体，限定"这些孩子"，而一颗"平常心"是双关语，既指"心脏"，又指能像正常孩子一样，更具同理心、更加人性化、更有味道。这也是把握新闻时度效、坚持正面报道的体现。

总之，尽量少用平铺直叙的语气做陈述性标题，要多采用画像式的描述方法，使抽象的事物具体化，使概念性的内容形象化，具有可视性和动态感。

三、一般化标题个性化处理

标题制作仁者见仁、智者见智，修改标题时可以不拘泥于原题，换思路、换角度，将一般化标题进行"标新立异"、个性化处理，旧词翻新使用也能引人入胜。

新闻标题要做得生动活泼、富有情趣，还要善于借用文学创作的技巧，在忠于生活真实的基础上，概事达意使之出奇出趣，富有极强的冲击力，或富有深奥的哲理性。

（引题）受外贸疲弱、水上货运减少等因素影响，广东水上成品油市场面临前所未有的挑战，广州石油加大客户走访力度，优化网点，三季度水上成品油零售量位列全省第三

（原主题）专业营销破水上市场坚冰

从观感上看，"破水上市场坚冰"，不是特别确切，因为水上市场已经开拓，只是由于客观因素，市场状况萎缩。第一次将主题修改为：

（主题）专业营销"逆水"行舟

之后，觉得"专业营销"还是过于概括，没有突出"水上"特点。第二次将主题修改为：

（主题）水上营销"逆水"行舟

时任报社总编辑不拘泥于原题，换个角度进行修改：

（主题）珠江水暖"客"先知

（中国石化报2013年11月27日第5版）

该标题借用诗句"春江水暖鸭先知",比喻水上营销市场客户的先知先觉,需要经营人员走访客户,了解他们的需求,来开拓市场。

石油石化行业关于生产、经营、建设领域的报道多,能不能对生产经营等新闻的一般化标题进行富有特点的个性化处理呢?

(原主题)"塑"造未来大有可为

(原副题)——五问降解PGA

近年来,聚乙醇酸(PGA)等新型化石基可降解塑料成为全球逐鹿的热点领域。此文对PGA的生产工艺路线、主要性能特点、应用领域进行了深入报道。从主题看,"大有可为"一般化,对于石化产品市场展望类的报道都适用,没有突出特点,副题"五问降解PGA"让人不知所云,尤其不适用于普通读者。见报时改为:

(主题)"塑"造未来:让"贵族"材料落户百姓家

(副题)新型环保可降解材料聚乙醇酸(PGA)有望站上风口

(中国石化报2021年8月10日第5版)

由于PGA的生产技术和下游应用有望得到快速发展,所以生产出普通百姓用得起的可降解薄膜、塑件、发泡、纤维等产品就有可能。主题用对比的修辞方式,改为"让'贵族'材料落户百姓家";副题把PGA材料具体化,让普通读者能明白,同时对这一行业进行展望,对主题进行补充,与主题形成呼应。

在制作标题时,确定最有新闻价值的事实之后,就需要选取最确切的、最有人性的动态语言来表达,让字字掷地有声,富有动感、韵味十足。

动词是表示人或事物的动作、存在、变化的词。使用动词时,尽量选择表示动作的活跃动词,少用表示状态的静态动词;多用主动语态动词,少用被动语态动词。

(引题)胜利油田公共事业部打造集团公司矿区服务系统首个智能移动APP"胜利管家",居民在手机安装后,可查看个人社保、公积金信息,以及进行缴费、报修、挂号、快递代收代发等,充分享受社区信息化带来的便利

(原主题)"胜利管家"APP让油田居民尝鲜受益

见报主题改为:

(主题)让"数据跑路"替代"居民跑腿"

(中国石化报2016年10月20日第7版)

引题已很明确APP"胜利管家"的作用,主题不必重复相应的内容,改后的标题能进一步深化主题,与主题形成关联,并且生动、具体("尝鲜受益"的具体化就是"替代'居民跑腿'")、脱"俗"。

人物报道的标题可以改得更具文艺范、文化味。

(引题)美丽的维吾尔族姑娘麦吾丽旦·沙拉木是西北油田第八批"访惠聚"驻村工作队唯一的女性,也是年纪最小的一个。她自愿来到黄沙漫天的戈壁村落,与村民同吃同住同劳动,用一颗年轻赤诚的心为他们解决实际困难,为民族团结进步事业增光添彩

(原主题)维吾尔族姑娘续写"小红人"故事

见报主题改为：

(主题)昔日航母雷达兵

　　　今朝驻村"访惠聚"

（中国石化报 2021 年 11 月 15 日第 8 版）

原主题中的"小红人"，即"访惠聚"驻村工作队队员。见报主题比原主题更加人"性"化、具象化，可谓"对号入座"、量身定制。

经过多人的修改，这些平庸之题、一般之作，充满了生气与活力。

优秀的新闻标题既来自新闻报道，又对新闻报道具有能动作用。把握普遍与特殊、概括与具体的关系，将标题做好，犹如画龙点睛，可以使新闻作品增色，让读者"悦读"。有时候，读者对新闻报道的具体内容早已记不清了，但是那些脍炙人口的标题却永远留在他们的记忆中。这一节提到的一些标题，有些尽管过去了多年，依然烙在本人的脑海中，甚至当时自己是怎么修改的，领导又是怎么润色的，仍记忆犹新。

第三节　需追求标题的美学效应与效果

标题作为新闻内容和思想的提炼，主要应以事实本身吸引读者，但表达方式应具美感，使人赏心悦目，产生美学效应。新闻事件"千奇百怪"，新闻报道方式千变万化，标题制作方式也应千姿百态。

一、运用修辞手段拟题

修辞是加强言辞或文句效果的艺术手法，通过修饰语言，吸引读者的注意力，加强抒情效果。将修辞手段运用到标题制作中，可以使文字表达更形象、生动。

1. 排比。用一组结构相似的语句，表达同一性质或同一范围的内容，通过选取典型的内容来概括某种思想。

(主题)客户有需要时就能想到他

(副题)凭借服务"靠前化"、营销"差异化"、交流"简洁化"，贵州贵阳石油市北加油站班长黎斌成客户"首选"

（中国石化报 2022 年 2 月 17 日第 8 版）

上述副题前半句，句式整齐，表述有力，同时逻辑严密，表述一气呵成，令人印象深刻。

类似的例子：

(引题)高桥石化开展炼油大检修，力求做到——

(主题)油不落地　气不上天　味不扰民

（中国石化报 2018 年 4 月 17 日第 6 版）

2. 双关。用同一词语关照两种不同的事物，产生两层意思，达到"一石二鸟"的目的。

（引题） 茂名石化化工分部包装车间开展"节约一分钱，管理到精细"的主题实践活动

（主题） "剪"少成本 "包"出效益

（中国石化报2013年9月24日第6版）

主题简洁明快且用了两种修辞方法：双关和对偶。

"剪"字从正文中"剪短"缝合线减少成本的故事中提取，与"减"谐音，利用音同或音近造成谐音双关。"包"字从正文中包装车间的整体工作性质中提取，在语境中形成双重含义、造就语义双关。

同时，"剪"少成本与"包"出效益，用结构相同或相近、字数相等的一对短语对称排列来表达相近的意思这一对偶的修辞手法，达到形式整齐，语调和谐，富有美感和感染力。

（主题） 半夜"机"叫

（中国石化报2015年8月13日第2版）

这是一篇小特写的标题，因铁路调度等多种不可控因素，运煤火车什么时候到厂不确定，所以，车间运行副主任与班长经常半夜三更互打电话联系工作。"半夜'机'叫"与"半夜鸡叫"谐音双关，富有感情色彩，一句话写出员工的精气神。

类似的例子不胜枚举：

（主题） "将"还是老的"辣"

（中国石化报2016年12月5日第2版）

（主题） "涪"气之约

（中国石化报2018年4月9日第8版）

（主题） 望油兴"碳"

（中国石化报2021年5月10日第6版）

（主题） "春风"浩荡，在千里之外寻找接续力量
　　——探访准噶尔盆地胜利油田西部探区

（中国石化报2022年6月15日第1版）

上述主题中的"将"字与姜、"涪"气与福气、"碳"与望洋兴叹的"叹"谐音双关；"春风"有两层含义，既指春风油田，又含"春风浩荡"本意。

（主题） "大""智"若"遇"

（副题） 大数据、人工智能为我国油气工业智能化带来历史性机遇

（中国石化报2019年10月21日第5版）

看副题就能明白，主题中的"大"是指大数据，"智"是指人工智能，"遇"是指历史性机遇。

(引题) 纵向层间接替，横向井间挖潜，井组立体开发
(主题) 大牛地气田开发："横竖"都"精采"

（中国石化报2020年10月12日第5版）

文中提到：针对井网之间未动用的储量，加密部署新井，在纵向和横向上全面追踪剩余气。"横竖"既是井位的意思，又是"反正，表示肯定语气"的意思；"精采"既是"精彩"的谐音，又是精心开采的意思。

(主题) 沥经风雨　青色不改

（中国石化报2022年4月26日第6、7版）

专题报道：何为石油沥青？它是如何由渣油逆袭而来的？未来中国石化沥青的发展方向是什么？这一标题贴切、形象、双关，让人过目不忘。

3. 借代。不直接说出要说的人或事物，而是借用与这一人或事物有密切关系的名称来替代，如以部分代全体、用具体代抽象、用特征代本体、用专名代通称等。

(引题) 百丈绝壁看山城美景
(主题) "防空洞"闪耀"红帽子"

（中国石化报2021年11月4日第5版）

"红帽子"代指加油站，是以部分代全体。

(主题) "石化红"变身抗疫"志愿白"

（中国石化报2021年8月13日第1版）

用特定工作环境下的"石化红""志愿白"描写服装，代指同一员工。

类似的例子：

(主题) 难忘乍得那些有"厨娘""佩奇""托尼"的日子

（中国石化报2021年3月12日第8版）

"厨娘""佩奇""托尼"是用专名代通称，分别代指厨师、饲养员、理发师。

(主题) "洋老爷"患急症
　　　　"臭皮匠"巧诊治

（中国石化报2016年1月5日第7版）

用"洋老爷"代指两台从奥地利进口使用专利技术制造的溶剂泵，用"臭皮匠"代指参与应急抢修小组的技术人员、钳工师。同时主题还运用对偶等修辞手法。"洋老爷"对偶"臭皮匠"、"患急症"对偶"巧诊治"。

4. 重言、重叠或反复。根据表达需要，使同一个词语或句子一再出现，以突出内容，加强语气。

(主题) 巴山巴人巴适日子

（中国石化报2021年9月27日第8版）

主题中的"巴"字进行了强调，就是这一修辞手法，报道的是中原油田普光分公司在巴山开发建设，与当地村民（巴人）"结亲"，助力乡村成功脱贫，过上巴适日子。

(引题) 河南驻马店石油宏达加油站通过建立非油品客户群、加强现场开口营销、站外开拓销售渠道等措施,实现非油品销售额增长

(主题) 事事皆留心　处处有商机

(中国石化报2021年2月10日第7版)

主题中的"事事"与"处处"都是这一修辞手法,进行了强调。此外还运用了对偶等修辞手法。

(主题) 拉话话容易见面面难

(中国石化报2017年6月16日第4版)

"话""面"重复强调,读来更亲切感人。

类似的例子:

(主题) 从"零"出发向"零"奋进

(副题) ——记全国青年安全生产示范岗中原油田采油三厂采油管理四区集输班

(中国石化报2019年6月18日第1版)

对"零"字进行了修辞强调,表达出安全生产要保持归"零"心态,从"零"出发,始终保持事故为"零"的好成绩。

(主题) 扶贫接地气
　　　　　脱贫有底气

(中国石化报2019年1月7日第8版)

(主题) 笨办法未必不是好办法

(中国石化报2019年8月7日第2版)

(主题) 让承包商被"承包"

(中国石化报2019年10月22日第8版)

上述的"贫""气""办法""承包"是字词的反复,增强语感。

(引题) 自承包江苏淮安石油茭陵站以来,支德威夫妇守站拼搏,不断丰富知识储备、提升服务水平,使农村小站实现轻油销量增9倍,他们的待客之道——

(主题) "将心比心,以心换心"

(中国石化报2017年9月13日第8版)

(主题) 拐子湖中见"拐点"

(中国石化报2019年1月14日第5版)

(主题) 从"一孔之见"到"一孔远见"

(中国石化报2021年3月22日第7版)

上述主题中的"心""拐""一孔""见"进行反复强调。

5. 设问。为了引起读者的注意与思考,自己先提出问题,然后进行解答。

(主题) 汽车"氢"装上阵　炼厂机会几何

(中国石化报2013年11月15日第7版)

述评文章从氢能"白热化"引多方逐鹿和炼厂在制氢、管输、加氢方面均具优势来

回答主题提出的问题。一般而言，标题中设问，句末不需加问号。

(主题) "长智"何必靠"吃堑"

(中国石化报 2017 年 1 月 18 日第 7 版)

这是一篇言论文章，讲的是在安全管理中，未必要吃堑再长智，倘若安全工作非得"吃一堑"才能"长一智"的话，那代价确实太大了。

还有一种情况是回答的事实对主题的提问在相当程度上是肯定的，但并不完全就是这样，没有把话说死。标题句末需要加问号。

(引题) 国际能源市场持续数年的价格战
　　　　　疫情和经济低迷致使天然气价格持续走低
　　　　　大多数天然气出口国或将"携手"渡难关
(主题) "天然气欧佩克"来了？

(中国石化报 2020 年 11 月 27 日第 5 版)

文章报道的是天然气出口国论坛部长级会议，分析指出：现阶段，天然气出口国论坛对能源市场的影响虽然暂时无法与欧佩克相提并论，但仍能控制世界天然气交易领域内的液化气市场，必将对世界能源局势产生较大影响。总体而言，是肯定成分大于否定成分。

类似的例子：

(主题) 加拿大：油价上涨　碳税"背锅"？

(副题) 不列颠哥伦比亚省 4 月 1 日起将碳税从每吨 35 加元增至 40 加元，预计到 2021 年，价格将继续以每年上涨 5 加元的速度攀升。随着碳税递增，该省司机将比邻省同行支出更多油费

(中国石化报 2019 年 8 月 2 日第 8 版)

文中提出，省长下令让省公用事业委员会对本省汽油价格飙升问题进行调查，包括要求多家能源公司提供相关数据。但这些公司均以"商业信息敏感"为由拒绝公开自己的数据。总体而言，"背锅"的成分多一些。

6. 顶真。上句的结尾与下句的开头使用相同的字或词，用以修饰两个句子的声韵。

(主题) 节约成习惯　习惯成自然

(副题) ——齐鲁石化热电厂中化室全员节约成为新时尚

(中国石化报 2012 年 5 月 14 日第 2 版)

"习惯"既是上句的结尾，又是下句的开头，该主题条理清晰，环环紧扣，层层递进。

7. 夸张。将事物的形象、特征、作用等加以扩大或缩小，以达到表达强烈感情的目的。

(主题) 将一座装置装进一张光盘

(中国石化报 2017 年 6 月 27 日第 8 版)

如此巨大的装置，如何装进小小的光盘？靠的是宁波工程公司的信息技术。如此夺目的标题，用的就是夸张的手法。

（主题）沉睡数亿年　一醒惊天下

（副题）勘探分公司躬耕页岩气领域12年，累计提交页岩气储量超万亿立方米

（中国石化报2021年11月8日第5版）

"一醒惊天下"显然有些夸张，但不影响读者理解。

（主题）流道调整技术：重整"地下山河"

（副题）西北油田工程院采油所技术研发团队艰苦攻关，解决了碳酸盐岩缝洞型油藏大裂缝堵水难题，让注入水按照设计好的流道波及地层，4年累计增油5万吨

（中国石化报2021年11月8日第5版）

"让注入水按照设计好的流道波及地层"夸张成"重整'地下山河'"。

8. 对偶。把结构相同、字数相等、意义相对或相关的两个词语或语句排在一起，富有节奏感和感染力。对偶的修辞手段在标题制作中最为普遍。

（引题）润滑油公司

（主题）高档润滑：助飞舟上天　佐蛟龙入海

（中国石化报2021年7月29日第6、7版）

"助""佐"同义，"飞舟"（"神舟号"载人飞船）对"蛟龙"（"蛟龙号"载人潜水器），"上天"对"入海"，句式工整。

（主题）信息脱"孤"　应用上"云"

（副题）三季度，江汉油田信息化工作获上游企业"星旗榜"第一名

（中国石化报2021年11月29日第5版）

（引题）河南油田采油一厂以增加经济可采储量为核心，深化地质研究，实施滚动评价，前11个月增储57.5万吨

（主题）令封堵层"复生"　让低产井"脱贫"

（中国石化报2019年12月16日第6版）

上述的"信息"对"应用"，"脱'孤'"对"上'云'"；"令"对"让"，"封堵层"对"低产井"，"复生"对"脱贫"。

（引题）随着双层罐改造在加油站大面积地开展，湖北石油在全省系统推广荆州石油汪桥加油站引客分流、回流的做法，以减少改造对经营的影响

（主题）停业不停服务　改造不改热情

（中国石化报2019年7月25日第6版）

（主题）在夹缝中打"气"　在经营中成"器"

（中国石化报2016年2月17日第5版）

上述的"停业"对"改造"，"不停"对"不改"，"服务"对"热情"；"夹缝"对"经营"，"打'气'"对"成'器'"。

类似的还有"玩得精焊枪 颠得起大勺"（2017年8月4日第6版）、"线上线下融合 站内站外联动"（2017年3月29日第7版）、"水的科技含量越高 油的经济效益越好"（2016年10月17日第5版）、"明月同天 异域共情"（2022年9月9日第8版），等等。

9. 对比。将两个不同的事物或一个事物的不同方面放在一起加以比较与映衬，形象鲜明、特点突出。

(引题) 齐鲁石化塑料厂以高质量检修为下一个周期安稳运行积蓄能量
(主题) "深蹲"，为了更高跃起

（中国石化报2021年10月26日第8版）

(主题) "烤"验下，"凉"策层出不穷

（中国石化报2021年8月27日第8版）

(引题) 安徽芜湖石油在打造舒适环境、搭配适销组合、合理引进商品上下功夫
(主题) 让无声的商品"开口"营销

（中国石化报2020年8月13日第7版）

(主题) 温暖的"高冷"小站

（中国石化报2021年2月18日第8版）

(主题) "冷热"交替
(副题) 胜利油田探索稠油冷采替代热采技术

（中国石化报2019年11月4日第5版）

(主题) 自亮"家丑"，不丑

（中国石化报2018年7月5日第4版）

(主题) 五朵金花：散是满天星 聚是一团火

（中国石化报2017年9月21日第8版）

(主题) "带刺儿"的暖男

（中国石化报2016年1月5日第8版）

(主题) 被"举报"反受嘉奖

（中国石化报2017年5月4日第6版）

"深蹲"与"跃起"、"烤"与"凉"、"无声"与"开口"、"温暖"与"高冷"、"冷"与"热"、"丑"与"不丑"、"散"与"聚"、"带刺儿"与"暖"，"被'举报'"与"受嘉奖"，形成强烈的感情色彩对比。

(主题) 年过半百的新手

（中国石化报2017年6月20日第8版）

特写文章：年过半百的材料保管员，从未涉足仪表电气类物资管理，在处理完日常工作的间隙，见缝插针学习新的预算方式，成为"新手"。

(引题) 数据显示，自10月2日起的一周内，德国风能发电总量达到4太瓦时，而燃煤电厂当周的发电量仅为0.53太瓦时

(主题) 煤电跌不休　风电正当红

（中国石化报2017年10月26日第8版）

德国风能发电总量不断攀升，而燃煤电厂发电量持续下降，一个正当红，一个跌不休，对比强烈。

10. 比喻。用具体的、浅显的、熟悉的事物去说明和描写抽象的、深奥的、专业领域的事物。

(引题) 五彩缤纷的全国首座"净零排放"综合加能站
(主题) 党建"红"　氢能"蓝"　光伏"绿"

（中国石化报2021年10月21日第5版）

文中报道：山东济南石油58综合加能站，犹如一幅五彩斑斓的画卷，每一种颜色都有其独特的内涵，用颜色形象通俗地比喻这座站的特色。

(主题) "为国找油，我给地层拍CT"
(副题) ——记中国青年五四奖章获得者、胜利油田物探研究院首席专家秦宁

（中国石化报2021年5月10日第1版）

标题用人们熟悉的"拍CT"，比喻深奥的用高斯束成像软件模块给地下油气藏拍出更清晰的照片。

(主题) "千层饼"与"榨果汁"的故事
(副题) ——集团公司2020年规模储量商业发现特等奖项目展示

（中国石化报2021年1月18日第5版）

文中指出：川西气田储层就像千层饼，薄且多层，导致勘探如同在千层饼里找芝麻；而我国首个大型常压页岩气田南川气田，犹如在页岩储层"榨果汁"。将专业的词汇用熟悉词进行比喻，说明问题的复杂与技术的先进性。

类似的例子：

(主题) 巧改工艺让"稀泥巴"变成"干锅巴"

（中国石化报2019年10月30日第3版）

文中写道：废水进入下游污水处理场，含水量很低的废渣进入脱水机干燥，"稀泥巴"废渣快速变成"干锅巴"，滑入车厢过程中不再"拖泥带水"。用"稀泥巴"比喻含水量很低的废渣，用"干锅巴"比喻废渣不再"拖泥带水"。

(主题) 火山岩里"剔出肉"　潜山山谷开"油花"

（中国石化报2019年1月14日第5版）

(引题) 中原油田采油二厂成立安全环保督察大队，15名队员盯守施工现场，实行全覆盖督察
(主题) 常念"紧箍咒"　广撑"防护伞"

（中国石化报2016年1月5日第2版）

(主题) "钢铁裁缝"

(副题)焊工的"台前幕后"

（中国石化报2022年7月22日第4版）

用"剔出肉"、开"油花"比喻勘探出油气；用"紧箍咒""防护伞"比喻安全监管；用"裁缝"比喻"裁剪"钢板、"焊接"钢管。

11. 拟人。借助丰富的想象，把事物人格化的一种修辞方法，使内容表达得更加生动形象。

(主题)"吃"进二氧化碳"吐"出合成气

（中国石化报2021年8月25日第3版）

将装置比拟成人，能够"吃"进二氧化碳，产出化工产品合成气（一氧化碳和氢气），让温室气体二氧化碳变废为宝。

(主题)一元钱弹簧"救活"千元电磁阀

（中国石化报2020年4月21日第6版）

(主题)在线"搭桥"解注入难题

（中国石化报2019年12月10日第6版）

(引题)胜利油田滨南采油厂分类治理短周期井
(主题)让"常就医"井有副"好身板"

（中国石化报2017年6月6日第5版）

"救活""搭桥""常就医"都是人类的医学用词，在此用作比拟。

类似的例了：

(主题)把乡愁种在异乡

（中国石化报2019年9月5日第3版）

(主题)摇着蒲扇摇着时光

（中国石化报2017年7月6日第4版）

(主题)"茉莉花开"醉夕阳

（中国石化报2016年8月11日第8版）

(主题)中扬子："天生富贵，家道中落"

（中国石化报2019年9月5日第3版）

(主题)蒸汽系统的"嗝"打顺了

（中国石化报2018年5月2日第2版）

(主题)产量"缩脖儿"效益"蹿个儿"

（中国石化报2017年4月8日第8版）

(主题)阿根廷"喷油吐气"有望能源独立

（中国石化报2021年12月10日第6版）

(主题)井下"千里眼"诊断"肠胃病"

（中国石化报2022年5月23日第7版）

(引题)石科院、胜利油田新型淋洗—生物耦合修复技术通过鉴定，中国石化首次实现油田油污土壤规模化修复

(主题) "先洗后吃",还土壤"清白"

(中国石化报 2022 年 6 月 14 日第 5 版)

种"乡愁"、"摇着时光"、"'花开'醉夕阳"、"天生富贵"、"家道中落"、打"嗝"、"缩脖儿"、"蹿个儿"、"喷油吐气"、"千里眼"、"肠胃病"、"洗"、"吃"是人的特征或行为,用作比拟,贴切、生动、易懂。

此外,还有拟物,即把人当作物,或把此物当作彼物来写的修辞方法。

(主题) 只管耕耘 静待花开

(中国石化报 2020 年 8 月 20 日第 4 版)

(主题) 老江湖竟是胆小鬼

(中国石化报 2016 年 2 月 5 日第 4 版)

(主题) 多方协作确保塔起灯亮
(副题) ——海南炼化二套芳烃项目大型设备吊装纪实

(中国石化报 2018 年 11 月 13 日第 8 版)

静待花开中的"花开",是比拟人的收获。"老江湖"代指的是圆滑世故的人、阅历丰富的人。"塔起灯亮"以物代指工程竣工。

(主题) 工厂的年轮,刻在一台老机器的岁月中

(中国石化报 2022 年 6 月 20 日第 8 版)

以树的"年轮"代指工厂的历史,将老机器的"岁月"拟物化。

"动态化的比喻与比拟",可以让静态的画面变得更加动感和有生命,结合了感官与动态比附的"通感",则可以为文字插上想象力的翅膀,让读者更细腻地感知画面背后蕴藏的基调和情绪。①

通过采用各种修辞手法,让标题生动活泼,增强标题的美感。

二、巧用各类名称做题

标题还可以用企业的名称、生产设施的称呼、人的姓名来做"文章",既让读者记住名称与名字,又让标题传神。

(主题) "长城"巧夺"天工"

(中国石化报 2010 年 4 月 21 日第 6 版)

文章报道的是江苏石油润滑油中心将长城润滑油成功销往国际知名企业江苏天工集团公司(用于螺纹刀具加工),标题巧妙运用了成语"巧夺天工"。

人物报道可以利用人名或谐音等处理方式,让标题生辉。

(主题) 李干生:为国献油 一干一生

---

① 匡磊. 写作必修课:增强文字的画面感. 新闻与写作,2022(2):112.

(副题)——记感动石化特别节目获奖人物、集团公司原副总工程师、油田事业部主任李干生

(中国石化报2018年7月18日第4版)

文章报道的是感动石化人物李干生,毕生致力于为国寻找油气,在他的主导、支持下,中国石化成功发现海相大气田普光气田,实现"川气出川"梦想。记者采访他的妻子时,她说:"干生干生,天生就是干活儿的命。"文章主题灵感来自他爱人的话和李干生的名字,"为国献油 一干一生"既相关了李干生的名字,又真实描述了他的一生。

(引题) 浙江温州石油80后员工任益杆用勤奋、细致、爱心,赢得了领导和同事的认可

(主题) 状元油库的计量"状元"

(中国石化报2014年8月6日第8版)

主题利用仓储设施的名称来做文章。前一个"状元"是油库名称,后一个"状元"是计量员获得操作技能大赛冠军。

(主题) "一茹"既往当优秀

(中国石化报2010年3月10日第8版)

主题利用加油站站长韩一茹的名字与"一如既往"的"一如"谐音来做文章。

(主题) "巧"站长经营有巧劲

(中国石化报2022年7月26日第8版)

主题利用加油站站长谢巧名字的"巧"劲来做文章。

有些标题还可以将名字分开来巧用。

(引题) 中专生邱慧娜通过自学考试用9年获得大专、本科学历,成为广东石油仓储分公司首位高级技师,今年5月获得国务院国资委"中央企业技术能手"称号

(主题) "质"慧之花 "娜"样绽放

(中国石化报2013年9月25日第8版)

主题利用人名"慧""娜"做文章,"质"慧与智慧,"娜"样与那样谐音。

类似的例子:

(引题) 一位年仅26岁的女孩,在刚刚结束的销售公司零售技能竞赛中获得第一名。她所在加油站的站长说:"她能获奖在我们意料之中。"

(主题) 厚积"波"发 勇"立"潮头

(中国石化报2010年1月6日第8版)

标题巧用加油员崔立波的名字,厚积"波"发中的"波"字与厚积薄发中的"薄"字谐音,又与她训练有素的主题吻合;名字中的"立"字与勇"立"潮头的"立"字相同,又与技能竞赛这一主题吻合。

(引题) 从发油员到站长、督察队队长、"全国五一劳动奖章"获得者李金兰犹如一朵风姿绰约的兰花,留下芬芳馥郁

（主题）金花灿烂　兰香四溢

（中国石化报2013年9月4日第8版）

名字中的"金兰"两字拆开重组成"金花灿烂　兰香四溢"，贴切、形象。

巧用人名这一方式需要用得巧、用得恰当，过于牵强，就会弄巧成拙。

人物报道相对比较出彩，在制作标题时需要绞尽脑汁地让好题配上好文。

（主题）"徽"映"莲"花别样红
（副题）记江苏油田采油一厂"创新夫妻档"付江徽、杨莲

（中国石化报2015年9月7日第8版）

作品写的是：丈夫付江徽和妻子杨莲生活中互相扶持，工作上齐头并进。主题巧用二人的名字，生动、有趣。

利用名称来制作标题是把双刃剑，需要量力而行。然而，去开动脑筋想办法，尽管做的标题不是那么完美无瑕，但总比不去创新，只求四平八稳的"八股题"要好些。

三、利用员工语言制题

专业人士或员工的不少口头语，通俗、生动、形象、流畅、有趣，能通俗易懂地将专业的词汇解释清楚。运用这些生动活泼、情感丰富、贴近生活的口头语做标题，具有音韵美和感染力、亲和力，读来亲切、自然、清新，很有情趣，给作品增添灵气，让读者产生共鸣。

如果新闻标题的主题不能运用各种修辞手法做得优美生动的话，那么不如将新闻标题的主题做成实题，可以利用专家、业内人士的观点来提炼标题，以求具体与权威。

（引题）中国工程院院士苏义脑在一场关于地质导向钻井技术的报告中形象地说，地质导向钻井，就好比给钻头安上了鼻子——
（主题）让钻头闻着油味前进

（中国石化报2007年9月11日第5版）

文章提到：地质导向钻井技术与其他钻井技术最重要的区别，就是把钻井导向由几何导向变成了地质导向。对于其作用，苏义脑院士有一个形象的比喻，那就是该技术好比为钻头装上了眼睛，地质指到哪儿钻头就打到哪儿，或者说是为钻头装上了鼻子，让钻头闻着油味准确前行。

（主题）一口井在地下打成一棵"树"

（中国石化报2007年9月11日第7版）

主题来自胜利油田钻井工艺研究院科研人员的描述："随着鱼骨状水平分支井技术的不断成熟完善，我们不仅可以打出六分支、八分支，而且可以在分支上打出分支，哪里有油层就把分支指向哪里，在地下打成一棵'树'。"

（主题）用万千丝束化作最美和弦

（中国石化报2021年7月16日第4版）

文章最后一段提到："对待工作，就是要时时刻刻用心、用力、用情。唯有这样，才能让我们短丝装置产出的万千丝束化作最美和弦。"主题正是来自员工说的话。

(主题) 从围着钻头"转"到跟着钻头"赚"

（中国石化报 2020 年 7 月 20 日第 7 版）

文中提到："过去围着钻头'转'，现在驱动钻头'赚'。"生产保障中心副主任张夕岗说，从被动接受任务到主动找活儿，"我们现在'没事找事'，干得欢实"。标题是对这段话的提炼。

(主题) 把员工"激活" 把顾客"养懒"

（中国石化报 2010 年 6 月 9 日第 7 版）

文中提到株洲石油某加油站副站长陈泓如在提供送货到家的服务上有个"狠招"：她主动打电话联系客户，送货上门，日子一长顾客就会依赖她，慢慢地把顾客"养懒"，自然也就成了该站的忠实客户。这一标题让读者过目不忘，会心一笑。

(引题) 广州石化积极践行"向人民负责、让珠江放心"的理念，持续加大对工业水的净化和处理力度，外排工业净化水中的化学需氧量和氨氮含量远优于国家和行业标准

(主题) 珠江鱼回游工业水排放池

（中国石化报 2019 年 9 月 23 日第 2 版）

文章写道："看到自己处理后的工业净化水不仅能养锦鲤，而且能吸引珠江鱼洄游并选择在此安家落户，我感到很骄傲。"这是广州石化公用工程部污水处理装置职工曾林涛说的话，编辑对这段话进行了化用。

评报专家曾提出：《50 年的匠心传递》（中国石化报 2019 年 8 月 26 日第 8 版）是结论式标题，能否改为《50 年，他们把机器当成兄弟》？文章提到："把机器当兄弟是一种怎样的情怀，光这一点就够我们学一辈子的。""铁是冷的，打着打着就热了！既热了身，又热了心。"这一句句朴素的话语，其背后凝聚的是半个世纪的匠心传递。改后的标题更为口语化、通俗化。

有些标题甚至可以用员工的直接引言，比如"叫卖不怕慢怕站 码货不怕杂怕乱""纵有千条万条，不抓落实就是白条"（中国石化报 2019 年 3 月 19 日第 8 版），"要听得进狠话 吃得下闭门羹"（中国石化报 2019 年 2 月 26 日第 7 版），"跟石化人做邻居，硬是要得"（中国石化报 2018 年 5 月 3 日第 3 版），"在我这儿刷脸没用"（中国石化报 2016 年 1 月 6 日第 1 版）。这些标题概括出主要的新闻事实，又符合老百姓的口语特色，具有工作、生活气息，从而拉近媒体与读者之间的距离。

四、巧用诗词歌赋做题

诗词歌赋，属于中国传统文化的精髓。演化传统诗词歌赋来为新闻做标题，用得恰当，可以提升文化品位。

2017年4月,中国石化报头版头条对江苏石油改革创新、营销拓市进行系列报道,共三篇,采访扎实,内容实在,写作细致,是一组质量较高的报道。标题引用古典诗词名句,不仅优美,而且很恰切。

(主题) 为有源头活水来

(副题) ——江苏石油改革创新、营销拓市系列报道之一

(中国石化报2017年4月3日第1版)

第一篇通讯报道的是改革内容:小站推广家庭承包等模式,推行驻站式管理;油库聚焦改革班组运行和警消管理模式,大幅提高人均吞吐量;机关人员从"低负荷下的尽力而为"变成"满负荷下的全力以赴"——人员优化了、活力提升了、效益增加了、工作更带劲儿了。主题来自南宋朱熹《观书有感二首》中"问渠那得清如许?为有源头活水来"的后一句。

(主题) 春江水暖鸭先知

(副题) ——江苏石油改革创新、营销拓市系列报道之二

(中国石化报2017年4月5日第1版)

第二篇通讯报道的是市场营销:最熟悉市场的是一线经营人员,应创造条件最大限度地发挥他们的聪明才智,最大限度地调动他们营销拓市的积极性。主题来自北宋苏轼《惠崇春江晚景二首》中"竹外桃花三两枝,春江水暖鸭先知"的后一句。

(主题) 柳暗花明又一村

(副题) ——江苏石油改革创新、营销拓市系列报道之三

(中国石化报2017年4月10日第1版)

第三篇通讯报道的是创新发展:在改革深化阶段,通过打造"创客"平台、创新营销模式、采取"他有我营"经营模式,盘活存量、发展增量,消除发展瓶颈。主题来自南宋陆游《游山西村》中"山重水复疑无路,柳暗花明又一村"的后一句。

类似演绎的例子:

(主题) "春江水暖"油服或先知

(副题) 斯伦贝谢、贝克休斯相继报称2020年四季度实现盈利,哈里伯顿也实现营收增长。虽然北美原油库存数据并不乐观,但油服公司四季度表现仍被业界解读为行业回暖信号,为油气行业注射了一剂"强心针"

(中国石化报2021年2月19日第6版)

(主题) 今夜思千里　明朝又一年

(中国石化报2021年2月19日第8版)

标题是对唐诗的化用。诗人高适的《除夜作》写道:旅馆寒灯独不眠,客心何事转凄然。故乡今夜思千里,霜鬓明朝又一年。

（主题）知油所在 一"网"而尽

（中国石化报2020年8月3日第6版）

汤显祖在《牡丹亭》里感叹："情不知所起，一往而深。"睿智的油田科研人员则可移情畅怀：知油所在，一"网"而尽。

（主题）心作良田 善耕天下

（中国石化报2018年2月12日第8版）

文章讲述的是江汉油田一位石油专家，带领60多名油田下岗职工创业，成功后将挣得的千万元资产回馈社会，已捐赠10所希望小学，并发起希望基金。标题灵感来自格言"善为至宝一生用，心作良田百世耕"。

（主题）上对"花轿"，嫁对"郎"

（中国石化报2017年2月23日第8版）

都说"上错花轿嫁对郎"，而女工来到油田是上对了"花轿"也嫁对了"郎"。

（主题）新北美自由贸易协定：肥了美国，瘦了环境

（中国石化报2018年11月16日第7版）

宋朝李清照《如梦令·昨夜雨疏风骤》：昨夜雨疏风骤，浓睡不消残酒。试问卷帘人，却道海棠依旧。知否，知否？应是绿肥红瘦。标题后半部分是对"应是绿肥红瘦"的提炼。

（主题）"我一直有双隐形的翅膀"

（中国石化报2017年5月22日第8版）

文章写道：一次车祸，夺走了一名刚刚毕业还没来得及报到的石油女工的左腿。在与伤痛抗争的280多个日日夜夜里，同事们纷纷献出爱心帮助她，还有女工组建"翅膀"微信群，希望她重拾生活的信心。标题来自歌曲《隐形的翅膀》，而这名失去"翅膀"的女工也认为，这首歌的每一句歌词都在唱给自己。

（引题）由于国际油价下跌，油气公司纷纷裁员降薪，采取各种措施应对挑战。而作为业界食物链的下端，油服公司受油价影响也是首当其冲

（主题）隆冬已至 春天还远

（中国石化报2015年9月18日第7版）

"冬天来了，春天还会远吗？"是英国诗人雪莱的名句。但2015年的国际石油市场，油价下跌导致油气公司纷纷裁员降薪，而且油价上涨遥遥无期，因此是"隆冬已至 春天还远"，这是对原诗的演变。

（主题）页岩气的天空下，"白马"飒沓如流星

（中国石化报2022年2月14日第5版）

标题后半句来自李白的诗《侠客行》："赵客缦胡缨，吴钩霜雪明。银鞍照白马，飒沓如流星。……"标题中的"白马"双关涪陵页岩气田的"白马区块"。

（主题）"煤"花三弄

(副题)——华东油气延川南煤层气田开发建设纪实
(小标题)一弄"煤"花：雪后疏梅，时见两三花
(小标题)二弄"煤"花：梅破知春近
(小标题)三弄"煤"花：腊尽梅梢尽放红

(中国石化报2022年5月23日第6版)

标题是"梅花三弄"的化用。琴曲《梅花三弄》以泛声演奏主调，并以同样曲调在不同徽位上重复3次，故称为"三弄"。

有人形容，诗是语言的最高形式。简约精练的文字里，却有着令人眩晕的宽广和幽深。巧妙地利用诗句来做标题，让标题流传得更为久远。

但也有学者提醒，如果古诗词用在新闻中，不能全面准确地表现所报道的新闻事实，使受众在阅读新闻得不到应知信息，无疑是画蛇添足，其渲染的含蓄之美，反倒会成为新闻报道迷惑受众视听的败笔之举。①

报纸主题在表达"诗性"的同时，即用虚题做标题，所以需要利用引题或副题做实题来补充新闻具体事实，这样才能表现新闻内涵。

五、套用流行词句拟题

套用流行词句拟题是吸引读者关注的一大法宝。

(主题)"谁动了我的盒饭"

(中国石化报2016年11月29日第6版)

特写文章讲述3位入厂不久的大学毕业生主动来加班吃了车间领导盒饭的故事。标题是对"谁动了我的奶酪"的演化。《谁动了我的奶酪》是2001年9月出版的美国斯宾塞·约翰逊的图书。

(主题)这是朋友圈在检修现场为您发来的报道

(中国石化报2017年12月12日第8版)

手机朋友圈很热，而这篇报道也确确实实来自海南炼化检修以来员工的朋友圈。这篇报道从形式上来说是一大创新，图片均来自朋友圈截图，生动展示了石化员工以苦为乐、甘于奉献、乐观向上的积极精神。

(引题)全国首家易捷京东智慧店亮相江苏宿迁两个月来，为客户开启时尚购物新体验

(主题)拿起就走：刷脸结算8秒

(中国石化报2018年6月27日第7版)

"刷脸"是一大热词。全国首家易捷京东智慧店亮相江苏宿迁两个月来，推出"刷脸"结算，开启了无感购物新体验。

---

① 石雨廷．新闻写作中巧妙借用古诗词的研究．记者摇篮，2019(11)．

(主题) 卡塔尔"闪退" 欧佩克"起风"？

（中国石化报2018年12月14日第8版）

2018年12月3日，卡塔尔能源部长阿尔卡比正式对外宣布，卡塔尔2019年1月起将退出欧佩克，该国成为第一个退出欧佩克的中东国家。"闪退"多指应用软件意外退出，含"意外"之意，同时也是类似于"闪婚"等词的网络用语。

(主题) 去扶贫点，找到诗和远方

（中国石化报2020年5月11日第4版）

"诗和远方"指理想的生活，出自流行语"这世界不止眼前的苟且，还有诗与远方"。

类似的例子：

(主题) 国际油价能否告别"多事之秋"

（中国石化报2020年11月13日第5版）

(主题) 欧佩克"虎老"余威在

（中国石化报2020年11月13日第5版）

(主题) 单井只是沧海一粟 井间才是星辰大海

（中国石化报2018年8月20日第6版）

(主题) 多国禁售燃油车或"雷声大雨点小"

（中国石化报2017年9月15日第5版）

(主题) 减产的梦想难照进逐利的现实

（中国石化报2016年11月18日第5版）

(主题) "最强大脑"挑战总图最优解

（中国石化报2021年12月7日第8版）

上述标题蹭了日常俗语、影视剧名称、电视栏目名称等的热度。

最后需要提醒的是标题的统一性问题：标题和报道内容的感情色彩要统一，各个版面的标题风格要统一，同一版面的标题与同一栏目的标题也要统一。

正如专家所言：做新闻标题，可以做得很文气，也可以做得很口语化，两条路子要做出特色、做得抢眼、做得有味道都不容易，做好了都值得肯定。多做一些口语化的标题，可以改变经济类、机关类专业报纸的严肃、呆板面孔。

"看书先看皮，看报先看题"，标题是报纸给每一位读者的"第一印象"。特别是在新媒体的冲击下，如何使你的读者尚有耐心读你的报纸，关键就是精彩的、生动的、具有美感的标题。这需要我们在构建新闻内在要素及巧妙构思方面下功夫，注意知识积累和业务钻研，不断提高自己的新闻从业修养与水平。

第八章 编辑为新闻作品添彩

编辑是一种创造性劳动,帮助报纸生产最高质量和效用组合的新闻产品。所谓编辑能力是一种创造、创新能力,包括对新闻的独特敏感性、对编辑工作的组织策划能力,对作者和稿源的培育能力,对新闻线索与稿件价值的判断能力,以及对拟用稿件的加工、纠偏、综合、重塑能力。

本章从编辑角度讲述如何提炼新闻价值,并对中国新闻奖行业报获奖作品进行分析,对编校过程中的一些质量问题进行提示,以求给予编辑、记者、通讯员一些帮助。

第一节　提炼新闻价值

下面要谈的是编辑如何通过挖掘新闻源,将总结稿件转化成消息作品。

1998年3月,全国九届人大一次会议通过《关于国务院机构改革的方案》,对中国石化总公司的改革做了明确的阐述,"将化学工业部、石油天然气总公司、石油化工总公司的政府职能合并,组建国家石油和化学工业局,由国家经贸委管理。化工部和两个总公司下属的油气田、炼油、石油化工、化肥、化纤等石油与化工企业以及石油公司和加油站,按照上下游结合的原则,分别组建两个特大型石油石化企业集团公司和若干大型化肥、化工产品公司"。

在原属于各省(市、区)管理的石油公司和加油站上划中国石化总公司期间,石油公司基层通讯员踊跃投稿,下面一篇就是湖北宜昌石油通讯员的来稿。

一、作者原稿

(主题) 立足区域规划　发挥整体效益

(副题) ——宜昌市公司实行"减法"关闭茶庵油库

截至1998年元月1日宜昌市石油公司茶庵油库关闭止,宜昌市公司已关闭了两个油库,城区仅剩下了一个油库。铁路来油接卸统一放到宜昌县公司油库。

无独有偶,近日刚刚收到的《湖北石油》第五期上十堰市公司经理韩景林的文章《县级油库利用率低,提高效益亟待改革——对县级油库走出困境的探讨》中也提到打破行政框制,立足经济区域规划,发挥中心油库使用价值,逐步封存一些油库。

1. 关闭前的状况

那是1992年宜昌地市合并前,宜昌城区有两家国营石油公司:地区石油公司和市石油公司,地市合并后改名湖北省石油总公司宜昌公司和湖北省石油总公司三峡公司,都属省石油总公司领导和管理。两家公司为了各自利益，都建有自己的油库，市公司有一个油库——王家河油库，临长江，容量达50000立方米，年周转可达60万吨。三峡公司有两个油库：茶庵油库（铁路）和龙盘湖油库（水路），合计容量达10000立方米。1995年12月，两家实行合并，合并后名称为湖北省石油总公司宜昌市公司。这样宜昌市公司就有了三个油库，总容量60000立方米，两水路一铁路。

茶庵油库库容8000立方米，大小油罐22个，年周转油料可达10万吨，职工33人，班车一辆，铁路线是租赁。

我们来算一笔账：人员工资补贴、设备折旧、更新维修、铁路占用费、班车油耗修理、接待、办公费、水电费等合计约73万元/年。

2. 关闭后的情况

茶庵油库关闭后，其人员分流到一线部门、副营部门和新建网点，解除土地和铁路租赁合同；设备设施能用的转移再利用，无用的就地处理；铁路来油统一卸到宜昌县公司油库（宜昌县公司距市公司不足10公里）。

关闭后，宜昌市公司把整个铁路接卸放到宜昌县公司油库，把茶庵油库有用设备重组到宜昌县公司油库，增强其库容，改善其设备。这样，宜昌县油库设施设备得到充分的利用，提高了设备使用效率，盘活了资产，使资产得到最大限度增值，人力资源得到了充分运用，降低了吨油接储成本。当前，国家通过改革重组两个特大型企业集团。笔者认为，此时，我们集团内部按照经济流向合理设置单位，重组整合，充分发挥整体优势，该是进入实质性实施阶段了。

二、见报稿件

（引题） 区域规划 "减法"操作

（主题） 宜昌公司关闭两座油库

（副题） 业内人士呼吁整顿重复建设项目

本报讯　湖北省宜昌市石油公司近年来关闭了两座油库，旨在将重复建设带来的损失减少到最低限度。同时他们将立足经济区域，合理设置县级石油公司，共用设施，增强资源合力和人力合力。

1992年宜昌地市合并前，城区有两家国有石油公司——地区石油公司和市石油公司。地市合并后两公司改名宜昌市公司和三峡公司。两家公司为各自利益，都建有自己的油库。市公司有1座油库，容量达50000立方米，年周转可达60万吨。三峡公司有两座油库，1座用于铁路接卸，1座用于水路接卸，合计容量达10000立方米。1995年12月，两家公司合并为湖北省石油总公司宜昌市公司。这样，该公司就有3座油库，两座用于水路，一座用于铁路，总容量达60000立方米。

由于重复建设导致设备利用率低，宜昌市公司在1996年关闭了其中一座用于水路接卸油品的油库。今年1月，他们又关闭了用于铁路接卸油品的油库。该油库库容达

8000立方米，大小油罐22个，职工33人，租用专用铁路线，占地近5亩。据统计，该油库每年要多支出费用73万元。该油库关闭后，人员被分流到新建网点或充实一线。

该公司将铁路来油统一卸到宜昌县公司油库（宜昌县公司距市公司不足10公里），并将市公司关闭油库的设备重组到县公司油库，增强库容，改善其设备。

这一做法不仅使市石油公司减少了人、财、物的浪费，而且使县公司油库增加容量，提高设备利用率，降低了吨油接储成本。按这一做法，宜昌市公司下属秭归、兴山两移民搬迁公司，合建一座油库，节约几十万元。

近来，有一些基层石油公司经理对县级油库走出困境提出解决方法，就是要打破行政框制，立足经济区域规划，充分发挥中心油库使用价值，逐步封存一些油库，制止重复建设，减少因此带来的损失。

（中国石化报1998年7月17日第3版）

对于主题重大、具有行业指导意义的新闻，编辑力图通过言论来点睛，提升作品的新闻价值，让典型经验得以推广。

（评论标题） 为整顿"重复建设"叫好

原宜昌市石油公司和三峡石油公司为各自的利益，在同一地区兴建3座大型油库，这种重复建设，本身就造成了人、财、物的极大浪费；建成后，为维护正常运转，还需付出大量的经营资金和人工成本；投用后，又达不到一定的规模经济。这一教训是深刻的。

新组建的宜昌市石油公司在利益主体一致的条件下，在解决这一重复建设问题时，痛下决心，关闭两座油库，从而盘活了资产，提高了设备利用率，应该说，这种做法是明智的。改革重组后，国有石油公司加入石化集团公司，由于利益主体一致，为整顿这类重复建设项目创造了很好的条件，有关石油公司应从中受到启发。

在改革重组中，石化集团公司提出"外部市场化，内部紧密化"的方针，销售系统要有大的改革，要打破行政区域的框框，根据经济区域和统一市场的要求，对一些经营陷于困境的县级公司进行重新调整、组合，合理利用各级油库、加油站等设施，发挥油库、加油站的规模经营优势，从而增强基层石油销售企业的市场应变能力、市场竞争能力。

三、修改评析

原稿的主题归结为一句话：怎样处理"重复建设"问题。

当时，石油石化行业正按照国务院有关文件要求进行改革重组，一个重要内容就是实现产销一体化，即将原各地方管理的石油公司及其油库、加油站统一划转两个特大型石油集团公司（中石化是其中之一）。如何在利益主体统一的情况下，将重复建设这一问题比较好地解决，是当时中石化需要解决的重要问题。关闭两座油库本身已是旧闻,一座在1998年关闭,一座在1996年初关闭。但这一事件在当时特定的条件下,其新闻价值、新闻内涵具有重要的行业指导意义。

低水平的"重复建设"问题长期困扰着石油销售行业。原宜昌市石油公司和三峡石油公司为各自的利益,在同一城区兴建了三座大型油库,这种重复建设,本身造成了人、财、物的极大浪费;建成后,为维护正常运转,还需付出大量的经营资金和人工成本费用;投用后,还达不到一定的规模经济。这一教训是深刻的。由于不同的利益主体引发的盲目攀比,重复建设项目在石油销售系统中屡见不鲜。在同一地域内,大区、省、地区、县石油公司为各自的利益,重复建设油库、加油站的事例不胜枚举。

当然,对类似的重复建设揭露仅仅停留在批评上既不够客观,又不能对本行业起到指导作用。行业报的一个重要使命就是要服务本行业。因此,报道指出:新组建后的宜昌市石油公司在利益主体一致的条件下,在解决这一重复建设问题时,痛下决心,关闭两座油库,从而盘活了资产,提高了设备利用率。报道还意味深长地指出,改革重组后,国有石油公司加入石化集团公司,利益主体一致,为整顿这类重复建设项目创造了很好的条件,以期有关石油公司能从中受到启发。

修改后的新闻稿中还提示一个更深层次的重复建设问题。在石油销售体制中,全国几乎所有的县都按行政区划设立县级石油公司及油库。许多公司处于经营困难境地,主要是由于这一体制与市场经济的大体制相矛盾。县级石油公司设置是计划经济的产物,按纯粹行政区划来划分,而在需要实行市场配置的经济环境下,这一体制很难适应变化了的市场,形成同一市场上经营机构的"重复建设"。同时,各县级公司内部"五脏俱全",在同一市场上,其他设施包括油库等的"重复建设"就很突出,还有经营人员与管理人员比例不合理等深层次问题。因而整顿这类"重复建设"项目,任务更为繁重。

修改后的新闻稿导语中把宜昌市石油公司合理设置石油公司及油库的做法加以突出。这次改革重组后,中国石化集团公司提出"外部市场化,内部紧密化"的方针,这就需要在县级销售公司做大的改革。要根据经济区域和统一市场的要求,打破行政区划的框框,对现有的一些经营陷于困境的县级公司进行撤并、组合,按经济区域重新设置经营机构和网点,合理利用各级油库、加油站等设施,适当关、停、并、转一些油库、加油站,发挥一些油库、加油站的规模经营优势,从而增强基层石油销售企业的市场应变能力、市场竞争能力。

将一篇没有突出新闻内涵的稿子编成新闻事实突出、文字简练、文笔流畅的消息,是我们编辑的基本职责。①

2020年9月18日中国石化报推出8个版的《走向我们的小康生活——中国石化定点帮扶甘肃东乡特别报道》,其中第7版的原主题是《"悬崖边"的东乡人家》。在审小样的时候,本人读到这一段话:

---

① 陶建定. 挖掘新闻源. 新闻与写作, 1999(5): 13-14.

在车间里，马麦热在 23 岁的儿子马大吾得举着自拍杆，一边用手机拍摄花馃馃的制作过程，一边解说。作为扶贫车间的主任，马大吾得负责花馃馃的市场开发和销售，除了这个身份，他还是一名"网红"，在快手短视频 APP 拥有 12 万粉丝。

按新闻理论分析，所谓时新性就是针对新近或正在发生的事实的内容特征而言的，"新意就来源于对常态的改变，具有首创性、新异性的新闻事件是对常态的挑战""所改变的常态的时空跨度越大、稳定性越高，新闻的新意就越强烈"。①

因此，我们完全可以把文章的主题再升华，让新闻更突出"时空跨度"，而不是仅仅为了扶贫而扶贫，将曾经落后的贫困地区与电子商务等信息技术的应用联结起来，更具时尚性、时代感。

版面上原来的主打图片是制作东乡族传统美食花馃馃的图片，为了更好地体现主题，本人让编辑及时与正在当地执行其他采访任务的记者联系拍摄新图片，最后在报社美术总监的指导下，记者拍摄出一张网络直播推介花馃馃的图片。

最后报社领导将这一标题改为《"悬崖边"人家做电商》。

（中国石化报 2020 年 9 月 18 日第 5 版）

新闻报道要发挥价值建构、凝聚人心的重要功能，就要追求价值导向的"意"与"境"，内容传播的"点"和"面"，做到既有"意义"也有"意思"。②

通过对点的描写，达到面的提升；通过对环境的特写，凸显主题的意义，实现"把水引来，把路修通，把新农村建设好，让贫困群众尽早脱贫过上小康生活"的目标。

---

① 郑兴东，陈仁风，蔡雯. 报纸编辑学教程. 北京：中国人民大学出版社，2001：62.
② 张百新. 记录伟大时代　凝聚磅礴力量——做好新时代重大主题报道. 新闻战线，2022(3).

第二节　浅识中国新闻奖

中国新闻奖是中央批准常设的全国优秀新闻作品最高奖，由中华全国新闻工作者协会主办，每年评选 1 次。

一、中国新闻奖简介

2022 年 6 月 13 日，中国记协公布了第三十二届《中国新闻奖评选办法》，现以此届评选办法为例进行简单介绍。

1. 评奖宗旨

中国新闻奖评选坚持以习近平新时代中国特色社会主义思想为指导，坚持正确的政治方向、舆论导向、价值取向，发挥优秀新闻作品的示范引领作用，推动新闻战线开展增强"四力"教育实践，努力提高新闻舆论传播力、引导力、影响力、公信力，引导新闻战线增强"四个意识"，坚定"四个自信"，做到"两个维护"，把握"国之大者"，做好新时代新闻舆论工作，多出精品、多出人才，为全面建设社会主义现代化国家作出贡献。

2. 评选标准

参评作品应坚持马克思主义新闻观，体现"四向四做"，导向正确，内容真实，新闻性强，社会效果好。

3. 评选项目

共 20 个，新闻单位的原创作品均可参评。基础类项目按作品体裁申报，专门类项目不限作品体裁。

（1）基础类

①消息：报道新近发生事实的新闻作品。应简明扼要，表述准确，时效性强，新闻要素齐全。

②评论：评析新闻事件、热点话题、社会现象的新闻作品。应观点鲜明，逻辑清晰，论据准确，论证有力。

③通讯：翔实报道新闻人物、事件的新闻作品。应主题鲜明，选材典型，结构合理，表述生动，感染力强。

④新闻专题：深入报道新闻人物、事件的音视频和多媒体作品。应主题鲜明，选材典型，结构合理，报道生动，感染力强。

⑤新闻纪录片：以纪实手法报道新闻事件、反映社会生活的视频作品。应具有较强的新闻性、思想性、艺术性，以及文献价值。以事实说话，结构严谨。

⑥系列报道：围绕某一主题所做的多角度、多侧面报道的集合作品，包括连续报

道、组合报道。应结构完整，报道全面，作品之间关联性强。参评该项目，单件作品不得少于3篇。跨年度作品按刊播结束年度申报。

⑦新闻摄影：报道新闻的摄影作品。应现场拍摄，要素完整，新闻性、表现力强，文字说明简洁。

⑧新闻漫画：评论时事的漫画和动漫作品。应思想性、针对性强，富有艺术表现力。

⑨副刊作品：刊载于报纸副刊上的杂文、特写、报告文学。应思想性、新闻性、艺术性相统一，特色鲜明。

⑩新闻访谈：就新闻事件和热点话题与相关人员进行访谈的新闻作品。访谈部分应不少于全部内容或时长的三分之二。

⑪新闻直播：同步报道新闻事件的音视频新闻作品。应主题鲜明，信息丰富，现场感强。对同一新闻事件的间断性直播，可选取一个完整直播段参评。跨年度直播作品，首播时间和作品主体部分应在上一年度完成。一般性会议、演出、庆典、商务活动等的直播作品不参评。

⑫新闻编排：以动态消息为主的报纸新闻版面、广播电视新闻栏目编排作品。报纸新闻版面应政治性、新闻性、艺术性强，标题准确，图文并茂，版式新颖。广播电视栏目编排应编辑思想明确，编排合理流畅，主持人驾驭得当，制作水平较高。

⑬新闻专栏：新闻单位原创、有共同特征的新闻作品栏目。应连续刊播1年以上，年度内刊播不少于48周、每周不少于1次；栏目有统一的标识，内容与定位相符，形式新颖，特色鲜明，社会影响较大。报纸新闻专栏版面位置应相对固定，不含专刊专版。

⑭新闻业务研究：论述新闻理论和新闻报道实践的单篇文章。应立论正确，观点鲜明，论据可靠，论证充分，理论联系实践紧密。

（2）专门类

⑮重大主题报道：报道年度重大活动、重大主题的新闻作品。应政治性、思想性、新闻性强，受众面广，影响力大。

⑯国际传播：面向海外受众生产的新闻作品。应新闻性、针对性强，传播效果好，发挥作用突出。

⑰典型报道：报道全国性或区域性先进人物、先进集体、先进事迹、先进经验的新闻作品。应具有时代性、典型性、代表性，受众面广，影响力大。

⑱舆论监督报道：揭示社会存在问题、维护公平正义、促进时代进步的新闻作品。应事实准确充分，报道客观全面，富有建设性，切实促进实际问题的解决。

⑲融合报道：充分应用信息网络技术，综合运用多媒体手段报道的新闻作品。应主题鲜明、内涵丰富、形式新颖，传播效果较好。

⑳应用创新：应用信息网络技术，研发"新闻+服务"的创新性信息服务产品。应内容丰富、技术先进、形式新颖，实用性、服务性强，有较好的社会效益。

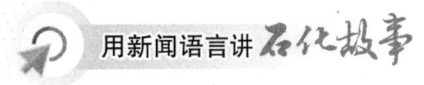

二、行业报获奖文字作品主题浅析

有学者指出:"中国新闻价值观之重要性乃置身于国计民生、国富民强、国之安定等以'国'为主、以'国'为重的政治伦理判断之中,'先天下之忧而忧,后天下之乐而乐'是为中国记者之'道义'。长期以来,'家国同构'的社会结构使传媒习惯于用同一视角关注同一重大问题,对国之重要便是对家之重要,政治意义之重大便是新闻价值之重大。"①

本人选取第二十六届至第三十一届中国新闻奖行(企)业报获奖作品进行分析,题材重大、关注度高是这些作品的特点。中国新闻奖获奖作品通常与重大事件、重要人物、典型报道直接关联,获奖作品多为"重大"和"典型",是对新闻界现状的观照和反映。②

中国新闻奖行(企)业报获奖文字作品 (第二十六届至第三十一届)			
届次	作品	单位	奖次
第三十一届中国新闻奖行业报作品	青海"隐形首富":祁连山非法采煤获利百亿至今未停	经济参考报	一等奖
	复兴号奔向"未来之城"	人民铁道报业有限公司	二等奖
	"世界屋脊的屋脊"通了大网电	国家电网报	三等奖
	珠峰日记	中国自然资源报社	三等奖
	沙洲村:因水浸润的幸福模样	中国水利报	三等奖
	嫦娥五号月球采样返回系列报道	中国航天报社有限责任公司	三等奖
第三十届中国新闻奖行业报作品	关于猪肉的通讯——"稳猪价"背后的农业供给侧改革	经济参考报	二等奖
	技能大国跃升印记——中国技能健儿喀山征战纪实	中国组织人事报	二等奖
	电动汽车充电便利 车主告别"续航焦虑"	国家电网报	三等奖
	长五YF-77,如何走出至暗时刻?	中国航天报	三等奖
	一张纸和它背后的税收故事	中国税务报	三等奖
	"山猫"老师和他的孩子们	中国绿色时报	三等奖
第二十九届中国新闻奖行业报作品	封井284口 只为普氏野马跑得欢	中国石油报	三等奖
	我国市场主体总量突破亿户	中国市场监管报	三等奖
	过度兜底 一些贫困地区医保基金被花"秃噜"	经济参考报	三等奖
	没有挡风玻璃的飞行——川航3U8633航班紧急备降记	中国民航报	三等奖

---

① 张卓. 搜索传统 走向沟通. 国际新闻界, 2000(2).

② 蔡尚伟, 冯结兰. 制度设计视角下的中国新闻奖——兼论中国新闻评奖制度的改进. 现代传播(中国传媒大学学报), 2012(2).

续表

<table>
<tr><th colspan="4">中国新闻奖行（企）业报获奖文字作品
（第二十六届至第三十一届）</th></tr>
<tr><th>届次</th><th>作品</th><th>单位</th><th>奖次</th></tr>
<tr><td rowspan="10">第二十八届
中国新闻奖
行业报作品</td><td>甘肃祁连山：问责风暴下的生态突围</td><td>中国国土资源报社</td><td>一等奖</td></tr>
<tr><td>这28项治疗我都没做过</td><td>中国消费者报社</td><td>二等奖</td></tr>
<tr><td>半年要评比5次　交叉检查变"拆台"</td><td>经济参考报社</td><td>二等奖</td></tr>
<tr><td>普光气田为长江经济带注入绿色动能</td><td>中原石油报社</td><td>三等奖</td></tr>
<tr><td>国产煤制油核心技术装备逆袭国际市场</td><td>神华能源报</td><td>三等奖</td></tr>
<tr><td>穿过大半个地球来接你</td><td>中国民航报</td><td>三等奖</td></tr>
<tr><td>一只羊的进京路</td><td>中国医药报</td><td>三等奖</td></tr>
<tr><td>特警七勇士深入"虎口"助10名群众脱险</td><td>人民公安报社</td><td>三等奖</td></tr>
<tr><td>中国将迎来人才"进大于出"的历史拐点</td><td>中国组织人事报</td><td>三等奖</td></tr>
<tr><td>一封信引发的环保执法问题讨论</td><td>中国化工报</td><td>三等奖</td></tr>
<tr><td rowspan="4">第二十七届
中国新闻奖
行业报作品</td><td>拿什么拯救你，一"号"难求</td><td>经济参考报社</td><td>二等奖</td></tr>
<tr><td>纳税失信306人被取消参选资格</td><td>中国税务报社</td><td>三等奖</td></tr>
<tr><td>新能源汽车补贴摸底系列调查</td><td>中国汽车报</td><td>三等奖</td></tr>
<tr><td>普光气田技术输出国外看好国内遇冷</td><td>中原石油报</td><td>三等奖</td></tr>
<tr><td rowspan="3">第二十六届
中国新闻奖
行业报作品</td><td>北京通州：行政副中心如何"治病救城"？</td><td>中国国土资源报</td><td>二等奖</td></tr>
<tr><td>福彩曝黑幕　中彩在线高管涉数十亿利益输送</td><td>经济参考报</td><td>二等奖</td></tr>
<tr><td>国际黄金定价发出"中国声音"</td><td>中国黄金报</td><td>三等奖</td></tr>
</table>

1. 监督主题

"问题是时代的声音"，问题牵动人心，问题需要解答。正面宣传只有抓住问题，才能主动设置议题，才能广泛凝聚共识，才能寻求正确对策。舆论引导，才能真正产生效果。① "问题"是深度报道的灵魂，深度报道所关注的"问题"应是有强烈时代性的、大众普遍关注的、暂未完美解决的社会热点问题。

多年来，说到舆论监督，许多人都把它同批评、曝光画上等号，把它局限在对具体人具体事的揭露、批评上。这是一个认识上的误区。新闻批评是其重要的组成部分、最重要的一种形式，但并非它的全部。舆论监督还应包括公众对工作和决策的参与，对民主法制建设和两个文明建设提出建议、倡导和要求，以及对社会生活中的各种问

---

① 周世康. 大格局　新视野"贴地引领"——从舆论新格局视角试析第24届中国新闻奖作品. 新闻战线，2014(11)：12.

题、矛盾进行及时沟通、疏导、化解等诸多方面的内容，及其与之相适应的多种多样的方法。①

行业、企业问题报道宜以透彻性和思辨性见长，在做精、做深、做透、做亮上下功夫，通过深度报道，即解释性报道、调查性报道和前瞻性报道，回应社会关切、破解行业难题、增进舆论共识，甚至达到舆论监督的目的。

《青海"隐形首富"：祁连山非法采煤获利百亿至今未停》《关于猪肉的通讯——"稳猪价"背后的农业供给侧改革》《甘肃祁连山：问责风暴下的生态突围》《这28项治疗我都没做过》《拿什么拯救你，一"号"难求》《北京通州：行政副中心如何"治病救城"？》《福彩曝黑幕　中彩在线高管涉数十亿利益输送》等都属于监督主题报道。

以两篇一等奖作品为例：

（主题）青海"隐形首富"：祁连山非法采煤获利百亿至今未停

作品采编过程：在青海祁连山南麓，"隐形富豪"马少伟打着"生态修复"的旗号，进行掠夺式盗采煤炭资源，已持续14年，青海湖和黄河上游水源涵养地局部生态遭到严重破坏。记者历时两年不懈调查采访，三次只身深入海拔4200米的祁连山南麓腹地青海木里矿区内部，克服高原缺氧、人迹罕至、环境凶险等困难和风险，采写完成了此篇揭露式重磅报道。

推荐理由初评评语：这篇报道是经济参考报社提高政治站位、服从服务大局，敢于碰硬现实问题推出的精品力作。稿件主题重大、立意高远；证据充分扎实、无可辩驳；写作选材精当、逻辑清晰严密，是调查报道中的一篇代表性作品。这篇报道发挥了舆论监督的威力，为痼疾重重、久攻难下的祁连山南麓青海片区生态破坏乱象的彻底治理，做了直接和有益的舆论推动。

（主题）甘肃祁连山：问责风暴下的生态突围

作品采编过程：一场振聋发聩的问责风暴，揭开了祁连山生态环境遭破坏的盖子。8月底，在中央问责风暴"满月"之际，记者来到"旋涡"中的甘肃祁连山国家级自然保护区所在的张掖市和肃南县，深入采访了甘肃省市国土资源部门、驻甘国有矿企、国有地勘单位、私人矿企负责人以及业内专家学者、当地群众等，并连续4天行程数百公里深入祁连山腹地探访了受到社会广泛关注的大海铜矿、麒麟矿业、马蹄煤矿等，采撷到大量独家素材和鲜活事例，在报道当地积极开展恢复治理工作、重塑转型发展的信心的同时，还从国土资源专业角度反映出当下做好祁连山生态环境整治面临的突出矛盾和问题。

推荐理由初评评语：该篇报道作者在对祁连山生态环境问题进行了深入调查的基础上，以翔实的采访材料、统计资料和鲜明事例展现了问责风暴背后的故事，特别是基层国土资源工作者对生态环境问题的反思、做法以及目前的生存状态、压力状态等，

---

① 彭朝丞. 新时期舆论监督几个理论问题的思考. 新闻界，1997(3).

同时引出了如何完善矿业权退出补偿政策、怎样实现地质勘察和环境保护双赢等诸多问题让人们思考,形成了独特的写作方式和深度报道视角。

《过度兜底　一些贫困地区医保基金被花"秃噜"》(通讯)、《半年要评比5次　交叉检查变"拆台"》(通讯)、《一封信引发的环保执法问题讨论》(系列报道)、《新能源汽车补贴摸底系列调查》(系列报道)、《普光气田技术输出国外看好国内遇冷》(消息)、《纳税失信306人被取消参选资格》(消息)都属于批评性报道、建议性报道。

所谓"建设性监督",就是坚持出以公心,有利于团结稳定、有利于解决问题、有利于改进工作方法,对行(企)业进行善意批评,热情帮助,提出建设性意见,助力行(企)业实现良性发展。

有晚报用"柔性舆论监督"来表述,就是以人们乐于接受的方式来进行监督,提出建议、善意批评、寓教于情、寓教于理,使之润物无声,以柔克刚,从而推动事物良性发展。柔性舆论监督既可以防止舆论监督力度的失衡,又可以防止被监督对象的失控。[①]

(主题)一封信引发的环保执法问题讨论

作品采编过程:2017年,全国范围内的环保督察不断深入,在地方执法过程中,也产生了一些"不和谐音",比如一些化工企业发出了对环保执法"一刀切"的质疑。就在报社编辑部着手深入调查采访之时,世界炭黑行业领军企业卡博特公司就地方政府环保执法"一刀切"造成的困扰致信中国石油和化学工业联合会会长李寿生,引起了石化联合会的强烈关注。在广泛采访的基础上,编辑部连续推出了《一封信引发的环保执法问题讨论》报道,包括《环保风暴莫伤"无辜"》《"一刀切"搅乱市场秩序》《执法不能一"关"了之》《精准施策是正途》《上下同欲摒弃"一刀切"》5篇文章。报道深入探讨了环保执法"一刀切"对企业及市场带来的影响,寻找既从严治污又精准施策的思路和对策。5篇报道层层递进,由发现问题、探究原因到寻求解决方案,构成一个完整的有机体,既表达了对环保施策"从严"的支持,又对个别地方环保执法"一刀切"带来的负面影响进行了剖析,反映了行业呼声,形成了很强的舆论声势。

推荐理由初评评语:该系列报道题材重大,采访客观全面,结构完整,后期制作精良。报道从一封信出发,反映了整个石油和化工行业的真实呼声,折射出全社会对环保督察既肯定又有更高期待的心境。

"'建设性新闻'这一概念是由兼具记者和学者双重身份的海格拉普在2008年发表的一篇新闻评论中正式提出的",与积极心理学、和平新闻等概念有着一脉相承的关系,以解决问题为主要特征,将积极心理学方法应用到新闻生产的过程中,以创造有吸引力的内容,同时忠于新闻的核心功能。[②]

---

① 彭朝丞. 新时期舆论监督几个理论问题的思考. 新闻界,1997(3).
② 史安斌,王沛楠. 建设性新闻:历史溯源、理念演进与全球实践. 新闻记者,2019(9).

这类题材的报道,需要运用从业者的专业素养,对真正影响行业的难点、疑点进行关注与思索;从更宽广的时空、用纵深思维理念去深入调查、细致分析、理性解读,以此形成行业媒体的自身特色、明确定位。

2. 具有国际影响力主题

行业创新具有国际水平,行业性成就在国际上拥有话语权,在国际上讲好中国故事,都属于重大主题报道。

《技能大国跃升印记——中国技能健儿喀山征战纪实》《国际黄金定价发出"中国声音"》《国产煤制油核心技术装备逆袭国际市场》《中国将迎来人才"进大于出"的历史拐点》等是行(企)业成就在国际上得到认可的主题作品。

(主题)技能大国跃升印记——中国技能健儿喀山征战纪实

作品采编过程:第45届世界技能大赛在俄罗斯喀山举办,记者跟随中国代表团全程采访,目睹了"中国工匠"的精湛技艺,见证了中国军团取得金牌榜、奖牌榜、团体总分第一名的傲人成绩,对我国技能人才队伍建设取得的巨大成就有了直观且深入的思考。在大赛闭幕后,记者在采访选手、教练、中国代表团团长等人基础上,在媒体中率先对中国军团参赛进行了全景式报道,并透过大赛这个原点,深度反映了中国技能跃升的原因和光明前景,生动展现了我国的人才制度优势。

推荐理由初评评语:本文既对中国军团备战参赛进行全面报道,也注重延伸呈现我国近年来加强技能人才队伍建设的举措,既注重讲好"中国工匠"拼搏领先的故事,也注重放在国际背景下来审视中国技能人才发展的时代方位和可喜前景。报道故事性强,语言平实,信息量大,较好地提振了技能人才工作发展的信心。

(主题)国产煤制油核心技术装备逆袭国际市场

作品采编过程:煤制油项目技术装备长期被国外厂商垄断,全球单套装置规模最大的神宁400万吨/年煤制油项目不但实现了技术装备国产化,而且同步实现了国产煤制油核心技术装备对国际市场的反向输出。神宁煤制油项目在建设过程中不仅实现了98%以上的技术装备国产化,而且带动国产技术装备大量出口国际市场。

推荐理由初评评语:在我国重大工业项目建设中大多依赖进口技术装备做支撑,核心技术缺乏是瓶颈。神宁煤制油项目是目前世界上单套装置规模最大、投资最多、拥有我国自主知识产权的煤炭间接液化示范项目。稿件发表后,起到了扬国威、壮志气的作用。

《"山猫"老师和他的孩子们》讲的是四川小寨子沟国家级自然保护区管理处的一名工程师,从事大熊猫栖息地保护、野生动植物识别鉴定、社区科普宣传等工作的故事。作品得到国外媒体的转载报道,让中国林业的好声音由此唱响。

3. 与民生相关主题

行业成就与民生利益相关,以小见大,从民生角度关注行业的成就、企业的作为,将重大主题寓于新闻叙事中,让报道有血有肉。

《沙洲村:因水浸润的幸福模样》《电动汽车充电便利 车主告别"续航焦虑"》《一张纸和它背后的税收故事》《封井284口 只为普氏野马跑得欢》《我国市场主体总量突破亿户》《普光气田为长江经济带注入绿色动能》《一只羊的进京路》等消息、通讯作品都属于与民生相关的报道。

(主题)普光气田为长江经济带注入绿色动能

作品采编过程:普光气田作为川气东送工程的主供气源地之一,源源不断地为长江经济带沿线6个省、2个直辖市70多个大中型城市上千家企业送去清洁能源,为长江经济带绿色发展提供了能源保障。2017年12月,普光气田累计外输商品气达450亿立方米。记者在了解到这一信息后,敏锐意识到数字后面的生态意义。从11月底开始,记者利用十余天时间,沿川气东送线路先后到重庆、湖北武汉、江西景德镇、浙江嘉善等地进行深入采访。在写作过程中,又多次电话补充采访,并与同事深入研讨,最终形成此稿。这篇报道从长江经济带绿色发展的角度出发,从改善下游一次能源消费结构、促进美丽乡村建设、缓解"气荒"等角度进行阐述,从而展示了普光气田为长江经济带绿色发展带来的积极影响。

推荐理由初评评语:这则消息切口虽小,关注的却是长江经济带绿色发展这一大主题,具有很强的针对性和现实意义。报道抓住当前社会经济的"热点",用事实凸显主题。稿件采访扎实,生动可感;文字凝练,层次分明;结构紧凑,行文流畅,篇幅不长但信息丰富。该作品已获河南省新闻一等奖,同意推荐参评中国新闻奖。

行业政策、产业变迁、企业行为、市场活动等产经事件,一旦与公众生活联系在一起,往往就会孕育出极具热度的公众话题。因此,找准生活结合点、扣准读者的兴趣点,往往是产经新闻成功的关键。①

(主题)封井284口 只为普氏野马跑得欢

作品采编过程:新闻事件意义重大。卡拉麦立山自然保护区(简称卡山保护区)是我国准噶尔盆地干旱荒漠区唯一野生动物保护区,主要保护和发展普氏野马、蒙古野驴、鹅喉羚等有蹄类珍稀野生动物资源及其生态环境,其中国家一级保护动物13种,国家二级保护动物36种。普氏野马作为代表,它的身上保存着6000万年前的基因,有物种"活化石"之誉。目前全世界存在的数量不足2000匹,是比大熊猫还稀有的物种。我国自20世纪80年代启动"野马还乡"计划,并在卡拉麦里建成了亚洲最大的野马饲养繁殖中心。中心于2008年实施普氏野马放养,新疆油田彩南作业区员工便积极参与保护关爱活动,主动在野马出没的区域修建饮水池,形成了和谐共处的良好氛围。记者始终关注并采写这一新闻主题,此次获悉保护区内284口油水井全部永久封停线索后,立即深入实地采访保护区管理人员、中科院专家,及采油厂领导、基层管理人员、

---

① 丁军杰.寻求新视角,提高产经新闻可读性.新闻战线,2022(4).

石油员工，详细了解实施背景、具体措施、后续做法及现实意义，全面真实报道了新疆石油人参与生态环境保护和建设的故事。该新闻事实既是彰显中国石油"奉献能源创造和谐"宗旨的一个缩影，更是习近平总书记"绿水青山就是金山银山"生态保护理念的生动实践。

推荐理由初评评语：处理好企业生产与自然环境的保护，一直是企业发展的瓶颈。新疆油田在十几年前，就能够认识到保护珍稀野生动物的意义，为比大熊猫还稀有、被誉为"活化石"的普氏野马建立保护区，为珍稀野生动物建好家园，关爱野生动物的力度不断加大。能够封停284口油水井，每年将减少6.9万吨原油产量，都是企业的真金白银，可以见得企业领导保护环境的决心，作者能始终关注并采写这一新闻主题，刊发后引起了社会的广泛关注。

行业媒体专业性报道需要找到新闻的显现点，即找到与老百姓的密切关系，才有可能引发社会的关注和吸引评委的目光。

4. 行业重大主题

行业独特的重大成就、突发新闻等题材，就是行业重大主题。

《复兴号奔向"未来之城"》《"世界屋脊的屋脊"通了大网电》《珠峰日记》《嫦娥五号月球采样返回系列报道》《长五 YF-77，如何走出至暗时刻？》《没有挡风玻璃的飞行——川航3U8633航班紧急备降记》《穿过大半个地球来接你》《特警七勇士深入"虎口"助10名群众脱险》等作品属于此类。

（主题）珠峰日记

作品采编过程：记者全程参与2020珠峰高程测量报道，与测绘登山队员在珠峰大本营同吃、同住、同工作81天，采用体验式采访方式，先后前往路途最艰险、条件最艰苦的西绒交会点和东绒3交会点采访，采访到达的最高海拔为6000米，多次与队员共同经历生死考验。报道以日记形式记录所见所闻所感，客观呈现珠峰高程测量全过程，真实反映测量登山队员在极限环境中的工作状态、精神面貌，讲述他们身上不为人知的感人故事。珠峰日记共计57篇12万字，每篇报道都是在高寒缺氧的帐篷中写作，时效性强，文字朴实精准，感情真挚，内容引人入胜，具有很强的感染力。

推荐理由初评评语：珠峰日记贯彻落实习近平总书记关于新闻宣传要"转作风改文风、俯下身、沉下心、察实情、说实话、动真情，努力推出有思想、有温度、有品质的作品"的要求，创造了记者体验式采访的新方式，记者不仅做到了"身入"，而且"心入""情入"，文章充满了真情实感，感染力强，可读性强。王少勇克服了高原难以想象的各种困难，在极端恶劣环境中笔耕不辍，跟进采写，体现了一名记者的敬业精神和使命感。珠峰日记以扎实的文字功底、敏锐的感受力、"接地气"的叙事风格，忠实记录重大历史事件全过程，角度新、切口小、故事生动、情景交融，令读者身临其境，感同身受，人物塑造和精神弘扬有很强的亲和力、震撼力、说服力和感染力。

参与式观察也被称作"同住"，这是哥伦比亚大学新闻研究生院在30年前介绍的一种报道技巧。①

(主题)没有挡风玻璃的飞行——川航3U8633航班紧急备降记

作品采编过程：记者在5月14日当天早晨接到任务后立即到达现场，第一时间联系机场、航空公司、空管、民航西南管理局等相关单位进行采访，于当天上午11时，在中国民航网发出了对川航此次突发事件的官方报道。随后克服重重困难，第一时间独家专访了责任机长刘传健和第二机长梁鹏以及整个机组，还采访了事后调查小组相关人员，很快完成了本篇独家报道，专业权威地传播了热点事件的真相。这篇报道一经全媒体传播，立即粉碎了关于这一事件的种种不实猜测和谣言。

推荐理由初评评语：该篇通讯的采访难度大，写作和编发时间紧，记者突破重重难关完成了对机组人员的采访，在全国媒体中首次以独家、全面、权威的事实细节再现了备受国人关注的社会焦点事件。该作品由于新闻性强、时效性强、感染力强，取得很大的社会反响和非常正面的社会效果。习近平总书记在会见该事件英雄机组时提出的"伟大出自平凡，英雄来自人民"等关键论述，是对新时代广大劳动者在平凡的岗位上弘扬非凡英雄精神的一次重要动员令。

行业类热点、亮点新闻，一般新闻价值比较高。行业媒体能透过行业看社会、透过社会看行业，以专业的视角来报道重大社会新闻，反映本行业在应对重大社会事件中的作为。

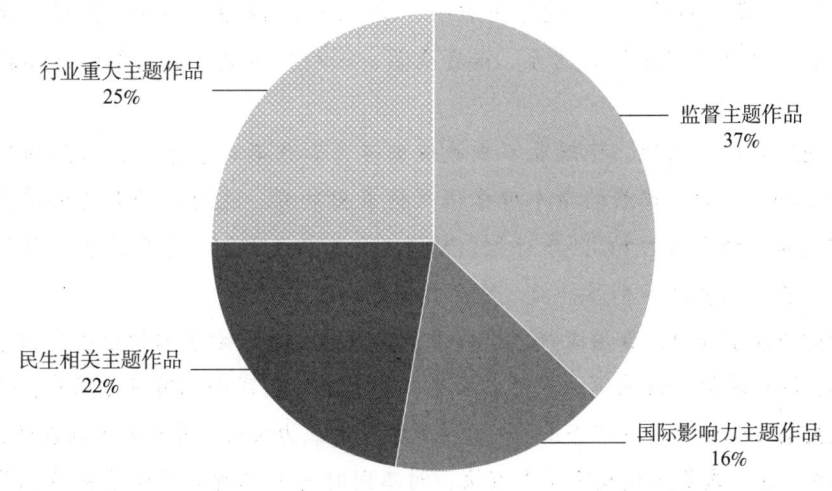

四类不同主题作品占比图

第二十六届至第三十一届中国新闻奖行(企)业报获奖作品中，监督主题作品12篇、国际影响力主题作品5篇、民生相关主题作品7篇、行业重大主题作品8篇，其中行业重大主题作品占1/4，监督主题作品占1/3强。

---

① [美]梅尔文·门彻. 新闻报道与写作(第11版). 展江主译. 北京：世界图书出版公司：274.

三、行业报新闻作品写作浅析

中国铁道建筑报总编辑、第六届范长江新闻奖获得者朱海燕是行业报系统获中国新闻奖作品最多的记者之一，他的《今天，秦岭启开山门》《青藏铁路全线开工》《请过路吧，亲爱的藏羚羊》《今天火车登陆海南》《深秋挥泪送穆青》《祖国，你的儿子回来了》6篇作品获奖。

朱海燕总结出获奖新闻作品的特点：一是作品表现主题要宏大，二是需要讲述故事细节，三是需要善用新闻背景，四是文笔要优美鲜活。

1. 讲述故事细节

生动鲜活地勾画场景，描写具体动人的情节、动作、直接引语，再现真实的现场和表现感人的事件，让读者从感性到理性引起共鸣。

（主题）没有挡风玻璃的飞行

（副题）——川航3U8633航班紧急备降记

北京时间7时08分，"砰"的一声，坐在驾驶舱左侧的责任机长刘传健和副驾驶徐瑞辰同时发现驾驶舱右边玻璃碎了。这时候，驾驶舱的仪表盘上开始闪烁着各种各样的预警信息。

刘传健来不及与徐瑞辰沟通，抓起话筒向地面管制部门发出"风挡裂了，我们决定备降成都"的信息。同时，刘传健弯曲右手食指，给徐瑞辰做了一个"7"的手势，意思是让他发出一个A7700遇险的信号。话音未落，一秒钟不到，驾驶舱的玻璃就被全部吸出窗外。

破碎的玻璃向外四散，徐瑞辰不幸被玻璃碎片划伤面部和手。因为舱内外的压力差，系紧了安全带的徐瑞辰的半个身体依然被吸出舱外。这时，外面的风瞬间灌入驾驶舱，控制着自动驾驶的FCU（飞行控制组件）面板也被吹翻，导致许多飞行仪表不能正常使用，整架飞机开始剧烈抖动，情况十分危急。

刘传健用左手努力握着操纵杆，尽力维持飞机的姿态，右手别扭地去拿位于左侧的氧气面罩。那一瞬间，他觉得全世界都安静了，感觉不到寒冷，听不见风声，来不及意识到缺氧窒息，就好像世界都静止了。刘传健被一种压力推着，整个人靠在座位上。

刘传健说："这条航线我飞了上百次，对不同时间飞机所处的位置和情况是非常有把控的。出现这样的特情，我没有别的选择，只能备降。风挡玻璃破裂后，我发现操纵杆还能用，就立刻作出备降的决定，对结果我是很有信心的。"

这时候，西南空管局的管制员从雷达屏幕上看到，飞机已经进入青藏高原山区。当班管制员罗天宇当即指挥该机右转先下降到8400米保持，避免撞山。

指令发出后，罗天宇一直没有听到机组复诵指令，仅从波道里听到噪声。罗天宇意识到情况不对，再次发指令让飞机右转，但是仍未收到回复，罗天宇开始有些紧张。

随即，雷达监控显示，飞机已经开始左转，进而突破8400米指令高度继续下降。

管制员不间断地在所有频率呼叫该机,仍无应答,随即迅速作出四种推测:飞机通信故障、机上出现非法干扰、座舱释压、机组错误操作。

(中国民航报2018年5月18日第1版)

事件性报道,多用动态句式,可增加文章的节奏感、明快感、现场感。沃尔特·福克斯在《新闻写作》一书中强调:"在任何句子里,动词都是让句子的其余所有部分流动起来的关键。"

在新闻写作时掌握多使用动词和名词的要领,既能把人物和事件写"活",使人如见其人,使物如闻其名;也能把环境和景象写"活",使人如临其境,使新闻作品"立于纸上"。上篇作品没有过多的形容词和副词,用很多的动词将飞机遇险真相表现得淋漓尽致。

一般消息报道,也要见到具体的人、具体的细节。细节描写,以小见大,由感性升华到理性。

(引题) 40年增长200倍　量变中看到质变

(主题) 我国市场主体总量突破亿户

(副题) 改革为转型发展奠定了坚实微观基础

本报讯　3月16日15时22分,在北京市政务服务中心工商登记平台"全国市场主体突破1亿"红色大屏前,工商总局局长张茅将崭新的营业执照颁给一家人工智能企业负责人,现场响起热烈掌声。

38年前的12月11日,支着板凳摆摊卖毛线针、松紧带的章华妹,从浙江温州工商干部手中接过编号为"10101"的营业执照,成为中国改革开放第一位个体工商户。如今,她有了以自己名字命名的服装辅料公司。

"当年我办照等了整整一年,现在当天就能办出来。"章华妹感叹,"想不到变化这么大。"

改革开放之初,我国市场主体总量约为49万户,每千人拥有企业数不到1户。经过40年改革发展,我国市场主体总量突破1亿户,增长了200倍;每千人拥有企业数提高到21.94户。

(中国市场监管报2018年3月17日第1版)

下列作品同样从细节描写入手,由感性升华到理性。

(主题) 电动汽车充电便利　车主告别"续航焦虑"

本报讯　"在高速快充站充电很方便,充电桩就像建在高速上的充电宝。电动汽车驾驶体验很好,和驾驶燃油车没太大区别。"10月7日,驾驶电动汽车从河北保定去往北京的车主邢宇恒说。当天,他在高速公路行驶200千米,充电1次,耗时半小时,花费20元。

数据显示,国庆节期间,国家电网公司在经营区域内提供充换电服务91.81万次,完成充换电电量2103.67万千瓦时,其中高速公路充电19.18万次共285.66万千瓦时。

……

"充电难、远行难",过去一直是电动汽车车主的痛。为此,国家电网公司大力推进高速公路充电设施建设,已建成包括京沪、京港澳高速等"十纵"、青银、沪蓉高速等"十横"及首都环线、杭州湾环线"两环"的高速快充网络,建成快充站2080座、充电桩8423个,覆盖高速公路近5万千米,连接19个省份171个城市。同时,国家电网公司加快泛在电力物联网建设,推进智慧车联网平台深化应用、满足规模化充电需求的电动汽车有序充电等项目,为业务创新、服务升级和价值创造开拓更加广阔的空间。

(国家电网报2019年10月11日第1版)

下面是第三十一届新闻奖一等奖作品,来自四川日报,同样见人见事见细节。

(引题) 我国最后一个不通公路的建制村车路双通

(主题) 滴滴!阿布洛哈村来车了

本报讯 "车来了!"6月30日上午10时许,冒着雨,驾驶员杨保安开着乡村客运小巴,沿着崭新的通村公路,驶入布拖县乌依乡阿布洛哈村,喇叭声引来站内的村民阵阵欢呼。

人群中,66岁的省教育厅退休干部林强格外激动。过去17年,他曾先后20多次来过阿布洛哈,都是爬悬崖、过溜索,只有这次是乘车进入的,"梦想成真了"!

通路通车,对于群山深处的阿布洛哈来说,是历史性的时刻。这意味着中国大地上,公路将贯穿所有具备条件的建制村,让它们更快融入国家经济大循环。

(四川日报2020年7月1日第7版)

工人日报总编辑点评:生产的内容,首先得有事、得说个事,得引起受众的兴趣、吸引用户关注。讲故事,意味着必须依据具体、客观的事实,来解说抽象的道理,并把这些事实置于特定的时代条件、特定的背景中,来体现人们的思想和认识。

2. 善用背景材料

什么是"新闻背景"?或是一些数据,或是一些过去的事情,甚至是一些藏着掖着的动机与目的。它还是新发生事实的一个组成部分,是事实间的关系,是事实存在的那个环境,是粘在事实后面的那些材料,是更多的事实。但这些东西是消息写作中非常稀缺的元素。

新闻报道中使用的背景材料,常被称为"新闻背后的新闻",它包括背景性的历史性事实、环境性事实、简历性事实、数据性事实、反响性事实、对照性事实等。按类型可分为说明与解释性背景材料、对比性背景材料、注释性背景材料、提示性背景材料、揭示性背景材料。

新闻背景的作用,第一,能说明事实发生的具体条件和独特原因,帮助读者全面、完整地理解新闻事实;第二,背景材料用于对比、衬托,能起到突出主题、深化主题的作用；第三，运用新闻背景材料，便于表达记者的思想、立场、观点和倾向。①

(**主题**) 封井284口　只为普氏野马跑得欢

本报讯　"相处久了也会有感情。以后很少有机会来这里了。" 12月23日，新疆油田公司准东采油厂沙北油田员工谢华斌抽空来看"老朋友"——高产井1938井。他蹲在封井碑前，下意识地摩挲着碑石，仿佛仍在擦拭他曾经无比熟悉的抽油机。

12月16日，随着准东采油厂284口油水井全部永久封停，新疆维吾尔自治区多个部门联合组织验收专家评审，一致通过新疆油田准东采油厂油田生产退出卡山保护区工程评审验收。这意味着准东采油厂为了保护荒漠动物的良好生存，每年将减少6.9万吨原油产量。

新闻背景的运用。

卡山保护区是经新疆维吾尔自治区人民政府批准成立的准噶尔盆地干旱荒漠区唯一野生动物保护区，主要保护和发展普氏野马、蒙古野驴、鹅喉羚等有蹄类珍稀野生动物资源及其生态环境，其中国家一级保护动物13种，国家二级保护动物36种。

中国石油新疆油田在卡山地区的石油勘探开发工作始于上世纪50年代，探明石油地质储量1273.4万吨，建设产能10万吨，累计投资8亿多元，含火烧山油田、彩8井区、沙北油田、滴2井区等共计284口油水井，年产量达6.9万吨。

按照新疆维吾尔自治区和中国石油的相关要求，新疆油田积极推进保护区油气生产设备设施有序退出工作。2014年将位于卡山保护区核心区、缓冲区、实验区的64口单井和设施完成封井退出并恢复自然地貌。近两年又投资近2亿元，先后完成剩余220口井的封井作业和全部配套地面设施的拆除工作，恢复地表面积达到352平方公里。

专家的权威解读、业界的点评。

"这是一项非常伟大而有意义的工作，新疆油田生产作业的全面有序退出，让保护区的原始性和自然性更好了，更有利于野生动物的繁衍生息。"验收专家组成员、中科院新疆分院生态与地理研究所研究员杨维康说。

"新疆油田的做法充分体现了央企的社会担当，不仅在卡山保护区历史上，而且在国内保护区历史上，也是非常好的典范！"卡山保护区管理中心主任初红军高度评价。

回到新闻主题。

准东采油厂将抽油机底座直接改造成旱季便于野生动物饮水的饮水槽。这个厂还和新疆野马繁殖研究中心共同举行了野马新型饮水槽捐建和野马认养活动，使素有活化石之称的国家一级保护动物——普氏野马又有了新水源。双方还结为和谐共建友好单位，共同构建企地和谐示范区。

(中国石油报2018年12月24日第1版)

人民日报海外版副总编辑王咏赋认为："在新闻报道中，历史往往占有很大的比

---

① 何纯. 当代传媒新闻写作教程. 湘潭：湘潭大学出版社, 2012: 145-150.

重，媒体人要准确地描述事实、分析趋势，就必须要有扎实的历史知识功底，如果对历史都是一笔糊涂账，写现实也会是一地鸡毛。"①

将历史材料作为新闻背景更是下文的重要特点。

（主题）今天火车登陆海南

第一段导语，细节描写，文笔优美。

本报讯　我国第一艘跨海火车渡船——粤海铁1号，像漂移的陆地，载着火车驶向海南。

第二段副导语补充，交代新闻要素。

今天上午9点15分，渡船从琼州海峡北港出发，10点1分抵达海口南港。

第三段，细节描写，现场感强，场景衬托新闻主旨。

6级海风掀起滔天白浪，汪洋大海上不见一片帆影。渡船在波峰浪谷间行进，十分平稳，杯水不摇。

第四段，对重要人物行为的描写，突出并升华主题，增强新闻的感染力。

吴邦国站在布满鲜花飘扬彩旗的南岸栈桥上，临风而立，迎接渡船上岛。他满脸喜悦，似乎在对大海说：执政为民的共产党人彻底改写了海南与大陆不通火车的历史。

第五、六、七段，将历史知识作为新闻背景，进行适当的穿插、梳理，烘托新闻主题。

自古以来，天涯路短，思念情长。苏东坡被贬海南时，这里的路只有1195里；洪武元年，官道仅2230里。苏东坡、海瑞一批千古功臣，均无力将孤悬海外的海南与祖国拉近。

张之洞曾提出"筑铁路至海南腹地"的设想；孙中山勾画了火车轮渡琼州海峡的蓝图。然而这些宏愿终被大海吞没。

1942年，日本侵略者为掠夺财富，在八所一带用4万中国人的生命筑了200公里的铁路。……虽经改建，但作为"孤立的存在"几乎被人遗忘。

第八段，今昔对比，数据对比，开阔了读者的眼界，丰富了信息的含量，增强了新闻的重要性。

交通不畅，物流不旺，经济难上：1993年启动的洋浦开发区，计划15年建成一座40万人口、600亿元产值的现代化城市，目前生产总值仅3.3亿元，人口不足4万。1995年，海南引进外资14.6亿美元，2001年降到5.7亿美元。去年瓜果菜出岛340万吨，卖了53亿元，而汽车运费付掉18亿元，还有40%因登不上汽车烂在地里。海南有年2000万人的旅游接待能力，因交通不畅，只能接待1200万人。

第九段，深化新闻主题。

党中央、国务院深切关注着海南。江泽民指出，通道是海南经济发展的生命。于

---

① 郭潇颖，陈野. 将"历史"挂在墙上——王咏赋访谈录. 新闻战线，2014(7)：52.

是，一条致富线作为实践"三个代表"思想的杰作写进南国热土。

第十段，跳笔回到新闻主题上来，对这一工程的近景、远景进行表达。

1998年8月开工的粤海通道，投资45亿元、全长345公里，由湛海线、火车轮渡和西环线组成。其中高科技的渡船、减摇能力达50%，在8级风浪中可平稳行进。

通道连接全国7万公里铁路网，将全面整合海南的经济结构和物流资源：90%的港口吞吐量、80%的商贸业、70%的仓储业因铁路正呈现出蓬勃生机。

铁路使海南的交通能力提升一倍，运价降低2/3。仅瓜果菜出岛，一年将多收入50亿元。

……

第十三段、十四段，跳笔回到新闻现场，用细节描写增强新闻感染力。

10点48分，吴邦国为火车轮渡开通剪彩后，上千海南人涌向码头看热闹。一位老大爷挤进去又被挤出来，帽子都挤掉了，他嘴里喊着："让我再看一眼。"

这时，一首《春天的故事》骤然响起，人们感受到"铁龙渡大海，琼崖尽是春"。

(中国铁道建筑报2003年1月11日)

这一作品现场感强，不仅具有时代性，而且具有沧桑感。跳动的思绪，深远的意境，给读者以无限的遐想与震撼。

一条消息容纳了与此相关的70多条信息，跳出新闻事件本身，站在全国高度、行业高度来升华主题，这在国内新闻精品中都是很少见到的。

这篇作品第五、六、七段运用历史知识，从"苏东坡、海瑞"说到"张之洞、孙中山"等，以此作新闻背景，使作品具有纵深感、立体感。

甘惜分老先生说过：研究历史，懂点历史，会加重你笔下的深度，会促使你考虑很多你原先没有考虑过的问题，会开阔你的眼界和思路，你会联想到跟前的许多问题还要深入下去。[1]

据介绍，作者深入海南进行了认真细致的采访，掌握了大量的新闻素材、新闻背景，在写作过程中，又七易其稿，精雕细刻，才有此佳作问世，让读者领略到新闻背后更为深刻的内涵、意义。

新闻发生时，有150多家媒体的200多名记者报道，而这一篇当属一枝独秀的新闻精品。

3. 文笔优美生动

"我们新闻报道的形式和结构也可以增加自由活泼的散文形式，改变那种沉重死板的形式，而代之以清新明快的写法。""充分吸取散文写作中那种自由、活泼、生动、优美、精练的表现手法。"[2]

---

[1] 甘惜分. 甘惜分文集(第二卷). 北京：人民日报出版社，2015：713.
[2] 穆青. 新闻散论. 北京：新华出版社，1996：217.

（主题）复兴号奔向"未来之城"

（副题）京雄城际铁路全线开通，京津冀协同发展再添新动能，71项智能化设计彰显中国智慧

本报讯　2020年12月27日10时38分，时速350公里复兴号高速动车组从北京西站开出，奔向"未来之城"雄安新区。几乎同时，雄安站也向北京发出了首发列车。京雄城际铁路全线开通。

运用跳笔，新闻背景插入。

雄安新区是继深圳经济特区和上海浦东新区之后又一具有全国意义的新区。作为雄安新区第一个开工建设的重大交通基础设施项目，京雄城际铁路全长91公里，设6座车站，为打造"轨道上的京津冀"搭建起高速大通道。

专家话语引用，增强权威性。

"这是一条超级'聪明'的高速铁路。"中国铁道科学研究院集团有限公司首席研究员赵红卫说，京雄城际铁路应用了物联网、大数据、云计算等前沿科技，智能化设计多达71项，首次实现从设计、施工到运营三维数字化智能管理，树立了世界智能高铁的新标杆。

运用跳笔，回到新闻现场，细节描写升华主题。

11时02分，列车抵达大兴机场站。在这里，列车穿过一条长11公里的地下隧道。为最大限度减少震动，建设者们在航站楼下方安装了1232个减震垫。

"在绿色环保方面，这条铁路的创新还有很多……"中国铁路设计集团有限公司副总工程师康学东正在介绍，复兴号转眼驶入一段长800多米的全封闭声屏障。他马上话锋一转："列车以350公里时速通过时，这条'隔音隧道'可以把噪音降到20分贝以下，让附近村民免受干扰。"

运用跳笔，转换场景。

"雄安站到了！"11时22分，列车抵达终点。尽管已为雄安站拍摄了10万多张照片，摄影师任双欢此时仍难掩兴奋："从高空俯瞰，毗邻白洋淀的雄安站，形似荷叶上的一滴露珠。"据了解，雄安站巨大的椭圆形屋顶本身就是光伏电站，每年能为这座亚洲最大的高铁站提供30%的绿色能源。

雄安站采用站城一体化设计。未来，旅客在这里可"零距离"换乘其他交通方式，半小时到北京、天津，1小时抵达石家庄。

运用跳笔，插入专家的评价，升华主题。

"20世纪80年代看深圳、90年代看浦东，21世纪看雄安。"清华大学交通研究所所长陆化普说，按照规划，京雄城际铁路将与京港、津雄、雄石等多条高铁在雄安交会，必将推动京津冀地区快速成为中国经济社会发展新的增长极。

（人民铁道报2020年12月29日第1版）

一条消息作品，四个人物出场，四条直接引语描写，见人见事见思想。

消息在文体结构上是多段体。每段一般只有几句话，甚至一两句话，它主张短句子、短段落，而且每句讲清楚一个要点，每段讲清楚一件事实，不需面面俱到，不需刻意过渡与连接。在句子与句子之间、段落与段落之间，可以有较大的跳跃。

段落之间可以不按照时间顺序，不平铺直叙，不必顾及新闻发生的时间顺序和缜密的逻辑结构，而是打破时间与空间的限制，只着力突出读者最感兴趣的新闻事实，把它们之间用跳跃的方式组织起来，顺着记者、通讯员自己的逻辑思维布局。

在连接方式上，需要灵活运用叙述、描写、说明快速变换，交替使用直接引语、细节刻画、现场描述等多种表达手法，这种方式给人以干练、简约、高效的感觉。①

跳笔这一手法使得每一个小段落形成一个新鲜的阅读兴奋点，多个段落则形成多个阅读兴奋点，小段落与小段落之间留下了空间、留下了停顿，给了读者喘气、休息、思索、回味的时机，有利于读者对新闻的理解。同时以下一个兴奋点刺激读者，使他有兴趣，并保持足够的阅读耐力在快速阅读中将整篇报道读完。②

此作品采访扎实、视角独到、文风清新，尤其是运用新闻当事人的引语，增强了可信度和现场感。在900字的消息里，记者用数字说话、用事实说话、用群众语言说话，从小切口展示大背景、大主题、大成就、大情怀，充分彰显了社会主义制度集中力量办大事的优越性和超级工程建设的伟大成就。

虽然有大量的专业数据，但翔实的材料、清晰的逻辑、干净的笔触，使得稿件通俗易懂，做到了专业媒体的专业性和新闻性统一、传播力和权威性俱佳，获得了专业界和新闻界的普遍好评。

下面是第三十一届中国新闻奖一等奖作品，来自新华社。

(主题) 从"暂停"到"重启"：武汉解除离汉通道管控

新华社武汉4月8日电　这是注定将载入史册的重要时刻：4月8日零时起，武汉市解除离鄂离汉通道管控措施，有序恢复对外交通，人员凭健康"绿码"安全流动。

经过76天的举国拼搏、900多万人的顽强坚守，作为全国抗疫决战决胜之地，武汉的新冠肺炎疫情防控取得阶段性重要成效，标志着湖北保卫战、武汉保卫战进入了一个新的阶段。

普通人的镜头、生活化的场景描写。

7日深夜，在武汉西高速收费站，记者看到不少车辆提前在此等候。8日零时许，匡后尧驾车驶出武汉西大门，他说："我们都对这一天期盼已久。"

武汉正在不断恢复"九省通衢"的活力。零时50分，经停载客的首趟旅客列车K81次缓缓从武昌火车站驶出；7时22分，复航起飞的首班客航MU2527从天河机场飞往三亚。

---

① 徐培亮. 新闻叙事的故事化技巧. 南京：南京师范大学出版社，2014：97-98.
② 刘明华，徐泓，张征. 新闻写作教程. 北京：中国人民大学出版社，2002：113.

散文式的描写，见事见人，有情有景。

长江大桥桥头，车潮的涌动与火车的轰鸣、轮船的汽笛一道，奏出"重启"交响曲。东湖春和日丽，光谷复工繁忙，大街小巷中，有的市民"过早"时一边等候那碗最爱的热干面，一边互道"好久不见"……

封一座城，护一国人。回顾自1月23日10时起实施离汉通道管控以来的日日夜夜——

三句排比，层次分明、简洁有力地链接出艰苦卓绝的抗疫历程。

人们不会忘记，在以习近平同志为核心的党中央坚强领导下，全国各地八方驰援、众志成城，凝聚起中华民族生生不息的磅礴力量；

人们不会忘记，走过惊恐、焦灼、悲伤……在与疫魔的搏斗中，那些识大体、顾大局的武汉人，那些紧闭门窗进行的特殊抗疫战斗；

人们不会忘记，那些白衣执甲的医务工作者，那些闻令即动的人民子弟兵，那些坚守一线的社区工作者、公安民警、基层干部和挺身而出的志愿者……

（新华社2020年4月8日刊发）

此作品鲜活、生动、形象地传达出武汉解封这一核心新闻事实。与其他的文学样式相比，散文的语言是最为丰富多彩和优美隽永的。华美丰腴、质朴自然皆可运用，引用、化用异彩纷呈，长句短句错落有致。①

一位多次获得过中国新闻奖的媒体人提醒道：第一，要以自己的长期积累形成"独家"选题。根据自身知识结构、采访便利、个人兴趣，形成对某一地域、某一行业、某一人群长期的观察和思考，由此形成的"独家"新闻，才能有核心竞争力；第二，要有"养题"的耐心和积累素材的恒心，也要有在周密部署后，当选题发展到合适的时间节点后，全力一击的决心。

第三节　编辑加强质量审核

报纸工作严格执行"三审"制度，即编辑、部门主任、报社领导三级把关制度。各层级需要不断提升自身素养，尽心履行岗位责任，严格执行运行流程。

编辑主要审核以下三个方面：

一、审导向

坚持新闻宣传党性原则，坚持正面报道为主，审核新闻作品是否有助于推进集团公司中心工作，是否符合政治纪律、经济纪律、宣传纪律、廉洁纪律、行业自律、社会公序良俗，是否起到促进本企业和谐稳定的积极作用。避免技术性差错引发的政治

---

① 何祖健. 论散文式新闻. 湖南大学学报（社会科学版），1999(12)：117.

性差错。注意特殊词汇的特别意义。注意编译作品的政治导向、行业导向。

(1)及时准确报道习近平新时代中国特色社会主义思想。

(2)准确报道集团公司中心工作。

(3)新闻报道价值理念需要与时俱进。

二、审事实

按照真实、准确、客观、全面、公正、平衡的原则,对稿件主要新闻事实和关键细节进行审核,严防虚假新闻、新闻失实。核查记者和通讯员对新闻价值的判断和观点的提炼,行文的逻辑是否准确、客观、全面、合理,文题是否相符,是否通过合法合规的渠道和手段获得新闻。对事实的订正,需要达到:真实、准确、科学、清楚、统一。

1. 核实报道的真实性

媒体伦理的三个主要原则就是真实、客观和最小伤害。① 也有的提法称,真实被誉为新闻的生命,是媒体伦理的首要原则,公正和人格尊严是媒介伦理的重要原则。②

(1)注意抄袭稿件、重稿的把关

编辑需要及时阅读报纸各版内容,把住基层企业一稿多投关和抄袭稿件关。

(2)注意报道内容的准确性

编辑需要把握先进报道的高度,文字表达不要说得过满。

(3)注意新闻细节的合理性与真实性

新闻细节不可虚构,要经得起推敲,比如直接引语需要符合当事人身份等。

(4)技术性强的稿件,采编人员要弄明白专业术语

石化行业一些技术、产品名称相似,甚至只差一个字,记者、通讯员、编辑要明白相关专业术语和产品。

2. 注意报道的保密性

(1)商业秘密

涉及油田利润、产量、储量的数据尽量少出现,可以用对比数表示。

涉及炼化企业利润、加工量的数据、生产过程中的相关数据尽量少出现。

涉及化工销售、油品销售企业的经营额、利润、市场占有率、产品价格等尽可能少提及。

涉及大客户,尽可能不报道对方的具体名称。

不细述具体的营销方式与方法。

(2)技术秘密

涉及生产或科研单位的科研过程、科研细节、专利等尽量不提及。

---

① 赵瑜. 人工智能时代新闻伦理研究重点及其趋向. 浙江大学学报(人文社会科学版),2019(2).
② 李凌. 智能时代媒介伦理原则的嬗变与不变. 新闻与写作,2019(4).

核心技术不详说，一般技术不多说。

3. 注意报道的规避性

（1）一些提法、用语内外有别

（2）不涉及员工待遇问题

（3）平衡性

用逆向思维把握企业安全环保减碳等主题的报道，少谈成果，不宜说得过满，在与过去做对比时，不宜渲染反差。

（4）涉外报道

不涉及敏感国家，以及他国政治、宗教、法律法规、用工隐私等。

（5）注意新闻伦理

要减少或避免对新闻稿件提及的当事人造成伤害。

4. 注意报道的时效性

（1）时性效特别强的稿件，如突发性事件、天气等影响生产的内容，在保证版面编校质量的基础上，可以临时调整版面。

（2）一些重大节日来临或是一些国内外重大新闻的"二次落地"，可以提前策划相关专题报道，版面应刊发在节日的当天或前几天。

（3）对一些时效性强又因种种原因没有及时刊发的，需要作技术处理或增加新的新闻要素或由头。

三、审内容

审核常识性错误、知识性差错，文字、标点符号差错，语法、修辞、逻辑差错等。

文字的差错包括错字、别字、多字、漏字、错简、错繁、互倒、异体字等。业内专家将这些差错形象地概括为：形似乱真、音同冒名、义近舛用、乖背规范、源流失察、词性混淆、叠床架屋、典故串换、篡改成语、错位失当、望文生义、熟能生错。[①]

《报纸编校质量评比差错认定细则》将知识性差错具体规定为三种：一是因技术性差错导致的政治性差错，二是不合理的差错，三是各种常识性差错。在知识性差错中，编辑需要特别掌握的政策法规有：涉港澳台政策、民族宗教政策、外交政策等。

语法、修辞、逻辑差错，包括成分残缺（多余）、搭配不当、语序不当、判断不当、句式杂糅、表述不清、修辞不当、不合事理、概念偏差、重复累赘等。

1. 版面总体要求

（1）注重稿件的新闻价值，新闻价值决定稿件的长短、位置高低。

（2）控制头条稿件的文字数量，不能为了专题而专题。

---

① 曾德亚. 报刊编校差错例说. 郑州：大象出版社，2021.

(3)注意版面单位的平衡、长短稿件的平衡、不同新闻体裁的平衡。

(4)稿件要求短段落、短句子,尽可能简洁、明快。

(5)对于非集团公司会议报道的稿件,尽可能不按会议报道格式去报道新闻,需挖掘新闻源,提取重要内容作消息化处理,少讲意义、目的,多讲做法、成效。

(6)消息、通讯、特写稿件去除假大虚空话。

(7)对于工程建设稿件,需要处理好业主、设计单位、工程建设单位间的平衡关系;对于化工、油品销售稿件,需要处理好研发单位、生产单位、销售单位间的平衡关系。

(8)企业名称用作标题,排版处理时不宜用特殊字体加以强化。

(9)行业报道运用的图表需要标注计量单位,最好能标注数据出处。

(10)普通版组图,要根据新闻价值选图,一般不超过3幅。

2. 审校注意事项

(1)时间问题

每年一季度,特别是新年开头几天,在审核大小样时,必须检查年份,是今年的还是去年的。好的做法就是在一季度做报道署年份时,用具体的数字来代替今年、去年、上年等字眼。一般来说,一季度以后,如果不需年份的时间对比,直接说月、日就行。

在具体的日期表述时,在直接引语中,可以出现"昨天、明天"词语,但在客观叙述中,不宜用"昨天、明天",相应地可改为"前一天、第二天"。

(2)人名、性别、地名、公司名称、人称等的一致性

从作品前后对照来发现差错和消除差错。如果发现不对的地方,尽可能用复制方式复制正确的内容加以改正,不需要编辑自行录入,以免造成次生差错。

除自述性报道外,新闻报道需要注意客观性,以第三人称报道。

(3)数据的运用需合理、形象

数据运用要少而精,不要用得过滥。

数据要准确。一个200万吨/年产能的装置生产千万吨产品,一个地市公司的成品油年销量超过500万吨,一个加油站销量超100万吨,这是曾经出现过的差错。编辑需要经常做数学题,或乘、或除、或加、或减,来换算、核对。

用简单的方法把意思表达出来,有时用约数、各种比例代替复杂烦琐的数字,更易让读者记忆,比如"19.7%"表示成"约20%","占35.5%"表示成"占1/3强"。

用比率来代替庞大的数据。数字越小,越容易被记住,而数字越大,就越抽象。①

通过简单的转换,把抽象的数字变成具象,不要让读者做运算,让形象的画面印入读者脑海中。如将85米、120米可以换算成28层、40层楼高,通过读者很熟悉的楼

---

① [美]威廉·E. 布隆代尔.《华尔街日报》是如何讲故事的. 北京:华夏出版社,2006:161.

房,就能想象出装置塔与火炬等的高度。

(4)网络新词的运用需谨慎

对网络上某些过于新奇、过于特殊的文字以及有疑问的文字,要睁大眼睛,加以思考并修订。

(5)审核大样的注意事项

需要审核报眉的报纸编号和年月日是否准确、版次和星期几是否对头,最后一版的报底要素是否齐全。特别是5、8版联动时,8版的报底容易忽略。

(6)规范汉字、标点、计量单位和数字的用法

按照《现代汉语词典》(第7版),检查稿件汉字的规范性;按照《标点符号用法》(GB/T 15834—2011),检查标点符号是否用得准;按照《量和单位》(GB 3100~3102—93)规定,检查量和单位的统一性;按照《出版物上数字用法》(GB/T 15835—2011),统一数字用法。

(7)特别注意修改差错过程中发生次生差错

各层级修改出的差错一定按流程订正到位,避免前功尽弃。

参 考 文 献

[1] 张首映. 提高传播力引导力影响力公信力. 新闻战线, 2021(2): 5.

[2] 加布里埃尔·塔尔德, 特里·N. 克拉克. 传播与社会影响. 何道宽译. 北京: 中国人民大学出版社, 2005.

[3] 邵培仁, 范红霞. 传播民主真的能够实现吗?——媒介象征性权力的转移与话语民主的幻象. 现代传播(中国传媒大学学报), 2011(3): 18-22.

[4] 谢静. 新闻时空的转型与"转译"——基于"上观新闻"的移动新闻客户端研究. 新闻大学, 2019(8).

[5] 王辰瑶. 拯救报业: 关键问题与可能方案——基于欧美经验的分析. 浙江传媒学院学报, 2018(5).

[6] 秦强. 深刻把握"守正创新"的逻辑内涵和实践要求. 新闻战线, 2021(4): 6.

[7] 谭天, 孙一楠. 融媒直播, 内容与传播"两翼齐飞". 新闻战线, 2021(5).

[8] 脱润萱, 任鹏飞. 融媒体语境下新闻媒体的守正与创新——以建党100周年报道为例. 中国记者, 2021(8).

[9] 翁杰明. 国有企业是中国特色社会主义的重要物质基础和政治基础. 学习时报, 2021-11-05.

[10] 蔡雯. 守正中创新, 逆势中进取——读刘海陵《我怎样当总编辑》一书有感. 新闻战线, 2021(5).

[11] 杨保军. 新闻理论教程. 北京: 中国人民大学出版社, 2014.

[12] 马克思. 哲学的贫困(第二章)//马克思恩格斯选集(第一卷). 北京: 人民出版社, 1972.

[13] 杨保军. 论新闻的价值根源、构成序列和实现条件. 新闻记者, 2020(3).

[14] 莫林虎. 财经新闻概论. 杭州: 浙江大学出版社, 2013.

[15] 李平. 服务创新驱动战略, 做好科技宣传工作. 新闻战线, 2021(7).

[16] 周树春. 以新时代高度践行马克思主义新闻观. 新闻战线, 2021(5).

[17] 中共中央文献研究室, 新华通讯社. 毛泽东新闻工作文选. 新华出版社, 2014.

[18] 朱清河, 王青. "全党办报、群众办报"话语的历史缘起与建构动力. 新闻春秋, 2020(3).

［19］徐杭燕．党报通讯员制度：从何而来，如何形成．新闻战线，2021(6)．

［20］蔡雯．马克思主义新闻观对于新闻编辑的指导意义．新闻与传播，2018(2)．

［21］刘明华，徐泓，张征．新闻写作教程．北京：中国人民大学出版社，2002.

［22］刘雁军，齐竞竹，闫征．典型人物的价值挖掘与创新呈现——以短视频《无胆英雄张伯礼》为例．新闻战线，2021(11)：36.

［23］曾庆香，杨小雨．中国特色新闻话语体系的宣传范式．郑州大学学报（哲学社会科学版），2021(7)．

［24］本书编写组．实践中的马克思主义新闻观——新闻报道经典案例评析．北京：高等教育出版社，2015.

［25］黄琳斌．国际新闻编辑．北京：中国广播电视出版社，2013.

［26］江爱民，吴敏苏．国际新闻报道．北京：中国传媒大学出版社，2011.

［27］杭孝平．传播学概论．北京：中国书籍出版社，2012.

［28］张威．比较新闻学：方法与考评（修订版）．北京：清华大学出版社，2013.

［29］开创新时代马克思主义宣传思想工作新境界——学习《论党的宣传思想工作》体会．新闻战线，2021(1)：15.

［30］[英]瓦西利斯·福斯卡斯，比伦特·格卡伊．新美帝国主义：布什的反恐战争和以血换石油．薛颖译．北京：世界知识出版社，2006.

［31］李彦冰．政治合法性，意识形态与国家形象传播．现代传播（中国传媒大学学报），2012(2)：71.

［32］[美]彼得·柯利尔，戴维·霍罗威茨．洛克菲勒王朝．劳景素译．上海：上海译文出版社，1982.

［33］贾鹤鹤，张志安．全球议题的专业化报道——气候变化新闻实务读本．广州：南方日报出版社，2011.

［34］鞠立新．低碳发展传播策略研究．新闻战线，2014(4)：89.

［35］王积龙．环境新闻研究的西方模式及其研究方向．西南民族大学学报（人文社科版），2007(11)：188.

［36］刘笑盈．国际新闻传播．北京：中国广播电视出版社，2013.

［37］江红．为石油而战——美国石油霸权的历史透视．北京：东方出版社，2002.

［38］邓小平．邓小平文选（第三卷）．北京：人民出版社，1993.

［39］陈鹤高．国际经济报道应注意的问题．中国记者，2002(8)．

［40］孙有中．国外学术界的国际新闻研究：方法与现状．国际论坛，2004(3)．

［41］云国强．国际传播中的话语角力：讲好中国故事与"语言陷阱"．东方学刊，2021(3)．

［42］李智．国际政治传播控制与效果．北京：北京大学出版社，2007.

［43］喻国明．让中国声音在世界有效传播——关于对外传播的若干思考．新闻传

播，2010(10)：9-11.

[44] 丁刚．中国媒体替谁说话．环球时报，2004-06-11.

[45] ［美］罗伯特·麦克切斯尼．富媒体 穷民主——不确定时代的传播政治．谢岳译．新华出版社，2004.

[46] 蔡雯，汪惠怡．现代化传播体系建设中的资源共享与边界重构．传媒观察，2021(11).

[47] 董天策，陈彦蓉，石钰婧．中国共产党新闻宣传舆论工作核心理念创新的百年进程——基于观念史的视角．当代传播，2021(6).

[48] 支庭荣．传统新闻业：前蹄犹在，但须重生．新闻战线，2015(8)：30.

[49] 黄斌．功能转型：传统媒体的出路．新闻战线，2012(11)：10.

[50] 赵振宇．新闻传播策划导论．武汉：华中科技大学出版社，2003.

[51] 罗时进．信息学概论．苏州：苏州大学出版社，1998.

[52] ［美］M.麦考姆斯．制造舆论：新闻媒介的议题设置作用．国际新闻界，1997(5).

[53] 梁衡，来向武．梁衡新闻200句．北京：人民日报出版社，2012.

[54] 李广增．新闻价值论．河北大学学报(哲学社会科学版)，1986(2)：135-136.

[55] 叶向群．《财经》新闻叙事的当代价值．暨南学报(哲学社会科学版)，2010(3).

[56] 黄升民，管倩．2010：报业经营怎么办？．中国报业，2010(1)：34-37.

[57] 古华城．报纸增强亲和力剖析．中华新闻报，2003-03-12.

[58] 石坚，杜伟泉．全球传播中的中国话语权建构．现代传播(中国传媒大学学报)，2009(5)：155-157.

[59] 周根红．财经新闻报道．武汉：武汉大学出版社，2013.

[60] 廖雪琴，郑贵兰．优秀新闻作品选读．武汉：华中科技大学出版社，2014.

[61] 张志安．新闻传播实务教学改革的几点思考//白净．从一支笔到十八般武艺．北京：光明日报出版社，2018.

[62] 贺宛男．财经报道概论．上海：复旦大学出版社，2009.

[63] 涂光晋．时代之"声"——新时期中国新闻评论研究．北京：中国人民大学出版社，2011.

[64] 郑焱．融媒时代如何做好科技新闻传播．新闻战线，2022(3).

[65] 庞亮．新闻报道策划．北京：中国广播电视出版社，2009.

[66] 熊忠辉．"新闻策划"提法是正确的．新闻知识，1997(3).

[67] 艾丰．新闻策划是新闻改革的产物．新闻界，1997(2).

[68] 王朝文．当代公共关系学．北京：中国社会科学出版社，1995.

[69] 孙黎．策划家——商界传奇的创造者．北京：中国经济出版社，1993.

[70] 董天策．"新闻策划"之我见．四川大学学报(哲学社会科学版)，1998(1).

[71] 陈力丹,周俊．试论"传媒假事件"．北京大学学报(哲学社会科学版),2006(6)：122-128.

[72] 付素素,陈力丹．传媒报道应是客观事实．当代传播,2004(3)．

[73] 刘斐娅．新闻策划的特征及意义．学术交流,2001(1)：158.

[74] [美]威廉·E．布隆代尔．《华尔街日报》是如何讲故事的．北京：华夏出版社,2006.

[75] 刘力．第二落点的第一关注．新闻战线,2012(7)：93.

[76] 高红玲．新闻表现形式的变化与发展．新闻实践,2002(6)：34-36.

[77] 蔡雯．新闻报道策划与新闻资源开发．北京：中国人民大学出版社,2004.

[78] 葛玮．行业类媒体：坚守底线,规范管理．新闻战线,2013(12)：32.

[79] 高明勇．新闻的逻辑．杭州：浙江人民出版社,2014.

[80] 王辉．媒体智库建设的发展与进路．新闻战线,2022(2)．

[81] 刘洪潮．怎样做国际新闻编辑．北京：中国传媒大学出版社,2005.

[82] 吴冷西．吴冷西谈广播电视新闻．新闻战线,1982(12)．

[83] 陶克强．"蜜蜂困境"与路径依赖．新闻战线,2013(2)：81.

[84] 董广安,詹绪武．新闻写作学教程．郑州：郑州大学出版社,2014.

[85] 叶国宝．"走"出的独家新闻．新闻战线,2012(9)：92.

[86] 蔡葩．新闻采访与口述历史．新闻战线,2015(9)：110.

[87] 杨保军．当前我国马克思主义新闻观的核心观念及其基本关系．新闻大学,2017(4)．

[88] 吕尚彬,陈薇．我国政府与传媒的双向互动关系探析．当代传播,2012(1)：28.

[89] 樊凡．中西新闻比较论．武汉：武汉出版社,1994.

[90] 顾雷鸣．以新思路新视角新技术赋能重大主题报道．新闻战线,2021(12)．

[91] 彭嘉陵．如何当一个"牛"记者(下)——行业新闻采编实务．北京：中国统计出版社,2011.

[92] 肖鲁仁．论经济新闻主题定位思维方法的转变．湖南师范大学学报(社会科学版),2007(6)．

[93] 郭超人．在写作技巧的背后．中国记者,1985(12)．

[94] 李希光．初级新闻采访写作．北京：清华大学出版社,2013.

[95] [美]密苏里新闻学院写作组．新闻写作教程．北京：新华出版社,1986.

[96] 王金星,杜春海．新闻写作．重庆：重庆大学出版社,2014.

[97] 周皓,杭丽芳．一本书学会软新闻写作．北京：人民日报出版社,2013.

[98] [美]约翰·钱塞勒等．记者生涯．北京：世界知识出版社,1985.

[99] 郭光华．新闻写作．北京：中国传媒大学出版社,2014.

[100] 范敏．发展传播学视角下的经济报道．北京：中国传媒大学出版社，2012．

[101] 岳双才．企业报头版头条怎么写．北京：新华出版社，2012．

[102] 郑保卫，黄全权．"走基层，转作风，改文风"的实践依据与现实意义．新闻与写作，2011(10)：10-14．

[103] 程曼丽，乔云霞．新闻传播学辞典．北京：新华出版社，2012．

[104] 甘惜分．新闻学大辞典．郑州：河南人民出版社，1993．

[105] 林溪声，童兵．市场与责任：西方核心新闻理念的深化及价值．当代传播，2010(1)：4-8．

[106] 赵月枝．为什么今天我们对西方新闻客观性失望？．新闻大学，2008年春季号：11-12．

[107] [法]贝尔纳·瓦耶纳．当代新闻学．丁雪英等译．北京：新华出版社，1986．

[108] 邱戈．新闻专业主义与新闻道德探询机制考辨．重庆社会科学，2013(3)：55-62．

[109] 童兵．中国新闻话语的来源和批判地吸纳西方新闻话语．新闻与传播，2018(5)．

[110] 宋慧丽，李炯，沈芸．时政、财经、民生新闻报道概论．北京：北京大学出版社，2015．

[111] 周乃菱．国际财经新闻知识与报道．北京：清华大学出版社，2013．

[112] 赵智敏．财经新闻报道实务教程．郑州：郑州大学，2011．

[113] 魏明革．财经新闻报道百姓化的路径．新闻世界，2011(2)．

[114] 徐立京．观察德国《商报》集团的成功运作．传媒观察，2003(6)．

[115] 中国社会科学院语言研究所词典编辑室．现代汉语词典(第6版)．北京：商务印书馆，2014．

[116] 李希光．新闻学核心．广州：南方日报出版社，2002．

[117]《新闻学概论》编写组．新闻学概论．北京：高等教育出版社，人民出版社，2013．

[118] 穆青．谈谈人物通讯采写中的几个问题//中外记者经验谈．北京：中国人民大学出版社，1982．

[119] 袁达珍．漫谈典型人物崇高美的创造．新闻战线，2015(3)：86．

[120] 吴秀青．典型人物报道策略与传播技巧的嬗变．西北大学学报(哲学社会科学版)，2009(3)：37．

[121] 黄书泉．生活空间的人文精神．读书，1999(5)：19-21．

[122] 周志春．冰点精粹．北京：中国人民大学出版社，1998．

[123] 袁靖华．媒介正义论：走向正义的传播理论与实践．国际新闻界，2011(2)：25-30．

[124] 王辰瑶. 浅议十八大以来新闻话语方式的变革. 新闻战线, 2013(2): 83.

[125] 唐务逊. 让典型人物报道"动"起来. 新闻战线, 2014(2): 53-54.

[126] 章玉兴. 人物新闻采访与写作. 北京: 人民日报出版社, 2014.

[127] [美]杰里·施瓦茨. 美联社新闻报道手册——如何成为顶级记者. 曹俊, 王蕊译. 北京: 中央编译出版社, 2003.

[128] 高钢. 新闻写作精要. 北京: 首都经济贸易大学出版社, 2005.

[129] 高钢. 新闻采访写作. 北京: 高等教育出版社, 2012.

[130] 王珩. 新闻故事化研究. 沈阳: 辽宁大学出版社, 2013.

[131] 陈力丹. 让人成为新闻的灵魂——《时代人物》周年寄语. 新闻知识, 2005(11).

[132] 艾丰. 新闻写作方法论. 北京: 人民日报出版社, 2019.

[133] 姜圣瑜. 采写新闻就是"采写故事". 新闻战线, 2004(6).

[134] 刘杰. 怎样写活人物. 北京: 人民日报出版社, 2021.

[135] 杰克·哈特. 故事技巧——叙事性非虚构文学写作指南. 北京: 中国人民大学出版社, 2012.

[136] 王博. 典型人物采写的着力点. 新闻战线, 2021(4).

[137] 张茧. 在"快新闻"时代, 感受深读的美好——新媒体环境下的深度报道生产策略. 新闻战线, 2021(2): 61.

[138] [美]乔纳森·特纳. 人类情感. 北京: 东方出版社, 2009.

[139] 张兵娟. 互动仪式中的情感传播及其建构——以《中国好声音》为例. 新闻爱好者, 2012(12): 16-18.

[140] 曾建雄, 毛家武. 略论美国新闻特稿的人情味特色. 新闻大学, 2004.

[141] 崔立. 浅谈新闻中的"人情味". 新闻与写作, 1997(10).

[142] 白贵, 彭焕萍. 当代新闻写作. 北京: 中国人民大学出版社, 2013.

[143] 张茧, 李辞, 龚化. 最是情怀能动人——以几则"爆款"为例谈新闻写作中的人文情怀. 新闻战线, 2022(2): 11.

[144] 郭景萍. 中国情感文明变迁60年——社会转型的视角. 北京: 人民出版社, 2010.

[145] 李朗, 欧阳宏生. 民生新闻中的社会主义核心价值观表征——兼评"中国新闻奖"部分获奖作品. 新闻战线, 2014(7): 87.

[146] 刘海贵. 中国新闻采访写作教程. 上海: 复旦大学出版社, 2008.

[147] 费伟伟. 人民日报记者说: 好稿怎样讲故事. 北京: 人民日报出版社, 2021.

[148] 唱响时代赞歌: 2004年重大典型宣传概述//中国新闻年鉴. 北京: 中国社会出版社, 2005.

[149] 李从军. 如何采写通讯. 北京: 中国人民大学出版社, 2015.

[150] [美]梅尔文·门彻. 新闻报道与写作(第11版). 展江主译. 北京：世界图书出版公司.

[151] 张玲玲. 新闻写作速成：写作技巧与最新例文. 北京：中国纺织出版社，2012.

[152] 拾景炎. "快乐至上"新闻思想的人文审视. 扬州大学学报（人文社科版），2003(6).

[153] 刘建华. 中国新闻传媒业融合发展问题与抓手. 中国出版，2020(2).

[154] 郑思礼，郑宇. 现代新闻报道：理解与表达. 昆明：云南大学出版社，2004.

[155] [美]杰克·海敦. 怎样当好新闻记者. 北京：新华出版社，1980.

[156] 刘明华. 西方新闻采访与写作. 北京：中国人民大学出版社，1993.

[157] 孙藜. 对美国新闻业思想遗产的两种建构——以凯瑞与舒德森的争鸣为中心. 当代传播，2012(4)：17.

[158] 薛国林，张晋升，陈娟. 新闻写作. 广州：暨南大学出版社，2013.

[159] 甘险峰，靳睿. 深度报道何以守望时代. 新闻战线，2021(11)：23.

[160] 赵永胜. 在碎片化阅读时代，专注打造"深悦读". 新闻战线，2022(3)：55.

[161] 彭焕萍，张思玮，甄巍然. 经济新闻的前瞻性亟待增强. 新闻知识，2007.

[162] 马凌. 风险社会语境下的新闻自由与政府责任. 南京社会科学，2011(6)：37-42.

[163] 张浩. 新编新闻写作培训教程. 北京：北京工业大学出版社，2013.

[164] 李欣. 公司化运作下的美国新闻业. 新闻记者，2005(4)：65.

[165] 许建平，杨小丽. 特稿及其形象典型化. 现代语文（文学研究版），2007(7).

[166] 李薇. 普利策特稿写作奖作品的文学性研究. 南昌：江西人民出版社，2019.

[167] 艾青，陈琳，毕丹. 版面编排设计. 武汉：华中科技大学出版社，2014.

[168] 倪佳. 让大新闻有"大的样子"——以解放日报"抗疫表彰大会"获奖版面为例. 新闻战线，2021(1)：46.

[169] 张洪伟. 新媒体时代受众心理特征及传统媒体的应对. 新闻战线，2022(2)：95.

[170] 孟凡彬. "第一个吃螃蟹"的《今日美国》. 传媒，2005(2)：60.

[171] 苑平. 版式设计. 北京：中国劳动社会保障出版社，2013.

[172] 刘源. 图片报道. 杭州：浙江大学出版社，2009.

[173] 蔡雯，许向东，方洁. 新闻编辑学. 北京：中国人民大学出版社，2014.

[174] 甘险峰. 当代报纸编辑学. 广州：中山大学出版社，2013.

[175] 谢良, 周贤辉. 图表新闻的特征与优势. 中国记者, 2004(6): 36.

[176] 张亚文. 游走于画与评之间——浅谈新闻漫画的视觉评论性. 新闻战线, 2014(10): 83.

[177] 郑华卫. 漫画当随时代——从第三十一届中国新闻奖获奖漫画谈起. 新闻战线, 2021(11): 31.

[178] [美]达里尔·莫恩. 美国报纸组版和设计. 上海: 上海外语教育出版社, 1989.

[179] 严三九, 南瑞琴. 新媒体概论(第二版). 武汉: 华中科技大学出版社, 2019.

[180] 韩云, 范红娟. 新型主流媒体的内涵与建设路径. 新闻战线, 2021(4).

[181] 唐绪军, 黄楚新. 中国新媒体发展报告 No.12(2021). 北京: 社会科学文献出版社, 2021.

[182] 周劲. 2021, 媒体深融的五个战术. 新闻战线, 2021(2): 31, 34.

[183] 李晋馥. 共情, 参与: 新媒体产品互动性的具体呈现. 新闻战线, 2022(2): 102-104.

[184] 任志强. 报社深度融合中主持传播的价值与发展路径. 新闻战线, 2021(2): 92.

[185] 陈辉. 找到新闻视角的八种方法. 中国记者, 2007(7): 43.

[186] 胡程远. 影响微信短视频传播效果的内容因素——以人民日报微信公众号为例. 新闻战线, 2022(2): 89.

[187] 刘洋. 努力做又快又好的新闻. 新闻战线, 2021(4).

[188] 陈阳, 周子杰. 从群众到"情感群众": 主流媒体受众观转型如何影响新闻生产——以人民日报微信公众号为例. 新闻与写作, 2022(7).

[189] 曹林. 新媒体向传统媒体学什么. 新闻与写作, 2018(10).

[190] 谢静. 微信新闻: 一个交往生成观的分析. 新闻与传播研究, 2016(10).

[191] 喻国明, 马慧. 互联网时代的新权力范式: "关系赋权"——"连接一切"场景下的社会关系的重组与权力格局的变迁. 国际新闻界, 2016(10).

[192] 陆小华. 5G时代, 网络内容建设的原则与突破点. 中国广播, 2019(8).

[193] 杨洸. 社交媒体网络情感传染及线索影响机制的实证分析. 深圳大学学报(人文社会科学版), 2020(6).

[194] 刘思雨, 季峰. 共情传播与价值认同: 主流媒体报道体育新闻的当下逻辑——基于《人民日报》微博东京奥运会报道的分析. 传媒观察, 2021(10).

[195] 王凯. 融媒体时代"内容为王"的意义探析. 新闻战线, 2022(2): 99.

[196] 孔少华. 从 Immersion 到 Flow experience: "沉浸式传播"的再认识. 首都师范大学学报(社会科学版), 2019(4).

[197] 杨丽雅，宋恒蕊．共情与共意：新型主流媒体在舆论场中的话语机制研究——以《人民日报》微信公众号新冠肺炎疫情报道为例．新闻爱好者，2021(7)．

[198] 刘鹏．用户新闻学：新传播格局下新闻学开启的另一扇门．新闻与传播研究，2019(2)．

[199] 唐宁，刘荃，高宪春．媒体融合概论．武汉：武汉大学出版社，2021．

[200] 张东明，邹高翔，汤凯锋．"弯道超车"的可能性：财经媒体深融发展前瞻．新闻战线，2021(6)．

[201] 忻志伟，周骥．报纸新闻标题制作与编排艺术．上海：复旦大学出版社，2014．

[202] 蒋忠友．谈报纸"读题时代"的到来——兼论读者对新闻标题的总体要求．苏州铁道师范学院学报(社会科学版)，2000(4)：96-99．

[203] 郑兴东，陈仁风，蔡雯．报纸编辑学教程．北京：中国人民大学出版社，2001．

[204] 王灿发等．报刊编辑．北京：中国人民大学出版社，2013．

[205] 彭朝丞．标题的制作理念与艺术技巧．北京：人民日报出版社，2012．

[206] 谭海清．时政深度新闻实践．广州：中山大学出版社，2021．

[207] 匡磊．写作必修课：增强文字的画面感．新闻与写作，2022(2)：112．

[208] 石雨廷．新闻写作中巧妙借用古诗词的研究．记者摇篮，2019(11)．

[209] 陶建定．挖掘新闻源．新闻与写作，1999(5)：13-14．

[210] 张百新．记录伟大时代　凝聚磅礴力量——做好新时代重大主题报道．新闻战线，2022(3)．

[211] 张卓．搜索传统　走向沟通．国际新闻界，2000(2)．

[212] 蔡尚伟，冯结兰．制度设计视角下的中国新闻奖——兼论中国新闻评奖制度的改进．现代传播(中国传媒大学学报)，2012(2)．

[213] 周世康．大格局　新视野"贴地引领"——从舆论新格局视角试析第24届中国新闻奖作品．新闻战线，2014(11)：12．

[214] 彭朝丞．新时期舆论监督几个理论问题的思考．新闻界，1997(3)．

[215] 史安斌，王沛楠．建设性新闻：历史溯源，理念演进与全球实践．新闻记者，2019(9)．

[216] 丁军杰．寻求新视角，提高产经新闻可读性．新闻战线，2022(4)．

[217] 何纯．当代传媒新闻写作教程．湘潭：湘潭大学出版社，2012．

[218] 郭潇颖，陈野．将"历史"挂在墙上——王咏赋访谈录．新闻战线，2014(7)：52．

[219] 甘惜分．甘惜分文集(第二卷)．北京：人民日报出版社，2015．

[220] 穆青．新闻散论．北京：新华出版社，1996．

［221］徐培亮．新闻叙事的故事化技巧．南京：南京师范大学出版社，2014．

［222］何祖健．论散文式新闻．湖南大学学报（社会科学版），1999（12）：117．

［223］赵瑜．人工智能时代新闻伦理研究重点及其趋向．浙江大学学报（人文社会科学版），2019（2）．

［224］李凌．智能时代媒介伦理原则的嬗变与不变．新闻与写作，2019（4）．

［225］曾德亚．报刊编校差错例说．郑州：大象出版社，2021．

后　记

为纪念中国石化报周刊创刊10周年，本人于2015年出版了拙著《用新闻理念讲石化故事》。

近年来，中国石化报社在做好传统的报刊台网业务基础上，在新媒体领域深耕，构建了纸媒求"深"、电视视频求"美"、客户端求"快"、网站求"全"、全媒体求"融"的传播体系。

为更好地服务石油石化行业新闻工作者，本人在《用新闻理念讲石化故事》一书的基础上，进行了新闻理论与实践相结合的再认识、再提高，编写成《用新闻语言讲石化故事》一书。

本书部分观点来自报社特聘评报专家杨保军先生（中国人民大学教授、教育部"长江学者奖励计划"特聘教授）、兰海燕先生（工人日报社编委、国内新闻部主任）的口头与书面点评内容，特此致谢！

在本书创作的过程中，得到中国石化报社社长兼总编辑杨守娟的悉心指导；得到王娜、刘松针、程强、马玲、雷蕾、魏佳琪、谭伟春、张春燕等同志在文字修改与审校方面的支持；得到于淼提供中国石化报近年来评优作品、张炅给予制图方面的帮助。中国经济出版社牛慧珍女士担任本书的责任编辑。在此一并致谢！